Gabriele Reuter

Vom Kinde zum Menschen

Die Geschichte meiner Jugend

Gabriele Reuter: Vom Kinde zum Menschen. Die Geschichte meiner Jugend

Erstdruck Fischer, Berlin 1921.

Neuausgabe
Herausgegeben von Karl-Maria Guth
Berlin 2017

Umschlaggestaltung von Thomas Schultz-Overhage

Gesetzt aus der Minion Pro, 11 pt

Verlag: Henricus - Edition Deutsche Klassik GmbH
Mörchinger Str. 33, 14169 Berlin, info@henricus-verlag.de
Druck: Libri Plureos GmbH, Friedensallee 273, 22763 Hamburg

ISBN 978-3-7437-0444-2

Bibliografische Information der Deutschen Nationalbibliothek

Die Deutsche Nationalbibliothek verzeichnet diese Publikation in der
Deutschen Nationalbibliografie; detaillierte bibliografische Daten sind im
Internet über www.dnb.de abrufbar.

Inhalt

Den lieben Freunden

Max und Käthe Kruse,

in deren Heim dies Buch entstand,
dankbar gewidmet

An Lili

Dem ist mein Werk dem innern Wesen nach –
Denn allem Träumen, Schaffen, Dichten,
Die Mutterliebe gab ihm Lebenskraft,
Die Liebe, die aus Sehnsucht zur Erfüllung ward,
Und mir des Menschen dunklen Sinn enträtselt.
Den heiligen Besitz an Leiden und an Glück
Empfange Du aus meinen Händen, Kind.
Und trag ihn weiter durch die Ewigkeit, –
Ein Erbe dessen, was uns tief geeint.

Erster Teil

Das Buch des Kindes

Die Vorfahren

Der Herrgott hat es gut mit mir gemeint. Von Nord und Süd und aus der Mitte unseres vielgestaltigen deutschen Vaterlandes hat er tüchtige, originelle, kluge und wunderliche Leute zusammengebracht; wie es mir scheinen will, nur dem einen Zwecke, einem kleinen Mädchen ans Weltlicht zu verhelfen, es zu seiner Erdenfahrt mannigfach auszustatten. Freilich hätte nach all diesen Vorbereitungen etwas ganz anderes Eindruckvolleres und Bedeutenderes aus dem kleinen Mädchen werden müssen, als sich nun schließlich für ihr Urteil ergibt. Immerhin durfte sie ihr eigenes Wort in ihre Zeit schreiben und das Wort wurde gehört und bedacht. Das ist sehr viel für eine Frau, und sie darf wohl ihrem Schicksal von Herzen dankbar sein. Aber was ist denn von unserem Leben unser Eigentum? Unser Schicksal sind ja recht eigentlich unsere Vorfahren.

Darum – will ich das Persönlichste berichten – sei zuerst auf sie in Andacht und Treue hingewiesen.

Von der Familie meines Vaters ist nichts Besonderes zu berichten. Der Großvater Daniel Thomas Reuter besaß eine Brauerei und war Bürgermeister in dem kleinen pommerschen Städtchen Treptow a. d. Tollense, allwo auch ich noch heimatberechtigt bin, und Armenunterstützung zu empfangen hätte, wenn es in diesen argen Zeitläuften einmal soweit mit mir kommen sollte. In Treptow haben die Reuters jahrhundertlang als friedliche Ackerbürger gehaust. Es lebte dort in dem Städtchen noch eine zweite Familie gleichen Namens. Ihr entstammte der Lieblingsdichter der plattdeutschen Lande: Fritz Reuter. Eine Verwandtschaft zwischen beiden läßt sich nicht nachweisen.

Der Großvater heiratete eine Barnewitz aus Hohenmin in Mecklenburg. Vielleicht kam durch sie ein unruhigeres Blut in die Familie – ihr Bruder, der Gutsherr auf Hohenmin, war durchaus ein Original zu nennen. Jedenfalls verließen unsere Reuters alle die Heimatstadt. Sie siedelten sich in verschiedenen Teilen von Mecklenburg an – der eine der Brüder wurde Organist an der Thomaskirche in Leipzig. Und das Nesthäkchen, das zwanzig Jahre später auf der Welt erschien als seine Geschwister, meinen Vater, trieb sein Dämon sogar über den Ozean.

Die erste Station zu seinen reichbewegten Lebensfahrten war Berlin, wo der junge Kaufmannslehrling sich anschickte, seine vorgeschriebenen drei Militärjahre abzudienen. Schon dies ein ungewöhnliches Beginnen für einen von der mecklenburgischen Grenze. Doch wohl überlegt. Denn in Berlin war die Gräfin Voß vielvermögende Haushofmeisterin im Königsschloß. Sie war dem jungen Burschen freundlich gesonnen, war doch sein Schwager Pfarrer auf ihrem Gute Giewitz – durch ihre Fürsprache wurde er, trotz seiner schlanken, kräftigen Gestalt, schon nach einigen Monaten Dienst entlassen.

Er bewarb sich um eine Stellung als junger Mann in dem großen Modehaus Gerson, wurde angenommen und als er gestand, nichts weiter zu besitzen als seine abgetragene Soldatenmontur, kleidete man ihn gleich für seine neue Stellung passend ein. Ob auch hier die gute Gräfin ein empfehlendes Wort gesprochen, oder ob das stattliche, sympathische Äußere meines Vaters seine Wirkung getan, vermag ich nicht zu sagen. Er gedachte noch in späteren Jahren vor uns Kindern dankbar dieser Generosität der Firma. – Die einzige Verschwendung, die er sich während der Berliner Zeit leistete, bestand in einem Klavier, sonst muß der hübsche Kommis ungemein sparsam gelebt haben, denn nach Verlauf etlicher Jahre hatte er genug zurückgelegt, um sich eine Bildungsreise durch England, Frankreich und den Orient gestatten zu dürfen.

Es war die Zeit, in der die Not der schlesischen Weber die Öffentlichkeit lebhaft beschäftigte. Eine Frau –: Bettina Arnim-Brentano erhob in leidenschaftlich befeuerten Ergüssen ihrer romantischen Seele die ersten sozialen Forderungen in dem Werke: Dies Buch gehört dem König.

Mit praktischen Vorschlägen für die Verwertung der schlesischen Webereien trat mein Vater nach seiner Rückkehr von Ägypten und Kleinasien in einer Denkschrift vor die Öffentlichkeit. Er wies nach, welch ein reiches fruchtbares Absatzgebiet gerade der Orient für Baumwollen- und Leinengewebe abgeben würde, wenn der preußische Staat die Angelegenheit in die Hand nehmen und mit Geld und Einfluß fördern würde. Er legte scharfe Kritik an das nur aus Juristen gebildete Konsulatswesen und forderte kaufmännische mit staatlicher Autorität ausgerüstete Vertreter, neben den juristischen.

Die erste Bananentraube hatte er mit nach Berlin gebracht – sie schickte er mitsamt der Denkschrift an Alexander von Humboldt und dieser übergab beides dem König Friedrich Wilhelm IV.

Humboldt vertiefte in persönlichen Unterredungen mit dem jungen Reuter den Eindruck, den er von der Bedeutung seiner Vorschläge gewonnen hatte. Der Erfolg war, daß mein Vater zunächst als kaufmännischer Agent dem Konsulat in Alexandrien und Kairo beigegeben wurde, mit dem Versprechen, baldigst auch Titel und Gehalt eines Konsuls zu beziehen.

So führte ihn der Weg nach dem Lande, das ihm zur zweiten Heimat werden sollte, nach Ägypten.

Im Vater verkörperte sich das Hinausstreben des Deutschen zu breiterer Wirkung auf die Welt. In den Vorfahren der Mutter spiegelten sich im engeren Rahmen deutschen Familienlebens mancherlei Kulturerscheinungen des achtzehnten und neunzehnten Jahrhunderts.

Die Behmers in Anhalt erhoben sich nach und nach, unter der Sonne fürstlicher Gunst, aus Hofbäckern und Hofbediensteten zu Vertrauten und Beratern ihrer Landesherrn. Der Urgroßvater sollte offiziell zum Staatsminister von Anhalt-Bernburg ernannt werden, als ihn der Tod aus der erfolgreichen Karriere hinwegnahm. Immerhin war es ihm noch gelungen, seine Tochter dem Hofmarschall von Siegsfeld zu vermählen. Seinem Sohne Albert Friedrich standen die günstigsten Chancen für einträgliche Hofämter offen. Doch die Phantasie dieses Sohnes, meines Großvaters, wurde befruchtet von Rousseauschen Idealen. In dem einfachen Leben mit der Natur sah er eine Erneuerung des Menschengeschlechtes. Das Handwerk galt ihm als der sichere Grund soliden Bürgertums. Er wurde Landmann und Freimaurer. Seine Söhne sollten im gleichen Sinne erzogen werden. Doch es ist bekanntlich leichter, mit dem Denken die Tradition zu durchbrechen, als mit dem Geschmack und den Gewohnheiten des Alltags. Für die Landwirte der Gegend, die er an Bildung und Weltwissen weit überragte, blieb der Großvater der vornehme Mann, der nur darum die engere Hofsphäre mied, weil er lieber herrschte, als sich beherrschen ließ. Und als Pächter herzoglicher Domänen war er ja auch schließlich immer noch Beamter des Fürsten. Charakteristisch für ihn ist folgende Anekdote: Auf ein Kostümfest geladen, heftete er sich einen Kotillon-Stern auf die Brust seines schwarzen Rockes. Indem er so ohne Maske den Saal betrat, sanken einige Damen im Hofknix zusammen, weil sie nichts anderes meinten, als der Herzog selbst beehre das Fest mit seiner Gegenwart.

Des Großvaters Behmer blonde, sanfte Frau Elise entstammte gleichfalls einer geistig hochbegabten Familie. Sie war die jüngste Tochter des Kriegsrat Engelhard aus Cassel und der originellen Philippine geb. Gatterer.

Mein Urgroßmütterlein! – Dein Bild von Meister Tischbein in reizender Jugendblüte gemalt, grüßt mich über meinem Schreibtisch! Dein leichtgepudertes rotblondes Gelock ist von Rosen und Lorbeeren umrankt, deine feine Hand stützt sich auf die goldene Leier – dein Mund lächelt heiter und geistreich über deinen jungen Dichterruhm! – Das Lieblingskind des berühmten Göttinger Professors, der der deutschen Geschichtsschreibung neue größere Bahnen wies und des munteren Nürnberger Goldschmiedstöchterlein, der geb. Schubartin! Schon mit fünf Jahren, als die kleine Philippine masernkrank im Bette lag, konnte sie der Versuchung nicht widerstehen, in dem dämmerigen Zimmer das lateinisch-deutsche Wörterbuch zu studieren und übte sich im Schreiben, indem sie den Vorsatz faßte, die ganze Bibel abzuschreiben. Später wurde sie eine treue Helferin ihres Vaters, kopierte seine Vorlesungen, malte die Karten aus, die er herausgab und half ihm genealogische Verzeichnisse machen. Er selbst, der Professor Gatterer, hatte über die Erziehung seiner Kinder so weitherzige, gütige und kluge Ansichten, daß er noch heute manchen allermodernsten Schulreformern zum Muster dienen könnte. Und dabei wurde er angebetet von den Seinen – dessen heute nicht jeder moderne Erzieher sich rühmen darf.

Philippine entwickelte sich unter seiner Leitung zu einem freien, frischen Mädchen, das in dem kleinstädtischen Universitätsleben manchen Anstoß erregte. »Der Philippine steht das Maul nie still«, sagte der Weltreisende Forster von ihr, und es lag nur an Philippine, daß sie nicht seine Gattin wurde.

In einem Briefe an ihre Freundin, die statt ihrer den Forster heiratete und später als Therese Huber eine literarische Rolle spielte, erzählte Philippine von ihrer Jugend und meinte resigniert: wie sie auf Bojens Treiben ihre ersten dichterischen Versuche 1778 herausgegeben, habe sie wohl etwas gegolten, Lavater habe, als er sie besuchte, selbst den Vorhang aufgezogen und gerufen: Mein liebes Weible, wir wollen uns bei hellem Tage recht ansehn und kennenlernen! »Der brave Zöllner«, fährt sie fort, »der witzige Nikolai, der hochberühmte Johannes von

Müller, der süßdichtende Salis – o so mancher Berühmte und Beliebte der Zeit begrüßte mich. Aber sie ist lange vorüber diese Zeit. –«

Chodowiecki versah ihre Lieder mit Kupfern. Niemand geringeres als Bürger nahm sich der jungen Dichterin freundschaftlich erzieherisch an.

Er »kuranzt« seine holdselige Jungfer Philippine in geistreich-lustigen Briefen ganz gehörig. Er bedauert, nicht Tag und Stunde um sie sein zu können, ihre kleinen Bären zurechtzulecken, denn manche ihrer Amoretten hätten leider ein Pferdefüßchen.

Die unschuldige Schelmerei, die sich in ihren Versen zwischen die übliche Sentimentalität mischte, mag es ihm angetan haben. Doch die Bemühungen des Meisters, Philippinen den rechten Ernst für die Kunst beizubringen, waren vergebens. Sie reimte harmlos und fröhlich weiter, wie es ihr gerade einfiel. Man würde heute nicht eines ihrer Liederchen mehr gelten lassen. – Dann heiratete sie den Kriegssekretär Engelhard in Cassel. Als sie Bürger gegenüber seinen sittlichen Ernst und seine Frömmigkeit rühmt, antwortet der ihr: »Ei nun! Dank Sie dem Himmel für den lieben frommen Mann. Je weniger Schläge kriegt sie!«

Die Frau Kriegsrätin wurde eine gute Gattin und Mutter, obwohl sie in der bürgerlichen Gesellschaft von Cassel den Beinamen der »Champagner« behielt, weil ihr Gatte als Bräutigam von ihr sagte: Sie verhält sich zu den Casseler Mädchen wie Champagner zu Äppelwein. Einmal hat man sogar um ihrer exzentrischen Ideen willen einen Familienrat einberufen. Sie wollte für ihre Kleinen im Garten vor der Stadt ein Haus bauen. Das war damals unerhört. Doch der Gemahl hielt treulich zu ihr und sie durfte ihren Plan ausführen.

Lustig schildert sie 1798 einem der Göttinger Professoren ihr Heim:

Das Mädchen, das dein Lied besang,
Als sie des Ehstands Band umschlang,
Traf nicht umsonst des Himmels Segen;
Die Fruchtbarkeit kam ihr entgegen,
Ihr geht's wie dem Orangenbaum.
Da lächeln zwei – sind Knospen kaum,
Und reif und grün und groß und klein,
Schön und gesund, sind alle mein!

Oft drängt der Winter uns zusammen,
Zu sparen Licht und Ofenflammen,

So wie die Biber in dem Bau,
Der gute Mann sitzt bei der Frau,
Von Akten – mit und ohne Sinn –
Blickt er oft auf das Völkchen hin,
Das, weil man's gütig ihm vergönnt,
Bald spielt, bald wild im Stübchen rennt.

Der dicke Säugling leise knarrt –
Der Tochter Spinnrad schafft und schnarrt.
Der Sohn frägt oft: Wie und warum?
Beim schweren Exerzitium.
Doch heißt's nicht oft: Silentium!

Ein allerliebstes Bild aus armer, genügsamer Zeit. Die Mutter vergißt über den häuslichen Sorgen nicht ihrer poetischen Jugend und flüstert dem Söhnchen, das sie nährt, zu:

Mein Fränzchen! Hast zum letztenmal am Busen
Genossen deine erste Lust!
O hättest du den Hang zu Grazien und Musen
Gesogen aus der Mutter Brust!

Dem jüngsten ihrer Kinder, meiner späteren Großmutter Elise Behmer gibt sie als Patinnen die bekannte reisende Aristokratin: Elisa von der Recke und eine durch ihre Lieblichkeit berühmte Professorentochter des Göttinger Kreises. Sie feiert dieses Ereignis in einem Gedichtlein, das sie überschreibt:
    Sechs Stunden nach der Geburt meines zehnten Kindes gedichtet:

Sei willkommen hier im Erdeleben!
Du zum Trost im Alter mir gegeben.
Gottes bester Segen gieße sich
Lebenslang, Du liebes Kind, auf Dich!

Doppelt send, ihr Engel, ihre Hüter!
Denn dies Kindlein erbt einst schmale Güter.
Aber wird sie schön und klug zugleich –
O so dünkt sie einem Edlen reich.

Frohsinn lache aus den Grübchenwangen
Schönheitskennern wecke sie Verlangen;
Doch der höchsten Reinheit Engelglanz
Schütz als Glorie der Jungfrau Kranz.

Namenlose, nimm den schönen Namen
Von der Krone glanzumstrahlter Damen,
Von Elisa Reck! die warm mich küßt;
Mein und meines Geistes Freundin ist!

Auch von ihr, die Gleichheit früh mir sandte,
Welche Hölty das »Entzücken« nannte.
Von der Mündner Lotte, jetzt voll Fleiß
Nur noch da für ihrer Kinder Kreis. –

Wirst Du dieser Zwei Verdienst verbinden
Von verschiedner Art in fernen Gründen,
O so werden sie sich Deiner freu'n
Und Dir Lieb auch aus der Ferne weihn.

Und löscht bald des Todes kalte Rechte
Meines Lebens Licht, das oft sich schwächte:
Nun so leuchte dir ihr schöner Glanz
Bis zum Wiedersehn im Palmenkranz.

Bettina Brentano erzählt, sie sei einst zu Engelhards gekommen, als man gerade ein Schwein geschlachtet habe. Das sei abgebrüht, sauber und appetitlich auf einen Tisch gelegt worden, die hübschen Töchter hätten im Kreis darum gesessen und das Schwein als Nähstein benutzt, um sich ihre Ballkleider daran zu nähen. Die Großtanten waren noch in ihrem hohen Alter empört über die groteske Phantasie der Bettina, die ihnen solche Schweinereien andichtete. Aber die Mischung von genialer Unbekümmertheit und praktischer Sparsamkeit, die in dem Engelhardschen Haushalt geherrscht haben muß, ist mit der kleinen Geschichte doch nicht übel gekennzeichnet.

In ihrem Alter wurde die Frau Kriegsrätin »eine Wunderblume«, wie sie selbst schrullige Leute zu bezeichnen pflegte. Vielerlei Anekdoten gingen über sie um. Mit siebenzig Jahren besaß sie noch Frische und Feuer genug, um Bérangers Chansons ins Deutsche zu übertragen.

Ihre älteste Tochter dichtete ebenfalls und kaufte sich von dem Erlös ihrer tränentriefenden Romane einen Weinberg – deren Großnichte hat es niemals so weit gebracht.

Die zweite, die schöne charaktervolle Luise, heiratete den Großindustriellen und Gutsbesitzer Gottlob Nathusius aus Magdeburg. Infolge der Verbindung mit diesem einflußreichen Manne fanden noch mehrere von Philippinens Töchtern tüchtige Gatten und freundliche Heimstätten in der Provinz Sachsen und dem angrenzenden Anhalt, auch verschiedenen ihrer Söhne eröffneten sich hier Wirkungskreise. Getreulich hielten die Geschwister zusammen.

Nachdem die schweren Kriegs-, Hunger- und Seuchenzeiten der Freiheitskampfe überstanden und verschmerzt waren, muß in den dreißiger bis fünfziger Jahren ein ungemein geselliges, heiteres Leben zwischen all den wohlhäbigen Gütern und Haushalten geherrscht haben. Es war ein ewiges Kommen und Gehen, ein unaufhörliches Reiten und Hin- und Herkutschen. Und weil es ein Familienfehler war, durch das Geschaukel der Kaleschen seekrank zu werden, bekämpfte man das Übel durch lauten Gesang von Chorälen und Volksliedern, wodurch denn diese mit Kindern und jungen Leuten vollgestopften Gefährte, die sich so singend und klingend durch Felder und Wälder bewegten, einen ganz eignen Eindruck gemacht haben müssen. – Bald gab es einen Ball in Magdeburg, bald eine Taufe in Merzien, in Ampfurt eine Hochzeit, oder man tanzte zum Erntefest in Königsborn. In Althaldensleben aber war immer der Mittelpunkt. Dort strömten die Besucher aus ganz Deutschland zusammen.

Nach dem Tode des alten Gottlob Nathusius wohnte hier seine Witwe Luise, als Haupt der ausgebreiteten Familie. Das Klostergut verwaltete damals der älteste Sohn, der poetisch veranlagte Philipp, in seinen Jünglingsjahren ein Verehrer Goethes und der schwärmende Freund Bettinas. Die außerordentliche Frau wünschte den schönen reichen Jüngling sich zum ausführenden Werkzeug ihrer sozialen Reformpläne zu erziehen. Doch damit scheiterte sie, der Freund löste sich von ihr, als er das Pfarrerstöchterlein Marie Scheele kennen lernte – und: »Der Adler endete im Taubennest!« So drückte die erzürnte Muse sich aus. Die junge Frau, welche sich, nachdem sie Marie Nathusius geworden, als christliche Schriftstellerin einen weitbekannten Namen erwarb, muß eine ungemein anziehende Persönlichkeit gewesen sein. Mit ihrem vielleicht ein wenig maniriert kindlichen Wesen übte sie eine starke Herrschaft über ihre Umgebung. Schwäger und Schwägerinnen, die ganze Familie Nathusius folgte beglückt der Kreuzesfahne mit dem Lamm, die sie heiter lächelnd ihnen vorantrug, immer von Blumen umwunden, von Poesie umklungen.

Man war noch nicht engherzig damals. Neben den Größen der konservativen Partei, neben gläubigen Theologen und Missionaren, neben Kügelgen, dem Verfasser der »Jugendgeschichte eines alten Mannes« war auch Hoffmann von Fallersleben ein häufiger Gast in Althaldensleben. Der ungefüge, schwerfällige deutsche Sänger ging sinnend durch den Park und wand sonderbare, winzige Sträußlein, von einem grünen Blatte oder dem Kelch einer Glockenblume umschlossen, die er in Troubadour-Verehrung bald dieser, bald jener Mädchenblume zu Füßen legte. – Nur Bettina kam nicht wieder, seit sie nachts, als das Gelüste sie faßte, beim Mondenschein im Eichwald zu träumen, das Hoftor verschlossen gefunden. In einem so philisterhaften Hauswesen war für sie keine Stätte.

Von den Eltern und dem Kinde

Bei meinen Großeltern Behmer ging es einfacher und schlichter her.

> »Zu Merzien in Anhalt-Köthen
> Wuchsen wie die Orgelflöten
> Amtmanns Kinder lustig auf.«

So heißt es in einem Silberhochzeitskarmen. Und weiter singt der Familiendichter, die Gegend habe gestaunt:

> Ob ihrer großen Länge,
> Ob ihrer großen Zahl.

Des Großvaters wunderliche Erziehungsprinzipien schufen mancherlei Konflikte mit den Söhnen, die erst die humanistischen Gymnasien besuchten und dann in die Handwerkerlehren getan wurden, wo sie sich begreiflicherweise wenig wohl fühlten. Es ist auch keiner ein guter Handwerker geworden. Die Töchter genossen ihr Leben in all dem fröhlichen Familientrubel. Die Älteste, ebenfalls eine Luise, verlobte und vermählte sich mit dem jüngsten der Nathusius-Vettern Heinrich. Nachdem Philipp und seine Marie sich ganz der Politik und ihren Rettungshäusern in Neinstedt am Harz widmeten, übernahmen Heinrich und Luise das Klostergut Althaldensleben. Das holde Hannchen, der Mutter Herzblatt, wurde der kinderlosen Schwester Hillebrand in Magdeburg als Haustöchterlein überlassen. Und weil Onkel Hillebrand, der die Nathusiussche Tabaksfabrik leitete, ein Sommerhaus auf dem Werder in der Elbe besaß, nannten die jungen Herren das Hannchen »die Rose vom Werder«. Man kann wohl sagen, sie schwelgte in Liebe, Anbetung und Verhätschelung. Mit dem reinsten Kindergemüt freute sie sich der reichen schönen Welt, in der sie sich bewegen durfte. Bis ihr Schicksal sich erfüllte, und sie meinem Vater begegnete.

Er befand sich auf der Rückreise von Schlesien und Böhmen, welche er im Auftrage der Regierung besucht hatte, nach Ägypten. Hannchen fuhr mit den Eltern ins Karlsbad. Im Postwagen lernten sie sich kennen. Einem flüchtigen Zusammensein folgte eine schnelle Verlobung und eine lange Trennung.

Vier Jahre hindurch kämpfte das tapfere Mädchen mit seiner zahlreichen Verwandtschaft um den Besitz des Geliebten.

Wie oft mag sie sich an einem Blättchen getröstet haben, das sich unter ihren Liebesbriefen findet und von ihrer Hand aus der Orientreise des Schriftstellers Bogumil Goltz abgeschrieben wurde.

Es enthielt eine Schilderung ihres fernen Carl. »Unser vierter Mann, erzählt der Reisende, war der Sekretär vom preußischen Konsulate, ein ungemein gefälliger, verständiger, biedersinniger und nobler junger Mann, der bereits eine harte Lebensschule mit seltener Charakterfestigkeit durchgemacht hatte, so einer von denen, die nicht nur keine Gesellschaft verderben, sondern mit ihrem richtigen Takt und gutgelaunten mäßigen Wesen, wie mit ihren bunten und abenteuerlichen Lebenserfahrungen der willkommenste Mann und Stoff für jede Geselligkeit sind.« –

Man konnte kein treffenderes Bild von dem Wesen meines Vaters geben – aber was wußte das arme Hannchen Behmer damals von dem Manne, dem sie ihr Herz geschenkt hatte?

Ägypten war in einer so grauenhaften Ferne gelegen, wie heut für uns kein Land auf dem Erdball. Auch schlugen die Hoffnungen, die Reuter auf die preußische Regierung gebaut hatte, fehl, es dauerte lange, bis er mit einem selbständigen Geschäft eine Frau ernähren konnte.

Der weibliche Instinkt aber täuschte sie nicht – es hat meine Mutter niemals gereut, dem geliebten Gatten in die unbekannte Weite und Unsicherheit gefolgt zu sein. Durch meine ganze Kindheit hindurch habe ich kein böses oder auch nur scharfes Wort zwischen meinen Eltern gehört.

Ein kleines weißes Haus mit flachem Dach und grauen Jalousien, ein Gärtchen, in dem Bohnen und Tomaten in tiefen Beeten wuchsen, nebst Rosmarin und ein paar roten Geranien; von Oleandergebüsch umgeben in der Ecke das Schöpfrad, das ein dürrer Gaul mit verbundenen Augen in Bewegung hielt; ringsumher eine stachlichte Hecke von Kaktus und dem wirren Gerank blauer Winden – so war das Heim von Carl und Hannchen Reuter in ihren ersten Ehejahren. Von den Fenstern hatte man den Blick auf den breiten Kanal, in dem das versickernde Nilwasser aufgefangen und dem Meere zugeführt wird – die Hauptverkehrsader für alle Lebensmittel aus dem Innern Ägyptens bis hoch hinauf aus dem Sudan nach der Hafenstadt und ihrem Dampferverkehr. In schönen Bogen, mit flachen, reichbelebten Ufern durchzog diese Wasserstraße die Landschaft. Auch ein Fluß geht ja nicht gerade wie ein Strich, hatten seine ägyptischen Erbauer gemeint, als europäische Neunmalkluge sie über die Raumverschwendung zur Rede stellten.

Die junge Frau saß viele Stunden auf dem Balkon und schrieb an Mutter und Schwestern daheim über alles, was sie sah, und das verständige Landmädchen verleugnet sich nicht, wenn sie sachgemäß der Schwester in Althaldensleben über die eigenartige Beladung der flachen Segelboote mit Häcksel, mit Klee, Baumwolle und Orangen berichtet. Auch das künstlerische Vergnügen kommt zu Worte, und sie versucht den Schwager Heinrich zu einem Besuch zu verlocken, indem sie ihm reiche Ausbeute für seine Zeichenmappen verspricht. Die langen Reihen aneinandergebundener Kamele, deren Höcker, hohe Beine und lange Hälse sich in merkwürdiger Silhouette vom gelbroten Abendhimmel abheben, die das Wasser durchpatschenden gewaltigen Büffel und auf ihren Rücken die behenden nackten Kinder, mit den Glöckchenringen um die feinen braunen Fußknöchel – alles entzückt sie. Interessiert beobachtet sie das tägliche Treiben in den taubenumflatterten Lehmhütten der Fellachen und versucht mit den hinter hohen weißen Mauern lustwandelnden Paschafrauen in üppigen Haremsgärten Grüße zu tauschen. Auf Ermahnung der sehr kirchlichen Schwester Nathusius ist sie auch bemüht, sich für die Gründung eines deutschen Krankenhauses und für die Einrichtung deutscher Gottesdienste einzusetzen, vorläufig noch vergebens.

In der oberen Etage der kleinen Villa wohnte ein englischer Junggeselle, der das junge Paar hin und wieder zu einem Truthahn und Plumpudding einlud. Er war rosenrot, blauäugig und weißhaarig, wie englische Junggesellen zu sein pflegen, und es erheiterte ihn außerordentlich, wenn die steifgestärkten Unterröcke der jungen Frau, über alte Regenschirme gespannt, als riesige weiße Glocken im Garten an den Wäscheleinen schaukelten – Vorläufer der Krinoline! Die bunten seidenen Kleider ihrer Ausstattung, die klein- und großkarierten und die von Chineeseide mit Blümchen bestreuten wogten und raschelten dann aufs prächtigste über dem weitläufigen Unterbau, die feingestickten Batistkrägelchen und Mullhemdchen schlossen den langen, etwas gebogenen Hals lieblich ein, und die reichen Lockentrauben des braunen Haares umrahmten die schönen Schläfen, die feinen ovalen Wangen des rosigen Gesichtes mit der wundervoll geschnittenen Nase und dem originellen Munde, dessen kurze Oberlippe immer die weißen Zähne ein wenig sehen ließ – dieses holde Frauenantlitz, dessen strahlende, lachende braune Augen unter den stolzen Brauenbogen mit der freundlichen Unbefangenheit eines Kindes in die neue Welt schauten. Sie schmückte sich gern, meine Mutter, sie hatte Freude an Juwelen und Blumen, Federn und Spitzen – aber sie putzte sich einzig für den lieben Mann. Sie war wenig eitel, es verlangte sie gar nicht danach, in der abenteuerlichen und angefaulten Gesellschaft Ägyptens eine Rolle zu spielen. Und meinen Vater, der fleißig zu schaffen hatte, sein Geschäft in die Höhe zu bringen, der meistens erst abends aus der Stadt heimkehrte, gelüstete es auch keineswegs, die Bekannten seiner Junggesellenzeit bei seiner reizenden Frau einzuführen. Sie hauste so mit ihrer Berta, der deutschen Köchin, recht einsam draußen am Kanal, ferne den Ereignissen des Tages. Eine heftige Choleraepidemie verheerte Alexandrien und versetzte alles in Schrecken, ohne daß sie auch nur davon erfuhr.

Sie war von sehr zarter Gesundheit, und wenn die Leiden nahender Mutterschaft sie bedrückten, mag sich auch wohl das Heimweh eingestellt haben, nach Mutter und Schwestern, Freundinnen und Tanten, nach dem reichen Kreise mitfühlender weiblicher Seelen, an den sie gewöhnt war und den sie nun entbehren mußte. Dann kommt das erste große Leid: ein Zwillingspärchen wird geboren und stirbt nach wenigen Stunden. In allen Briefen jener Tage klingt die Klage, daß doch ihr lieber Carl die Kleinen nicht mehr lebend gesehen hat.

Ich war schon ein nicht mehr junges Mädchen, als ich meine Mutter still weinend auf ihrem Sofa liegend fand und sie auf meine teilnehmende Frage antwortete: »Heut ist der Geburtstag der Zwillinge. Sie wären nun dreißig Jahre alt.« Unendlicher Kummer hatte das Herz der Frau zerrissen, Not und Sorge bedrängten sie, des Tages Pflichten gingen fast über ihre Kräfte, aber ihr Gemüt hatte die erste Mutterliebe zu diesen abgefallenen Knöspchen all die Jahre hindurch unverwelkt bewahrt. Die Treue des leidenschaftlichsten Gefühls – das war der Wesensinhalt meiner Mutter.

Am 8. Februar 1859 wurde ich in dem kleinen weißen Haus am Mahmudiye-Kanal geboren und erhielt die stolze Namenreihe: Gabriele, Elise, Karoline, Alexandrine.

Das sehnsüchtig erwartete Kindchen sollte den schönsten Namen führen, nach dem Engel, der die ewige Heilsbotschaft zur Erde niedertrug. Und so wurde ich Gabriele getauft. Dann schien dieser Name wieder zu feierlich für ein so kleines pflegebedürftiges Etwas, aus der Gabriele wurde die »Puppe Ella«.

Allzu leicht mag der Mutter das Wochenbett nicht gewesen sein. Sie schilderte gern, welch ein Sprachengewirr sich um ihr Lager bewegt habe. Die Hebamme war eine Französin, die Wartefrau stammte aus Italien, die Amme war eine Negerin, dazwischen die deutsche Berta – keines verstand das andere, und sie mußte in ihren Schmerzen den Dolmetscher für sie alle machen.

Einer der ersten Glückwunschbesuche war eine Mulattin, die Tochter eines bedeutenden englischen Gelehrten, der sie auf den besten englischen Schulen hatte ausbilden lassen, so daß sie ihm bei der Entzifferung der schwierigsten Papyrusrollen, der vertracktesten Hieroglyphen beistehen konnte. Meine Mutter hatte eine große Vorliebe für diese lebhafte und gescheite Person. Sie trat in ihrem falbelwogenden rosa Musselinkleide an meine Wiege, betrachtete mich eine Weile aufmerksam mit ihrem sonderbaren rauchgrauen Affengesicht und ihren blitzenden kleinen Heidelbeeraugen und rief plötzlich: »Was hat das Kind für eine ernsthafte Nase – sie sieht aus, als würde sie einmal Bücher schreiben!«

Diese Prophezeiung ist mir halb als Neckerei, halb ernsthaft oft genug während meiner Kindheit vorgehalten worden, und irgendwie hat sie gewiß dazu beigetragen, daß sich sehr früh das Bewußtsein einer unentrinnbaren Berufung in mir ausbildete.

Zunächst freilich stand mein Leben zweimal ernstlich in Gefahr, eine recht unerfreuliche Wendung zu nehmen. Ich bekam die ägyptische Augenkrankheit, und es war als ein Wunder anzusehen, daß ich nicht völlig erblindete, sondern daß nur die Sehkraft des einen Auges etwas litt.

Inzwischen hatte meine schwarze Amme, eine wilde, noch recht ungebändigte Sudannegerin, eine so abgöttische Liebe zu dem kleinen, zarten Kinde mit den lichten Goldhärchen gefaßt, daß sie meiner Mutter täglich die heftigsten Eifersuchtsszenen machte, sobald sie sich mir zu nähern wagte, und man beschloß, ihr zu kündigen. Eine Mutter kann sich nicht wohl sagen lassen, daß sie kein Teil und keinerlei Rechte mehr an dem Kinde habe, dem sie nicht die Brust reiche. Die gute, leidenschaftliche Bambe war aber nicht gewillt, das Schicksal einer Trennung von ihrem Liebling geduldig zu ertragen. Sie packte ihre Sachen in ein Bündelchen, steckte den ihr ausgezahlten Lohn in den Gürtel ihres Kattunkittels, und während ihre Herrschaft ahnungslos beim Abendtee saß, entwich sie heimlich mit mir aus dem Hause, schlich durch den Garten und hatte schon die Straße gewonnen, als der arabische Gärtner, der das Schöpfrad zu versehen hatte, sie entdeckte und uns beide unter großem Geschrei und Gezeter zu meinen tödlich erschrockenen Eltern zurückführte. Sie gestand, die Absicht gehabt zu haben, noch in der Nacht mit mir in die Wüste zu entfliehen, damit niemand mich ihr mehr rauben könne und ich ihr in Zukunft ganz allein gehöre.

Oft habe ich mir ausgemalt, wie mein Schicksal sich wohl gestaltet haben würde, wenn Bambe ihren Plan ausgeführt hätte. Indessen wäre mein Erdendasein schwerlich von so langer Dauer gewesen, um eine Kette romantischer Abenteuer zu bilden. Durst und Hunger oder grausiger noch: die wilden Hunde und die Schakale würden ihm zu einem schnellen Ende verholfen haben. Ein warmes Gefühl ist mir für das unbändige Naturkind geblieben. Wer weiß denn, welchen Tropfen von zäher Lebensenergie sie dem ruhigeren nordländischen Blute mit dem weißen Saft ihrer schwarzen Brüste beigemischt hat? Spürte ich später, viel später bei Schaustellungen wilder Völkerschaften den seltsamen schweren Würzduft, der von den Körpern der dunklen Frauen ausgeht und in dem sich der Geruch des Rauches über offenen Feuern mit etwas von Rosmarin und Sandelholz und etwas von der scharfen Ausdünstung des frei schweifenden Raubtieres mischt, so empfand ich keineswegs den Ekel, der, der Tradition der guten Gesellschaft nach, den Europäer davor zu schütteln hat, sondern ich atmete ihn mit Lust und einer leisen Sehnsucht nach etwas Fernem, Vergessenem.

Den ersten Winter meines Lebens verbrachte ich in Kairo. Mein Vater gründete dort eine Zweigniederlassung seines Import- und Exporthandels. Er hatte ein türkisches Haus an der Esbekieh gemietet, das an Möbeln zwar nur einige Wandschränke mit blaubemalten Türen, einige Stroh-matten und Diwans aus Palmblattrippen mit Baumwollsäcken und Kissen besaß, dafür aber dreizehn nebeneinandergelegene Kämmerchen, wie der Mensch sie zu privatesten Bedürfnissen zu benutzen pflegt. Ich erin-nere mich dieses sonderbaren Überflusses zwar nicht mehr aus eigner Beobachtungsgabe, aber die Geschichte der 13 wuchs sich später zu einem Hauptscherz in unserer Kinderstube aus.

Kairo war im Jahre 1859 keineswegs schon der international-anglisierte Fremdenstapelplatz, es war ein echt orientalisches schmutziges Nest mit dichtvergitterten Häusern und schmalen Gäßchen, die von einem Gebäu-de zum andern mit Strohmatten gedeckt waren, zum Schutz gegen die grellen Sonnenstrahlen, die, sich hin und wieder doch in die Dämmerung des bunten Gewimmels hinabstehlend, dort die entzückendsten Farben- und Beleuchtungseffekte schufen. Die Esbekieh war auch noch keine mit Kaffeehäusern und Musikpavillons besetzte öffentliche Anlage von Tep-pichbeeten, Springbrunnen und elektrischen Lampen, sondern ein feier-licher dunkler Hain von riesenhaften Sykomorenbäumen. In ihrem kühlen Schatten verbrachte meine Mutter gern die heißer und heißer werdenden Frühlingstage, sie warf eine Orange vor mir her, die ich fangen mußte, und so lernte ich das Laufen.

Als der Sommer kam, reisten die Eltern mit mir nach Europa. In Paris sollte der Bruder meiner Mutter besucht werden, der von der Schlosser-werkstatt in das Atelier von Meister Ingres übergesiedelt war und bereits im Salon seine Pastellbildnisse ausstellte, von denen ein Kritiker bemerkte, sie seien *d'une grace ravissante*. Um etwas mehr Bewegungsfreiheit während der Reise zu haben, wurde im letzten Augenblick, nur auf Empfehlung, noch eine deutsche Wärterin für mich gemietet. Auf dem Schiff schon entdeckte Mama, daß sie einem freudigen Familienereignis in allernächster Zeit entgegensah, und in der Tat mußte man sie gleich bei der Ankunft in Marseille im Krankenhause abliefern. Die Eltern be-zahlten für die Entbindung, vermieden es aber, sich über ihre weiteren

Adressen zu äußern. Zehn Tage später geht der Bruder meiner Mutter mit einem Freunde in Paris auf dem Boulevard spazieren, sie plaudern deutsch, da tritt ein junges Mädchen auf sie zu mit der Frage, ob der Herr ihr nicht vielleicht sagen könne, wie und wo sie wohl eine gewisse Frau Reuter aus Alexandrien finden könne. Zu meiner Mutter grenzenloser Überraschung tritt eine halbe Stunde später der Künstler mit dem Mädel bei ihr ein, und die Eltern wurden durch diesen erstaunlichen Zufall gezwungen, die unerfreuliche Dame bis nach Deutschland mitzunehmen.

Großvater Behmer war inzwischen gestorben, auf dem Bahnhof in Leipzig hatte ihn ein Schlaganfall niedergeworfen. Die Großmutter war nach Dessau verzogen. Dort, ganz in ihrer Nähe, mieteten meine Eltern eine möblierte Wohnung, und Mama konnte nun nach Herzenslust in »Familie« schwelgen. Besuche in Althaldensleben, dem schönen Gute des Schwagers Nathusius, in Süddeutschland, wo die jüngste Schwester Marie gleichfalls mit einem Vetter, einem jungen Arzt, verheiratet war, Reisen nach Mecklenburg zu den Reuterschen Verwandten boten die willkommenste Zerstreuung. Überall erregte ich als ein höchst wohlerzogenes sanftes kleines Mädchen die größte Bewunderung. Ich erhielt einen Pfirsich und biß nicht hinein, sondern beroch ihn nur, ich pflückte, während meine Mutter mit ihren Jugendfreundinnen plauderte, imaginäre Blumen von einem Teppich und band Sträußchen, die gar nicht existierten. Der schwarzen Bambe wildes Temperament schien keinerlei Spuren in mir zurückgelassen zu haben. In Dessau wurde mein ältester Bruder geboren, und wenn auch mein Vater inzwischen sich wieder in Ägypten seinen Geschäften widmen mußte, so war es doch sicher für meine Mutter ein recht glückliches Jahr.

Meine Erinnerungen aber beginnen erst wie kleine Inseln aus dem grauen Traumesmeer der ersten Kindheit aufzutauchen, als wir wieder in Alexandrien sind. Nicht mehr in dem hübschen Häuschen am Kanal von Mahmudiye, sondern in einem mehr innerhalb der Stadt gelegenen Logis, das von meiner Mutter nicht anders bezeichnet wurde als: die Wohnung, in der ihr so viel krank waret. Die ägyptischen Ärzte schoben alle diese verschiedenen Leiden, darunter ein Typhus und eine Lungenentzündung, auf die Ausdünstungen eines kleinen Palmenhains, der sich vor den Fenstern befand. Wenn die Dattelpalme blüht – so glaubt man bei Volk und Wissenschaft in Ägypten –, erzeugt der durch die Luft wehende Blütenstaub Augenkrankheiten, Fieber, Geschwüre, kurz alles erdenkliche Unheil. Daß die Zimmer kühl und sonnenlos waren, trug wohl mehr als der unschuldige Blütenstaub zu den Krankheiten bei, von denen die Familie in jenen Jahren heimgesucht wurde. Mir erschien die Wohnung in der Erinnerung von einem höchst unheimlichen Nimbus umwoben, und das hing mit einem kindlichen Erlebnis zusammen, das in mein drittes oder viertes Jahr fiel. Eines Tages lief ich wohlgemut aus der Kinderstube zum Wohnzimmer, meine Mutter zu suchen. Ich klinkte, noch etwas mühsam mich auf die Zehen hebend, die Tür auf, und fand den traut bekannten Raum in einer schauerlichen Weise verändert. Alle Möbel waren übereinandergeräumt, an die Wände gerückt oder entfernt, die Jalousien herabgelassen, so daß eine öde und gruselige Dämmerung herrschte. In der Mitte auf dem Fußboden stand eine große braune Schüssel, und in diese Schüssel fiel mit einem leise klatschenden Geräusch von der Decke herab ein Tropfen Wasser. Die Decke wies einen nassen Flecken auf, aus dem die Tropfen kamen, deren leisem Klatsch ich mit namenlosem Entsetzen zusah. Ich fühlte mich wie die Kinder in den Märchen, die irgendeine Tür öffnen und plötzlich durch einen unterirdischen Gang in ein fabelhaftes Zauberreich versetzt werden. Es war mir sofort gewiß, daß meine Eltern verschwunden seien, ich sie niemals wiederfinden würde, daß eine böse Fee diesen gräßlichen Spuk hergerichtet habe und daß weitere Verwandlungen, vielleicht auch meiner selbst, alsbald folgen würden. Der Tropfen verlangte etwas von mir, und ich wußte doch nicht was; alles Grauen vor den Überraschungen des Lebens durchstürmte mich vor diesem Rätselhaften, das in Wahrheit nur eine schadhafte Zimmerdecke bedeutete, über der die Oberwohner sich dem Vergnügen einer großen Hauswäsche hingaben. Aber um keinen Preis der Welt hatte ich nach einer Erklärung fragen mögen. Ich schloß die Tür wieder, begab mich ins Kinderzimmer zurück und tat, als habe ich nicht das mindeste Außerordentliche gesehen – denn das dort drüben war jedenfalls ein Geheimnis, von dem man nicht reden durfte. Ich erinnere mich, auch erst viele Jahre später meine Mutter nach der sonderbaren Veranstaltung gefragt und von ihr die Erklärung empfangen zu haben.

Das Unheimliche war überhaupt das Lockende in jenen Jahren und das, was die Erinnerung am festesten bewahrt hat, denn es war doch immer mit einem feinen, süßen Reiz verknüpft. Noch aus der Dessauer Zeit denke ich da eines Mannes, der, wenn ich von der Wärterin zur Großmama gebracht wurde, vor seiner Haustür stand und mit einer schrecklichen Gaumenstimme rief: »Ellachen, komm, gib mir ein Küßchen, kriegst auch ein Bonbonchen!« Ich glaube nicht, daß er sein Ziel je erreicht hat, aber die Sehnsucht nach dem Bonbonchen und der Schrecken vor dem unsauberen, struppig-bärtigen fremden Manne haben mich doch heftig beunruhigt.

Dann gab es einen Augenblick, der mir auch noch deutlich in der Erinnerung lebt: als ich mich an der Tischdecke in die Höhe zog, zum erstenmal auf den Tisch schauen konnte und dort eine ganze Welt von mir unbekannten interessanten Gegenständen erblickte. Kolumbus und seine Seefahrer können nicht gespannter den Wundern der neuen Küste entgegengestaunt haben. Da ich ein langaufgeschossenes Kind war, kann ich bei diesem Vorgang noch nicht zwei Jahre alt gewesen sein.

Etwas Fabelhaftes war auch das Nachtlicht. Ein Glas mit Wasser, auf das eine Schicht Öl gegossen wurde, und auf dieser schwamm wieder ein kleines Fahrzeug aus einem Stückchen Kork und Flügelchen von buntem Karton, die zuweilen eine Nase oder ein Auge oder ein winziges bißchen Wams sehen ließen, weil sie meist aus alten Spielkarten gefertigt wurden. Aus diesen Flügelchen erhob sich das Lichtlein, das die Nächte unsers Kinderschlafes mild durchleuchtete. Aber das Interessante dabei war: schräg in den Ölboden hineinzuschauen. Denn während das Wasser klar blieb, sammelte sich dort mit der Zeit eine Menge von winzigen Dingen an, die wie auf dem Meeresgrunde lagerten: tote Fliegen, Mückenflügel, Streichholzköpfe, Fadenfusselchen, die gleichsam wie in Bernstein eingefangen, in der dicken goldgelben Masse schimmerten. Kein Erwachsener würde je begreifen, wie zauberhaft und anziehend einem Kinde eine so einfache Sache erscheinen kann, wie er auch selten das Entdeckervergnügen verstehen wird, mit dem Kinder aus Dielenritzen Stecknadeln, Staubflöckchen und uralte Semmelbröselchen herausholen und dabei eine unerhörte Geduld und Arbeitsamkeit entfalten. Es gibt einen wunderbaren kleinen See im Berner Oberland, der Blausee genannt, durch dessen blaues Wasser man auf dem Grunde auch so seltsame schimmernde Dinge, in Wirklichkeit nur mit Moos und Algen umwachsene versunkene Tannenäste und Gestein erblickt. Als ich auf ihm herumfuhr, empfand ich plötzlich wieder das ganze Wunderglück, das mir aus dem Starren in das Öl des Nachtlichts einmal erwuchs – und lagen doch beinah fünfzig Jahre dazwischen.

Aus den Krankheitszeiten ist mir nichts gegenwärtig geblieben, auch die Ankunft eines zweiten kleinen Bruders machte mir keinen Eindruck. Hingegen besinne ich mich noch gut auf einen Weihnachtsabend, an dem ich eine Puppe mit einem leuchtend rosa Seidenkleide bekam – die sollte ja direkt vom Christkind aus dem Himmel herabgetragen sein. Aber merkwürdigerweise trug sie ein Kleid von einem Flicken, den ich in meiner Mutter Arbeitskorb hatte liegen sehen. Als modernes Kind hätte ich ja nun über die Wahrheitsliebe meiner Eltern in schwere Zweifel kommen müssen. Ich war aber kein modernes Kind und ganz autoritätsgläubig. Die Erklärung meiner Mutter, daß die Englein zur Weihnachtszeit viel zu viel zu tun hätten, um alles zu schaffen, und sich deshalb gern von den Eltern bei der Anfertigung der Weihnachtsgeschenke helfen ließen, genügte mir vollkommen. Ja, ich konnte mir dieses Zusammenwirken sehr reizend vorstellen und sah in Gedanken gleich das Engelchen durch das Fenster auf Mamas Nähkorb zufliegen und sich dann mit dem rosenroten Puppenkleide wieder zum nächtlichen Sternenhimmel emporschwingen.

Ich war eine gute, treue Puppenmutter und hütete meine Kleinen sorgsam. Denn ich war überzeugt, daß sie eigentlich lebendig waren und, sobald ich aus dem Zimmer ging, sich eingehend über die ihnen zuteil gewordene Behandlung unterhielten. Zuweilen lauschte ich auch hinter der Tür, und wenn ich nichts hörte, so sagte ich mir eben, sie redeten natürlich in der Puppensprache, die für menschliche Ohren nicht vernehmlich sei. Wie mußte es mich daher beunruhigen, als ein deutscher Herr, der häufig zum Sonntagmittag unser Gast war, mir frei und schamlos erklärte, er sei ein »Puppenfresser« und liebe nichts mehr, als zum Frühstück jeden Morgen eine Puppe zu knacken und zu verspeisen! Ich versteckte meine Kinder jeden Sonntag aufs sorgfältigste. Der Unhold – der eigentlich wie ein ganz freundlicher, fröhlicher junger Mann aussah – kam schon schnüffelnd ins Zimmer: »Ich wittere, ich wittere Puppenfleisch!« Dann begann ein Laufen und Rennen und Suchen, Gelächter, Gequietsche, atemloses Herzklopfen, wenn er ein Puppenkind erwischte und nur noch einmal sein Gelüste bezähmte und es mir unverletzt wieder auslieferte. Ich war überzeugt – obschon ich es ja eigentlich nicht glaubte –, er werde doch am Ende einmal Ernst machen. Und als ich hörte, wir würden Alexandrien verlassen und, um uns alle zu erholen, nach Europa reisen, überkam mich eine rechte Erleichterung.

Aber nun wurde als Ort der Erholung Montreux in der Schweiz genannt, und damit geriet mein armes Herz in einen neuen Schrecken. Meine gute Mutter hatte jede Drohung mit dem schwarzen Manne von seiten der Dienstboten aufs strengste verboten, aber in einem Bilderbuch, das ich wahrscheinlich von ihr selbst bekommen hatte, befand sich ein Adler mit einem bösen gelben Auge; sein Nest mit fürchterlich die Schnäbel aufsperrenden Jungen hing gefährlich auf einer Felsenklippe hoch über dem Abgrund. Zu diesem Adler erzählte mir das Kindermädchen die Geschichte von einem Kinde, das von einem Adler entführt und in das Adlernest geholt sei. Dort habe er es mit seinen Jungen geatzt, das Kind habe mit den kleinen Adlern gespielt, bis es endlich von einem Jäger entdeckt und den Eltern zurückgegeben worden sei. Und dieses merkwürdige Ereignis habe sich in der Schweiz zugetragen.

Es stand nun bei mir fest, daß die Schweiz fortwährend von Adlern überflogen werde, die nach kindlichen Spielgefährten für ihre Kleinen Ausschau hielten. Ich konnte mir aber den Aufenthalt in dem Adlernest gar nicht angenehm vorstellen. Wahrscheinlich gab es während der Reise viele Tage, in denen ich den Adler völlig vergaß. Zum Beispiel als das Schiff in Korfu landete und alle Erwachsenen an Land gehen durften, wir Kinder aber an Bord bleiben mußten, war er mir ferner gerückt vor der Kränkung, noch nicht mit zu den Erwachsenen gezählt zu werden. Ich stand mit Tom, dem dicken Stöpsel mit den braunen Ringellocken, neben der Schiffstreppe, als wir plötzlich unter den Heimkehrenden einen guten Freund von uns Kindern, einen alten Indienfahrer, entdeckten. Er war seltsam bepackt; ertrug einen blau eingeschlagenen Gegenstand im Arme, aus dem das Hinterteil eines Pferdes – es war ein Schecke mit einem langen weißen Schweif – hervorsah. Unter seinen andern Arm war eine große, ebenfalls verheißungsvoll dreinschauende Schachtel geklemmt. Die Augenblicke seliger Spannung, bis unser Freund seine Geschenke auspackte und uns überreichte, werden mir unvergeßlich bleiben. Die Bläue des Meeres, der Linienzauber der griechischen Küsten, der Sternenhimmel über dem dahinrauschenden Schiffe haben erst viel später ihre Wirkung auf mich ausgeübt. In Montreux gab es Ziegen, deren Milch besonders zuträglich für uns sein sollte, aber der Geruch und Geschmack der Ziegenmilch war uns drei Kindern so widerwärtig, daß wir immer nur durch das Versprechen auf Honigbrote zu einem Glase verlockt werden konnten.

Bei jedem weiteren Spaziergang kam auch die Angst vor dem Adler wieder. Ich betrachtete die Berge voll Mißtrauen, und als ich gar, während meine Mutter mit Bekannten ahnungslos vorausging, mich auf einer grünen Matte plötzlich ganz allein fühlte und in nicht allzu weiter Entfernung verdächtige schwarze Vögel – vielleicht Krähen oder Elstern –

sich flügelschlagend und krächzend erheben sah, da packte mich die Furcht so mächtig an, daß ich schreiend und schluchzend mich zu Mama flüchtete, die natürlich nicht begreifen konnte, was in aller Welt mich in einen solchen Aufruhr von Angst versetzt hatte.

Mein Bruder Tom wurde von andern Kümmernissen geplagt. Mit seinem weißen Speckhälschen, seinem runden treuherzigen Gesichtlein war er in der Pension ein Gegenstand von Liebkosungen, die ihm sowenig erwünscht waren wie mir die des Adlers. Als ihn einst eine seiner Verehrerinnen fragte, ob sein kleiner Spielpudel auch beißen könne, schüttelte er seinen Lockenkopf und antwortete ernsthaft: »Pudel dut, Pudel nich beißen tut, nur Damens beißen!« Später dachte er anders über diesen Punkt.

In dem freundlichen Dessau ließ sich meine Mutter für die nächsten Jahre nieder. Mein Vater willigte in die schwere Trennung, damit seine geliebten Kinder sich in der Heimat kühleren Lüften kräftiger entwickeln sollten. Hier wichen auch die nervösen Ängste von mir, und es folgte eine Zeit der heitersten Kinderfreuden.

Großmama Behmer

Dessau: Ein steifes geradliniges Zopfstädtchen. Meine Eltern mieteten eine Wohnung in der Kavalierstraße, im Hause des Baron von Cohn, Hofbankier des alten Herzogs und des Königs von Preußen. Als dessen einzige Tochter, bekannt als Wohltäterin und Menschenfreundin, starb, vermachte sie das Haus der anhaltiner Herzogsfamilie, die es niederreißen und an seiner Stelle ein Palais für den Prinzen Eduard erbauen ließ. Jetzt ist es Landesmuseum geworden. Auf dem Platze, der den Anfang der Kavalierstraße bildet, stand in Erz gegossen der alte Vater Franz, jener Dessauer Fürst, der den romantischen Park von Wörlitz anlegte. Mit ausgestrecktem Arm und Finger wies er die Straße hinab, um wie der Volkswitz deutete, zu sagen: »Da geht einer.« Es ging wirklich so selten ein Mensch durch diese breite leere Straße, daß den Wanderer selbst ein Grauen überkommen mochte vor seiner Einsamkeit, in der er doch fühlte, wie aus all den »Spionen« an den Parterrefenstern beobachtende Blicke seinem Pfade folgten. Die Mitte der Straße nahm zur rechten Seite das erbprinzliche Palais ein. Seine zwei Schildwachen wurden hin und wieder mit Geklirr und Getöse abgelöst. In früher Morgenstunde und zur Mittagszeit erklang die vornehme Kavalierstraße vom Geklapper vieler proletarischer Holzpantoffeln und lauter Kinderstimmen. Dann füllte oder entleerte sich die in einer Seitenstraße belegene Volksschule, und wieder folgte die alte Stille.

Mein Vater mußte wohl gut verdienen, denn die geräumige Wohnung wurde behaglich, ja elegant eingerichtet. Einen bedeutenden Eindruck von Pracht machten mir die himmbeerroten Seidendamastmöbel des Salons, und ein paar große Ölbilder in breiten Goldrahmen, eine Winterlandschaft und zwei Waldinterieurs. Das schönste aber war Papas Schreibtisch. Ein junger Tischler hatte ihn mit der inbrünstigen Liebe des Deutschen zu seinem Handwerk und Beruf als sein Meisterstück angefertigt. Er konnte nach keiner Stilart benannt werden, sondern war eine Welt der Tischlerphantasie für sich, aus herrlichem gemasertem italienischem Nußbaum mit Rosenholz eingelegt – ein Gebäude, umschlungen von geschnitzten Girlanden aus feinem Blätterwerk und Früchten, enthaltend wie ein altes Haus die überraschendsten Verliese, Schränkchen und Laden – Geheimfächer, die nur durch einen Druck auf eine Knospe oder Knöpfchen zu öffnen waren – einige davon so künstlich, daß nachdem das Rätsel ihres Zugangs verloren ging, sie immer verschlossen bleiben mußten. Dieser Schreibtisch, ein Zylinderbüro war viel zu schwer und kostbar, um ihn mit über das Meer zu führen. Er blieb, als wir nach Ägypten zurückkehrten, in Althaldensleben, dadurch ist er mir von einem gütigen Schicksal erhalten worden, und ich habe fast alle meine Romane daran geschrieben. Er ist gleichsam ein Stück von mir geworden. In seinen Fächern und Lädchen die Erinnerungen von Generationen, Locken und Stammbücher der Groß- und Urgroßmutter wie die Aufsätze und Novellen der Enkelin; Wüstensand und Götterfigürchen ruhen friedlich neben gehäkelten Geldbörsen und Hochzeitsandenken. Und wenn die Kinder der Familie aus aller Welt Enden zur Tante Schriftstellerin kommen, sehen sie, die traditionslosen Yankees, die Argentiner und Brasilianer, mit Staunen und Entzücken aus dem girlandenumwundenen Schreibtisch gleich einem Märchen, ein Stück feiner, alter deutscher Kultur erstehen – einer Kultur, die auch sie gezeugt hat und von der sie denn doch noch manchen schönen Rest im Gemüte spüren.

An die Rückseite des Dessauer Hauses schloß sich ein großer Hof, in dem wir Kinder unsere Blumenbeete bekamen. Dort konnten wir nach Herzenslust graben, Radieschen, Vergißmeinnicht und Stiefmütterchen ziehen. Den Garten, der sich mit Blumen und Obstrabatten und mit seinen alten dunklen Taxusbäumen an den Hof schloß, durften wir nur in Begleitung Erwachsener betreten. Er war der uralten Mutter des Baron von Cohn vorbehalten, die mit einer Nichte das kleine Nebenhaus bewohnte. Sie trug noch die schwarze Seidenperücke der orthodoxen Jüdin und erweckte mir, wenn ich sie hin und wieder flüchtig zu sehen bekam, den Begriff von etwas Ehrwürdigem und sehr Fremden. Die Nichte hieß bei den Dienstboten »die schwarze Jule«. Es ging die Sage, daß die schwarze Jule jeden Morgen vor Tau und Tage aufstand, um die Stachelbeeren in Garten zu zählen. Wir Kinder fürchteten uns vor ihr. Es war uns eine höchst angenehme Sensation, in Karriere davon zu jagen, sobald man ihre scharfe Stimme hörte, ihre hagere schwarze Gestalt irgendwo auftauchen sah.

Zu unserer Pflege und Beaufsichtigung nahm meine Mutter eine stattliche, selbstbewußte Frau ins Haus, die vor uns die kleinen Prinzen betreut hatte. Sie war die erste Ursache zu näheren Beziehungen mit den prinzlichen Kindern, ein Verkehr, der uns im Lauf der nächsten Jahre mancherlei Freuden bringen sollte. Leider fielen die Bemühungen der wackren Frau Eisenhart, uns in der richtigen Weise fürstlich zu dressieren, auf wenig fruchtbaren Boden. Sie wurde ziemlich bald durch eine französische Schweizerin ersetzt, die ihren Weihnachtsstollen bis zum Osterfeste in ihrem Bettstrohsack aufbewahrte. Sie hatte außerdem die fatale Eigenschaft, abends, wenn man sich ahnungslos zu friedlichem Schlummer ausstreckte, mit der Rute zu erscheinen und für alle am Tage begangenen und längst vergessenen Ungehörigkeiten schreckliche Rache zu nehmen. Ihre Liebe schenkte sie einem Unteroffizier, der sich uns bei den Spaziergängen anschloß. Obschon ich mit dem Versprechen eines in roten Samt gebundenen Photographiealbums zum Schweigen verlockt werden sollte, erfuhr Mama doch von der militärischen Begleitung und wir wurden bald von Mademoiselle Vesin erlöst. Sie hinterließ mir einen Abscheu gegen die französische Sprache, den ich niemals überwinden lernte. Ihr folgte eine freundliche Berlinerin, mit der sich gut leben ließ.

In der Fürstenstraße wohnte die Großmama Behmer. Die Fürstenstraße hatte durchaus nichts fürstliches, ihre Häuser waren niedrig und bescheiden, zum Teil von Weinstöcken umgrünt. Irgendwo in der Nähe lagen große Schäfereien. Im Frühling durften wir, die kleinen Stiefel von nasser, brauner Ackererde beschwert, dort in die Ställe treten, um die kleinen weißen Lämmer zu sehen, die um ihre dickwolligen Mütter herumsprangen. Von den Besuchen in der Schäferei mußten wir jedesmal der Großmutter berichten, denn der Großvater war ein bekannter Schafzüchter gewesen, und so hatte seine Witwe ein persönliches Interesse an den Tieren. Sie selbst ging schon damals nicht mehr aus. Ein schweres Leiden fesselte sie an ihre beiden Zimmer. Ihr Leben an der Seite des stolzen, jähzornigen Gemahls war kein leichtes gewesen. Sechs Söhne und vier Töchter boten Anlaß zu viel Sorge und manchem Kummer. Ihr Organismus war frühzeitig in jedem Sinne erschöpft.

Unförmig und krankhaft fett geworden, saß sie in ihrem feinen grauen Wollkleide, mit der weiten, die Figur verhüllenden Mantille, in einem Lehnstuhl auf dem Tritt am Fenster. Kamen wir Kinder zu ihr, so lächelte uns das weiche, unendlich gütige Gesicht mit den kleinen hellen Augen, im Rahmen der statiösen Tüllhaube, freundlich entgegen.

Höchst interessant waren die vielen Körbchen und Kästchen, welche die Großmama auf ihrem Fenstersitz umgaben und aus denen sich immer gerade das Puppenläppchen, gerade der Bindfaden entwickelte, den man zum Spiel notwendig gebrauchte. Am lustigsten war ein seltsames Instrument aus Stahl, das lang auseinander gebogen werden konnte und an seinem Ende zwei zierliche Löffelchen besaß, mit denen die Kranke ihr Taschentuch und andere Gegenstände vom Fußboden aufhob. Dies an ihrer Stelle tun zu dürfen, war hohe Belohnung und unerschöpflicher Genuß.

Die ersten Strick- und Häkelversuche, die ich bei Großmamas Gesellschafterin, der mit töchterlichen Sorge um sie bemühten Frau Sänger, anstellen durfte, wurden durch kleine Zwischenpausen mit Kirschen und Stachelbeeren reizvoll unterbrochen, oder auch durch ein Spiel im Garten, mit den Kindern des Hauswirts. Dort gab es freilich am Ende der langen Rabatte einen Beerenbusch, in dem eine fürchterliche Kreuzspinne hauste. Ihr Biß hatte den sofortigen Tod zur Folge, und das Biest war immer angriffslustig. So erzählten die Jungens und ich mied infolgedessen sorgfältig das Ende des Weges. Die haarige dicke Spinne blieb mir das Symbol tückisch lauernder Gefahr, wie die Erinnerung an die kleinen Lämmer und die warme fettige Luft im Schafstall mich in jeder Vorfrühlingsstimmung friedlich heimsucht.

Mit der Welt vor den Scheiben ihres Fensters war Großmama durch ihr Spiegelchen und ihre Köchin Jette in freundlicher Teilnahme verbunden. Jeder Vorübergehende grüßte hinein zur alten Frau Oberamtmann.

War ein Leckerbissen aus Althaldensleben eingetroffen, so fehlte nie das weiße Porzellannäpfchen neben ihrem Teller, in das die alte Dame mit Sorgfalt ein außerlesenes Stückchen Hasenbraten oder Fasan legte. Dann machte Jette sich auf den Weg zu einer der vielen bedürftigen alten Fräuleins oder der bresthaften Greisinnen, mit denen die Großmama in freundschaftlichem Verkehr stand.

Zahllose feine Liebesfäden spannen sich von ihrem Fenstereckchen auch in die weitere Ferne hinaus. Sie war die Erfinderin von Geschenken und Zuneigungsbeweisen für Kinder und Enkel, Frau Sänger die unermüdliche Ausführerin ihrer Ideen. Meine Mutter arbeitete beiden aufs anmutigste in die Hände. Sie wußte, daß der geliebten alten Frau nicht vergönnt war, noch lange zu leben und genoß sehr bewußt die guten Zwischenzeiten, die das Leiden ihnen beiden ließ. Dadurch wurden wir Kinder wohl etwas vernachlässigt, aber es war dann auch eine weihevolle Stunde, wenn wir bei Mama im blauen Zimmer sein durften, wo es so schön nach Hyazinthen roch.

Den Höhepunkt des Sommers, bildete allemal Großmamas Geburtstag. Onkels und Tanten kamen von allen Seiten – die Aldhaldenslebener rückten an mit Vettern und Cousinen, Gott weiß, wie sie alle Platz fanden in den zwei Logierstuben – vielleicht übernachtete die Tante Luise auch mit ihren Kindern im »Goldenen Beutel«.

Es gab ein freudiges Geschwirr von Besuchen hin und her. Man lernte Verschen auswendig und vergoß Tränen der Ungeduld über etwas murkeligen Handarbeiten, die schließlich doch noch überraschend ansehnlich aus Fräuleins Fingern hervorgingen.

Wir Kinder trugen weiße Kleider und Kornblumenkränze. Einmal hatte Thom sogar einen Kirschenkranz in den dicken braunen Locken. Die ganze Welt duftete nach Erdbeeren und den ersten Rosen. Zum festlichen Mal gab es Bowle und Baisertorte mit Vanilleeis gefüllt. Und am Ende verfiel man mit Cousine Bärbel vor lauter Wonne in ein so unsinniges Gekicher, daß man von der Geburtstagstafel hinausgeschickt wurde, sich draußen erst einmal auszulachen.

Erreicht irgend ein Glück des späteren Lebens wohl jemals wieder den Glanz, den unsäglichen Zauber, der über solchen Familienfesten aus Kindertagen ruht?

Die Punschtorte und der Himmelsflug

Sobald mein Vater aus Alexandrien heimkehrte, bekam das alltägliche Leben gleich buntere Farben. Man aß besser und reichlicher. Mama ging mit wogender Krinoline in wundervollem Blumenhut und weitläufiger Mantille mit Franzen und Troddeln, in der Hand ein Büchschen von geschnitztem Elfenbein an der Seite von Papa, der den blanken Zylinder trug, Visiten machen. Sonst begnügte sie sich mit ihrem Spinnkränzchen, aber jetzt wurden häufig am Abend Gäste geladen.

Bei dieser Gelegenheit möchte ich eine Episode erwähnen, die geeignet ist, meines Vaters Erziehungsweise zu beleuchten. Zu seinem Geburtstag hatte Mama eine Punschtorte bestellt, die ihr als »besonders beliebt bei Herren« von dem Konditor gerühmt worden war. Man aß von dieser Torte und fand sie köstlich – auch wir Kinder bekamen jedes ein Stück. Der Rest wurde für den nächsten Sonntag in die Logierstube gestellt. In dem kleinen Gastzimmer durfte ich meinen Puppenkram aufbewahren. Es war herrlich hier, ungestört von der Angriffslust der kleinen Brüder, mit meinen Kindern zu spielen, dem Liebling Holduina die Zöpfe (aus echten Haaren) zu flechten, und sie zu einem ordentlichen und tugendhaften Menschen zu erziehen. Aber da stand nun – – die Punschtorte – – süß duftend, mit ihrem Kranz bunter eingezuckerter Früchte. Man konnte ja nicht widerstehen – – so ganz allein mit der Punschtorte – –. Anfangs schmierte man sich nur bescheiden eine Fingerspitze voll der süßen, weichen Masse ins Mäulchen – dann eine Frucht – mit der Zeit wurde man immer gieriger und schamloser im Genuß.

Der nächste Sonntag kam. Ich hatte meinen Platz als ausgesprochener »Verzug« neben Papa. Nachdem der Braten abgeräumt war, sagte er heiter scherzend zu mir: »Du, Ella – nun wollen wir uns mal an die Punschtorte machen!«

Das Entsetzen, das mein Herz wie ein Hämmerchen schlagen ließ, fühle ich noch heute. Die große runde Tortenschüssel wurde von dem aufwartenden Mädchen hereingebracht und mit dem zornigen Ausruf: »Nee so was, da sin ja die Mäuse beigewesen!« vor meinen Vater auf den Tisch gestellt. Ein dünner Rand, in dem überall die Abdrücke kleiner Finger sichtbar waren – – dies der Rest der stattlichen Tortenhälfte. Mein Gesicht brannte glutrot. Mit niedergeschlagenen Augen, eine hoffnungslos überführte Sünderin, saß ich da, die Blicke der Brüder, der Eltern, der

Bonne und des Hausmädchens, in einer einzigen Anklage vereint, richteten sich auf mich. Es war ja gar kein Zweifel möglich, wer die Knabbermaus gewesen! Das Schweigen war furchtbar. Und dann fing mein Vater an zu lachen, laut und herzlich an zu lachen – – die Brüder fielen ein, die ganze Tischrunde lachte, lachte, lachte, mit Ausnahme meiner Winzigkeit, der allmählich die dicken Tränen über die Wangen tropften. – »Ja nun wissen wir, daß Punschtorte nicht nur bei Herren besonders beliebt ist«, sagte mein Vater. Damit war für diesen Sonntag die Sache erledigt und die Familiengemütlichkeit gerettet. Die Neckereien der Brüder hatte ich freilich lange zu dulden. Wenn später bei Verwandten- und Freundesbesuch die Rede auf Lieblingsgerichte kam, pflegte mein Vater beiläufig zu erwähnen: »Ellas Lieblingsgericht ist Punschtorte – was Elleken?« Dann stieg die Erinnerung an den unvergeßlichen Augenblick in mir auf, als das Mädchen die Torte herein trug, und ich fühlte einen immer erneuten Gewissensbiß.

Ich entsinne mich nur noch ein einziges Mal genascht zu haben, und auch dies trug mir viel Seelenangst ein. In meiner Mutter Wäscheschrank, aus dem ich etwas holen sollte, fand ich einen Riegel Schokolade, von dem ich sofort ein großes Stück abbiß und herunterschluckte. Erschrocken blickte ich auf den Rest. Die Schokolade war mit einer weißen Zuckermasse gefüllt. Gleich war es mir klar: das ist Rattengift! Irgendwo hatte ich gehört, Rattengift sei ein weißes Pulver, und schmecke süß, und es hätten sich häufig Kinder damit vergiftet. Ich erwartete also nichts anderes, als unter entsetzlichen Qualen der Länge nach aufzuplatzen, denn so war mir diese Todesart geschildert worden. Ich spie aus, was ich von der unheimlichen Schokolade zwischen meinen Zähnen noch erwischen konnte, und richtete ein inbrünstiges Gebet an den lieben Gott, meine armen Eltern nicht um meiner Schuld willen so hart zu strafen, sondern mich gnädig leben zu lassen. Er hat denn mein Gebet auch erhört.

Zweimal gab es eine Taufe in jenen Jahren, doch weil es immer wieder kleine Jungen waren, und nie das ersehnte Schwesterchen, nahm ich ihr Erscheinen mit der Selbstverständlichkeit hin, mit der man im Frühling die Bäume blühen, und im Sommer die Kirschen reifen sieht. – –

Bedeutend wichtiger erschien es mir, im Hofwagen mit Tante Adelheid von Loën, einer Freundin von Mama, zu ihren Prinzessinnen Bathildis und Friederike zu fahren. Dort spielten die liebenswürdigen Fürstinnen Ball mit mir und zuletzt wurde ich von ihnen mit fabelhaften Bonbons beschenkt. Die Bonbons waren von riesiger Größe, ihre Hüllen geschmückt mit Kränzen von gekräuseltem Tüll um kleine Bildchen mit Schäferinnen oder schnäbelnden Täubchen. Irgendwie brachte meine Phantasie diese Bonbons stets mit dem Paradiese in Verbindung. Waren die Schäferinnen noch mit Goldflimmern umgeben, so erschien mir das ein geheimnisvoller Hinweis auf die Verschönerung, die unsern irdischen Leib auf den himmlischen Blumenwiesen erwartet. Ich konnte mir ausmalen, wie wir alle, die Eltern, die Brüder und ich selbst aussehen würden, wenn wir in einem so feinen goldnen Schein umherwandeln, oder noch besser, fliegen dürften. Ich übte mich auch, sobald ich allein war, um dieser himmlischen Luftigkeit würdig zu sein, fleißig im Fliegen. Ich lief umher und wehte mit den Armen, sprang so wehend von Stühlen und Treppenstufen und glaubte ehrlich, die Anfangsgründe der schweren Kunst überwunden zu haben und bald für einen fröhlichen Himmelsflug reif zu sein.

Von Prinzen, Dorfkindern und einem Frosch

Eines Sonntags nachmittags, als wir friedlich bei der Großmama spielten, erschien plötzlich ein Lakai und brachte die Botschaft, Thom und ich möchten in unsern türkischen Kostümen zur Frau Erbprinzessin kommen. Die Bonne eilte mit uns nach Haus. Die Knöpfstiefel flogen von den Füßen und wurden mit roten Saffianpantöffelchen vertauscht, die lustig in die Luft gebogene Spitzen hatten, auch kam ein Ring mit Glöckchen um die Knöchel. Die endlos weiten geblümten Pluderhosen wurden mit vieler Mühe um den schlanken Kinderleib verschnürt, über das lose Hemdchen aus Seidenkrepp preßte sich das Westlein von Brokat, die blonden Locken verbargen sich unter dem Tüchlein als altrosa Musselin, das turbanähnlich den Kopf umwand, mit allerlei drolligem Flitterzeug und funkelnden Goldmünzen geschmückt. Schmiegsame geflochtene Silberspangen an den dünnen Ärmchen – – so konnte man gut für eine kleine Prinzeß des Orients gelten. Thomas aber glich in seiner dicken, etwas phlegmatischen Würde entschieden einem kleinen Paschasohn.

Der Besuch war im übrigen eine verlegene Angelegenheit. In der Zukunft wurden wir öfter zu den prinzlichen Kindern geholt. Da gab es sehr vergnügliche Nachmittage. Ich regte weitläufige Spiele an, die den kleinen Prinzen noch unbekannt waren. Sie hatten bisher garnicht gewußt, wie sie ihr schönes Spielzeug benutzen sollten. Harmlos setzte ich das ganze Palais in Aufruhr, um die nötigen Gegenstände herbeizuschaffen. Die sonst recht scheuen Prinzen jauchzten und jubelten, wenn sie sich zur Puppentaufe als Pastor verkleiden, oder als Kellner, Servietten unter den Arm geklemmt, Prinzeß Elisabeth und mich bei unsern selbstbereiteten Mahlzeiten bedienen durften. Manchmal gerieten sie ordentlich ins Tollen, denn ich erinnere mich noch der feinen tadelnden Stimme des Hofmeisters, die da sprach: »Prinz Friedrich, man wälzt sich nicht mit kleinen Mädchen auf der Erde herum«, worauf ich mich, zerzaust und beschämt, von einer Balgerei auf dem Teppich erhob.

Den Herrschaften mochte dieser frische Verkehr ihrer Kinder mit den Fremden, die noch nicht in dem anbetenden Untertanenton erstarrt waren, gefallen. Die kleinen Prinzen und das Prinzeßchen durften bisweilen auch ohne Begleitung von Erziehern zu uns ins Haus kommen, saßen fröhlich in unserer einfachen Kinderstube auf dem Kattunsofa, betrachteten neugierig unser kleines Eigentum und fanden alles gemütlicher als bei sich. Ich hinwiederum empfand ein seltsam beklommenes Behagen an den feierlichen und dunklen Räumen des Palais, mit den gewaltigen chinesischen Vasen, den hohen geschnitzten Stühlen, den Ahnenbildern der Fürsten in großen Perücken und breiten Ordensbändern, der Fürstinnen mit den hohen Frisuren und den entblößten, spitzenumwallten Busen. Auch das lautlose Dahingleiten der silberbetreßten Lakaien über das spiegelnde Parkett gefiel mir wohl. Etwas Prinzessinnentum war immer schon in mir, das wurde durch diesen Umgang nicht wenig gefördert. Prinzen und Prinzessinnen gehören nun einmal in jedes Märchen, und meine Kindheit war ein Märchen voll von guten Dingen.

Die Frau Erbprinzessin bat später Mama, meinen zweiten Bruder Atti an dem Unterricht ihrer beiden jüngsten Kinder teilnehmen zu lassen. So marschierte denn das niedliche Kerlchen jeden Morgen um 10 Uhr durch die leere Kavalierstraße zum Palais, nahm vor der Wache sein Käppchen ab, und sagte höflich: »Liebe Schildwache, bitte mache mir die Türe auf, ich muß in meine Schule!« Das schwere Portal wurde ihm geöffnet und er brachte den größten Teil seines Tages im Palais zu.

Es war charakteristisch für unser Verhältnis zu den kleinen Prinzen, daß er den Erklärungen meiner Mutter, er müsse seine Schulkameraden »Sie« und deren Mama »Hoheit« nennen, ein ungläubiges Lächeln entgegenhielt. Am ersten Abend kam er vergnügt nach Haus und sagte: »Mamachen, das verstehst du gar nicht! Ich habe gleich gesagt, wenn

Jungens sich »Sie« nennten, das wäre ganz dumm und ihrer Mama habe ich gesagt, ich wollte sie Tante Erbprinzeß nennen und sie sagte, das sollte ich nur tun.«

Zuweilen gab es große Feste, zu denen die Dessauer Jugend geladen wurde, mit Eiersuchen in den weiten Gärten hinter dem Palais, oder eine Fahrt mit rotbefrackten Jockey-Vorreitern nach Wörlitz, dem phantastischen Rokoko-Lustschloß. Im Winter fand sogar ein feierlicher Ball statt, mit Musik, Tanz und bunten Kostümen. Ich besuchte ihn als Polin, die kecke Tracht paßte wohl wenig zu meinem sanften, verträumten Gesichtchen, aber auf solche Stilfehler achtete man damals noch nicht. Die Hauptsache war, daß ich, berauscht von Glück, fortwährend mit demselben kleinen Jungen – – heute ein bekannter General – – unter dem Kronleuchter im Kreise herumhopste.

In dem finsteren Schlosse an der Mulde, mit den schwarzen Taxusbäumen im Garten, wohnte einsam der alte Herzog. Er trug noch eine weiße Perücke und ein breites Ordensband wie seine Ahnen auf den Ölgemälden mit den schweren Goldrahmen. Ich habe ihn nur ein einziges Mal gesehen.

Jenes Schloß barg auch den sagenhaften Ring, den die Ahnfrau der Askanier einst von der Schlangenkönigin zum Geschenk erhalten haben sollte. Ach, wie sehnte ich mich danach, ihn einmal nur zu sehen und in die Hand zu nehmen. Wenn ein vorwitziges Herzogstöchterlein der gleichen Versuchung nicht hatte widerstehen können, befiel jedesmal ein großes Unglück das askanische Fürstenhaus. Deshalb wurde das unheimliche Kleinod in eiserner Truhe, unter vielfachem Verschlusse aufbewahrt. – – Die Tatsache, daß meine Spielgefährten in so nahen Beziehungen zu Schlangenköniginnen und märchenhaften Zauberringen standen, erhöhte den Reiz des Verkehrs beträchtlich. – – Während ich im Spiel mit ihnen, trotz der Hochachtung vor ihrem Range, nie das Gefühl einer gewissen Überlegenheit verlor, gegründet auf das Bewußtsein, ungeheuer viel mehr von der Welt zu wissen, als diese allzu Behüteten, sollte ich die Empfindung peinlicher Unzulänglichkeit und von einer ganz andern Seite kennenlernen.

Ich durfte meinen Vater auf einer Reise zu den mecklenburgischen Verwandten begleiten. Ich ganz allein – – nicht Mama, nicht die Brüder! Ein unerhörtes Ereignis!

Es war wundervoll, mit Papa in einem dunklen Coupé zu sitzen, in dem der Schaffner die Lampen anzündete und ein Trinkgeld empfing, damit er keine anderen Reisenden hereinließ. Mein Vater erschien mir sehr kühn, dem uniformierten Beamten so einfach Geld in die Hand zu drücken, und ich erinnere mich, daß es mir durch den Kopf ging: Wenn der Mann edel wäre, würde er jetzt hingehen und eine Torte kaufen, sie mir überreichen und sprechen: »Das ist für das kleine Mädchen, ich habe nur meine Pflicht getan.« Ja, ich vertiefte mich so lebhaft in diese Vorstellung, daß ich förmlich wartete und außerordentlich enttäuscht war, als der edle Schaffner sich nicht wieder blicken ließ.

Wir waren, soweit ich mich erinnere, diesmal nur in Giewitz, dem Gut der Gräfin Voß, auf dem der Schwager die Pfarrstelle innehatte. Die kleine runde, lebhafte Tante Laura hatte genug zu tun mit Braten und Backen für den geliebten Bruder. Cousine Frieding, ihre hübsche Tochter mit dem weißen Teint und den friedvollen braunen Augen, wickelte mit Sorgfalt des Abends meine Locken über Papierpapilloten. Ich hätte mir nichts beßres gewünscht, als bei ihnen beiden in der Küche zu stehen und zusehen zu dürfen, wie die herrlichen Dinge entstanden, die mittags den Tisch schmückten, oder die netten alten Bilder, die perlgestickten Kissen und Klingelzüge zu betrachten. Unglücklicherweise aber wollte man mich unterhalten und lud mir ein Dorfkind als Spielgefährtin ein. Es hieß Fieken, hatte frische rote Backen und dralle barfüßige Beine. Fieken sprach plattdeutsch. Wir verstanden uns gar nicht. Sie schrie immer lauter und wurde zornig, denn es schien ihr als Beweis äußerster Dummheit, wenn ein Mensch Kartoffeln statt Tüften sagte. Sie gähnte fürchterlich, sobald ich ihr von Alexandrien oder von den Prinzen erzählen wollte. Fieken konnte nur »Greifen« spielen oder »Versteckens«. Dabei jagte sie mit ihren flinken nackten Beinen um die Gartenbeete, daß es nur so eine Art hatte. Nie konnte ich sie fangen, sie erhaschte mich gleich und ich hatte zu der Demütigung auch noch ihren Spott zu tragen. Mit Mühe würgte ich meine Tränen zurück, um mich nicht noch verächtlicher zu machen. Laufen, Klettern, Springen waren nun einmal nicht meine Stärken, aber dies hatte bisher nie eine Rolle in meinem Leben gespielt. Zum ersten Male spürte ich meine Grenzen. Und wie oft sollte mich meines Körpers Schwäche und Ungelenkigkeit noch schmerzlich an die kleine flinkbeinige Fieken erinnern!

Dabei schlummerte doch Wildheit und Leidenschaft in mir. Beides konnte sich zuweilen, ebenso überraschend für mich selbst wie für meine Umgebung, mit Ungestüm ans Tageslicht drangen. Meine Spiele betrieb ich mit dem feurigsten Eifer, und was ich gerade darstellte, das war ich auch mit Leib und Seele! Ich haßte die Menschen, die mich darin störten oder belächelten.

Während eines Besuches bei andern Verwandten wurde ich an einem Sonntag Vormittag mit einem Cousinchen in den Garten geschickt. Wir fanden einen Platz, auf dem leere tiefe Treibbeete ihrer Glasfenster beraubt, in der Sonne austrocknen sollten. Hin und her über die Latten der Beete balancierend, entdeckten wir einen kleinen Frosch, der sich behaglich zwischen dem Unkraut sonnte. Wer von uns beiden zuerst auf den Gedanken kam, das bräunliche Herrchen mit einem Steinwurf zu töten, weiß ich nicht. Nach wenigen Minuten waren wir Mägdelein beide erhitzt und wild von Mordlust ergriffen. Immer wieder entrann das Fröschlein unsern Steinwürfen, es suchte sich unter Blätter zu ducken, sprang ängstlich von einem der Beete ins andere, wir ohne Erbarmen hinter ihm her. Des Cousinchens Zöpfe flogen, meine Locken lösten sich, die weißen Kleider blieben an rostigen Nägeln hängen, die Hände wurden schmutzig, der Schweiß rann uns über die glühenden Gesichter – – irgendwo ferne erklang eine Glocke, auf die wir nicht achteten – – bis wir endlich, endlich, nach unsäglichen Mühen das arme Tier zerquetscht hatten. Wir sahen uns an und schämten uns und jagten eilig dem Hause zu. Das feierliche Sonntagmittagsmahl war schon in vollem Gange. Wir wurden mit sehr strafenden Blicken und einem kurzen scharfen Verweis hinausgeschickt, unser verwüstetes Äußere zu ordnen, und zogen kleinlaut von dannen.

Es war die einzige Quälerei eines lebenden Geschöpfes, deren ich mich aus meiner Kindheit entsinnen kann und sie ist mir noch heute peinlich. Aber sie hat mich den Rausch der Jagd und den Taumel des Mordens im Kriege verstehen gelehrt. Eine Gewalt aus der Tiefe erhebt sich, wie eine Woge aus unbekannten Meeresgründen, schleudert uns schwache menschliche Geschöpfe in einen Wirbel von Wollen und wildem Verlangen, von dem unsere Seele nichts weiß, und dessen Beute wir sind, bis das Ziel erreicht ist, und wir beschämt, beruhigt oder vernichtet zu unserm eigentlichen Selbst zurückkehren.

Schule und Theater

Die ersten Grundbegriffe des Lesens und Schreibens brachte mir ein freundlicher Herr namens Johannes bei. Bald kam der Morgen, an dem ich zur weiteren Ausbildung in den Wissenschaften dem Brauneschen Institut, am Ende der Kavalierstraße, zugeführt wurde.

Die Welt weitete sich für das Kind, eine Menge Neuerscheinungen traten in seinen Gesichtskreis und der kritische Geist, der sich schon in den Klassen der jüngsten Schulmädchen regt, sorgte dafür, daß man scharfe Augen für Wert oder Unwert dieser großen und kleinen Menschen bekam. Das korpulente Fräulein Anna Braune, immer in hellen Waschkleidern über der mäßigen Krinoline, war allgemein beliebt. Von einem Lehrer wurde gemunkelt, man müsse sich vor ihm in acht nehmen, er küsse gern. Von einem andern flüsterte man sich gar die schaurige Mär in die Ohren, er habe einmal »gesessen«. Die vornehme Privatschule, die sich des allerbesten Rufes erfreute, würde auf keinen Fall bedenkliche Elemente unter ihrer Lehrerschaft aufgenommen haben. Aber die Lust an der Verbreitung dunkler Gerüchte, die so unendlich viel Unheil und Jammer anstiftet, spukte eben schon in den Kinderköpfen und zog unbarmherzig ihre nichtsahnenden Opfer vor ihr verurteilendes Gericht.

Sonderbar erging es mir mit einer Lehrerin, für die ich unbändig schwärmte und deren entschiedener Liebling ich denn auch wurde. Jahrelang hielt ich ihr Bild in der Erinnerung fest als das eines anmutigen schlanken Mädchens mit einem heiteren, schalkhaften Gesicht. Zwei flache Rosetten aus schwarzem Samtband, die sie am Hinterkopf befestigt trug, galten mir als Inbegriff einer geschmackvollen Haartracht. Als ich sie, selbst erwachsen, wieder sah, fand ich zu meinem höchsten Erstaunen ein untersetztes, grämlichstrenges Altjüngferchen wieder, das die Natur niemals mit besonderen Reizen ausgestattet haben konnte. Ich fragte mich verwundert, ob sie es gewesen sein könne, die mir einst, als ich mit meinem Federkasten spielte, das Rätsel aufgab: »Es hat 'ne Mähne wie ein Löwe, es piept wie ein Mäuschen, und spielt wie ein Kätzchen?« Erst das Gelächter der Klasse machte mir klar, daß sie mich selbst meine. Ich war nicht gerade schnell im Begreifen. So konnte es geschehen, daß ich mir meine Aufgabe, wenn ich müde war, daheim von unserm Hausmädchen abschreiben ließ und dieses Opus seelenruhig der Lehrerin ablieferte. Es war mir lange nicht verständlich, warum die häuslichen Arbeiten von mir selber angefertigt werden mußten, während doch andere Kinder oft genug die Hilfe von älteren Geschwistern dazu in Anspruch nahmen und sie nur, wie mir schien überflüssiger Weise, noch einmal abschrieben.

Auf eine Frage der Lehrerin, woran ich denke, wenn ich so gar nichts von dem höre, was sie uns vortrug, antwortete ich wahrheitsgemäß: »Ich erzähle mir schöne Geschichten.« Da wurde ich aber gleich auf die Probe gestellt. Die Lehrerin klatschte in die Hände und rief: »Kinder, jetzt schreibt schnell eure Aufgabe – – wir haben noch etwas Zeit und da soll uns Ella Reuter eine Geschichte erzählen.« Ich fabelte auch munter drauf los und verflocht allerlei Märchen mit andern Geschichtlein. Die Lehrerin erzählte mir bei unserem späteren Wiedersehen, es sei ihr zum Staunen gewesen, wie ich eine halbe Stunde lang die Klasse in fröhlicher Stimmung zu halten verstanden habe. – – Das war wohl mein erster dichterischer Erfolg.

Mit den Mädchen lebte ich in guter Kameradschaft. Ich bewunderte die kluge Marischa, die ihre Hefte so tadellos sauber hielt, ich verachtete das Schwesternpaar, das sich, trotzdem es einen altadeligen Namen führte, die Ohren niemals sauber wusch. Zur Busenfreundin wählte mich, mehr als daß ich sie wählte, eine kleine Jüdin, mit zwei langen schwarzen Zöpfen, die uns gegenüber wohnte. Sie holte mich regelmäßig zum Schulgang ab. Bald beherrschte sie mich absolut und führte mich in die Reize des Ungehorsams, und allerlei knabenhafter Dummheiten ein. Immer hatte ich ein erregtes Gefühl in der Herzgegend, wenn ich sie besuchte. Wir liefen dem Fräulein, mit dem ich spazieren gehen sollte, davon, bummelten durch ärmliches Gassengewinkel, klingelten an fremden Haustüren. Kurz ich versuchte nicht ohne Erfolg, mich zu einer »Range« auszubilden.

Das Theater spielte in Dessau eine große Rolle. Zweimal in der Woche sah ich meine Mutter, eine Coiffüre von buntem Samtband, Federn und Spitzen auf dem braunen Chignon mit weißen Handschuhen und dem Elfenbeinfächer sich in das große geheimnisvolle Haus und seinen Säulenvorbau begeben. Mein Erstaunen war groß, als ich hörte, zwei Kinder aus meiner Klasse und ein älteres Mädchen aus der verachteten »Töchterschule« hätten in einem Stück »Der Sommernachtstraum« als Elfen mitgewirkt. Motte, Senfsamen und Bohnenblüt hießen sie – – nein wie reizend!

Ich plagte meine Mutter, wo sie ging und stand, mich nur einmal mit ins Theater zu nehmen. Den Sommernachtstraum sah ich nicht, aber die Zauberflöte!

O göttliches, berauschendes Entzücken!

Mein Herz klopfte, so daß ich kaum atmen konnte – ein Schleier legte sich auf meine Augen –, ich meinte, sicher könne ich es nicht überleben, wenn der Vorhang aufgehen würde und ich die Wunderwelt schauen dürfte! Zugleich beunruhigte mich die Vorstellung, welche Aufregung entstehen müsse, wenn ich plötzlich vor Freude meinen Geist aufgäbe und als eine holde kleine Leiche auf einer Tragbahre hinausgetragen würde.

Die Ouvertüre war verklungen. Mit glühend erregter Spannung verfolgte ich die romantischen Bilder, von Mozarts Musik in einem goldenen Netz gefangen. Dort sollten Löwen sein, eine sternenfunkelnde Königin der Nacht, die eine Schlange tötete – ein komischer Mann in einem Federkleide … Doch ich sah nur ein buntes Gewoge, ein farbiges Geschimmer, nur die Umrisse von Gestalten, ohne ihre Gesichtszüge zu unterscheiden – seltsam unheimlich und doch beglückend. Wahrscheinlich mußte das so sein im Theater. Wahrscheinlich war es deshalb so himmlisch schön, weil nichts deutlich wurde und alles Geschehen sich abspielte wie in einem Traum, wo die Dinge ja auch so ineinanderrinnen, vergehen und wieder aus Nebeln auftauchen.

– – Leider entdeckte man infolge dieses Theaterbesuches, daß ich kurzsichtig war, sehr kurzsichtig, und ganz unmusikalisch.

Doch bekümmerten mich diese Mängel nicht sehr – besaß ich doch in meiner Phantasie alles, was mir fehlte, in höchster Vollendung. Schon als Onkel Hermann, Mamas Bruder, uns Geschwister mit bunten Pastellstiften zeichnete, und ich bei ihm Bilderbogen antuschen durfte, war ich überzeugt, eine große Malerin zu werden. Nun entzückte ich in meinen Träumen meinen Papa durch eine zauberhaft liebliche Stimme. Ich trillerte wie Papageno und ließ die Töne silberklar zum Himmel steigen, wie ich es aus dem Munde der Nachtkönigin gehört. Meine Füße glitten elfenhaft über den Boden, und ich erspähte mit meinen Augen Dinge, die sonst niemand schaute. Das Schönste aber war die Vorstellung dieses Schwebens und Schwingens des leichten Körpers, dieses Jubilierens aller befreiten Gefühle, die die kindliche Brust so brennend bedrängten.

Von den Ballettmeisterskindern mußte ich mehr aus dieser fabelhaften, zaubervollen Welt erfahren. Zwar tuschelten die kleinen ehrbaren Bürgerstöchter allerlei Schlimmes über die Theaterleute. Besonders gegen das Mädchen aus der Töchterschule waren sie entrüstet –: sie mache abscheuliche Sachen mit Jungens. In aller Eile gab man mir dazu die nötigen Aufklärungen, wie der Verkehr zwischen Mann und Frau beschaffen sei, und wo die kleinen Kinder herkämen.

Mir war dies alles höchst peinlich, auch schien es mir ganz unglaubwürdig. Wohl besaßen die heimlich geraunten Widerlichkeiten eine bange lockende Gewalt, doch wußte ich klar, es sei ein Unrecht, sich den Gedanken daran hinzugeben. Nie wäre es mir in den Sinn gekommen, das Gehörte mit meinen Eltern oder andern erwachsenen Menschen, die ich kannte, in Beziehung zu bringen. Das alles gehörte in eine tieferstehende unreine Welt, mit der wir im Grunde nichts zu tun hatten. Irgendwie verband es sich aber mit dem Theater, das nun einen schaurig unheimlichen Reiz bekam.

Die Ballettmeisterskinder luden mich zu sich ein, und ich folgte mit der größten Begeisterung. Die Sünderin aus der Töchterschule war leider nicht anwesend – eine Enttäuschung für mich, denn ich hätte doch zu gern gesehen, ob so ein Mädchen spricht und lacht und sich gebärdet wie andere Kinder auch. Schnell hatte ich sie vergessen. Wir spielten selbstverständlich Theater. Der Herr Hofballettmeister kümmerte sich ein wenig um die Regie, es gab Schleier und Kränze und bunte Stoffe in Fülle. Jede Schüchternheit war von mir gewichen, ich spielte das Schneewittchen im Walde bei den Zwergen aus dem Stegreif und mit der größten Inbrunst. So wurde ich denn grenzenlos bewundert und mit Schmeicheleien überhäuft. Der Herr Hofballettmeister sagte, er würde mich sofort für Kinderrollen engagieren, ich hätte ja ein ungewöhnliches mimisches Talent.

Taumelnd in Wonne kam ich nach Hause, schwatzte und papelte den ganzen Abend von allem Erlebten. Mit glühendem Gesicht, ganz aufgelöst in Entzücken, warf ich mich Papa um den Hals, und flehte ihn an, mich zur Bühne gehen zu lassen. Mir schien, sie könnten dort gar nicht ohne mich fertig werden. Sein Gesicht wurde sehr ernst, er wandte sich zu Mama und machte ihr Vorwürfe, daß sie mich habe in das Haus gehen lassen. Mama bemerkte, die Familie sei höchst geachtet, es seien ordentliche, solide Leute. Doch Papa meinte unmutig, man habe mir dort völlig den Kopf verdreht.

Als ich kurze Zeit nachher wieder eingeladen wurde, lautete sein strenges Verbot: »Niemals wieder! Dieser Umgang passe ihm nicht, er wolle keine Theaterprinzeß zur Tochter.«

Ich bat – ich quälte – ich jammerte schluchzend und trampelte vor Zorn mit den Füßen – umsonst.

Da beschloß ich, eine furchtbare Rache zu nehmen. Ich wollte nicht mehr leben – ich wollte mich totweinen!

Und ich lag auf meinem Bett und schluchzte und heulte aus Leibeskräften, mit aller Wollust des Schmerzes, wie ihn nur Kinder aufbringen können. Jeden Augenblick erwartete ich meine Mutter voll Angst hereintreten zu sehen und aus Sorge um mein allzufrühes Abscheiden mir noch nachträglich die verweigerte Erlaubnis geben zu hören. Nichts dergleichen geschah. Niemand störte mich. Wahrscheinlich waren die kleinen Brüder mit Fräulein bei der Großmutter, ich befand mich in der Stube, die ich sonst mit ihnen teilte, in völliger Einsamkeit. Und der ersehnte Tod wollte und wollte nicht kommen, obschon mein Taschentuch tropfte und sich auf meinem Kopfkissen große nasse Flecke zeigten. Der Nachmittag verging – ein Sommerbrummer sauste um die Fensterscheiben, es war so ängstlich still. Allmählich wurde ich des Weinens müde und begann mir auszudenken, wie ich blaß und steif im Sarge liegen würde, meine Locken – viel, viel länger als sie in Wirklichkeit waren – umhüllten mich als ein goldener Mantel, ein weißes Kränzlein schmückte mein Haupt, mein Vater kniete an meinem Sarge und flüsterte: »Verzeihung, Verzeihung mein totes Kind ...« Über solchen Phantasien bin ich vermutlich eingeschlafen, und als ich erwachte, verrann alles im Alltäglichen. Ich trug nur Sorge, daß die Brüder nichts von meinem Kummer merkten. Von da ab ist mir auch jede weitere Erinnerung an die Ballettmeisterskinder erloschen. Vermutlich zog ich mich scheu vor ihnen zurück, sie aber waren verletzt und hielten mich für hochmütig.

Neue und alte Freunde

Von dem Krieg 1866 drang nichts in meinen kindlichen Erlebniskreis. Es kam in seiner Folge preußisches Militär nach Dessau. Dem Bezirkskommandeur, Herrn v. O., fiel vor allem die nicht ganz leichte Aufgabe zu, die kleinstaatlichen Empfindlichkeiten mit diesem bismarckischen Beginn einer großdeutschen Zentralisation auszusöhnen. Es gelang dem menschenfreundlichen, kenntnisreichen Manne aufs beste, die Geister zu versöhnen.

Sein gastfreies Haus bildete bald einen Mittelpunkt der Dessauer Geselligkeit. Frau v. O. war von früher her mit meiner Mutter bekannt und es entspann sich gleich ein lebhafter Verkehr, an dem ich vollauf teilnahm. Hedwig, ihr einziges Töchterchen, war in meinem Alter und ich begeisterte mich für diese neue Freundin. Sie war ein reizendes Geschöpfchen mit ihren herrlichen Farben, dem dunklen Haar und den vor Lebendigkeit sprühenden stahlblauen Augen. Das polnische Blut, das sie von ihren väterlichen Ahnen her überkommen hatte, gab ihr einen Charme, dem niemand widerstehen konnte. Nur wenn wir lange und vertraulich plauderten, zeigte sich eine gewisse Gegensätzlichkeit unseres Wesens, die mich immer ein wenig enttäuschte. Hedwig wurzelte mit ihrem ganzen Empfinden im Realen; alles Träumen hatte sie von ihrem Vater als töricht und schädlich verurteilen gelernt, die Gesetze der Gesellschaft waren im großen und ganzen auch für die Familie das Maßgebende. Vielleicht kann man den Unterschied zwischen uns am besten in die Worte fassen: sie wurde erzogen, während man mich wachsen ließ.

Zuweilen war ich plötzlich des allzu gesitteten Wesens satt, lief wieder zu der schwarzzöpfigen Rosa und bummelte mit ihr in den Straßen umher. In solchen Stunden nannte ich Hedwig in rebellischen Gedanken einen Zieraffen. Doch war ich mit ihr zusammen, so war ich gleich wieder im Banne ihres so liebenswürdig heiteren Wesens. Gemeinsam nahmen wir teil an dem Tanz- und Anstandsunterricht, den die Erzieherin von Prinzeß Elisabeth eingerichtet hatte. Das Prinzeßchen war, bei all seiner stillen Schönheit, ebenso ungeschickt mit seinen Gliedern wie ich. Dem sollten nun zwei alte Fräulein abhelfen, die uns in einem Turnsaal mit verstaubten grünen und rosa Schleiern zu Reigentänzen und anderen Übungen der Anmut vereinten. Viel Wirkung zeigte sich nicht bei uns rank und schlank hochgewachsenen zarten Mädchen. Wo wir Hedwigs Papa, dem Herrn Oberst, in den Weg kamen, hieß es »Kopf hoch, Brust heraus, auswärts gehen!«

Frau v. O. war auch nicht einverstanden mit meiner Ernährung, doch da stieß sie auf feste Überzeugungen. Die Familie meiner Mutter gehörte zu den Homöopathen. Homöopathie bedeutete damals beinahe eine Weltanschauung und ging immer mit Frömmigkeit Hand in Hand. Sie hatte ihre Vorteile und ihre Nachteile. Einerseits brauchten wir in Krankheiten keine bitteren Arzneien aus großen Flaschen mit langen Papierfahnen zu schlucken, sondern bekamen nette weiße Kügelchen von Mamas Fingerspitze zu lecken. Die winzigen Kügelchen befanden sich in einem allerliebsten Lederetui und hatten romantisch klingende Namen, wie: Belladonna, Ipecacuanha, *Aconitum napellus*. Anderseits geboten die Lehren der Homöopathie die größte Einfachheit im Essen, besonders für Kinder. Der abendliche Milchbrei, der leider oft Klütern oder eine Haut hatte, konnte nur unter der Vorstellung, daß man Robinson war und auf der wüsten Insel nichts anderes hatte, mühsam hinuntergewürgt werden. Wenn Hedwig zur Schule kam, folgte ihr der Bursche mit einem Körbchen, das Semmelchen mit gewiegtem Schinken, ein weiches Ei und ein Gläschen Portwein enthielt. Diesen Imbiß pflegte sie in der Pause, abseits am Klavier stehend, aufs zierlichste zu verspeisen, begleitet von unsern neidischen Blicken.

Seitdem mißbilligte ich die Homöopathie ebenso entschieden, wie Frau v. O. Ich war glücklich, wenn ich dem Milchbrei mit den Brüdern entrinnen und bei der Freundin köstliche pommersche Gerichte speisen durfte.

Als nun gar Weihnachten nahte, da hub in dem gastlichen Hause ein gewaltiges Backen von braunen und weißen Kuchen, Pfeffernüssen und Marzipan an. Es gab eine große Gesellschaft, darunter viel lustige junge Offiziere. Unter dem Christbaum lernten wir die norddeutsche Sitte des Julklapp kennen, mit Versen und reizenden Überraschungen. Papa hatte uns oft von diesem Gebrauch seiner Heimat erzählt – und nun konnte er wieder nicht anwesend sein, um sich daran zu erfreuen.

Ebenso lieb – ja eigentlich noch lieber als das große Fest, war mir die kleine traute Feier im Krankenzimmer der Großmama. In ihrem Sofaeckchen saß sie hinter dem Beschertisch, ihr gütig-strahlender Ausdruck ist mir unvergeßlich. Es war das letztemal, daß ich sie, beglänzt vom Lichterschein des Christbaums, sehen durfte.

Der Frühling brachte andere Freuden – – und wie konnte ich mich freuen in jenen Zeiten ersten zarten Blühens der Seele. Die Welt stand rings um mich her in Farben und Fröhlichkeit wie eine Wiese voller Maßliebchen und goldener Himmelschlüssel. Die Schule war eitel Spaß, ich hatte nun begriffen, um was es sich handelte. Der Ehrgeiz war erwacht, Martha St. von ihrem Platz als »Erste« zu verdrängen, schien aussichtsreich und einiger Anstrengung würdig. – In weißen Kleidern, bunte Kränze auf den Köpfen, zogen die sonst so streng getrennten Schülerinnen der Töchter- und der Volksschule, wie die Brauneschen, gemeinsam mit Musik zum Blumenfest. Oh –wie duftete es auf der Festwiese nach Kaffee, nach Bratwürstchen, nach Schmalzkuchen, die in »Hundefett« gebacken sein sollten. Das hinderte weder Vornehm noch Gering, sie heiß und knusperig aus fettiger Tüte zu verspeisen.

Geburtstagsgesellschaften gab es häufig. Bei ihnen geschah mir zuweilen etwas Wunderliches. Steigerte sich nach der Schokolade das Vergnügen zu einem allgemeinen Getobe, Gelache und Gequieke, dann überfiel mich eine Traurigkeit, für die ich keinen Grund hätte angeben können. Es war eine Beklemmung, in der ich den ahnungslosen Kindern hätte zurufen mögen: »Seid still, seid doch nur still, ihr wißt ja nicht ...« Doch ich wußte ja selbst nicht ... Nur das Gefühl des »Nichtdazugehörens« ergriff mich so stark, daß ich mich oft davon stahl und im dunklen Flur beängstigt stand oder auch ein paar erlösende Tränen vergoß.

Eine Quelle wechselnder Sensationen boten die Logierbesuche, die sich bei uns und Großmama in vielfältigem Wechsel ablösten. Der helle Blick des Kindes für menschliche Eigenschaften schärfte sich früh und übte sich reichlich.

Tante Luischen aus Althaldensleben brachte jedesmal ein paar andere Kinder mit, sie Großmama vorzustellen. Die stattlichen Zwillingsonkel, der Maler und der Schafzüchter, gaben durch ihre unglaubliche Ähnlichkeit Stoff zu viel komischen Verwechselungen. Von weitem waren sie einander fast gleich – in der Nähe hatten sie doch ganz verschiedene Gesichter.

Onkel Alfred, der Gerber – ein eleganter Blondin – versetzte die Phantasie von Thom und Atti in wilde Gärung, weil er versprach, ihnen beim nächsten Besuch einen Ziegenbockswagen zu schenken – mit lebendigen Ziegenböcken ... Niemals wurde das Versprechen eingelöst. Der Glaube an die Menschheit erhielt bei den armen Jungen eine schmerzliche Erschütterung. – –

Das braune hagere Tante Mariechen – die Kinderlose unter den kinderreichen Schwestern – suchte ihren Gram um ein früh verstorbenes Söhnchen in einem so heftigen Fleiß zu ersticken, daß der Scherz über sie ging: »wenn sie zum Kaffee geladen sei, bringe sie eine Stube zum Scheuern mit.« Zu uns kam sie mit einer Nähmaschine – der ersten Nähmaschine! Ein so kleines, zierliches Ding, daß sie sie wirklich im Arm zu befreundeten Kindermüttern mitnehmen konnte, um in Windeseile einen Berg zerrissener Wäsche mit dem Wunderinstrument zu flicken. Zog man an einem Fädchen – surr, ging die ganze Naht auf – ein entzückendes Experiment, von uns eifrig geübt.

Das Leipziger Gustchen, Großmamas langjährige Jungfer, wußte von solchen Modernitäten noch nichts. Aber was brachte sie alles mit! Püppchen als Schornsteinfeger behäkelt, Photographierähmchen mit

Tannenzäpfchen beklebt, mit vergoldetem Gries bestreut – die feinsten gestrickten Deckchen – es gab nichts Spannenderes als das Leipz'ger Gustchen die Erzeugnisse ihrer geschickten Finger auspacken zu sehen.

Großmamas Jüngste, die Pastorenfrau, brachte ein Stück Holz vom Fachwerk ihres Pfarrhauses mit, um uns zu zeigen, wie es vom Wurmfraß zernagt, von Schwamm zermürbt sei. Um ihr Bett hingen im Winter die Eiszapfen, und ihrem Kindchen waren in der Wiege die Hände erfroren. Das klang wie eine grausige Geschichte aus einem Bilderbuch. Wohl ist die arme Tante Pauline später in ein hübscheres Pfarrhaus gekommen, doch ihr Los an der Seite ihres in einem starren Luthertum befangenen Gatten blieb schwer. Sie war eine sensitive, schönheitsdurstige Natur. Der Haß ihres Mannes, des Altmärker Bauernsohnes, gegen alle Kultur ging so weit, eine Zahnbürste für ein Instrument des Satans zu erklären! Da war mir der milde Gottesmann aus Giewitz doch lieber, der mit Frau und Tochter einige heiße Sommertage bei uns zubrachte.

Stürmisch verlief der Besuch von Tante Lottchen und ihrem Sohn. Aus altem, reichem Patriziergeschlecht, war Tante Lottchen ganz unscheinbar in ihrem Äußeren, dabei ein treuer, edler Mensch von seltener Idealität der Gesinnung. Und wie bewahrte sich ihre Liebe zu Mama in schwerer Zeit!

Während die Freundinnen Jugenderinnerungen austauschten, wurde ihr Sohn mit mir auf den Hof geschickt. Dort erzählte er mir von Amerika, das die andere Hälfte unserer Weltkugel bilde, also genau unter unsern Füßen zu finden sei. Könne man nur ein genügend tiefes Loch durch die Erde graben, käme man drüben heraus. Wir begannen sofort, uns ans Werk zu machen. Wie die Sache weiter verlief und wir, statt Amerika zu entdecken, von der schwarzen Jule vertrieben wurden, das möge man in den Kindheitserinnerungen der Agathe Heidling nachlesen. – Später schaukelte der junge Gast mit Thom und brachte eine von ihm ausgedachte neue Theorie des Schwingens in Anwendung, wodurch Thom von der Schaukel fiel und sich ein mächtiges Loch in den Schädel schlug – so war der friedliche Hofplatz auf der einen Seite schrecklich aufgerissen, auf der andern mit Blutlachen bedeckt. Am Nachmittag fuhr man spazieren. Die unaufhörlichen Fragen des blonden Jungen, dem keine Erklärung seiner gepeinigten Mutter genügte, ließen wenig Behaglichkeit aufkommen. Besonders wurde seine Phantasie beunruhigt von einer steinernen Urne, die sich im Park von Wörlitz vorfand und die sonderbare Inschrift trug: – Hier ruht die Prinzessin, welche tot das Licht der Welt erblickte. – Er fragte sofort, wer die große Sparbüchse ins Grüne gestellt habe, wie man sie öffnen könne, wem das Geld darin gehöre? Und als er die Inschrift gelesen, da fand natürlich des Fragens und Mutmaßens erst recht kein Ende.

Als Mutter und Sohn des Abends weiterfuhren, erklärte Mama ihre Zufriedenheit, daß keins von ihren Kindern mit einer so unbequemen geistigen Regsamkeit behaftet sei.

Meine Gedanken beschäftigten sich noch lange mit dem Problem Amerika, dem feurigen Erdkern, den mir Karl beschrieben, sowie mit andern Fragen, die er im Laufe des Nachmittags angeregt hatte.

Und so ist es immer geblieben mit diesem guten Freunde, den nun auch schon die Erde deckt –: ermüdete er durch die Intensität seiner Forschbegierde, wurde man ungeduldig durch eine gewisse Schwerfälligkeit der Ausdrucksweise, so vermittelte er zugleich bei jedem Zusammensein eine Fülle geistigen Stoffes.

Entzückende Geschichten konnte Tante Gustchen O. von all den Gegenständen hinter den Glasscheiben des Nippesschrankes erzählen! In ihrem grauen zeitlosen Gewändchen, das Rüschenhäubchen um das runde Kindergesicht, mit den blauen Vergißmeinnichtaugen, war sie etwas ganz Einziges. Ich möchte sagen: eine altgewordene Elfe. Aber eine gute – keine böse. Sie gab mir Grimms Märchen – von ihrer Freundin Gustel Grimm mir geschenkt. Jacob und Wilhelm Grimm waren ja schon Freunde der Dichterurgroßmutter Philippine gewesen, verehrt und geliebt in der Familie. Aus den Händen der Tochter Wilhelms die Märchen zu empfangen war mir eine wundersame Ehrung. Wie eine Waldfrau, die eine heilige Quelle hütet und nur Geweihten davon spendet, so erschien sie mir im Traum.

Von Reisen erinnere ich mich aus diesen Dessauer Jahren wenig. Meine Mutter ging nach Franzensbad oder Berlin, zu allerlei Kuren, ohne daß sich ihre stets schwankende Gesundheit sichtbar gekräftigt hätte. Kinder aus den kleinen Städten in Sommerfrischen zu führen, hätte kein Mensch für nötig befunden. Kalte Bäder in der Mulde, vielleicht sogar in dem etwas beängstigenden Wellenbad an der Mühle, galten für völlig ausreichende Kräftigungsmittel und waren es auch.

Im Anschluß an das Bad durfte man kleine Silberfische angeln. Welch Glück, wenn es geschah, daß ein Fischlein anbiß und die Köchin uns die fingerlange Beute zum Abendessen in der Pfanne buk. Jeder mußte kosten. Thom und ich machten sogleich Pläne, wie wir auf diese Weise bei Hungersnöten die Familie gut ernähren könnten!

Zu einem Ausflug ins Bodetal wurde ich mitgenommen. Die grüne Waldeinsamkeit und das klare Bächlein, das um die glattgewaschenen Steine sprudelte, gefielen mir sehr, die Sage von der Roßtrappe beschäftigte meine Gedanken heftig. Ein diebischer Kellner stahl im Hotel Zehnpfund meiner Mutter eine schöne Brosche. Das Ereignis vermischte sich in meiner Phantasie auf eine sonderbare Weise mit dem Restaurant Waldkater, welches mir dadurch als eine unheimliche Räuberhöhle und eine Art »Wirtshaus im Spessart« erschien, ja später völlig mit dieser unheimlichen Herberge in Eins verschmolz.

Eine angenehme Begleiterscheinung bevorzugter Gäste bildeten die Wagenfahrten, die dann unternommen wurden. – Die Umgegend von Dessau erstreckte sich meilenweit als eine gepflegte Parklandschaft – leuchtend grüne Wiesen, auf denen herrliche Eichengruppen sich erhoben, wie stille mächtige Tempel der Vorzeit. Bei der Heimfahrt, in der silbernen Dämmerung, traten ganze Rudel Damwild zum Äsen auf die Wiesen. Die schönen Tiere kamen neugierig an den Wagen – man sah ihre sanften Augen auf sich gerichtet – man meinte sie streicheln zu können … aber bei der geringsten Bewegung stoben sie wie der Wind von dannen. Es sollte auch Wildschweine in den Wäldern geben. Die waren böse, griffen den einsamen Wanderer an! In schattigen Gründen sah man Moos und Erde tief aufgewühlt – dort hatten sie miteinander gekämpft. Es schien schon ein Zeichen tückischer Gesinnungsart, den friedlichen Waldboden mit seinen Blümchen zu zerstören. Aber in der Försterei Brambach lief ein kleiner Frischling zutraulich zwischen den Tischen umher, an denen man Kaffee trank. Von der Magd bekam das Wildschweinchen seine Abendmilch aus der Flasche mit dem Gummipfropfen und schluckte mit seinem Rüsselchen so drollig, wie ein mißratenes Menschenbaby. Das war doch sehr anziehend und begehrenswert! Leider fand Mama das Wildschweinchen als Hausgenossen in unserer Wohnung auf der Kavalierstraße ungeeignet.

Der Park von Wörlitz glich einer romantischen Landschaft aus der Zauberflöte, voller Geheimnisse, Überraschungen und Abenteuer. Unterirdische Gänge führten zum Tempel der Schönheit, wo die Göttin, vom blauen Licht bestrahlt, in weißer Nacktheit zwischen Marmorsäulen stand. Chinesische Porzellangötzen wackelten ängstlich mit dem Kopf und bewegten die lang heraushängenden Zungen. Trat man ahnungslos auf hochgeschwungene Brücklein, wurde man von einem kalten Sprühregen durchnäßt. Zwischen leuchtenden Blumenbeeten zogen schmale Wasserstraßen entlang, auf denen weiße Schwäne glitten, die alle Frank hießen. Warum hießen sie Frank …? Durch den Zaubergarten fuhren wir auf einem Kahn in fröhlicher Gesellschaft, Hedwig v. O. mit ihren Eltern und jungen Offizieren, die sangen und scherzten, auch meine Mutter war dabei und Thom, der von einem der sanften Schwäne in den Finger gebissen wurde. Unter dem lichten Gefieder einer Trauerweide legten die Nachen an, man aß kaltes Geflügel, Obst und Kuchen, man trank duftende Maibowle aus schimmernden grünen Gläsern. Die jungen Herren pflückten weiße Seerosen, schleimige Stiele voll Schlamm zogen sie dabei aus der Tiefe. Frau v. O. hob entsetzt die Hände und befahl die Dinger fortzuwerfen, denn sie brächten Unglück. Und so trieben die schönen Blumen, ihres stillen Reizes beraubt, in der Strömung der Kanäle einem unbekannten Ziel der Auflösung entgegen.

Der ungetreue W.

Mein guter Vater fand seine Befriedigung in dem Glück und dem Behagen, das er seinen Lieben schuf. Ein wenig Eitelkeit mochte mitspielen, wenn er der Familie seiner Frau zeigen konnte, wie freundlich ihr Los an der Seite des mit so viel Mißtrauen empfangenen Fremdlings sich gestaltete.

Es war ihm gewiß nicht immer leicht, die Summen für die Bestreitung des doppelten Haushaltes bereitzuhalten. Mangel an dem nötigen Betriebskapital legt auch dem rührigen Kaufmann Schranken auf. Manche vorteilhafte Gelegenheit mußte er aus einem innern Bedürfnis seiner Natur zur Sauberkeit und Solidität ablehnen. Nun schienen sich ihm doch aussichtsreiche Geschäfte zu eröffnen. Er bekam von der ägyptischen Regierung die Lieferung der Uniformen für die neuorganisierte Armee zugewiesen. Bei dieser Gelegenheit vermißte er wieder einen Kompagnon, ja nur einen vertrauenswürdigen Geschäftsführer. Nach schlechten Erfahrungen und vielleicht auch aus Sparsamkeit arbeitete er nur mit unselbständigen Hilfskräften. Aber da war ein junger Verwandter meiner Mutter, der seit Jahren unter seiner Leitung stand. Er war denn doch mit allen Unternehmungen der Firma wohlvertraut. Es blieb nichts übrig, als ihm die weitere Führung der Angelegenheiten mit der Regierung anzuvertrauen. Der Vater selbst eilte nach England, um die Stoffe zu kaufen und die Ausführung zu überwachen. Die Teilnehmerschaft an der Firma, die eine gesicherte Zukunft bedeutete, war dem jungen Manne als Lohn in Aussicht gestellt. Daß ein Mensch gegen seinen eignen Nutzen arbeiten sollte, war nicht anzunehmen.

Mein Vater kam aus den heißen ägyptischen Frühlingstagen in Londons kalten, nassen Nebel. Die vorausgegangenen Verhandlungen mochten ihn stark erregt haben, in England überfiel ihn der erste Anfall jenes Herzleidens, das ihm von da ab keine Ruhe mehr ließ. Schon die Berichte, die der junge Verwandte ihm sandte, bewiesen, daß er der Verantwortung keineswegs gewachsen war. Zu seinem Erstaunen hörte mein Vater, daß die Regierung die bedeutenden Summen für die Lieferung der Uniformen, die noch nicht einmal eingetroffen waren, gegen alle Voraussicht der Firma bereits zugewiesen hatte. Von bösen Ahnungen gequält, reiste der Vater ohne Verzug nach Alexandrien zurück.

Das Unglück war bereits geschehen.

W., der junge Verwandte, trat ihm mit der Nachricht entgegen, er habe das Geld, für damalige Zeit ein hübsches Vermögen, einem Levantiner geborgt, der damit nach Oberägypten verschwunden sei. Schnell genug stellte es sich heraus, daß dieser Levantiner gar nicht existierte.

Der hübsche W., toll verliebt in eine französische Halbweltdame und beherrscht von ihrer raffgierigen Mutter, war in jenen Rauschzustand geraten, der so viele junge Leute schon zum Verbrechen getrieben hat. Das Geld war von ihm in wenigen Tagen an der Börse verspielt, auch die Geliebte wurde reichlich bedacht. Was aus der Wohnung seines Chefs der Dame irgend erwünscht schien, wanderte in die Behausung, die W. ihr eingerichtet hatte. Ob die frühzeitige Zahlung der Regierung nicht infolge Bestechungen an geeigneter Stelle durch den Einfluß der Damen bewirkt worden war, blieb dunkel. Bei den damals im Orient waltenden Gebräuchen ist es als sicher anzunehmen.

Alle diese Dinge konnten dem Vater nach seiner Rückkehr nicht verborgen bleiben. Doch ist es ja das Charakteristische solcher Liebes- und Verbrecherräusche –: die Befallenen handeln wie in einem Taumel, der sie nicht über die nächste Stunde hinaussehen und denken läßt. Die Außenwelt ist ihnen versunken, sie sind gebannt in ihren Zauberkreis, in dem Tat nach Tat, die zweite unheilvoller als die erste, sich ihnen aufdrängt. Und so ist wohl dem jungen W. Glauben zu schenken, wenn er später erklärt hat: er wisse nicht, wie er zu seinen Handlungen gekommen sei.

Für meinen Vater war die Wirkung verheerend. Nicht nur der pekuniäre Schaden war schwer zu ersetzen – denn die ganze Lieferung in England mußte doch von ihm bezahlt werden. Andere Geschäfte, die, auf den Gewinn fußend, von ihm eingeleitet waren, mußten weitergeführt werden, ohne daß die nötige Deckung vorhanden war.

Sollte sein Kredit nicht empfindlichen Schaden leiden, durfte die Öffentlichkeit so wenig wie möglich von dem Schlag erfahren.

Das Geld war unwiederbringlich verloren. Er entließ W. und verzichtete darauf, ihn den Gerichten zu übergeben.

In den Briefen an meine Mutter aus jenen Tagen zeigt er sich mannhaft gefaßt. Dringend legt er ihr ans Herz, gegen Verwandte und Freunde, besonders gegen die kranke Großmama, über die schmerzlichen Vorgänge zu schweigen. Der leidenschaftlichen Frau mag es schwer gefallen sein, Zorn und Empörung in sich zu verschließen. Die Familie erfuhr später die Darstellung der Vorgänge nur durch den einschmeichelnd liebenswürdigen W. So neigte man denn in der Zukunft entschieden dazu, meinen Vater zu verurteilen, der durch törichte Vertrauensseligkeit den jungen Mann geradezu in sein Unglück hineingezwungen habe.

In ihm selbst war seitdem etwas zerbrochen – seine Spannkraft hatte nachgelassen, die Freudigkeit zur einsamen Arbeit war zermürbt. Er mußte Frau und Kinder in der Nähe haben, um in jeder Stunde zu fühlen, für wen er sich mühte. Gewichtige Gründe der Sparsamkeit mochten ebenfalls für eine Übersiedelung nach Alexandrien sprechen. Doch auch hier fordert er nicht. Mit ritterlicher Güte bittet er die geliebte Frau, ihm das Opfer zu bringen. Er weiß, wie schwer sie sich aus dem Dessauer Freundeskreise, am schwersten von der Mutter lösen wird. Und er fügt hinzu: »Es tut mir ja so wehe, die arme kleine Ella in ihren Kindheitsfreuden stören zu müssen.«

Mama war keine Arbeitsnatur – sie ließ die Dinge sachte zu sich kommen. Stand sie jedoch vor einem Muß, so brach plötzlich aus der zarten, verwöhnten Frau eine harte Energie hervor. Eifrig betrieb sie die notwendigen Vorbereitungen.

Die Großmama sah dem Abschied mit der Gelassenheit entgegen, die aus ihrer tiefen Frömmigkeit entsprang. Die Leidgeprüfte nahm die wechselnden Schicksale des Lebens als gleich wertvolle Geschenke aus ihres Gottes Hand. Wir wollen dankbar sein für so viele gute Stunden, mein Hannchen! – Mit diesem sanften Worte, begleitet von ihrem guten Lächeln, nicht von Tränen, suchte sie Mama die letzten Stunden des Beisammenseins zu erleichtern.

Der Dessauer Haushalt wurde aufgelöst. In ungeheuren Kisten versanken die rotseidenen Damastsofas und Stühle, versanken Bilder, Teppiche und Porzellan. Bergehoch lag Stroh und Papier in allen Räumen. Wir Kinder rannten in dem Chaos umher und waren nur bestrebt, unser Spielzeug überall dort hineinzustopfen, wohin es am wenigsten paßte. Ich schwamm selig in der Wichtigkeit des jähen Aufbruchs, zwischen Abschiedstränen und Abschiedsküssen. Dazu sammelte ich Stammbuchverse, von denen die meisten im Hinblick auf die Seereise in der freundlichen Aufforderung gipfelten:

Schiffe ruhig weiter,
Wenn der Mast auch bricht ...

Daß Gott in dieser unangenehmen Situation mein Begleiter sein werde, hatte immerhin etwas Tröstliches, gegenüber der in der Brauneschen Schule allgemein verbreiteten Sicherheit des mir bevorstehenden Schiffbruchs.

Eine Enttäuschung nahm ich mit übers Meer. Ich hatte die Anwartschaft gehabt, nach den Michaeliferien die »Erste« in der neuen Klasse zu werden. Ein heimlicher Blick ins Klassenbuch bewies es klar. Und meine Ahnung hat mich nicht betrogen: Niemals im Leben bin ich nun irgendwo »die Erste« geworden.

Die Reisen wurden damals durch häufiges Umsteigen gewürzt. In Bitterfeld war der erste Aufenthalt. Thom und ich liefen sofort ins Wartezimmer, um zu sehen, ob das Aquarium noch dort stehe: ein verstaubter Glaskasten, in dem zwischen künstlichen Korallenbäumen und grünen Gewächsen einige Goldfische schwammen. Es hatte uns begrüßt, als wir das erste- und als wir das zweitemal von Ägypten nach Deutschland kamen. Es hing uns eng mit Wiedersehensfreude nach langer Reise zusammen. Und richtig: neben dem menschenvollen Restaurationsraum, in dem leeren Wartezimmer mit seinen Plüschsofas stand noch immer, gleich einem Symbol der Beharrung im Wechsel der Zeiten, der verstaubte Glaskasten mit seinen Goldfischen.

Von fünf Kindern war Mama umgeben, das älteste acht, das jüngste wenig über ein Jahr alt. Zu ihrer Hilfe hatte sie nur die junge Erzieherin, die soeben aus dem Examen gekommen und erst auf dem Bahnhof zu uns gestoßen war.

Da wir für einige Stunden nicht umzusteigen brauchten, machten wir es uns im Kupee, obschon der Zug noch hielt, gemütlich. Lola, das Baby, weinte über einen Schmerz im Füßchen, und Mama zog ihm Schuh und Strümpfchen aus. Der Schaffner kam, um die Billetts zu durchlochen und erklärte: wir säßen im falschen Zuge, auf dem falschen Perron. Es sei die höchste Zeit, wenn wir den Dresdner Schnellzug noch erreichen wollten! – – Und so sehe ich uns denn über den menschenvollen Bahnsteig jagen – meine schöne elegante Mutter vorauf, das schreiende, bloßbeinige Kindchen im Arm. Der vorsorgliche Thom sprang mit Schuhchen und Strümpfchen hinterher. Ich, im emporgerafften Kleid die Tiere der Arche Noah nebst Butterbroten und Äpfeln, Atti und Martin Körbe, Schirme, Paletots schleppend und verlierend, Fräulein Clärchen, beladen mit Kissen und Decken für die Nachtfahrt, die schwersten Stücke trug der freundliche Schaffner. Ja, es war ein Zug, der nicht wenig Aufsehen erregte, und auch so viel Mitleid, daß uns die unterwegs verlorenen Gegenstände noch in den davonsausenden Schnellzug nachgeworfen wurden. Nun war es jäh mit meiner Mutter Kraft zu Ende. Totenbleich, das Gesicht von Schmerzen verzogen, lag sie in der Ecke des Abteils. Wir drückten uns flüsternd aneinander, denn wir wußten, das Gespenst unserer Kindertage, Mamas Migräne war im Anzuge.

In Wien besaß sie doch schon wieder Lebenskraft genug zu einer Fahrt durch die Stadt. Den Welthändeln fremd, ja feindlich gesonnen, hatte sie harmlos, wie alle Preußenmütter, ihre vier Jungens in graue Offizierspaletots mit roten Kragen gekleidet und ihnen Soldatenmützen auf die Lockenköpfe gesetzt. Man schrieb 1868 – Flüche und Schimpfworte wurden uns nachgerufen, geballte Fäuste erhoben sich drohend, ein Stein flog, und die Jungens begannen zu weinen. Der Fiakerkutscher wandte sein rundes rotes Gesicht zurück und erklärte, nicht weiterfahren zu wollen, wenn die Buben die sakrischen Mützen nicht hinuntertäten. Schnell kehrten wir unter den sicheren Schutz des Hotels zurück, und für die weitere Fahrt durch Osterreich wurden neutralere Kopfbedeckungen hervorgesucht.

Die zweite Nacht im rollenden Zug. Ich erwachte unter den schlafenden Kindern, auch Fräulein Clara und die gepeinigte Mutter hatten Ruhe gefunden. Die Deckenlampe schimmerte matt hinter ihrer blauen Gardine.

Ich saß am Fenster und hob nach einer Weile den Vorhang. Eine unsäglich fremde Gegend grüßte mich von draußen: graue Halden von Steintrümmern bedeckt – kein Baum, kein Strauch – nichts Lebendiges! Und diese grauweiße Öde in ein unwirkliches rosafarbenes Licht getaucht. Ich starrte betroffen hinaus – wo waren wir? Plötzlich ergriff mich die freudige Gewißheit: dies ist die Lüneburger Heide! Wahrscheinlich hatte sich bei mir die Schilderung einer Lehrerin von der Weite und Größe der Heidelandschaft irgendwie im Unterbewußtsein festgesetzt. Ich empfand eine stolze Befriedigung, die Lüneburger Heide gesehen zu haben, während alle die andern schliefen. Auch als später Fräulein Clara mich belehrte, es sei der Karst, über den wir fuhren, machte mir dies unverstandene Wort keinerlei Eindruck. Ich hatte eben die Lüneburger Heide gesehen, und das war irgendwie für mich ein bedeutsames Ereignis, wenn ich auch nicht hätte erklären können, in welchem Sinne.

Als wir uns in Triest auf den Dampfer begaben, gesellte sich ein freundliches, knabenhaftes Kerlchen zu uns. Es war kaum sechzehn Jahre alt, ein junger Jude, meinem Vater von Geschäftsfreunden warm empfohlen. Hellblond, mit großen blauen Augen und feinen Zügen, immer ein wenig verlegen, taktvoll und bescheiden, sehe ich ihn viele Jahre hindurch als unsern täglichen Tischgast. Dabei entwickelte er sich zu einem klugen und tüchtigen Mann, in dem mein Vater endlich die langentbehrte Hilfe fand.

Das Wetter war während der ganzen Überfahrt regnerisch. Mama und Fräulein Clara litten an der Seekrankheit. Da wir Kinder nicht ohne Aufsicht bleiben durften, mußten wir uns ebenfalls die meiste Zeit in den engen Betten der übelduftenden Kabine aufhalten. Mein Trost war das homöopathische Arzneibuch für den Gebrauch in Familien. Trotz seiner soliden Bestimmung enthielt es Andeutungen und Schilderungen, die den Reiz einer gewissen Unanständigkeit besaßen, was denn immerhin mit der grausigen Langeweile der übrigen Teile versöhnte.

Thom und ich standen auf Deck, als langsam eine weiße Stadt am Horizonte emportauchte. Ich sah verwundert hinüber – die Häuser hatten ja alle keine Dächer? Thom aber flüsterte mir erschrocken zu: »Du, da hat's gebrannt, – da sind alle Dächer abgebrannt!« Dies war unser erster Eindruck von orientalischer Bauart, deren wir uns aus den Tagen frühester Kindheit begreiflicherweise nicht mehr erinnerten.

Wie viele fröhliche Spielstunden haben wir später auf dem flachen Dache unserer Wohnung zugebracht.

Papa und der Kontor-Mohammed standen zu unserm Empfange bereit. Kaum waren wir bewillkommnet und die Schiffstreppe hinuntergestiegen, als unter tobendem Gebrüll die rasenden Eselbuben meine angstvoll schreienden Brüder auf ihren Tieren nach allen vier Windrichtungen zu entführen versuchten. Ich hing sicher an Papas Hand, aber Fräulein Clara kämpfte unter Zuhilfenahme aller englischen und französischen Vokabeln, die ihr gerade einfielen, einen Verzweiflungskampf um den kleinen Lola, der ihrem Schutze anvertraut war. Der Kontor-Mohammed schlug rücksichtslos mit seinem Bambußstecken nach rechts und links unter die zerlumpte braune Bande, und schrie sie mit unverständlichen Schimpfworten an. Lola war mit kühnem Schwung auf seine Schultern gehoben, wo das Kindchen nun sicher und hoch über dem Gewühl thronte, die andern drei hingen ihm an den Falten seiner Pluderhose, und das war der Beginn einer langen treuen Freundschaft. Der kleine feine Herr B., unser neuer junger Mann, hatte diensteifrig wie immer aus dem vielen Handgepäck ein Körbchen mit einem Töpfchen für gewisse kindliche Bedürfnisse herausgegriffen, und schwenkte es gleich einem glücklich geretteten Kleinod hoch in der Luft, während zahllose braune Hände um ihn herumzappelten, und es ihm zu entreißen trachteten. Endlich waren wir in zwei offnen Wagen glücklich geborgen und fuhren mit schönen, schnellen Pferden unserm neuen Leben entgegen.

Orientbilder

Als mein Vater nach Alexandrien kam, pflegte man die Missetäter noch an den Seiten der belebten Straßen aufzuknüpfen, wo sie dann zum warnenden Exempel einige Tage hängen mußten. Bei abendlichen Besuchen der Eltern trug der Diener die geschnitzte Laterne vor ihnen her durch die Finsternis. Das war während der Regierung des grausamen Abbas-Pascha. Jetzt, unter dem geschäftsklugen Khedive Ismael wurden die Hauptstädte in Windeseile europäisiert. Es entstand eine tolle Mischung von Talmizivilisation und altem behaglichen Orient. Vor den Läden mit den letzten Modeneuheiten, mit Konfitüren, Perlenketten und Diamantdiademen, führte das Völkchen der arabischen Eselbuben, Taschenspieler und Märchenerzähler sein vergnügtes Lumpenleben. Die Militärmusik schmetterte aus dem Pavillon auf der *Place des Consuls*, wo die hohen Fontänen rauschten. Vor den Cafés schlürften elegante junge Männer grünlichen Absinth, aus vorüberrollenden Equipagen schauten die geschminkten Gesichter von Damen, deren Krinolinenkleider wie ungeheure bunte Ballone über den Polstern lagen, während winzige Hütlein auf ihren Chignons schwebten. Der fromme Derwisch, der auf seinem Gebetsteppich kniete, schaute sich nicht nach ihnen um, sondern versank mit uralten würdigen Gebärden in die Anbetung Allahs.

Unerhört farbig, unerhört reich war das Straßenbild, in das meine Kinderaugen staunten, während mein Vater gelassen Häusliches mit meiner Mutter besprach.

Er hatte den Oberstock eines Hauses gemietet, das, inmitten der Kreuzung verschiedener Straßen gelegen, von Luft und Sonne umweht und umglänzt war. Seine Vorderseite stieß an einen kleinen Platz, der aus den niedern Nebengebäuden einer Moschee gebildet wurde. Die Moschee selbst mit ihren vielfachen Höfen, mit dem schlanken Minarett, das den traditionell-südlichen, gelbrosa und weiß gestreiften Bewurf trug, barg eine Fülle geheimnisvoller, die Neugier anregender Ereignisse und malerischer Zeremonien. Abends, wenn der Himmel orangegolden glühte, zu der feierlichen Stunde des Sonnenunterganges, tönte von der obersten der feinen Galerien, die das Minarett gliederten, der Ruf des Muezzins, tief und langgezogen in die Runde hallend: »*Allah il Allah rasul Allah*« … Und die Moslemines ringsumher verließen ihre Arbeit, welche Beschäftigung es auch sein mochte, neigten ihre Stirn zu Boden, nach der Gegend des heiligen Mekka, und vereinten ihre Seele mit Gott im Gebet. Oft stand ich auf dem Balkon, hörte auf die Töne, die gleichsam aus himmlischer Höhe herniederzuklingen schienen, und wartete des merkwürdigen Ereignisses. Die Frauen fuhren ruhig in ihrer Arbeit fort, denn wenn es ihnen auch nicht verwehrt war, Allah in der Stille zu verehren, so hatten sie doch keinen Teil an dem offiziellen Glaubensleben der Männer, und was mit ihnen nach dem Tode geschah, blieb unbestimmt.

Tagsüber konnten wir aus den Fenstern unseres Schulzimmers den erhabenen Greis und Rufer Allahs in seiner Häuslichkeit beobachten. Er wohnte mit seinem Weibe, mit Söhnen, Schwiegertöchtern und Enkelkindern in einer der niedern weißen Baulichkeiten, die den Hof umgaben. Hier spielte sich das primitivste Patriarchenleben uralter Völker genau so einfach und natürlich ab, wie wir es in den heiligen Büchern der Bibel beschrieben fanden. Dem ehrwürdigen Greis, dessen Augen erblindet waren, wurde von allen Seiten Unterwerfung und Gehorsam bezeigt.

Sein schimmernd weißer Bart fiel bis zum Gürtel seines dunklen Gewandes, mit einem langen Stabe tastete er seinen Weg, oder ein schlanker brauner Knabe führte ihn. Meist saß er vor seiner Tür in der Sonne und hielt in seinen Armen ein junges Lamm, in dessen Wolle er seine erstarrten Hände wärmte. Die Zeit schien um ihn stillzustehen. Die Frauen in ihren blauen Hemden waren beschäftigt, Maiskörner zwischen flachen Steinen zu Mehl zu zerreiben, oder sie kneteten und buken die flachen Brote, oder sie spannen flockige Baumwolle, die Spindel im Arme haltend – die alte Großmutter, deren erbleichtes Haar feuerrot gefärbt unter dem schwarzen Schleier das hexenhafte Gesicht umlohte, kauerte auf dem Boden und ließ das Weberschiffchen durch die aufgespannten Fäden schießen. Die Kinder liefen in den Straßen umher und sammelten den trockenen Pferdemist zur Feuerung. Die Männer kehrten heim von ihrem Dienst in der Moschee, man verzehrte den Mais oder Bohnenbrei und einige Datteln als Nachtisch. Den Rest trug man dem Bettler hinaus, dem Lazarus, der schwärenbedeckt auf einer Strohmatte vor der Tür im Straßenstaube lag. Alle Gleichnisse Jesu wurden lebendig. Ein Weib mit einem Tonlämpchen, in dem ein Ölflämmchen schwelte, durchsuchte die dunkle Hütte und den Staub davor nach dem verlorenen Groschen, und ein Freudengeheul entstand bei ihr und den Nachbarinnen, wenn sie ihn endlich gefunden. Heftigen Streit gab es zuweilen in der engen Gemeinschaft, und die Stimmen der Weiber kreischten in den Tönen wilder Tiere, während die rotgefärbten Nägel nach der Gegnerin krallten. Der Greis erhob den langen Stab und schlug zwischen die Keifenden, die erschrocken auseinanderstoben. Aber auch in der stillen Nacht wurden wir geweckt durch langgezogene Weiberschreie. Zwei Tage später saß eine der Frauen in schönen seidenen Hosen vor ihrer Tür, ein neugeborenes Kindchen an der Brust, und nahm die Gaben entgegen, die die Nachbarinnen ihr brachten: in Palmenkörben junge Tauben, auf flachen, feingeflochtenen Schalen getrocknete Früchte, Datteln, Feigen und Aprikosen von Damaskus.

Mehrere der Frauen waren als Klageweiber in der Moschee beschäftigt. Sah man sie so friedlich bei ihren häuslichen Hantierungen, so hätte man sich niemals vorstellen können, wie grauenvoll sie wirkten, wenn drüben in dem innern Hof des Gotteshauses eine Totenbahre stand und sie ringsumher kauerten, ihre Kleider und Schleier zerrissen, sich taktmäßig gegen die bloßen Brüste schlugen und merkwürdige rhythmische Klagelieder ausstießen, die den Rufen unheimlich wilder Vögel glichen.

Diese Dinge konnten wir nur gelegentlich durch die Türöffnungen erspähen, denn das Innere der Moschee durften wir keinesfalls betreten. Weil uns also die meisten der dort stattfindenden religiösen Feierlichkeiten nur stückweise und ohne zusammenhängenden Sinn bekannt wurden, beschäftigten sie die Phantasie um so mehr. Vor allem fesselte es uns Kinder, wenn ein buntgekleideter Knabe auf einem schönen Pferdchen, das mit seidenen Decken, mit Silbergeschirr und Blumen prächtig geschmückt war, begleitet von Männern und Frauen, die jauchzten und jubelten, unter dem Schall von Flöten und Becken in die Moschee geleitet wurde. Wir rieten so viel über diese Sache hin und her, daß mein Vater ungeduldig wurde und uns kurz und bündig sagte: »Der Junge würde beschnitten, und wenn wir nicht gleich den Mund hielten, würden wir auch beschnitten. Damit würden wir Türken und könnten dann sehen, wo wir blieben!« Da schwiegen wir vor Schreck gleich still.

Die Mitte unserer Wohnung wurde von einem viereckigen, mit Marmorplatten gepflasterten Flur eingenommen. In diesem Flur erschien jeden Morgen eine Fellachin in blauem Hemd, den schwarzen dicken Schleier, an einer Silberspange befestigt, vor dem Gesicht hängend, so daß nur die Augen hervorschauten. Ihr seltsam starker, an Rosmarin, Sandelholz und den Rauch von offenen Reisigfeuern erinnernder Geruch erfüllte den Flur. Sie führte eine Ziege am Strick, braun und weiß gefleckt und mit Schlappohren wie ein Kaninchen. Das Tier wurde von der Frau vor unseren Augen gemolken und gab die Milch für unseren Kleinsten. Der Frau folgte nach kurzer Zeit ein Araberjunge, dessen Lumpen überall den dunklen Körper hervorschauen ließen. Er trug ein naßtriefendes Ungeheuer auf dem Rücken, das früher auch eine Ziege gewesen war. Aus dem Halse des Untiers stürzte er in der Küche einen Strom klaren Wassers in den gewaltigen Tonbehälter von uralter Form, der auf einem Ständer ruhte, wie er schon in den Räumen der Untertanen der Pharaonen gestanden haben mochte. Und in derselben Weise wie deren Sklaven widmete unser Berberiner dem Trinkwasser die erprobte sorgfältige Pflege, damit es frisch und kühl auf den Tisch der Herrschaft kam. Um drei Uhr nachmittags pflegte unser brauner Diener das schlichte Hemd, das er zu seinen häuslichen Verrichtungen trug, gegen einen prächtigen Anzug zu vertauschen. Ich gestehe, daß wir Kinder gern der Vollendung seiner Ausschmückung zuschauten. Das eine Ende eines langen, bunten seidenen Schals wurde mit den Fransen an die Türlinke der Küche geknüpft und Mohammed, am anderen Ende beginnend, wand sich vom Eßzimmer aus über den Flur hinüber mit sonderbaren Bewegungen wie ein tanzender Derwisch das Prunkstück viele Male um die Taille. Es bildete die Mitte zwischen der blütenweißen, faltigen Pluderhose und der goldgestickten Tuchjacke. So geschmückt, den Tarbusch mit dicker Troddel keck auf den Kopf gedrückt, rote Schnabelschuhe an den Füßen, die Zigarette zwischen den Lippen, begab er sich ins Café, eine Tänzerin anzuschauen oder dem Vortrag eines Märchenerzählers zu lauschen. Und da die Berber den edelsten Typus des Arabers darstellen, hatte Mohammed wirklich das Ansehen eines orientalischen Fürsten.

Außer dem Diener waltete in der Küche eine gelbe, leidenschaftliche Triestinerin, die köstliche Mehlspeisen zu bereiten verstand. Hauptsächlich der Strudel war eine feierliche Angelegenheit, bei der auch die Eßstube mit dem großen Tisch in den Bereich ihrer Tätigkeit gezogen wurde. Marietta den Teig papierdünn ausrollen zu sehen, war beinahe ebenso interessant wie das Anlegen von Mohammeds Seidenschal. Mit ihren Tugenden verband Marietta leider eine böse Angewohnheit. Jeden Morgen, wenn sie von der Messe und vom Markte kam, brachte sie außer dem mit südländischen Gemüsen und Früchten, mit Fischen und Geflügel bepackten Korb einen umfangreichen, strohumflochtenen Fiasco italienischen Landweins mit. Von dem labte sie sich eifrig, daß ihr Gemüt am Ende verdüstert wurde und sie alle paar Tage den Dienst kündigte. Mama nahm die Ausbrüche ihres Mißvergnügens mit Ruhe auf. Wußte sie doch, daß ein starker Magnet die Mehlspeisenperle bei uns festhielt. Das waren die »Gartenlaube« und die Romane der Marlitt. Die »Gartenlaube« kam jede Woche mit dem »Steamer« von Deutschland, und solange die »Goldelse« oder die »Reichsgräfin Gisela« nicht glücklich in den Armen der Liebe gelandet waren, hatten wir unsere Marietta sicher. Bedenklich blieben nur die Zwischenzeiten, in denen andere Dichter mit weniger Anziehungskraft in dem Blatte ihre Feder tummelten, da mußte man sehr geduldig mit ihr umgehen. Während solcher längeren Pause geschah der Auftritt, der sie endgültig von uns trennte. Die Eltern waren verreist. Wir Kinder saßen mit dem jungen Herrn B. und Fräulein Clara um den Mittagstisch, als in der Küche ein wilder Zank erscholl. Die Tür wurde aufgerissen, der majestätische Mohammed stürzte mit allen Zeichen des Entsetzens herein und schrie: »*Ya magnun, ya magnum!*« (Die Verrückte, die Verrückte). Hinter ihm raste Marietta, das Haar um den Kopf starrend, irr flackerten die Augen, sie schwang ein Waschbecken und suchte es dem Berberiner über den Kopf zu gießen. So jagten die beiden um den Eßtisch, an dem wir alle, entgeistert vor Schreck, nicht wagten, uns dem wütenden Weibe entgegenzuwerfen. Endlich sprang Mohammed mit einem Satz in den Flur und schloß sich in der Vorratskammer ein, während das Waschbecken krachend gegen die Tür flog.

Marietta wurde durch einen arabischen Koch ersetzt, der statt der österreichischen die französische Küche bei uns einführte.

Mani und Lola, die Kleinen, wurden von einem Hausmädchen aus Kärnten betreut. Sie hatte eine Fülle von Liebesabenteuern mit den Männern verschiedenster Zonen erlebt. Mit urwüchsiger Komik pflegte sie mir und Fräulein Clara davon zu erzählen, ohne sich um deren pädagogische Einwürfe zu kümmern. Man kann sich leicht vorstellen, wie meine Ohren diesen noch nie gehörten Geschichten lauschten. Eines Abends kam der Kärntnerin zu unserem größten Erstaunen eine lange Stopfnadel aus dem Innern der Hand, die sich vor vielen Jahren an ganz anderer Stelle in ihren Körper verirrt hatte. Irgendwie schien mir dies eine Strafe für ihre Treulosigkeit zu sein.

Unser Haus war wohl luftig und gesund, aber das Stadtviertel nicht elegant. In den regellosen Straßen vertrugen sich alle Arten von Baulichkeiten. An der Seite von Marmorpalästen gab es eingestürzte Häuser mit den Resten von Tapeten und öde Strecken, bedeckt von Trümmern aus der Römerzeit, zwischen denen die wilden Hunde umherliefen.

Die Gegend war zumeist von italienischen und griechischen Handwerkern bewohnt: Hoch und schmal stiegen die Gebäude aufwärts, rosenrot, blau und orangegelb getüncht – aus den Fenstern quollen bunte Fetzen und bildeten ein sonderbares Farbengewirr mit den grotesken Malereien der Wände. Drachen und lilafarbene Panther bleckten erschreckend rote Zungen, die heilige Jungfrau mit dem Kinde wurde von Sonne, Mond und Sternen beschienen, die mit Menschengesichtern lächelten, Teufel mit langgeringelten Schwänzen umsprangen unter Palmen den heiligen Sebastian, dessen Leib gespickt war mit Pfeilen, wie Mamas Nähstein mit Stopfnadeln.

Das war freilich ein interessanteres Spazierengehen mit Fräulein Clara als in Dessau auf der Kavalierstraße! Jeder Augenblick bot Neues, Unbekanntes. Im weißen Straßenstaub trieben die ehrsamen Kleinmeister mit Gesellen und Lehrlingen ihr Werk. Der Tischler fügte Schränke und Kommoden zusammen, aufgestapelt standen Särge; ungeheure Ballen staubigen Roßhaares, zerbrochene Federn umgaben den Tapezierer, der Matratzen und Sofas stopfte. Geheimnisvoll schimmerten aus dunklem

Verlies rötliche Kessel und Kannen, malerisch beleuchtet von dem Flackerfeuer, an dem der Kupferschmied in ohrbetäubendem Takte klopfte. Aber wie entzückend war es erst, dem Goldarbeiter zuzuschauen. der die zierlichen Filigranblüten zwischen seinen metallischschwarzen Fingern entstehen ließ. Der Seiler zog den Hanf quer über die Straße; aus der Luft herab tropften die schwarzen und blauen Zeugstücke, die der Färber von einem Fenster zum andern spannte. Über die Balkongitter neigten sich dunkellockige Frauenspersonen in losen Nachtjacken und keiften auf die Kinder hinab, die sich mit Geschrei und Gejohle zwischen dem unruhigen Wesen herumtrieben. Ein splitternacktes Mädchen spreizte sich eitel in einem alten Krinolinengestell. Ein anderes hing sich Hobelspäne als künstliches Gelock um den Krauskopf. Ein Bübchen ließ sich von der Mutter lausen, ein anderes stieß das Brüderchen von ihren Brüsten fort, um selbst ein paar Schlucke der süßen Milch zu saugen, ehe er wieder in eine rohe Gurke biß. Die Luft in diesen Straßen war angefüllt mit dem fettigen Dampf der Frittata. Alle Leckereien der Bewohner, gebackene Fische, Artischocken, Oliven und Kuchen, in Öl und Honig schwimmend, und Berge blauer Trauben waren auf der Straße zu kaufen. Sie wurden auch hier verzehrt. Araberweiber wehten schläfrig mit ihren Fliegenwedeln über den Eßwaren hin und her, und die italienischen Kochkünstler feilschten und schrien was sie konnten.

Täglich dehnten wir unsere Entdeckungsreisen weiter aus. Es war keine Gefahr dabei. Vier Kinder sind für ein junges Mädchen ein guter Schutz gegen die Annäherung von Abenteurern. Die Eingeborenen aber erwarteten damals das Beste von den Europäern, es herrschte ein gutes, freundliches Verhältnis zu ihnen.

Nur ein Verbot gab der Vater uns mit: Niemals die gebahnten Straßen zu verlassen, nie auf den Trümmerstätten herumzuklettern. Ein grausiges Ereignis hatte kurz vor unserer Ankunft eine ihm bekannte Familie betroffen. Die Mutter saß mit ihren Kindern im Garten, ihr kleines Mädchen lief über ein von der Berieselung aufgeweichtes Beet – plötzlich öffnete die Erde einen Spalt, das Kind versank vor den Augen der Mutter in einen Abgrund, den die stürzenden Erdmassen gleich wieder schlossen. Bei den angestellten Nachgrabungen traf man auf so ausgedehnte Höhlungen, Mauerwerke und Schächte, daß man es aufgeben mußte, die kleine Leiche zu finden. Die unglückliche Mutter verlor den Verstand und wurde ins Irrenhaus gebracht.

So sandte die Vergangenheit der Jahrhunderte, auf der wir Gegenwärtigen unser sorglos Wesen trieben, zuweilen schauerliche Botschaft von ihrem dunklen Dasein an die Oberfläche.

Schauen und Wachsen

Mein lieber Vater hatte in seiner Güte schmerzlich bedauert, mich meinem kindlichen Freudenkreis in Dessau entreißen zu müssen. Rückblickend kann ich es nur als ein Glück für meine Entwicklung betrachten. Die Konvention des feinen deutschen Bürgertums, von dem die Mädchen weit enger umschlossen sind als die Knaben, war zu stark, als daß ich ihr widerstanden hätte. Denn ich war ja durchaus keine Kampfnatur. In dem fortwährenden vergnüglich-plauderhaften Austausch von kleinen Nichtigkeiten mit den andern Schulmädchen würde ich wahrscheinlich zu dem oberflächlichen Geschöpf geworden sein, das geschmackvoll gekleidet, hübsch anzusehen und von der üblichen Bücher-Bildung geformt, eine »Dame« genannt wird. Die »Dame« hat gewiß in der menschlichen Gesellschaft ihren Platz auszufüllen, zu dem sie, in ihrer Wesensart, der alle unregelmäßigen Ecken und Kanten sorgsam abgeschliffen wurden, am besten geeignet ist. Doch das Schicksal hatte ja etwas anderes mit mir vor und findet immer die Wege, zu seinem Ziel zu kommen.

Weil heut von den meisten Frauen soziale, politische, berufliche Arbeit verlangt wird, bemüht man sich, ihre Ausbildung zu vertiefen und der der Knaben anzunähern. Aber macht man nicht an beiden Geschlechtern die Erfahrung, daß es ihnen an fruchtbarer Initiative, an selbständigen Gedanken fehlt? Eine Berufsausbildung kann niemals nachholen. was am kindlichen Gehirn versäumt wurde. In der Zeit, da es am aufnahmefähigsten ist, zwingt man es zu einer reinen Verstandestätigkeit, die alle Mächte des Lebens nur in Abstraktionen bewältigen muß. Was erfährt denn ein Knabe, ein Mädchen, besonders in den Städten, an unmittelbarer Anschauung der Welt, ihrer Gesetze, Ursachen und Wirkungen, ihrer bewegenden Kräfte? Wie oft werden die Kinder den Dingen selbst gegenübergestellt, anstatt nur Autoritatives über sie zu hören? Wann tritt ihre Phantasie in Tätigkeit, um durch das Labyrinth menschlichen Daseins den goldenen Faden zu spinnen, der sie sicher endlich zu Licht und Freiheit führen wird, wenn sie nur treu dem Dämon in ihrer Brust vertrauen. Wie viele wissen von diesem göttlichen Lenker ihrer Seele? Haben sie noch eine Seele oder nur einen verkümmerten Rest, den man eher als Sentimentalität bezeichnen muß?

Es gibt Lernekinder und es gibt Erkenntniskinder. Die von der ersten Art kommen bei der herrschenden Erziehungsmethode wohl auf ihre Kosten und werden zu brauchbaren Menschen. Die von der zweiten Art werden immer ihre Stiefkinder sein.

Die Kinder des Volkes sehen das Leben in seiner Entsetzlichkeit, ohne die Kultur, welche seine Schrecken mildert. Die Kinder der Oberklassen werden vertraut mit allem Reichtum der Kulturen ohne das Leben kennenzulernen, dem diese doch entstiegen sind.

Vor mir öffnete sich durch glückliche Umstände die bunte Fülle der Welt bis in ungeheuere Vergangenheiten hinauf, wie ein gewaltiges Bilderbuch. Zugleich erhielt mir die zarte Fürsorge der Eltern die frohe Unschuld der Kindheit. Alle gewonnene Anschauung blieb wie unter einem Ahnungsschleier verborgen in meinem jugendlichen Geiste ruhen. Erst einem viel späteren Entwicklungsabschnitt war es aufbewahrt, den Schleier zu lüften und den Text zu der aufgespeicherten Bilderfülle enträtselnd zu begreifen. Meine kurzsichtigen Augen sahen die Gegenstände um mich her nur undeutlich. Ich gewöhnte mich, im Traum umherzugehen. Doch war es erstaunlich, wie viel ich dabei auffaßte und beinahe unbewußt im Gedächtnis aufspeicherte. Ja, es scheint mir heute, daß die Dinge erst beim Durchwandern durch die Phantasie festere Konturen und stärkere Farben gewannen.

Das Spiel ist des Kindes Welt – in seinen Abenteuern erlebt es ihre Wunder. In Dessau hatte ich mit den Freundinnen geschwatzt, doch kaum noch gespielt. Durch ein Bedürfnis nach Verträglichkeit geleitet, war ich mehr die Aufnehmende oder Duldende gewesen. Nun war ich gezwungen, mich zur Unterhaltung den Brüdern zuzuwenden. Hieraus entstand ein erfreulicher Zustand für alle Teile. Thomas und Atti ergänzten sich vorzüglich als meine gehorsamen Trabanten. Und ich konnte mich ungehindert meinem eigensten Wesen überlassen. Thom hatte eine Fülle von praktischen Einfällen, er war ein kleiner Bastler und Erfinder, dabei von behaglichem Phlegma. Atti, beweglicher, sensitiv, leicht zu Zorn und Tränen oder zu graziöser Lustigkeit entflammt, folgte mit der Phantasie hingebend allen Wegen, auf denen ich voranflog. Mani wurde nur zu Nebenrollen hinzugezogen, und Lola war noch ganz in der Obhut der Mama. Große, durch Wochen uns beschäftigende Spiele erfüllten uns mit einem tiefen, frohen Glück. Planen und Ausspinnen mit allen

Vorbereitungen bildeten nicht den geringsten Teil. Die Geduld und Großmut der Mama gestattete uns eine Fülle der verschiedensten Gegenstände aus der ganzen Wohnung zusammenzuschleppen. Der Schauplatz war das Schlafzimmer der Jungens – bei mir störte die Anwesenheit von Fräulein Clara – oder das flache Dach. O – diese ausgiebigen Sonntage – wie wir uns auf sie freuten! Es war entsetzlich störend, daß man zum Mittagessen mußte und wir konnten kaum den Augenblick erwarten, wenn wir den Nachtisch, als letzte Rettung in Hungersnot und Gefangenschaft mit ausführend, in unsere Welt zurückkehren konnten.

Mein Lieblingsbuch war der Robinson in der Bearbeitung von Campe, ich konnte ganze Kapitel davon aus dem Gedächtnis hersagen. Außerdem hatte eine abenteuerreiche Erzählung von Gerstäcker mir unauslöschlichen Eindruck gemacht. Es ist daher nicht zum Verwundern, daß wüste Inseln eine große Rolle spielten, wenn ich als edle, verfolgte Fürstin mich stets auf großen Reisen befand. Das von Moskitogardinen umgebene Doppelbett der Brüder wurde zur geräumigen Kalesche, denn vor den Feinden, die mein Schloß verbrannt hatten, mußte ich ja bis zum Nordpol fliehen. Dort sollte es ein warmes Land geben, dessen Krone mir versprochen war. Ob wir es je erreichten, weiß ich nicht mehr. Aber während die Frühlingszeit schon recht hohe Temperaturen aufwies, saßen wir in alle Decken und Plaids gewickelt, die aufzutreiben waren, schweißtriefend im sonnedurchglühten Zimmer und träumten uns in Eis und Schnee. Die Jungen hatten genug zu tun, die Stuhlpferde zu bändigen, die vor Donner und Blitz beständig im Durchgehen begriffen waren. Sie mußten als Bären brummen, als Löwen heulen, als Wilde mit gräßlichem Geschrei angetobt kommen, so daß sie sich schließlich vor sich selber zu fürchten begannen. Ich war mit Feuereifer beschäftigt, den geretteten Kronschatz zu verteidigen, die zum Übermaß des Jammers an Scharlach und Fieber erkrankten Kinder zu pflegen und alles draußen Vorgehende zu dirigieren. Dann gab es auch zärtliche Wiedererkennungsszenen mit dem treuen Kutscher, der sich endlich als der König und Gemahl zu erkennen gab.

Spielten wir auf dem Dache, so boten die Wäschefässer, die dort aufbewahrt wurden, Gelegenheit zur Durchschiffung gewaltiger Ströme, und ein Schiffbruch war nicht zu umgehen. Der Seewind wehte lustig durch unsere Haare, die leuchtende ägyptische Sonne bräunte unsere Wangen, und weit hinter den weißen Häusern, über die der Blick von unserer Höhe schweifte, glitzerte ein blauer Streifen des Meeres.

Ich hätte Ursache gehabt, der unerfreulichen Mademoiselle Besin dankbar zu sein, daß sie mir einige Fertigkeit in der verhaßten französischen Sprache beigebracht hatte. Gelegenheit sie zu üben, fand sich genug. Nur in der Weihnachtskiste aus Deutschland kam ein »Töchteralbum«, sonst war ich auf die Bände der *Bibliothec rose* angewiesen; zuweilen waren sie spannend, aber ihre Illustrationen erschienen mir unerträglich geziert. In den französischen Märchen verschaffte die Fee dem Cendrillon eine Kiste voll Pariser Toiletten. In Deutschland fiel dem Aschenbrödel das silberne und das goldene Kleid vom Baume auf der Mutter Grab. Die Pariser Toiletten bedeuteten mir eine greuliche Entweihung. Die englischen Kinderbücher hingegen waren herzlich langweilig und so sehr moralisch. Wie sehr beneidete ich Thom und Atti, die binnen eines Vierteljahres und ohne alle Bücher gelernt hatten, fließend französisch, italienisch und arabisch zu plaudern. Aber sie gingen ja auch in die Missionsschule, wo es viel lustiger war, als in den einsamen Unterrichtsstunden bei Fräulein Clara. Sie war uns eine freundliche Begleiterin bei den Spaziergängen, und der Mutter eine treue Hilfe in der Beaufsichtigung der wilden Jungen, aber eine Freundin wurde sie mir nicht. Diese Anforderung stellte man damals noch nicht an eine Erzieherin; und ist eine Freundschaft zwischen Lehrerin und Schülerin überhaupt ratsam? Im besten Fall schraubt die Reifere die Jüngere auf eine Höhe, die ihr nicht natürlich, und füllt sie mit Interessen, die dem kindlichen Alter an sich nicht dienlich sind.

Zuweilen besuchte Fräulein Clara mit mir eine levantinische Familie, deren deutsche Erzieherin ich mir heimlich für mich gewünscht hätte. Sie gehörte zu den tüchtigen, klugen Pionierinnen für deutsches Wesen, denen der Orient so viel verdankt. In Konstantinopel, Kleinasien und Ägypten hatte sie sich mannigfach umgesehen und wußte lebendig und bedeutend zu erzählen. In ihrer jetzigen Stellung war sie nicht an ihrem Platze. Ihre Schülerinnen: Argentine und Stelleanie zeichneten sich hauptsächlich durch eine ungeheuerliche Korpulenz aus. Sie nährten sich den ganzen Tag von allen Arten türkischer, englischer und pariser Süßigkeiten. Ich sollte mit ihnen französisch plaudern; wir wußten uns nichts zu sagen und saßen schweigend, doch angenehm beschäftigt um große Bonbonnieren mit glasierten Mandeln und Makronen.

Unser Hauswirt war gleichfalls Levantiner. Er saß fast den ganzen Tag mit seiner umfangreichen Frau in dem spärlich möblierten Salon, wo die Jalousien nie geöffnet wurden, und beide spielten Tricktrack – das im Süden so beliebte Brettspiel. In dem dämmerigen Salon übte eine der Töchter eine Arie aus Robert dem Teufel. Sie übte sie die ganzen vier Jahre während wir über ihnen wohnten, ohne sie fehlerfrei zu lernen. Es gab außer ihr noch eine Menge erwachsener und junger Kinder, die alle paarweise benannt waren. So fand sich ein Georg und eine Georgine, ein Paul und eine Pauline, ein Victor und eine Victorine, und damit der jüngste Jean nicht leer ausging, kam am Sonntag noch eine kleine Cousine Jeanette. Es waren lärmende, gutmütige Menschen, mit denen wir einen mäßigen Höflichkeitsverkehr unterhielten. Ich freute mich jedesmal auf die Besuche, die ich mit meiner Mutter machen durfte. Mit dem Sohn unseres damaligen deutschen Generalkonsuls wußte ich zwar nicht viel anzufangen. Er parlierte nur französisch und machte durchaus den Eindruck eines kleinen levantinischen Gecken.

Viel wohler fühlte ich mich mit den Kindern einer lieben schweizerischen Familie, mit der uns herzliche Freundschaft verband. Bei anderen Schweizern hörte ich den Kleinen, der noch auf dem Arm getragen wurde, von der Wärterin mit »Junkerle« angeredet. Das erschien mir für den Sohn eines Kaufmanns und für einen jungen Republikaner höchst verwunderlich. Als ich später das stolze Stammschloß der alten Patrizierfamilie kennenlernte, verstand ich eher, warum die Tradition unter ihren Mitgliedern so streng aufrechterhalten wurde.

Sehr gern hatte ich Miß Harris, die gelehrte und lustige Mulattin, die mir über der Wiege geweissagt hatte, ich werde einmal Bücher schreiben. Ihr Vater war ein würdiger, weißhaariger Engländer, der dieser Tochter einen unschätzbaren Papyrus als Heiratsgut gegeben hatte. Eigentümlich berührte es mich später einmal, in den Briefen Friedrich Nietzsches den Papyrus erwähnt zu finden. Er berichtet: Wenn der Professor, bei dem er Ägyptologie hörte, auf die in den Pyramidengräbern gefundenen Papyrusse zu sprechen käme, mache er jedesmal den Witz, den Studenten von einer Dame zu erzählen, die einen der herrlichsten Papyrusse als Heiratsgut dem Ritter, der sie zu gewinnen trachte, mit in die Ehe bringen würde. Leider müßte er dabei bemerken, daß die Hautfarbe der Dame nicht ganz einwandfrei sei.

Ich höre auch die gute Miß Harris mit der ihr eigenen Selbstironie zu meiner Mutter sagen: »*My dear, I have no marrying colour.*« *[Meine Liebe, ich habe keine Heiratsfarbe.]* Miß Harris wohnte hoch über der Stadt, neben dem Fort Kômel-el-Diek – von der Veranda ihres Hauses überschaute man bei dem Genuß von köstlichem *plume cake* und *jam* das ganze weit hingebreitete Alexandrien.

Auch Wilsons wohnten dort oben, eine schottische Familie, deren kleiner Junge das kurze, karierte Faltenröcklein und die nackten Knie der Schottländer-Knaben trug. Ihre Wohnung wurde im nächsten Jahre durch eine Explosion des Pulverturmes in zwei Teile zerrissen, während die von Miß Harris gänzlich von der Erde verschwand. Sie selbst befand sich glücklicherweise in England.

In Ramleh, der Sommerfrische der Alexandriner Gesellschaft, besaß Mama eine gute Bekannte, deren Existenz mir äußerst romantisch erschien. Mrs. Sinett kam aus Indien; die zarte, vornehme Schönheit der jungen Witwe wurde durch ihre langwallenden Trauergewänder noch gehoben. Sie bewohnte mit ihrem kleinen Jungen in Ramleh einen eisernen Pavillon, der ganz kurios vereinzelt in der weiten Sandfläche lag. Er bestand nur aus einem Zimmer und zwei Veranden. Aber der Teetisch war immer tadellos gedeckt, mit Blumen und schwerem Silbergeschirr. Und Thommy sah stets aus wie ein süßer, langlockiger, kleiner Lord.

Die Familie eines deutschen Kaufmanns besuchten wir zuweilen, deren Haus auf einer Klippe über dem Meer stand, immer vom Seewind umbraust. Die Mutter war eine »englische *lady born at Malta*«, sehr dunkel, eine sonderbare Mischung von Nord und Süd – die Kinder ganz deutsch ausschauend, aber nur englisch sprechend. Und dann hatte Herr Mr. noch eine Tochter, die einer früheren Verbindung mit einer Araberin entstammte. Sie hieß Bambe und hatte einen indischen Prinzen geheiratet – den legitimen Erben eines gewaltigen Königreiches. Es war eine romantische Geschichte mit diesem Prinzen gewesen. Er lebte mit seiner Mutter in England. Wenn die Engländer ihm auch sein Reich genommen hatten, so ließen sie ihm doch seine märchenhaften Reichtümer. Nur den Riesendiamanten, den Kohinur, setzte die Königin von Großbritannien in ihre Krone. Als die alte Mutter starb, erlaubte die englische Regierung dem Prinzen, ihre Leiche nach Indien zu überführen, damit sie dort nach heimatlichen Gebräuchen bestattet würde. Unterwegs erkrankte der Lieblingsdiener des Prinzen, er brachte ihn ins Krankenhaus in Alexandrien und wartete seine Besserung ab. Da er selbst zum Christentum übergetreten und sehr fromm war, besuchte er den Gottesdienst in einer englischen Missionsschule. Hier wurde die junge Bambe erzogen. Zum erstenmal sah er wieder ein junges Mädchen von der gleichen Farbe, die auch sein Antlitz trug, der Eindruck war überwältigend. Am nächsten

Morgen erschien eine Gesandtschaft in Begleitung des Prinzen bei dem Missionar und hielt in aller Form um Bambes Hand an. Das junge Mädel aber erklärte, sie heirate keinen indischen Prinzen, den sie nicht kenne. Sie habe sich dem Dienst des Heilands gelobt und wolle Missionarin werden. Der Prinz, den in London die schönsten Damen der Aristokratie umworben und gefeiert hatten, geriet durch die Absage, die die einfache kleine Araberin ihm gab, vollends in helle Flammen. Als er seine Mutter bestattet hatte – er selbst durfte nur bis zur Grenze seines Vaterlandes gehen –, kehrte er nach Alexandrien. zurück, suchte Bambes Vater auf und betrieb seine Werbung mit solcher Glut, daß er denn auch bald das Herz des braunen Kindes gewann. Meine Mutter lernte ihn kurz vor seiner Vermählung kennen, er war in weiße Seide gekleidet, mit maisgelbem Turban und vielen Edelsteinen geschmückt und von fabelhafter Schönheit. Der Prinz hatte eine mystische Vorliebe für die Zahl vierzehn. Daher gab er seine Geschenke immer vierzehnfach – seine Braut erhielt auf einmal vierzehn Kleider, vierzehn Ringe, vierzehn Brillantdiademe. Ich habe dieses erotische Wunder zu meinem größten Bedauern nie gesehen. Er lebte später mit seiner Gemahlin auf seinen Gütern in England.

Kairo

Am Februar 1869 reiste ich mit meinen Eltern nach Kairo. In der schönen Villa, die sich unsere deutschen Freunde an der Schubra-Allee gebaut hatten, fanden wir die liebenswürdigste Aufnahme. Herrn Ms. Geschäft war bedeutender und ausgebreiteter als das meines Vaters. Er besaß eigene Pferde und Wagen, wir konnten die Sehenswürdigkeiten Kairos aufs bequemste genießen. Mit Fanny, dem ältesten Töchterchen, verstand ich mich gut. Sie war klug und verständig und hatte dieselben Liebhabereien wie ich. Wir wußten uns nichts Schöneres, als uns vor den wilden kleinen Schwestern in irgendeinem Winkel des Gartens zu verstecken, jedes in ein Geschichtenbuch vertieft. Wer hätte damals geahnt, daß das gesunde, kräftige Mädchen wenige Monate später schon nicht mehr unter den Lebenden weilte?

Jene Frühlingswochen stehen mir noch in heiterem Andenken. Die großen Eindrücke, nach denen erlesene Menschen weite Reisen unternehmen, wurden uns Kindern täglich in neuer Fülle geboten. Wir waren keineswegs reif dazu, sie richtig zu würdigen, aber wir freuten uns an ihnen. In die Wüste fuhren wir zu den Pyramiden und betrachteten die große Sphinx. Das alles war zu kolossalisch für ein Kind. Von diesem Ausflug sind mir allein die Späße der Beduinen und das fröhliche Picknick auf den Sandhügeln geblieben. Viel bedeutender erschienen mir die alten merkwürdigen Grabmäler, wenn ich sie später einsam und ferne unserer Welt vor dem orangegelben Abendhimmel als rätselhafte Dreiecke stehen sah. Fein dunkelgoldig war der Wüstensand, warm und leicht rieselte er durch die Finger, und wie grün erschienen die Kleefelder neben dem ungeheuer vielen Gelb. Mama erzählte uns, daß sie früher einmal die Pyramiden in Gesellschaft des alten Pastor Fliedner besucht habe, des tapferen Diakonissenvaters aus Kaiserswerth, der den Orient bereiste, um Kranken- und Waisenhäuser einzurichten. Der gute Pastor habe auf einem Kamelritt bestanden, und die arme Mama sei auf ihrem hohen Sitz seekrank geworden, wie auf schaukelndem Schiff. Jetzt fuhren wir im bequemen Landauer auf glatter Chaussee unter jungen schattenspendenden Akazien. Und schon baute man an einer Bahnlinie zum Rand der Wüste, die den Ausflug noch weniger zeitraubend gestalten sollte. Selbstverständlich stand eine Besichtigung der Pyramiden auf dem Vergnügungsprogramm für die fürstlichen Gäste, die im Herbst zur Einweihung des Suezkanals erwartet wurden.

Wir sahen uns auch das Schloß Géziréh an, wo die Kaiserin der Franzosen wohnen sollte. Ismael-Pascha hatte es für sie von dem deutschen Baumeister Franz Bei europäisch einrichten lassen. Unmäßig viel Marmor, Gold, Samt und Seide. Das Schlafzimmer Eugenies mutete an wie eine Schilderung aus einem Roman der Marlitt – Wände, Decken, Möbel, alles erschimmerte in hellblauem Atlas. Um die Pracht von den Fremden wie von den Landeskindern genügend bewundern zu lassen, gab der Vizekönig in Géziréh einen großen Einweihungsball, zu dem auch meine Eltern geladen waren. Er war wohl der Grund zu der Reise nach Kairo.

Wir Kinder durften unsere Mütter im Ballstaat anstaunen. Fanny und ich gerieten in einen heftigen Streit, der sogar in Tränen endete, über die Frage, welche die Schönste gewesen, ob die Hellblonde in grüner, golddurchwebter Gaze, oder meine dunkeläugige Mama mit dem Brillantstern im braunen Haar und im lichtblauen Kleide von schwerer Lyoneser Seide.

Zu derselben Zeit gerieten unsere Eltern durch eine Panik, die bei der Einfahrt zum Schlosse entstand, in nicht geringe Lebensgefahr.

Meine Mutter hatte überhaupt wenig Freude an diesen großen Festen. Sie wußte, daß eine Neigung zur Eifersucht in ihres Mannes Natur lag. Durch ihre Liebe wurde es ihr leicht, auf den Tanz zu verzichten und ihre Schönheit selbst zu dämpfen, indem sie sie in die Schleier einer müden Gleichgültigkeit hüllte. So kam sie, als Mädchen eine gefeierte Ballkönigin, als Frau selten mehr auf ihre Kosten. Sie hatte dafür die Genugtuung, ihren Mann kühl zu sehen gegen alle Reize südländischer Grazie und Formenpracht.

Wie verschwenderisch die Geselligkeit in Ägypten betrieben wurde, dafür zeugten die kleinen Diners, die ein reicher Grieche häufig veranstaltete, nicht unter der Zahl der Grazien, nicht über der Zahl der Musen. Jede Dame fand dabei auf ihrem Teller eine schwergoldene Bonbonniere mit Brillanten besetzt, oder einen Armreifen, eine Brosche, alles mit Edelsteinen reich geschmückt. Dieser alte Junggeselle und ein anderer levantinischer Kaufmann hielten wochenlang die öffentliche Aufmerksamkeit in Spannung durch die unglaublichen Vorbereitungen, in denen sie sich einander überboten, um dem Vizekönig ein Fest von noch nie dagewesenem Glanze zu bieten. Schließlich kam Ismael-Pascha weder zu dem einen noch zu dem andern, und aller Aufwand war vergebens.

Als gute Geschäftsleute berechneten unsere Väter am Morgen nach dem Balle in Géziréh die Kosten, die das gewaltige Fest wieder dem Lande auferlege. Für uns Kinder war die Schilderung des großartigen Büfetts anziehender. Gespannt hörten wir von vergoldeten Bäumen, die Schalen mit Konfekt in ihren Zweigen trugen, von Pfauen, die mit ihrem hundertäugigen Schweif auf der Tafel prangten und kalte Gelees von Geflügel in sich bargen, von dem Aufbau südlicher Früchte, die an Farbenglanz die Stilleben alter Meister beschämten. Hier drängten sich die Scheichs *il belet*, die Vorsteher der Dörfer am oberen Nil, mit ihren langen Bärten und großen Turbanen. Gemächlich ließen die Würdigen Torten und Champagnerflaschen unter ihren weiten Kaftanen aus buntem Tuch oder in den Falten ihrer bauschigen Pluderhosen verschwinden. Von diesen Scheichs erzählte mein Vater eine launige Geschichte. Man hatte sie in Kairo versammelt, um Ägypten nach Europas Muster eine Verfassung und so etwas wie ein Parlament zu schaffen. Es wurde ihnen erklärt, rechts hätten die Getreuen der Regierung, links diejenigen, die mit ihren Anordnungen nicht einverstanden seien, ihre Plätze einzunehmen. Nun waren die Scheichs bisher bei dem leisesten Versuch zur Widersetzlichkeit mit Bastonade oder mit dem Sack, der sie in die Fluten des Nils beförderte, bedroht worden. Es entstand ein wildes, eiliges Gedränge nach rechts, man schlug und raufte sich um die Plätze, die linke Seite blieb leer und öde. Man mußte erst wieder durch die Androhung von Bastonade und Ersäufen die zu einem geregelten Parlamentsbetrieb notwendige Opposition herstellen.

Wenn mein Vater solche Dinge erzählte, hörte ich mit allen Sinnen zu, und auch was ich damals nicht verstand, ist mir im Gedächtnis haften geblieben. Übrigens war er stets bereit, mir die Ereignisse des öffentlichen Lebens zu erklären, immer mit einem humoristischen Lächeln und einem Anflug feiner Ironie.

Eine andere Festlichkeit, an der ich teilnehmen durfte, war die Hochzeit von Herrn Mir, dem Kairoer Geschäftsführer von Papa, einem levantinischen Juden. Herr Mir bewohnte mit seiner Mutter und vielen Schwestern eine düstere, kühle Wohnung im Innern der Stadt. Die Familie von sieben Personen besaß zusammen nur sechs Augen, so hatte die ägyptische Augenkrankheit unter ihr gewütet. Von der Zeremonie der Trauung entsinne ich mich nur des Augenblickes, als die orientalisch gekleidete, dichtverschleierte Braut unter dem Baldachin dem Gatten zugeführt wurde. Später saßen alle weiblichen Gäste in einem steingepflasterten Raum um ein großes Himmelbett, das mit rosa Gardinen, Spitzenbehängen und Girlanden von künstlichen Blumen aufs prächtigste geziert war. Die Frauen trugen die allerschönsten smaragdgrünen, rosen- und apfelsinenfarbenen Pantalons und goldgestickte Überkleider, auch die Gazeköppchen auf ihren Köpfen funkelten von Edelsteinen und Goldmünzen. So bewegten sie sich, laut schwatzend, wie ein schillernder Regenbogen um das Brautlager her, die älteren, sehr fetten Damen mit schwarzseidenen Perücken, saßen auf Stühlen, die den Wänden entlang aufgestellt waren. Dienerinnen reichten große Präsentierbretter mit Konfekt herum. Soviel Zuckermandeln, Pralines und Bonbons hatte ich noch nie auf einem Flecke beieinander gesehen. Mit Suppenkellen füllten die bunten Damen sich davon in den Schoß und es begann ein allgemeines Geknabber und Gelutsche, aus dem ich leider fortgeführt wurde, so daß ich die weitere Entwicklung der Ereignisse nicht mehr erleben durfte. – –

Nach dem jähen Tode meines Vaters suchte Herr Mir mit allen Kassenbeständen das Weite, und dies ist das letzte, was ich von der Familie erfuhr.

Weit mehr als das moderne, protzige Géziréh, in dem noch die Maurer und Gärtner gearbeitet hatten, zog mich die Insel Rhouda an. Ein halbverfallenes, orientalisches Marmorschlößchen träumte hier inmitten einer Wildnis von Palmen und mannshohem Bambus, von Bananen, Sykomoren, von wildem Pflanzengerank und süßen, schweren Blumendüften. Auf einem Kahn fuhr man über das gelbe Nilwasser – unter dessen Schilfhalmen einst das Körblein mit dem Moseskinde gestanden haben sollte. Sah man nicht die Prinzessin mit der altägyptischen Haube, die Glieder von feinem Byssusgewande fest umwickelt, heraustreten aus der grünen, schattigen Wildnis, gefolgt von schwarzen Dienerinnen mit Fliegenwedeln, gestickten Tüchern und goldenen Kannen, wie man täglich die vornehmen Frauen in die Bäder wandeln sah? Orangeglänzender Abendschein lag wie damals über dem stille fließenden Strom. Barken mit braunen großen Segeln zogen in der Ferne dahin – die Düfte Ägyptens, diese wunderbar starken und herben Gerüche des Orients, wie sie einst das Pharaonenfräulein und das kleine ausgesetzte Judenkindchen eingeatmet hatten, umwehten auch uns … Wie nahe waren die alten Legenden – wie versanken die Zeiträume ins Wesenlose …

Ein anderer Nachmittag. Noch hielten die Mütter ihr Schläfchen, wir wurden sauber gekleidet in den Garten geschickt mit der Warnung: Wer sich schmutzig macht, muß zu Hause bleiben! Der Gärtner war beschäftigt, die Beete zu bewässern. Das wurde im kleinen in derselben Weise bewerkstelligt, wie das ganze Land Ägypten seine befruchtende Feuchtigkeit vom Vater Nil empfing. Um jedes kleine Gemüse- oder Blumenfeld lief ein Kanälchen, und alle wurden von dem großen Schöpfrad aus gespeist. Dann durchbrach der Gärtner die Dämme und das Wasser floß in Strömen über die niedriger gelegenen Pflanzungen. Irgendwo fanden wir auf unseren Wegen einen Haufen Bambusstöcke. Sofort wurde mit ihnen eine Dampferwettfahrt an den Kanälen veranstaltet. Fanny und ich gehörten zu diesen tollkühnen amerikanischen Kapitänen, die auf den mächtigen Strömen das Leben ihrer Passagiere rücksichtslos aufs Spiel setzen, um eine Minute früher ans Ziel zu gelangen. Ha – wie wir unsere Dampferstöcke trieben, wie Thekla und Hanna schrien und gegeneinander wetteten, und die kleine Lullu, immer glührot vor Eifer, hinter uns herjagte. Eines der Fahrzeuge drohte zu scheitern. Die Kleine sprang auf das sumpfige Beet und stieß einen Schrei aus – ihre Füßchen sanken und sanken in dem braunen Schlamm. Wir sprangen nach, sie auf den festen Weg zu ziehen – Gott sei Dank, es öffnete sich kein Erdspalt, wie ich schon gefürchtet hatte – aber wie sahen unsere feinen, grauen Zeugstiefelchen aus! Ei der Schrecken! Wir stahlen uns zur Hintertreppe, wo der Diener das Putzzeug verwahrte, und dort ging es an ein eiliges Putzen, Waschen und Bürsten! Schweißtropfen der Großen, und Tränen der Kleinen flossen durcheinander. Nur Thekla war noch nicht völlig gesäubert, da klang die rufende Mutterstimme, und wir liefen wie ein Rudel geängstigter Rehe dem Wagen zu. Eilig, eilig sprangen wir hinein und zogen unsere Füße ganz eng unter die Sitze – und die Mütter plauderten und achteten unserer nicht besonders. – Wir waren schon weit vom Hause entfernt, als Frau Ms. Blicke plötzlich auf Theklas, mit braunem Schlamm überzogenen Stiefelchen haften blieben. Da gab's freilich ein Donnerwetter – aber zurückgeschickt konnte doch nun keines mehr werden. Und hinaus ging's ins Freie, durch blühende Aprikosen-gärten! Ein hauchzarter Rosenschein, so weit das Auge schauen mochte, und über dem Rosenrot der blaue, blaue Himmel.

Dann verließen wir den Wagen und betraten andachtsvoll den schlichten arabischen Gemüsegarten, in dem Bohnen, Zwiebeln und Tomaten wuchsen. Inmitten des Gartens stand der Marienbaum –: die greisenhafte Sykomore mit dem tiefen, hohlen Stamm, in dem die Jungfrau sich und das Christuskindlein vor ihren Verfolgern verborgen hatte. Wir hörten hier, aus dem Munde unserer Mütter, die liebe Legende, wie die Kriegsknechte den Garten durchsuchten und Gott der Herr ein Spinnlein sandte, das die Öffnung des Baumes mit ihrem Netze über-spann. Der Hauptmann der Kriegsleute aber sagte: Hier kann sie nicht sein, sie würde ja beim Hineintreten das Netz zerrissen haben!

Mit heiligen Schauern betrachteten wir das knorrige Skelett eines Baumes, der solche Dinge erlebt hatte. Unsere Phantasie zeigte uns die süße Mutter Gottes lieblich in dem Garten walten. Wir stellten uns vor, sie habe sich die Sykomorenfeigen, die gleich einem Pilzgewächs aus den Ästen hervorquellen, zur Speise gebrochen, war leise singend mit dem Kindlein über die Wege gewandelt, hatte seine kleinen Windeln über die Balsamstauden gebreitet, die seitdem ihren herrlichen Duft behalten hatten. Ach – man muß kein zweifelsüchtiger Reisender sein, der solche durch fromme Sagen geweihte Orte in Gesellschaft schnatternder Ver-gnügungspilger besucht. Man muß ein Kind sein mit gläubigem Gemüt, dem alles farbiges, wahrhaftiges Leben wird, das Wochen und Monde darüber träumt und die holden Wunder in seinem Herzen mit hinausträgt durch die Nüchternheit der entgötterten Gegenwart.

Auch die dunklen Zeiten des Christentums stellten sich uns dar in dem finsteren Koptenviertel, in das man aus der lichten Welt des Tages hinunterstieg wie in ein Reich düsterer Schatten. Da standen noch die eisernen Torflügel, die des Nachts geschlossen wurden, um die orientalische Christengemeinde vor der Wut der Heiden und später der Mosleminen zu schützen. Hier hausen sie noch heute in ihren licht- und luftlosen Wohnklüften, eng aneinander gepfercht – die Männer und Kinder mit den strengen, altägyptischen Profilen, so schlank und hager, als habe die Natur sie gezeichnet nach den Hieroglyphen auf den Obelisken des Sonnentempels von Heliopolis. Diese Menschen, die sich streng und trotzig vor der Sonne verbargen, um den Gekreuzigten anzubeten, den Christus, dessen ältestes Bildnis, von dunklem Bart umrahmt, in der uralten Krypta der uralten Kirche aufbewahrt wurde. War dieses schauerlich strenge Bild auf verdunkeltem Goldgrunde derselbe Heiland, der von seiner lieben Mutter durch die Blumen des Mariengärtleins getragen wurde? Seltsam verschieden malte sich das Bild derselben Religion in den Geistern verschiedener Menschen und Rassen!

Die Türken und der Chiccolani-Garten

Nach all diesen Eindrücken war der Unterricht in der Geschichte und Mythologie der alten Völker, das Lernen der Erzählungen des Alten und Neuen Testamentes, der Psalmen und Prophetenworte nur ein Weiterleben in dem Geschauten, ein festeres Ausbauen dessen, was schon sicherer Besitz von Geist und Seele geworden. Der Lehrerin erging es wie der Schülerin. Wir trieben miteinander, was uns Freude machte, was uns innerlich wirklich beschäftigte. Alles andere, wie deutsche Grammatik und besonders das Rechnen waren lästige Beigaben, die wir eilig erledigten, um zur Hauptsache zurückzukehren. In den neueren Sprachen kamen wir beide durch Übung schneller vorwärts, als durch ein systematisches Studieren, das freilich nicht ganz vernachlässigt werden durfte. So blieb meine Schulbildung lückenhaft. Manches habe ich nie gelernt und nie begriffen, in anderern Dingen war ich meinen Altersgenossinnen weit voraus.

In der Straße hinter unserem Hause wohnte der älteste Bruder meiner Mutter, ein gutmütiger blonder Riese, mit seiner brünetten, kraushaarigen, kleinen Frau. Durch Vermittelung meines Vaters war er mehrere Jahre in einer Zuckerfabrik in Kaffr-Zajat tätig gewesen, hatte dann aus mir unbekannten Gründen seine Stellung aufgegeben und lebte von allerlei

Gelegenheitsgeschäften, auf eine Anstellung wartend. Die Wohnung der Verwandten war so bescheiden wie möglich und erschien mir doch als ein Hort der Gemütlichkeit. Tante Minnas Wunsch nach einem eigenen Kindchen, der schließlich zur krankhaften Leidenschaft ausartete, wurde nie erfüllt. Endlich entschloß sich ihr Mann, ein verwaistes kleines deutsches Mädchen an Kindes Statt anzunehmen, in dessen Pflege das liebevolle Herz der Tante Genügen fand. Bis dahin schloß sie sich an uns, ihre Nichte und die kleinen Neffen innig an. Sie war und blieb selbst zeitlebens ein Kind an Gemüt und quecksilbernem Temperament. Ich mußte schon damals zuweilen über sie lächeln und hatte sie doch unbeschreiblich lieb. Tante Minnas Wirtschaften mit dem »Jungen«, einem vierzehnjährigen Fellachen aus dem gelben Lehmdorf oben am Nil, glich dem eifrigen Kochenspielen von zwei Kindern. Unter ihrer Anleitung entwickelte sich Mohammed zu einem tadellosen Diener für alles. »Behmers Junge« reinigte nicht nur die Zimmer, kochte, wusch und plättete die weißen Kleider, buk Brot, stopfte Strümpfe, es gab bald nichts im Haushalt, was dieser immer lachende ägyptische Dorfjunge nicht in der Vollendung ausgeübt hätte. Natürlich sprach er Deutsch. Aber daß er mir auch meine schriftstellerische Laufbahn öffnen würde, hatte wohl keiner von uns beiden gedacht. Guter Mohammed – der Zoll meines Dankes sei dir hierdurch abgestattet. Sicher weilst du nicht mehr unter den Lebenden, denn die Kinder des ägyptischen Bodens werden nicht alt.

Es gab keine hilfreichere Natur als Tante Minna. Auch war sie gänzlich unbeschwert von den gesellschaftlichen Vorurteilen der Kaufmannsfrauen in den Städten. Die europäischen Familien pflegten keinen Verkehr mit den Türken. Man besuchte nur einmal den Harem des Vizekönigs oder eines der Prinzen als Kuriosität, wie man die Pyramiden und Moscheen besuchte, nicht anders. Doch in Kaffr Zajat, wo es keinen Europäer gab, hatten sich mancherlei Anknüpfungen zwischen der Tante und den türkischen Damen gesponnen. Ihre Hilfe in Krankheitsfällen wurde gern angenommen und sehr geschätzt. Durch sie wurde ich denn auch bei einer Paschafamilie eingeführt. Man wurde dort immer für den ganzen Tag geladen. Leider war meine Kenntnis des Arabischen noch zu gering, als daß ich mit den Kindern gemütlich hätte schwatzen können. Wußte man nicht mehr, was beginnen, so wurde der Schmuck der beiden Schwägerinnen, die gemeinsam Haushalt führten, hervorgeholt und ihre vielen, bunten, mit Gold und Silber reich bestickten Festkleider. Da gab es denn freilich genug zu schauen. Recht unangenehm war es mir, daß alles, was ich selbst am Leibe trug, von den Damen, ihren Kindern und den schwarzen Dienerinnen neugierig untersucht und mit endlosem Gekicher kritisiert wurde. Die Mode gebot, alles Europäische nachzuahmen, daher wurden denn gleich ebensolche Wäschestücke, Stiefel und Kleider bestellt, wie wir sie besaßen. Statt in ihren hübschen bunten türkischen Kittelchen erschienen nun Fatme und Ali bald in europäische Dutzendware eingezwängt. Nur gegen die Stiefel pflegte Ali zu rebellieren; da der kleine, fünfjährige Bengel unumschränkter Gebieter des Harems war, trug er aus Bequemlichkeit weiter seine bequemen roten Pantöffelchen zu dem englischen Matrosenkostüm. In unserem Hause hatte er mit Entzücken die kleine Nähmaschine von Tante Mariechen gesehen. Leider erlaubte man ihm nicht, sie anzurühren. Bei meinem nächsten Besuch zeigte er mir triumphierend eine Nähmaschine, an der er allein den ganzen Tag drehen konnte. Wir erzählten ihm, wie herrlich die kalten Seebäder bei der Sommerhitze wären, und sofort beschloß er, ebenfalls Seebäder zu nehmen – ein unerhörtes Beginnen in einem ägyptischen Harem. Aber was half's! Ali gebot, und seine Mutter, seine Tante, seine Schwester und vier Negersklavinnen mußten sich aufmachen, ihn in die Badeanstalt bei der Nadel der Kleopatra zu begleiten, wo er uns treffen wollte. Badeanzüge und Bademäntel nach europäischer Art waren schnell gekauft worden.

Das gab ein Gedränge und Gekribbel und Geschnatter in der von uns gemieteten Kabine. Man stieg von hier aus ein Treppchen hinunter in das große Bassin, wo sich schon viel Frauen und Kinder fröhlich an den aufgespannten Seilen im Wasser schaukelten.

Ali konnte kaum erwarten, bis er ausgekleidet war. Es schien ihm zu reizend, auf dem mit weißen Schaumkrönchen geschmückten grünen Kristall dort unten herumzuspringen. Kaum war ihm das Badehöschen übergestreift, da war er auch schon wie ein Blitz davon, die Treppe hinunter und versank in der Tiefe. Glücklicherweise packte ihn im selben Augenblick Fräulein Clara, die unten gestanden. Prustend, spuckend, brüllend tauchte er wieder empor aus der tückischen Flut – und keine Überredungskunst konnte ihn zum zweiten kalten Seebad bewegen.

Alis und Fatmes Mutter war eine hohe dunkle Frau, deren linkes Auge, ziemlich abscheulich anzusehen, als ein grauweißer Gallert halb aus seiner Höhle hing. Sie hatte gegen uns ein freundliches, mütterliches

Wesen und flößte mir mehr Zutrauen ein als die rothaarige und sehr mokante Schwägerin.

Später aber hörte ich, daß der Pascha, ihr Gatte, meinem Onkel einmal geklagt habe, sobald er eine Sklavin kaufe, die ihm gefiele, so gäbe ihr die Frau ein Tränklein, daß sie sterben müsse, und er habe auf diese Weise schon manche tausend Piaster umsonst ausgegeben.

Da war es denn doch ein unheimlicher Gedanke, mit einer vielfachen Giftmischerin so gemütlich die Finger in eine Eßschüssel getaucht zu haben.

Die trockene Sommerhitze war nach der Abkühlung der Seebäder in unseren hohen, verdunkelten Räumen ganz erträglich. Von schweren Krankheiten blieben wir in diesen Monaten verschont. Nur meine Mutter wurde häufig von der Krisis befallen, die furchtbar in ihrem armen Körper wütete und gegen die die Ärzte kein Mittel wußten. Halb besinnungslos vor Schmerzen, kühlende Zitronenscheiben auf der Stirn, lag sie an ihren Migränetagen im Bett, unfähig ein Wort zu reden, ihr Wimmern und Stöhnen drang durch das Haus. Trotzdem uns der Anblick gewohnt war, befiel mich jedesmal ein verzweifeltes Mitleid. Sah ich Mamas schöne Stirn von der weißen Kopfwehbinde umwickelt, stand mein Herz fast still vor Schrecken. Sie kam – sie kam – die Bestie, das heimtückische Gespenst … Wie geduldig die Arme, Geplagte litt – ich meinte oft, sie hätte sich zur Wehr setzen, um sich schlagen, zornig werden müssen – aber sie hatte nicht einmal die Kraft, ein böses Wort zu sagen, wenn die Brüder hereingestürmt kamen. Natürlich hielt Fräulein Clara die Kleinen an solchen Tagen möglichst fern. Nur ich durfte Mama kleine Dienste leisten. Und so lernte ich früh im Krankenzimmer leise Schritte, behutsame Bewegungen, eine gedämpfte, freundliche Stimme. Nach einem tiefen Schlaf trat dann gegen Abend – oft auch erst am zweiten Tage – eine plötzliche Besserung ein. Ich durfte Tee und Keks bringen. Mit friedlichem Ausdruck lag sie in den Kissen, ich las ihr vor oder wir plauderten miteinander. Das waren die Stunden in dem dämmerigen Leidenszimmer, in denen ich meiner Mutter zuerst seelisch näher kam. Jede Einladung, jedes Vergnügen hätte ich dafür geopfert.

Einmal aber mußte ich doch bedauern, Fräulein Clara und die Brüder auf dem täglichen Spaziergang nicht begleitet zu haben. Freudig aufgeregt kamen sie heim. Sie waren eine breite, sonnige Straße hinabgetrottet, die von einer hohen Mauer begrenzt wurde. Ein paar wilde, hoch sich bäumende Reitpferde wurden ihnen entgegengeführt. Um den scheuenden

Tieren auszuweichen, hatte Fräulein Clara die Kinder dicht an ein grünes Tor in der Mauer gedrängt. Das Tor öffnete sich, die Gäule einzulassen. Fräulein Clara und die Jungen flohen zur Seite, um Raum zu geben, und befanden sich in dem zauberhaftesten Garten, der sich denken läßt. Auf ihre Bitte hin hatte der Türhüter ihr erlaubt, ihn zu besichtigen, sie selbst und die Brüder überboten einander in der Schilderung all der Schönheiten, die er enthielt. Meine Neugier war heftig erwacht, die Spannung wurde vergrößert durch die Unsicherheit, ob es uns gelingen würde, den herrlichen Garten noch einmal zu betreten. Schon in den nächsten Tagen wurde der Versuch gemacht.

Fräulein Clara hatte mir kurz zuvor erlaubt, das Goethe-Märchen »Der neue Paris« zu lesen, mit dem meine Phantasie sich lebhaft beschäftigte.

Nun mein Erstaunen: Ich finde die lange Mauer – die grüne Pforte, gekrönt von einem Geflecht goldener Lanzenspitzen. Wir treten ein – der Alte an der Tür nickt freundlich, seine Handbewegung fordert uns auf, nur weiterzugehen.

Ein Kranz von Bäumen mit feingefiedertem Laub und rosenroten Beerentrauben, verbunden durch leichte Girlanden von bunten Rankenblüten, umstanden ein stilles Gewässer, aus dem ein künstlicher Springbrunnen funkelnde Wasserkugeln in die Luft warf.

Jenseits des Rondells öffnete sich ein schimmernder Marmorpfad, den weiße, hohe Götterstandbilder umgrenzten. Er führte auf eine heitere Villa zu. Breite Glastüren zogen den Blick in einen schönen, mit Blumen und grünen Gewächsen geschmückten Saal. Zierlich geschwungene Brücklein über Wasserläufe fehlten nicht, überall rieselte, rauschte, sprudelte es von himmlisch erquickendem Naß, und alles Grün, die vielen Blumen dufteten und glänzten in der feuchten Frische. Wohl war alles ein wenig verschieden von dem Zaubergarten des jungen Paris-Goethe, und doch gab es überall eine wundersame Ähnlichkeit. Die goldenen Lanzenspitzen der grünen Pforte konnten sich neigen, in dem Saale erwartete ich beinahe die drei holden Göttinnen in dem grünen, dem roten, dem gelben Gewande sitzen zu sehen – jeden Augenblick konnte das reizende Mädchen mit seinem Zauberspielzeug hinter dem Busche hervortreten, und wie gern würde ich ihrer Aufforderung gefolgt sein und die lebendig werdenden Soldaten gegen die Bäume geworfen haben. Denn daß alles Spielzeug ein ihm eigenes Leben besitzt und nur auf die Zauberformel wartet, um aus seiner Erstarrung erlöst zu werden, war mir eine gewohnte und liebe Vorstellung. Jedenfalls verschmolz

dieser Garten in meiner Phantasie so sehr mit dem Goetheschen Zaubergarten, daß ich völlig überzeugt war, die grüne Pforte bei einem erneuten
Besuch nicht wiederzufinden.

Die Dinge entwickelten sich realer und doch höchst erfreulich. Die
Villa, deren Wände Malereien in pompejanischer Manier schmückten,
mit dem schönen Garten, in seiner gepflegten Künstlichkeit wohl der
Besitzung eines vornehmen Römers der Kaiserzeit würdig, gehörte einem
gewissen Herrn Chiccolani, dem Inhaber der größten und prächtigsten
Warenhäuser auf dem Konsulsplatz. Der alte Junggeselle verbrachte seine
Tage meist in Paris – die Villa in Alexandrien wurde selten von ihm
bewohnt. Mein Vater, der ihn gut kannte, nahm Rücksprache mit ihm,
und die Benutzung des Gartens wurde uns gern gestattet.

Viele, viele Nachmittage haben wir dort zugebracht mit unseren
Schularbeiten, Büchern und Spielsachen. Immer wieder war es bezaubernd, aus der glirrenden weißen Sonnenglut, dem weißen Kalkstaub
der Straße, aus der heißen, trockenen Luft, die so sandig in der Kehle
brannte, in sein frisches, duftiges Schattengrün einzutreten. Nie wurden
wir müde, seine Wunder anzustaunen. Wie viele Marmorbänke luden
an seinen Wasserkünsten zum Träumen ein! Aus einem Teich mit
Goldfischen erhob sich eine Grotte aus Tuffsteinen, ganz überblüht von
zahllosen Kallas, deren ernste weiße Kelche so feierlich ihren schönge-
formten Blättern entsteigen.

Eine Riesen-Paullinia war mein Liebling. Der edle Baum stand ganz
frei auf einem grünen Platz, und im Frühling, wenn er nur eine Kuppel
blauer Blüten bildete, hing ihr starker Duft wie eine Wolke von schwerer,
betäubender Süße über dem Garten.

Durch den Rosengang führte der Weg zur Araukarie. Hoch wie eine
mächtige Tanne, in der strengen Symmetrie ihrer Äste, die schleppend
rings die Erde bedeckten und dann in Pyramidenform sich bis zur feinsten Spitze verjüngten, wirkte sie überwältigend, und man lernte verstehen, daß Menschen Bäume als Gottheit verehrten.

Außer den Gärtnern und Dienern, die unaufhörlich beschäftigt waren,
die Besitzung in tadelloser Ordnung zu erhalten, sah man keinen Haus-
bewohner. Es wirkte daher ziemlich ernüchternd, als endlich einmal ein
alter Herr in einem Schlafrock von schwarzem Sammet mit roten Troddeln aus der Glastür hervortrat, uns freundlich lächelnd begrüßte, und
wir erfuhren, dies sei der Herr Chiccolani, der Besitzer unseres geliebten
Gartens. Auch eine Dame mit einem mächtigen, dunklen Chignon und

einem kornblumenblauen Seidenkleid sahen wir in jener Zeit auf der Veranda sich in einem Schaukelstuhl wiegen. Ich fand sie reizend und sprach es auch aus. Aber Fräulein Clara und das Kindermädchen wechselten bedeutungsvolle Blicke, und Fräulein Clara befahl mir mit einem Gesicht, das die äußerste Verachtung ausdrückte, nicht zu dieser Person hinüberzusehen. Eine von den drei so sehnlich erwarteten Zaubergöttinnen konnte es also wohl nicht gewesen sein!

Später ging es mit dem Chiccolani-Garten wie mit allen seltenen Dingen dieser Erde. Auch anderen Familien wurde der Eintritt gestattet. Aber während wir, unter der strengen Aufsicht von unserer Erzieherin und aus Ehrfurcht vor der gepflegten Schönheit, uns stets gehütet hatten, etwas zu beschädigen, rissen die verzogenen italienischen Kinder Früchte und Blumen ab, sprangen auf die Beete und verübten so viel Unfug, daß zuletzt der Gärtner allen den Eintritt verbot. Nur an Sonntagen war der Garten noch für das Publikum geöffnet, und hierdurch verlor er seinen Zauber für uns.

Leidenszeiten

Am Herbst, als mein Vater wieder seine gewohnte Einkaufsreise angetreten hatte, erreichte uns die Nachricht vom Hinscheiden der Großmutter. Schon gehörte sie nicht mehr zu meiner Wirklichkeit; das starke Erleben des letzten Jahres hatte sich vor die Erinnerung an Dessau gedrängt. Schnell wurde ich mit Schmerz und Tränen fertig, und es reizte meine Ungeduld, Mama immer verweint und mit einem traurigen Gesicht in ihren schwarzen Kleidern einhergehen zu sehen. Ich fühlte, wie ihr Kummer sie mir entfernte. In mir grollte die erste bewußt werdende Auflehnung gegen das Leiden der Welt, das auf solche Widerstände froher, junger Menschen doch gar keine Rücksicht nimmt. Ich sollte es bald an mir selbst erfahren.

Eines Mittags wurde ich mit einer Bestellung zu Behmers geschickt. Mama befahl mir, zu eilen, da das Essen schon warte. Ich verschwatzte mich jedoch und lief dann mit großen Sprüngen die alte ausgetretene Treppe hinab. Mein Fuß blieb hängen, ich überschlug mich und lag unten.

Als ich mich erheben wollte, fühlte ich einen Schmerz in der Schulter, schwindlig und halb betäubt setzte ich mich auf die unterste Stufe und weinte. Nach einer Weile kam Thom, den Mama ausgesandt hatte, um mich zu holen, und der, nicht wenig erschrocken, mich heimführte.

Der Arzt stellte den Bruch des Schlüsselbeines fest: »Nichts Gefährliches.« Er legte den Arm in einen schweren Verband, empfahl einige Tage Bettruhe und begab sich auf die Reise zu den Festen, die bei der Einweihung des Suezkanals abgehalten wurden. Mir schien es unmöglich, mit dem schweren Verband aufzustehen und herumzugehen, ich fühlte mich außerdem so schlecht, so benommen im Kopf, daß meine Mutter mich im Bett liegen ließ, bis ihr meine eigentümlich schiefe Haltung auffiel und sie zum Arzt sandte. Der war in Suez. Einen Vertreter hatte er nicht bestellt, und überdies hatte mein Vater Weisung gegeben, keinen levantinischen Arzt zu den Kindern zu lassen. Als Dr. F. zurückkehrte und den Verband abnahm, war der Bruch zwar geheilt, aber die Sehnen des Halses hatten sich verkürzt, der Kopf lag schief auf der Schulter und war ganz unbeweglich! Er fauchte mich an, das seien alberne Einbildungen. Mit einem Fluch packte er mein armes Haupt zwischen seine Männerfäuste und versuchte es herumzureißen, mit dem einzigen Erfolg, daß ich einen mörderischen Schrei ausstieß. Von diesem Augenblick an wurde ich von den heftigsten Kopfschmerzen geplagt. Er zuckte die Achseln, erklärte, ich müßte nach Europa gebracht und dort operiert werden. Darauf ging er seiner Wege.

Meine unglückliche Mutter verzehrte sich in Selbstvorwürfen, doch war es ihre Art, wenn etwas sie tief beugte, still und starr zu werden. Dem Vater seinen Liebling als einen armen kleinen Krüppel entgegenzuführen, muß ihr namenlose Qualen bereitet haben, und sie hat gewiß tausendmal mehr gelitten als ich selbst.

Ich ging in einem sonderbaren Traumzustand umher. Viel zu sehr mit meinen Phantasien beschäftigt, um wirklich eitel zu sein, hatte ich doch die unmäßigen Schmeicheleien, mit denen hübsche blonde Kinder von den Südländern beschenkt werden, nicht überhören können. Nun zeigte mir der Spiegel mein völlig verzerrtes Gesicht, jede Bewegung verursachte mir Schmerzen, ich war weinerlich, verdrossen, müde und wußte doch kaum warum.

In dieser trübseligen Zeit lebte Ägypten in einem Rausch von Festen. Der Suezkanal war unter großem Pomp übergeben, die Kaiserin der Franzosen fuhr durch die Straßen und entzündete alle Herzen, die Deutsche Kolonie empfing den preußischen Kronprinzen, das Ideal männlicher Kraft und Schöne, wie die Pariserin das Urbild weiblichen

Reizes darstellte. Es wäre meines Amtes gewesen, »unserm Fritz« einen Blumenstrauß zu überreichen. Davon konnte nun keine Rede sein. Fräulein Clara und die Knaben sahen ihn von weitem und jubelten ihm zu.

Hätte ich in jenen Monaten die Bücher nicht gehabt! Mit nie ermüdender Begierde verschlang ich alles, was die Bekannten mir zutrugen, mochten es nun Märchen, Romane oder Biographien sein. Mama drückte ein Auge zu, wenn manches nicht für mein Alter passen mochte!

Ende Januar kehrte mein Vater heim, fand in Kairo einen deutschen Chirurgen, der mich in Behandlung nehmen wollte, und so begab ich mich mit den Eltern im Februar zur Operation dorthin.

Wir wohnten diesmal im Hotel du Nil, allen deutschen Reisenden jener Jahre wohlbekannt. Der Eingang durch ein dunkles feuchtes Seitengäßchen der Muskieh ließ eine Verbrecherhöhle erwarten. Statt dessen empfing uns der helle Garten, um den sich die Zimmer gruppierten, der freundliche deutsche Besitzer, der behende tüchtige Direktor. Wie oft ist der letztere mit dem Menü zu dem kranken Kind gekommen und hat gefragt, welche Lieblingsspeise er wohl einfügen könne. Und die Gäste bekamen überraschend oft *pommes en robe de chambre* zum Nachtisch – weil Prinzeßchen Ella das so befahl!

An Kranke war man gewöhnt im Hotel du Nil – die meisten seiner Gäste trugen ein Leiden mit sich herum, oder ein naher Angehöriger lag im verschwiegenen Zimmer, lag im deutschen Krankenhaus, und sie waren gekommen, ihm die letzten Leidensstunden zu versüßen. Viel verborgene Tränen mögen die Räume geschaut haben. Doch an der Table d'hote gab's ein munteres und interessantes Geplauder, dem ich aufmerksam und begierig zuhörte. Wie gut waren sie alle zu mir, wie wurde ich verwöhnt! Entsetzlich erschien mir nur jeder Gang durch die Muskieh. Der tobende Lärm in dieser noch völlig orientalischen Geschäftsstraße, das Andrängen der vielen Händler, Bettler, Krüppel, durch das man sich zuweilen nur mit aufgehobenem Stock einen Weg bahnen konnte, versetzte mich in eine so namenlose Angst, daß ich schluchzend flehte, wieder umzukehren. Und da kein Wagen die enge Straße passieren durfte, so war meine Mutter gezwungen, das Hotel während unseres Aufenthaltes nicht zu verlassen. Die Operation war inzwischen vonstatten gegangen, schmerzhafte Übungen folgten, aber endlich wurde mir die steife Binde abgenommen, der Kopf saß wieder gerade. Ich war im Garten allein und fühlte plötzlich, daß ich mich wenden und drehen konnte wie ich wollte! Welch ein Glück! Ich drehte das dünne Hälschen rechts, ich drehte links – alles ging wunderschön! Da gab es plötzlich einen Knack in meinem armen Schädel, und wieder saß der böse Kopf eisern fest, aber diesmal auf der anderen Seite! Als der Dr. S. eine halbe Stunde später zur Visite antrat, stieß auch er einen Fluch aus, der dem seines Alexandriner Kollegen an Saftigkeit nichts nachgab.

Die Kur mußte von frischem begonnen werden. Neue Operationen standen in Aussicht. Und nun kam von zu Hause die Nachricht, daß der zarte kleine Lola lebensgefährlich an Dysenterie erkrankt sei.

In dieser schrecklichen Situation bewies Frau Mn. sich als seltene Freundin. Sie erbot sich, mich in ihr Haus aufzunehmen, obschon es wahrhaftig keine Kleinigkeit war, die Verantwortung für ein nervös-überreiztes krankes Kind zu tragen. Auch mußte ich sie stündlich an den Verlust ihres ältesten Töchterchens erinnern. Aber diese frische, kräftige Frau kannte keine Hemmungen, wenn es galt, etwas Gutes zu tun.

Ich siedelte in die Schubra-Allee über. Nun erst begann ich den Verlust der lieben Fanny recht zu fühlen. – Alle die Stellen, an denen wir miteinander gelesen, geschwatzt und gespielt hatten, waren leer. Die kleinen Geschwister konnten sie mir nicht ersetzen, ich fürchtete ihre stürmischen Bewegungen, ihre lauten Stimmen taten mir weh in den Ohren. Die Erzieherin, Fräulein P., nahm sich freundlich meiner an. Aus irgendeinem Grunde fühlte sie sich nicht wohl in der Familie und wählte mich zu ihrer Vertrauten, vor der sie alle ihre Klagen ausschüttete. Ich fand es grenzenlos undankbar von mir, solche Klagen überhaupt anzuhören, andererseits war uns die Erzieherin doch Autorität! Man durfte ihr nicht heftig widersprechen, und sie tat mir auch leid, weil sie so unglücklich zu sein schien. Diese seelische Not, die ich in gesunden Tagen schwerlich so ernst empfunden haben würde, vermehrte noch mein Unbehagen.

Zuweilen bemerkte Dr. S. bei seinen täglichen Besuchen, ich solle ein wenig Scharpie zupfen, er müsse wieder einen kleinen Schnitt tun. – Da saß ich denn, zupfte meine Leinenflicken, und die Tränen fielen auf die weißen Flöckchen. Ich erreichte es endlich, daß er nicht mehr den schrecklichen Apparat von Assistenzärzten, Händefestbinden usw. brauchte. Ich hielt ihm tapfer meinen Hals hin und zuckte nicht einmal mehr unter seinem Messer.

– Viel Chamsin gab es in dem Frühling. An solchen Tagen war die Luft mit Elektrizität geladen und mit heißen gelben Staubwirbeln erfüllt.

Alle Tiere waren unruhig und versteckten sich. Selbst in den Stuben vermochte man kaum zu atmen und wußte vor Kopfweh und Nervosität nicht aus noch ein. Von zu Hause bekam ich trübe Nachrichten. Lola war zwar in der Besserung, doch noch keineswegs gesund, als mein Vater an schwerem Wechselfieber erkrankte. Die Mutter war mit ihm nach Ramleh gegangen. Das Leben schien jeder Freude beraubt und gänzlich hoffnungslos. Ich kam mir vor wie in einer qualvollen Verbannung und weinte mich regelmäßig vor Heimweh in den Schlaf.

Einmal wurde ich narkotisiert. Zwischen Betäubung und Erwachen hörte ich ein Flüstern an meinem Bett. Eine Stimme sagte: Der Arzt bekam sie nicht wieder wach, schlug ein Glas entzwei und öffnete ihr mit der Scherbe die Adern.

Gott weiß, wer diesen Unsinn schwatzte, oder ob es nur ein Traum war. Jedenfalls durchdrang mich die furchtbare Gewißheit: Ich bin tot, kann mich nicht rühren und doch alles hören – ich werde fühlen, wie man mich in den Sarg legt, wie man mich begräbt. Entsetzlich ist es, tot zu sein und alles zu fühlen, – zu hören –. Mit Gewalt riß ich mich unter dem Einfluß dieser namenlosen Angst ins Bewußtsein zurück, öffnete mühsam die Augen und stotterte einige Worte. Später erfuhr ich, daß ich in der Tat sehr schwer zu erwecken gewesen sei.

Einen Lichtblick in diesen Leidensmonaten gab es durch einen Besuch bei Tante Minna, deren Mann jetzt Leiter der Zuckerfabrik von Herrn Mn. hinter Schubra geworden war. Herr Mn. nahm mich auf einer Inspektionsfahrt mit. Die Tante war hier ganz in ihrem Element in einem puppenkleinen Häuschen und einem eben so zierlichen, sauberen Gärtchen. Den schönsten Mondscheinabend verbrachten wir in der Laube von Bambusstäben, die hoch über dem gelben, träge strömenden Nil hing. Es war so hell, daß man lesen konnte, und doch war das Licht milder und zarter als bei Tage. Wir sahen weit ins Land hinaus, das mit seinen Klee- und Rohrfeldern so friedlich ruhte. Scharf gegen den Himmel standen die Dreiecke der alten Pyramiden.

Von den vielen Fremden, die das gastliche Haus der Mn's besuchten, ist mir nur der Name Luise Mühlbach geblieben. Ihre historischen Romane waren damals modern, sie befand sich als Gast des Khedive in Ägypten, um auch über ihn ein Buch zu verfassen. Doch ihr Anblick enttäuschte mich grenzenlos. Eine kleine, dickliche Dame in einem schwarzseidenen Kleide! Das sollte eine Dichterin sein? Ich wußte doch ganz genau, wie eine Dichterin auszusehen habe: hoch und schlank, das edle bleiche Gesicht von blauschwarzen Lockentrauben umwallt, die großen träumenden Augen mit dem Blick tief geheimer Trauer.

Später habe ich Gelegenheit gehabt, viele Dichterinnen kennenzulernen – einmal sah ich sogar 95 Stück beisammen in einem Saal – aber keine glich meinem Phantasiebild.

Da mir prophezeit war, ich werde einmal Bücher schreiben, betrachtete ich mich zuweilen im Spiegel, ob die Spuren meines zukünftigen Berufes sich wenigstens äußerlich zeigen wollten. Der schwermütige Blick war ja schon da, aber die Augen blieben grau, das Haar blond, es war alles in allem ein zartes, kränkliches Kindergesicht, das mir entgegenschaute – nichts von hehrer Geistesschönheit.

Allmählich besserte sich mein Zustand. Nach Verlauf eines peinvollen Vierteljahres heilten die Wunden, die Sehnen begannen wieder zu arbeiten, die Schmerzen ließen nach, die Gesichtszüge kehrten in ihre normalen Formen zurück, der Kopf wurde beweglicher. Bei dem gesunden Leben in der freien Luft, unter der vernünftigen Behandlung von Frau Mn., die stets heiter und freundlich mit mir umging, ohne viel Wesens von meinem Leiden zu machen, gesundeten die zerrütteten Nerven. Ich bin heute überzeugt, daß ich für diese Zeit bei ihr weit besser aufgehoben war als unter der allzu ängstlichen Fürsorge meiner Eltern.

Unser Siegeskindchen

Denke ich an den ersten Sommer in Ramleh, dann sehe ich rote Oleanderblüten; in schweren Trauben quollen sie aus all dem Gebüsch in Baccos' Garten, man ging in Purpurgluten, und als die welkenden Blätter, ein rosenroter Regen, durch die Luft flatterten, wandelten sie die Wege zum weichen, duftenden Blütenlager Aphroditens.

Oben auf der Terrasse saßen Monsieur und Madame Baccos – unsere Hauswirte – und spielten Trictrac.

Es war das Jahr des großen Krieges. Wir warteten vom Morgen bis zum Abend auf die durchsichtigen Depeschenblättchen, die uns die herrlichen Siegeskunden ins Haus trugen: Spichern, Weißenburg, Wörth, Sedan! Unvergeßliche Namen! Napoleon und sein Heer gefangen! Welch eine Wendung durch Gottes Fügung. Die Tränen stürzten, las man das Wort des alten Königs an seine Gattin! Die Althaldenslebener Vettern ritten als Husaren kühne Attacken, der Vetter Siegsfeld erhielt in

Frankreich den Namen *le beau diable.* – Wie nahe und lebendig wurde das Ferne, das Unbegreifliche durch die treuherzigen Feldpostbriefe der Jungen, die Tante Luise für die Mutter abschrieb. Über unsere Spiele herrschte der Krieg, und die Bilder der Heroen Bismarck, Moltke, unser Fritz wurden aus den Journalen geschnitten und an den Wänden des Schulzimmers befestigt. Die Wacht am Rhein und all die alten und neuen Freiheits- und Kriegslieder schmetterten wir nicht allzu melodisch in die ägyptische Sommerglut. Deutschland war einig! Die Raben um den Kyffhäuser verscheucht! Ob nun der alte Barbarossa seinen Bart aus dem Steintisch ziehen und gewaltig aus dem Berge steigen würde? Herrlich konnte ich es mir vorstellen, wie der ungefüge Recke in klirrendem, rostigem Panzer dem König Wilhelm gegenübertrat. Die alte deutsche Kaiserkrone nahm er von seinem Haupte und krönte den Sieger von Sedan damit – schweigend sank er darauf in Asche zusammen. Ringsum schauten die Heere staunend auf den wunderbaren Vorgang.

O – daß ich nicht teilnehmen konnte an all den herrlichen Taten! Mein Herz brannte wie eine Flamme in der Kinderbrust. Zahllose Male nahm ich als Johanna von Orleans Abschied von den geliebten Triften, schwor alle Mannesliebe ab und drückte mir den vom Himmel gesandten Helm aufs Haupt, um in der Stunde höchster Gefahr unseren Fritz mit geschwungenem Säbel aus einer Horde blutgieriger Turkos herauszuhauen. Wie köstlich ist doch der Rausch des Unmöglichen in jenen brausenden Werdezeiten stürmischen Gefühls!

Der Menschen Meinungen spalteten sich in zwei feindliche Lager. Die Neutralen fochten mit scharfen Zungen und bissigen Reden gegeneinander. Deutlich machte es sich schon bemerkbar, daß Mitgefühl und Sympathie der Engländer auf Seite der Franzosen standen. Die Levantiner, besonders die Griechen und Araber, waren voller Bewunderung für die deutsche Kraft, die deutschen Siege; jedem Deutschen kamen sie mit leidenschaftlicher Hochachtung entgegen. Wenn Eselbuben ihre Tiere am unbändigsten preisen wollten, so schrien sie mit deutschen Brocken, deren sie sich nun gern bedienten: »Das deutsch Esel – das Bismarckesel!«

Scharpie zupften wir mit Inbrunst – Gitterscharpie war etwas besonders Künstliches und Geschätztes! – Ich hatte ja schon einige Übung in dieser Kunst. Eine Engländerin nähte für jeden Gefangenen, ganz gleich, ob er Deutscher oder Franzose war, einen Kopfkissenüberzug; daß die Armen vielleicht die Kissen zu dem Überzug nicht besaßen, kümmerte sie wenig.

Mein Vater nahm in diesem Jahr meinen Bruder Thomas mit nach Deutschland, weil die Missionsschule ihm nicht genügende Kenntnisse zu übermitteln vermochte. Ich schloß mich nun noch enger an Atti, der mich in meinen Träumereien am besten verstand und alle meine Phantasien willig mit mir teilte. Daß eine Fee uns begegnete und die freundliche Absicht aussprach, alle unsere Wünsche zu erfüllen, war ein höchst beliebter Inhalt unserer Gespräche. Und immer führte sie uns dann durch die Luft nach Deutschland zurück, wohin unsere Gedanken oft genug sehnsüchtig wanderten. Ob wir bei unserm Einzug in Dessau in die Kavalierstraße vor den goldenen Wagen zwölf weiße Hirsche oder sechs gefleckte Panther spannen wollten, wurde ein immer interessanterer Streitpunkt.

Ein zartes Band begann in dieser Zeit sich zwischen meiner Mutter und mir zu weben. Wir waren schon wieder in die Stadtwohnung zurückgekehrt, als mich Mama eines Nachmittags mit geheimnisvollem Lächeln bat, ihr ein wenig zu helfen. Sie nahm eine altmodische ovale Schachtel aus dem Schrank, deren Inhalt ich gut kannte! Es waren gestrickte und gehäkelte Mützchen darin, die wir alle, zum Teil schon die Mama und die Großmutter getragen hatten. Sie sollte ich unter ihrer Anleitung mit bunten Bändchen und Tüllrüschen ausputzen. Leise und weich sagte sie: es würde mit Gottes Hilfe bald wieder ein Brüderchen oder am Ende gar ein Schwesterchen ankommen. Unsagbar süß und hold war es, mit Mama gemeinsam an den zierlichen, kleinen Wunderwerken zu schaffen. Geredet wurde nicht viel dabei, ich hätte es auch nicht gewagt, nach dem heiligen Geheimnis, das zwischen uns schwebte, weiter zu fragen, doch fühlte ich mich gleichsam um Bergeshöhe emporgehoben über die Jungens, weil Mama mir ihr Vertrauen schenkte.

In einer Novembernacht, nicht kalt und trübe, wie in der deutschen Heimat, unter strahlenden Sternen, die Lüfte leicht erfrischt von flüchtigem Regen, – gab es ein Raunen und Hinundhergehen in der Wohnung. Eine statiöse Italienerin mit einem kühnen Blumenhut war eingetroffen – Fräulein Clara hatte dem Mädchen zugeflüstert: »Wenn es so weit ist, wecken Sie mich gleich.« Etwas würde geschehen – und nun gerade waren wir Kinder sämtlich zu Bekannten zum Essen eingeladen. Ich beschloß auf jeden Fall nicht zu schlafen, – aber … zu meiner Beschämung schien die Sonne hell ins Zimmer, als Fräulein Clara mich schüttelte: »So wache doch auf! ein kleiner Bruder ist eingetroffen, du sollst zur Mama und ihn dir ansehen!«

Mama lag mit einem strahlenden Gesicht im Bett, die Gute entschuldigte sich förmlich bei mir, daß sie meinen glühenden Wunsch nach einem Schwesterchen wieder nicht hatte erfüllen können. Die Jungens wurden mit ihren großen Zuckertüten zu den Schweizer Freunden geschickt, ich allein durfte bei Mama bleiben. Fräulein Clara betrachtete beglückt das goldene Armband, das sie in dem rosenroten Babykörblein gefunden. Da sagte meine Mutter fröhlich: »Nun gebt mir den Jungen einmal her, daß wir ihn auswickeln, ich habe ihn ja noch nicht einmal ordentlich angesehen!«

Das winzige Menschlein wurde auf ihrem Bett vorsichtig aus seinen vielen Hüllen geschält – Fräulein Clara, das Kindermädchen und die Mama starrten verblüfft auf das vermeintliche Bübchen – das unzweifelhaft ein Mädchen war!

Fräulein Clara sagte nur mit einem Blick gen Himmel: »Das Telegramm an Herrn Reuter ist schon fort!«

Und dann lachte Mama vor Glück Tränen und wir lachten mit, bis die statiöse Italienerin mit ihrem Blumenhut mitten in unsere Fröhlichkeit hineintraf und fürchterlich beleidigt war, weil ihr, einer erfahrenen weisen Frau, ein solcher Irrtum passieren konnte. Diese Heiterkeit goß ihren Schein über das ganze Wochenbett. Nie hatte ich Mama so aufgeschlossen glücklich gesehen. Wieder strahlten ihre herrlichen braunen Augen unter den hohen Brauenbögen in einem goldenen Funkeln, als blitzten Christbaumkerzen auf ihrem Grunde!

Irdisches und Himmlisches

Ein Siegeskindchen war unsere kleine Schwester, nicht anders als Viktoria Germania sollte sie genannt werden.

Wir hatten uns reizend ausgemalt, wie Papa das Liebchen unter dem Weihnachtsbaum aufgebaut bekommen sollte. Mama waltete mit einer feinen, weißen Leinenschürze in der Küche. Mit ihren schönen Händen knetete sie den Gewürzkuchenteig, zu dem die alten Nürnberger Formen der süddeutschen Vorfahren benutzt wurden. Der Steamer sollte grade am heiligen Abend eintreffen. Und mit welcher Spannung erwarteten wir ihn! Ach – er brachte zwar den Weihnachtsbaum aus den Wäldern der Steiermark und die Weihnachtskiste aus Althaldensleben, von der Tante Luise, – aber unseren lieben Vater brachte er nicht.

Ich war ganz verzweifelt und weinte unbändig. Die Liebe zu meinem Vater hatte einen Zug von Romantik, den das Gefühl für die Mutter nicht besaß, das glich mehr dem täglichen Brote, welches man wohl nicht missen kann, doch nicht weiter beachtet. Aber durch meines Vaters lange Abwesenheiten wurde die Sehnsucht nach ihm in fortwährenden Schwingungen erhalten. Alles an ihm erschien mir schön und bedeutend: sein ausdrucksvoller Kopf mit der herrlichen Stirne, dem lockigen Haar, dem runden Kinn mit dem Grübchen und dem kräftigen Schnurrbart über dem Munde, dem kühn geschnittenen Profil und den freundlichen blauen Augen – dieser Kopf, der weit eher einem Künstler als einem Geschäftsmann anzugehören schien. Dann das sichere, ruhige, weltmännische Auftreten, seine weite bequeme Kleidung von vorzüglichem Schnitt und aus den besten Stoffen, die eleganten Etuis aus Leder, Stahl und Silber, die ihn immer umgaben. Stärker noch als die äußere Gepflegtheit imponierte mir die innere Zucht und gute Erziehung, in der dieser Mann sich hielt – die Gelassenheit, mit der er häusliche Unannehmlichkeiten und das viele Kränkeln der Mutter ertrug, sein ritterliches Wesen gegen jede Frau, besonders aber gegen die eigne Gattin und das Töchterlein. Seine Unterhaltung dünkte mich unendlich reizvoll, sein behaglicher Humor, seine lächelnde Ironie breitete über alle Dinge des Lebens einen feinen farbigen Schimmer. Ohne eigentlich geistreich zu sein, konnte er beiläufig Worte, Sätze sagen, die mir unvergeßlich geblieben sind und mich noch lange, nachdem er diese Erde verlassen hatte, beeinflußten. Auf dem Gebiet der Politik besaß er, wie Männer, die ihn gut kannten, mir versicherten, einen fast prophetischen Weitblick.

– Seine Herrschaft im Hause war unbedingt – und doch spürte man sie an keiner Stelle. Die Mama lebte auf, sobald er kam, ja es war, als ob das ganze Hauswesen gleichsam aufblühte. Noch heute glaube ich, daß mein Vater zu den seltenen begnadeten Persönlichkeiten gehörte, von denen ein starker Strom der Harmonie ausgeht, so daß jeder, der unter diesen Einfluß gerät, sich wohl und beglückt fühlt.

Als er nun dieses erste Weihnachtsfest mit der neuen kleinen Schwester nicht mitfeiern konnte, mußte ich zum erstenmal erfahren, daß Gott ein inbrünstiges Gebet meiner kindlichen Seele nicht erhörte. Gewiß, ich hatte leidenschaftlich, wie alle meine Wünsche sich äußerten, zu ihm gefleht, aber ich war mir nur zu sehr bewußt, daß die Versprechungen, die ich meinerseits an die Erfüllung geknüpft, nur höchst unvollkommen erfüllt worden waren. Des Morgens im Bett, beim Erwachen, war es so

schön, sich vorzustellen, wie man den Tag über in Sanftmut und Heiterkeit, als eine wahre kleine Heilige verbringen wollte! Aber dann kam
gleich irgend etwas Unvorhergesehenes. Atti war besonders zum Necken
aufgelegt, Fräulein Clara schalt ganz ungerecht, oder Mama hatte Migräne
und blieb im Bett, wodurch denn gleich der ganze Tag ein trübseliges
Gesicht bekam. Im Umsehen, man wußte selbst nicht wie, steckte man
in dem alten Zustand von Empfindlichkeit oder Zorn, bei dem auch die
Tränen nicht fehlten! Und so endeten die Selbstveredlungsversuche meist
recht kläglich. Trotzdem ließ ich nicht nach, mich viel mit religiösen
Fragen zu beschäftigen. Ich liebte am Sonntag mit Mama zur Kirche zu
gehen, obschon die mehr intellektuellen als warmen Predigten unseres
deutschen Pfarrers mir nicht viel gaben. Das Rauschen des Meeres, das
seine Worte feierlich begleitete, hörte ich gern. Der Kirchgang versetzte
überhaupt in so eine gehobene feiertägliche Sonntagsstimmung. – Einmal
aber, beim Hinaustreten aus dem Gotteshause, streiften wir einen zerlumpten Araberjungen, er hob sein Hemd und zeigte mir eine grauenhafte Verunstaltung seines Körpers. Der Anblick verfolgte mich wochenlang. Es lag ein erschütternder Gegensatz zwischen dem musikdurchtön-
ten Frieden, aus dem wir kamen, und der absichtlichen Bosheit, mit der
der unglückliche Mißgestaltete sich an meinem Entsetzen weidete! Ein
anderes Mal hörten wir aus einem Menschenhaufen röchelndes Gebrüll
– ein Araber wurde dort wegen irgendeiner Untat öffentlich ausgepeitscht.
Kinder und Weiber schauten zu. Unsere Diener bekamen nie einen
Schlag, die Nilpferdpeitsche hing unbenutzt hinter meines Vaters Schrank.
Daß erwachsene Menschen anders Menschen schlagen, erschien mir als
eine Ungeheuerlichkeit. Die schreckliche Tatsache gab mir ernste Zweifel
an Gottes Allmacht, wo nicht an seiner Liebe überhaupt.

Man sah so viel Gräßliches, wollte es nicht sehen und mußte doch
fortwährend die Augen hinwenden. Auch die Gedanken tasteten immer
wieder wie mit zagen Fühlfäden um die Eingänge zu einer Welt des
Grauens, in der ich ein starkes, wildes Leben ahnte, das mich mit banger
Furcht quälte.

Besuchte ich meine Freundin Sidonie (der Name wurde französisch
ausgesprochen, mit dem Akzent auf der ersten Silbe), führte mich der
Weg an dem Grabe eines mosleminischen Heiligen vorüber. Es war von
einem Holzgitter umgeben und galt als wundertätig. Über dem Grabstein
hing ein schauerlicher Filz aus menschlichen Haaren, Nägeln und blutigen
Lumpen, die dort geopfert wurden, damit der Heilige von Krankheiten

befreie oder sie auf die Feinde der bisher von ihnen Geplagten übertrage. Auf schmutzigen Kissen sah man hier Verstümmelte oder unförmig Angeschwollene liegen – schwarze Schwärme von Fliegen sausten um das Grabmal. Und so lag es, ein Ort des Schreckens, im Sonnenschein auf der breiten weißen Straße zwischen den europäischen Häusern.

Auch die Wohnung der Freundin war nie ohne einiges Herzklopfen zu erreichen.

Die österreichisch-italienische Familie bewohnte das obere Stockwerk des erzbischöflichen Palastes. Ich entließ den begleitenden Diener meist am Eingangstor und schritt allein über einen Marmorhof, vor dessen Hauptportal zwei riesige weiße Löwen Wache hielten. Mein Weg führte seitwärts durch einen zweiten, von einem dämmerigen Kreuzgang umgebenen Hof, auf dem junge Geistliche, den Kopf über das Brevier gesenkt, hin und her wandelten, oder Mönche, in ihre Kutten und Kapuzen vermummt, mit leisem Gemurmel den Rosenkranz beteten. Einer von ihnen, ein deutscher Pater, begrüßte mich zuweilen. Man sagte, er sei ein vornehmer und lebenslustiger Kavallerieleutnant gewesen, ehe das Kloster ihn aufnahm, und ich vermutete romantische Abenteuer, die seiner hohen Gestalt einen gewissen Nimbus verliehen. Vor Schüchternheit wußte ich ihm kaum zu antworten und schlüpfte ängstlich, mit scheuen Blicken durch diese geistliche Sphäre.

Das katholische Wesen, in das die Freundin mich einweihte, interessierte mich lebhaft durch seinen geschichtlichen Zauber, doch nahm es mich nicht gefangen. Im Gegenteil, zwischen den unheimlichen Religionsgebräuchen, die ich um mich her sah, erschien mir unser evangelischer Glaube von einer schönen klaren Reinheit. Mit frohem Stolz wußte ich unter den Ahnen meiner Mutter einen Mann, der für seinen Glauben Vermögen und Heimat aufgegeben und den Kerker erlitten hatte. Solche Erinnerung verpflichtet. – Wie ich Sidonie kennenlernte, weiß ich nicht mehr. Unsere Mütter tauschten nur hin und wieder eine formelle Visite. Es lagen dunkle Schatten über der Familie. Zum erstenmal hörte ich hier von der italienischen Irredenta reden, dabei war die älteste Tochter mit einem k. k. österreichischen Beamten verheiratet. Aus diesen Gegensätzen mochten Konflikte entstehen. Ein kranker Sohn nahm Pflege und Sorge seiner Mutter in Anspruch. Aber Sidonie war wie eine frische Quelle – immer zufrieden, gutherzig und heiter. Ich gewann sie sehr lieb, und eine Woche, die verging, ohne daß wir uns gesehen hätten, erschien mir unerträglich!

Später hat das Leben uns auseinandergeführt. Es war ergreifend, als nach einem Vortrag, den ich in Wien hielt, eine grauhaarige Dame mich als meine Kindheitsgespielin begrüßte. Ihr Gesicht, ihre schwarzen Augen lachten noch ebenso fröhlich wie zu der Zeit, als sie mir auf dem Flur ihrer Wohnung entgegengestürmt kam.

Mein Vater war bald nach dem Weihnachtsfest eingetroffen und brachte, wie stets, eine Fülle von Geschenken für einen jeden von uns mit. Köstliche Seiden- und Wollstoffe für die Mutter, für mich die ersehnteste Gabe: deutsche Bücher! Nun wurde eine fröhliche Taufe gefeiert. Viktoria Germania verwandelte sich in eine schlichte »Wally«, Papa mahnte an das Schicksal der kleinen Magdeburgerin, die während der Belagerung Napoleons in den Festungswerken geboren, die Namen Kasematte Bombardine durch ihr friedliches Leben tragen mußte. Viele Freunde aus der deutschen Kolonie waren anwesend. Diese hatte sich stark vergrößert, gescheite Männer und feine, gebildete Frauen gehörten ihr an. Deutschlands Siege, seine beginnende Weltmachtstellung warfen über das Leben der Deutschen im Ausland einen heiteren Glanz. Fräulein Clara besuchte mit den Eltern die patriotischen Festbälle und Theateraufführungen im deutschen Verein und konnte sich nun auch ihrer Jugend erfreuen. Am Sonntagnachmittag versammelte eine süddeutsche Familie die Landsleute in ihrer Ramleh-Villa. Montags nähten die deutschen Damen bei meiner Mutter Wäsche für das Krankenhaus, dessen neuer, stattlicher Bau den Stolz der Kolonie bildete. Die guten Diakonissen waren uns liebe Freundinnen. Gelang es meiner Mutter, von der gestrengen Oberin einer überarbeiteten Schwester die Erlaubnis zu einem Erholungsbesuch bei uns abzuringen, so triumphierten wir Kinder mit ihr! Ich schwärmte für die Schwester Apothekerin, die hinter grün umrankten Fensterbögen anmutig zwischen weißen Porzellanbüchsen, Schälchen und Reibekeulen waltete. An den Nähmontagen durfte ich den türkischen Kaffee bereiten und servieren, eine Ehre, auf die ich sehr stolz war.

Es mochte in diesem, vielleicht auch im nächsten Winter gewesen sein, wenn man diese frischen, heiter durchsonnten Tage mit dem Namen Winter bezeichnen will, daß wir Zeugen einer seltenen Himmelserscheinung werden durften.

Eines Abends – es war schon finster – kehrten wir nach dem Nachtessen in den Salon zurück, als ein ungeheurer Lärm auf der Straße uns auf den Balkon lockte. Der ganze Horizont über dem Meere brannte in düsterroter Glut. Aus dieser feurigen Röte stiegen breite Lichtsäulen auf und verteilten sich strahlenförmig über den Himmel, wie man auf alten Gemälden bisweilen die Strahlen der aufgehenden Sonne gemalt sieht. In den hellen Lichtsäulen aber wogte und wallte es von einem grünlichen Schein, der von ihnen auszubrechen suchte und ihre Umrisse gleichfalls lichtgrün erscheinen ließ. Die arabische und italienische Bevölkerung war durch das wunderbare Schauspiel in eine Raserei des Schreckens versetzt. Der uralte Negerglaube, böse Dämonen müsse man durch Lärm vertreiben, hatte von alt und jung Besitz ergriffen. Was an Musikinstrumenten erreichbar war, wurde mit Kraft und Ausdauer in Bewegung gesetzt. Tamburine klapperten, Handpauken dröhnten und Triangel klingelten, Blechteller wurden gewaltig gegeneinander geklappt. Die Frauen schlugen sich die Brüste und stießen ihre gellenden Vogelschreie aus, die Kinder heulten, die Männer brüllten, die Menschen tanzten wie besessen herum oder warfen sich auf die Knie, hoben flehend und um Gnade bettelnd die Arme zu dem geheimnisvollen Gotte, der plötzlich die Gesetze der Natur zu durchbrechen schien und jedenfalls irgend etwas Grauenvolles einleitete.

Unser Diener stürzte, an allen Gliedern bebend, ins Zimmer und schrie: »Konstantinopel brennt! Herr, ganz Konstantinopel steht in Flammen!«

»Der Schein würde kaum über das Meer herüber sichtbar sein«, antwortete mein Vater. »Den Lichtsäulen nach zu schließen ist die Erscheinung ein Nordlicht! Andere Leute reisen, um das zu erleben, nach Spitzbergen ins ewige Eis – Kinder, vergeßt nicht, daß ihr in Ägypten ein Nordlicht gesehen habt!«

Der Beduinensommer

Wieder zogen wir nach Ramleh. Mein Vater hatte in einer anderen, weniger bebauten Gegend ein kleines Haus gemietet – noch nicht fertig getüncht und wieder ein wenig verfallen. Auch der Garten versank mit seinen dürftig angelegten Beeten im wehenden Sand. Rings nur gelbe Eintönigkeit der Wüste, braune Beduinenzelte, in der Ferne das kleine weiße Bahnhofsgebäude. Als wir uns am ersten Abend auf der Veranda des unermeßlichen Sternengewimmels und der tiefen Stille freuten, tauchte lautlos aus dem Dunkel eine weiße Gestalt. Der Vater rief sie an – ein arabischer Gegenruf folgte. Der Beduine trat, die lange Flinte über der Schulter, den weißen Mantel um die schlanken Glieder gewickelt, auf die Stufen und legte die Hand zum Gruß auf Brust und Stirn. Er sei zum Hüter des Hauses bestellt und sein Zelt liege vor der Küchentür. – Wir haben gute Nachbarschaft gehalten mit Mabruk und Naffly, seiner hübschen jungen Frau, mit Jedallah und Segima, den allerliebsten Kindern. Behende waren sie wie Gazellen und hatten auch ihren sanften Tierblick. Bisweilen begegneten wir unseren silbernen Messern und Löffeln in ihrem Zelt, doch das schadete der Freundschaft nicht. Die Beduinen fanden es natürlich, unsere Sachen mit zu benutzen, und nahmen es nicht übel, wenn man sie gelegentlich wiederholte.

Von den Beduinen erzählte mein Vater uns folgende Geschichte: Früher gehörte ihnen alles Land rings um Alexandrien. Es waren stolze, kühne Männer. Ihre Zelte waren gut und dicht, geschmückt mit schönen Decken und Teppichen. Sie besaßen Schafherden und viele Pferde, deren Zaumzeug von Silber glänzte. Da kamen europäische Männer und redeten ihnen zu, das Land zu verkaufen, sie boten den Beduinen große Geldsummen, und das bestach die guten Wüstensöhne. Der Kauf wurde regelrecht abgeschlossen, die europäischen Herren stellten vor dem Kadi Schuldscheine aus, die in ihren Büros eingelöst werden sollten. Die Ältesten des Stammes kamen denn auch nach Alexandrien, um dort das Geld zu holen. Ein Schreiber nahm ihnen die Scheine ab, damit die Herren sie noch einmal prüfen könnten. Gutgläubig gaben die Beduinen-Ältesten sie her. Und dann saßen sie Stunde um Stunde auf der Marmortreppe des herrlichen Hauses und warteten. Endlich machten sie Lärm und forderten ihr Eigentum. Da kamen die Schreiber und schrien sie an, sie sollten sich davonscheren – ihr Geld hätten sie doch längst erhalten. Und man rief die Kawassen, die brüllten noch lauter: wie sie sich unterstehen könnten, die weißen Herren anzuklagen – die Freunde des Khedive? Wenn sie nicht gleich ruhig wären, würde man sie ins Gefängnis werfen. Mit Nilpferdpeitschen, unter Prügeln jagte man sie fort. Auf diese Weise verloren die Beduinen ihr Eigentum. Die Europäer kamen fröhlich, bauten eine Bahn und schöne Villen, so entstand Ramleh und die Beduinen mußten zusehen. Viele zogen ingrimmig fort in die wilde Wüste und vereinigten sich mit anderen Stämmen. Die zurückblieben, wurden die schmutzigen, demütigen armen Schlucker, wie sie vor unsrer Türe hausten. Die Erzählung machte mir unvergeßlichen Eindruck. Wir schämten uns für die Europäer und erglühten für die armen Betrogenen. Papa sagte in seiner gelassenen Weise: Kind, man gewinnt nicht Macht und Reichtum, ohne Verbrechen an anderen Menschen zu begehen. Merk es dir, damit du klug wirst, und dir nicht Reichtum wünschest.

Wir spielten nun am liebsten: Beduinen. Vor unserm Garten wurde für uns Kinder auch ein Zelt aufgeschlagen. Ein blaues Hemd, ein schwarzer Schleier war die bequemste Tracht in der Sommerhitze. Ein paar Ellen gelbliche Baumwolle machten Atti seiner Ansicht nach gleichfalls zum Beduinen. Statt der langen Flinte trug er ein altes Küchenmesser im Gürtel, mit dem er der Skorpionenjagd nachging, denn von diesen unheimlichen Tieren wimmelte es unter den vielen umherliegenden Steinen. Ihre Gefährlichkeit ist sicher übertrieben, denn nie ist jemand von uns gestochen worden. Eine ganze Familie, Vater, Mutter und die Kleinen, fand Mama einst unter ihrem Kopfkissen.

Wie behaglich war es, mit untergeschlagenen Beinen auf einem Kissen im warmen Sande zu sitzen und dem Rauch des Feuerleins zuzuschauen, auf dem irgend etwas in der Küche Erbeutetes brodelte. Atti wurde im Sommer mit mir von Fräulein Clara unterrichtet. Wir verzichteten auf eigentliche Ferien und hatten statt dessen einen ganzen Tag in der Woche frei. Wir erfanden uns eine eigene Sprache, damit die Kleinen uns nicht verstehen konnten – trotzdem erspähten sie unsere Geheimnisse und naschten uns einmal unsere ganze in der Erde vergrabene Speisekammer leer. Einen kleinen bärenartigen Hund hatten wir von einem Beduinenjungen gekauft und in Erinnerung an unsere geliebte Ilias Hektor genannt. Er wuchs in rasender Schnelligkeit und war armselig mager. Als mein Vater seinen Sohn einmal befragte, was das Tier zu essen bekäme, antwortete Atti wichtig: Papa – ich gebe ihm nur Kartoffelschalen – ich möchte so gern, daß er ein Windhund würde! Trotz dieser etwas grausamen Zuchtversuche war Hektor am Ende des Sommers ein wolfsartiger struppiger Wüstenhund geworden. An uns Kindern hing er mit Hingebung, und es wurde uns schwer genug, ihn bei unserm winterlichen Umzug in die Stadt bei den Beduinen zurücklassen zu müssen. Als wir nach Wochen wieder zu einem Besuch nach Ramleh kamen, stürzte plötzlich aus einem Zelt ein Hund hervor und sprang mit Gekläff und Geheul, mit allen Zeichen der Freude an uns empor. Es war unser Hektor, und nun gab es erst einen traurigen Abschied. Ich habe nie an einen anderen Hund mein Herz hängen können. Von großer Gutmütigkeit war er gegen unser übriges Viehzeug. Niemals jagte er eins der Kaninchen, die frei durch Haus und Garten sprangen, bis sie uns sämtliche Strohhüte und das Palmengestell des Diwans im Wohnzimmer zerknabbert hatten. In der Veranda hausten weiße Pfauentauben, die sich, statt Eier zu legen und junge Täublein auszubrüten, mit Flügelschlagen und lautem kriegerischem Gurren blutige Kämpfe lieferten. Ein stillerer Gast war eine Schildkröte, die meistens nicht zu finden war und nur wenn Klavier gespielt wurde, aus irgendeiner Ecke hervorgekrochen kam und sich träge zu dem Wunderinstrument hinbewegte. Interessant war es auch, ein im Garten aufgegriffenes Chamäleon mit einem Grashalm zu kitzeln, bis es vor Ärger die Farbe wechselte. Zwar wurde es nicht grün und blau, wie wir gehofft hatten, aber die Schattierung seines Rückens veränderte sich doch merkbar zwischen grau und braun.

Papa genoß in der besten Stimmung die ländliche Ungebundenheit. Er fütterte beim Frühstück die Kaninchen und ließ sie Männchen machen. An Sonntagen plante er mit uns, wie wir das Landhaus in Deutschland einrichten wollten, in dem er mit Mama sein Alter zu verleben dachte – eine Kuh müsse dabei sein, und Hühner, ich bat auch um einen Ponywagen. Mama war frischer und kräftiger als in den vergangenen Jahren. Sie suchte ihre Gartenkünste aus der Merziener Zeit hervor, um vor der Veranda einen bescheidenen Blumenflor zu schaffen. Glücklich war sie in der Pflege der kleinen Schwester, die von uns allen angebetet wurde. Es war ein stilles Kind mit großen schwarzen Augen und einem holden Lächeln. Auch wir andern Geschwister blühten auf in der klaren See- und Wüstenluft. Tagtäglich stand die Sonne glorreich am blauen Himmel, nachts wehte es kühl vom Meer herüber.

Frühmorgens liefen wir in den Garten, an dessen Tor die Esel schon warteten, die uns zum Strand tragen sollten. Eine weite Bucht, in der der Wellenschlag durch eine Reihe vorgelagerter Klippen gedämpft wurde, bildete den herrlichsten Badeplatz. Hinter uns stiegen die Sanddünen hoch empor. Auf dem schmalen Uferstreifen lagen zertrümmerte Säulen eines antiken Hauses. Hier brachten wir halbe Tage zu, liefen in unsern Badeanzügen in das goldgrüne Wasser, streckten uns dann wieder zum Trocknen im warmen Sande aus. Brauste eine übermächtige Welle schäumend heran, tauchte der kleine schlanke Martin mit seinem glatten braunen Köpfchen wie ein kleiner Seehund aus dem weißen Schaum und schüttelte sich. Atti und ich sammelten Seegewächse, um sie zu Aquarien zusammenzustellen, zu denen der verstaubte Glaskasten in Bitterfeld noch immer die Anregung gab. Aber die gläsernen Korallen von wundersamen Farben, die so zauberhaft im Wasser schwammen, sanken in trübe Klümpchen zusammen, sobald wir sie in unsere warmen

Kinderhände nahmen. Widerstandsfähiger waren die Purpurschnecken, in der Farbe hellen Waldveilchen gleich. Wenn das Tier darin noch lebte, strömten sie einen tiefvioletten Saft aus. So färbte ich denn meine Puppenkleider mit dem Purpur, mit dem die alten Phönizier und Ägypter ihre Königs- und Priestergewänder gefärbt hatten.

Einmal, als wir in einer schönen Mondnacht am Meere waren, sah ich es dem Ufer entgegen wohl in lichter Silberbläue glänzen, weiter hinaus aber in dunklem schweren Violett verdämmern und verstand nun, was Homer mit dem purpurnen Meer der Griechen meinte.

In diesem frohen Sommer schritt der Tod leis durch unser Haus und nahm uns unser Siegeskind, unser Schwesterchen. Nur wenige Tage war es krank, verging wie ein weißes Blümchen, die wunderbaren Augen sahen aus dem geängsteten Gesichtchen mit dem tiefen wissenden Blick sterbender Kinder, den man nicht vergessen kann. Unter Blumen, von Eisstücken umgeben, lag es in erhabener Ruhe – unsäglich fremd uns Weinenden. Dann wurde es neben den Zwillingen auf dem protestantischen Friedhof beerdigt.

Der letzte Winter

Das Leben ging weiter in seiner uns gewohnten Weise, obwohl man in den Stunden wilden Schmerzes gemeint hatte, Erde und Himmel müßten stille stehen.

Ich lernte und arbeitete mit Fräulein Clara. Zwischen uns beiden war eine sonderbare Entfremdung eingetreten. Sie hatte mit einer leidenschaftlichen Liebe an der kleinen Wally gehangen, sie mochte sich nun vereinsamt fühlen. Vielleicht war auch ihr Herz durch Hoffnungen beunruhigt, die sich im Laufe des Winters steigerten und dann doch nicht erfüllten – kurz, ich empfand deutlich, wie sich ihr Interesse von mir mehr und mehr abwendete. Heranwachsende Mädchen haben dafür ein sehr feines Gefühl. Ich begann die Ärmste in meinen Gedanken scharf und unbarmherzig zu kritisieren. Auch glaubte ich zu bemerken, daß meine Eltern nicht mehr so zufrieden mit ihrem Wirken waren wie bisher. Während sie nach wie vor eine liebe, verständige Art hatte, sich mit den kleinen Brüdern zu beschäftigen, schlug sie gegen mich einen unfreundlichen Ton an, den ich gereizt erwiderte. Ich fühlte mich ungerecht behandelt, war selbst gewiß oft unleidlich und steigerte mich immer mehr in einen hysterischen Haß gegen das Fräulein, mit dem ich mir selbst die Tage am meisten verbitterte.

Eine neue Bekannte, ebenfalls eine junge Österreicherin, hatte keine Erzieherin, auch die Tochter des neuen deutschen Generalkonsuls, die freilich etwas älter war, empfing durch Privatlehrer Unterricht. Ich fand mich mit Fräulein Clara in einem zurückgebliebenen kindlichen Zustand, der meine Ehre verletzte. Meine neue Freundin Emma stand unter der Obhut einer strengen Mutter und wurde viel schärfer zum Lernen getrieben als ich, doch das bedachte ich nicht, denn ich schwärmte für diese Mutter, eine Frau von feinster Kultur. Ihr silberblondes Haar, ihre verschleierten grauen Augen, der Rhythmus ihres vornehmen Ganges bezauberten mich, und ich war beklommen glücklich, durfte ich mich nur in ihrer Nähe aufhalten. Ich genoß diese Freude ziemlich oft. Sie schloß sich herzlich meiner Mutter an, und Mama fand in ihr eine in jeder Hinsicht anregende Freundin.

Im Laufe des Winters machten wir mit der liebenswürdigen Familie einen Ausflug nach Kairo. Wir gingen abends zum Konzert auf die Esbekieh, deren schöne alte Sykomoren Teppichbeeten und Springbrunnen Platz gemacht hatten. Auch am Korso auf der Schubra-Allee nahmen wir teil. Beim Generalkonsul gab es ein kleines Diner, und sein feines kluges Töchterlein erzählte uns viel von den Kindern des Kronprinzen, mit denen sie befreundet war. Dann fuhren wir alle in das Riesentheater, um Aida zu sehen, die Oper, die Verdi für den Khedive komponiert hatte. Mit einem unerhörten Pomp der Ausstattung ging sie in Szene. Jedermann sprach von dem Festzug, in dem ein lebender Elefant, mit Teppichen und goldenen Ketten behängt, vor dem Wagen des Fürsten einherschritt. Glücklicherweise kam ein Opernglas nun meinen kurzsichtigen Augen zu Hilfe, sonst wäre es mir mit dem Elefanten so ergangen, wie in Dessau mit der Schlange, ich hätte ihn nur geahnt, nicht gesehen.

Nach diesem Blick in die große glänzende Welt der Erwachsenen kehrte ich unter das Regiment von Fräulein Clara zurück. Es wollte mir wenig behagen.

Die alte Sehnsucht zum Theater war mit neuer Kraft erwacht. Sie fand Stütze und Ermunterung bei der Babett, unserem Schweizer Hausmädchen. Die Babett war in Zürich hinter den Kulissen als Garderobiere tätig gewesen. Mit ein paar bunten Lappen, Gardinenfetzen und Goldpapier verstand sie herrliche Kostüme herzustellen, aus Wandschirmen und Decken brachte sie die schönsten Dekorationen zustande. Und da ging's an ein Theaterspielen, das den ganzen Winter anhielt. Leider konnte ich weder auf Emmas noch auf Sidoniens Beihilfe rechnen und mußte mich wieder mit den kleinen Brüdern begnügen. Was das Memorieren der Rollen betraf, waren sie keine Helden. So mußte ich denn die wichtigeren Partien alle selbst spielen, und es war gar nicht leicht, die Dramen so einzurichten, daß die Hauptpersonen niemals zugleich auf der Bühne erschienen. Auch mußte ich dazwischen eifrig als Souffleure wirken. Trotz dieser Schwierigkeiten gelang die Aufführung des Märchens vom Rumpelstilzchen, aus dem ich ein an Effekten reiches Stück fabriziert hatte, zur allgemeinen Zufriedenheit.

Mein Vater spendete Beifall, er war stolz auf mein kleines kindisches Talentlein, das fühlte ich. Kurze Zeit nach dieser Aufführung nahm er mich auf sein Knie, blickte mir ernst in die Augen und sagte: »Du, Ella, versprich mir, niemals zum Theater zu gehen! Hörst du? Vielleicht werde ich nicht lange mehr leben, Kind – ich möchte dich hüten – versprich mir ...« Ich erschrak heftig.

Meine geheimen glühenden Wünsche waren erraten ... ich sah mich ja in allen meinen Träumen dort oben auf der Bühne phantastische Heldinnen verkörpern, hörte das Klatschen des Publikums – verneigte mich, nahm Blumen, Jubel und Begeisterung der Menge huldvoll entgegen. Dem allem sollte ich entsagen, noch ehe ich es gekostet? Und doch: er sprach von seinem möglichen frühen Tode – konnte das geschehen? – Ich dachte in einem Augenblick an die Qual des Vorwurfes, mein Schwesterchen nicht genug geliebt zu haben – ich fühlte, wie grenzenlos ich an diesem guten Vater hing – und mit gesenktem Kopf murmelte ich das gewünschte Versprechen. In dieser Stunde verschloß sich mein Herz vor meinem Vater. Lange peinigte mich Erbitterung, ja Feindschaft gegen ihn. Schon das Kind fühlte damals deutlich, es gab eine Grenze, über die hinaus zwischen ihm und mir eine Verständigung auch in der Zukunft nicht möglich sein werde.

Gegen das Ende des Winters las ich mit Fräulein Clara einige ausgewählte Stellen aus den Räubern, dann aus Egmont. Die Liebesszenen wurden überschlagen. Doch ich hatte ja den Schiller und einen Band Goethe zu meiner Verfügung – ich verschlang die Dramen heimlich, in meine Schulbücher versteckt, mit brennenden Augen, mit Tränen, die verschluckt und bezwungen werden mußten. Amalia und Franz Moor rissen mich in eine maßlose schwüle Erregung, noch mehr Fiesco und die Liebesstürme, die zwischen ihm, Lawinia und Julia tobten. Egmont entfesselte glühende Begeisterung! Ach – hätte ich an seinem Grabe mich ausweinen können! – Daß es Klärchen nicht gelang, ihn zu retten! Ich fühlte ganz das Heldische seines Wesens – den göttlichen Leichtsinn des großen freien Menschen! Und Wallenstein! Auch hier begannen wir nur – um irgendeiner Ungezogenheit willen wurde es mir als Strafe auferlegt, nicht weiterlesen zu dürfen. Fräulein Clara verwahrte den Schillerband in ihrer Kommode, aber einmal, als sie mit den Eltern ausgegangen war, hatte sie den Schlüssel steckenlassen.

O Gott – wie ich das Buch herausriß – wie ich las – las – las von Max und Thekla – von dem Fall des stolzen Hauses Friedland, wie die rauschenden Verse mich umwogten, die edlen, erhabenen Gefühle mich durchbrannten ... Einer Hypnotisierten gleich ging ich tagelang umher. Nun war es mit den einfachen Kindermärchen zu Ende. Plötzlich riß es mich über die Stufe friedlich spielender Unbewußtheit hinaus in die Welt großer Leidenschaften und gewaltiger Schicksale. Und ich schwankte, eine vom sicheren Halt gerissene Windenranke, in dem zu starken Sturm aufgewühlter Empfindungen, der über mich hereinbraust kam und den ich allein bewältigen mußte. Trotzig und heilig verschloß ich mich in mich selbst. Von all diesem Neuen durfte ich auch zu meinem treuen Kameraden Atti nicht sprechen. Er konnte mir in diese Gebiete nicht mehr folgen, ich entfernte mich innerlich auch von ihm, und wie stark fühlte ich die grenzenlose Einsamkeit um mich her.

In jenen Tagen empfing die Linie meines inneren Lebens zu Lust und Leid ihre entscheidende Richtung.

Ich hatte die Liebe als das heroische Gefühl der Welt, als das große Schicksal ein für allemal empfunden – nie konnte ich andere Maßstäbe anlegen, und das wurde für meine Zukunft verhängnisvoll.

Inzwischen war von den Eltern der Entschluß gefaßt worden, im Sommer nach Europa zurückzukehren. Mein Vater ließ die Bemerkung fallen: Ich sei eine kleine überspannte Trine und müsse, in die Gesellschaft von Mädchen meines Alters und unter strengere Aufsicht kommen. Auch für meinen Bruder Albert schien die Missionsschule, deren Lehrkollegium aus etwas abenteuerlichen Elementen zusammengesetzt war, nicht länger geeignet ... Die Koffer wurden gepackt, und nun begann das Abschiednehmen.

Zum letzten Male wanderten wir zu unserm Lieblingsplatz am Meer. Hoch ragten hinter uns die gelben Dünenhügel empor, auf halsbrecherischem, schmalem Weg mußte man herunterklettern. Ungestört hatten wir am Strande unsere Welt für uns. Wie manche Stunde verspielten wir auf den braunen feuchten Klippen. Hier, sprach die Sage, sollte das Schloß der Königin Kleopatra gestanden haben. Trat man auf die Spitze der Klippe, so sah man weiter draußen unter dem klaren blauen Wasser weiße Marmorstufen schimmern, die in eine unendliche Tiefe zu führen schienen. War es der Eingang zu dem Königsschloß, das unter den Meeresspiegel versunken war? Und tauchte die ägyptische Zauberin dort in Mondnächten hervor, tanzte auf den Wellen, wie Aphrodite, schlank und braun, mit der goldenen Schlange spielend? Stücke von einem Mosaik fanden wir im Sande, über den vielleicht ihr feiner Fuß geglitten. Blaue und grüne Juwelen ihres Kronenschatzes glaubten wir zwischen den purpurnen und rosaroten Muscheln zu entdecken, doch waren es nur vom Meere glattgeriebene Glasstücke – Abfall der großen Stadt, die sich jenseits der Bucht mit ihren weißen Häusern dehnte und den schlanken Leuchtturm auf schmaler Erdzunge weit in die Flut hinausschob.

Alles lebte in dieser Gegend für uns von tausend Erinnerungen. Scharf und kräftig roch die Luft nach dem Seetang, der in braunen Wellen auf dem weißen Sande lag. Bisweilen kam ein Kamel und wurde von Arabern mit dem Tang beladen; hochbeinig und langhalsig, ein sonderbares graues Gespenst, schritt es langsam sich wiegend den Strand hinab. –

In den Klippenspalten hatten wir nach Ostereiern gesucht, und in jenem Felsenloche stöberten arabische Fischer den großen Polypen auf, dessen Fangarme sie abschnitten, sobald sie sich gräßlich aus dem Loche hervorbewegten. Wie herrlich war es doch, bis zur äußersten Spitze der flachen Klippe zu balancieren. Während das Wasser zwischen den Steinen in einem schweren, von Goldfunken durchglänzten öligen Blau ruhte, stand man hier plötzlich über dem klarsten, grünen Kristall, von weißem, salzigem Schaum umbraust! – – Genug, genug, – – wir ahnten nicht, daß wir all diese vertraute Schönheit niemals wiedersehen würden.

– Ein Wagen brachte uns noch einmal zu dem bunten Flußtreiben des Mahmudyie-Kanals! Ach, diese lustigen Sonntagsfahrten, wobei der Landauer ganz mit Kindern vollgepackt war und der Sais wie ein großer weißer Vogel vor den schnellen Pferden einherflog, in dem Gewühl der Fuhrwerke den Weg zu bahnen. Wichtiger als der Musikpavillon und die geputzte Menge war uns im Garten des Khediveschlosses der große Baum mit den Luftwurzeln, in denen nackte Araberkinder wie braune Elfen schaukelten. Auch dem geliebten Chiccolani-Garten sagten wir

Lebewohl, der Paullinia und der Araukaria, und der Grotte mit den vielen Kallas. – Und auf einem andern Wege der grauen Säule, der letzten vom alten Alexandrien, mit dem grauen Bettler in grauen Lumpen an ihrem Fuße zwischen den zerbröckelnden Steinwällen und den verstaubten Kaktushecken. Wie oft hatten wir die stillen arabischen Gemüsegärten durchwandert – Eidechschen liefen über unsre Füße – stark duftete es nach Lauch, nach Rosmarin und Rosengeranium – blühten die Palmen in dicken Büscheln unter ihren Kronen, so schwebte ein süßer Honiggeruch in der Luft, und der gelbe Blütenstaub fiel in unsere Haare. Zuweilen schlug ein Mann, den Hemdfetzen um die braunen Glieder gewickelt, den Boden mit einer Hacke auf, eine Frau in blauem Gewande, den Tonkrug auf umschleiertem Haupte wiegend, ging vorüber – so weltverloren, so unermeßlich zeitlos war diese Gegend. Jahrtausende versanken – immer schon blühten die Palmen, dufteten Lauch und Rosmarin – der Bettler sang sein Lied an der grauen Säule – immer schon hatte der müde Büffel träge im Kreis das Schöpfrad gedreht. – Hier war noch Ägypten, das ewige, wo die Toten in ihren Särgen nicht verwesten und die Lebenden sich immer gleich blieben.

Um Geschenke für die Verwandten in Deutschland zu kaufen, holten wir uns Herrn B. und den Kontormohammed, denn in den Basaren brauchte man männliche Begleitung. Im Hof der Okelle, wo Papas Geschäftsräume waren, richtete ich noch einen Abschiedsblick auf die vom Alter gebräunte Marmorstatue der Kleopatra, die beim Bau des Hauses im Boden gefunden, mit ihren steinernen Augen gelassen über Kisten, Ballen und Fässer schaute. Noch immer hielt sie die Schlange an ihren abgestoßenen Busen! Was für Volk wohnte in der Okelle – wie summten die Galerien, die den Hof umgaben, von vielfältigen Menschenwesen. Und die Räume selbst, wo mein Vater arbeitete – kühl und dämmerig, mit wenigen, schmucklosen Holzmöbeln – dort lagen stets viele Proben von Baumwollen- und Seidenstoffen, mit Vögeln und Blumen in bunten Farben bedeckt – wie die Damen in den Harems und die Negerinnen es liebten. Ostern hatten wir Kinder uns hier die Farben für die Ostereier geholt – Indigo und die kleinen Koschenilletierchen und mancherlei Farbhölzer. Auch Säckchen mit Pinienkernen und Pistazien lagen hier und Stücke von Gummiarabikum, wie Bernstein leuchtend. Papas Kontor war eine Fundgrube von romantischen Dingen, und weil wir Kinder es so selten betreten durften, erschien es doppelt anziehend.

In den Basaren verwandelte sich der feine, schüchterne Herr B. plötzlich den Verkäufern gegenüber zu einer Persönlichkeit von leidenschaftlicher Energie. – Er schob den Hut in den Nacken und schrie sie auf arabisch an, daß es nur so seine Art hatte, er gestikulierte und zappelte mit allen Gliedern – er spielte Staunen, Empörung, Wut über die ihm abgeforderten Preise – er rannte aus dem Laden, wir mußten ihm folgen, – der Verkäufer stürzte hinter ihm her, faßte ihn bei seinem eleganten blauen Röcklein, riß ihn zurück – bat, flehte, beteuerte, endlich nach Dramen, voll von wilder Aufregung, wurde man handelseinig um eine seidene Cufie oder eine Filigranbrosche. Es war unvergeßlich und ich dachte immerfort mit Staunen: so viele Jahre haben wir Tag für Tag mit ihm gegessen und alle Weihnachtsfeste miteinander gefeiert – und haben Herrn B. doch eigentlich gar nicht gekannt! Mein Vater aber wußte die Kraft zu schätzen, die in dem jungen zarten Kerlchen steckte.

Die Brüder nahmen Abschied von ihrem Freunde, dem Kontormohammed, tausend Grüße wurden seiner Frau gesandt, die uns zum Bairamfeste immer so köstlichen Kachk – den arabischen Festkuchen – und Datteln, Feigen und Traubenrosinen gebracht hatte. Stets erschien sie bei solchen Gelegenheiten mit ihren Zwillingen, braunen Äffchen in drolligen bunten Kattunkittelchen. Nur einmal war sie nicht gekommen – es gab eine Tragödie im Hause Mohammeds – er hatte eine zweite Frau nehmen wollen. Es war ihm schlecht bekommen. Die Frau ging einfach mit ihren Zwillingen zu ihren Eltern zurück und forderte einen Scheidebrief. Ehe Mohammed auf seine Zwillingssöhnchen verzichtet hätte – nein – lieber, viel lieber begnügte er sich mit einem Weibe. Teilnahmsvoll hatten wir alles mit ihm durchlebt, meine Mutter hatte ihn beraten und getröstet. Er hing mit der größten Hingebung an unserer Familie, zärtlich streichelte er den Jungens Wange und Haar, als er uns auf das Schiff geleitete – traurig blickte sein gutes Gesicht! Auch unserm Küchenmohammed flossen die Tränen über die braunen Wangen, er flehte, man möchte ihn mit nach Deutschland nehmen, niemand würde uns dort den Pillau mit Huhn bereiten können, wie die kleinen Herren und die kleine »Sitte« es gerne hätten. Erst als wir ihm versicherten, drüben gäbe es keine Tomaten, schüttelte er betrübt den Kopf und erklärte, in einem solchen armseligen Lande könne er freilich nicht kochen. Doch die alte Jannina, das italienische Nähweiblein, wurde noch härter betroffen durch die Trennung von ihrem angebeteten »Bambino Lola«, der, wie sie hundertmal versicherte, ganz dem heiligen Bambino in der

Kirche glich und – Gott möge ihr die Sünde verzeihen – auch beinahe ebenso von ihr geliebt würde – das Engelskind mit seinen Goldlöckchen. Ein rotes Höschen, das sie ihm genäht und das er auch schon zerrissen hatte, bat sie sich zum Andenken aus und nagelte es nebst seinem Bildchen direkt unter den göttlichen Bambino über ihr Bett.

Es gibt nicht nur Treue im deutschen Land – jahrelang noch haben diese guten Seelen uns Grüße übers Meer gesandt.

Ein Maimorgen, so blau, so goldumwoben, so funkelnd in Licht und Glanz, wie gleich Perlen an der Schnur der Süden uns seine Tage schenkt, fand die Familie Reuter an Bord des italienischen Dampfers. Vom Land aus zog Herr B. grüßend den Hut und der Kontormohammed winkte Lebewohl.

Das Schiff rauschte mit der Dampffahne über sich durch die kristallenen Wellen, – Alexandriens weiße Häuser verschwanden mählich – noch sah man den Leuchtturm gleich einem feinen Blütenstiel – dann eine bewegte blaue Fläche, eine weiße Schaumschleppe – die still durchsonnte Himmelskuppel – – Und keine Zukunft führte uns zurück.

Kloster Althaldensleben

Was ist mir von der Reise geblieben? – Der Linienzauber griechischer Berge, wenn sie weißschimmernd im Rosenglanz des Morgens über dem Meere standen und die Wellen wie geschmolzene blaue Edelsteine ihren Fuß umspülten.

Der goldrote Lockenkopf eines Schiffsjungen – eng gerollt waren sie, diese Locken, wie auf den Köpfen antiker Statuen, und der Bengel saß träumend mit der lässigen Grazie junger Italiener auf irgendeinem Balken oder einem Haufen Taue. Etwas Unbegreifliches wachte in mir auf. Eine Sehnsucht, in seine Nähe zu kommen. Aber dann roch er nach Knoblauch, hatte Sommersprossen und schmutzige Hände. Er war doch nur ein richtiger Schiffsjunge …

Venedig im rauschenden Regen, durch graue Nebelflore geschaut. Am letzten Abend kam der Mond und stand melancholisch im Gewölk über der Seufzerbrücke. –

München an einem sehr heißen Maitage. Die Büste des Urgroßvaters Gatterer in der Ruhmeshalle auf der Teresienwiese besucht.

Aber die Wiese – saftgrün, quellend von Frische, von fetter Fruchtbarkeit, mit gelbem Löwenzahn wie mit Tausenden von kleinen Sonnen durchsetzt! Grünes – grünes Gras, gelbe, gelbe Blumen, gaukelnde Schmetterlinge … Das war deutscher Frühling! Das Herz jubelte: Deutschland! Heimat! Heimat!

Der Abschied von Fräulein Clara auf einer gleichgültigen Station. Sie weinte. Undankbar, freiheitsdurstig jauchzte es in mir –: nun öffnet das Leben alle seine Türen! Ich dachte es nicht – ich fühlte es nur so.

In Althaldensleben empfing uns Tante Gustchen, in deren Hause wir wohnen sollten. Sie hatte hier ein Erziehungsinstitut geleitet, das hatte sie aufgegeben, wollte nun, nahe dem sechzigsten Jahre, nach Berlin und Musik studieren. Nie war jemand einer Schulvorsteherin unähnlicher als dieses liebenswürdige, kleine Tantchen mit seinem weißen Häubchen, seinen Kinderaugen und dem Herzen voll Musik und Poesie.

Fliedersträuße auf allen Tischen. Ein eigenes Zimmer für mich, mit weißen Mullvorhängen und so netten alten Biedermeiermöbeln. Und vor der Haustür wie in den Zimmern standen junge Birken. Denn es war Sonnabend vor Pfingsten. Dorf und Haus und Garten dufteten nach Maien und Butterkuchen. Nein – diese Kuchenscheiben – auf weißen Brettern lagen sie – die alte Bäbenbroden, Tante Gustchens treue Köchin, zerschnitt sie und häufte Berge auf bemalte Kuchenteller zum Kaffee, der aus feierlichen, bauchigen und geschweiften vergoldeten Tassen getrunken wurde.

* *
*

Das große Gutshaus von Althaldensleben war vor Napoleons Zeiten ein Nonnenkloster, allerdings ein Kloster im Aussterben begriffen. In der durchaus protestantischen Gegend war ein Teil der Himmelsbräute bereits zum evangelischen Glauben übergetreten, sie hatten sich eine evangelische Äbtissin erwählt, besaßen ihre eigene Kapelle und lebten in christlicher Liebe (vielleicht auch in christlichem Streit) mit ihren katholischen Schwestern unter einem Dache.

Als der Großonkel Nathusius das Klostergut erwarb, nahm sich seine Frau mütterlich der armen Nönnchen an, die nun heimatlos in die weite Welt hinauszogen. Eine von ihnen gründete einen Leinenhandel in Bielefeld, und unsere Familie zählte zu ihren eifrigen Kunden. Erst während der Not des großen Verzweiflungskrieges wurde von der Verfasserin dieses Buches das pietätvoll bewahrte köstliche Handgespinst der alten Klosterschwester zu Gebrauchsgegenständen zerschnitten.

Im Umkreis des breit gelagerten Gebäudes mit seinem gemütlichen hohen Dach fanden sich die industriellen Anlagen, die zu Anfang des neunzehnten Jahrhunderts, als Deutschlands Kraft hilflos am Boden zu liegen schien, den Beginn einer neuen, mutvollen Rührigkeit bedeuteten. Die Tabaksfabrik blühte noch in Magdeburg, die Porzellanfabrik bestand nicht mehr, aber die Zuckersiederei, die Ölmühle, die Brauerei und die Brennerei waren in vollem Betriebe. Immer roch es süß und nahrhaft nach Malz, wenn man sich dem Hause von der Hofseite aus näherte. Zu der Zeit, von der ich rede, war der alte Onkel Gottlob Nathusius, der große Kaufmann, nur noch eine verehrte Sagengestalt bei den Nachfahren. Seine Witwe, die Schwester meiner Großmutter Behmer, bewohnte einen Flügel des weitläufigen Gebäudes. Die Söhne waren geadelt und betätigten sich mannigfach in Staat und Landschaft, durchaus in konservativem und positiv christlichem Geiste. Marie, die liebenswürdige Schriftstellerin, war aus reichem Wirkungskreise früh hinweggerufen; ihr Andenken war noch überall lebendig. Das Gut wurde von dem jüngsten Sohne Heinrich bewirtschaftet, der wiederum mit einer Schwester meiner Mutter verheiratet war, und wie die alten, so hielten auch die jungen Schwestern in inniger Liebe treu zusammen. Tante Luise hatte, trotzdem sie selbst zwölf Kinder versorgen mußte, alljährlich die herrlichen Weihnachtskisten gepackt, die uns das Fest verschönten. Auch was Mama sonst an Notwendigem entbehrte, das sandte sie unermüdlich übers Meer.

Es war eine von den Frauen, die ganz Mutter sind, deren Erscheinung gewissermaßen die Mütterlichkeit symbolisiert. Groß und stark, kam sie mit wogendem Gange daher, immer etwas an ein Schiff erinnernd, das, beladen mit allen guten Dingen, die Wellen durchschneidet. Ihre braunen Augen waren warm und freundlich, und sie hatte die schönsten Hände, geschaffen zum Austeilen.

Wir standen mit ihr auf dem langen Korridor, zwischen den gewaltigen, geschnitzten Wäscheschränken, und sie stellte leuchtend vor Glück meiner Mutter ihren Ältesten vor, als ein junger Offizier, die hellblaue Uniform lässig aufgeknöpft, die Mütze rücküber auf dem schönen, braungebrannten Kopf, die Treppe neben uns emporstieg und mir lachend in die Augen blickte: »Also, da sind ja die Afrikaner.« Und man schüttelte sich die Hände. Das waren nun die Vettern, die die Schlachten geschlagen, die Deutschlands Siege erkämpft hatten! Und aus allen Türen sprangen die Helden: Dragoner und Kürassiere, schwarze Husaren und grüne Husaren – denn das Pfingstfest hatte neben den Söhnen des Hauses noch andere Vettern und Freunde zusammengeführt.

Ich war erschüttert, der Kopf schwindelte mir vor so viel junger Männerherrlichkeit, umglänzt vom Ruhme ritterlicher Taten und gefährlicher Abenteuer! Das war nun Wirklichkeit, nicht Dichtung, und schien doch zauberhafter als alle Magie der Poeten.

Das Riesenhaus mit seinen weitläufigen Korridoren, in denen noch die Bilder der alten Äbtissinnen hingen, mit seinen langen Festsälen und seinen traulichen Wohnzimmern, war ganz angefüllt mit Jugend jeden Alters. Überall traf man auf Gruppen von Kindern und jungen Leuten, die unbekümmert einer um die anderen ihren Ferienfreuden nachgingen. Hunde wurden dressiert, Waffen geputzt, Patronen gestopft, auf den Tischen lagen Bilderbücher und Zeichengerätschaften neben den bunten Blumenkränzen, mit denen der Gärtner die Räume zum Fest geschmückt hatte. Um unsere Ankunft wurde nicht mehr Wesens gemacht, als kämen wir aus Dessau. Schon waren meine Brüder von den Kreisen ihrer Altersgenossen aufgenommen, in den Park und in die Ställe entführt. Die ganz Kleinen spielten unter Aufsicht des uralten Müllerchen im Sandhaufen unter den Kastanien. Zu mir gesellte sich meine frühere Gespielin Bärbel, und man ging hinüber, die alte Tante zu begrüßen. Mehr als achtzigjährig, saß sie friedlich in ihrem Lehnstuhl auf dem Fenstertritt, umgeben von Blumen, den Bildern ihrer Kinder und Enkel und feinen zierlichen Strickkörbchen – eine unendlich würdige Erscheinung, das Gesicht noch immer schön, die Augen von strahlendem Blau, klug und gütig – und mit einem Blick, der bis ins Innerste des Menschen zu dringen schien. Unter der weißen Haube ringelten sich zwei silberne Löckchen hervor. Während bei Landrats der ganze Haushalt auf die Kinder zugeschnitten, eher etwas Traulich-Bürgerliches hatte, war die Umgebung der alten Madame Nathusius, wie die Dorfleute sie noch immer nannten, gepflegter, feierlicher, feudaler. Manches Möbelstück ging über das Biedermeierische hinaus und wies auf das Empirezeitalter, in dem die Tante als wunderschöne junge Frau das Haus des alternden Gatten betreten.

Waltete drüben an den Wänden die freundlich-idyllische Kunst Onkel Hermann Behmers, so blickten hier aus breiten Goldrahmen die großen Ölgemälde des alten Gottlob Nathusius mit dem blauen Frack und der Schnupftabaksdose, der Tante im hochgegürteten Kleide à la Königin Luise, den roten Longschal über dem entblößten Arm, das blonde Gelock griechisch frisiert. Und die Kinder als Babys, fest gewickelt bis zum Halse, wie die Bambini von Fiesole, – dann, älter geworden, mit auf die Füße fallenden Spitzenhöschen und Samthabits, Kaninchen oder weiße Tauben in den Armen haltend.

Was gab es zu schauen, zu betrachten! Man wußte nicht, wo man die Augen zuerst hinwenden sollte. Ein munterer Vetter, ein Sohn Mariens, der bei der Großmutter zu Besuch war, tat allerlei sechzehnjährige verfängliche Neckfragen, die man vor Verlegenheit kaum zu beantworten wußte. Man war nur grenzenlos erstaunt, daß er nicht einmal die sehr würdige Tante Hannchen mit seinen Scherzen verschonte. Das unverheiratete Fräulein Johanne Nathusius lebte bei ihrer Mutter. Ihr Zimmer trug wieder ein anderes, sehr persönliches Gepräge: Staffeleien und Malgerätschaften, kupferne Krüge und andere italienische Erinnerungen, mächtige Rechnungsbücher mit der Aufschrift »Blödenanstalt Detzel« zeugten von ausgebreiteter Tätigkeit.

Der Kirchgang war immer, doch besonders an Festtagen, eine großartige Angelegenheit in Althaldensleben. Tante Luise liebte es, sich in feierlichem Zuge, neben ihrem Gatten, umgeben von ihren Kindern, Gästen, Erzieherin und Hauslehrer, durch die Dorfstraße in das von ihrer Schwägerin ausgemalte Gotteshaus zu begeben. Sie brachte damit jeden Sonntag symbolisch ihr ganzes Haus dem Herrn zum Opfer. Es war hübsch anzusehen, wie sie sich in ihrem Kirchenstuhl häuslich einrichtete, mit Fußsack und Rückenkissen, mit Kirchenstrauß, Gesangbuch, Bibel, mit Zetteln und Bleistift zum Notieren besonders ergreifender Stellen der Predigt, mit Pfefferminzplätzchen und Riechfläschchen, falls einem der Kleinen schlecht werden sollte. So war sie ganz daheim bei ihrem Gotte und jeder Kirchgang wurde ihr in Wahrheit zur köstlichen Feierstunde, mit lautem Lobgesang, mit Dank und herzlichem Gebet.

Der Vettern zarte Pflicht war es, auch für Schwestern und Cousinen ein Kirchensträußlein zu pflücken oder nur eine stark duftende Blume, die matten Sinne während der Predigt zu erquicken, wobei denn manche feine Sympathie sich ohne Worte kundtun durfte.

Am Mittag dieses sonnigen Pfingsttages ging ein brausendes Gewitter nieder. Die Fliederbüsche an den weiten Rasenflächen des Parkes wanden sich in stürzenden Regenfluten, unter den metallisch glänzenden Kastanienbäumen lagen die abgeschlagenen Blüten – und es wurde kalt – kalt – kalt! Wir Südenskinder schnatterten in unsern weißen Festkleidern.

Es ging uns eine Ahnung auf, daß auch in Deutschland die Welt nicht vollkommen war.

Der Vetter Matthäus

Zum letzten Weihnachtsfest hatte ich mir noch eine Puppe gewünscht und war glücklich im Spiel mit den Brüdern. Die Reise bildete einen entscheidenden Einschnitt in alle meine Gewohnheiten. Atti, mein Gefährte, wurde von den Vettern in Anspruch genommen. Wochentags trabte er auf dem guten, dicken Pony Merra zum nahen Städtchen, wo er das neugegründete Gymnasium besuchte. Brachten ihn die Lücken seines Wissens in Konflikte mit den Lehrern, so erwiesen sich die in Spiritus aufbewahrten Skorpione aus Ramleh als überraschend geeignete Objekte zu erfolgreichen Bestechungsversuchen.

Für mich war zum Herbst ein ländliches Töchterinstitut zur weiteren Ausbildung vorgesehen. In der Zwischenzeit war ich vom Schulzwang befreit, las viel und lauschte in die Gespräche der Erwachsenen hinein.

Vier Wochen lang war ich mit meiner Mutter in Wildbad; sie gebrauchte die Bäder. Aus geschichtlichen Erinnerungen des alten Schwarzwaldbades wurden die Gedichte Uhlands von Eberhard dem Greiner, dem alten Rauschebart, lebendig. Mit Entzücken tauchte ich nun in der Romantik unter. Brentanos Geschichten vom schönen Annerle und braven Kasperle, von Hinkel, Gockel und Gackeleia, Achim von Arnims phantastische Novellen, Tiecks Märchen, Novalis' Gedichte – das waren die Bände, die vergilbt, in feines braunes Leder gebunden, mir in Tante Gustchens Bücherschrank zur Verfügung standen. Von Neueren die Amaranth, Waldmeisters Brautfahrt, Heidens Wort der Frau. Alles geeignet, um ein dreizehnjähriges Mädchenhirn in eine schwebende, schwankende, himmelblaue Traum- und Wunderwelt zu wiegen.

Auf verschwiegenem Bänkchen am Teich schwärmte ich mit Bärbel von ewiger Freundschaft und besiegelte sie durch sentimentale Verse. Bärbelchen nahm die Freundschaft wie die Verse ruhigen Gemüts entgegen – sie war noch ganz unbewußt und kindlich. Auch ahnte sie ja nicht, was mich ihr so zart als fest verband.

Im Dämmergrau zwischen Nacht und Tag, zwischen Schlaf und Wachen war er mir zuerst erschienen – der braune Kopf mit der niedern Stirn, der kurzen geraden Nase, dem klassisch geschwungenen Kinn …

Seither sah ich ihn vor mir, sobald ich aus tiefem Jugendschlaf zum Bewußtsein hinüberträumte – im Apfelbaum vor dem Fenster flötete die Drossel dem Frühling ihr Abschiedslied, und ich fühlte ein sonderbares ziehendes Weh mitten im Herzen – es verbreitete sich über die Brust, zog bis in die Fingerspitzen, bis in die Zehen hinab. Es tat weh und war doch zauberisch süß und begleitete mich den Tag über, was ich auch vornahm, womit ich mich auch zerstreuen mochte. Aber ich wollte mich gar nicht zerstreuen – ich überließ mich selig hingegeben diesem Neuen, das da geheimnisvoll in mir waltete und dem ich bald in zaghaftem Stolz den Namen »Liebe« gab.

Die Althaldenslebener Vettern hießen nach den zwölf Aposteln – aber weil die Zwölfzahl der Söhne nicht erreicht war, fehlte außer dem Judas, den man selbstverständlich vermieden hatte, auch ein Matthäus unter ihnen. So soll denn nun dieser Eine Matthäus genannt werden.

– Als ich ihn zuletzt wiedersah, war er ein todsiecher Mann, bald darauf haben sie ihn begraben.

In jenem Sommer 1872 blühte er in seiner strahlenden Jugend wie ein schöngewachsener Baum, in dessen Schatten gut zu wohnen ist.

O schüchterne Liebe der Dreizehnjährigen, die an Zärtlichkeit, an einen Kuß nie zu denken gewagt haben würde … Man war auch zurückhaltend in allen Lebensäußerungen im Kloster Althaldensleben, und der Ton des großen Bruders, den Matthäus mit uns Backfischen anschlug, wurde mir gegenüber höchstens durch eine feine Reserve verändert. Aber eine ganz zarte Sympathie schwebte zwischen uns, wie das schwankende Gewebe eines Spinnenfadens. Verwandtschaftliche Ähnlichkeiten waren vorhanden – mein Mund glich im Schnitt dem seinen, der mädchenhaft klein und fein gezeichnet war – auch im Profil konnten wir für Geschwister gelten. Er liebte vor allem sein rosiges, braunäugiges Schwesterchen Bärbel, und so geschah es, daß wir während seines Sommerurlaubs sehr viel beisammen waren.

Wir spielten Krocket oder lagen im Park auf dein Rasen, Bärbel las irgend etwas Dummes vor und Matthäus spielte mit seinen kleinen Hunden, drei Stück gingen in ein Helmfutteral. Ich saß dabei, träumte – schwieg.

Oderschwüle, regnerische Gewittertage im Billardzimmer … Es war die gewölbte Grabkapelle der Äbtissinnen, kühl und dämmerig wie ein italienischer Palast. Zwischen den kurzen schweren Säulen sah man die verwitterten Inschriften auf dem Fußboden. Bärbel hatte bei der Mamsell ein Kännchen Mokka für den jungen Herrn erbettelt. Der blaue Zigarettenrauch schwebte um die Steinbilder der heiligen Frauen an den Wänden, der Leutnant räkelte sich auf einem viereckigen, lehnenlosen Diwan – balgte sich mit uns, wir warfen mit den Sofäkissen, tobten und tollten. – Dann schlief er ein – lag mit gelösten Gliedern in seiner prachtvollen jungen Männerherrlichkeit – ein gutmütiger Held, der Deutschlands Glorie erkämpft hatte. Bärbel und ich saßen aneinandergekuschelt – flüsterten sehr leise – bewachten andachtsvoll seinen Schlummer.

Tanzstunde hatten wir auch in dem leeren Festsaal mit der hellgrünen Tapete, weiße Stühle an den Wänden und grünes Licht von dem bewegten Blätterspiel vor den hohen Bogenfenstern. Der Tanzlehrer war aus Berlin berufen – siebzigjährig, das Vornehmste, was auf diesem Gebiet in Preußen zu finden war. Der alte Herr steckte voller Hofhistörchen. Die kronprinzlichen Kinder hatten bei ihm Unterricht genommen, und er erzählte mit Feuer, wie es ihn überkommen habe, daß er auf die Kronprinzessin Viktoria zugetreten sei mit dem Ruf: »Königliche Hoheit verzeihen, ich kann nicht anders!« Kühn habe er sie um die Taille gefaßt und sie habe ihm allergnädigst einen Walzer gestattet! Er hatte einen hohen Begriff von der Würde des Tanzes – wie würde den alten temperamentvollen Herrn dessen heutige Entartung empören!

»Vor Ihrem Herrn Vater habe ich die größte Achtung«, sagte er mir einst, »das ist ein Mann, der tanzt noch Walzer nach dem Takt.«

Viel Freude erlebte er in dieser Hinsicht nicht an uns. Die Jungenschar war recht selten bei der Sache. Vom Ferienspiel geholt, schlürften und tapsten sie recht absichtlich, und Herr Rönisch schüttelte trübe den Kopf mit der grauen gedrehten Tolle und rief: »Den Nathusius' fehlt die Bouillon!« – »Atti, betrage dich wie ein vernünftiger Knabe und nicht wie die Knechte auf dem Hof!«

Bärbel, die rundliche, drehte sich wie eine Feder – ich – schmal und zart wie ein Windenränkchen – blieb schwerfällig am Boden haften, oder hopste hilflos irgendwie herum. Nur wenn Matthäus, der gewandte Prinzessinnentänzer, mich im Arm hielt und sorglich führte, ging es einigermaßen. Herr Rönisch ergriff dann oft selbst die Geige und schwebte als tönender, anfeuernder Engel vor uns her.

Es war merkwürdig, daß ich trotzdem der Liebling des alten Herrn blieb und er sich am Schluß des Unterrichtes meine Photographie erbat, sie seiner Galerie von Hofschönheiten anzureihen. Nie war eine Ehre unverdienter. –

Mit den drei Hundchen im Helmfutteral, mit feudalen Lederkoffern und dem treuen Burschen reiste Matthäus in seine süddeutsche Garnison zurück. Zur Silberhochzeit seiner Eltern sollte ich ihn wiedersehen!

Wir gingen auf die Vetternstraße. In Neubrandenburg, der Stadt der hohen Giebeltore, nahmen wir teil an dem Jubelfeste eines an städtischen Würden und Ehren reichen Verwandten. Schon fiel mir ein bedeutender Unterschied auf zwischen diesen norddeutschen, von einem stabilen Gemeinwesen eng umschlossenen Menschen und den Verwandten der Mutter, die in fortwährender Beziehung zu Berlin standen und an den Bewegungen eines größeren Staates mitarbeiteten. Und die Auslandsdeutschen, die ich kannte, waren wieder von ganz anderer Art! Wie viele Welten umschloß unsere gemeinsame Mutter Germania!

Lieb und traulich mutete das kleine Alt-Damen-Heim von Papas greiser Schwester, Tante Friedchen, uns Kinder an. Die gute Seele, wie freute sie sich über ihr Karling, den sie einst mit dem eigenen Töchterchen aufgezogen hatte. Aber sie schüttete uns, als Beweis ihrer Zuneigung, Zucker in die Fleischbrühe und stellte damit ahnungslos eine starke Anforderung an unsere höfliche Selbstbeherrschung.

Die alte kleine Frau Pastorin erzählte mit freundlichem Humor, wie der Amtsnachfolger ihres Mannes, der nun schon drei Witwen mit Käse, Wurst und anderen Deputaten zu versorgen habe, sich zuweilen bei ihr einstelle, um sie zu fragen, ob sie in ihrem hohen Alter denn noch immer so gut bei Appetit sei. – »Den Käse habe ich ihm ja schon geschenkt, aber auf das Brennholz kann ich doch nicht gut verzichten«, lautete der Schluß der kleinen, für jene Zeit charakteristischen Geschichte. Glücklicherweise sorgten ihre blonden Enkelinnen, die mir einen bedeutenden Eindruck von hauswirtschaftlicher Tüchtigkeit machten, daß es dem Großing an nichts fehle. In einer geräumigen Kutsche fuhren wir weiter an Mecklenburgs Seen und Gutshöfen und an seinen Buchenwäldern vorüber. Im Posthause von Stavenhagen wurden die Pferde gewechselt und ein Imbiß genommen. So habe ich denn auch diese gemütliche Art des Reisens alter Zeit einmal kennengelernt.

Die Giewitzer Pfarre, in der ich die traurige Erfahrung gemacht hatte, dem mecklenburgischen Dorfkind nicht gewachsen zu sein, war durch den Tod der Tante vereinsamt. Das Pfarrhaus in Schloen, wo ihr Sohn mit einer klugen, lebhaften Frau nun waltete, bot Ersatz in verwandtschaftlicher Gastfreundschaft. Hier lernten die Brüder ein eigenartiges Vergnügen kennen. Das Pfarrhaus war von so vielen Schilfteichen umgeben, daß sie Gelegenheit fanden, während unseres Aufenthaltes jeden Tag in ein anderes Gewässer zu plumpsen, glücklicherweise ohne daß ein ernstliches Unheil entstand. Zuletzt wurde auch noch Bruder Tom in seiner Pension aufgesucht, ein stiller dicker Junge, mit dem ich wenig anzufangen wußte.

Und dann kam Berlin – ein neues Blatt im bunten Bilderbuche meiner Kindheit. Alles war hier voll erhabener Bedeutung –: die Luft noch bewegt vom Geflatter siegkündender Fahnen, die von allen Dächern wehten, als die Truppen durchs Brandenburger Tor einzogen. Wie leuchtend gewaltig zügelte die Viktoria, über den schweren Säulen schwebend, das bronzene Gespann! Mit banger Ehrfurcht sah man im Zeughaus die erbeuteten Geschütze – die Mitrailleusen und Chassepots, von denen man so viel gelesen, die zerfetzten französischen Standarten!

Wir standen unter dem Denkmal des großen Friedrich, viele, viele Menschen um uns her: Reisende und Einheimische – ganze Familien, Greise, Männer, Frauen, – es wurden ihrer mehr und mehr, je näher die Mittagsstunde rückte … Und alle starrten gespannt nach dem Eckfenster im Palais des alten Kaisers … Endlich war der Augenblick gekommen: ein gütiges Großvatergesicht erschien hinter den Scheiben, die greise Hand winkte grüßend … Das Herz wurde groß und weit in der Brust, der Atem stockte – Hochs erschallten – Tücher wehten – Kinder wurden emporgehalten – Männern stürzten Tränen über die Wangen.

– Nur eine kaum erkennbare Erscheinung – ein Symbol –. Wie wenn der Priester am Altar die Monstranz hebt und das Volk sich seinem Gott vereinigt fühlt, so war dieser Augenblick: ein mystisches Aufgehen im Geiste des geeinten, ruhmvollen Reiches!

– Glorie des Vaterlandes, daß du Vergangenheit werden konntest – –

* *
*

Am Nachmittag waren wir im Schloßpark zu Charlottenburg, das Mausoleum der Königin Luise zu besuchen. Ein warmer, doch lichtloser Tag, der Himmel bedeckt, ein trockner Wind fuhr raschelnd durch die bestaubten Bäume und wehte einzelne dürre Blätter auf die Wege.

Neben Mama ging die Frau des Schafonkels, die kleinen Brüder liefen ab und zu, ich hörte auf das Gespräch der Damen, das sich um allerlei Familienereignisse drehte.

»Ja – Luischen hat viel Einfluß auf ihre Kinder«, sagte die Tante, »auch die erwachsenen Söhne gehorchen ihr. Der schöne Matthäus – er ist sehr verwöhnt am Hof – weißt – er liebte eine junge Gräfin – aber sie war katholisch – seine Mutter wollte die Verbindung nicht, da hat er sie aufgegeben ... Es soll ihm arg nahgegangen sein ...«

Wir traten in die Allee der dunklen Lebensbäume. Mir war sonderbar schwindlig ... Er liebte eine junge Gräfin – sie war katholisch Es ist ihm arg nahgegangen ...

Kaum konnte ich die Füße heben, so müde war ich, so traurig – warum nur? Mich konnte er doch nicht lieben? Nie – nie hatte ich solches erwartet. Es war mir, als sei jäh ein Traumdasein zu Ende – aufgelöst in Luft – nie gewesen ... Er war verwöhnt vom Hof – er hatte Erlebnisse – ein Dasein, von dem ich nicht das geringste wußte.

– Wir standen in der Gruft, sahen auf das Marmorbild der wundervoll schlummernden Frau – schön und friedlich lagen ihre Hände über der Brust ... Er liebte eine junge Gräfin und sie war katholisch ... wie ein Glockengeläut klang es unaufhörlich vor meinen Ohren. Ferner war er mir und in Nebel löste sich seine Erscheinung, die so fest in meiner Phantasie gestanden.

Er liebte eine junge Gräfin – –

Die Silberhochzeit

An der Entwicklung jeder Familie gibt es Tage, an denen sie ihren Höhepunkt erreicht zu haben scheint, alles Gedeihen wie in einem Brennpunkt sammelt und sich strahlend und froh der Welt offenbart. Und wie in des Sommers prächtigster, blütenreichster Zeit sich schon ein leises Welken vorbereitet, so steht auch das Schicksal mit seiner erhobenen Hand nur zu oft hinter dem festlichen Tage ...

Die Silberhochzeit in Althaldensleben bedeutete einen stolzen Höhepunkt für die Familie Nathusius. Eine leuchtende Septembersonne lag über dem Park und seinen glattgefegten Wegen. Sie schien golden in alle Stuben. Das weitläufige, sich um den geräumigen Innenhof schließende Klostergebäude war angefüllt mit Verwandten und Freunden jeden Alters. In den zahllosen, an den langen Korridoren gelegenen Nonnenzellen – den Logierzimmern – schmückte man sich zum Fest. Hüben bei Landrats und drüben bei der alten Madame Nathusius wurden die langen Frühstückstafeln nicht leer. Die Wagen rollten ab und zu und brachten immer neue Gäste. Die Jungfern und die Diener liefen und sprangen mit Heißwasserkannen, mit Blumen, Kuchen und Geschenken. In allen Ecken wurde gelacht und geflirtet, und alle die kleinen Apostel liefen frisch gewaschen und glattgekämmt, in knittersteifgestärkten Kitteln selig in dem Wirrwarr umher. Wir Reuters wohnten ja freilich im Dorf bei Tante Gustchen, aber man kann sich leicht vorstellen, daß auch wir die Gelegenheit nicht versäumten, uns im Mittelpunkt der Ereignisse aufzuhalten. Von Matthäus sah ich freilich kaum etwas. Er bewegte sich in der Welt der Erwachsenen. Und es gab da blonde und braune Cousinen – rosige und bleiche, glattgescheitelte und lockige, junge und ältere Cousinen, denen er sich als Sohn des Hauses ritterlich widmen mußte, von den eleganten Gutsnachbarinnen, den Alvenslebens, Schulenburgs, Feldheims ganz zu schweigen. Zuweilen hörte ich irgendwo sein fröhliches Gelächter und wunderte mich ein wenig. Er liebte die junge Gräfin – und sie war katholisch … und er hatte ihr entsagt, aber heut schien er nicht an sie zu denken.

Den Kirchgang durch die blumenbestreute Dorfstraße wird keiner vergessen, der ihn geschaut. Dieses Elternpaar – der Mann ein wenig kleiner, zart gebaut, das feine geistige Gesicht von leicht übergrautem vollen Gelock und Bart umgeben, an seiner Seite die üppige Muttergestalt der Frau, auf dem glücklichen Haupte das Silberdiadem, geschmiedet aus zwölf Ölzweigen. Denn die Kinder des Mannes, der den Herrn fürchtet, werden sein wie die Zweige des Ölbaumes um seinen Tisch her, singt der Psalmist.

– Und sie folgten den Eltern in der heiligen Zwölfzahl: schlanke, schöne Männer in bunten Uniformen, breitschultrige Jungen mit Schülermützen, braunäugige Töchter – und die ganz Kleinen, die sich wichtig an den Händen hielten … Ringsum Gästeschar und die Dorfleute.

Am warmen, sommerlichen Abend flammte der Park von einem Feuerwerk, das die Beamten der Herrschaft darbrachten, eine wimmelnde Menschenmasse füllte auch jetzt alle Wege und die Rasenplätze, denn aus der nahen und weiten Umgegend war man herbeigeströmt.

Noch einmal erschien die strahlende Silberbraut neben ihrem Gatten auf dem Balkon, und die lauten Huldigungsrufe drangen zu den beiden empor.

Was war es, das dem Fest eine so eigene Wärme verlieh? War es die Liebe, die diese Menschen genossen, welche aus christlichem Gewissen heraus sozial fühlten und lebten – allzu vornehm empfindend, um den eigenen Vorteil zu wahren, auch wo es notwendig gewesen wäre? War es die seltene Würde und Schönheit, die über Alter und Jugend dieses Geschlechtes ausgegossen war und die zur Bewunderung zwang?

Dunkles Ende

Müde und gesättigt von Freude gingen wir durch die Dorfstraße über die zertretenen Blumen heim. Mein Vater blieb plötzlich stehen, drückte die Hand auf die Brust und rang schwer nach Atem. Allmählich erst war es ihm möglich, seinen Weg langsam fortzusetzen. So geschah es ihm öfters in der letzten Zeit. Sein Herz hatte ihm schon während der Reise in Mecklenburg zu schaffen gemacht. Nach dem Fest mehrten sich die beängstigenden Erscheinungen und die weißen Kügelchen mit den schönen Namen wollten nicht mehr helfen. Der alte Herr Rat, der Althaldenslebener Familiendoktor, wurde gerufen. Er tröstete: es sei kein organischer Fehler zu entdecken und alle Beschwerden seien nervös.

Mein Gott – den Erwachsenen mochte dieser Ausspruch des vielerfahrenen Arztes Beruhigung gewähren. Ich hatte einem der furchtbaren Anfälle beigewohnt. Ich sah den Geliebten blauweiß und schweißbedeckt nach Luft röcheln, sah den kraftvollen Mann ächzend seine Hände in die Schultern von Mama und Tante Gustchen krallen – hörte ihn stöhnen: »Helft mir doch – helft mir doch – tötet mich lieber!«

Nervös? – Ein Wort! Ein leeres Wort für solche Leiden. Als er endlich todesmatt zusammenfiel, erschlafft, doch ruhiger, rannte ich hinauf in mein liebes, helles Stübchen und schrie und schluchzte, von Grauen geschüttelt vor der Qual der Welt. Am Fensterbrett, wo ich sonst so gern gelehnt und in den blühenden Garten hinausgeträumt hatte, den ersten, zarten Sehnsüchten meines Herzens hingegeben, lag ich nun auf den Knien, die Stirn gegen das Holz gedrückt. Unbändig, leidenschaftlich rang ich mit Gott um das Leben meines Vaters – rang mit dem unbegreiflichen Herrn im hohen Himmel droben, während maßlose Furcht mich schüttelte und wildes Aufbegehren gegen das Menschenlos: den Schmerz auf die Schultern heben und geduldig tragen zu müssen.

Zunächst schien der alte Herr Rat recht zu behalten. Die Anfälle wurden gelinder, seltener, blieben dann ganz fort. Papa erholte sich.

Zaghaft, mit innerem Bangen fragte meine Seele: ob es wirklich wahr sein könne, was fromme Christen von Gebetserhörung zu berichten wußten, und ob ich wohl auch so begnadet worden sein könne? Wie unwürdig erschien ich mir, welche Verpflichtung wurde mir nicht auferlegt!

Papa begann von Abreise zu sprechen, die Winterpläne wurden festgesetzt.

Mama sollte das Haus von Tante Gustchen vorläufig weiter bewohnen, damit die in verschiedenen Lehranstalten verstreuten Kinder ein Ferienheim behielten. Erst wenn ich erwachsen aus dem Institut in Wolfenbüttel entlassen wurde, sollte die Rückkehr nach Ägypten stattfinden.

Inzwischen erlag Philipp Nathusius, der romantische Politiker und Menschenfreund, der Gatte Mariens, in Mentone seinem Lungenleiden. Bei der Großmutter erschienen ein paar traurige Cousinen in schwarzen Kleidern und richteten sich dort häuslich ein. Als ich sie sah, ergriff mich ein seltsam starkes Triumphgefühl – töricht – ungerechtfertigt und doch so tief menschlich. Der Verstand mag es mit guten Gründen ableugnen – der sieghafte Triumph des Verschonten gegenüber dem vom Schicksal Getroffenen gehört zu den Urgefühlen des menschlichen Herzens. Leider. Dem seelisch Kultivierten gesellt sich solchen Urgefühlen sofort die Scham bei, aber sie hindert ja nicht mehr die erste Empfindung. –

In großen Familien wohnen Leben und Tod dicht beieinander. Und so wollte man in der Mitte des Oktober im benachbarten Schloß Hundisburg die Vermählung einer Tochter festlich begehen. Die Großmutter hatte bestimmt, daß in den Hochzeitsvorbereitungen nichts geändert werden sollte. War doch der Tod diesen innig gläubigen Menschen nur der Heimgang zum Vater – das Durchschreiten eines dunklen Tores zu lichter, unausdenkbarer Herrlichkeit.

Auch wir waren geladen. Gott weiß, wer auf diesen Gedanken verfallen war – ich sollte in einem der lebenden Bilder, die zum Polterabend geplant waren, eine Rolle übernehmen, zusammen mit Matthäus. Das Bild hieß »Eifersucht« und Matthäus sollte von seiner Schäferin fort zu mir hinüberschauen. Ein phantastisches, ländliches Kostüm wurde vorbereitet. Es schien, daß die Armee in jenem Jahr nicht allzu strenge Anforderungen an ihre jungen Offiziere stellte – jedenfalls war Matthäus mitsamt seinen Hundchen schon wieder in Althaldensleben anwesend und begann mich fröhlich zu necken. Er werde mir einen Blick zusenden, daß mir ganz schwindlig werden solle – aber ich müsse mit gleichem erwidern – nun, auf den Proben würden wir das schon üben. Vermutlich antwortete ich nur mit einer brennenden Röte auf den Wangen – und dieses Erglühen hervorzurufen, mochte ihm einigen Spaß bereiten. Aber welchen Sturm weckte es in dem kleinen Backfisch, der doch schon zu so heroischer Entsagung durchgedrungen war. Ein Blick – was konnte die Zukunft eines Blickes sein … Doch würde ich je den Mut fassen können, den Blick so zu erwidern, wie er mir im Herzen brannte? Nie, nie – ich ahnte es ja schon – nur wieder diese dumme Schamröte – die auf meinem Gesicht kam und ging – zur Erheiterung der Vettern und Brüder – bei jedem Scherzwort, oft ohne die geringste Ursache, nur durch einen vorüberfliehenden Gedanken hervorgerufen. Und doch erfaßte mich eine Welle von Lebensfrohsinn, von strahlendem Übermut, von spannender Erwartung, so daß ich tanzend durch die Stuben sprang – und hätte ich nur singen können – gewiß, den ganzen Tag hätte ich vor mich hingetrillert. Leider wurde ich an meinen noch kindlichen Zustand durch eine Ohrfeige erinnert, die ich plötzlich auf meiner Backe fühlte, als ich dem Papa eine allzu kecke Antwort gab. Sie verursachte mir mehr Überraschung als Kränkung – ja, ich hatte eine dunkle Empfindung, Papa möge wohl gereizter sein als sonst, so nichtig schien mir der Grund.

Nach der heiteren Wärme des September war rauhes, regnerisches Wetter eingetreten. In einer Nacht raste der Sturm wild ums Haus. Ein ungeheures Krachen ließ uns aus dem Schlaf fahren. Der größte Apfelbaum des Gartens war von dem Wirbelsturm gebrochen und lag nun mit der Last seiner gelben und roten Früchte quer über dem Weg. Weiße Wolken jagten hastig über den reingefegten blauen Himmel, als ich in der scharfen Morgenfrische mit Papa hinausging, die Verwüstung zu schauen. Lange sah er auf die herrliche, fruchtbeladene Baumkrone, deren zerborstene Äste sich in den Schlamm des Weges bohrten. Seine blauen Augen verschleierten sich – schauten nach innen. »Schwer – schwer –« sagte er leise, »so mitten in der Kraft –« Und wandte den Kopf, mit der Hand wischte er Tränen aus den Augen.

Schweigend und langsam gingen wir in den Gartenwegen, ich wagte kein Wort und hörte ihn vor sich hinmurmeln: »Nur noch zehn Jahre – zehn Jahre für die Kinder …« Das war eine Zwiesprache, die nicht mehr mir galt und mich doch namenlos ängstete.

Aber gleich danach feierten wir fröhlich Papas Geburtstag, wieder waren die Schatten vergessen. Ich erinnere mich des letzten Kirchganges vor seiner geplanten Abreise … Die Eltern zu holen, ging ich ins Schlafzimmer, die Koffer waren schon reisefertig. Die Sonne schien durchs Fenster, und meine Mutter stand in einem braunen Kleide, einen goldbraunen Schleier um das Hütchen, wie in einer Gloriole von Goldstaub und Goldgefunkel, aus dem ihr schönes Antlitz rosig lächelnd und ihre braunen Augen wie durchsichtige Goldtropfen hervorschauten. Papa mochte ihr ein zärtliches Liebeswort gesagt haben, auch auf seinem Gesicht war heitere Freundlichkeit.

Und wie er so dastand, den Zylinder bürstete, in seiner freien, weltmännischen Haltung, überkam mich ein ungeheurer Stolz, ein himmlisches Glücksgefühl: diese beiden Menschen waren meine Eltern! Einer der Onkels hatte kürzlich zu Mama gesagt: »Wenn ich Carl sehe, muß ich immer an den königlichen Kaufmann denken – wie Shakespeare den Antonio nennt. –« – »Den königlichen Kaufmann!« Das Wort gefiel mir ausnehmend und es gab kein passenderes für meinen Vater.

Noch um einen Tag verzögerte Papa die Abreise, denn die arme Mama lag wieder leidend zu Bett. Er verbrachte den Abend mit uns, redete mit Atti und Martin über Schularbeiten, und ich mußte die Verse sprechen, die ich in dem Polterabend-Festspiel übernommen hatte. Später saßen wir beide allein und lasen, bis er die Uhr zog und mich ins Bett schickte. Es war so traulich gewesen, ich wäre gern noch länger geblieben und küßte ihn nicht eben allzu innig. Die Zeit, in der er mich jeden Abend auf seinem Rücken ins Schlafzimmer trug, war noch nicht lange her – und er erinnerte mich lächelnd daran.

In der Nacht erwachte ich von einer Unruhe, die durchs Haus ging. Ich horchte – war da nicht ein Schrei – nein doch, ich hatte geträumt – und versank wieder in Schlaf.

– Mir war bange, als ich des Morgens erwachte … Weinte nicht jemand – ganz laut schluchzend? Ich griff nach meinen Kleidern, das Mädchen öffnete die Tür, verschwand gleich wieder – nun kam die kleine Tante Guste ins Zimmer … Gott, mein Gott, wie sie aussah. –

»Mein Kind – mein armes Kind –!« sie nahm mich an ihr gutes Herz und konnte doch nicht helfen.

Der Vater war in der Nacht am Herzschlag verschieden.

Wieder lag ich am Fenster auf den Knien, den Kopf auf das Fensterbrett gedrückt, und rang die Hände und bettelte und flehte, betete und glaubte an ein Wunder … Ich spürte es so deutlich, wie sich das alles ereignete. Wie selig meine Mutter sein würde, wie zart und lind wir mit dem Wiedererwachten umgehen würden – meine Tränen hörten auf zu tropfen. Ich wartete auf das Wunder.

Wieder das verdunkelte Zimmer, wie einst beim Tode der kleinen Schwester ... die Möbel entfernt – die Kühle von den großen Eisstücken, der widerliche Geruch des Karbols, vermischt mit Tannen- und Blumenduft ... Und das üble, schreckliche Gefühl in der Brust und Kehle ...

– War das mein Vater? ... Dieses gelbe Antlitz, so haltlos zur Brust gesunken, mit den halbgeschlossenen Augen, dies Antlitz, das Scheu und Grauen einflößte, mein Papa, den ich vor ein paar Stunden geküßt – der mich geküßt, so daß ich seine Schnurrbartspitzen fühlte, mit dem Munde, auf dem nun ein Stück in Essig getauchtes Leinen lag?

Das feuchte Stück Leinen vernichtete so jede Würde, mehr als alles andere gab es mir die Überzeugung: er ist tot – es ist kein Wunder mehr zu hoffen – der Mann, der hier unter Blumen liegt, ist dein Vater nicht mehr.

In einer dunklen Ecke, auf dem Stuhl, auf dem er seinen letzten Seufzer getan, saß die Mutter – uns allen fremd und fern – allein mit der abgeschiedenen Seele.

Von dem, was in den nächsten Tagen geschah, weiß ich nichts mehr – es folgte nur eine lange Dunkelheit.

* *
*

Anfang November brachte Mama mich in das erwählte Institut, ehe sie sich zu der schweren Reise nach Alexandrien rüstete. Wir fuhren mit dem Wagen von Braunschweig nach Wolfenbüttel durch nasse Buchenwälder, wo das Laub am Boden faulte – an kleinen Gärten vorüber, die einen unsäglich armseligen, kläglichen Eindruck machten. Viele Mädchenaugen blickten scheu auf die hohe Gestalt meiner Mutter, deren Antlitz aus schwarzen Trauerfloren streng und bleich und ohne jede Freundlichkeit über sie hinwegschaute.

Noch einmal riß sie mich an ihr Herz. Ich blieb unter Fremden und hatte die Verantwortung dem Leben gegenüber allein auf mich zu nehmen.

Meine Kindheit war zu Ende.

Zweiter Teil

Das Buch des Mädchens

Ein Abend in der Pension

Die Hängelampe im Schlafsaal von Neu-Watzum war bereits ausgelöscht. Hinter den Wandschirmen der verschiedenen kleinen Abteilungen hörte man das ruhige Atmen der jungen Mädchen; die Engländerin putzte sich noch die Zähne – sie tat es immer gründlicher als wir anderen –, dann sank sie mit einem Plumps in ihre Kissen, blies das Licht aus, seufzte ein paarmal und war ebenfalls eingeschlafen. Nur meine Kerze brannte noch. Ich saß halb entkleidet, mit kalten Füßen und kalten, starren Händen auf dem Bettrand und wartete, bis alles still geworden war. Draußen lag der Schnee hoch, und auf den Fensterscheiben funkelten die blassen Eisblumen. Obschon man im Ofen geheizt hatte, war der Saal doch keineswegs warm genug für südliche Bedürfnisse. Mein an heiße Sonne und Heiterkeit des Lichtes gewohntes Herz empfand diese tödliche Kälte, unter der alles Leben starb, diesen Schnee, der sich so eisig-naß anfühlte, als persönliche Feinde von grauenvoller und verhängnisreicher Macht, die gekommen war, mir und nur mir allein Böses anzutun. Auf irgendeine, mir noch unbekannte Weise würden sie sicher alle Freude, die das Schicksal für mich bereit gehalten hatte, vernichten, wie sie draußen grünes Laub und Blumen zerstörten. Und ich sah es ja auch, daß ich allein es war, auf die dies alles so schrecklich wirkte. Die anderen Mädchen begrüßten den Schnee mit Freudengekreisch und Gelächter, stapften mit Wonne darin herum, warfen sich das kalte, nasse Zeug in die frischglühenden Gesichter. So schämte ich mich noch dazu meiner Angst und Not, die mich förmlich lähmte, die wie eine Krankheit über mir lag und mich von den andern trennte. Es war mir oft, als ob Frost und Schnee eine weiße, eiskalte Mauer um mich her errichtet hatten, die mich von meinem ganzen bisherigen Dasein schied, das hell, fröhlich, sorglos, voll von Liebe und Sonne gewesen war. In dieser hartgefrorenen Erde lag nun mein Vater, mit einer weißen, starren Decke über seinem Grabe, und im Herbst, als die Astern und die Georginen blühten, und die Äpfel dick und rot an den Zweigen hingen, war er noch aufrecht, stolz und klug an meiner Seite durch die bunte Pracht geschritten, und seine blauen Augen hatten sich mit tiefen, seelenvollen Blicken festgesogen an der Schönheit der Welt.

Nun war meine Mutter in Ägypten, um Vaters Geschäft aufzulösen.

Du lieber Gott – sie verstand so viel, wie eine Rose von kaufmännischen Spekulationen und Wagnissen versteht. Sie hatte in Frieden unter ihres Gatten Hut geblüht. Jede Woche, am Donnerstag oder Freitag, je nachdem der Dampfer in Triest anlegte, bekam ich einen Brief von ihr, mit einer Handschrift, die sich ganz verändert hatte, die Buchstaben bald groß, bald klein, zuweilen unleserlich, das Papier von großen Tränenspuren befleckt und die Schrift dann ganz verlöscht. Lange, lange Briefe, die Schmerzensschreien glichen oder müden Wehklagen, oder den ohnmächtigen Zornesausbrüchen einer Gefolterten, die sich vergebens wehrt, die um ihre Freiheit, ihre Rechte, um die Zukunft ihrer Kinder ringt, ohne die mindeste Hoffnung gegen Habgier, Schlauheit und Beutesucht den Sieg zu gewinnen. Briefe, die nicht an ein Kind – an ein vierzehnjähriges Mädchen, in dem Alter, in dem alle Nerven vibrieren vor Empfindsamkeit – hätten geschrieben werden dürfen. Aber wer konnte der armen, einsamen Frau – die niemals gewöhnt gewesen war, einsam zu sein – es verübeln, wenn sie ihre Not der Einzigen klagte, mit der sie doch noch für alle Zukunft verbunden war. Denn die Jungen – die vier Blondköpfe mit den strahlenden schwarzen Augen und der unbändigen Wildheit ihrer feurigen Temperamente – das waren vorläufig Sorgenobjekte – und weiter nichts. So kam es, daß ich, während ich meine Rechenexempel machte und meine Schulaufsätze schrieb, immerfort dachte und dachte und dachte, wie es nur geschehen konnte, daß dieses Leben, das mir bisher so einfach und fest gegründet schien, nun mit einem Male so unsicher, voll von Fallstricken und unwahrscheinlichen Bosheiten sich enthüllte. Ich hörte von Freunden, die versagten, von andern, die helfen wollten und nur Schaden anrichteten, von Regierungsmaßnahmen, die störend oder hoffnungserregend in unsere allerpersönlichste Zukunft eingriffen, von Gerichtsverhandlungen, die künstlich verschleppt wurden, und flüchtigen Angestellten, die Gelder veruntreut hätten. Ich hörte von dem Fallen und Steigen der Baumwollenpreise, und wie Kriegsgerüchte dies beeinflussen konnten, und es dadurch fraglich wurde, ob meine Brüder hinfort das Gymnasium oder nur die Volksschule besuchen konnten. Ich hörte von dem jähen Sturz befreundeter Häuser – der Vater meiner Kindheitsfreundin mußte in eine Irrenanstalt geführt werden – und ich vernahm, daß auch mein Vater schon jahrelang mit schweren Sorgen zu kämpfen hatte, während wir doch in dem behaglichsten Wohlstand zu leben schienen und er uns Kindern stets ein gütigfreundliches Lächeln gezeigt hatte. Und ich fing an, zu grübeln, Fragen zu stellen und Auflösungen zu suchen, die Charaktere und Eigenarten meiner bisherigen Umgebung, die ich immer blind als etwas Gegebenes, das ein für allemal der Kritik entrückt ist, hingenommen hatte, zu beurteilen, miteinander und mit Fremden zu vergleichen, sie gleichsam neu in eine sich neu eröffnende Welt zu stellen. Das Allerunwahrscheinlichste schien mir meine gute Mutter, in ihrer zurückhaltenden und doch so gefühlvollen Damenhaftigkeit mitten in diesem verworrenen und schrecklichen Geschäftsgetriebe. Ich fühlte deutlich, wie wenig sie dafür geschaffen war, wie so gar nichts ihre Anwesenheit und all der Eifer, zu dem sie sich zwang, nützen konnten. Und ich sah ein Gespenst langsam, schemenhaft am Horizonte meines jungen Daseins auftauchen: Wir würden vielleicht arm werden … Wie arm wohl? Es lag etwas prickelnd Aufregendes, Spannendes in dieser noch sehr unbestimmten Vorstellung, die ich, wie alles, was meine Mutter mir schrieb, als mein Geheimnis sorgfältig vor meinen Mitpensionärinnen verbarg, mit dem ich mich jedoch unaufhörlich beschäftigte. Daß man allenfalls ohne einen Koch und einen Diener auskommen konnte, wußte ich schon – aber wenn nun auch kein Geld da sein würde, um ein Mädchen zu halten? Und ich dachte mit einem intensiven Schmerz an meiner Mutter wunderschöne, weiße Hände, mit den Brillantringen, die ich so sehr an ihren edelgeformten Fingern liebte … Wenn kein Geld da sein würde, um Fleisch und Brot und Gemüse zu kaufen – kein Geld, um die Zimmer zu heizen … Wenn Kälte, kaltes, graues Winterelend da draußen auf der Schwelle des Instituts, wo ich noch geborgen war, auf mich wartete – wenn ich, schlimmer, viel schlimmer – mein Mutterchen in solchem Elend sehen mußte?

Jetzt war ich umgeben von fröhlichen, wohlgepflegten, gutgenährten Mädchen, die hübsch gekleidet mit sorgloser Lust einer heiteren Zukunft entgegenzugehen schienen. Aber war es wirklich so? Ich war doch auch unter ihnen, und wenn ich gleich stiller war und ein wenig mehr für mich dahinging, so sah man mir doch nichts Besonderes an. Konnte es sich nicht mit den andern ähnlich verhalten? Da war eine Schöne, Elegante – schon fast eine Dame – nein, die konnte man sich nicht anders vorstellen, als im Arm eines ebenso eleganten Herrn im Ballsaal dahinschwebend; in zwei Jahren würde sie ganz sicher verlobt sein und in einem prachtvollen weißen Atlaskleide und einem langen Schleier vor dem Altar stehen. Aber eine andere hatte eine Mutter, die war von ihrem Vater geschieden, und jemand hatte gesagt, mit der Mutter könne man nicht verkehren – da war auch etwas sehr Dunkles, Unbegreifliches ... Und wieder andere, die sahen schon aus wie ganz alte, tapfere Erzieherinnen, obschon sie doch noch jung waren, und sie würden wohl auch nichts anderes werden, es war ihre Bestimmung, die sie mutig oder ergeben trugen. Aber ich hatte meine Erzieherin immer ein wenig als Untergebene empfunden. Ob ich nun auch Erzieherin werden und mir von einer gnädigen Frau sagen lassen mußte: Fräulein – ich wünsche ... Welch eine wunderliche Vorstellung!

Man tadelte mich zuweilen, daß ich nicht besonders viel Interesse am Unterricht zeige und mich auch in den Erholungsstunden von den Altersgenossinnen fernhielt. Aber wie hätte ich tanzen und Jugendneckereien treiben können, während das Leben mit seiner ganzen Gewalt über mich herstürzte, meine Seele bedrängte in tausend verworrenen Bildern, mir jeden Tag, in jeder Stunde des Grübelns neue Zusammenhänge zeigte, Gegensätze ahnen ließ, mich bis in die Fingerspitzen erfüllte mit einem schmerzhaften Fieber, in seine Geheimnisse einzudringen und seine Rätsel zu lösen? Ja – schmerzhaft ... wohl schmerzhaft, als sollte mein Herz dabei zerschmelzen, verbrennen vor Kummer und Angst. Denn das war ja kein objektives Schauen, es handelte sich ja in allen Fällen doch um mich selbst, und ich war doch auch jung und wäre so gern froh und glücklich und sorglos gewesen, – was ich nun nie wieder sein sollte ... Oben im Zeichensal, wo ich Klavier zu üben hatte und eine ganze Stunde allein war, ungestört – da überfiel mich das Grauen vor all dem Erkennen, das auf mich eindrang, besonders stark – die Gipsmasken, Gipshände und Füße stierten mich so tot und unheimlich an – schienen irgendeine Bedeutung für mich anzunehmen, die ich nicht zu enträtseln vermochte – eisiges Frösteln kroch mir das Rückgrat hinab, ein erstickender Ring legte sich fester und fester um meine Brust und preßte mein Herz, bis ich es gleichsam wie eine rote klaffende Wunde in der Brust spürte ... Und dann kamen die Tränen, Ströme von Tränen, die Erleichterung brachten und eine Art von Betäubung, ein dumpfes Hinschmelzen im Kummer.

Heimweh? fragte wohl mitleidig eins oder das andere der Mädchen, und ich nickte mit dem Kopfe. Nun – das war das übliche – es überkam wohl eine jede einmal.

Wenn die Briefe meiner Mutter eintrafen, so warf ich nur einen flüchtigen Blick hinein und verbarg sie in meiner Tasche, denn es war mir unmöglich, sie unter dem Kreuzfeuer so vieler neugieriger Mädchenaugen zu lesen. Abends, in meinem Kämmerchen, wenn die Kameradinnen schliefen, holte ich sie hervor, entzifferte lange an ihnen beim Schein der dünnen Kerze, ging mit ihnen zu Bett und legte meine naßgeweinte Wange auf das feine Übersee-Papier, das ich dann in Schlaf und Traum zuweilen leise knistern hörte, als flüsterte es mir unaussprechliche Botschaften trauriger und geängsteter Liebe ins Ohr.

Und heute – heute hatte ich schon beim Hineinschauen gesehen, daß dieser Brief bedeutungsvoller noch war, als alle früheren – daß er die Nachricht brachte, auf die ich gleichsam mit angehaltenem Atem gewartet hatte, alle die Wochen her – und an die ich doch eigentlich, trotz aller geistigen Vorbereitungen, in die ich mich hineingequält hatte, nie wirklich glauben konnte. Ich war mit dem Brief herumgegangen, den ganzen Abend, als könne ich das, was auf mich lauerte, noch hinausschieben – aber nun mußte ich ja daran und mich dem Gespenst gegenüberstellen und ihm direkt in die leeren Augenhöhlen blicken. Ich fühle noch heute das glatte, etwas ölige Papier zwischen meinen eiskalten, unangenehm spröden Fingern, ich sehe die feinen Buchstaben in einer blassen gelblichen Tinte. Da stand es … und ich stand an der dünnen Kerze mit dem schwelenden Docht und las es – wie man andere Dinge auch liest:

»Es ist nun entschieden. Von dem, was Dein lieber Papa mit so vielem Fleiß verdiente, ist nichts mehr für euch Kinder übrig geblieben. Wir sind ganz arm geworden – aber Gott sei Dank, wir stehen ehrenvoll da, und kein Makel ruht auf seinem Namen. Du sollst noch bis zum Ende des Sommers im Institut bleiben, die Tante wird in großer Güte Deine Pension bezahlen. Lerne nur tüchtig, Papa pflegte immer zu sagen. Du habest einen guten Stil – vielleicht kannst Du in diesem Jahr noch so viel lernen, daß Du einmal kleine Geschichten für die Jugend schreiben und Dir auf diese Weise Dein Brot verdienen kannst. Mein liebes Kind – ich fühle mich oft recht schwach und krank, und ich habe ja auch nur den einen sehnlichen Wunsch, zu unserm lieben Papa zu gehen, und dann mußt Du doch für Deine vier Brüder sorgen … Ach mein Kind, er hätte Dir so gern ein schönes Leben geschaffen, er hatte Dich so lieb und hielt so viel von Deiner Begabung ...«

Ich hörte auf zu lesen, und was der Brief weiter noch sagte, davon habe ich keine Erinnerung mehr.

Ich weiß, daß ich in diesem Augenblick mit erstarrendem Herzen wünschte, die Sehnsucht meiner Mutter möge sich erfüllen, und der Kampf des Lebens, für den ich sie so gar nicht geschaffen wußte, möge ihr erspart bleiben. Ich weiß auch noch, daß kein Gefühl von Dankbarkeit gegen die Tante mich erfüllte, welche die Pension für mich bezahlte, sondern eine Empfindung von Haß mich durchdrang, weil ihre Wohltat meine Mutter zu einer so dankbaren Demut zwang. Ich ballte die Hände und fühlte – fühlte mit all den Tausenden, die Wohltaten anzunehmen gezwungen sind, fühlte den ganzen Jammer, die ganze Erniedrigung der Empfindung, zu der es führen mußte.

Aber in mir selbst war plötzlich keine Hoffnungslosigkeit mehr, und die stumpfe Angst, die so lange wie ein Klumpen Gift in meiner Brust gesessen hatte, war wie mit einem Schlage von mir genommen.

Eine Stimme aus dem Grabe, eine unaussprechlich geliebte Stimme erhob sich noch einmal, sprach mir von Begabung ... Mein Gesicht glühte, die Tränen brannten mir in den Augen, aber ich lächelte – nicht sorglos fröhlich, wie ein Kind zu lächeln pflegt – es mag wohl ein anderes Lächeln gewesen sein – ein hartes, stolzes Lächeln, das da plötzlich an das Höchste, an die kühnsten Träume glaubt.

Mein Mutterchen, wie warst du doch so bescheiden demütig! Kleine Geschichten für die Jugend sollte ich schreiben? – Und ich fühlte das mächtige große Leben heranströmen und meine Mädchenbrust bedrängen, tausend Gestalten hoben sich aus seinen Wogen und blickten mich mit verlangenden Augen an, – geheimnisvolle Stimmen riefen und lockten, das nächtliche Zimmer war angefüllt von raunenden Geisterscharen ... Ich hob die Arme hoch in die Luft und rang nach Atem, denn mir war, als müsse ich ersticken – ersticken vor Glück und vor innerem Jubel. Nein – wahrhaftig – ich würde keine kleinen Geschichten für die Jugend schreiben – ganz andere Dinge würde ich schreiben. Das wußte ich nun von diesem Augenblick an, und kein Mißgeschick, keine mühevollen Lehrjahre würden mir dieses Wissen, diese köstliche Zuversicht zu dem Beruf, zu dem ich geschaffen war, wieder rauben ... Es war über mich gekommen wie eine jähe wundervolle Erleuchtung, die meine Seele gleichsam in einen Regenbogenglanz tauchte und sie aus den schwarzen

Sorgenwolken, die sie einhüllen wollten, in eine hohe himmlische Atmosphäre von Leichtigkeit, Mut und göttlichem Feuer emporhob …

Das Licht war lange verlöscht, und ich lag mit brennenden Augen schlaflos auf meinen Kissen und träumte kindisch und doch mit einem heiligen Ernst, mit einer inbrünstigen Seligkeit meine ersten verworrenen Dichterträume. Und dazwischen fiel es mir wieder ein: ihr seid ja arm geworden, ganz arm … Aber diese Vorstellung hatte nun jede erschreckende und quälende Kraft für mich verloren. Die Armut war ja auch nur ein Teil des reichen Lebens, das ich ganz an meine glühende Brust ziehen und umarmen und festhalten und nie wieder lassen wollte. Und es war mir zumute, als wüchsen mir starke Flügel, auf denen ich auch wohl meine Mutter und die Brüder aus den Niederungen der jämmerlichen Dürftigkeiten, die unser warteten, mit emportragen könne in meine Heimatsluft und mein Heimatsland, wo die Sonnen tausendfältiger Erkenntnisse strahlten …

Von dem Abend an wußte ich, daß ich eine Schriftstellerin werden mußte.

Neuhaldensleben

Ein halbes Jahr blieb meine Mutter in Alexandrien, dessen Geschäftswelt gerade zu jener Zeit durch große Krisen erschüttert wurde. Herr Mir, unser Prokurist in Kairo, entfloh bei der Nachricht von des Vaters Tode mit allen Barbeständen nach Ober-Ägypten. Der Vormund, den das deutsche Konsulat uns Kindern gestellt hatte, war Morphinist und entzog sich allen Schwierigkeiten durch Selbstmord.

Wohl nahmen die österreichischen Freunde sich der Witwe aufs wärmste an, hegten und pflegten sie in ihrem Hause, doch konnten sie ebenso wenig wie der getreue kleine Herr B. den unglücklichen Verlauf der Liquidation ändern.

Die Mutter hatte beschlossen, sich mit ihren Kindern in Neuhaldensleben niederzulassen. Ein Landstädtchen unweit Magdeburg, drei Viertelstunde Wegs von Althaldensleben entfernt. Eine kluge Cousine riet ihr zwar, in meiner Gegenwart, energisch von der Wahl dieses Wohnortes ab. Es sei grausam, Kinder, denen Einschränkung und Entbehrung bevorstehen, in steter Berührung mit dem großartigen, im Kloster herrschenden Leben aufwachsen zu lassen. Sie, die in einem bescheidenen

Häuschen im Dorf wohnte, hatte solche Erfahrung schmerzlich bei der Erziehung des eigenen Sohnes empfunden. Die Tante sprach auch über die einseitig orientierte Weltauffassung der Familie von Nathusius, für die es nur Gutsbesitzer und Kavallerieoffiziere – vielleicht noch Pastoren – als anerkannte Berufe gäbe, eine Anschauung, die für Knaben, welche durch eigne Kraft ihren Weg suchen mußten, höchst gefährlich sei.

Ich war, während ich zuhörte, nur zu sehr geneigt, der Ansicht der Nathusius-Vettern beizustimmen, die Mutter wurde von mir bestürmt, sich durch Tante Hennes Warnungen nicht irremachen zu lassen. Sie war auch viel zu anlehnungsbedürftig, um nicht Halt und Schutz zu suchen, wo die Natur ihn ihr zu weisen schien.

Zu den Osterferien kam ich aus dem Institut und sollte Mama in Magdeburg treffen. Es war ein heller, von frischem Wind bewegter Frühlingstag, als ich mich, zitternd vor Angst und Freude, auf dem Bahnhof nach der Geliebten umschaute. Ich fand sie nicht, brachte mein Handköfferchen unter und machte mich betrübt auf den Weg zu den Freunden, wo ich sie zu finden hoffte.

Die Mitte der Straße nahm ein Regiment Soldaten ein, die in festgeschlossenen Kolonnen mit klingender Musik einhermarschierten, begleitet von den Offizieren zu Pferde – eine sich nach ehernen Gesetzen vorwärts bewegende Mauer. So weit das Auge schaute nur Soldaten … Und plötzlich erblicke ich etwas Merkwürdiges. Auf dem jenseitigen erhöhten Bürgersteige steht eine Frau in schwarzen Trauergewändern – meine Mutter! Ich strecke ihr die Hände mit einer bedauernden Gebärde entgegen – da breitet sie die Arme aus, stürzt sich wie ein großer schwarzer Vogel zwischen die Militärmacht – sie mit ihren schwachen Frauenarmen rücksichtslos auseinanderdrängend, um sich Raum zu schaffen! – Eine Stockung – die rot und blau und golden funkelnde Mauer steht – die Offiziere halten die Gäule an – schauen bestürzt auf die Frau im wehenden Trauerschleier, die die Kolonne durchbrochen hat und mit einem Jubelschrei ein schwarzes dünnes Mädchen in ihre Arme schließt.

Ich hatte sie wieder! Endlich – Endlich! Ich sah zu ihr auf – wohin war die gepflegte, rosige Frauenschönheit? Ein zerfurchtes, bleiches Nornenantlitz, erschütternd erhaben in der Strenge seiner edelgemeißelten Züge – eisgraue Scheitel unter dem dunklen Krepp der Witwenhaube – so grüßte mich meine Mutter – und ich verstand, daß die Soldaten in plötzlicher Ehrfurcht ihr Raum gegeben hatten.

Am kleinen Marktplatz, neben Rathaus und Kirche und dem alten steinernen Roland stand das niedrige Häuschen des Kaufmanns Prömmel. Die Ladenglocke schepperte mit blechernem Klang, so daß man es vom Keller bis zum Boden hören konnte, wenn jemand eintrat. Auf dem Flur standen Säcke mit Mehl, Fässer mit Heringen, eine große Wage mit ihren Gewichten. Stieg man die weißgescheuerte Treppe hinauf, so gab es dort oben einen hellen Vorraum, wo einige Schränke Platz fanden. Das Wohnzimmer machte trotz der niederen Decke mit den alten Mahagonimöbeln, dem breiten Roßhaarsofa und den vertrauten Familienbildern einen recht behaglichen Eindruck, der durch die schönen korinthfarbenen Vorhänge um Fenster und Türen und durch einen Tisch mit blühenden Pflanzen aus den Althaldensleber Gewächshäusern noch anheimelnder wurde. Es durfte nur Sonntags benützt werden. Für die Wochentage mußte uns allen ein Raum genügen, der durch eine Tapetenwand in zwei Teile geschieden war. Jenseits der Tapetenwand standen die vier Jungenbetten dicht nebeneinander, außerdem ein Waschtisch, über dem die Tante Luise Nathusius einen gemalten Spruch gestiftet hatte: »Siehe, wie fein und lieblich ist es, wenn Brüder einträchtig miteinander wandeln.« Trotz dieser freundlichen Mahnung wurden dort jeden Morgen wilde Kämpfe mit Hieben, Püffen, Geheul und Geschrei ausgefochten, bei denen die tägliche Reinigung, die doch der Zweck der Streitigkeiten war, am Ende arg vernachlässigt wurde.

Das Eß-, Wohn-, Näh- und Arbeitszimmer wies nur zwei auf Eiche gestrichene Tannentische, einige derbe Stühle und Wandregale für der Knaben Schulbücher und Spielzeug auf. Hinter dem Schlafraum der Brüder gab es noch eine unheizbare dunkle Kammer für mich und die Mutter und eine noch dunklere Küche.

Beim Frühstück erschienen statt des geschmackvollen englischen Porzellans abscheuliche Tassen von grobem rauhen Steingut. Ich erlaubte mir, sie mit kritisch abfälligen Blicken zu betrachten, da sah Mama mich vorwurfsvoll an und sagte: Dein guter Vater ist nicht mehr auf der Erde und du willst noch aus hübschen Tassen trinken?

Beschämt schwieg ich – aber eine Stimme in mir rebellierte gegen diese herbe Auffassung der Trauer um den Geliebten, der uns doch sicher alles Schöne gegönnt haben würde.

Obwohl der Sommer im Institut Neu-Watzum die Jahreszeit war, in der das alte Haus mit seinen weiten Blumen- und Obstgärten, inmitten grüner Buchenwälder gelegen, erst seine Reize entfaltete, fühlte ich doch, ich müsse heim, so bald als möglich. Mama durfte nicht allein bleiben. Im Februar war ich vierzehn Jahr alt geworden – ein geregeltes Lernen hatte kaum begonnen, denn es dauerte lange, ehe ich mich in dem lebhaften Getriebe von Lehrerinnen und Schülerinnen zurechtfand. Das Institut hatte in liberalen Kreisen einen guten Klang. Seine Gründerin und erste Leiterin Henriette Breymann, eine Nichte und Jüngerin Fröbels, war zwar mit ihrem Gatten, dem bekannten Abgeordneten Schrader, nach Berlin übersiedelt. Ihrer späteren Wirksamkeit entstammt das Pestalozzi-Fröbelhaus. Neu-Watzums bekannteste Schülerin und die am stärksten durch ihr Leben von seinem Geiste Zeugnis ablegte, ist Frau Hedwig Heyl. Die Anstalt wurde zu meiner Zeit von Henriettes Bruder, dem idealistisch-liberalen Theologen Karl Breymann und seiner Frau in den von Henriette eingeschlagenen Bahnen weitergeführt. Viele Umwege in meiner geistigen Entwicklung wären mir erspart geblieben, wenn ich meine Bildung dort in einer harmonischen Weise zu einem gewissen Abschluß hätte bringen können. Dies wurde mir nicht vergönnt. Doch schenken Umwege meistens Bereicherung und Verbreiterung der Anschauung, und so habe ich den meinen am Ende dankbar zu sein. Die Großtante Nathusius hätte sich wohl, wenn ich es dringend gewünscht, bereit gefunden, noch länger das Schulgeld zu zahlen, doch meinem jungen Stolz war es ein unerträglicher Gedanke, die Unterstützung anzunehmen. Andererseits gab man bei den Nathusius' nichts auf Schulbildung für Frauen, die beiden Töchter der alten Tante waren, ohne eine Schule besucht zu haben, ungewöhnlich reichgebildete Persönlichkeiten geworden. Man fand es durchaus in der Ordnung, daß ich heimkam und meine Pflicht tat – Gott würde weiter für mich sorgen. Der Althaldenslebener Geist wirkte stark auf mich, viele von den Anschauungen, die mir in Watzum nahegebracht wurden, forderten heftigen Widerspruch in mir heraus. Es empörte mich, daß ich meinen Gott-Heiland gegen einen idealistischen Menschen Jesus vertauschen sollte. Mit vierzehn Jahren ist man entweder sehr skeptisch und wirft mit Wollust alle Autorität über Bord – oder man ist romantisch-wundersüchtig, und ich war dies Letzte in hohem Grade. Der Heiland hatte mir in gläubigen und heißen Gebeten seine Nähe und Kraft enthüllt, er hatte mich tausendfach getröstet, wenn ich verzagen wollte, in dem furchtbar öden Winter zu einem noch so edlen Menschen, schien mir, könne man nicht beten! – Ich sehnte mich, die Kämpfe, in die ich in Neu-Watzum doch immer wieder verstrickt wurde, hinter mir zu lassen – wieder glücklich zu sein in dem alten Kloster, im Verkehr mit Vettern und Cousinen, wie in dem unvergeßlichen letzten Sommer. Und ich betäubte die Ahnung, daß Vergangenes nicht wieder zu beleben sei.

Aber wie stand es mit meiner inneren Berufung zur Dichterin? die ich doch so deutlich zu fühlen gewähnt hatte? – Ich mußte mir gestehen, daß alle dichterischen Versuche bisher recht erbärmlich ausgefallen waren. Auf dem Gebiet der Lyrik wollte sich keine noch so leise Spur von Talent bemerkbar machen – kleine Skizzen, die ich, halb von Schlaf umfangen, im Bett in mein Notizbuch schrieb, erwiesen sich bei hellem Tageslicht von unerträglicher Sentimentalität. Ich hatte mich wohl doch getäuscht, als ich den Genius selig über mir schweben fühlte. So entsagte ich denn still allen stolzen Träumen und wollte nichts sein, als eine gute, hilfreiche Tochter.

Es war eine bange Zeit. Die Cholera ging durch die Lande und suchte vor allem die großen Städte mit ihrem Menschengewimmel und ihren damals noch recht unzulänglichen sanitären Einrichtungen heim. In dem benachbarten Magdeburg wütete sie grausam. Meine Mutter wurde durch die Krankheit wenig beunruhigt. Verlosch sie doch in Ägypten niemals ganz. In Althaldensleben war man ebenso gelassen. Man änderte nicht einmal die gewohnte Art sich zu nähren und aß mit Seelenruhe saure Mich, Gurkensalat mit kaltem Fleisch, trank das selbstgebraute Bier und kargte nicht, sich an der Fülle des Obstsegens zu erlaben. Man erzählte zum warnenden Exempel, wie die Urgroßmutter Philippine Engelhard in ihrem hohen Alter noch von wilder Angst vor der Seuche ergriffen gewesen sei, und besinnungslos von einem Orte zum anderen floh, bis sie denn nicht von der Cholera, aber von einer Nierenentzündung ergriffen, innerhalb weniger Tage dem Tode verfallen war. Und so könne man seinem Ende nirgends entrinnen, wenn der Herr es über uns beschlossen habe. Diese weisheitsvolle Ruhe der Älteren wirkte auch auf die Jugend zurück und so wäre wohl alles in gewohntem, friedlichem Gleise gegangen, wenn die Krankheit uns nicht plötzlich in bedrohliche Nähe gerückt wäre. Eines Abends traf bei unserem Hauswirt eine Familie ein, die aus Magdeburg geflohen war. Man gab ihnen das Zimmer neben unserer Wohnstube, mit dieser verbunden durch eine hinter dem korinthroten Vorhang versteckte Türe. Meine Mutter hatte kein Arg, die Kinder mit unseren Jungen im Hofe spielen zu lassen. In der Nacht wurde das Töchterchen der Flüchtlinge von der Krankheit ergriffen. Die Jungen waren schon in der Schule, als wir die schreckliche Kunde erfuhren. So naiv stand man noch der Gefahr der Infektion gegenüber, daß meine Mutter, die es denn doch für geraten hielt, das Haus zu räumen, sich mit mir nach Althaldensleben begab, mit der Frage, ob wir im Kloster unterkommen könnten? Selbstverständlich erklärte der Onkel, es sei unmöglich, er trage die Verantwortung für die vielen Menschen und Kinder in seinem Hause. Zuerst ergriff mich der Ernst der Situation, als wir niemand von der Familie zu sehen bekamen und die sonst immer belebten Flure und Treppen auf einen Befehl des Onkels wie ausgestorben lagen, während wir hinausgingen.

Aber da war ja nun die liebe Tante Gustchen Oberbeck. Sie wohnte allein im Dorf und erklärte sich sofort aufs freudigste bereit, uns allesamt aufzunehmen. »Ich und meine alte Bäbenbrod, wir stehen in Gottes Hand«, sagte sie zuversichtlich, »wenn wir sterben, fehlen wir niemand.« Und so blieben wir denn bei der guten, opferfreudigen Verwandten, bis das unglückliche Kind beerdigt und das Haus desinfiziert war. Niemand von uns erkrankte.

Der folgende Winter gehört zu den dunkelsten, trübseligsten Perioden meines Lebens.

Die Migränen, an denen meine Mutter zeitlebens gelitten, steigerten sich zu schauerlichen Qualen, so daß die Arme jede Woche zwei, zuweilen auch drei Tage lang besinnungslos vor Schmerz, stöhnend und wimmernd in der finsteren, ungeheizten Kammer lag.

Die Sorge für den Haushalt lastete auf mir. Wovon wir eigentlich lebten, ist mir heute rätselhaft – in der Hauptsache von verkauftem Schmuck der Mutter. Es war mir eine grausame Qual, wenn ich die geliebten Andenken dieser oder jener Verwandten anbieten und sie von ihr abgeschätzt sehen mußte. Tante Luise half reichlich. Die »Feldmaus«, die alte Botenfrau aus Althaldensleben, packte bei jedem ihrer Besuche gute, eßbare Dinge aus ihrer Kiepe. Vier Knaben im Alter zwischen sechs und dreizehn Jahren essen und zerreißen viel, es fehlte an allen Ecken und Enden. Hosenflicken lernte ich wie ein Mannsschneider. Die Strümpfe türmten sich zu grauen und braunen Bergen um mich her und nur mit dem Strickzeug in der Hand durfte ich mir eine Erholungsstunde bei einem englischen Buch der Tauchnitz-Edition gönnen, denn die fremden Sprachen sollten doch nicht ganz vernachlässigt werden. Meine Mutter tat sich viel auf ihre wirtschaftliche Begabung zugute. Das Wort »praktisch« wendete sie mit einer wahren Lust an, es lag etwas so Rechtfertigendes in seinem Klang und seiner Bedeutung. Doch wenn sie vom Geschäftsgeist erfaßt wurde, waren die Ergebnisse kläglich. So brachte sie aus Alexandrien einen großen Posten Stoffe mit, für die man ihr bei der Liquidation einen, wie ihr scheinen wollte, allzu geringen Preis geboten hatte. Es war schwarzer Alpaka mit grünen Blättchen und brauner Alpaka mit lila Blättchen bedruckt. Tante Hannchen Nathusius und ihre Blödenanstalt waren dafür, in Mamas Augen, die geeigneten Abnehmer. Tante Hannchen war erfreut über die gute Gelegenheit, auch tat sie gern meiner Mutter einen Gefallen – sie nahm einen Teil, erklärte aber im Interesse ihrer Schutzbefohlenen, nicht mehr als dreißig Pfennige für das Meter zahlen zu wollen. Meine Mutter willigte, etwas enttäuscht, in den Handel, blieb ihr doch noch ein mächtiger Ballen, den sie nach und nach unter der Hand mit gutem Profit loszuschlagen hoffte. Inzwischen aber hatte sich, durch eine Indiskretion, das Gerücht von dem vorzüglichen Stoff verbreitet, und die Bewohner von Alt- und Neuhaldensleben stürmten in hellen Haufen unsere Wohnung, waren aber zugleich fest entschlossen, nicht mehr zu zahlen als das reiche Fräulein Nathusius: dreißig Pfennige das Meter. Verwirrt und bestürzt wußte Mama sich keinen anderen Rat, als das Zeug herzugeben. Und so sah man denn nicht nur die Blöden, sondern bald auch alle normalen Kinder in Neuhaldensleben, dazu ihre Mütter, Tanten und Kindermädchen in schwarzem Alpaka mit grünen Blättchen und in braunem Alpaka mit lila Blättchen umherlaufen. Wir selbst bildeten keine Ausnahme. Meine Mutter verfertigte nicht nur Hauskleider und Schürzen, sondern auch Bettdecken, Sofaüberzüge, Rückenkissen von dem furchtbaren Stoff – und da er sich von einer fast unbegrenzten Dauerhaftigkeit erwies, so sah man noch nach vielen Jahren arme Kinder und Bettelweiber, die von den Abfällen der wohlhabenderen Klassen lebten, in diesen Blättchenkleidern durch die Gegend schweifen.

Nachmittags kam Herr Schmelzkopf, ein junger Lehrer, mich im Rechnen zu fördern. Wer von uns beiden verlegener war, weiß ich nicht, während er mit mir sechs mal sechs ist sechsunddreißig und noch viel schwerere Dinge übte. War seine Pflicht der Tochter des Hauses gegenüber erledigt, so begann eine wilde Jagd über Boden und Keller, durch Garten und Nachbarschaft, um seiner übrigen Schüler habhaft zu werden. Der eine zog Bier ab, der andere mußte einem Schweineschlachten beiwohnen, der dritte mauste Äpfel mit den Kameraden, der vierte war auf dem Eise – alle nützlich beschäftigt – nur für die Wissenschaften zeigte keiner Interesse. Die feinen ausländischen Matrosenanzüge waren durch graue Joppen und Röhrenhosen des Neuhaldenslebener Schneiders ersetzt, Attis und Lolas Goldlocken und Martins feines Pagenköpfchen kamen unter das Rasiermesser des Baders, und so waren aus dem reizenden Flug fremder Vögel im Umsehen eine Bande kleinstädtischer Rüpel geworden. Unter meines Vaters freundlichem Regiment gehorsame, gutgesittete Kinder, hießen sie nun nicht mehr die »Reuters«, sondern die »Räubersch«, und jeder Dummjungenstreich, der in der Stadt verübt wurde, den schrieb man ihnen auf die Rechnung. So erschien eines Morgens, als wir beim Frühstück saßen, plötzlich ein furchtbarer Kerl mit einem gewaltigen feuerroten Gesicht in der Tür und brüllte meine erschrockene Mutter an: »Ich bin der Karussellbesitzer Frohböse, und Ihre Jungens haben meine Fensterscheiben eingeschlagen!« Eine Behauptung, die sich bei näherer Untersuchung als gänzlich ungerechtfertigt erwies. Wir zwei hilflosen Weiber kamen nie aus der herzflatternden Angst, was die wilden Bengels nun wohl wieder anstellen mochten?

Jeder männliche Ratgeber – und es waren ihrer allzuviele – warnte die arme Mutter, die Jungens nicht durch mütterliche Weichheit zu verzärteln. So gewöhnte sie sich aus Pflichtgefühl eine Strenge an, die sich in Heftigkeitsausbrüchen äußerte, eine Herbheit, die ihr nicht natürlich war und ihr die Herzen der Knaben verschloß. Sie litten ja auch unter den veränderten Verhältnissen und hätten deshalb ein besonders zartes Einfühlen in ihre knabenhaften Entwicklungsbedürfnisse gebraucht. Das konnte die leidende Frau mit den tiefzerrütteten Nerven nicht mehr aufbringen. Von mir hätte es einer völligen Entäußerung meines Selbst bedurft, um den Brüdern ein Halt zu werden, und gerade dieses – mein Ich – beschäftigte mich um so intensiver, je weniger mich die Außenwelt durch angenehme Erlebnisse abzulenken vermochte. Die frische Heiterkeit und fantastische Spiellust der Kinderzeit waren mir abhanden gekommen. An ihre Stelle trat ein fataler gouvernantenhafter Zug von verfrühter Weisheit, vor dem die Brüder gern »Reißaus« nahmen. Ich litt unter der Entfremdung, mehr als ich es zeigte, doch Erbarmen und Liebe gehörten meiner Mutter!

Am Sonntag nachmittag wanderten wir alle miteinander nach Althaldensleben, und wie oft mußte einer der störrischen Buben mit der Nilpferdpeitsche bedroht werden, um nicht eigene Vergnügungen zu suchen. Wir wurden immer mit der gleichmäßigen, kühlen Freundlichkeit empfangen, die in der Familie Nathusius üblich – es hatte sich dort nichts verändert seit dem Sommer, in dem wir als interessante Gäste aus

Ägypten kamen. Nur unser Verhältnis zu den Verwandten war ein anderes geworden. Wir waren nicht mehr die interessanten Gäste – wir gehörten auch nicht zur Familie. Wir waren Sonntagsbesuch wie der Pastor und seine Schwester, die steif und feierlich dasaßen und die Gemütlichkeit störten. Neckereien, die man nicht verstand, gingen unter der Jugend hin und her – an ihren Beschäftigungen nahm man keinen Anteil mehr. Die Cousinen ritten mit den Vettern, sie fuhren zu Schlitten in die Nachbarschaft zu Jagddiners, sie spielten Billard, gaben den Pferden oder den Rassehunden Namen, sie spielten die Harfe, klöppelten Spitzen, zeichneten und malten. Alles Dinge, die mir fern lagen, zu denen ich nie Zeit gefunden hätte. Irrte ich mich, wenn ich einen Ton von Herablassung witterte? Wie verletzlich ist man mit fünfzehn Jahren! Wund wie ich innerlich war, verschloß ich mich hochmütig und beschämt in mich selbst, wurde still und stumm – auch freundliche Bemühung hätte keinen Gegenklang aus mir hervorlocken können.

»Kind – sitze doch nur nicht immer so stumm da, wenn du unter Menschen bist«, mahnte mich die Mutter verzweifelt. »Sage doch irgend was, wenn's auch was Dummes ist!«

Und die Vettern? Und Matthäus? Unglücklicherweise hatte mir jemand verraten, daß die Tante Luise ihre Söhne gewarnt habe, mir nichts in den Kopf zu setzen. Das nahm mir alle Unbefangenheit. Es hätte nicht mehr bedurft, um mich vollends in einen langen dünnen Eiszapfen zu verwandeln. Sicher ist es keinem der jungen Herren schwer geworden, der Mutter Wink zu befolgen.

*　*
*

Anfang Mai ging ich nach Mecklenburg, um beim Onkel Präpositus in Schloen Konfirmandenunterricht zu empfangen und bei seiner Frau die Wirtschaft zu lernen.

Man kann sich nichts Friedevolleres und heiter Durchsonnteres vorstellen, als das Pfarrhaus neben der kleinen Kirche und dem Kirchhof mit den weißen Steinen. Der blühende Garten, der in Terrassen zum Rohrteich abfiel, der große Wirtschaftshof, in dem der Kutscher bei Mondschein die Ziehharmonika spielte, und Fieken und Mieken andächtig lauschten, während die Tüften für den nächsten Mittagstisch geschält wurden. Und Onkels abendliches Vorlesen, die Tante und ihr Strickzeug gemächlich neben ihm, der verehrte Dickens wechselte mit Walther

Scotts farbenreichen weitläufigen Geschichten. Die ruhigen frommen Menschen waren in allen ihren Bedürfnissen auf eine schlichte Einfachheit gerichtet; was sie brauchten, schenkte ihnen Gott rein und frisch aus dem Vorrat seiner sprossenden, reifenden Natur. Anderes zu besitzen, wäre ihnen nicht eingefallen, darum blieb ihnen die Sorge fern und für die Arbeit in Feld, Hof und Garten fehlten niemals die willigen Hilfen. Ein angenehmer, weit ausgedehnter Verkehr mit dem Adel, mit bürgerlichen Gutsbesitzern und Pächtern wie mit den geistlichen Amtsbrüdern gab Gelegenheit zu fröhlichen Fahrten durch die liebliche Landschaft. Überall war das Schloener Paar wohlgelitten, der Präpositus brachte mit seinem schalkhaften Humor, seiner Gabe für zierliche Gelegenheitsverse und liebenswürdige Tischreden in manches ländliche Fest eine geistige Würze, die ihm sonst gefehlt hätte und die dankbar anerkannt wurde. In allen häuslichen und Herzensnöten wandte man sich vertrauensvoll an ihn und die lebendig teilnehmende »Fru Proposten«. Im täglichen Verkehr mit diesen quellklaren Menschen wich der Druck von meiner jungen Seele; das unsichtbare Schlößchen vor dem Munde löste sich; beim häuslichen Arbeiten, bei Spargelstechen und Unkrautjäten, beim Bügeln und Kochen lernte ich wieder harmlos zu plaudern. In dem religiösen Unterricht des Onkels verstärkte sich das trostreiche Gefühl rückkehrender Gesundheit der Seele. Dieser Unterricht bestand hauptsächlich in tiefgreifenden Gesprächen zwischen Lehrer und Schülerin, in deren Verlauf nicht nur die Dogmen erklärt, sondern auch Streifzüge in das Gebiet der Kirchen- und Kulturgeschichte unternommen wurden. Bei den Aufsätzen über religiöse Themen, die ich anzufertigen hatte, wurde streng auf Stil und Sprache geachtet.

Onkel stand fest auf dem Boden klassischer Bildung – griechische und lateinische Schriftsteller in der Ursprache zu studieren, war seine Lust, der nur noch seine Liebe zu Goethes Faust gleichkam.

Als im August der Tag der Einsegnung heranrückte und meine Mutter eintraf, ihn mit mir zu feiern und mich dann wieder heimzunehmen, konnte ich mich nur mit heftigem Schmerz aus dieser selbstverständlichen, umfriedeten Existenz loslösen. Ich durfte ihr nicht zeigen, wie bitter ich empfand, daß ich bei ihr weder Heiterkeit, noch Ruhe und Harmonie erhoffen durfte.

Der feierliche Tag ging vorüber, wie es mit solchen Feststunden zu geschehen pflegt. Tante Sophiechen hatte alles getan, was in ihren Kräften stand, ihn zu schmücken. Es gab Blumen, Briefe und Geschenke, ein schwarzseidenes Kleid mit einer Schleppe – ein reichliches Mahl und herzliche Liebe. Onkel Präpositus sorgte, daß mir einsame Stunden der Sammlung und Einkehr nicht fehlten. Mein Sinn war bewegt, mein Wille faßte die besten Vorsätze und ich genoß das heilige Abendmahl mit tiefer Erschütterung. Woran liegt es nur, daß dem Menschen nach solchen Höhenstimmungen doch immer ein Gefühl der Enttäuschung bleibt? Als sei dies alles nicht das Letzte gewesen – als habe man ein noch Höheres geahnt, dem nicht die geringste irdische Trübung mehr anhafte? War es im Grunde nicht dasselbe Gefühl der Enttäuschung, das mich als Kind, wenn bei den Freundinnen die Lust am heftigsten sich äußerte, aus ihrer Mitte trieb und mir Tränen aus den Augen preßte? Ist der Mensch vielleicht nicht imstande, ein Glück zu durchleben, bei dem die Sehnsucht, die sein bestes Teil ist, völlig zum Schweigen gebracht wird? Und gäbe dies Letzte nur der Tod mit dem hemmungslosen Dahinsinken ins Göttliche?

An den Ufern der Ohre

Eine bedeutende Veränderung zum Besseren erwartete mich in Neuhaldensleben. Mama hatte die freudlose Wohnung bei Prömmel aufgegeben und bei einem Landwirt Heinrich die obere Etage seines frei in den Wiesen, am Ufer eines kleinen Flüßchens gelegenen Hauses gemietet. Hier war nun reines Landleben. Die Sonne schien zu den Fenstern hinein. Man hörte abends die Frösche quaken und knarren, frühmorgens die Vögel singen und die Hühner gackern. Ein gutes Stück des geräumigen Gartens war uns zu eigener Benutzung überlassen, meine Mutter plante eine Laube, in der im Frühling Kaffee getrunken werden sollte. Über ihrer alten Passion der Blumenpflege, der sie sich nun wieder hinzugeben hoffte, wurde sie froher und lebendiger. Die stillen Blumen, die sich nicht gegen die züchtende Hand aufbäumten, die waren leichter zu bewältigen für ihre schwachen Kräfte als die eigensinnigen, freiheitsdurstigen Jungen.

Nun hatte sie sich doch entschlossen, Thom und Albert, die beiden Ältesten, aus dem Hause zu geben. Die Rezepte des Großvaters vom Heil des Handwerks spukten noch immer in der Familie, obschon sie bei den Onkels Unheil genug angerichtet hatten, denn auch zum Handwerk gehört ja eine besondere Sinnesart und Begabung. Die Mutter spürte freilich den Neigungen ihrer Söhne aufmerksam nach. Thomas, der Bastler und Erfinder, wurde nach Magdeburg als Lehrling in eine Maschinenschlosserei gebracht. Atti, um dem Kreise gefährlicher Freunde entzogen zu werden, kam zu einem Pfarrer in Pension. Wir konnten einigermaßen aufatmen und unser Leben etwas behaglicher einrichten. Für die beiden Kleinen begann in der Gesellschaft der Söhne unseres Hauswirtes eine frohe Jugendzeit. Die Jungen genierten sich nicht, die ganze Gegend für ihre Spiele in Beschlag zu nehmen, und gab es dabei Konflikte mit dem Feldhüter, so war das um so spannender.

Einst saß ich mit einem Honoratiorentöchterchen auf einer Art von Söller, von dem man über die Gartenhecke und weit über die Wiesen schauen konnte, und wir genossen schwärmend die Abendröte über dem stillen Fluß. Da kam es unter der Hecke hervorgekrochen, jagte in weiten Sprüngen weiß leuchtend durch das grüne Gras – eine Horde Knaben, splitternackt, wie Gott sie geschaffen, die Körper kreuz und quer mit Schlamm beschmiert, das Haar mit Federn gekrönt, Holzspeere und Tomahawks schwingend und mit wildem Indianergebrüll ins Wasser plantschend. Das Honoratiorentöchterchen saß erstarrt –: »Was ist denn das?« stammelte sie blutübergossen. »Das sind die Jungens, die spielen Indianer«, entgegnete ich seelenruhig – mir Orientkinde war Nacktheit nichts Fürchterliches. Das Honoratiorentöchterchen aber kam nicht wieder, ihr Schamgefühl war allzu tief verletzt.

Der Garten bot im Herbst einen Obstsegen, mit dem der gutmütige Besitzer nicht zurückhielt und den die Jungen gehörig ausnutzten. Noch als grauhaarige ältere Herrschaften träumen und reden wir zuweilen von jenen roten und gelben Eierpflaumen, von den Reineclauden, fuchsgeleckt und ein wenig gesprungen, so daß dicke Honigsafttropfen hervorquollen, von den Gravensteiner Äpfeln und den köstlichen Birnen – Kalabassen hießen die allerschönsten. Aber auch die Rosen waren hier etwas selten Zaubervolles. Keine gepflegten Hochstämmigen – Gott bewahre – breit auswuchernde dornige Büsche, die die Rabatten an den Wegen zur Zeit ihrer Blüte in eine rosige Wildnis verwandelten – die himmlisch duftenden Zentifolien, denen ein feiner Harzgeruch wie eine kleine pikante Würze beigemischt war – und weiße, eben nur mit dem zartesten Anhauch von Farbe, die nach Anis rochen, und die zierlich grün umhüllten Moosröslein.

Was dem ländlichen Garten an dem Flüßchen, das die Ohre hieß, einen ganz aparten Charakter verlieh, waren vier riesenhafte, edel gewachsene

Fichten, die einen wild aus der Erde hervorsprudelnden, eisenhaltigen artesischen Brunnen umgaben. Das Wasser, in einem Becken gefaßt, strömte von hier aus als Bach durch den Garten und ergoß sich in den Fluß. Kraut und Blumen färbte es an seinen Rändern ockergelb und besaß einen scharf tintenartigen Geschmack. Eiskalt kam es in den heißesten Sommertagen aus dem tiefen Erdinnern hervor, und gewann in seiner unaufhörlich quellenden Kraft, Fülle und Frische für mich etwas wie eine geheimnisvolle symbolische Bedeutung.

Gärten haben in meinem Leben stets eine bedeutende Rolle gespielt. Bäume habe ich geliebt wie lebende Wesen. Vielleicht haben sie mein Wesen stärker beeinflußt als irgendein Mensch.

Gleich nach meiner Konfirmation gab es ein großes Familienfest in Althaldensleben. Die Hochzeit der ältesten Tochter Annlies mit einem jungen Offizier wurde mit Polterabend-Aufführungen gefeiert, unter dem goldenen Sternenhimmel der Bibliothek, die früher die Kirche der Nonnen gewesen war. Ich nahm zum erstenmal als erwachsenes Mädchen an einer gesellschaftlichen Veranstaltung teil, doch ist mir nicht mehr viel Erinnerung geblieben.

Im Januar schloß, 87jährig, die alte Madame Nathusius die Augen, diese blauen Augen, die mit klugem und gütigem Blick nahezu ein Jahrhundert überschauten. Sie hatte als Demoiselle Engelhard in Kassel die lustigen Zeiten des Königs Jerome gesehen, und daß das wunderschöne Mädchen inmitten der Verführungen dieser lasterhaften Atmosphäre ihre jungfräuliche Hoheit und ihre einfache häusliche Tüchtigkeit unverletzt erhielt, mochte nicht zum mindesten unter den Gründen mitgespielt haben, die den reichen, welterfahrenen Gottlob Nathusius bewogen, sie zu seiner Gattin zu machen.

Sie erlebte und erlitt die Feldzüge Napoleons, und es wurde von ihr eine Geschichte erzählt, die mir besonders gut gefiel, wie sie einst ein Regiment des großen Eroberers durch ihre Klugheit in die Flucht geschlagen habe. Als die Soldateska vor dem verrammelten Hoftor von Althaldensleben stürmisch Einlaß begehrte, nahm die junge Frau in schneller Geistesgegenwart auf jeden Arm eines ihrer an den Windpocken erkrankten Kinder, lief vor das Tor, hielt die mit Schorf und roten Pusteln bedeckten Kleinen den Offizieren entgegen und schrie: »Zurück! in diesem Hause sind die schwarzen Pocken!«

Entsetzt wichen Offiziere und Mannschaften vor der furchtbaren Krankheit. Der Befehl lief durch die Reihen: Dorf und Gut in weitem

Bogen zu umgehen, das Regiment machte kehrt und sauste von dannen. Später freilich mußte die tapfere Frau noch manche Einquartierung von Feind und Freund, manche Brandschatzung und Requirierung über sich ergehen lassen. Die runden Löcher in den Bildern der Äbtissinnen auf dem langen Korridor zeigten, wie die Franzosen ihren perversen Gelüsten gefrönt hatten, indem sie den Abbildern der toten Nonnen Pistolenkugeln durch die weißen Kutten und die stillen Gesichter jagten.

Nach dem Tode ihres Gatten hatte Madame Nathusius vier große Güter zu verwalten, nicht zu rechnen die industriellen Anlagen. Fünf Söhne und zwei Töchter wurden musterhaft von ihr erzogen, sie wagte es, ihren Kindern einen genialisch-romantischen Erzieher zu geben, dessen treffliche Eigenschaften sie so hoch schätzte, daß sie sich auch nicht beirren ließ, wenn sein feuriges Temperament durch allerlei Liebes- und Verlobungsepisoden Verwirrung anrichtete. Dieser Julius Elster begleitete die Söhne später auch auf ausgedehnten Bildungsreisen und trat in die deutsche Literatur, indem er mit seinem Schüler Philipp und der Bettina von Arnim ihren philosophisch-ästhetischen Briefwechsel: »Ilius, Pamphilius und die Ambrosia« herausgab. Die Kinder der alten Tante Nathusius wurden alle bedeutende, selbstherrliche Persönlichkeiten, und die Mutter in ihrer ruhigen Weisheit ließ sie die eigenen Wege gehen, die von ihren Überzeugungen weit abführten. Sie blieb bis zu ihrem Tode einer rationalistischen, nüchternen Religiosität getreu, ihrem klaren Geiste war der mystische Herzensverkehr mit dem Heiland, wie die pietistische Richtung ihrer Kinder ihn forderte, fremd, und auch der starre Konservativismus, das Aristokratentum ihrer Nachkommen fand kaum die Billigung ihres schlichten bürgerlichen Sinnes.

Doch, wie gesagt, sie schwieg und ließ den Dingen, Menschen und Verhältnissen ihren natürlichen Entwicklungslauf. So blieb sie allen die geliebte, verehrte Stammesmutter. Um sich Rat, Trost, Aufrichtung zu holen, wie zu einem heiligen Familienaltar, pilgerte man zu ihrem Fensterplatz, wo die Greisin inmitten von Blumen und Bildern, ihr Strickkörbchen stets zur Seite, die letzten Lebensjahre still verbrachte, umsorgt, umhütet von ihrer Tochter Johanne.

Als sie unter den hohen beschneiten Parkbäumen von Althaldensleben neben dem Gatten in das efeuumsponnene Erdenkämmerchen gesenkt wurde, faßte mich ein großes Bedauern, daß Ehrfurcht und Jugend mich dieser seltenen Frau so ferne gehalten.

* *
*

Meine Mutter besuchte im Städtchen Neuhaldensleben einige Familien, wir wurden von ihnen zu den üblichen Kaffees eingeladen, es gab bei solchen Gelegenheiten unermeßlich viel Kuchen, Torten und Südwein und wenn man sich mit einer fesselnden kleinen Handarbeit gegen die Langeweile bewaffnete, konnte man sie ganz gut überstehen.

Nun sollte ich in Neuhaldensleben auch noch an der Tanzstunde teilnehmen. Der Gasthofssaal war staubig, der Frack des fetten Tanzlehrers, der statt des Kragens ein ergrautes Taschentuch um den Hals geknotet trug, erglänzte von den Resten von Bier und Bratensaucen. – Die jungen Kommis, die hier schwitzten, um flotte Kavaliere zu werden, dufteten nach abscheulicher Haarpomade und Wollhemden. Ein Jüngling – nun eigentlich war es noch ein Junge –, der mich als Tänzerin bevorzugte, obschon er nur knapp halb so lang war als ich, hieß Alex und war der Sohn des zweiten Kolonialwarenhändlers. Er half seinem Vater im Geschäft, seine Hände waren kurz, dick und von Frostbeulen aufgeschwollen. Die meinen ja auch! Er pflegte angstvoll den Takt zu zählen: Eins, zwei, drei und dann mit einem Satz wie ein Lammböcklein loszuspringen. Erinnerungen an die ersten Tanzstunden in Althaldensleben zogen schmerzlich durch die Phantasie –: ach Herr Rönisch, du Vornehmster aller Tanzmeister – ach Matthäus, du schlanker Prinzessinnentänzer – ach du Sommersonne, die du durch das Blättergrün zitternde Kringel und schwebende Lichtreflexe auf die weißen Möbel und die Glasschränke mit den feinen alten Porzellanvasen des grünen Saales warfest … Ich biß die Zähne zusammen und lernte tanzen – sogar Française und Lancier lernte ich, mit den *grands compliments* und den *rondes des dames*, denn diese feierlichen Tänze, zu denen die steifen Schleppen der damaligen Zeit gehörten, waren noch sehr in der Mode.

Und der Lohn der Selbstüberwindung? Der erste und einzige Versuch, an den Tanzvergnügungen in der Ressource (man sagte Resorse) teilzunehmen, mißlang kläglich. Ich hatte gleich meine Bedenken. Doch meine Mutter wollte gegen den Hochmut ihres Töchterleins mit Energie ankämpfen. Also wurde das Mullkleidchen von Annlieschens Hochzeit gewaschen und gebügelt und man begab sich auf den Weg. Was soll ich sagen? In Reihen standen die jungen Damen in Tarlatan und Blumenkränzen und lächelten den parfümierten Herren aufmunternd entgegen – auch kannte sich ja alles miteinander. Ich kannte niemand – denn wenn ich meine Pflicht tat und im Kursus tanzte – ich hatte doch mit den Jünglingen nicht gesprochen! Es wäre mir nicht eingefallen, ihnen entgegenzulächeln. Ich zog mich im Gegenteil in die hinterste Reihe zurück und stand dort, die Hände steif um den Fächer geschlossen, mit der todernsten Miene einer beleidigten jungen Fürstin. Und das Tragikomische dabei war, daß ich doch wartete, sie sollten kommen, sie sollten mich auffordern – daß mein Herz lauter und immer lauter schlug, als all die andern Mädchen geholt wurden – zuletzt auch die allerbescheidenste – und ich am Ende ganz allein und verschmäht dastand! So rächten sich die Ritter des Tanzkursus! Ich ließ die Blicke zu den Reihen der Mütter schweifen, die meine fand ich nicht. Da stahl ich mich, während die Paare sich drehten, hinunter in die Garderobe. Dort, unter Mänteln, Schals und Überschuhen lag die Ärmste, von schrecklicher Migräne überfallen. Ich war nichts weniger als liebenswürdig in diesem Augenblick, überfiel sie mit Tränen und heftigen Vorwürfen und so schlichen wir blamiert und geärgert nach Hause.

Kurze Zeit später wurde ich von Frau v. O. in Dessau aufgefordert, an der Wintergeselligkeit in ihrem Hause teilzunehmen. Zugleich übermittelte sie uns die Einladung der freundlichen Frau Herzogin zum ersten Hofball. Die Herzogin dachte es sich hübsch, wenn die drei Kindheitsgespielen, Prinzeß Elisabeth, Hedwig von O. und ich diesen ersten Ball gemeinsam erleben würden!

Freude und Genugtuung waren groß bei der Mutter wie bei der Tochter! Die Schneiderin, die in größter Eile eines von Mamas schönen seidenen Kleidern für mich herrichten mußte, sorgte auch ohne unser Zutun dafür, daß alles, was in Neuhaldensleben atmete, von dieser Einladung erfuhr.

Die Erlebnisse meines einzigen Hofballes habe ich später in einer Skizze, welche in meinen Büchern zu finden ist, nur wenig ausgeschmückt, wiedergegeben und so kann ich hier darüber hinweggehen. Das Erscheinen einer bürgerlichen Kaufmannstochter in jenen erklusiven Zirkeln zeitigte sofort einen bösartigen Klatsch, durch den meinem armen Vater ein Bankerott und Selbstmord – mir die Vorbereitung zum Lehrerinnenberuf angedichtet wurde – keine Lüge schien den Damen boshaft genug! – Was wäre in ihren Augen vernichtender gewesen als der Hinweis auf die Notwendigkeit, mein Brot selbst verdienen zu müssen, um mich aus einem Kreise zu entfernen, in den ich nicht gehörte? Meine Freunde hielten diesen lächerlichen Machenschaften mutig stand. Es folgten ein paar Wochen, in denen ich so recht nach Herzenslust die Winterfreuden der jungen Damen der Gesellschaft kosten durfte. Ein Kreis munterer und hübscher junger Mädchen und frischer, liebenswürdiger Offiziere sammelte sich um die Tochter des Hauses, die zu einem reizvollen, munteren Menschenkinde erblüht war. Man nannte uns »die beiden Leonoren«, und damit war die Verschiedenheit unseres Wesens treffend gekennzeichnet, nur daß die Neigung zur Intrige, die der Gräfin Sanvitale eigen, Hedwigs freundlichem Gemüt fremd blieb. Aber was ihres Herzens Lust war: als kleine Königin zu herrschen, war die meine nicht. Ich blieb eine mäßige Tänzerin, der harmlose Flirt lag mir nicht, entweder ich verschloß mich oder ging zu ernst und zu tief in der Unterhaltung. Wohl pflegten die jungen Infanterieoffiziere bedeutend mehr geistige Interessen als die Vettern von der Kavallerie. Trotzdem fühlte ich deutlich: In diesem Kreise wirst du nicht heimisch, du mußt weiter suchen.

Mama hatte von ihrer Jugend her die Überzeugung, daß der Verkehr mit vielerlei Menschen, der Aufenthalt in unterschiedlichen Haushaltungen mehr zur Bildung eines Menschen beitrage, als alle Weisheit aus Büchern. Jede Gelegenheit wurde benutzt, oft mit schmerzlichen Opfern von ihrer Seite, mich »auf Besuch« in die Familien von Freunden und Verwandten zu schicken. Ich habe auf diese Weise Einblick in manches Menschenschicksal getan und zur Übung von Zurückhaltung, Takt und Selbstüberwindung fand sich Gelegenheit genug.

In den Freundinnen der Mutter aus ihrer Merziner Kindheit lernte ich eine ganz andere Art von Gutsbesitzerfrauen kennen, als die Schloßherrinnen der Provinz Sachsen. Anhalts fetter Boden nährte den Landwirt, und die Zuckerrüben brachten ihm reiche Erträge. Trotz gedeihlicher Wohlhabenheit arbeiteten hier Frauen und Töchter wie die Mägde. Das Leben des Tages, die Einrichtung der Häuser zeigte noch den einfachen, an das Bäuerliche streifenden Zuschnitt. Bildungsbedürfnisse wurden durch eine jeweilige Fahrt zum Theater in Dessau bestritten. Die Freundinnen hegten eine rührende Schwärmerei für die weitgereiste, fremdartige Kindheitsgespielin. Kamen wir zu ihnen, so wurden wir mit allen guten Dingen, die Küche und Keller boten, bewirtet. Mir aber blieb nur der Neid gegen die Frische dieser Mädchen, die um drei Uhr früh schon im Kuhstall standen, und wenn sich die Gelegenheit bot, abends noch über Land fuhren, um zu tanzen, während ich alle Hausarbeit nur mit dem letzten Aufgebot meiner Kräfte verrichten konnte und oft den

Kopf, bereit zum Einschlafen, an das Bord der Speisekammer lehnte, bis irgendeine wartende Pflicht mich zusammenraffte.

In Wernigerode wohnte eine Institutsfreundin, die um mehrere Jahre älter als ich, sich in jenen Tagen der Trauer und des Heimwehs des verzagten Kindes freundlich angenommen hatte. Ihre Eltern besaßen ein hübsches Haus und Garten im Mühlthal bei Wernigerode. Die Mutter war eine der echt deutschen Frauennaturen, wie man sie öfter, als man meinen sollte, in kleinen Städten antrifft, die bei treuster Hausarbeit für Mann und Kinder von einer großen Sehnsucht nach der Schönheit beinahe verzehrt werden. Meist findet solche Sehnsucht ihre Erfüllung in der Musik – hier richtete sie sich auf Malerei und Literatur. Mit bewundernswerter Energie hatte sie es erreicht, mit verschiedenen Männern der Wissenschaft, vor allem aber mit Emanuel Geibel eine lebhafte Korrespondenz zu führen. Zahllose Bilder des damals noch hochgeschätzten Dichters schmückten ihre gute Stube, und die Schwärmerei für ihn vergoldete ihr schlichtes Dasein. Es machte mir keinen kleinen Eindruck, als ich hörte, sie habe ihm meine Photographie gesandt, und er habe zurückgeschrieben, das Bildchen stehe vor ihm auf dem Schreibtisch, wenn er es anschaue, käme ihm der Heinevers in den Sinn:

Du bist wie eine Blume –
so hold, so schön, so rein usw.

Welches sechzehnjährige Herz würde dadurch ungerührt bleiben? Doch um ein Autogramm zu bitten, wäre mir nicht im entferntesten eingefallen.

Einen lebhaften Verkehr pflegten wir mit Mamas Jugendfreundinnen in Magdeburg. Die eine war mit einem Eisenbahndirektor, die zweite mit einem Gerichtsrat verheiratet. Wir verbanden die Besuche meist mit einem Besorgungsfeldzug. Früh um fünf Uhr mußte aufgestanden werden, dann ging es eine halbe Stunde weit in der finsteren Winternacht mit der Laterne über das beschneite Feld zum Bahnhof. Die Fahrt im ungeheizten Wagen, eingeklemmt zwischen die Bauernweiber, die ihre Butter- und Käsekörbe zum Markte brachten, entbehrte jeden Reizes. Dafür begrüßte bei den Freunden ein behaglich durchwärmtes Zimmer die vor Kälte Klappernden. Der Kaffeemaschine entstieg köstlicher Duft, an der Hand der Magdeburgischen Zeitung auf dem Frühstückstische ging es gleich an ein lebhaftes Geplauder über politische und Tagesfragen des öffentlichen Lebens. Der Gerichtsrat war ein etwas dürrer, trockner Herr von großer Redlichkeit und einem erstaunlichen Wissen. Er nahm es durchaus nicht übel, wenn wir weltfremden Kleinstädter ihn geradezu als wandelndes Konversationslexikon benutzten. Seine Frau – klein und ebenmäßig gebaut, mit feinem gemmengleichen Kopf und schönen dunklen Augen besaß alle geistige Anmut, die dem Gatten mangelte und so ergänzte sich das kinderlose Paar aufs beste. Nachdem die nötigen Einkäufe für Haushalt und Kleidung gemacht waren, auch die unerfreulichen Besuche beim Zahnarzt erledigt, nahmen wir das Mittagessen meist bei der anderen Freundin, der Gattin des Eisenbahndirektors. Hier kamen wir in ein Heim, das so recht der Typ des vornehmen, bürgerlichen Patrizierhauses war. Gute Ölbilder idealistischer Richtung an den Wänden, oder alte erlesene Kupferstiche – die Büsten des Hausherrn und der Hausfrau von einem renommierten Meister in kanarischem Marmor ausgeführt, Bronzen nach antiken Statuen, eine erlesene Bibliothek, die Möbel vom solidesten Material und aus edlen Hölzern. Hier herrschte der Lebensstil, dem mein guter Vater nachgestrebt hatte, ohne daß es ihm in seinen schwankenden Verhältnissen je gelang, ihn auszugestalten. Sogar auf der Toilette fand man die neuesten Kursbücher und einen Plan der Stadt, um auch diese Zeit der Zurückgezogenheit nutzbringend auszufüllen.

Der Sohn des Eisenbahndirektors war jener blonde Junge mit dem gewaltigen Wissensdrang, mit dem ich einst in Dessau Amerika entdecken wollte. Seine Gründlichkeit hatte sich inzwischen keineswegs verringert und ich kam immer gleich mit ihm in heftige Debatten. Seine Mutter führte uns in die Kunstausstellungen, borgte mir Bücher, sorgte, da sie eine große Theaterfreundin war, daß ich auch hier etwas Gutes zu sehen bekam. So durfte ich die gewaltige Clara Ziegler als Iphigenie bewundern und für Wagners Lohengrin hingegeben schwärmen. Aber sie sorgte auch noch für andere Dinge, die das Herz von jungen Mädchen mit Wünschen foltern. Von ihr bekam ich das erste weiße Schleierchen, obwohl sie kopfschüttelnd und lächelnd meinte: »Wenn man solche Farben hat und aussieht wie eine Apfelblüte, brauchte man sich doch nicht zu verschleiern!«

Wir kamen aus Magdeburg immer zurück wie die Bienen, die sich voll süßen Honigseims getrunken haben und überdies beschwert sind mit Wachs und Blütenstaub zum Bau neuer Zellen.

Weimar

Als der Mai die Welt in das zarteste Hellgrün kleidete und tausend un-
bestimmte Hoffnungen weckte, rief mich eine Einladung von Tante
Gustchen Oberbeck nach Weimar. Das weißhaarige kleine Fräulein, dem
in der Jugend die Tanten der Familie das Studium der Musik als allzu
exzentrisch verweigert hatten, und ihr statt dessen ein Haus und Garten
und eine Mädchenpension aufbürdeten, hatte sich endlich freigemacht
und gönnte sich jetzt, mit sechzig Jahren, die Erfüllung ihres Herzens-
wunsches. Unter den Achtzehn- und Zwanzigjährigen saß sie auf den
Bänken von Professor Müller-Hartungs Musikschule und lernte Harmo-
nielehre und Generalbaß. Wir haben uns oft an der schlichten Innigkeit
ihrer geistlichen Musik erbaut, wenn ihre eigene Nichte mit ihrer herrlichen Glockenstimme »etwas von Tante Gustchen« in der Kirche sang.

Auch der Bruder meiner Mutter, der Maler Hermann Behmer, lebte
seit kurzem mit seiner jungen, genialischen Frau in Weimar. Auf diese
Tante, die nur neun Jahre älter war als ich, war ich äußerst neugierig.
Die Vettern und Cousinen in Althaldensleben redeten von ihr in Ausdrücken der Begeisterung, wie sie sonst den Kritisch-Reservierten nicht
eigen waren, ich erwartete auf jeden Fall etwas Außerordentliches zu
finden.

Mit zwei neuen Kleidern ausgerüstet, einem von blumigem Musselin,
dem anderen von rosa Barège, mit zwei Frühlingshüten fühlte ich mich
reich und elegant wie nie zuvor, als ich in dem staubigen Dritter-Klasse-
Abteil einer Welt voll zauberhaft lockender Abenteuer entgegenrollte.
Schon auf dem Bahnhof schienen sie zu beginnen. Ich spähte nach dem
grauen Gestältchen der kleinen Märchentante; als ich sie nicht fand, bestieg ich kühn eine der wartenden Droschken und rief dem Kutscher
ihre Adresse zu. Der machte keine Anstalt, sich zu rühren, bis nach einigen Minuten der Schlag aufgerissen wurde und ein Herr zu mir her-
einsprang. Er schrie dem friedlichen Rosselenker zu: Fahren Sie mich
zuerst nach dem »Russischen Hof«, und zündete sich eine Zigarette an.
Dies schien mir unheimlich. Jede meiner vielen Tanten schilderte mir
bei Gelegenheit die Gefahren, denen ein junges Mädchen auf Reisen
ausgesetzt sei und von denen man sich aus eigener Kraft kaum retten
konnte. So war mir bei meinem Ausflug in die dräuende Welt nichts
weniger als behaglich zumute. Ich nahm meinen Mut zusammen und

erklärte dem Herrn, dies sei meine Droschke und ich wünsche keine Begleitung. Er lachte so roh, daß ich vor Scham dunkelrot erglühte, mir jedoch gleich sagte: wer so grob sei, habe schwerlich Liebesabsichten! überdies schien die liebe Sonne vertrauenerweckend, freundliche Spaziergänger wandelten rechts und links auf der breiten, mit Bäumen bepflanzten Straße – es konnte mir wohl nichts geschehen! Die gelbe Droschke schaukelte zuerst nach dem Hotel zum Russischen Hof und setzte den groben Herrn dort ab, und da kam auch schon Tante Gustchen die Straße herabgelaufen, keuchend und ganz erhitzt, weil sie die rechte Zeit versäumt hatte, mich abzuholen. Von ihr erfuhr ich, daß die gelben Droschken eine Art von Postverbindung zwischen Bahnhof und Stadt vorstellten und man nur einen Platz bezahle. Geschah es nun, daß die Droschke besetzt war, so konnte man von West nach Ost, von Nord nach Süd die Stadt durchgondeln, bis alle Reisenden vor ihren Heimstätten abgesetzt, ihre Koffer ins Haus getragen und sie von ihren Anverwandten begrüßt worden waren, ehe man endlich auch das eigene Heim erreichte. Eile kannte man nicht. Als mir Weimar schon längst Heimat geworden, bekam die Stadt eine richtige Droschke, die mit dem schlafenden Kutscher auf dem Marktplatz zu halten pflegte. Bestieg ein ahnungsloser Fremder das altertümliche Gefährt, so mußte er mit Unbehagen erleben, daß Äpfelfrauen unter ihren Schirmen in lautes Gelächter ausbrachen und ein Trupp Schuljungen den langsamen Trott des greisen Pferdes mit dem Geschrei begleiteten: »In der Droschke sitzt einer! In der Droschke sitzt einer!«

Die originelle und liebenswürdige Persönlichkeit von Tante Gustchen hatte ihr schnell Eingang in die musikalischen und künstlerischen Kreise Weimars verschafft. Hilfsbereit, wie sie immer war, nahm sie eine ihrer Nichten zu sich, die ihre Stimme bei Rosa von Milde, der einstigen großen Sängerin und jetzigen vorzüglichen Lehrmeisterin, ausbildete, der ersten Elsa des Lohengrin, der ersten Elisabeth des Tannhäuser. Natalie von Milde, ihre Stieftochter, eine ernste, bedeutende Mädchenerscheinung, welche später in der Frauenbewegung wirkte und in diesem Kampf eindrucksvolle Broschüren veröffentlichte, war eng befreundet mit der Cousine Gretchen. Sie sang mit ihrer edelgeschulten Stimme die Lieder von Peter Cornelius, der jahrelang in verehrender Minne ihrer Mutter ergeben war. Auch Schuberts und Schumanns Lieder lernte ich nun kennen. Man sprach von Liszt, von Wagner, von Bülow. Wie kindisch dumm kam ich mir vor neben einer so tief durchgebildeten, von

Goetheschem Geist erfüllten Frauenerscheinung, wie es diese Natalie war. Ich wagte in ihrer Gegenwart kaum ein Wort zu sagen, geschweige denn ein Urteil zu äußern. Viele Jahre später machte es mir einen erschütternden Eindruck, als sie, die Unproduktive, mir einmal gestand, wie sehr sie mich um die Gabe, Menschen gestalten zu können, beneide.

Gleich am ersten Tage gingen wir in den Park. Flieder und Faulbaum blühten, Frühlingsduftwellen schwebten um die bedeutungsvollen Pavillons, das Tempelherrn- und das Römische Haus. Wie reizend war es, sich vorzustellen, daß Goethe und Karl August hier mit den Herzoginnen Amalie und Luise nebst ihren Damen Tee getrunken und geistvoll gescherzt hatten. Ich wußte von diesen Dingen noch wenig. Doch in tieferer Bewegung mag selten ein junges Menschenkind die Stimmung der geweihten Stätten in sich gesogen haben. Der Rausch kam über mich, der mich in Alexandrien ergriff, als ich zum erstenmal die Räuber, Wallenstein, Egmont las.

Ein warmer Regen strömte nieder, im Husch war die Sonne wieder da, all das junge Laub funkelte in zauberhafter Frische und Farbigkeit.

Beim Römischen Haus stiegen wir, um zu Goethes Gartenhaus zu gelangen, ein Trepplein zwischen grauem Gestein nieder und entzifferten auf eingelassener Tafel dort den Vers:

»Ihr, die ihr Felsen und Bäume bewohnet, o heilsame Nymphen,
Schaffet dem Traurigen Mut, dem Zweifelhaften Belehrung,
Und dem Liebenden gönnt, daß ihm begegne sein Glück!
Denn euch gaben die Götter, was sie den Menschen verwehrten,
Jedem, der euch vertraut, hilfreich und tröstlich zu sein.«

Ich brauchte keine Nymphen, mir zu helfen, das Herz zersprang mir fast vor Übermaß von tiefem Lebensglück und von namenlosen Hoffnungen, die als bunte, schimmernde Vögel von der jugendlichen Phantasie in alle blauen Fernen gesandt wurden.

Und am Ende begegneten wir auch noch dem Enkel von Schiller!

Es war überhaupt merkwürdig, wieviel berühmte Leute wir trafen. Erst später entdeckte ich, daß das Gretelein, belustigt von meiner trunkenen Seligkeit, etwas schwindelte und in harmlosen Weimarer Bürgern die halbe Literaturgeschichte an uns vorüberspazieren ließ.

Draußen in der Belvedere-Allee, deren Kastanienbäume von weißen Blütenfackeln leuchteten, wohnte in einer Villa von edlen, ruhigen Formen der alte Preller, den einst Goethe für die Kunst gewonnen hatte, der Schöpfer des schönen Odyssee-Zyklus im Museum. Niemals hatte er den Linienzauber griechischer Küsten und das Purpurdämmern des Ägäischen Meeres gekannt, die ich, das Kind, geschaut hatte. Nun durfte ich von der griechischen Küste zu dem Meister reden. Welch ein liebenswürdiger alter Herr im schwarzen Samtkäppchen war er doch, immer kindlich begeistert von aller Erdenschönheit, die er in seinem idealistischen Geiste noch tausendmal schöner sah, als sie in der Wirklichkeit sich dem alltäglichen Menschen darstellte. Ich mochte ja wohl in der rosigen Blüte erster Jugend seinem Künstlerauge wohlgefallen, er beschäftigte sich gern mit mir und machte mir in ritterlich-väterlicher Weise ein wenig den Hof. Nicht allzu lange darauf ist er heimgekehrt in das Reich ewiger Schönheit.

Tante Guste war von früher her befreundet mit der ersten Gattin des Direktors der weimarischen Kunstschule, dem Grafen Kalckreuth. Die Familie wohnte in dem Poseckschen Hause, das mit seinen weitgeschwungenen Treppen, seinen saalartigen Zimmern patrizierhaft inmitten eines großen Gartens gelegen war. Riesige Gemälde von Alpenlandschaften mit rotglühenden Firnen und majestätischen Sonnenuntergangen grüßten aus breiten Goldrahmen von den Wänden, schwergeschnitzte Möbel, Statuen und Bronzen waren in dem hohen, weiten Gemache geschmackvoll verteilt. Die Gräfin, eine alte, vornehme Dame, kam uns mit einfacher Herzlichkeit entgegen. Um den Mitteltisch saßen junge Mädchen, und ich wurde zu ihnen geführt. Obwohl sie nur beschäftigt waren, Strümpfe zu stopfen, die in großen Körben vor ihnen standen, meinte ich doch in einen Kreis von Göttinnen zu treten – so überwältigend war die Schönheit der Schwestern Kalckreuth. Nicht an Griechenland dachte man hier, sondern an Frigga, an Brunhilde und an die königliche Gänsehirtin, die unter dem Tore zu dem Haupte ihres getöteten Pferdes spricht: O du Falada, da du hangest, und der Kopf antwortet: O du Königstochter, da du gangest, wenn das deine Mutter wüßte, das Herz im Leib tät' ihr zerspringen. Germanisch hoch, stark und voll, ein wenig schwer waren die Gestalten, großzügig die stillen Gesichter mit den blauen Augen. Und dieses Haar! Dieser goldene Lockenwirbel um Helenes Haupt, diese dicken, silberblonden Zöpfe, die der Jüngsten über die Schultern in den Schoß niederfielen, während sie sich über ihre Arbeit beugte.

Zu allen Zeiten meines Lebens konnte ich mich begeistern an der Schönheit des Menschen, und wo sie mir begegnete, sei es bei Kindern, Frauen oder Männern, ist mir die Erinnerung wie eine immer wieder neu aufklingende Melodie im Herzen geblieben – ein Genuß, den die Phantasie noch festhielt, wenn die Vergänglichkeit ihr Urbild längst verändert und zerstört hatte. Und so denke ich noch heute mit stets erneuter Freude der jungen Gräfinnen, die thronend in der Herrlichkeit goldhaariger Göttinnen um den Tisch saßen und Strümpfe stopften.

Zu dem Lisztkreis hatte die Tante keine Beziehung, und ihr reiner kindlicher Sinn, ihre evangelische Frömmigkeit hätte sich von dem dort herrschenden Geist, der in ungestümer Titanidenkühnheit vom Himmel durch die Welt zur Hölle schweifte, schaudernd abgewandt. Wir sahen den Meister mit dem gefurchten unvergeßlichen Kopf, den tiefliegenden Augen, die großen Warzen aus Wange und Kinn, im hochgeschlossenen Rock des katholischen Abbés, den Zylinder auf dem langen, grauen Haar, im Parke wandeln, umgeben von lebhaft gestikulierenden Jüngern, meist ausländische Typen – zwischen ihnen eine wilde Frau mit stürmischer Wuschelmähne, in purpurfarbenem Samt gekleidet, dessen lange Schleppe raschelnd über den gelben Kies fuhr. Gern, allzu gern hätte ich in diese fremde Welt hineingeschaut – sie lockte unheimlich, doch fühlte ich schon, daß ich meiner ganzen Natur und Art nach dort nicht hineingehörte.

Sehr lieb war es mir, daß Tante Gustchen nichts von der edlen Feierlichkeit angenommen hatte, die mir bei vielen Weimaranern eigentümlich auffiel. Es war immer, als lebten diese Menschen kaum sich selbst, sondern als seien sie nur Erben von Kostbarkeiten, die sie unsichtbar vor sich her trugen, während sie sich in einem Stil bewegten, sprachen, urteilten, der nicht gerade theatralisch genannt werden konnte – dazu war er viel zu gehalten –, der aber doch auch wieder nicht ganz natürlich schien. Ich beneidete die Menschen um ihr ruhiges Selbstbewußtsein, aber hin und wieder kamen mir spöttische Zweifel an der inneren Wahrhaftigkeit ihres Wesens. Daß eine Lebensarbeit an Selbsterziehung vorangehen muß, um die eigene Persönlichkeit nach bestimmten Traditionen zu einem in sich geschlossenen Kunstwerk auszubilden – diese Erkenntnis lag mir mit meinen siebzehn Jahren noch fern. Ich schätzte mehr die Natürlichkeit und Bescheidenheit, die wie ein feiner Reiz, nur dem Seelenkundigen verständlich, von meinem kleinen, lebhaften Tantchen ausstrahlte.

Im Theater sahen wir Tannhäuser. Noch spielte Herr von Milde den Wolfram von Eschenbach, Frau Fichtner-Spohr, eine Frau von großem Charme der Stimme wie der Erscheinung, die Elisabeth. Die erste Elisabeth, Frau Rosa von Milde, saß in der Parkettloge, ihrem ständigen Platz, einen weißen Schal um die Schultern gelegt, das feine, etwas welke Gesicht von braunen, leicht übersilberten Locken umwallt. Es war ein Charakteristikum von Weimar, daß seine prägnantesten Gestalten auch in ihrem Anzug, ihrer Haartracht eine gewisse historische Unveränderlichkeit angenommen hatten. Jeder kannte die eigenartig würdevolle Erscheinung Adelheid von Schorns, der mütterlichen Freundin so vieler Künstler, Musiker und Gelehrten, in deren erinnerungsreichen Stuben ich in späteren Jahren so manche genußreiche Stunde verplaudern durfte. Grotesk beinahe wirkten die bejahrten Schwestern Stahr, die noch immer die roten Garibaldiblusen trugen, wie ihre Stiefmutter, die berühmte Schriftstellerin Fanny Lewald, sie ihnen einst in der Jugend geschenkt hatte. Trotz ihrer wunderlichen Außenseite waren auch die Schwestern Stahr angesehene Persönlichkeiten in der Musikwelt.

Die schönste Fortsetzung des Theaterabends bildete eine Fahrt nach der Wartburg. Der sagenreiche Hörselberg schimmerte rötlich im Morgensonnenglanz der Ferne. Bedeutungsvoll waren die Fresken von Schwind – der Sängersaal – der Blick aus den Bogenfenstern über das blühende Land, die Wanderung durch die feuchtglänzenden Felsenwände der Drachenschlucht. Alles vereinte sich, um den Geist in Zauber der Romantik zu entführen, und daß die Minne keinen Anteil an der traumverlorenen Stimmung nahm, entbehrte man noch nicht. Mir ging es wie dem alten Preller – ich erblickte Schönheit, wohin ich nur schaute. Sogar in einer früheren Pensionärin von Tante Guste, einem frommen, schweigsamen Bauernmädchen aus der Magdeburger Gegend, das uns begleitete, ahnte ich etwas Außerordentliches!

Von der merkwürdigen Tante Elisabeth, auf die ich so neugierig war, sah ich wenig. Der Onkel hatte dem Kapellmeister Professor Müller-Hartung sein Haus am Kasernenberg abgekauft. Früher bewohnte es Hoffmann-Fallersleben eine Zeitlang. Im letzten Krieg, als sein Lied: Deutschland, Deutschland über alles, zur Nationalhymne wurde, erhielt das schlichte, alte Gebäude eine Ehren-Gedenktafel.

Die Verwandten befanden sich im Einrichten und hatten keine Muße, sich um die jungen Mädchen bei Tante Guste zu kümmern.

In Weimar herrschte eine liebenswürdige Sitte, die man das Tisch-rücken nannte. Mit Geisterspuk hatte sie nichts zu tun. Wenn eine Fa-milie eine andere Wohnung bezog, kamen, sobald die Möbel standen, die Gardinen hingen, die Freunde angerückt, um in den neuen Räumen den Tisch zu decken. Es wurde den Insassen nur ein Wink gegeben, zu Haus zu bleiben und Lampen bereitzuhalten, für Speisen und Wein sorgten die Freunde. Musik und Aufführungen fehlten niemals bei diesen kleinen Festen.

Das war nun eine gute Gelegenheit für Tante Auguste, ihre heiteren, herzlichen Knittelverse spielen zu lassen. Vermittels alter Gardinen und frischer Blumen waren wir schnell in eine Schar von Genien verwandelt, das Künstlerpaar zu grüßen. Ich selbst stellte den Frieden dar und weihte auf diese Weise das Haus, in dem ich später für viele Jahre eine geliebte Heimat finden sollte. Das kleine Tantchen mimte, in einen grauen Schleier gehüllt, das Heimchen am Herde. Zauberhaft erschien mir der weiße Narzissenkranz in den langen schwarzen Locken von Klärchen Preller, der jugendlichen Tochter des alten Meisters, die als Poesie mit reizender Anmut beim Sprechen ihrer Verse hilflos stecken-blieb. Auch die Töchter des Hofbuchhändlers Böhlau, Helene und Mia, nahmen teil. Helene wurde eine unserer eigenartigsten Schriftstellerinnen – damals galt sie nur für eine exzentrische kleine Pflanze. Das Ringen einer jungen Seele um die eigene Gestaltung wird von ihrer nächsten Umgebung selten mit Liebe und Verständnis begleitet.

Aber gab es bei so vielen hübschen, aparten Mädchen nicht auch die dazugehörigen Kavaliere, Verehrer – kurz: wo blieben die jungen Männer? Ja – die gab es eben nicht. Weimar wimmelte von würdigen und bedeu-tenden alten Herren und von frischen Jungen. Aber Männer zwischen zwanzig und dreißig, wie sie als Freier für gesunde Mädels in Betracht kommen, die waren nur in seltenen Exemplaren vorhanden. Der Witz meiner Cousine: Man verteilt in einer Gesellschaft die Herren so, daß jede Dame einen sehen kann – das Wort hatte für Weimar eine trübse-lige Bedeutung.

Wer heiratete, bezog den Gatten von auswärts. Klärchen Preller folgte einem Professor nach Heidelberg, Helene Böhlaus seltsame Schicksals-sterne führten sie gar bis nach Konstantinopel. Das waren Ausnahmen.

Wieviel reizende Mädchen sah ich, ohne ein Liebeserlebnis als ihre eigenen Träume, still und geduldig verblühen.

Elisabeth und das Bild

Mit einem inneren Jauchzen spürte ich es: in Weimar atmete die Seele Heimatluft. Gegen die Sehnsucht, die mich dorthin zog, kam die Lockung nach Dessau, wo mir doch weit mehr jugendliche Vergnügungen blühten, nicht mehr auf.

Im Sommer des nächsten Jahres wurden wir, auch Mama und die kleinen Brüder, in das Behmersche Haus geladen. Die Parterrewohnung hatte Tante Gustchen bezogen, so daß wir nun alle Lieben unter einem Dache wußten.

Lang genug schien die Pause meinem Verlangen, diese Tante Elisabeth wiederzusehen, diese interessante Frau, der ich doch vollkommen gleichgültig war. Mit eigenen Ohren hatte ich es gehört, daß sie im Nebenzimmer mit ihrem Manne und Tante Guste über mich redete und die liebe kleine Tante entschuldigend meinte: ich sei wohl still, doch gar nicht dumm, Elisabeth schloß das Gespräch mit dem lebhaften Ausruf: »Ach – wenn man so hübsch ist wie Ella, kann man schon ein bißchen dumm sein!«

Unvergeßlicher Augenblick! Was machte ich mir denn aus meinem hübschen Köpfchen? Geist und Witz, der genialen Frau zu imponieren – ihre Freundschaft zu gewinnen – das war's, was ich einzig begehrte! Aussichtsloses Hoffen! Mir fielen oft recht gute Gedanken und auch treffende Bemerkungen ein – aber hätte ich je gewagt, sie in Gegenwart der Verehrten zu äußern? Ihr Ton gegen mich hatte etwas durchaus Überlegenes und dazu etwas Mitleidiges, gerade diese Klangfarbe verschloß mir den Mund.

Elisabeth und ihr Mann hatten eine Schwäche für den Adel. Nicht aus Protzerei, sondern aus Romantik. Elisabeth fühlte sich halb dazugehörig, und ihre Erscheinung rechtfertigte diesen Anspruch, sie war rassig und von einer sicheren Freiheit der Umgangsformen, wie man sie im Bürgerstande kleiner Städte nicht sucht. Ihre Mutter war eine geborene v. d. Marwitz, und die Familie Douglas in Aschersleben, der ihr Vater angehörte, leitete ihre Abstammung auf das schottische Grafengeschlecht gleichen Namens zurück. Mochte dies nun auch unbeweisbar und recht zweifelhaft sein, so hatte doch einer ihrer Vettern, dem das Glück blühte, in seiner Kohlengrube ein beträchtliches Lager von Kali zu entdecken, sich durch seinen Reichtum zu einem deutschen Grafen Douglas emporgerungen. Man trieb in der Familie einen feurigen Kultus mit den Douglas-Erinnerungen. Elisabeths Brüder hießen Archibald und Angus. Die Fontane-Loewe-Ballade vom Grafen Douglas, und Strachwitz' »Das Herz von Douglas« waren sozusagen Familiendichtungen geworden. Sie wurden gesungen und deklamiert, wo sich nur die Gelegenheit bot. War es bei Elisabeth die Poesie und eine innere Tradition, so neigte ihr Mann infolge seiner schwärmerisch-pietistischen Gläubigkeit dazu, sich den Umgang innerhalb der Aristokratie zu suchen, wo er sich besser verstanden fühlte und mehr Gesinnungsgenossen fand als im liberalen Patriziertum. Die Nathusius', in ihrer Mischung von beiden Elementen, in ihrer Einfachheit und ihrem selbstverständlich vornehmen Stil bedeuteten ihnen vollendete Lebenserscheinungen. Es war deshalb auch nicht verwunderlich, wenn Elisabeth tausendmal mehr Gefühl für die schöne Bärbel in Althaldensleben übrig hatte als für mich. Aber schmerzen tat es darum nicht weniger!

Behmers selbst wollten nichts weiter sein als schlichte, fromme Künstlerleute, in der Weise Ludwig Richters und der Nazarener: Overbeck, Cornelius und Führich. Elisabeths Schwestern waren an Pastoren verheiratet und mit reich gefüllten Kinderstuben gesegnet. Sie selbst hatte sich, als ihr erstes Kindchen starb, einem so fessellosen Schmerz hingegeben, daß der Onkel, um ihr neue Eindrücke zu verschaffen, seinen Wohnsitz von Berlin nach Weimar verlegen mußte. Sie fühlte sich eigentlich nur als ein ganzer Mensch, wenn sie ein Kindchen an der Brust halten durfte. Nach zwei Knaben war es nun ein Mädelchen von seltenem Liebreiz mit einem roten Haarschöpfchen über der feingebildeten Stirne.

Sah ich die junge Frau, das Kindchen an der Brust, mit dem andachtsvollen Ausdruck, mit den schlanken, blassen Händen einer Madonna unter der Weinlaube, von grünen Schatten und goldenen Lichtern umgaukelt, riß es an meinem Herzen, ich hätte jedesmal in Tränen ausbrechen können und war doch so selig. Still bei ihr knien, kein Wort reden – sie nur anschauen: dieses farblose, von Sommersprossen bedeckte längliche Gesicht mit dem schwertragischen Munde, den seelentiefen Augen und dem finsteren Haar, das immer in wilden Strähnen über die Stirne hing und sich nie zu den sittigen Scheiteln bequemen wollte, die seine Trägerin anstrebte – dieser häßliche, so unglaublich belebte Kopf auf dem wundervoll gebildeten Körper, dessen Bewegungen stets von vollendeter Harmonie und Schönheit waren.

Aber – um Gottes willen, man mußte sich in acht nehmen. Kein sentimentales Wort, kein schwärmerischer Blick! In dieser andächtigen Madonna im Mantel steckte eine ungebändigte Spottlust und ein derber Humor, mit einer Gabe zu grotesken Vergleichen, wie ihn selten eine Frau besitzt. Dieses sehnsuchtsvoll Weibliche in Elisabeth, ihre keusche Heilandsliebe im Verein mit der Lust am saftigsten Ausdruck, der an Shakespeareschen Rüpelton erinnerte, mochte alles Künstlerische in dem alternden Manne gefangengenommen haben. Er, ein kindlicher Mensch, von empfänglichem, doch nicht starkem Geiste, ahnte ihr Wesen zutiefst und freute sich der Launen und krausen Überraschungen, die sie zutage förderte.

Elisabeth hatte bei aller Vornehmheit ihres Auftretens nichts vom Typ der modernen Dame. Immer habe ich gedacht: So müssen die Frauen der Renaissance gewesen sein nach dem Bilde, das Künstler und Dichter uns von ihnen überliefert haben: mit starker Machtgier – bei aller Tiefe der Seele und dem Reichtum spielerischen Geistes herbe und nicht ohne Grausamkeit. O ja – sie konnte Freude haben an der Grausamkeit, diese treue Gattin und liebende Mutter – und sie fühlte gern den Reiz, junge Menschen unter dem Einfluß ihrer Nähe beben zu sehen.

Diese Fülle einer großen Natur war von Kindheit an eingepreßt in die Schranken kleinstädtischer Sittenanschauung und pietistischer Sentimentalität. Die beginnenden Konflikte ihres Lebens drängten sich in schwellenden Keimen in ihrer Brust, und schon trug ihr Antlitz die Ahnung davon in seinem oft so düsteren Ausdruck.

Doch jene Sommertage waren hell und freudig! Der lindenblättrige Wein, der das Haus auf der Gartenseite umspann, sandte die feinen Düfte seiner grünlichen Blüten durch alle Zimmer, die Sonne funkelte in den Glasgängen, die zum Wirtschaftsanbau führten. Von der Altane auf dem Dache überschaute man die im Grünen gebettete Stadt mit dem hohen Schloßturm, vom Ettersberg zur Rechten umfangen, während zur Linken der Blick über des Parkes wogende Wipfel weit in die Ferne eilen konnte.

Die Mischung von alt und jung ergab einen anregenden Zustand. Meine Mutter gewann ihr liebenswürdiges Plaudertalent zurück im Verkehr mit dem Bruder und der ihr so sympathischen Jugendfreundin Gustchen. Die junge Schwägerin war ihr ein wenig unheimlich, und sie ist es meiner guten Mutter immer geblieben. Auf Spaziergängen, im Park nach Belvedere und Tiefurt sangen Elisabeth und Gretchen schöne alte

Volks- und Marienlieder, jetzt durch viele Sammlungen und die Lauten-
spieler und Wandervögel wieder bekannt geworden, damals fast vergessen
und verschollen. Auch abends wurde viel musiziert. Onkel las aus Romeo
und Julia, und all dies Schwärmen in Dichtung und Natur, dies Sträuße-
winden, Singen und Lachen, zwischenhinein die Hausandachten mit ihren
herzaufwühlenden Chorälen, das Spielen mit dem süßen Kindchen –
Gespräche über Gotteshingabe und Erlösung – alles riß unerhört an mir,
durchschütterte mich grenzenlos und steigerte das Bewußtsein eines
schmerzlichen Geheimnisses bis zur Unerträglichkeit.

In solchem wirren Zustand wurde das Wiedersehen alter Freunde aus
Ägypten von mir nur störend, als peinlicher Zwischenfall empfunden.
Und wieder reute mich die Empfindungslosigkeit nach einer Seite hin,
wo ich nur die wärmste Dankbarkeit hätte hegen sollen.

Frau Mn. aus Kairo, die mich krankes Kind in ihrem schönen Hause
an der Schubra-Allee lange Monate mütterlich beherbergt hatte, wohnte
jetzt mit ihren Töchtern in Weimar. Auch sie hatte durch schweres Erleben gehen müssen. Während der Krisen, die den Handel in Ägypten
heimsuchten, war das Geschäft ihres Mannes in Mitleidenschaft gezogen
wie das meines Vaters, das Vermögen verloren – er selbst hoffnungslos
erkrankt. Sie war mit ihren vier Kindern auf die eigene Kraft angewiesen.
Sie besaß nur eins vor meiner Mutter voraus: gute Gesundheit und wi-
derstandsfähige Nerven. Kurz entschlossen eröffnete sie in Weimar, in
der Stadt der Mädchenpensionen, noch ein neues derartiges Institut.
Vorläufig hatte sie erst wenige junge Damen unter ihrer Obhut, und es
dauerte auch nicht lange, da bot ihre Vaterstadt ihr eine ehrenvolle
Stellung; sie siedelte dorthin über. Es wurde mit Frau Mn. und ihren
Töchtern eine große Partie nach Berka verabredet – im Omnibus und
mit Kartoffelabkochen und Picknick im Walde.

Alles ging programmäßig vor sich, und es wäre nichts Erwähnenswertes
dabei gewesen. Doch kam an dem heißen Nachmittag im sonnengedörr-
ten Fichtenwalde ein Augenblick, der entscheidend werden sollte für die
geistige und seelische Entwicklung meiner Jugend. Wie die meisten solcher Entscheidungen ließ er sich harmlos und beinah trivial an. Elisabeth
bat mich, sie vom allgemeinen Lagerplatz ein Stück hinaus in den Wald
zu begleiten, sie müsse sich einmal wieder das Haar aufstecken. Die
schweren falschen Zöpfe, die man allgemein trug und mit denen auch
sie sich würdig und hausfraulich herauszustaffieren suchte, lösten sich
ungefähr jede Stunde einmal aus ihren dünnen eigenwilligen Haarsträh-

nen; das beunruhigte sie gar nicht. Wenn sie wie lebendige Schlüpftiere plötzlich den Rücken hinabglitten oder ihr über die Schultern fielen, wurden sie eben wieder aufgesteckt, wodurch die Frisur keineswegs ordentlicher geriet. Und so sehe ich sie noch, wie sie, den Zopf in der Hand haltend, unter den harzduftenden Tannen stand und mich plötzlich unerwartet fragte, ob ich nicht eine unglückliche Liebe im Herzen trage. Ich solle mich ihr nur eröffnen, sie habe Verständnis für junge Mädchen, schon viele hätten ihr gebeichtet. Wenn sie auch nichts für mich tun könne, so sei das Aussprechen solcher Dinge doch schon eine große Erleichterung und zuweilen eine Gesundung. Denn das müsse sie mir sagen: mein etwas habe Krankhaftes. Anfangs habe sie geglaubt, ich sei einfach dumm. Doch nun habe sie mich länger beobachtet und bemerkt, ich sei ja nicht dumm. Also müsse etwas anderes hinter meiner hartnäckigen Verschlossenheit und Schweigsamkeit verborgen sein, und sie werde es schon herausbekommen!

Ich stand in Schamgluten vor diesen eindringlichen Fragen, während Elisabeths schöne, blasse Hände in den widerspenstigen Haaren wühlten und mit einer Art von Wut zahllose Haarnadeln kreuz und quer hineinsteckten.

Was sollte ich antworten? Ich hätte mich ihr an die Brust werfen und mich ausweinen mögen, doch sie liebte Zärtlichkeiten nicht – ein Handkuß beim Gutenachtsagen war das einzige, was sie hin und wieder gestattete.

Wohl hatte ich ein Geheimnis. Meine Träume lebten und webten darin seit Monaten. Doch wie hätte ich es in Worte fassen können? Und nun gar gegenüber dieser Tiefverehrten, deren überlegenes Lächeln mich verzweifelt machte? Und war es denn nicht zum Lachen für alle Verständigen, Nüchternen? Zwei Gewalten stritten heftig in mir. Das Verlangen, der, die mich bat, durch das Geständnis näherzukommen, ein Bedürfnis, mich vor ihr zu demütigen, indem ich ihr mein töricht phantastisches Herz öffnete, und die starke Ahnung, alles Glück der Träume zu zerstören, wenn ich Unaussprechliches suchte in Worte zu fassen und einem menschlichen Urteil unterstellte.

»Es ist natürlich einer von den Althaldenslebener Vettern«, forschte sie und nannte bald diesen, bald jenen Namen.

»Ach – das ist längst vorüber«, rief ich, mit den Tränen kämpfend.

Nein, es war unmöglich! Wie konnte ich Elisabeth gestehen, daß ich ein Bild liebte – ein Bild, das einen jungen, schönen Fürstensohn darstellte, aber im Grunde doch für mich nur ein Bild war, denn andere Photographien oder Büsten desselben Prinzen übten nicht etwa den gleichen wunderbaren Einfluß auf mich aus, sie ließen mich kühler und enttäuscht, bis ich durch die Phantasiebeschäftigung mit ihm, der freilich Stoff genug zu romantischen Traumabenteuern bot, wieder in meinen innerlich berauschten Zustand von Glück und Weh geriet. Die ereignislosen Neuhaldensleber Tage wurden mit einem dichten Silbergespinst eingehüllt, in dem das Alltägliche sich demütig und nichtssagend vor dem Wunderbaren zu verstecken hatte und die Wirklichkeit nichts, das Erleben der Seele in den Schauern des Traumes alles war.

Bedeutungslose Exaltationen des einsamen jungen Mädchens?

Ja – Exaltationen gewiß, auch vielleicht krankhaft und gefährlich. Doch regte sich in ihnen nicht zugleich der künstlerisch bildende Trieb? Wurden die Ereignisse der Phantasie nicht am Ende so farbig und plastisch, daß ich sie zuweilen empfand, als habe ich sie innerlich in Wahrheit erlebt? Zugleich muß ich gestehen, sie hatten nichts Schwüles, Sinneaufreizendes. Ich war im Grunde noch ein reines, ungewecktes Kind, und so begnügte ich mich damit, das kühne und sonderbare Leben dieses Mannes schwesterlich zu teilen und die verstehende, zarte und entsagende Frauenseele zu werden, die er bisher vergeblich suchte. Es war auch nicht die allerentfernteste Aussicht vorhanden, ihn von Angesicht zu sehen, geschweige denn, ihm irgendwie näherzutreten. Ich hätte ja nicht einmal das Geld gehabt, auch nur bis in die Nähe seines heilig abgeschlossenen Wohnortes vorzudringen. Ich malte mir fortwährend in allen Einzelheiten aus, wie das trotz aller Hindernisse geschehen könne – aber wünschte ich es mir denn wirklich? Liebe war es allmählich geworden – wenn man Liebe ein Gefühl nennt, das alle Seelenkräfte in sich aufsaugt und die Welt, die der Mensch in der eigenen Brust trägt, mit seiner Gewalt völlig beherrscht. – Doch der größte Zauber meiner Liebe bestand ja für meine sensitive Natur in der Unmöglichkeit, mit der harten Außenwelt in Konflikt zu geraten. Enttäuscht konnte ich nicht werden, weil die abgrunddunklen Augen meines Märchenprinzen sich niemals mit kaltem, abweisendem Blicke auf mich richten würden, weil meine selige Versunkenheit von keinem verständigen Worte gestört werden konnte. Streifte dies schon den Irrsinn?

Dann sind viele junge Menschen dem Irrsinn nahe. Was lieben sie denn in tausend Fällen anderes und besseres als ein Bild oder eine fixe Idee, die ihre eigene Phantasie sich von dem Geliebten schuf und die mit seiner wirklichen Persönlichkeit nur eine entfernte oder gar keine Ähnlichkeit besitzt? Wie viele Heldentaten, Opferungen, Narrheiten und Verbrechen werden auf der Welt begangen, um solcher Leidenschaft zu einem flüchtig geschauten Bilde willen. Es liegt eine tiefe Symbolik in den alten Mären und Sagen, in denen der König alles verläßt, die Lande durchzieht und tausend Entbehrungen und Abenteuer besteht, um der Prinzessin willen, die sein Herz im Bilde entflammte. Ist alles Glück, nach dem wir unser lebelang sehnen und trachten, nicht auch nur ein Bild, das unsere Seele uns formte? Und das ewige Jerusalem, in dem das Licht Gottes und des Lammes alles irdische Licht verlöschen läßt – schuf es nicht auch die Phantasie des Menschen in dem ahnungsvollen Drange, zu erleben, was höher und reiner ist als alle irdischen Dinge?

Die katholische Kirche ist in der Einrichtung der Beichte einem tiefen Bedürfnis des Herzens entgegengekommen. Selbst im härtesten Verbrecher ist eine Begierde, sich im Worte zu entlasten. Seine Missetat reißt er damit gleichsam aus sich heraus, er entfernt sie von sich und legt das Gräßliche in die Hand des Priesters oder Richters. Beichte wirkt in zweifachem Sinne. Sorgen, die ausgesprochen sind, verlieren einen Teil ihrer Qual – Träume zerrinnen vor der kalten Nüchternheit der eigenen Stimme – und wieder andere, die erst in der Bildung begriffen sind, formen sich, werden deutlich und zu Ereignissen im Lichte der Wirklichkeit, in das die Aussprache sie plötzlich hinaufhebt aus den Schächten des Innern.

Vor beiden fürchtete ich mich gleicherweise. Scheu zog ich mich zurück, lehnte deutlich ab, als Elisabeth weiter in mich drang.

Doch das Verlangen ließ mich nicht. Ihr durch das Geständnis des Tiefsten näherzukommen, schien süß verlockend und es war zugleich das Ungewöhnliche, das ihren poetischen Sinn fesseln mußte. So schwankte ich zwischen Fliehen und Nähern. Beunruhigt und beglückt, empfand ich, wie sie sich mit mir zu beschäftigen begann, wie unsere Blicke, unser Lächeln miteinander redeten.

Der Abend kam, kurz vor unserer Abreise, indem die Abwesenheit ihres Mannes und meiner Mutter, die wohl im Theater waren, uns ungestört allein ließen. Die Kinder schliefen. Elisabeth fühlte sich ein wenig leidend und saß in ihrem Zimmer im tiefen Lehnstuhl. Über dem mit Efeu umsponnenen Schreibtisch grüßte das große, in Holz geschnitzte Kruzifix zu uns herüber und mir war zumut wie vor einem großen und schrecklichen Opfer meines Selbst.

Sie fragte und ich antwortete. Obschon ich mich verzweifelt wehrte, mein Geheimnis preiszugeben, wollte ich es ja doch. Beichten haben immer etwas Ähnlichkeit mit einem Liebeskampf. Ein Ringen miteinander – bis man hingegeben erliegt, angstvoll und doch befriedigt.

Charakteristisch für die Zeitumstände war es, daß Elisabeth, nachdem ich so weit gekommen war, zu flüstern, ich liebte einen Mann, den ich nie gesehen, sofort auf den Grafen Arnim verfiel, der damals, wegen eines Mißbrauchs diplomatischer Geheimnisse von Bismarck heftig verfolgt wurde. Den Konservativen galt er als Märtyrer ihrer Sache. Und nachdem nun endlich der Name meines Herzenshelden genannt wurde, fand Elisabeth dies sofort begreiflich – aber sie war ein wenig enttäuscht. Graf Arnim wäre ihr sympathischer gewesen. Sonst war sie nicht weiter entsetzt, wie es meine Mutter zweifellos gewesen wäre, sondern erzählte gleich, sie habe in meinem Alter einen schlanken Forstgehilfen geliebt, der wunderschön das Waldhorn geblasen habe und so herrlich stolz durch die Wälder geschritten sei. Das habe sie aber nicht gehindert, den Antrag ihres jetzigen Mannes anzunehmen. So würde ich es auch machen, wenn der rechte gottesfürchtige und auch sonst passende Mann mich als sein Eheweib begehre. Ich schüttelte den Kopf, und als sie sah, wie ich zitterte, ging ihr eine Ahnung auf, daß dies etwas Anderes, Ernsteres bedeuten möchte, als eine Backfisch-Schwärmerei. Allmählich begann das Ungewöhnliche zu wirken, wie ich es vorausgesehen, sie zeigte mir viel zartes Verständnis und band mich nur fester an sich. Denn sie herrschte gerne über Menschen, und hier fühlte sie, wie eine ringende Seele sich ihr bedingungslos zu eigen gab.

Wir kehrten nach Neuhaldensleben zurück, und die Verwandten gingen zu Elisabeths Kräftigung nach Saßnitz. Am zweiten Tage, am fremden Orte starb das kleine, holde Mädchen mit dem roten Schöpfchen, nach einer Krankheit von wenigen Stunden in der Mutter Armen. Mir war zumut, als habe ich ein eigenes Kind verloren, so fühlte ich Elisabeths Leiden. Unter tausend Tränen wand ich ein Kränzlein, wie sie es liebte, schrieb Worte dazu, wie ich sie eben zusammen zu stümpern vermochte – und erhielt niemals eine Antwort.

Ein erster Versuch

Meine Mutter, die im Gegensatz zu Elisabeth einen allzugroßen Begriff von meinen Geistesgaben hegte, und sich in bezug auf das Wesen der Kunst in der kindlichsten Unwissenheit befand, machte mir eines Morgens beim Frühstück den Vorschlag, mich an einem Preisausschreiben zu beteiligen, von dem in der Zeitung die Rede war. Es galt die beste christlich-soziale Volkserzählung. Der ausgesetzte Preis erschien uns beiden wie der Nibelungenhort. Vom Volke wußte ich gar nichts, von sozialen Bewegungen ebensowenig, was das Christliche betraf, so konnte ich mich niemals an die Sprache der Gläubigen gewöhnen – wie man einen Roman schreibt, ahnte ich nicht. Mama meinte: es wird so viel dummes Zeug gedruckt, da hast du vielleicht Glück! Sie gab mir freie Zeit und nahm einen Teil der häuslichen Arbeit auf sich.

Es wäre mir nicht eingefallen, etwas von meinen Traumerlebnissen in dieses erste Buch bringen zu wollen. Ich hätte das für eine greuliche Entweihung des Heiligsten gehalten. Auch lud der geforderte Stoffkreis dazu wahrlich nicht ein.

Ich griff in den kleinen Vorrat von Beobachtungen, die mir zugänglich waren. Auf unserm ländlichen Gehöfte lebte in einem Arbeiterhäuschen zu Ende des Gartens eine Familie, an deren Tun und Treiben wir teilnahmen, wie wir in Alexandrien den Arabern im Vorhof der Moschee zugeschaut hatten. Daß die Frau, so eine Art Mutter Wolfen, den Jungen des Hauswirtes wie meinen Brüdern weis machte, in den Pflaumenbäumen spuke es, um nächtlicherweile, in ein weißes Laken gehüllt, ungestört sich von dort oben die notwendigen Rohstoffe für ihr Pflaumenmus zu holen, hatte uns großes Vergnügen gemacht. Dieses Geschehnis verflocht ich natürlich nicht in meine Erzählung, denn sie sollte ernst, moralisch und sehr fromm werden. Für den Herrn und seine Macht Zeugnis abzulegen forderte man vom echten Christen, und ich wollte mich dieser Pflicht gewiß nicht entziehen. Der Titel ›Wieder beim Vater‹ war doppelsinnig gefaßt. Das Mädel, das vom Drange in die Stadt ergriffen, sich aus dem braven Elternhause loslöst, um in Dienst und Fabrik allerlei Schreckliches zu erleben, kehrt reuig sowohl zu ihrem leiblichen, wie zu ihrem himmlischen Vater zurück.

Ich war erstaunt, schließlich doch eine ganze Menge Seiten vollgeschrieben zu haben, und wartete mit klopfendem Herzen das Resultat ab, ungefähr wie jemand, der zum erstenmal ein Lotterielos erworben hat.

Das Manuskript kam nach einiger Zeit zurück, begleitet von einem längeren Brief eines der geistlichen Preisrichter. Er schrieb, wenn nicht einer so vorzüglichen Arbeit wie die Nätherin von Stettin von der Rotenburg zweifellos der Preis zuerkannt werden mußte, so hätte meine Arbeit wohl Aussichten gehabt, und ich möchte doch versuchen, sie nach nochmaliger stilistischer Durchfeilung einer christlichen Zeitschrift anzubieten. Das tat ich denn auch mit negativem Erfolg.

Bei einem Besuch in Weimar ermunterte mich meine Mutter, die nutzlose Arbeiten durchaus nicht leiden konnte, meine Erzählung dem Onkel und der Tante vorzulesen. Kaum zur Hälfte gekommen, mußte ich bemerken, daß der Onkel in sein abendliches Sofaeckenschläfchen verfallen war – sein friedliches Schnarchen begleitete meine Stimme. Das wollte nicht viel besagen, er war so sehr an dieses Schläfchen gewöhnt, und wäre ihm auch verfallen, hätte Paul Heyse oder Spielhagen gelesen. Aber dann fuhr er plötzlich empor, griff nach der Uhr, und forderte mit frisch ausgeruhter Munterkeit uns alle auf, zu Bett zu gehen. Elisabeth pflichtete ihrem Manne bei, ohne ein Urteil abzugeben. Der nächste Abend kam – es kamen noch weitere – niemand wünschte meine Novelle zu Ende zu hören. Ich packte das Manuskript in meinen Jung-Mädchen-Schreibtisch, später kam es auf den Boden. Erst als ich die Jugenderinnerungen für dieses Buch zusammensuchte, fiel es mir in die Hände, und ich mußte die Gutmütigkeit jenes Preisrichters bewundern, der einer blutigen Anfängerin nicht jede Hoffnung rauben wollte.

Es gab für mich nur eine Überwindung, durch die der Verkehr mit Elisabeth nach dieser Erfahrung noch möglich war: ich mußte mich abfinden, sie zu lieben, rein um ihrer reizvollen geistigen Persönlichkeit willen und ohne auf ein wärmeres Gefühl von ihrer Seite zu rechnen. Etwas anderes noch lernte ich in der Folge durch die verunglückte Vorlesung: Von den Menschen, die ich lieb hatte oder deren Verkehr mir sympathisch war, nicht auch Interesse für meine Arbeiten oder mein künstlerisches Streben in Anspruch zu nehmen. Diese Resignation ist mir in meinen späteren literarischen und in meinen Familienbeziehungen oft zugute gekommen.

Die Lust zum Schreiben war nun doch geweckt. Ich begann, nach Neuhaldensleben zurückgekehrt, eine Novelle, in der ich Erinnerungen aus dem Beduinensommer mit einer kleinen Liebesgeschichte verband. Gerade war ich bei einer sehr zarten und sinnigen Stelle, die Verlobung war in naher Aussicht, als mein jüngster Bruder Lola hereingetobt kam und mir zurief, ob ich daran denke, daß der Hase zum Sonntag noch abgezogen und ausgeweidet werden müsse. Der Hase von der Althaldenslebener Jagd, – ja den hatte ich ganz vergessen! Lola, ein gefälliger kleiner Kerl, erbot sich, als er meinen verzweifelten Blick sah, den Hasen an meiner Stelle in Angriff zu nehmen – »dichte du nur ruhig weiter – ich habe das schon oft gesehen – ich will's schon machen«. »Bester Junge – ja willst du? Aber vergiß nicht – bei den Hinterläufen mußt du anfangen –« rief ich ihm noch zu, und begab mich in seligem Schaffensrausch wieder an mein Manuskript.

Nach einer Weile kam der Junge wieder, recht kleinlaut: »Ach Ella – ich weiß nicht – das Fell will nicht herunter!« – »Hast du bei den Hinterläufen angefangen?«

»Ach Donner! Das hab' ich vergessen, ich habe dem Biest einfach den Kopf abgehackt.« – »Schafskopf!« mit dieser schwesterlichen Liebkosung eilte ich in die Küche und wir zerrten uns mit dem Tier herum, bis es endlich seines Felles entledigt war. Ich wurde von der Angst gefoltert, alle schönen poetischen Worte inzwischen zu vergessen, und so rannte ich denn an den Schreibtisch zurück und schrieb mit Hasenbluttriefenden Händen meine erste Liebeserklärung.

Mama öffnete mir bald darauf den Weg zur Öffentlichkeit. Im Beiblatt der Magdeburgischen Zeitung las sie einen Artikel über die Fellachen in Ägypten, der diesem armen, seit Jahrhunderten mit der Nilpferdpeitsche behandelten, versklavten und ausgesogenen ägyptischen Landvolk jede Fähigkeit zur geistigen Entwicklung absprach. Meine Mutter war empört und wie sie sich, wenn ihr Temperament erregt war, Dinge zutraute, an die sie sich sonst in ihrer geistigen Bescheidenheit nie gewagt haben würde, setzte sie sich sofort hin und schrieb eine heftige Verteidigung der Fellachenkinder, die sich vom zwölften Jahre an nicht mehr entwickeln sollten. Tante Minnas »Junge«, der immer lachende Mohammed, spielte mit seinen vielen Talenten in dieser Entgegnung eine große Rolle. Tante Henne wurde zitiert, Tante Gustchens Schwester, die in einem kleinen Häuschen in Althaldensleben wohnte und zuweilen Kleinigkeiten für die Magdeburgische Zeitung und den Neuhaldenslebener Kalender schrieb. Sie wußte mit dem Handwerk Bescheid, feilte Mamas Stil, wo er in die Brüche zu gehen drohte, – und am nächsten Montag schon erschien das Aufsätzchen im Unterhaltungsbeiblatt. Zugleich traf ein Brief des Chefredakteurs Wilhelm Splittgerber ein, in dem er Mama bat, ihm doch zuweilen etwas über Ägypten, das sie so gut zu kennen scheine, liefern zu wollen. Sie war über diesen Erfolg bestürzt, ich aber setzte mich eilig hin und schrieb über die kuriose Missionsschule, die mein Bruder Atti vier Jahre lang besucht hatte, über die wunderlich zusammengewürfelte Lehrer- und Schülerschar ein Feuilleton, das an Frische und Farbigkeit der Schilderung und Geschlossenheit der Form noch heut vor mir bestehen kann. Zuerst ging es nun auch wieder zu Tante Henne. Am nächsten Sonntag nachmittag, wenn wir auf dem Kloster waren, wollte sie mir ihr Urteil sagen. Ich sehe uns noch beide auf einer Bank im Park sitzen, sie sah mich so sonderbar von der Seite an, ihre hellgrünen Augen blitzten, und sie kicherte mit ihrem nervösen Lachen in sich hinein, so daß mir ganz bange wurde.

»Was bist du für ein wunderliches Menschenkind«, rief sie plötzlich, »sitzest da so still und stumm zwischen uns, als könntest du nicht bis drei zählen – und schreibst so eine famose Sache! Ja weißt du denn, daß du ein richtiges schriftstellerisches Talent bist – daß mancher mit tönendem Namen so was nicht zustande brächte? Beneiden tue ich dich, mein Kind, daß du's nur weißt! Du brauchst dich nicht mehr um deine Zukunft zu sorgen, wer so gute Feuilletons schreibt, wird immer sein Brot finden. Nun wollen wir die Arbeit nochmal durchgehen. Jetzt bin ich unerbittlich strenge gegen jede Nachlässigkeit! Die findet sich immerhin noch!«

Ich war taumelig vor Freude, die sich noch steigerte, als ein vier Seiten langer Brief von Splittgerber eintraf, der in den allerhöchsten Tönen der Anerkennung und des Lobes gehalten war.

Ich schrieb im Namen meiner Mutter und im Stil einer gereiften Frau eine Reihe von Schilderungen aus Ägypten, die gefielen und nicht schlecht bezahlt wurden. Sie lenkten nun auch die Aufmerksamkeit der Männer auf mich. – Onkel Heinrich würdigte mich zuweilen eines längeren Gespräches, vor allem interessierte sich der Gerichtsrat S. in Magdeburg für meine Arbeiten. Seine Frau, die anmutige und kluge Tante Elwine bemühte sich und brachte die mit Hasenblut getaufte Novelle durch Vermittlung von Bekannten bei der Elberfelder Zeitung unter, welche damals Ernst Scherenberg redigierte. Es war ja nicht der berühmte Friedrich Scherenberg – aber immerhin freuten mich auch seine gütigen Aufmunterungsworte nicht wenig.

Daß ich diesen Arbeiten irgendeinen Wert beigelegt hätte, könnte ich nicht sagen. Ich besaß nun ein Sparkassenbuch, in dem die Einlagen das zweite Hundert überstiegen, doch mit Literatur oder mit Dichtung hatte das nichts zu tun. Ich fühlte es gut genug und schämte mich, wenn die andern so viel daraus machten. Es geschah doch nur, weil sie mir so gar nichts zutrauten.

Eine Genugtuung hatte ich, als wir Montags einmal wieder nach Magdeburg zu einem Besorgungstage fuhren und ich vor dem Bahnhof einen Droschkenkutscher auf seinem Bocke vertieft in die neuerschienene Unterhaltungsbeilage sah. Sein dickes rotes Gesicht war ein vergnügtes Schmunzeln des behaglichen Vergnügens. Ich hatte den Verkehr der ägyptischen Eselbuben mit ihren Tieren und ihren ganzen Lebenslauf geschildert. Das fiel nun freilich in seinen Berufskreis. Es geschieht ja selten, daß man das Vergnügen eines Lesers so harmlos beobachten kann, und ich fühlte plötzlich etwas von der Schönheit eines Berufes, der geschaffen ist, die Menschen zu erheitern oder zu bewegen.

Das verstand eine andere Mitarbeiterin der Magdeburgischen Zeitung bedeutend besser als ich. Die Heimburg versetzte mit ihren ersten Romanen, die in der »Magdeburger« erschienen, »Kloster Wendhusen« und »Die Geschichte meiner alten Freundin« die ganze Weiblichkeit der Provinz in gerührte Erregung – Bäche von Tränen flossen über die Schicksale ihrer Heldinnen und man flüsterte sich zu: sie habe siebentausend – sage und schreibe siebentausend Mark Honorar erhalten. Vielleicht waren es siebenhundert – immerhin, die Summe war schwindelhaft. Auch ging die Sage, der Verleger habe ihr zum Dank für das glänzende Geschäft, das er mit diesen Büchern gemacht habe, ein Medaillon, mit Brillanten besetzt, verehrt. Ich will mich für die Wahrheit dieses Gerüchtes nicht verbürgen – es ist ja eigentlich nicht üblich bei deutschen Verlegern, sich in dieser Weise erkenntlich zu zeigen, aber die Geschichte imponierte mir gewaltig und ich begann, mich mit dem Plane eines Romans zu beschäftigen – einen Leser hatte ich doch schon beglückt – wenn es auch vorläufig nur ein Droschkenkutscher war!

Konservativ und liberal

Anfangs hatte ich nicht besonders auf Tante Henne geachtet, ja, ihre hellgrünen Augen in dem scharfen geistvollen Gesicht waren mir unsympathisch und ebenso ihr bissiger Witz. Auch galt sie im Kloster nicht allzu viel. Zuweilen wurden ihre Aussprüche im Tone einer mitleidigen Ironie oder offenkundiger Mißbilligung wiederholt. Sie besaß nichts von der würdigen Gelassenheit, die der Nathusius-Jugend einzig als vornehm galt, sondern begeisterte oder entrüstete sich leicht. Ein bewegtes Leben lag hinter ihr, ehe sie in dem kleinen Häuschen in Althaldensleben landete, und auch dieser Hafen sollte ihr keinen Schutz gegen die Schläge eines grausamen Geschickes bieten. Sie war von ihrem Manne, einem talentvollen Maler, geschieden und hatte jahrelang den einzigen Sohn und sich selbst durch Klavierunterricht erhalten. Noch jetzt trabte sie in ihrem bescheidenen grauen Kleide, ihrem vertragenen Hut, die Wachstuchtasche am Arm bei Wind und Wetter die lange Chaussee nach Neuhaldensleben hinunter zu ihren Unterrichtsstunden. Schon dies war anstößig. Überhaupt war bei einer geschiedenen Frau so vieles anstößig, was sonst als selbstverständlich oder bewundernswert gegolten hätte.

Nun war Tante Henne aber nicht nur geschieden – sie war auch noch liberal. Sie ging nicht zur Kirche und nicht zum Abendmahl. Begegnete sie Sonntags bei Landrats dem Pastor – was sie übrigens lieber vermied –, so war sie von einer herben Kälte. Sie unterhielt mancherlei Beziehungen zu Freidenkern und las Bücher, die man im Kloster verpönte. Ihre niedrigen gemütlichen Stuben waren immer angefüllt mit neuen Schriften, Broschüren und Journalen. Alle Fragen des öffentlichen Lebens interessierten sie brennend. Ich mußte mir gestehen, ein Besuch bei ihr war tausendmal anregender und fesselnder als die Sonntagnachmittage bei Landrats. Die verliefen recht eintönig, da ich Billard gar nicht und Krocket schlecht spielte und die Gespräche über Pferde und die Rangliste mich gleichgültig ließen.

Ehe ich mich's versah, hatte ich Tante Henne Achten von Herzen liebgewonnen. Sie und ihre Schwester Gustchen waren so ziemlich die einzigen Menschen, denen gegenüber die Schüchternheit nicht wie ein plötzlicher Nebel über mich fiel. Mit diesen beiden konnte ich debattieren, lachen und lustig sein. Keine Schwärmerei beklemmte mich, eine ganz andere Saite meiner Natur trat durch den Umgang mit Tante Henne in Tätigkeit – sie weckte den Verstand, während Elisabeth das Gefühl in Schwingungen versetzte.

Über Glaubensdinge sprach Tante Henne niemals, sie wußte, daß sie mit ihren Anschauungen in der näheren wie ferneren Familie allein stand. Und sie wollte niemand verwirren. Doch hörte ich sie mit ihrer klangvollen Altstimme singen:

Gottes ist der Orient,
Gottes ist der Occident,
Nord- und südliches Gelände
Ruht im Frieden seiner Hände –

so fühlte ich, wie ein tiefreligiöses Gemüt sich aufschwang zu andachtsvoller Betrachtung des Göttlichen und einer stillen Ergebenheit in seine Macht und Güte.

Felix, ihr Sohn, für den sie arbeitete, sparte und darbte, studierte auf den Baumeister hin – er war ein merkwürdig reich und vielseitig begabter Mensch, pflegte neben der Architektur naturwissenschaftliche Studien und konnte reizend von Schmetterlingen, Käfern und Pilzen erzählen.

Auch brachte er uns die neuesten großstädtischen Couplets mit, vor allem war da ein Schlager, den er mit vieler Bravour vorzutragen pflegte: von zwei Liebenden, die den Tod suchten, um des Hasses ihrer Väter willen:

Denn ihrer war konservativ
Und seiner liberal!

Der Refrain war nicht ganz wirklichkeitsgetreu: keine Tochter aus gut konservativem Hause würde ihrem Herzen gestattet haben, einen liberalen Jüngling zu lieben. In diese zwei Lager teilte sich die Welt in Mitteldeutschland. Die Sozialdemokraten waren durch die Attentate von Hödel und Nobiling auf den alten Kaiser zu einer Horde von Verbrechern herabgesunken und wenn sie durch die Ausnahmegesetze verfolgt und gehetzt wurden, so dünkte uns solches nur in der Ordnung.

Fraglicher schien das Verhältnis, das man innerlich zum Kronprinzen Friedrich und seiner Gemahlin einzunehmen hatte. Sie wurden um ihres Liberalismus willen von der Aristokratie ehrlich gehaßt. Der alte Kutscher Christof, der uns Sonntags abends mit der großen Rumpelkutsche nach Hause zu fahren pflegte, fragte meine Mutter einmal im Vertrauen, ob sie denn auch glaube, daß die Herrschaften so abscheuliche Menschen wären, wie die Herren von ihnen redeten, wenn er sie zur Jagd führe – »dabei könne einem ja angst und bange werden«. – Man scheute sich in Althaldensleben nicht, auch an dem Riesen Bismarck scharfe Kritik zu üben. Die Einverleibung Hannovers in Preußen galt als ein großes Unrecht, das sich früher oder später rächen mußte. Vetter Philipp Nathusius führte als Chefredakteur der Kreuzzeitung und des Reichsboten die konservativen Streiterscharen an und machte Bismarck, dem Staatsmann, das Leben schwer – denn das Herz des Menschen Bismarck gehörte ja doch den konservativen und christlichen Kreisen.

Oft vernahm ich des Sonntags an der Abendtafel, wenn Gäste eingetroffen waren, kluge, in der Politik erfahrene Männer ihre Ansichten austauschen. Mochten sie auch beschränkt sein – sie gingen in die Tiefe und bildeten eine logische, fest vermauerte Weltanschauung, aus der man keinen Stein hätte lösen können.

Wie gerne hätte ich mich dieser Weltanschauung mit Geist und Gemüt unterworfen. Einer großen Sache mit Überzeugung und Hingabe zu dienen, schien mir das höchste Ziel eines menschenwürdigen Daseins.

Aber – ich konnte nicht! Etwas wie Bürgerstolz und Bürgertrotz lehnte sich in mir auf gegen diese konservative Welt, die denn doch auf den Adel, seinen Privilegien, seinen Vorurteilen und seiner herrschenden Stellung in Staat und Kirche erbaut war. Was ihr außer dem Adel an Pastoren, Diakonissen, frommen Handwerkern angehörte – der Onkel Hermann in Weimar nicht ausgenommen –, alles trug den Stempel von Gefolgschaft. Ich aber wollte nicht Gefolgschaft sein – ich wollte dort stehen, wo ich von Geburts- und Rechtswegen hingehörte. Ich dachte an die toleranten, freien und doch so besonnenen Ansichten meines Vaters und sah sein leises humoristisches Lächeln, als ich ihn, ein Kind noch, einst fragte, auf welcher Seite im Reichstag die Nathusiusse sitzen würden, während er mir antwortete: »Für die wird nach rechts noch ein Balkonchen hinausgebaut!«

Immer hatte ich mich für Freiheit und Menschenrechte begeistert. Wenn ich an 48 dachte, neigte sich meine Sympathie ganz entschieden auf die Seite der jugendlichen Rebellen, der Flüchtlinge, der Eingekerkerten! Schon in Dessau, als kleines Schulmädel, hatte ich für Deutschlands Einigkeit geschwärmt – dabei wollte ich auch bleiben. Die Verwandten alle waren zuerst Preußen – nur widerwillig Deutsche. Ich fühlte mich zuerst und zuletzt mit ganzem Herzen als Deutsche!

Doch seit der Liberalismus zur herrschenden Partei geworden, hatte er sich arg ins Nüchterne gewendet. Und gar der Liberalismus in der Kirche, mit dem konnte ich mich gar nicht befreunden. Warum standen diese Geistlichen überhaupt noch auf der Kanzel, wenn sie doch nicht mehr an das Göttliche im Christentum und kaum noch an einen persönlichen Gott glaubten? Es schien mir, als sei den Leuten vom Protestantenverein von der ganzen Religion eben nur noch das Vergnügen des Protestierens übriggeblieben. Sie mußten sich wenden und drehen, ihre Ansichten heillos biegen, um irgendeinen Ausweg zu finden, der es ihnen möglich machte, ihren Hörern wenigstens eine schale saftlose Kost von erklügelten Moralien zu bieten, statt des lebendigen Gotteswortes. Mich ihnen zuwenden? Undenkbar! Nein – da war der harte Alt-Lutheraner, der Pastor Sültmann, Tante Paulinens Mann, doch ein anderer Kerl! So unsympathisch er mir auch war, ich mußte seine Handlungsweise bewundern. Der Kulturkampf, in den Bismarck sich so trotzig gewagt, spielte tief in sein und seiner Familie Leben. Jetzt ist uns die Einrichtung der standesamtlichen Eheschließung etwas Selbstverständliches, damals zerriß sie alle christlichen Herzen. Nicht nur die katholische, ebenso die gläubig-evangelische Geistlichkeit lehnte sich heftig dagegen auf. Wer nicht sofort auf die standesamtliche die kirchliche Trauung folgen ließ, wurde vom Abendmahl ausgeschlossen. Dieses Verfahren mißbilligte wiederum das Konsistorium, das denn doch in Preußen zu fest mit dem Staate verknüpft war, um auf die Dauer dessen Einrichtungen gewissermaßen mit einer geistlichen Strafe zu belegen. Den Pastor Sültmann brachte dies in argen Gewissenskonflikt, doch er, der starrsinnige Altmärker, scheerte sich den Teufel um die Verfügung seiner Kirchenbehörde. Als einer seiner Großbauern, der die kirchliche Trauung verschmäht hatte, sich noch, um die Angelegenheit auf die Spitze zu treiben, unter die Abendmahlsgäste mischte, wies der Pastor ihn vor versammelter Gemeinde vom Altar zurück. Lieber schied er aus dem geistlichen Amt. Ja, er trat aus der Landeskirche aus, die seine Überzeugung vergewaltigen wollte. Als Missionsdirektor in Hermannsburg und Sprecher der altlutherischen Gemeinde fand er nur das dürftigste Brot für sich und seine zahlreiche Familie. Seine Frau war völlig mit ihm einverstanden. Gegen die Eiszapfen an der Wiege ihres Kindes hatte sie sich innerlich aufgelehnt – jetzt fühlte sie freudig den heroischen Zug im Wesen ihres Mannes und war gewiß nicht vorher, nicht nachher wieder so glücklich als in dieser Zeit äußerer Not und Verfolgung.

Man wurde durch solche Ereignisse geradezu gezwungen, zu diesen Fragen Stellung zu nehmen, sie bis auf den Grund zu durchdenken, und wie schwer war es, zu einer letzten Klarheit zu gelangen.

Besuchte uns die Tante Pauline, so verging kein Tag, daß die Angelegenheit mit der »Sünde« nicht Stoff zu ernsten Erörterungen gab. Diese armen gläubigen Seelen wurden von der Angst vor der Sünde gejagt, wie der Neger von der Angst vor seinen vielen Dämonen. Was war nicht alles Sünde! Tanzen an erster Stelle, aber vielleicht das Tanzen auf Erntefesten nicht so sehr? – Theatergehen selbstverständlich – aber da die Nathusiusse Pferde züchteten, fanden sie den Zirkus erlaubt, was wieder viele andere Fromme mißbilligten. Ob man den Kragen mit einer Brosche zustecken dürfe? Ja – wenn die Brosche ein Andenken war und man dabei nicht in den Spiegel schaute. Die Mode war auch eine schwierige Geschichte. Wie weit sollte man ihr folgen, wie weit nicht? Eine Cousine hielt es für eine sündhafte Konzession an das Urteil der Leute, sich einen abgebrochenen Zahn ersetzen zu lassen. Tante Pauline schrieb einst ganz bekümmert: »Denkt Euch, meine Hanne wünscht sich Hosen zu tragen – so dringt die Eitelkeit der Welt bis in unser stilles Hermannsburg.« Beinkleider gehörten nämlich zu den Wäschestücken, die bei dem Landvolk noch nicht üblich waren. Meine gute Mutter war von ihren Schwestern immer als ein Weltkind betrachtet worden und so lächelte man mitleidig zu ihren Versuchen, mit den bescheidensten Mitteln mich und sich gefällig zu kleiden.

Mir fiel bei all diesen Disputen immer wieder eine sonderbare Beobachtung auf: Was diese frommen Frauen am meisten bekümmerte, waren ja alles »Sünden«, die an der Peripherie des Lebens lagen, die mit dem Kerne: dem Verhältnis der Seele zu ihrem Gott nicht das mindeste zu tun hatten. Ich tanzte nicht gern und tanzte schlecht, es war also für mich durchaus keine Tugend, nicht mehr auf Bälle zu gehen. Im Theater aber war ich so berauscht von Glück, daß ich mich niemals hingegebener und dankbarer gegen Gott fühlte, als in solchen Stunden. Freilich unmoralische oder zweideutige Stücke bekam ich überhaupt nicht zu sehen. Aber es galt ein Beispiel zu geben, und um der Schwächeren willen zu entsagen.

Die beständige Beschäftigung mit der Sünde durchsetzte das ganze Dasein mit »schlechtem Gewissen«, denn eigentlich konnte ja jeder Schritt, jedes Wort, jede Handlung des Alltags verschieden gedeutet werden. Zum Gefühl freudiger Geborgenheit und Sicherheit der Erlösung schienen mir die meisten der Gläubigen gar nicht zu gelangen. Den schönen Frieden sah ich nur bei Tante Gustchen und im Pfarrhaus von Schloen. Dort lag auch die böse Welt weit draußen, durch stille Felder,

Seen und Wälder von den Bewohnern getrennt. Indessen brachte das Versenken der Vorstellung in das Gebiet des Unheimlichen im Menschen, so kleinlich es sich oft äußern mochte, doch nach und nach eine große Vertiefung der Seelenkunde mit sich, die unzweifelhaft mit einer Vertiefung und Verfeinerung des ganzen Menschen Hand in Hand ging und das Gefühl für Recht und Unrecht außerordentlich schärfte. Man redet jetzt viel von Psycho-Analyse, baut sie wissenschaftlich aus und will Seelen- und Nervenkranke durch sie heilen. Ich glaube, man treibt viel Unfug mit diesem Begriff und ihre Übungen richten mehr Schaden als Heil bei den Kranken an. Die christliche Seelenerforschung basiert auf ähnlichen Grundsätzen – eine böse Neigung, die man sich selbst bekennt und resolut ins unbarmherzige Licht des Tages hinaufhebt, verliert dadurch viel von ihrem süßen Reiz, wie von ihrem Schrecken. Aber die fortwährende Beschäftigung mit den eigenen interessanten Dunkelheiten führt – ganz gleich, ob sie auf christlicher oder wissenschaftlicher Basis betrieben wird – sehr leicht zur Hysterie, statt aus ihr hinaus. Und was haben die meisten dieser psychoanalytischen Ärzte ihren Kranken am Ende zu bieten? Nichts – weniger als nichts. Da war es schon viel beruhigender und tröstlicher, alle Schwäche, Sünde, Traurigkeit eintauchen zu dürfen in Christi ewige Erlöserkräfte. Es kam mir doch recht flach und verlogen vor, und noch heut' bin ich derselben Ansicht, einfach zu glauben, daß der Mensch gut sei und gut werde, wenn man ihm nur gut zurede – wo man doch auf Schritt und Tritt das Gegenteil sah. Die Lehre von der Erbsünde hat schon ihre tiefen Hintergründe, und je mehr ich mich mit dem schweren Problem der Menschenentwicklung und den Rätseln der Vererbung beschäftige, desto tiefer und gewaltiger ergreift mich die allgemeinverständliche symbolische Erfassung der schweren Bürde, an der unser heutiges spätes Geschlecht zu tragen hat, in dem Glaubenssatz der Kirche von der Erbsünde.

Was wäre meine Jugend gewesen, ohne das süße Wunderweben des persönlichen Gebetverkehrs mit dem Heiland? Verzichten auf das himmlisch-aufgelöste Gefühl einer grenzenlosen Hingabe, der mystisch-seligen Vereinigung mit Ihm im Genusse des heiligen Abendmahls, um irgendwelcher Verstandeseinwände willen? Wie grenzenlos nüchtern erschien das Leben ohne Glauben – eine reizlose Landstraße der Pflicht mit Krähengekrächz zu beiden Seiten auf dürren winterlichen Feldern. Kein Ideal, für das es wert gewesen wäre, am Morgen früh zu erwachen!

Ich quälte mich ehrlich um eine wohlabgerundete und doch vertiefte Weltanschauung. Denn ich fühlte stark die Zwiespältigkeit in mir selbst. Noch wurde mir nicht klar, daß dies Ziel niemals im Rahmen einer politischen Partei zu erreichen ist, sondern daß die Partei für den innerlich freien Menschen immer nur den Durchgang zum eignen Selbst bedeuten kann. Ich wußte: was Bücher oder die anderen Menschen mir sagen konnten, würde mir doch nichts helfen.

Oft traten sogar die Träume meiner phantastischen Liebe vor dem Kampf der Gedanken in den Hintergrund. Doch hatte ich mich müde, matt und verwirrt gegrübelt über Probleme, die meine Lebensunerfahrenheit gar nicht zu übersehen, geschweige denn in Ursache und Wirkung zu erfassen vermochte, sank ich mit erlösender Wonne zurück in das Gespinst meiner erotisch-schwärmerischen Phantasien. Oder ich legte die Schwäche und Last meiner Unentschiedenheit etwas feige zu Gottes Füßen nieder und überließ es dem Lenker von Geist und Seele, mich am Ende religiös und politisch zu erleuchten.

Hofprediger Stöcker war in Berlin aufgetreten mit der Wucht und Kernigkeit eines neuen Luther! Man spürte in der Energie, mit der dieser Mann der höfischen Kreise ins Volk hinabstieg, um hier reformatorisch und erlösend zu wirken, den feurigen Atem einer starken Persönlichkeit. Seine glühenden Worte, seine Ziele: das soziale Empfinden der oberen Schichten zu wecken, die gerechten Ansprüche der Arbeiter vorurteilslos zu untersuchen und zu fördern, das Soziale vom landläufigen, gehässigen und demagogischen Parteitum der Sozialdemokratie zu lösen, es mit dem warmen belebenden Geist des Christentums zu erfüllen und seiner schönen Vollendung entgegenzuführen – dies Ziel imponierte mir gewaltig. Da hätte ich aus allen Kräften mitarbeiten mögen, und verstand es nicht, warum Gott mich mit meinem heißen Wollen so ganz auf das stille Wirken der Haustochter beschränkte. Was ich über Stöcker nur irgend zu lesen bekommen konnte, verschlang ich. Freilich behandelte ihn die Magdeburgische Zeitung nicht eben glimpflich; das war von ihrem Standpunkt aus zu verstehen. Ein Mann steigt nicht in den Sumpf menschlicher Tiefen, rauft sich nicht kühnlich mit der öffentlichen Meinung herum, ohne sich bittere Feinde zu schaffen. Hier kam ein Faktor hinzu, der mich stutzig machte. Je weiter Stöcker in seinem öffentlichen Wirken schritt, desto wilder wurde sein Antisemitismus. Es war, als wolle er mit einer starken Absicht den Haß der unteren Klassen von der oberen christlichen Bourgeoisie ab und auf das Volk Israel hinüberführen. Nun hatte Stöcker sicherlich viel empörende Erfahrungen gemacht, in der der jüdische Händler den dumpfen, schwer beweglichen Arbeiter aussaugt, und von jüdischen Intellektuellen wurde er für eigene Zwecke verhetzt, denn die meisten Führer der Sozialdemokraten waren und sind Juden. Zweifelsohne trägt Deutschland schwer an diesem Fremdkörper in seinem Leibe. Wird er unschädlicher, wenn man ihn – den Fremdkörper, mit Wut und Haß noch vergiftet? Ich war in Berlin mit tiefer, ernster Erwartung in den Dom gegangen, um Stöcker predigen zu hören. Ich hoffte, die Persönlichkeit des Mannes selbst, sein lebendiges Wort, der Ton seiner Stimme sollte alle Verleumdungen, die über ihn umgingen, mit einem Male zunichte machen. Er predigte über den Text: »Hütet euch vor den Menschen, die in Schafskleidern zu euch kommen, inwendig aber sind sie reißende Wölfe.«

Es war eine Hetzrede schlimmster Art gegen die Juden. Der Mund des Mannes auf der Kanzel strömte über von geiferndem Haß, von blinder, wilder Verfolgungsgier. – Und dies war ein Jünger und Nachfolger Jesu?

Sehr traurig verließ ich das Gotteshaus.

– Hütet euch vor den Menschen, die in Schafskleidern zu euch kommen, inwendig aber sind sie reißende Wölfe …

Der Ausspruch Jesu ging mir lange nach – in einem anderen Sinne, als der Eiferer ihn ausgelegt hatte. Er wendete sich gegen ihn selbst. Von dieser Stunde an war Stöcker für mich überwunden. Es ist meine Überzeugung, daß Stöckers Arbeit im Dienst der Ausbreitung eines wahrhaftigen Christentums in unserm Volke Schiffbruch gelitten hat an seinem fanatischen Judenhaß. Denn der Haß macht unfruchtbar.

Gerade jetzt begann sein Einfluß weit über Berlin hinaus zu wirken, leider weniger durch seine Taten, denen ja auch eine Fülle von Gutem entsproß, als mit dem bösen Teile seines Werkes, den Aufrufen zur Verfolgung und Unterdrückung der Juden. Ich habe gesehen, wie der Antisemitismus den deutschen Charakter verdirbt, wie er die Menschen zu Monomanen macht, die blindwütig auf ihre fixe Idee stieren. Das ist um so gefährlicher, als sie über dieser einseitigen Einstellung ihres Seh- und Gefühlsvermögens ganz vergessen, auf alle anderen, ebenso bedenklichen Ursachen des Verfalls in unserm Volke zu achten. Er züchtet geradezu den größten Schmarotzer an der geistigen Kraft des deutschen Menschen: die gedankenlose, pomphafte Phrase.

– Ich selbst kannte schon als junges Mädchen ziemlich viel Juden und Jüdinnen – mehr als meine antisemitischen Verwandten – und hatte tiefer und energischer ihre Eigentümlichkeiten beobachtet, über sie nachgedacht. Mein Vater sprach stets mit hoher Achtung von seinen englisch- und deutschisraelitischen Geschäftsfreunden, Über ihre Schwächen lächelte er mit demselben freundlichen Humor, wie über Menschenschwächen im allgemeinen. Der kleine Herr B. war unser Vormund, trat treu für unsere Interessen in Ägypten ein, er hing mit der Ehrfurcht und Liebe eines Sohnes am Andenken meines Vaters. Ich hatte nur Freundliches von Juden erfahren. Und heute, am Abend meines Lebens, bin ich vielen israelitischen Freunden in Nähe und Ferne noch mehr Dank schuldig als in Jugendtagen.

Man könnte mich demnach vielleicht als befangen betrachten, doch ich habe immer gefunden, der durch persönliche Erfahrung geklärte Blick schaut tiefer in das Wesen der Dinge als der durch theoretische Prinzipien in eine bestimmte Richtung gedrängte.

Ich sehe die ganze Schwere des jüdischen Problems für Deutschland, das sich durch das Einströmen völlig unkultivierter Massen von östlichen Ghetto-Juden noch verschärft. Auch weiß ich genug von der Bedeutung der internationalen Macht der jüdischen Weltbankiers, welche die Geschicke der Völker tyrannischer lenken, als deren eigene Regierungen – die sicher mehr zur feindlichen Einkreisung Deutschlands und zur Vorbereitung des grauenhaften Krieges beigetragen haben, als die Völker ahnen. Juda versteht sich furchtbar zu rächen für halbgewährte Freiheit und gesellschaftliche Ächtung.

Nur – der Antisemitismus, wie er bei uns betrieben wird, ist die törichtste Abwehr gegen solche Feindschaft.

Reinrassigkeit der Völker und Staaten existiert in der Gegenwart nicht mehr, ist niemals wieder zurückzurufen. Der echte Arier lebt nur noch in der Phantasie der Hakenkreuzbündler. Es ist müßig, darüber zu streiten, ob Reinrassigkeit in Zukunft der höheren deutschen Kultur förderlich wäre oder nicht.

Deutsche Männer und Frauen zeigen auch auf diesem Gebiet zu wenig ruhiges Selbstvertrauen auf die eigne Kraft wie auf die dem deutschen Charakter innewohnende Regenerations- und Verarbeitungsfähigkeit. Antisemitismus heißt mit dem deutschen Namen: Furcht vor dem Judentum. Sie wächst stets in zerwirrten Zeiten und ist unserer durchaus unwürdig. Unsäglich viel erfolgreicher als aussichtslose Verfolgung unserer jüdischen Mitbürger wäre hingebende Liebesarbeit zur Ertüchtigung der deutschen Volkspersönlichkeit, damit diese sich in freiem Stolz von der fremden Rasse nicht überwuchern lasse. Deutschlands einzige Rettung gegen die jüdische Gefahr ist: die fremde Rasse in sich aufzunehmen und in sich zu verarbeiten! Aus Juden gute Deutsche zu machen, die sich heimatsfroh unter uns fühlen und mit Gut und Blut userm gemeinsamen Vaterlande dienen, und zwar aus ganzem Herzen dienen, ist eine hohe, würdige Aufgabe, an der schon viele edle Juden in der Stille an sich selbst und ihren Familien mitarbeiten. Je freier und gerechter man ihrem Kultus und ihren ererbten Besonderheiten gegenüber empfindet, desto stärker darf man Gewicht darauf legen, daß sie auch unsere spezifisch germanischen Ideale, Religionsanschauungen und völkischen Eigenarten zu respektieren haben. Zu solchen Zielen führen andere Wege als über die ekle Schnüfflerei nach jüdischer Abstammung. Wucherei und Unsittlichkeit aufs härteste zu bekriegen, Protzentum und zynische Spottlust gesellschaftlich zu ächten, wo man beides treffen mag – zu dem Kampf gegen alle Fäulnisstoffe der Zeit sollten von ernstgesinnten Germanen die ernstgesinnten Juden zur Gemeinschaft aufgerufen werden. In dieser Gemeinschaft und Erzieherarbeit am Volke kann erst die Fremdheit, die unleugbar Germanen und Juden innerlich trennt, einem gegenseitigen herzlichen Verstehen Platz machen.

So fühlte ich als junges Mädchen – so ist nach der Erfahrung eines Lebens noch heute meine Überzeugung als alternde Frau.

Neues Traumland

Wieder durfte ich nach Weimar fahren und – glückliche Vorbedeutung – zur Zeit des hellgrünen Laubes, wie das erstemal, als ich unter dem rosenroten Hut so hoffnungsselig in die Welt steuerte.

Die letzten Besuche hatten mir, um es offen zu sagen, ziemlich herbe Enttäuschungen gebracht. Eifersucht hatte mich gerüttelt, in einsam vergossene Tränenfluten gestürzt. Verzweiflung über meine Unfähigkeit, heiter und witzig zu sein, über mein eignes leidenschaftliches Fühlen und meine Talentlosigkeit, es hinreichend zu äußern, hatten mein Selbstbewußtsein mit Ruten gegeißelt.

Schrecklich zu sagen: Ich fand Elisabeth nicht mehr so bezaubernd, nicht mehr so geheimnisvoll reizend wie zu Beginn unserer Bekanntschaft.

Durch den Tod ihres Kindes, der sie im vollen Glücke jäh und grausam überraschte, wurde der Glanz ihres Wesens für lange Zeit getrübt. Der Überschwang von Vitalität schien durch Tränen zerstört. Die barocken Einfälle, in denen sie sich verkleidete, Personen karikierte, Kompositionen bekannter feierlicher oder sentimentaler Lieder, oder die Manieren berühmter Pianisten auf dem Klavier verulkte, mit unwiderstehlicher Komik und einem verblüffenden musikalischen Instinkt, sie kamen ihr nicht mehr. Drängten ihr Mann oder ihre Freunde sie, wurden es krampfhafte Späße, hinterher schüttelte sie der Ekel, sich vor den Menschen zum Harlekin gemacht zu haben. – Ihr Geist erhob sich nicht immer, wie ich es gewünscht hätte, über Leiden und Schmerzen zu bedeutungsvollem Ernst, sondern zerknickte in unbarmherzigem Hohn über die Lächerlichkeiten, die ihr scharfes Auge an den Personen ihrer Umgebung entdeckte. Und wie sie maßlos war im Verherrlichen neuer Erscheinungen, war sie auch maßlos im Verurteilen. Ihre Lieblosigkeit kränkte mich unsäglich. Ich hätte sie so brennend gern vollkommen gesehen, und doch lag Vollkommenheit ihrer Natur ferne. Bis zu ihrem frühen Tode blieb sie ein ringender Mensch, der von Tiefen zu Höhen flog und wieder in dunkle Tiefen der Schwermut und des Unvermögens, der Verzweiflung an sich selbst stürzte. So wie sie war – so wie sie mir wehtat, konnte ich doch nicht von ihr lassen. Mich erwartete eine Qual, der man nicht ohne eine wollüstige Erwartung entgegensieht. Meine schriftstellerischen Arbeiten und Pläne wollte ich jedenfalls für mich behalten. Meinen Traumgott wollte ich Elisabeths Spottsucht oder gar des Onkels erzieherischen Versuchen nicht wieder preisgeben. Auch dieses Herzensverhältnis hatte an Farbenleuchten verloren. Die Träume begannen fade und eintönig zu werden. Etwas Neues, etwas Wirkliches mußte geschehen, wenn diese Liebe mir nicht auch wie die zu dem schönen Vetter Matthäus in Nebel zergehen sollte.

Geizig hatte ich jeden verdienten und ersparten Groschen seit geraumer Zeit gesammelt, um einmal die Macht zu haben, jene Gegenden aufzusuchen, wo mein Märchenprinz seine irdischen Tage, von fürstlichem Glanz umgeben, doch glücklos wie ich, verträumte. Meine Gedanken beschäftigten sich fortwährend mit allen Einzelheiten dieser abenteuerlichen Fahrt, von der es meinem Empfinden nach kein Zurück zur Mutter, zu meinem früheren Dasein geben konnte. Jetzt bot sich eine Gelegenheit, mein Vorhaben auszuführen, günstig, wie sie sich sobald nicht wieder finden würde. Das Geld, das ich zusammengescharrt hatte, mußte reichen bis zum Ziel. Was folgte, war Dunkelheit.

Doch leider: so stark und glühend meine Träume waren, so schwach und feige war meine Entschlußkraft – so unsicher und ängstlich stand ich vor allem Tun und Handeln. Mir graute, meine innere Welt dem unbarmherzigen Lichte der Wirklichkeit auszusetzen. Ich wußte in der Tiefe meines Gefühls sehr gut: sah ich mein Phantasiebild mit irdischen Augen – war es für mich verloren.

Das Sparkassenbuch blieb im Schreibtisch.

* *
*

Die Freundschaft hat, wie die Liebe, ihre Höhen und Abgründe, zwischen beiden Hänge, auf denen man friedlich Hand in Hand wandeln darf. So waltete in diesen Frühlingstagen gutes Verstehen zwischen mir und Elisabeth. Ich war jetzt zwanzig Jahre alt und begann mich für das Leben an sich in allen seinen Erscheinungsformen zu interessieren. Auch plagte ich die Freundin nicht mehr mit Geständnissen und Stimmungen. Ihr aber hatte ein schöner kleiner Junge Trost gebracht, und schon sah sie erneutem Mutterglück entgegen. Das waren stets die Zeiten, in denen das nagende Ungenügen in ihr gestillt wurde von der Hoffnung, in denen sie mit heiterer Ruhe dem Werdenden entgegenschaute. Bei der Pflege und Anbetung des dunkeläugigen Jochen fanden wir uns in harmlosen Kinderstubenscherzen und Rührungen, deren Bedeutung Männern nicht begreiflich zu machen ist und die Frauen doch so tief verbinden.

Onkel Behmer war durch einen Konflikt mit der Kunstschule etwas aus dem künstlerischen Kreise von Weimar herausgetreten. Das war nur zu bedauern, denn es gab kaum einen Künstler, der sich neidloser am Schaffen der Jugend zu freuen vermochte wie er – auch wenn dies Schaffen dem seinen ganz entgegengesetzt war. Dieses feine Verständnis für beste Kunst, wo sie ihm auch entgegentrat, war eine der liebenswürdigsten Eigenschaften Hermann Behmers. Er war unter den Ersten, die Böcklin glühend anerkannten, für den jungen Klinger und seine Radierungen brach er zahllose Lanzen. Oft hat man ihn um seiner strengen Frömmigkeit willen als Mucker und Heuchler verlästert. Das war er keineswegs. So echt wie sein Christentum, so echt war auch sein Gefühl für die Kunst. Das Nackte an sich störte ihn durchaus nicht, er war weder prüde noch engherzig – nur die Darstellung des Lasters, des Perversen verurteilte er mit Empörung, auch wenn solches durch die höchste Kunst geadelt und durch die berühmtesten Namen gedeckt wurde. Er scheute sich dann auch nicht, seiner Überzeugung in der Öffentlichkeit kräftigen Ausdruck zu geben. – Sich selbst steckte er aus seinem christlichen Gewissen heraus strenge Grenzen. So arbeitete er nie mehr nach weiblichem Modell, weil er dies als eine Entwürdigung des Weibes empfand. Freilich muß man dabei bemerken, daß seine Begabung nicht auf das Aktstudium hinwies. Er war ausgesprochener Porträtmaler. Der sanfte Schmelz junger Mädchen- und Frauenköpfe und der Liebreiz des Kindes gelang ihm am besten. All das Feine, Zarte, Unschuldsvolle, das um eines Kindchens Mund spielen kann, vermochte er durch den eignen kindlichen Sinn so zu erfassen, wie es wenigen, viel größeren Künstlern verliehen ist. Der Pastellstift war sein gegebenes Werkzeug. Für die Ölmalerei fehlte ihm ein gewisser Geschmack in der Abtönung der Valeurs. Wie oft holte er mich ins Atelier, damit ich ihm riet, und seufzte dann: Wenn ich deinen Farbensinn hätte! Ja – den hatte ich – aber sonst fehlte mir auch alles zur Malerei – nur im wiederkehrenden Traum sah ich herrliche Bilder, die mein Pinsel in fabelhafter Schnelligkeit erschuf.

Seine unglückliche Liebe hatte Onkel Hermann wie so viele Künstler. Das Ideal seines Lebens: große, bedeutende, religiöse Bilder zu malen, blieb ihm versagt. Es hatte etwas unendlich Trauriges, zu sehen, wie er, dessen Seele so innig dem Heiland verbunden war, sich vergebens mühte, seine irdische Gestalt darzustellen, wie er gerade hier über das Konventionelle nicht hinauskam.

Onkel Behmer und Elisabeth verkehrten hauptsächlich mit seinem alten Studiengenossen aus Barbiçon, dem Schafmaler Albert Brendel, der wie der Onkel spät eine junge Frau geheiratet hatte. Außer diesen sahen sie gern den gedankenreichen Polen v. Suchodolski. Dessen witzige sächsische Gattin, auch eine tüchtige Malerin, verstand sich im Humor mit Elisabeth, und wenn die beiden sich in ihrer sonderbaren Weise unterhielten, kam man aus dem Lachen nicht heraus.

Gleichfalls durch den Humor und tiefer noch durch die gleiche Art der Gläubigkeit, verband Behmers eine langjährige Freundschaft mit der Familie des Malers Berthold Woltze, obschon er an künstlerischer Bedeutung mit den Vorgenannten nicht zu vergleichen war. Er malte schlecht und recht kleine Genreszenen zur Vervielfältigung in Öldruck. In seinem Hause herrschte ein einfacher, gemütlicher Ton, so daß man sich dort wohlfühlen mußte. Seine blonden Töchter wurden mir für Jahre liebe Freundinnen.

Zu den wenigen Menschen, die in dem damaligen Weimar künstlerischen und christlichen Geist in sich vereinigten, gehörte die Witwe des Malerpoeten Hugo von Blomberg, dessen Charakteristik Theodor Fontane in seinen Erinnerungen aus der Gesellschaft der Tunnelfreunde gezeichnet hat. Er spricht dort von der wundervollen Ehe, die Blomberg mit seiner Frau geführt habe. Und diese schwergeprüfte Frau, die einen schönen Knaben auf schreckliche Weise verloren hatte, baute sich nun ein Erinnerungsleben aus der Kunst ihres Gatten. Der Abend, den wir bei ihr zubrachten, verging im Betrachten von Skizzen und Zeichnungen des Verstorbenen, in denen sich eine kindliche, deutsch-verträumte Seele offenbarte. Auch Gedichte von ihm wurden gelesen. Unter ihnen war eins mit dem Titel: »Königin Waldlieb«, das Elisabeth und mir besonders gut gefiel. Sie hatte einen Teil ihrer Jugend im Harz verlebt und war dem deutschen Walde seelenverbunden, die echte Königin Waldlieb.

Der Abend bei Blombergs brachte uns nicht allein künstlerische und poetische Genüsse – er verschaffte uns auch die Bekanntschaft einer Dichterin von gänzlich anderer Art – die uns von nun an eine Quelle nicht endenwollenden Vergnügens wurde. Die göttliche Rieke! Friederike Kempner!

Wer weiß heute noch von ihr? Damals war sie einem Kreise intimer humoristischer Genießer bekannt – bis Paul Lindau sie entdeckte und eine Zeitlang ganz Deutschland von ihr redete und sie dann vergaß. Diese noch nicht dagewesene Mischung von höchstem Gedankenflug mit grotesken Vergleichen und trivialen Wendungen, dieser kindische Größenwahn, der sich echter Menschenliebe und dem feurigsten Eifer für die Leiden aller Unterdrückten verband, mußte auf Menschen, die das Leben vom Gesichtswinkel des Humoristen aus betrachteten und den tiefen Sinn für die hinter ihm lauernde Tragik besaßen, wie Elisabeth, geradezu erschütternd wirken. Sie konnte sich begeistern an Naturschilderungen mit dem immer wiederkehrenden Refrain:

O Röslein mein,
Mimöslein klein –
Und lustig hüpfendes Vögelein,

oder jene andere grandiosere:

Laßt mich in die Wüste laufen,
Wo die vierzig Palmen sind,
Wo die Dromedare saufen
Und die Quelle ewig rinnt,
Dort in jenen schatt'gen Räumen
Mit dem großen Geist allein
Will ich alle glücklich träumen
Und werd' selber glücklich sein!

Am nächsten Morgen schon wurde das Gedichtbändchen bestellt, das vorn das Bild der Dichterin zeigte, im karierten Rock, sinnig die Feder in der Hand haltend. Wir begannen fortan die Menschen einzuteilen in solche, die die göttliche Rieke verstanden, und in solche, die die Schätze, die sie bot, nicht zu würdigen wußten. Als mir einige neue Strophen ganz in Riekes überraschender Manier gelangen, hat dies Elisabeths Freundschaft zu mir mehr gefördert als mein jahrelanges stilles Werben.

Ein junger Mann mit einem düsteren Christuskopf war an jenem von vielfältigen Stimmungen bewegten Blomberg-Abend außer uns noch anwesend und lachte so herzlich über Riekes Dichtersprünge, wie man es seinem strengen, stillen Wesen kaum zugetraut hätte. Es war der Maler Christian Rolfs. Frau von Blomberg wie auch Onkel Behmer besaßen von seinem Talent die höchste Meinung und hätten ihm gern sein schweres Ringen erleichtert. Rolfs gehörte zu den Künstlern, die eisern gezwungen sind, nur den Gesichten des eignen Geistes zu folgen. Und dieser Geist war ein Erperimentierer, ein künstlerischer Grübler und Revolutionär. Solche Naturen geraten hart mit dem Publikum aneinander. Das sollte auch Rolfs erfahren. Künstler von anerkanntem Ruf hatten den Großherzog Karl Alexander auf den Mann hingewiesen. Doch der gute Großherzog, der es so ehrlich mit der Kunst meinte, hatte ja nie genügend Geld, um zu helfen. Das Geld besaß die Großherzogin Sophie, die sehr wohltätig, aber durchaus nicht kunstliebend war. Indessen unternahmen es einige ältere Damen des Hofes, die Fürstin für die Not des strebsamen jungen Mannes zu interessieren, man ermunterte ihn, ein größeres Bild zu malen und stellte ihm in Aussicht, die Frau Großherzogin sei einem Ankauf nicht abgeneigt. Es dauerte für die Geduld der Gönnerinnen ziemlich lange, bis das Werk vollendet und in der Kunstausstellung sichtbar wurde. Eine große weiße Wand, an der eine weiße Leiter lehnte, auf der Leiter saßen zwei Maurer, weiße derbe

Männerkörper, wie Gott sie geschaffen, ohne einen noch so kleinen Fetzen von Bekleidung, und warfen mit Maurerkellen weißen Kalk gegen die weiße Wand. Grelles Mittagslicht lag auf allem. Ein unerhört kühnes malerisches Experiment zu einer Zeit, in der die kleineren deutschen Kunststätten noch ganz in braunen Ateliersaucen schwelgten. Aber hatte man jemals Maurer im hellen Tageslicht in dieser Unbekleidetheit bei der Arbeit gesehen? Noch dazu in halber Lebensgröße? Wäre es ein nackter Endymion auf einer Marmorbank gewesen – das hätte man sich noch gefallen lassen. Aber Maurer – ganz simple Maurer mit Körpern, wie eben Arbeiter sie haben – derb und männlich, doch keineswegs schön. In der Wahl dieses Stoffes offenbarte sich eine entschieden unanständige Gesinnung und etwas Aufrührerisches gegen alle geheiligte weimarische Tradition. Es war wahrhaftig unmöglich, einer Fürstin, die als enorm sittenstreng bekannt war, den Ankauf dieses Bildes zuzumuten. Man war entsetzt und mußte nur verhindern, daß sie es zu Gesicht bekam. Die Künstler mochten erregt über das Bild debattieren und von dem Können verblüfft sein, die Gunst der Hofgesellschaft hatte sich Rolfs verscherzt. – Er mußte in Dunkel und Einsamkeit weiter ringen. Stärker war er als der unglückliche Buchholz, dessen wolkige, schwermütige Herbstlandschaften erst von den Museen angekauft wurden, nachdem Mangel und Verzweiflung über seine Erfolglosigkeit ihn zum Selbstmord getrieben. Rolfs hielt durch, bis er endlich, ein gealterter Mann, den Mäzen fand, den Kunstfreund und Sammler in Hagen, der ihm ein sorgenfreies Schaffen ermöglichte. Heut ist Christian Rolfs, als ein Mann von siebzig Jahren, Führer der Jüngsten in der Kunst. Ohne dargestellten Gegenstand oder nur in der Andeutung von Landschaften, Städtebildern oder Menschen sind es seine Farben allein, die zur Seele sprechen, in wundervollen Harmonien schwingend. Sie jubilieren oder singen einsam träumerisch von Sonnengold und Blumen, sie reißen zur Kraft empor oder klagen in düsteren Tönen über das rätselvolle Dasein. Wie eine vieldeutige symphonische Dichtung klingen sie brausend empor. Doch sind die Farben an Formen der Dinge gebunden, dann sind diese Formen tief studiert, bewältigt und gekonnt. Viele junge Leute versuchen heut in der Malerei, weil es Mode ist und weil es ihnen leichter scheint, aus ihrer Phantasie zu schöpfen, die doch nur Anlehnung an andere Meister kennt, statt demütig die Natur anzuschauen und von ihr zu lernen. Der alte Rolfs hat erreicht, was sie nur erstreben. In hartem Ringen mit der Natur ist sein Können Herr über sie geworden und auf dem Granitgrunde dieses Könnens kann er nun schrankenlos den Farbenphantasien seiner eigensten malerisch empfindenden Seele folgen.

Ich habe in der Skizzierung dieses Künstlerlebens von seltener starker Eigenart weit voraufgegriffen.

In den Frühlingswochen, von denen ich erzähle, entdeckte ich eine Insel voll zauberischer Reize: den Goethe-Garten am Stern. Er lag noch in stiller, verlassener Einsamkeit, wurde Fremden nicht gezeigt, doch wenn man den Gärtner bat, gewährte er wohl den Eintritt durch sein kleines Anwesen. Dann konnte man dort allein in den von Buchs eingefaßten Wegen wandeln, zu den Bäumen aufschauen, die Goethe mit der Liebe eines Vaters gepflanzt und gehegt, auf der Bank sitzen, auf der er mit seiner Freundin, Charlotte von Stein plauderte, auf der er den Sohn der Geliebten belehrte und später als Greis die Enkel zu seinen Füßen spielen sah. Mit dem Gartenhause am Stern ist der Geist der Frau von Stein so verbunden, wie der Christianens mit dem Hause und dem Rosengarten und dem kleinen Pavillon auf dem Frauenplan.

Ich kannte selbstverständlich manches von Goethe, der Egmont und die Iphigenie hatten mich in Schauer des Entzückens versetzt, den »Faust« hatte ich einmal zu lesen begonnen und mit einer Art von heiliger Scheu wieder aus der Hand gelegt. Warte noch – dafür bist du nicht reif. Er nahm noch keinen Raum ein in meiner Seele, geschweige denn, daß er mir Führer oder Abgott gewesen wäre.

In meiner Familie, die denn doch einen stärkeren Einfluß auf mein geistiges Werden übte als ich selbst wußte, betrachtete man Goethe als Gesamterscheinung mit Mißtrauen, als den gefährlichen großen Heiden. Man ging nicht so weit wie jenes adlige Fräulein, die von ihrem Neffen sagte:

»Der Paul gefällt mir nicht – ich fürchte, er geht auf schlechten Wegen, er spricht so viel von Goethe.«

Immerhin konnte man lange Debatten darüber führen, ob es einem Christenmenschen erlaubt sei, sich in Goethes Werke zu vertiefen, und kam zu dem Schluß, es sei besser, man halte sich fern von dieser verführerischen Sinnenwelt.

Auch Schiller war nicht beliebt. Die Schillerfeier war seinerzeit von liberaler Seite ausgegangen. Er trug einen revolutionären, weltbürgerlichen Zug an sich, der Anstoß erregte und ins Lächerliche gezogen wurde. Soweit die Gläubigen nicht überhaupt die weltliche Dichtkunst verdammten und sich außer den Chorälen mit Novalis, Zinzendorf und Luise

Hensel begnügten, war Shakespeare ihr Mann. Ihm verzieh man Derbheiten wie Deutlichkeiten in der Sprache der Liebe sonderbarerweise viel eher als den deutschen Dichterheroen.

Nur ein gläubiger Christ unter allen, die ich kannte, lebte und webte im Faust, kannte vorzüglich den zweiten Teil wie wenige. Das war der Onkel Präpositus in Schloen. Goethe war zu jener Zeit der Dichter einsamer und erlesener Seelen.

Ich kam durch die Persönlichkeit zu seinem Werk. Sehr allmählich. Sein Geist sprach leise zu mir aus dem stillen Garten, aus den Versen, die er in den Stein geschrieben, aus dem Murmeln der Ilm und dem Mondenschein, der still über die Parkwiesen floß – aus der seltsam hohen, klaren Luft Weimars, der sich sein Atem vermischt hatte. Jahre vergingen, bis ich seine Gewalt innerlich fühlte, und weitere Jahre, bis er mir Lebensbegleiter wurde und Richtung weisend.

* *
*

Es war ein heller, kalter Apriltag und windig. *»Le fond de l'air est frais«*, zitierte Elisabeth. Ich schwankte ein wenig, ob ich das Frühlingskostüm wagen sollte und das weiße Schleierchen, das mir gut stand. Doch es blies scharf draußen. Wir gingen ja nur zu Tante Guste, die von Behmers fortgezogen war, um einer verwitweten Nichte bei Errichtung einer Mädchenpension zu helfen. Die Musik mußte einmal wieder der Nächstenliebe weichen. Zu diesem Besuch tat's auch der vom Neuhaldenslebener Schneider verbrochene schwarze Wintermantel, mit Hamsterpelz gefüttert und der graue Filzhut. Das bessere Kleidchen konnte für interessantere Gelegenheiten aufgespart bleiben. Wir schwatzten eine Weile mit den Verwandten und empfahlen uns dann. Auf der Treppe blieb der Onkel plötzlich stehen. »Wir könnten das Atelier oben ansehen«, sagte er nachdenklich.

Elisabeth stieß einen Ruf der Begeisterung aus. »Ja, das wird Ella freuen.« Wir stiegen statt abwärts eine Treppe höher, ohne daß ich mir im mindesten klar war, wohin der Onkel uns zu führen gedachte. »Du – jetzt verlier Dein Herz nicht«, flüsterte mir Elisabeth ins Ohr, »der da oben ist gefährlich!«

Ich lächelte. Mein Herz war gefeit. Der Onkel verschwand hinter einer Ateliertür. Gleich wurde sie wieder geöffnet. Ein sehr schlanker, junger Mann in einem weiten Winterüberzieher, ein kleines schwarzes Hütchen auf dem kleinen Kopf, hob den Vorhang in die Höhe, lächelte höflich und ließ uns mit einer einladenden Gebärde seiner schmalen weißen Hand eintreten.

Wie einst, als ich zuerst den Chiccolani-Garten betrat, so geschah mir auch jetzt: der Atem verging mir vor glücklicher Überraschung. Onkels Atelier war ein gemütlicher Arbeitsraum, nichts weiter. Noch nie hatte ich ein elegantes Studio gesehen und ahnte nicht, daß dieses hier berühmt war für den Geschmack und die Verschwendungslust seines Besitzers. Übrigens habe ich nur noch eine Erinnerung an lichte, zart abgetönte Farben, an sehr graziös geschwungene Louis XVI.-Meubel, antike Münzen, Marmorstücke und erlesene Bronzen. Zu blassem kühlen Blau gab helles Korallenrot eine aufreizende Note; auf Staffeleien standen Landschaftsbilder – bräunliche Parks mit verfallenen Tempelchen, mit stillen Gewässern, auf denen welke Blätter schwammen, an deren Ufern weiße Nymphen träumten. Und Bilder aus der römischen Campagna – mit hellen Himmeln und rötlich belichteten Ruinen. Es war nichts Wildes in diesen Bildern, in der Farbengebung, in der Art, wie die Natur hier empfunden war, offenbarte sich eine unglaublich feine Kultur, vereint mit einer etwas melancholischen Romantik, die mich entzückte.

Der Maler ging mit schnellen leichten Bewegungen hin und her, uns seine Schätze zeigend, unaufhörlich plaudernd. Seine nervösen blassen Hände griffen mit unruhig flatternden Bewegungen bald einen Stoff, seine Schönheit zart liebkosend – bald einen geschnittenen Stein, in dessen Reize er sich mit dem Onkel vertiefte. Der zeigte lärmend seine Begeisterung, er verkehrte mit ihm auf eine neckende, fröhliche Weise. Gegen uns Damen war er höflich, doch nicht beflissen. Er redete nie einen Satz zu Ende – bewegte sich in pointierten Andeutungen – mischte viele französische Brocken in die Unterhaltung, die mich fremdartig berührte, denn sie erging sich über ästhetische Gegenstände, schaltete alles Menschliche aus. Ich hatte den Eindruck: hier ist ein Mann, der in der Schönheit lebt und dem von der Schönheit aller Jahrhunderte nur das Erlesenste zum Genusse gut genug dünkt.

Die Züge seines Gesichtes waren von seltener Vollendung, die Nase, das Kinn, die schmalen Wangen, die Umgebung der grauen Augen, alles war unendlich edel und vornehm gebildet, das Haar, von dem er das kleine schwarze Hütchen abgenommen, war von einem Blond, das beinahe silbern schimmerte, ebenso das kleine Bärtchen auf der Oberlippe des beweglichen Mundes. Und eben diese geistige Beweglichkeit, der fortwährend wechselnde Ausdruck bewahrten den schönen Jünglingskopf und die zarte Gestalt vor der Süßlichkeit, die hübschen blonden Männern so leicht anhaftet. Er hatte keine Ähnlichkeit mit irgendeinem Menschen, den ich früher gesehen. Der Künstler zeigte mir ein in Schweinsleder mit silbernen Schließen gebundenes Büchlein, lateinisch, in köstlichem Druck auf vergilbtem Pergament und fragte: »Lieben Sie auch die alten Kirchenväter? Die Bekenntnisse des heiligen Augustin? O diese alten Herren kannten das menschliche Herz – was sind die Modernen dagegen?« Er machte eine Bewegung mit den Lippen, als schmecke er köstlichen alten Wein.

Ich mußte gestehen, daß ich wenig von den Kirchenvätern wisse … Er lachte leise und klingend. »Sie sind wohl auch keine Lektüre für junge Mädchen – verzeihen Sie, ich weiß nicht mit jungen Damen umzugehen … Unerhört nicht wahr?«

Ich lachte und errötete, mir fiel keine geistreiche Wendung ein, und er wendete sich wieder Elisabeth zu und sprach mit ihr über ein begonnenes Bild.

Der Besuch dauerte im ganzen nicht länger als eine Viertelstunde. Der Künstler war im Begriff gewesen, auszugehen, und wir wollten ihn nicht länger zurückhalten.

Zu Haus angekommen, ging ich sofort auf mein Zimmer. Dieses kleine Mansardenlogierzimmer, in dem ich stand, ohne mich auszukleiden, die Augen geschlossen, den Schauern hingegeben, die mich durchrieselten, mit einem Gefühl, das ich bis in die Zehen, bis in die Fingerspitzen jubelnd erschrocken empfand. Hinter mir starb alle Vergangenheit, ein ungeahntes Leben hatte begonnen. So meinte ich. Und war doch am Ende nur eine andere Form der Sehnsucht, die meine Jugend begleitete, bis das Haar weiß geworden war.

Altenberg sagt einmal – nein – er sagt es auf jeder Seite seiner Bücher: »Die unglückliche Liebe ist die einzig wahre Liebe.« Der geistige Einfluß einer Persönlichkeit auf die andere ist unendlich viel fruchtbarer, wenn er sich nicht in den Kämpfen um Besitz und Rechte aufreibt, mit den Wollüsten des Fleisches vermischt und vergröbert wird.

In mein, bisher recht philisterhaftes Leben war zum erstenmal der Künstler getreten. Nicht der biedere, bürgerliche Künstler, wie ihn Onkel Hermann darstellte, der Künstler mit Weib und Kind und geregeltem Hausstand, sondern der freie, schweifende Bohemien. Nicht ein Bohemien von den zerlumpten Dachstubenbewohnern, nein, ein Chevalier aus der

Nachkommenschaft der Watteau und Fragonard, der Grandseigneur, der mit Künstlertum und Künstlerlaunen bis in die Fingerspitzen geladene, mit lateinischer mehr als mit deutscher Kultur getränkte, und doch mit der melancholisch-ironischen deutschen Romantik beseelte, fremde Wundervogel. Der unbegreifliche – nie zu erreichende – vorüberstreifende, sich in unbekannte Fernen verlierende, nur sein verführerisches, aufreizendes Lied in der Luft zurücklassende Wundervogel – der Geist der Kunst selbst.

Dieser Mann war nie zu gewinnen. Von mir nicht. Sein Weg führte ihn weit von dem meinen ab. Ich spürte keinen Versuch zu irgendeiner Annäherung, die in dem engen Raum von Weimar doch nicht unmöglich gewesen wäre. – Ich trat vor den Spiegel und sah mich in meinem altmadamlichen schwarzen Tuchmantel mit dem Hamsterfutter – den kleinstädtischen Kleidern, deren Mode meiner schwanken, vornübergebeugten Gestalt so gar nicht angepaßt war. Ich sah das stille Gesicht, dessen Oval an die Madonnen des Perugino erinnerte. Aber der Madonnentyp war der letzte, der Herrn von S. reizen konnte. Sein Geschmack ging wahrhaftig nach einer anderen Richtung und erschien so sehr aus seiner eigensten Natur heraus geboren, so in sich vollendet, daß ein Abweichen nicht in Frage kam.

Über diese Dinge dachte ich kaum nach – ich wußte sie und kannte den Mann bis in seine innersten Gründe, tiefer als ihn je einer seiner vielen Bewunderer oder Bewunderinnen kennen würde. Das erfüllte mich mit einer schmerzlichen, resignierten Genugtuung. Herr von S. machte wenige Tage darauf dem Onkel einen Gegenbesuch, von dem ich erst erfuhr, nachdem er das Haus wieder verlassen hatte. Onkel pflegte interessantere Herren ungern in seinen Familienkreis einzuführen. Sie wurden im Atelier empfangen.

Ich habe den Mann, den ich liebte, selten und immer nur für wenige Augenblicke wieder gesehen. Meine Richtung der Welt und der Kunst gegenüber wurde in der Folge eine völlig andere als die seine. Als es mir später leicht gewesen wäre, ihm freundschaftlich näher zu treten, lehnte ich ab in dem Bewußtsein, den sichern Schatz der Vergangenheit nicht durch eine ungenügende Gegenwart aufs Spiel setzen zu wollen. Man soll die Götter seiner Jugend nicht profanieren. Eine Stunde, die ich in einer wilden Nacht und den Strudeln eines ausgelassenen Künstlerfestes an einem Ecktische, wie auf einer kleinen einsamen Insel mit ihm verplauderte, ließ uns bis an die äußersten Grenzen des Unbegreiflichen gehen, das Mann und Weib bindet oder scheidet. Und das Bedauern, das in jener Stunde in ihm aufstieg, mich nicht früher entdeckt zu haben, war mir genug. Das Leben hatte ihn schon arg verwüstet, er war nur noch der Schatten seines Selbst. Er wußte es, höhnte über sich mit seiner schwebenden, leichten, scharf treffenden Ironie. Wie der Glanz seines schillernden Geistes, die ruhelosen Nerven, der kultivierte Geschmack, ebenso war auch das Zügellose, das Selbstzerstörerische ein Teil seines Wesens. Ich, die ich nur nach Harmonie strebte, mußte die Unharmonischen lieben.

Was ist Liebe? Ich war dem Manne geistig ferne gerückt, stand in einem reich ausgefüllten Frauen- und Mutterleben, von der Gunst meines Vaterlandes getragen. Und als es geschah, daß einst bei Freunden Herr von S. in spielerischer Laune einen silbernen Lorbeerkranz ergriff, ihn mir über mein schon silbernes Haar hielt, und seine Finger mich mit einer leisen Liebkosung berührten, zuckte ein Schlag von wildem Glück durch alle Nerven, bis tief ins Herz hinein.

– Er ist nach schweren Qualen gestorben. Der Gefeierte und viel Geliebte war sehr einsam zuletzt und Dunkel war um ihn her.

Der Umzug

Der Tod der greisen Tante Nathusius hatte das harmonisch-reiche Gesamtbild des Klosters Althaldensleben schon etwas verändert. Der Mittelpunkt fehlte, um den sich die weitere Familie an festlichen Tagen so gern sammelte, die gütige Ahnin, die aus einer anderen Zeit in die unserige würdig hineinragend, alle Tradition hochhielt, die nicht nur für die Nathusiusse, sondern für alle aus dem Stamme Engelhard in Nähe und Ferne Teilnahme und Hilfe bekundete. Nachdem die Mutter geschieden, erlaubte sich ihre Tochter, die jahrelang nicht eine Nacht aus der Nähe der geliebten alten Frau gewichen war, ihre mannigfachen künstlerischen Interessen mehr zu pflegen und langersehnte Reisen nach dem Süden zu unternehmen. Die schönen Säle mit den Empirebildern und den sinnvollen Blumenmalereien von »Tante Hannchen«, die vornehm gemütlichen Wohnzimmer standen oft lange Zeit leer.

Wir waren nicht viel mehr denn zwei Jahre in Neuhaldensleben, als ein anderer Todesfall die Familie in Althaldensleben traf, der nicht zu verschmerzen war. Tante Luise, die Mutter der großen und kleinen

Apostel, mußte den bitterschweren Abschied von ihrem Gatten, ihren zwölf Kindern erdulden. Diese Frau hatte noch so strahlend geblüht in der Vollkraft ihrer warmen ganz erfüllten Natur, in glücklicher Ehe, in reichen, ausgebreiteten Verhältnissen, verehrt von allen Seiten, segenspendend und liebend, wie es wenigen unter denen, die da Weib heißen, gewährt ist. Ihr Tod, durch die Folgen eines scheinbar bedeutungslosen Unfalls hervorgerufen, wirkte auf uns alle mit der Gewalt eines erschütternden Schicksals. – Auch meine Mutter verlor unendlich viel in dieser Schwester, mit der sie die Jugend geteilt und durch die ganze Zeit ihrer Ehe in lebhaftem Briefaustausch treu verbunden geblieben war. Nun waltete die junge Bärbel in dem großen Hausstand und sollte viel ersetzen, was unersetzlich war. Ihr friedevolles, gelassenes Temperament kam ihr zu Hilfe. Ihre und meine Interessen waren auseinandergegangen, wir waren uns innerlich fremd, wurden es durch ihre ausgebreitete Tätigkeit mehr und mehr. Immer noch sah ich sie mit Bewunderung und leiser Rührung, wenn ihre hohe volle Gestalt, eine rosige Palma-Vechio-Erscheinung in ihren schleppenden schwarzen Trauergewändern durch die langen Korridore schritt oder bei der Familientafel präsidierte, mit den wundervoll geformten Händen den kleinen Geschwistern die Teller füllend.

Was leistete denn ich? Die demütige Arbeit einer Magd. Stiefel putzen, Jungenhosen flicken, Strümpfe stopfen, kochen, waschen, plätten, Wasser aus dem quellenden artesischen Brunnen herbeischleppen. Dabei konnte man keine schönen Hände behalten, die meinen waren von Frost geschwollen, blaurot angelaufen. Auch meine Kleidung hatte nichts Poetisches. Die Brüder dachten nicht daran, mich in der Weise zu verehren, wie die junge Herrin in Althaldensleben von all den hübschen Offizieren angebetet und verehrt wurde. Unsere Jungen sahen in mir immer nur die lästige Erzieherin zur Ordnung und Sparsamkeit, die Mahnerin zur Rücksicht auf die kränkliche Mutter.

Wären die Träume nicht gewesen! Doch nun erlebte ich ja fortwährend bei aller noch so trivialen Arbeit die reizendsten Abenteuer.

Zauberhaft spannend waren sie, so daß ich mich von einem Tag auf den anderen freute, was mir da wieder einfallen, welche neuen Bilder mein Hirn wieder aushecken würde! Ach, wenn junge Menschen ihre Phantasie nicht hätten – wie armselig grau wäre in den meisten Fällen ihr Dasein.

Und dann der Garten! Er bot eine unerschöpfliche Fülle der Freude, vom ersten Schneeglöckchen bis zur letzten blassen Rose zwischen nassen vergilbten Blättern am dornigen Strauch – bis zur Ernte der letzten köstlichen Gravensteiner Apfel. In dieser schwarzen fetten Erde der Provinz Sachsen wuchs jeder Senker, sproßte aus jedem Samenkorn die üppigste Pflanze. Und die Althaldenslebener Klostergärtnerei versorgte uns mit beidem, so daß wir nicht zu kargen brauchten, und das uns überlassene Stück des weiten ländlichen Gartens von bunten Blumen und edlen Rosensorten tropisch überquoll. Auf kleinem Rasenplatz stand zierlich das Mirabellenbäumchen, seine braungesprenkelten goldenen Früchte fielen beim Schütteln zu vielen Dutzenden ins grüne Gras. Eine Riesentanne, in die sich ein Kirschbaum schmiegte, gab einen ernsten Hintergrund von großem Stil, ein Bächlein, vom artesischen Brunnen ausfließend, umplätscherte es unter Farren und Vergißmeinnicht. Der Chiccolani-Garten war schön gewesen, eine reizende fremde Wunderwelt, doch nicht unser eigen. Der Althaldenslebener Park mit seinen weiten Fohlenkoppeln, dem melancholischen Teich und dem strenglinigen ernsten Eichenwald war herrlich – doch nicht unser eigen.

Hier erst lernte ich das Sprossen der Natur heimlich belauschen, hier erst ging mir das Wunder des Lebens auf, wenn aus dem eingesenkten Samenkorn die Keimblättchen sich drängten, die ersten noch von einer allgemein typischen Form, bis die zweiten die Art und Gestalt der mütterlichen Pflanze annahmen. Hier beobachteten die Mutter und ich gemeinsam das holde Wunder, wenn das in den wilden Rosenzweig eingefügte Auge der edlen Teerose oder der dunklen Purpurflammigen in dem Stamm verwuchs, und aus dem Schaft des Wildlings die Kulturblüte Kraft und Saft empfing. Hier fühlte man im Tiefsten die Seele der Pflanze, ihre in sich beschlossene Vollkommenheit. Wie andächtig tränkte man an heißen Sommerabenden die Dürstenden, säuberte sie von Schädlingen, gab ihnen jede liebevolle Pflege, wie man sie einem kleinen Menschenkinde geschenkt hätte. In der rosenübersponnenen Laube hatte ein Meisenpärchen sich das Nest gebaut, man lauschte dem Zirpen und Zwitschern drinnen, sah das Männchen ab und zu fliegen mit guten Würmchen und Fliegen im Schnabel, zur Ätzung der kleinen Brut. Und ein ganz heimlich wehes Ungenügen nagte am Herzen. Aber wenn man an heißen Sommertagen einsam dort saß unter all dem Blühen, dann sank die Arbeit in den Schoß und man starrte hinauf ins Himmelblau, an dem die leichten, weißgeballten Wolken segelten, starrte hinauf zu dem hohen Wipfel der grünen Tanne, wo die braunen Zapfen leise schwankten – bis auch die Träume zerrannen und die Seele alles Sehnen vergaß, eins wurde mit der Natur und allem Geschaffenen, selig in Lüften schwebte und schwankte, der Erdenschwere entrückt sich dem Gotte alles Werdens und Seins vermählte.

– Stunden unsäglich glücklicher Entrücktheit!

Doch trübe waren die langen Herbst- und Wintertage.

Meine Mutter hatte in einigen, geistig interessierten Frauen einen recht angenehmen Umgangskreis gefunden, für mich gab es nichts dergleichen – die Ressource und der Papenberg, diese Stätten kleinstädtischer Freuden sahen mich nicht wieder. Nur eine alte Frau, die Postdirektorin S., erst seit kurzem in Neuhaldensleben wohnhaft, besuchte ich häufig. Sie wußte klug und gut über Menschen und ihre Schicksale zu reden, solche Geschichten habe ich immer gern aus dem Munde erfahrener alter Frauen gehört. Sie war streng gläubig, in dieser Atmosphäre war es mir wohl – und doch immer ein wenig bänglich. Denn außer der Glaubenswelt schwang auch eine andere Saite des Lebens leise tönend in meinem Innern, und als böse, ja als teuflisch, wie diese Frommen konnte ich sie nicht anerkennen! Diese andere Saite wurde heitere Wirklichkeit, sobald ich mit Tante Henne zusammenkam. Oft sprach sie bei uns vor, auf ihren Berufswegen in die Stadt, und immer hinterließ eine halbe Stunde des Geplauders mit ihr eine Frische und Erhöhung des Lebensgefühls. Dazu kam noch das gemeinsame Interesse für die Schriftstellerei, das sie in mir wachzuhalten strebte, wenn es langsam wieder einzuschlummern drohte. Sie selbst schrieb ziemlich viel, doch alles war mir etwas zu verstandesmäßig. Es kam bei ihr stets aus der Idee, während mir zuerst die Gestalten vor Augen traten, ich ihre Stimmen hörte, ihre Bewegungen sah und sich daran dann die Situationen entwickelten. Tante Henne war ebenso ehrlich wie ihre Schwester, die kleine Tante Guste – beide hielten sich für nichts anderes als für Dilettanten, was sie ja auch im schönsten Sinne waren. Tante Henne konnte oft feine Worte über den Dilettantismus und seinen Wert für die Allgemeinkultur eines Volkes sprechen. Von mir erwartete sie mehr, und suchte mich auf die harte und strenge Arbeit hinzuweisen, die die Kunst verlangte.

Mit Mama verband sie die gemeinsame Armut. Ihr gegenüber konnte die gute Mama frei von ihren schweren Sorgen reden – denn 2000 Mark Revenüen im Jahr – davon vier Söhne und eine Tochter erziehen –, es wollte nie und nirgend reichen, trotz der Beihilfe guter Freundinnen und der Verwandten. Wie quälend waren mir diese Unterstützungen, wie peinigten sie meinen Stolz! Mama aber nahm sie mit einer rührenden Demut entgegen, als ein Opfer, das mit ihrer Witwenschaft verknüpft war, die sie trug wie ein heiliges, priesterliches Kleid.

Tante Henne war gealtert unter Entbehrungen. Sie wußte besser damit Bescheid, konnte wertvolle Angaben zu Sparsamkeiten aller Art machen, und wußte mit guter Laune und köstlicher Selbstironie zu berichten, wenn sie ihr bisweilen mißglückten. So zum Beispiel, wie sie einmal verfehlt spekuliert hatte, und sie die wertlos gewordenen Aktien noch als Tapete für ihren Flur zu verwenden gedachte, dabei aber auch den schönen Brillant ihres Erbringes in die Mauer hineintapezierte! Immer wußte sie Quellen zu billigen Nahrungsmitteln. Sie flüsterte Mama zu, wenn ein junges Pferd auf dem Gutshof zu Schaden gekommen war und erschossen werden mußte. Dann verschwanden die beiden Damen zu geheimnisvollen Wegen. Am anderen Tage kamen saftige Beefsteaks auf den Tisch, die von den Brüdern mit Jubel begrüßt und mit Begeisterung verschlungen wurden, während ich sie mit Mißtrauen und etwas Ekel hinunterwürgte.

Die magere behende Tante Henne war nicht zu denken ohne ihre dicke Köchin mit dem Beinamen »das Fichtelgebirge«, und das ebenso dicke Watschelhündchen Jolly, wie man sich auch die kleine runde Tante Guste nicht ohne ihre lange hagere Bäbenbrod vorstellen konnte. Beide Mägde, diese drolligen Gegensätze zu ihren Herrinnen dienten ihnen viele Jahrzehnte bis zu ihrem sanften Abscheiden, sie bildeten einen unveränderlichen Teil von deren Häuslichkeiten, geliebt und geschätzt von allen Freunden.

Es kam ein junger Pfarrer nach Neuhaldensleben, und der Gottesdienst am Sonntag wurde plötzlich aus einer etwas langweiligen Pflichterfüllung eine Sensation, ein seelenerschütterndes Erlebnis. Sollte nun endlich die letzte Wand durchstoßen, der Schleier gelüftet werden, der mir noch immer das Allerheiligste verbarg? Auch meine Mutter wurde zu einem lebhafteren religiösen Wollen emporgerissen. Sie bat den Pfarrer, während ich in Weimar war, die Vormundschaft über ihre Söhne zu übernehmen, denn der kleine Herr B. konnte ihr doch von Ägypten her nicht beistehen, und sie fühlte sich so hilflos den heranwachsenden Knaben gegenüber. Zwar rieten die Onkels hin und her, doch meistens falsch, und Verantwortung hätte keiner von ihnen übernommen. Nur hatte die liebe Mama über ihren Sorgen ganz vergessen, daß sie auch eine unverheiratete

Tochter besaß. Gott sei Dank – der Pfarrer verlobte sich bald darauf, und zwar mit jener stillverschlossenen wohlhabenden Bauerntochter, mit der ich die Partie zur Wartburg gemacht hatte. Wir freuten uns aufrichtig, schmückten die Wohnung für das junge Paar mit Blumen und Kuchen, dachten an einen herzlichen Verkehr im kleinen vertrauten Kreise mit der Frau Postdirektor, die auch dem neuen Pfarrer sehr gewogen war. Aber – das junge Paar kannte uns nicht mehr – dankte nicht, besuchte uns nicht, wich uns auf der Straße aus.

Tante Henne lachte und meinte: »Ja, Kinder, glaubt ihr denn, diese Leutchen sollten dem ganzen kleinstädtischen Klatsch Trotz bieten? Die Neuhaldenslebener hatten ihn doch vom ersten Tage an mit Ella verheiratet! –«

Das wußten wir freilich nicht. Wie fern waren meine Träume solchen Bindungen. Aber in meinem Herzen wie in meinem Verstande erhob sich die schwere Frage: wie war es möglich, daß Menschen, die in Gott lebten, nicht innerlich freier wurden? Wozu nützt ihnen der fortwährende Verkehr mit der Macht, die väterlich auf alle Welten niederblickt, die Hingebung an den Offenbarer höchster Liebeshuld, wenn das Urteil der Nachbarn ihnen Gesetz wurde? Noch wußte ich nichts von der Hörigkeit des Ehemannes. Und Nachbarn hatte ich nie gehabt – es war mir so grenzenlos gleichgültig, was Menschen über mich dachten. Deshalb urteilte ich hart über den jungen Pfarrer. Ohne mir damals schon ganz klar zu werden, riß die Kleinheit seiner Handlungsweise, ebenso wie die Gehässigkeit Stöckers eine gefährliche Lücke in mein Vertrauen auf die Kraft des Glaubens zur Umwandlung des Menschen. Die scharfe Luft des Zweifels, des Nachdenkens drang in die Bresche und zermürbte weiter. Manche Erfahrungen mußten noch folgen, bis das Gebäude einstürzte.

* *
*

In demselben Sommer veruneinigte sich meine Mutter mit unserm Hauswirt und er kündigte uns die hübsche ländliche Wohnung, das hieß für uns: Trennung von unserm geliebten, gepflegten Garten, zurück in die Prosa und Enge des kleinen Städtchens, das mir immer widerwärtiger wurde … Mama sah mein unglückliches Gesicht, sah meine Tränen und plötzlich rief sie, mit heftiger jugendlicher Impulsivität: »Dann gehen wir eben nach Weimar!« Ich schrie auf vor Freude, doch gleich kam der

Dämpfer. Woher das Geld nehmen? Zweihundert Mark würde der Umzug kosten. Ich kam mit meinem Sparkassenbüchlein und legte es vor die Mutter hin.

»Zweihundert Mark« – eigenverdientes Geld – Pfennig bei Pfennig gespart!

Das war schon eine Wonne.

Nun fanden sich auch eine Menge Vernunftgründe, die für die Übersiedelung sprachen. Althaldensleben bot uns nicht mehr den Halt, den meine Mutter erhofft hatte. Die Magdeburger Freunde verzogen zur gleichen Zeit aus der Gegend. Die kürzlich verwitwete Tante Lottchen mit ihrem Sohn nach Berlin, der Appellationsgerichtsrat S. nach Naumburg, von wo er und seine liebenswürdige Frau denn auch später gute Nachbarschaft mit uns Weimaranern hielten. Tante Henne, die viel an uns verlor, riet dennoch eifrig zu einer Übersiedelung, die sie für mich als Entwicklungsbedingung erkannte. Und wenn auch Onkel Hermann ein Künstler und kein Pädagoge war, so fand meine Mutter in ihm doch eher die männliche Stütze, die sie an dem jungen Pfarrer vergebens gesucht hatte.

Von den Brüdern waren drei schon aus dem Hause. Thom lernte in einer Zuckerfabrik, mit der Absicht später ins Ausland zu gehen. Albert – mein kleiner blonder Spielkamerad Atti, machte seine ersten Fahrten auf einem Segelschiff in der hervorragenden Stellung eines Schiffsjungen. Das Lernen lag ihm so wenig wie dem Ältesten. Mama hatte seinem phantastischen Verlangen, zur See zu gehen, nachgegeben, ahnungslos welchen Entbehrungen, welcher Gesellschaft allerniederster Sorte der zarte sensitive Junge damit preisgegeben wurde. Zur Kriegsmarine war kein Geld vorhanden. Lola, der Jüngste, war bei einem Pfarrer auf dem Lande. Für Martin, den geistig Begabtesten, war ein Schulwechsel, sowie besserer Verkehr dringend geboten – und hat sich auch vorzüglich bewährt.

Wir fanden eine Wohnung, die nur wenig teurer war als die bis jetzt inne gehabte, allerdings bedeutend enger. Auch ein Gärtchen war dabei, romantisch auf der alten Stadtmauer hängend, eigentlich war es aber nur ein erbärmliches Schattenfleckchen.

Doch wenn meine Mutter einmal einen Entschluß gefaßt hatte, hörte man sie nie über Unzulänglichkeiten, die sich daraus ergeben mochten, klagen.

Bei Behmers wurden wir mit großer Herzlichkeit empfangen. Zur Feier unserer Ankunft trat am 1. Oktober 1879 Marcus Behmer in diese Welt. Heut einer der strengsten, eigenartigsten und geschmackvollsten Künstler auf dem Gebiet der Zeichnung, Radierung und Buchkunst, die Deutschland besitzt. Bei dem kleinen Ankömmling sollte ich die Patenschaft übernehmen, und mit diesem Versprechen war die Freundschaft zwischen Elisabeth und mir von ihrer Seite besiegelt.

Aufblühendes Leben

Der mäßige Höhenzug, der sich über dem Ilmtal erhob und auf seinem Gipfel von der zinnenumgebenen Kaserne und dem weiten Exerzierplatz gekrönt wurde, trug weiterhin, jenseits des tiefen Einschnittes, in dem die Bahnzüge brausten, ein dichtverwachsenes Wäldchen, das Webicht genannt. Es barg in seinem Innern einen Pulverturm mit einer Schildwache und die großherzogliche Fasanerie, war deshalb mit Ausnahme der breiten Chaussee, die nach Tiefurt führte, für das Publikum verboten. Behmers hatten eine Erlaubnis vom Förster, sich darin zu ergehen, auch Maler sah man dort zu allen Jahreszeiten mit Skizzenbüchern, und Staffeleien – am häufigsten traf man den düstern, etwas struppigen Buchholz, von dem auch die Berliner Nationalgalerie ein Webichtbild besitzt, und den strengen Christuskopf von Christian Rolfs. Das Wäldchen, das aus den verschiedensten Baumarten bestand, brachte durch die Mannigfaltigkeit der Belaubung im Herbst eine Farbenpracht in Braun, Kupferrot, in hellem Gold und dunklem Grün hervor, wie ich sie selten wieder so herrlich geschaut habe. Es bildete eine Fundstätte für Naturstimmungen. Zwischen seinem, von Efeu und Waldrebe umsponnenen Unterholz sproßte im April der reichste Flor allerliebster Frühlingsblumen, das braune feuchte Laub des vergangenen Jahres war dann durchsprenkelt von tausenden der bunten Sternchen. Aber wie die törichten Menschen sich in ihrer Gier alles zerstören müssen, was die Natur ihnen an Freuden bietet, haben sie auch hier, als das Webicht dem Publikum zugänglicher wurde, so lange gerauft und geplündert, die Pflänzlein mit den Wurzeln herausgerissen, bis nun beinahe nichts mehr von jener zarten Schönheit erster Lenzestage übriggeblieben ist.

Elisabeth erwartete zur Taufe des Jüngsten als zweite Gevatterin eine Nichte, die Tochter ihrer sehr geliebten Schwester, die mit einem viel älteren Pfarrer verheiratet war. Dieser, ein geistreiches Original, hatte früh das Pfarramt aufgegeben und bewohnte nun mit seinen zwölf Kindern ein hübsches Landhaus in der Nähe von Dresden. Seine Verhältnisse gestatteten ihm, nicht reichlich, doch bequem zu leben, und seiner romantischen Neigung für die katholische Kirche durch den Verkehr mit einem Kreise aristokratischer Konvertiten immer neue Nahrung zuzuführen.

Ich hatte schon recht viel von dieser eigenartigen Familie gehört. Der Pastor A. stammte ebenfalls aus Anhalt – sein Vater war Klempner in Dessau und ein Freund meines Großvaters gewesen, der ja trotz seines Hochmutes eine Passion für den gebildeten braven Handwerker hegte. Dieser Dessauer Klempner nun war jahrelang bemüht, die Zusammensetzung japanischer Lackierungen zu ergründen und nachzuahmen, meines Wissens nach ohne Erfolg. Verheiratet war er mit einer Frau, die als Spielkameradin der Prinzen und Prinzessinnen im Schlosse aufgewachsen, eine treue, stille Klempnershausfrau wurde, deren Kinder aber doch durchaus über das Niveau des schlichten Handwerkerstandes hinausragten. Sowohl die ungewöhnlich schönen Töchter mit ihren langen goldenen Locken, die früh starben, wie auch der genialische und etwas exzentrische Sohn. In seinem Pfarrhaus im Harz hatte Elisabeth den größten Teil ihrer kurzen Mädchenschaft verlebt, in angeregtestem Verkehr mit den Grafen Stolbergs, der dichtenden und malenden Fürstin Reuß und der dort ansässigen Familie eines bekannten Malers – in einer Atmosphäre von Natur- und Schönheitskult und schwärmerischer Heilandsliebe. Ihre Erzählungen aus jener Zeit klangen wie Fragmente einer Eichendorffschen Novelle. Man kann also gut verstehen, wenn ich ungeduldig der Bekanntschaft meiner Mitgevatterin, der ältesten Tochter dieser reichen Kinderschar entgegenharrte. Ihre Mutter, eine überaus gütige Frau, von einfacher Anmut und kräftiger Beigabe des Douglasschen Humors, hatte ich schon bei früheren Besuchen kennengelernt und liebgewonnen. Sie ist später mit sieben Kindern zur katholischen Kirche übergetreten, ein letzter offizieller Schritt, den ihr Mann zwar billigte, zu dem er selbst sich aber doch nicht entschloß …

Man sagte mir am Tage vor der Taufe, als ich bei Behmers einschaute, ich möge nur ins Webicht gehen, da werde ich Lieschen A. schon finden, sie hole bunte Zweige, den Tauftisch zu schmücken. Nachdem ich auf den schmalen grünen Mooswegen des herbstlichen Waldes ein wenig gewandert war, sah ich unter dem goldnen Gefieder schlanker Birkenstämme eine Erscheinung mir entgegenkommen, die aus einem Bilde von Ludwig Richter herabgestiegen zu sein schien. Ein Mädchen von mittlerer Größe, von reizendem Ebenmaß der Glieder, in einem hellgrauen Gretchenkleide, die zierlichsten Schühchen an den zierlichsten Füßchen, auf dem Kopf ein schwarzes Samthäubchen, aus dem braune Löckchen über eine helle Stirne ringelten. Nicht große, aber in ihrer Schalkhaftigkeit bezaubernde Augen blickten lustig über das süßeste Näschen zu mir hin und der mit gelben und braunen Zweigen gefüllte Korb in ihrem Arm bewies mir vollends, daß das reizende Geschöpf nur das erwartete Lieschen sein könne.

Ich war sofort eingefangen von so viel Holdseligkeit. Sie schwatzte mit dem heitersten Zutrauen von lustigen und traurigen Familienerlebnissen, von allerlei kleinen Liebesbeziehungen, die in einem Kreise von so anmutigen Schwestern nicht ausbleiben konnten und mit Witz und Laune wiedergegeben wurden, daß des Lachens bei Elisabeth und mir kein Ende war. Elisabeth selbst war nie frischer und zu jeder Ausgelassenheit geneigter, als wenn sie ihre schwere Weibesstunde einmal wieder überwunden hatte und ein Kindchen an der Brust hielt.

Sie war eine bessere Hausfrau, als man ihrer Naturanlage nach vermuten sollte, doch nahm sie die Dinge der Alltäglichkeit niemals allzu wichtig, oder sie gab ihnen eine komische Feierlichkeit, die sie wieder aus der Trivialität heraushoben. Die Wunderlichkeiten und Künstlerlaunen ihres so viel älteren Gemahls suchte sie nicht etwa philisterhaft zu vertuschen, sondern behandelte sie mit demselben warmherzigen Humor, mit dem auch er ihre Schwächen betrachtete. – Verfiel der gute Onkel nicht am Morgen des Tauftages plötzlich auf die Idee, alle Zimmer umzuräumen und sämtliche Möbel umzustellen? Die Handwerker rannten mit Leitern, Farbtöpfen und Pinseln durch die Wohnung und vollführten ohrenbetäubendes Geklopfe und Gehämmere, das hübsche Kinderfräulein – wir hatten sie in dem gräßlichen Verdacht, sie schminke sich die Augenbrauen – suchte abwechselnd einen von ihren zwei Pflegebefohlenen. Das reizende Lieschen forderte immerfort andre Zutaten an Spitzendecken, Wachskerzen und silbernen Becken, um ihren Tauftisch so poetisch wie möglich herzurichten und wenn sie gerade damit zustand gekommen war, trat der Onkel kritisch näher, und sie mußte alles wieder umwerfen. Das Jordanwasser, das zu der heiligen Handlung benutzt werden sollte, verbreitete leider einen abscheulichen Geruch und mußte durch weltliches Ilmwasser ersetzt werden. Die

Kochfrau hatte tausend Wünsche und die gänzlich taube Mama Douglas suchte irgendeine Erklärung dieser unzeitgemäßen Unruhe zu erhaschen, man hörte ihre tiefe Stimme jeden fragen, der in ihre Nähe kam: Was will denn Hermann nur? – Elisabeth fand in all dem Wirrwarr kaum ein Eckchen, um das Kindchen vor dem feierlichen Augenblicke zu stillen. Obwohl der Pfarrer und die übrigen Gäste schon im Anzug waren, debattierte sie dabei seelenruhig mit mir über irgendeine ethisch-religiöse Frage, die in ihrem Hirn aufgetaucht war. Als nach Vollendung der heiligen Handlung sie im weißen Kleide, den neuen kleinen Christen im Arm, niederkniete, um nach altem frommen Brauch sich und das Kind vom Geistlichen einsegnen zu lassen, trug ihr Gesicht einen Ausdruck so tiefer Sammlung und Entrücktheit, daß man wohl sah, alle irdische Unruhe und Sorge war ihr abgrundferne.

* *
*

Lieschen blieb noch mehrere Wochen nach dem Fest in Weimar.

Wir hatten damals eine Leidenschaft für Verkleidungen. Zu lebenden Bildern fanden wir das beste Material in unserem kleinen Kreise – Kostüme lieferte Onkels Atelier und meiner Mutter Koffer mit den herrlichen Kleidern, die sie bei den vizeköniglichen Festen getragen, und mit denen in unseren jetzigen Verhältnissen sonst nichts anzufangen war.

Onkel Hermanns Künstlerauge ergötzte sich an dem Gegensatz und Einklang, den Lieschen und ich bildeten. War ich die Königin Antoinette, der der Dauphin entrissen wird, so war sie die rührendste Lamballe. Sonderbarerweise wählte Elisabeth sich die Rolle des wüsten Sansculotten in roten Zuavenhosen, die aus des Onkels Pariser Zeit stammten. Lieschen kniete als Philippine Welser, in einem hellblauen Gretchenkleide vor dem unerbittlichen Herzog, den der stattliche Hausherr mit seinem schön gepflegten Vollbart würdig darstellte. Ich sah als Maria Stuart, von Darnley geführt, verführerisch lächelnd auf den schlummernden Riccio nieder – zu dem mein Bruder Martin, ein schlanker bräunlicher Italienerknabe, das gewiesene Urbild war. In mein goldig-braunes lockiges Haar gehüllt, saß ich als Genoveva unter einer Tannenlaube und hielt den kleinen Schmerzensreich im Arm. Elisabeth war die lauschende Sarah, die triumphierend zuschaute, wie ihr Gatte die Hagar, das hübsche Kinderfräulein mit den gemalten Brauen, samt dem kleinen Ismael in die Wüste verbannte.

Wir schwelgten alle miteinander in unsrer eignen jugendlichen Herrlichkeit. Zuweilen fragte Elisabeth ihren Mann: »Ich verstehe nicht, warum du die Mädels nicht malst.« Er schüttelte wehmütig resigniert den Kopf: »Dazu muß man ein andrer Kerl sein als ich bin.« Und wieder verirrte sich Elisabeths Geschmack ins Groteske. Sie erschien plötzlich, während Gretchen Ob. am Klavier »der Tod und das Mädchen« sang, in weiße Laken eingewickelt, als der Tod, der das verstörte Lieschen mit sich zog. Hier wurde der Onkel streng und heftig. Die Vorstellung mußte unterbrochen werden. Der Anblick ihres Gesichtes, aus den weißen Laken starrend war entsetzlich – eine grausame Meduse. Unvergeßlich blieb mir ihr Ausdruck versteinten Menschheitsschmerzes, als sie später einmal die *Mater dolorosa* darstellte. In Elisabeth lag der Keim zu einer großen Schauspielerin. Viele künstlerische Keime lagen in ihr und man hätte nicht sagen dürfen: war es das Unglück ihres Lebens, daß keiner sich entfalten konnte – oder waren sie nur jäh genialische Ausbrüche einer wilden Natur, die von ihrer starken Weiblichkeit immer wieder eingesogen und vernichtet wurden?

Sie konnte als Revolutionär in den roten Franzosenhosen, mit offnem Hemd, das zerwühlte Gesicht vom schwarzen kurzen Haar umflattert, durch den Saal rasen und die Carmagnole tanzen, während die Apostel auf dem Klavier, die Madonnen an den Wänden und wir alle ihr halb erschüttert, halb peinlich berührt zuschauten. Und eine halbe Stunde später leitete sie den Gesang bei der Andacht, die uns vereinte, ehe wir von solchen berauschten Abenden auseinandergingen.

Zuschauer waren kaum vorhanden. Tante Guste mit Pensionärinnen und Nichten, meine Mutter, die Dienstmädchen – ein oder das andre alte Fräulein. Damit mußten wir uns begnügen und begnügten uns auch. Fremde Leute zu diesen Vorstellungen einzuladen, hätte Onkel als eine Verführung zur Eitelkeit empfunden. Nur ich träumte wohl von einem andern Zuschauer. Behmers besaßen doch Spiegel, die mich mir zeigten in all diesen Gewändern und Verkleidungen von Frauen, deren Schönheitsglanz unsterblich war. Mein Gesicht, meine Bewegungen, gaben jeden Ausdruck der Leidenschaft wie die Süße verträumter Einsamkeit wieder. Ich öffnete meine Seele, die erfüllt war von Bildern. Jede Schüchternheit fiel von mir ab wie eine böse Verzauberung.

Ja – war ich denn schön? – Ich war es nur in den seltenen Augenblicken, in denen ich gleichsam in den fremden Gewanden erst ich selbst wurde. Ich war es nie in den kleinstädtisch zugeschnittenen Kleidern des Tages, die so ungünstig waren für meine überschlanke Figur mit der lässigen müden Haltung. Damals war »Busen« Mode, und den konnte ich nun eben nicht in der gehörigen Fülle aufweisen. Niemals hatte ich elegantes Schuhwerk, nie tadellose Handschuhe. Alles irgendwoher geschenkt, geerbt, gefärbt – nichts zusammenpassend in Form oder Farbe. Ich war nicht eitel – aber ich besaß doch Geschmack – sah, wo es fehlte und wie es hätte anders sein können, wenn man nur ein wenig mehr Geld gehabt hätte. Aber daran mangelte es nach der Übersiedlung in die Stadt des Geistes und der Kunst mehr denn je.

Nun sah ich bei Lieschen, daß man auch Kleider tragen konnte, die nicht der Mode entsprachen, sondern der eignen Erscheinung angepaßt waren. Alles hatten sie und ihre Schwestern sich ausgedacht und selbst genäht. Sie erklärte sich gleich fröhlich bereit, auch mir ein »Gretchenkleid« zuzuschneiden. Doch den Stoff dazu kaufen? – Er hätte gewiß fünfzehn Mark gekostet – eine derartige Ausgabe würde ich meiner Mutter nie zugemutet haben. – Lieschen erklärte vergnügt, die korinthrote Ripstischdecke, in die Mama schon seit undenklichen Zeiten eine Blätterkante stickte (der Stoff stammte noch aus Alexandrien), diese Tischdecke könnte herrlich zu einem Kleide, wie sie es träumte, verwandt werden. Mama wehrte sich ein wenig, schließlich gab sie nach. Wir machten uns eifrig an die Arbeit. Viele Jahre hindurch blieb dieses korinthrote Kleid mit den Puffärmeln, der Hängetasche und der dicken weißen Rüsche um den Hals mein Staatsgewand. Es wies unmotivierte Nähte an den überraschendsten Stellen auf. Ein bißchen enge war es auch, ein bißchen schwer und heiß, denn es war ja Möbelstoff – ich steckte darin wie in einem Federkasten – trotzdem gefiel es mir sehr gut, und in dem Kreise, in dem ich lebte, gefiel ich auch den andern.

Ich schreibe die Jugend einer Frau, und im Frauenleben können Kleider ein Schicksal entscheiden.

Hatte ich Hoffnungen der Liebe an unsre Übersiedlung nach Weimar geknüpft? Ich weiß es heut nicht mehr. Ganz ohne Hoffnungen ist ein Herz, das liebt, niemals. Ahnend fühlte ich zugleich stärker als jede Hoffnung: Meine Zukunft mußte mir bringen, was ich am meisten fürchtete: Einsamkeit. Ich hatte die idealsten Begriffe von der Ehe und es wäre mir nicht möglich gewesen, zu verstehen, daß die Ehe für unendlich viele Menschen nur der Durchgang zur schlimmsten Verlassenheit bedeutet.

Herr von S. war kein Mann der Ehe, konnte es niemals werden. Liebt man hellseherisch, wie ich liebte, durchschaut man die Wesenheit eines Mannes bis in ihre tiefsten Gründe. Ich habe mich auch nicht geirrt. Obschon er später eine Frau genommen hat, die freilich keine Bürgerin war, ist er doch einsam gestorben.

Meine zweite Seele, die vernünftige Wirklichkeitsseele, die fortwährend die romantisch schwärmende begleitete, flüsterte mir zu, das neue Leben nicht durch ein Begehren zu hindern, das nicht erfüllt werden konnte. Zwar sah ich täglich, wenn ich zu Behmers den Berg hinaufstieg, das Haus, in dem der Maler wohnte, doch nie begegnete ich ihm. Er schien wie von der Erde verschwunden. War er gar nicht mehr in Weimar? Aufragen wagte ich nicht, weil ich fürchtete, mich zu verraten. Und, so sonderbar es klingt, es wäre mir am angenehmsten gewesen, ich hätte ihn niemals wiedergesehen – er hätte sich in Luft aufgelöst und mir nur den Traum zurückgelassen. So gut sollte es mir jedoch nicht werden. Im Laufe des Winters ging ich einmal mit Elisabeth in die Kunstschule, wo das Bild eines andern, eleganten jungen Künstlers ausgestellt war, an das sich allerlei Gerede knüpfte. Wir waren allein in dem Raum, betrachteten das Gemälde eingehend, wollten uns eben entfernen, als Herr v. S. eintrat. Er bemerkte uns nicht, die wir im Hintergrund standen, trat mit seinen hastigen Bewegungen vor das Bild, betrachtete es eilig, sah dann Elisabeth, hob den kleinen, schwarzen Hut von dem hellen Kopf, grüßte, wechselte ein paar nichtssagende Höflichkeitsworte mit ihr und entfernte sich. Mich hatte er überhaupt nicht beachtet. Und das war gut, denn der Raum drehte sich in wildem Wirbel um mich her, das Bild, Herr v. S., Elisabeth – alles tanzte von Feuerfunken umblitzt, von schwarzen Floren umhüllt einen unwirklichen Zauberreigen durch die Lüfte. Ich schloß die Augen, hielt mich am Fensterbrett, um aufrecht zu bleiben – und hatte auch nach ein paar Minuten die Wirklichkeit wieder ergriffen, zugleich mit Elisabeths Hand, die ich hilflos umklammerte. Sie sah mich an, und sagte leise, bewegt mit ernstem Gefühl: »Du armes Kind – so ist das?«

Wir haben wohl nicht sehr viel über die Begegnung gesprochen – immerhin war es mir eine Erleichterung, daß sie um mein Geheimnis wußte. Das war nun freilich sehr töricht von mir, denn die Erfahrung hätte mich belehren sollen, daß sie, ihrer Auffassung der Ehe nach, unmöglich diskret sein konnte. Und ich war bald verzweifelt, mich verraten zu haben, denn auf diese Weise verrammelte ich mir nun auch jede

Möglichkeit, durch Onkel Hermann seinen Namen wieder zu hören. Er wurde wie auf Verabredung hinfort nicht mehr genannt. Mir blieben nur ein paar Skizzen, die Onkel von ihm erworben hatte, um an ihn erinnert zu werden.

Künstler und ihre Gesellen

Die Räume des Künstlervereins befanden sich zu jener Zeit in einem Hintergebäude des Hotels zum Russischen Hof, über dem Pferdestall. Man mußte einen sehr schmutzigen, nur von einer schwankenden Laterne beleuchteten Hof überschreiten, um dorthin zu gelangen. Gab es Tanzabende mit Damen, so legten die ritterlichen Kunstschüler große Steine in die tiefsten Pfützen, damit wir auf ihnen herüberbalancieren konnten. Die Treppe war halsbrecherisch – eigentlich nur eine bessere Leiter. Oben durchschritt man zuerst einen Raum, in dem ein Bett stand mit weiß und rot gewürfeltem Federdeckbett. Wer in diesem Bette schlief, habe ich nie erfahren. Wahrscheinlich der Kutscher der unten stampfenden Rosse. Hier war auch die Garderobe. Die Künstlerkneipe selbst, aus zwei ziemlich großen Räumen bestehend, war niedrig und verräuchert, aber äußerst gemütlich. Die Wände hatten die jungen Leute altdeutsch, etwas parodistisch ausgemalt. Alles mußte in jener Zeit des neuerstandenen Deutschen Reiches altdeutsch sein. Butzenscheiben waren noch kein Kitsch, sondern künstlerische Höhe.

In diesem primitiven Lokal haben wir so manchen fröhlichen Abend gefeiert. Es ging recht harmlos zu dort. Niemand hatte Geld, von Schwelgereien oder Toilettenluxus konnte keine Rede sein. Ein Glas Bier, eine Tasse Kaffee und Thüringer Kräppel waren die leiblichen Genüsse. Ein gewaschenes und sauber gebügeltes Sommerkleidchen genügte uns vollkommen, dazu eine bunte Blume im Haar oder an der Brust. Am beliebtesten waren die Bauernfeste, denn überall in Weimar gab es noch die schönen alten Thüringer Bauerntrachten. Dann brachten wir wohl auch unsere Spinnräder mit – eine ganze Anzahl der jungen Mädchen konnten noch gut spinnen – auch ich hatte in den langen stillen Abenden in Neuhaldensleben mein Rädchen fleißig surren lassen. Es gab eine regelrechte Spinnstube mit Wettspinnen und allerlei Späßen. Später wurde getanzt. Das ging auch noch nicht sehr flott – die Tänzer waren meist vom Lande, ungeübt in allen gesellschaftlichen Künsten. Wir wurden ihre Lehrmeisterinnen. Die Tänze wurden so oft wiederholt, bis wir uns unter unendlichem Gelächter eingetanzt hatten.

Der Tag nach dem ersten Damenabend, den ich dort mitmachte, fiel auf einen Sonntag. Da wir Tante Gustchen erwarteten, hatten wir einen Kuchen gebacken, und saßen beim Kaffee, als zwei der jungen Leute, die ich am Abend zuvor kennengelernt hatte, zu einer feierlichen Visite antraten. Als wir sie nötigten, an unsrer Vesper teilzunehmen, lachten sie ein wenig verlegen: »Ja – wir sind nämlich nicht allein – unten warten noch ihrer sechse – die trauten sich nur nicht 'rauf. Dürfen wir sie rufen?«

Gleich war die Stube angefüllt mit Kunstschülern, die fröhlich unsern Kuchen aufaßen und feststellten, es sei bei uns sehr gemütlich und sie würden gerne wiederkommen.

Es entspann sich ein fröhlicher Verkehr, an dem auch meine Brüder, wenn sie jeweils nach Hause kamen, gern teilnahmen. Von den jungen Leuten hat keiner es zu großem Ruhm gebracht. Doch es waren brave, ehrliche Kerle, voll thüringischen Humors, manche plumper, manche feiner, lebenslustig, ohne zu viel Ansprüche waren sie alle. Obgleich den meisten gleichaltrig, fühlte ich mich ihnen gegenüber ein wenig als die ältere Schwester. Dem zwanzigjährigen Mädchen hat der zwanzigjährige Jüngling nur in Ausnahmefällen etwas zu geben. Eine Reihe hübscher junger Mädchen gehörte zu dem Kreis – Weimar ist immer reich an hübschen Mädchen gewesen. Es konnte nicht fehlen, daß sich hier und da Liebeleien anspannen, von denen die eine und die andre auch zu einer regelrechten Verlobung auswuchs. Dergleichen hier zu suchen, wäre mir freilich nicht eingefallen.

Von den altern Meistern nahmen einige teil an den jugendlichen Vergnüglichkeiten: Albert Brendel, Theodor Hagen, Weichberger kamen mit ihren Frauen, auch Behmers ließen sich sehen, doch nicht regelmäßig. Die eleganten jungen Künstler, »die Sterne des Großherzogs«, wie wir sie nannten, verkehrten am Hof – im Liszt-Kreis – mit den Schauspielerinnen – ein Hauch von interessanten Abenteuern umschwebte sie, allerlei pikante Histörchen wurden von ihnen erzählt. Der Künstlerverein sah sie nur bei seinen großen offiziellen Festen. Zu ihnen gehörte Herr v. S. Nachdem ich sicher war, ihm niemals zu begegnen, unterhielt ich mich recht gut – aber etwas Sehnsucht nach jener andern Welt der Sünde, der großen tollen Erregungen verließ mich nicht.

Im Juni besuchte uns meine Freundin Hedwig von O. aus Dessau. Ich war, trotz liebenswürdiger Einladungen, nicht wieder im Winter in Dessau gewesen. Die Anschaffung von Toiletten, die zur Teilnahme am geselligen Leben dort nötig gewesen wären, überstieg unsre Mittel bei weitem. Hedwig kam gern zu uns, trotzdem wir ihr nur die einfachsten Vergnügungen zu bieten hatten. In Neuhaldensleben wendete sie Heu auf der Wiese und ich sehe sie noch, mit gelöstem Haar, glühenden Wangen und blitzenden Augen, eine strahlende junge Sommergöttin hoch oben auf dem Heuwagen stehen und die Ackergäule lenken!

In die etwas phlegmatischen Althaldenslebener Vettern brachte ihre Erscheinung Leben und Feuer, sie konnte allerliebste lustige Lieder singen, wußte komische Geschichten zu erzählen, ein Atem von Frische und Frohsinn ging von ihr aus, der ansteckend wirkte. Und so war ihr Eindruck auch in Weimar. Wie die verwöhnte kleine Gesellschaftsdame in Neuhaldensleben die ländlichen Freuden genossen hatte, ergötzte sie sich in Weimar an der freieren, künstlerischen Atmosphäre! Und gleich schwärmte man auch hier für sie. Es war ein junger Dichter unter der Schar – er führte den schmerzlichen Beinamen: der Hungerbauch! Sein erstes Gedichtbuch aber trug den Titel: »Kaviar und Sekt«. Der verliebte sich heftig in das schöne Mädchen aus der Fremde. Sie amüsierte sich köstlich über seine Anbetung. Er lief in den Feldern umher und band ihr riesenhafte Feldblumensträuße, auf denen bunte Falter schwebten, grausamerweise mit Draht durchstochen und befestigt. Auch widmete er ihr das Gedicht, welches er mit kleinen Veränderungen für alle die von ihm bewunderten Schönen eingerichtet hatte:

»Heute sah ich alles rosa ...«

Ein andermal sah er alles grün und blau, je nach dem Kleide seiner Flamme. Er bedachte nur nicht, daß der Kreis seiner Bekanntschaften zu klein war, als daß sie gegenseitig nicht von dieser farbenwechselnden Huldigung erfahren und miteinander darüber gelacht hätten.

Wie genoß er und die andern guten Jungen einen Abend bei uns oder Woltzes mit kaltem Aufschnitt, Kartoffelsalat und Bier! Und wie fröhlich waren die Ausflüge im Omnibus ins Thüringer Land hinaus, nach Buchfahrt oder Berka, oder nach dem Rödchen, einem kleinen Walde, wo wir neben der Waldschenke um die Linde tanzten oder nach der Scheibe schossen – ein Feldblumenstrauß war der Preis für den, der die

Mitte traf. Und am duftenden Abend wanderte man in Gruppen oder zu zweien im Mondschein, durch den Wald, über die Felder nach Haus, bekränzt mit Laub und Blumen, trunken von Jugend und Natur.

Ich war enttäuscht, wenn Elisabeth solchen Ausflügen, die sie nicht liebte, fernblieb, doch war ich weit sicherer und lustiger ohne ihre Gegenwart. Am meisten liebte ich es, mit ihr allein bei Mondschein im Park zu schwärmen und ihre weiche dunkle Stimme ein altes Volkslied singen zu hören. Diese Aufgelöstheit im Naturgenuß verband uns beide tiefer als irgend etwas anderes. Ich war glücklich und neidete Hedwig ihre Eroberungen nicht.

Aber wurde ich denn nicht geliebt – von niemandem? O ja – ich achtete nur nicht darauf – einigemal hörte ich durch Zufall von Neigungen, die ich eingeflößt hatte und die jahrelang in der Stille gehegt und gepflegt worden waren – ich hatte sie nicht bemerkt.

Würde ich sie erwidert haben? Wahrscheinlich nicht. Doch sie hätten mein Selbstgefühl gehoben. So lebte ich weiter:

> Eingeschlossen in meiner Träume Zauberturm …
> Die Blitze waren mir Genossen
> Und Liebesstimme mir der Sturm.

* *
*

Der Duft von Lindenblüten lag schwer und süß über dem Sommerabend, und ein goldener Schein der sinkenden Sonne glänzte friedevoll gesättigt über den Baumkronen. Langsam wandelten die Menschen an den Parkwiesen entlang, und wo Zwei sich lieb hatten, suchte sich verstohlen Hand zu Hand. Und wo zwei Seelen einander verstanden, blickten die Augen Ruhe und gelassene Freude.

Gleich durchsichtigen Flügelwesen sanken gelbliche Blütenblätter durch die Luft auf meine ausgestreckte Hand, und ich wies ihr zartes Sterben der lieben Frau an meiner Seite.

Unter den Linden schauten wir zu der grauen Mauer, über der große, alte Bäume in sattem Grün ihre Kronen ineinander drängten. Ein morscher Pavillon hob sich aus dem grauen Gemäuer, hinter seinen Fenstern zerfielen die kleinen Mullgardinen zu Moder, aber auf seinem Dache saß eine Drossel und sang Zehen, mit klopfenden Herzen, wie Kinder, die etwas Verbotenes tun, traten wir ein in den Garten. Und wir standen atmend und schauten umher in stiller Andacht. Denn es war Goethes Garten. Und wir traten durch die heimliche Pforte, die er wie oft, wie oft, mit bebender Hand geöffnet, um zu der Geliebten zu eilen, die Ackerwand hinunter, im Schatten der Linden, zu dem gelben Hause an den Parkwiesen, wo die Freundin wohnte.

Und dann später schaute ein brauner Lockenkopf zwischen den kleinen Mullgardinen des Pavillons hervor, und die Freundin weinte und nährte mit ihren Tränen Haß und Bitterkeit. Aber der Dichter wurde wieder jung am Kuß des jungen Kindes, und unsterbliche Werke blühten aus seinem Geiste hervor …

Wir gingen träumend die mit Buchs gefaßten Wege entlang und Wellen von Rosenduft schlugen aus den grünen Schatten uns entgegen. Sonst webten die Spinnen um das Liebespförtchen ihre grauen Vergangenheitsschleier – heut in dem schwimmenden Sonnenglanze des Sommerabends war alles zu einem seltsamen neuen Leben erwacht. Gelber Sand lag aufgehäuft an der Pforte, als solle der verschlossen schlummernde Garten zur Heimkehr des Herrn geschmückt werden. Und in den Gängen, die die Enkel des großen Toten bange vor fremden Augen hüteten, scholl ein leises Raunen und Flüstern und das Trippeln kleiner, eifriger Füße. Wir gingen den Tönen nach und kamen zu einem runden Platze, ganz eingeschlossen und überwölbt von den hohen Bäumen, so daß er in grüner Dämmerung lag, nur wo das Gezweig sich öffnete, schimmerte in der Höhe das sanfte Abendlicht.

Und da sahen wir etwas, das glich einem lieblichen Märchen. Mitten auf dem Platze stand ein schöner Knabe, gleich einem kleinen Sommergott, behangen mit langen Kränzen grüner Blätter, die ihm feierlich von Armen und Brust niederhingen. Auf dem Kopfe trug er eine Krone blühender Rosen, auch auf den Schultern prangten, Rosetten gleich, große, geöffnete Blüten, und in der Hand hielt er einen Stab, von Rosen ganz umwunden.

Vor ihm kniete ein junges Dirnchen mit blonden Zöpfen, kaum dreizehn Jahre mochte es zählen, ein Staubtüchlein hing ihr im Gürtel, und ein Federwedel steckte wie ein kurzer Galanteriedegen daneben. Und die Bewegungen der jungen Gestalt, wie sie die grünen Windungen ordnete, waren von einer süßen und heiteren Anmut. Ein paar andre Kinder kamen mit wehenden Locken, die Schürzchen voll aufgehäufter Rosen aus dem Sonnenschein, wo die verwilderten, rotblühenden Dornensträucher leuchteten, in den grünen Schatten gesprungen und streuten singend ihren duftenden Raub vor dem friedlichen Knaben, dem gekrönten kleinen Sommerkönig aus.

Leise traten wir beiseite, das Spiel nicht zu stören, und gerieten in die duftende Rosenwildnis, die da wucherte – wucherte ein halbes Jahrhundert lang, und jeden Sommer ihre schimmernde rote und weiße Blütenpracht trug.

Das Haus schlief mit verschlossenen Läden, nur an einem Fenster hoch oben saß eine uralte Frau und strickte. Sie hatte Wolfgang Goethe, den alten Geheimbderath, wie sie in Weimar sagen, noch gekannt, hatte ihm gedient in seinen letzten Erdentagen, ein frisches Dirnchen wie jenes Mägdlein, das unter den grünen Bäumen den kleinen Sommerkönig schmückte. Und nun saß sie dort oben als die alternde Zeit, die da trauert über das Vergängliche und heilige Erinnerungen hütet.

Aber in der goldenen Abendstille wandelte der Geist ewiger Schönheit auf den blühenden Wegen und berührte die armen Kinder, die sich durch das graue Liebespförtchen in den Garten verirrt haben mochten, mit heiter segnendem Gottesfinger.

Und glücklich schlichen wir von dannen, umhaucht von des Dichters Lebensodem.

* *
*

In demselben Sommer feierte der junge Maler Hoffmann von Fallersleben, der Sohn des Dichters, der in Behmers Haus auf dem Kasernenberg gewohnt hatte, seine Hochzeit mit der Tochter unsrer Hauswirtin. Das hängende Gärtchen auf der Stadtmauer war von Lampions beleuchtet, alle Stuben wurden von Helene Böhlau, einer Freundin der Braut, phantastisch mit großen Sonnenblumenstengeln und einem wirren Gerank von Kapuzinerblüten geschmückt. Unter dem Kronleuchter stand Walther Vulpius, der Urgroßneffe Goethes. Seine hochgewölbten Brauen, die schön geschnittenen dunklen Augen und das Profil zeigte augenfällige Ähnlichkeit zu dem großen Ohm und man war geneigt, eine geheime Blutsverwandtschaft zu vermuten. Er deklamierte mit tönender Stimme etwas Selbstgedichtetes, das der Blutsverwandtschaft weniger entsprach. – Als der Abend weiter vorschritt, klang Männergesang von der Straße herauf. Ein Gesangverein hatte von der Hochzeit des Sohnes seines verehrten Dichters gehört und stimmte ihm zu Ehren Hoffmann von Fallerslebens Lieder an und sein »Deutschland, Deutschland über alles«.

Es war ein Abend voll echten idyllischen Weimarzaubers.

Goethes legitimen Enkel Walther von Goethe lernte ich durch eine gemeinsame Bekannte kennen. Kurze Zeit, ehe er in der Dachstube seines großväterlichen Hauses am Frauenplan einsam sein Leben verhauchte, betreut und von der Außenwelt eifersüchtig abgeschnitten von seinen Parzen, den drei uralten Dienerinnen, die noch beim alten Herrn Geheimrat in Dienst gestanden hatten und den Enkel liebten und quälten.

Die Welt der Vergangenheit tat sich auf. Als nähme man aus einem wohlgehüteten Raritätenschrank welk duftende, zerbröckelnde Kostbarkeiten, von denen man fürchten muß, sie zerstieben, sobald man sie dem Licht des Tages aussetzt. Die alte Dame, die uns eingeladen und die vor uns saß mit ihrer fuchsigen Perücke und den großen falschen Raffzähnen – sie hatte mit dem Rosenkranz auf dem Kinderköpfchen am letzten Geburtstag des Dichters einen kleinen Genius dargestellt, und die Hand des Olympiers hatte freundlich segnend dort geruht, wo nun die fuchsige Perücke saß. Als junges Mädchen war sie vom Großherzog Karl Alexander geliebt worden – in allen Ehren selbstverständlich – indessen man hatte doch Brieflein getauscht, bis das süße Spiel entdeckt und sie getrennt wurden. Der gute, so treu an seinen Erinnerungen hängende Karl Alexander kam noch immer hin und wieder zum Tee zu der alten Dame, und dann redeten sie von versunkenen Zeiten.

Heute war nur Walther von Goethe anwesend, ein kleines häßliches, schüchternes graues Herrchen. Er führte eine zierliche, altmodische Unterhaltung mit meiner Mutter, die zierlich und fein erwiderte. Sie gefiel ihm sichtlich in ihrer vornehmen Damenhaftigkeit. Er wurde redselig, erzählte von seiner Mutter Ottilie, von seiner früh verstorbenen Schwester, die sich in Wien so sehnsüchtig nach Weimar gebangt habe – bis man sie im Sarge zur Heimat zurückführte und von seinem Großvater, in dessen Arbeitsstube er habe spielen dürfen. Von dem allen kann man in jedem Literaturbuch lesen. Doch ein zartes wehmütiges Leben erhalten die heiligen Erinnerungen und bewegen das Herz, hört man sie von den Lippen abscheidender Menschen, die von der eignen blühenden Jugend erzählen.

* *
*

Der »Faust« wurde in jedem Jahr nur zweimal aufgeführt – im Frühling, wenn der Flieder blühte. Das war jedesmal ein Volksfest für ganz Weimar.

In zwei Tagewerken, hieß es auf dem Zettel, wodurch schon angekündigt wurde, daß es sich nicht um eine gewöhnliche Theateraufführung handelte. Aus allen Bevölkerungsschichten nahm man teil an dem Werk als Zuschauer oder als Mitspieler, denn das gewöhnliche Theaterpersonal reichte bei weitem nicht aus. Dadurch verbreiteten sich Worte und Gedanken der Dichtung, wie Samenflöckchen von einem mächtigen blühenden Baum, vom Wind geführt, hinaus in alle Lande wehen.

Die Schuljugend auf der Straße übte sich in den Sprüngen der Meerkatzen und schrie das Hexeneinmaleins dazu. Als meine Mutter einen braven Tischlermeister bat, ihr ein paar Faßreifen übereinander zu schlagen, damit sie ihre Rosen hinaufranken könne, antwortete er: »I freilich – ich mache Sie ein Kreuzgewölbe, so wie bei'n Doktor Faust im ersten Akt.« – Eine Marktfrau, die gelobt wurde, daß ihr Stand so reich bestellt sei, meinte schlagfertig: »Wer vieles bringt, wird jedem etwas bringen.« Diese Beispiele können endlos fortgeführt werden.

Man begab sich um fünf Uhr nachmittags, noch bei hellem Tageslicht, zum Theater, vor dem das Zwillingspaar der Dichterheroen milde auf die Scharen niederlächelte, die nicht nur aus Weimar selbst, auch aus Erfurt, Jena, Apolda und Naumburg herbei wallfahrteten, oft ganze Familien andächtiger Pilger, den Reiseproviant in gestickten Beuteln oder Körbchen am Arme schaukelnd. An zwei aufeinanderfolgenden Tagen dauerte die Vorstellung, von längerer Pause unterbrochen, jedesmal bis Mitternacht. Das Theater war bis zum letzten Platz gefüllt, auf dem rechten Balkon die adligen Abonnenten und was sonst zum Hof gehörte, auf dem linken Balkon die eingesessenen bürgerlichen Familien, im Parkett die Fremden – oben auf den Galerien drängte sich Volk und Jugend, fast jeder von diesen hatte einen Angehörigen, der mitspielte.

Die Kreise von Verwandten, Freunden und Bekannten fanden sich in der Pause zusammen. In den Gängen und Treppen des engen Theaters, draußen auf den Stufen des Goethe-Schiller-Denkmals, in den Gärten der benachbarten Restaurationen saß man und stärkte sich an den mitgeführten Eßwaren. Es entstanden fröhliche kleine Picknicks, man plauderte, tauschte heftige Rede und Gegenrede, stritt glühend über die Spieler, über die Lassensche Musik, über Unverständliches des an dunklen Stellen reichen zweiten Teiles, bis man erquickt und erfrischt wieder zu andächtiger Hingebung an die Dichtung fähig war. Das mag manchem Ästheten anstößig erscheinen, war es aber ganz und gar nicht. Ein heimliches Hinunterschlingen von Butterbroten in einem dunklen

Winkel oder ein rücksichtsloses Stürmen und Drängen um ein spärliches Büfett ist es viel mehr.

Hier schwebte ein lindes Abendlicht freundlich verklärend über die frohen Gruppen. Die Düfte des Flieders und des jungen grünen Laubes umwehte sie, all die eifrigen jungen und ältern Mädchen in den frischgestärkten weißen und bunten Sommerkleidchen, die Schüler und Studenten mit den farbigen Mützen, die würdigen Mütter mit den ehrbaren Spitzenbarben über den Scheiteln und den besten schwarzseidenen Kleidern, die stattlichen weißbärtigen Herren, deren Weimar so viele besaß. Ein Volksfest war es – wie jene fromm-weltlichen Kirchenfeste alter Zeiten, und der Meister selbst würde seine Lust daran gefunden haben.

Mit derselben inbrünstigen Liebe, mit der man kam zu hören, gaben auch die Spieler von der Bühne herab ihr Bestes. Von innen heraus, aus der Seele von Zuschauern und Darstellern geboren, entstand die weihevolle Stimmung, die beflügelt über alle Unzulänglichkeiten hinwegtrug. Dieselben Schauspieler spielten dieselben Rollen durch Jahre hindurch, auch in den Dekorationen wurden keine Experimente gemacht. Der »Faust« war ein wenig zu brav, das Gretchen in den lieblichen Szenen zu wenig naiv, um später zu großer tragischer Wahrheit emporzuwachsen. Der Schäfer, der sich zum Tanze putzte, war nahe an die Siebzig, der Schüler immer wieder entzückend und Euphorion von der leicht manierierten Grazie eines Fragonard-Püppchens. Der Himmel mit seinen Engelscharen erschien – man mußte es zugeben – eher komisch als erhaben, und die Musik von Lassen fügte sich nur in den idyllischen Szenen restlos der Dichtung an, im ganzen blieb sie wohl hinter dem gewaltigen Schwunge dieses Weltgedichtes weit zurück.

All das Primitive, Ärmliche, Enge – erinnerte es nicht an die mittelalterlichen Puppenspiele, aus denen der Faust einst entstanden? Und deckte es sich nicht in einem tiefen Sinne mit des Dichters bescheidenem Worte:

> Das Unzulängliche –
> Hier wird's Ereignis.

Doch gleich möchte man hinzufügen:

> Das Unvergleichliche,
> Hier ist's getan.

Vollendet kann eine Aufführung des Faust niemals werden, auch mit den raffiniertesten Mitteln moderner Bühnentechnik nicht. Hier in den Frühlingstagen des alten Weimar war sie durchleuchtet von hingegebener Begeisterung und wirkte wie ein Symbol alles Menschlichen: in dürftigem Gefäße trug sie das Ewige.

Es wäre uns als eine greuliche Profanation erschienen, etwa einen der zahlreichen Führer durch die Labyrinthe des Faust zu lesen und uns durch diese philologischen, dürr gelehrten Ausleger leiten zu lassen. Langsam tasteten Elisabeth und ich uns aus eignem Instinkt an das Verständnis heran, von manchen langen Pausen und tiefen Irrtümern unterbrochen. Leicht wurde es uns eben nicht gemacht. Wie ich schon erwähnte, galt Goethe bei frommen Leuten für arg verdächtig, und man muß zugeben, daß seine tiefe, das All umfassende Religiosität mit dem christlichen Dogma oft hart zusammenstieß. Frau W. mißbilligte es überhaupt, daß, Elisabeth durch die Aufführung des Faust in einen Rausch von Begeisterung versetzt wurde, sie kritisierte besonders scharf den Schlußgedanken: Das Ewigweibliche zieht uns hinan. Sie deutete es in einem recht groben, irdischen Sinne aus, an dem dann leider auch Elisabeth haften blieb, sich so durch Gewissenszweifel Genuß und Erhebung zerstörend. Das Ewigweibliche war den frommen Menschen die ewige Verführung des Fleisches, der denn doch im Leben Fausts allzu viele Zugeständnisse gemacht wurden, wogegen seine Strafen nicht genügend hart erschienen. Die katholische Aufmachung des Schlusses, die Eremiten wie die Mutter Gottes, waren anstößig, und Gretchen gehörte eben ein für allemal nicht in die himmlischen Regionen. Jeden Frühling entspannen sich die Diskussionen, wie der Christ sich zum Faust und zu Goethe überhaupt zu stellen habe. Die liebe Tante Gustchen bekannte offen, daß ihrer Natur diese Welt gewaltiger Probleme nicht liege. Meine Mutter enthielt sich jedes Urteils. Onkel Hermanns und Elisabeths künstlerisches Gefühl wurde erschüttert von der Schönheit der Dichtung, desto gefährlicher, sinnbetörender erschien sie ihnen in gewissen Augenblicken. Vielleicht hat Elisabeth schon ahnend empfunden, daß dieser Zwiespalt sie einst zerstören würde.

Seltsamerweise begriff niemand von diesen frommen, doch eigentlich gescheiten Menschen, verblendet durch ihre Glaubensklaubereien, wie nahe den höchsten göttlichen Offenbarungen der Dichter gedrungen ist in diesem Menschendrama der irrenden und suchenden, der schaffenden und rettenden Liebe.

So klar, wie hier die Worte stehen, begriff ich dies damals nicht. Doch fühlte ich schauernd alle Tiefen des Lebens sich öffnen, blickte schwindelnd, benommen vor Staunen, in finstere und schimmernde Abgründe. Alle Kritik schien mir Blasphemie. Leise, leise zog sich etwas in mir zurück, verschloß sich vor der Freundin mit jener zagen Enttäuschung, die man fühlt, wenn ein letztes Verstehen mit dem geliebtesten Menschen nicht eintritt.

Ich war geistig viel zu schüchtern, um es auf energische Diskussionen ankommen zu lassen. Und es meldete sich auch schon jene, vielleicht ein wenig müde Resignation, die da spricht: Wozu denn? Alle verschiedenen Meinungen der Menschen gründen sich doch letzten Endes auf ihre verschiedenen Naturen. Wie herrliche Worte der Begeisterung und des Verständnisses fand Elisabeth dann auch wieder für die Gretchen-Tragödie und andere Stellen, die sie entzückten, während mir die Lippen verschlossen blieben. Sie fühlte in der Dichtung alles stark, was steil aus dem starken, blutvollen Leben aufstieg, und lehnte alles ab, was nach Theorie oder Symbolik schmeckte. Damit war dann freilich Fausts ganzer zweiter Teil für sie gerichtet.

Ich habe mich gleicherweise nicht tief hineingegrübelt. Wie ich mich denn vom Strom der Tage treiben ließ, ohne allzuviel Nachdenken. Ich erinnere mich nicht eines Buches, das mich länger beschäftigt hätte. An meinen Roman dachte ich längst nicht mehr und hatte das Schreiben aufgegeben. Die langen Traumstunden meiner Neuhaldenslebener Einsamkeit fehlten mir, und ich vermißte sie gern. Wenn die häusliche Arbeit getan war, flüchtete ich zum Kasernenberg. Dort war immer Geschwirr und Gewirr von Kindern und Erwachsenen, immer munteres fröhliches Leben, und komische Geschichten passierten alle Augenblicke. Wir teilten alles: Sorge und Lust der Kinderstube, kleines eheliches Gewölk, Freundes- und Verwandtenbriefe – ich lebte nicht nur Behmers Dasein mit, sondern auch noch das von Elisabeths Mutter, Schwestern, Nichten und Freundinnen.

So ziemlich war mein eignes Sein beschlossen in dem Schillerverse:

Ein treuer Knecht war Fridolin
Und in der Furcht des Herrn
Ergeben der Gebieterin,
Der Gräfin von Savern.

Wieder gab es gegen Ende des Winters ein Künstlerfest. Eine Weltaus-
stellung sollte es darstellen. Wir arbeiteten mit unsern Freunden abende-
lang bei Bier, Kaffee und Kräppel an der Ausschmückung des Saales mit
Girlanden von phantastischen Papierblumen. Die jungen Künstler lieferten
die zu solchen Gelegenheiten übliche Ausstellung von Ulkbildern, in
denen sie Lehrer und Kameraden lustig karikierten.

Ich trug an dem Abend ein florentinisches Kostüm aus den dreißiger
Jahren, das sich in Tante Gustchens Besitz vorfand. Es stand mir vorzüglich, und ich schien aus einem der idealistisch-romantischen Bilder der
deutschen Künstler in Italien herabgestiegen. Allmählich fühlte ich mich
auch in den verräucherten Räumen des Künstlervereins zu Hause, und
meine Schüchternheit, die mich oft wie in ein widerwärtiges Spinngewebe
einwickelte, mir jede freie Regung verwehrend, quälte mich zum Glück
nicht mehr so sehr. Ich hatte Erfolg und tanzte viel. Schon bei vorgerück-
ter Stunde sah ich Herrn v. S. im Überzieher, den kleinen Hut auf dem
blonden Kopf, im Saal auftauchen, an der Seite des Euphorion, des ma-
nieriert-graziösen Fragonard-Püppchens, das heut sein unauffälliges
Straßenkostüm trug. In mir erhob sich ein Trotz, der sich von dieser
beunruhigenden Gegenwart nicht besiegen lassen wollte. Das Fragonard-
Püppchen galt als seine Geliebte, und beide gaben sich keinerlei Mühe,
ihre Beziehungen der Öffentlichkeit vorzuenthalten. Was gingen sie mich
an? Bald verließen sie mit andern Theaterleuten das Fest, wurden jedoch,
Abschied nehmend, aufgehalten in der Tür zu jenem Raum, in dem das
Bett mit den rotkarierten Kissen stand und die Mäntel lagen. In der
Nähe plauderte ich mit einem jungen Russen, einem witzigen und
blitzgescheiten jungen Manne, mit dessen Mutter Herr von S. befreundet
war. Die Unterhaltung war sehr angeregt. Und plötzlich überglomm
mich ein Erschrecken. Herr von S. hatte sich von dem Euphorion, der
auf ihn einsprach, etwas abgewendet, war einen Schritt in den Saal getreten, er beobachtete mich – er sah mich – zum erstenmal seit jenem Besuch im Atelier vor beinahe zwei Jahren sah er mich. Eine kleine Szene
zwischen ihm und dem Euphorion folgte, er verschwand mit ihr und
stand nach zwei Minuten allein in der Tür. Die Kunstschüler zogen ihn
jubelnd herein, entrissen ihm im Triumph Hut und Mantel – der Zauber
dieses eigentümlichen Mannes wirkte, das wußte ich, auch auf die jungen
Leute, von denen einige geradezu für ihn schwärmten. Er dankte lachend

mit einem flüchtigen Handheben und schlenderte nachlässig auf mich zu. Wie im Vorübergehen sprach er mich an, als hätten wir uns gestern zuletzt gesehen, doch sehr weltmännisch, ohne jede Vertraulichkeit. Eine feine Bewegung gegen den jungen Russen entschuldigte die Störung im Gespräch, der zog sich dann bald zurück. Und den Abend blieb Herr v. S. an meiner Seite. Doch der Abend war bald zu Ende.

Zum nächsten Tage war eine Art Nachfeier geplant, in kleinerem Kreise und ohne Kostümzwang. Ach Gott – da blieb mir nichts als mein sehr unmodernes, vielfach gewaschenes, weißes Batistkleid, aus einem alten von Mama zurechtgeschneidert. An dem Abend hätte ich meine Seele für eine geschmackvolle Toilette verkauft. Doch niemand wollte meine Seele haben.

Herr von S. war anwesend. Er sprach anfangs mit Onkel Hermann, dann näherte er sich mir, das reizende Lächeln überglänzte mich, die grauen Augen blickten in die meinen, und daß ich's nur gestehe: ich entdeckte nun erst eigentlich, wie der Mann ausschaute, dessen Bild ich seit so langer Zeit im Herzen trug – ich mußte es in mancher Hinsicht revidieren. Was wir sprachen, weiß ich nicht mehr, er führte mit seiner beweglichen, sprunghaften Lebendigkeit die Unterhaltung fast allein. Meine Antworten mußten ihn wohl nicht enttäuschen, er sprach, blickte, bewegte sich, wie es ein Mann tut, der gefallen will. An diesem Abend bewog Elisabeth ihren Mann, Erbarmen zu haben. Wir saßen zuletzt in einem kleinen Kreise bis vier Uhr morgens zusammen. Der Rest der Bilder und Skizzen wurde verauktioniert, Elisabeth erstand auf meine Bitte hin für mich eine kleine Skizze von ihm. Er sagte mir, das große Bild, das er danach gemalt, werde am nächsten Sonntag in der Kunstausstellung zu besichtigen sein.

Ob ich nun glücklich war? Nein – die Spannung war beinahe unerträglich, und eine Angst, die ich nicht beherrschen konnte, raunte fortwährend: Es ist ja doch umsonst und alles ein Traum, aus dem du schnell erwachen wirst.

In den folgenden Tagen wurde der Künstlerkreis in eine tiefe Erregung versetzt. Ein talentvoller junger Künstler hatte die Art und zugleich den Namen eines andern Malers auf einem der Ausstellungsbilder harmlos parodiert. Doch dieser, ein jähzorniger, brutaler Geselle, nahm den Scherz nicht gelassen hin wie die andern, sondern verließ empört das Fest. Am nächsten Morgen ging er, mit einem wuchtigen Stock bewaffnet, zu dem ahnungslosen Missetäter, und als dieser in die Tür trat, ihn einzulassen, schlug er ihn mit einem gewaltigen Hiebe nieder. Der junge, sehr zarte, herzkranke Künstler starb nach wenigen Stunden – wie es hieß: nicht an dem Schlage, sondern an einem Herzkrampf. Moralisch war der Rohling dennoch gerichtet und verließ auch Weimar bald nach diesem schrecklichen Ereignis.

Ein dunkler Schatten lag nun für uns alle über der Erinnerung an das fröhliche Fest, das einem liebenswerten, sympathischen Menschen das Leben gekostet, einem andern die Zukunft vernichtet hatte. Ich kannte den unglücklichen jungen Künstler nicht persönlich, aber etwas wie ein banges Vorgefühl von dumpfem Leide lag mir auf allen Sinnen.

Am nächsten Sonntag war ich mit Elisabeth in der Ausstellung – daß ich allein hatte gehen können, wäre mir gar nicht beigekommen.

Eine große Parklandschaft in bräunlichen Herbsttönen, ein blaugrün-blasser Himmel, auf einer Marmorbank eine feine stille Frauengestalt – die Stimmung der welkenden Blätter, der ziehenden Vögel, der abschied-nehmenden Seele. Eine Romantik, die mir heute etwas süßlich vorkom-men würde, die mir an jenem Sonntag als das Schönste erschien, was je auf Erden gemalt worden war.

Herr von S. kam auf einen Augenblick, sprach technische Fragen mit dem Onkel durch, der ihm seine Anerkennung nicht verhehlte. Was ich dachte und fühlte, las er wohl mehr aus meinen Augen als von meinen Lippen. Und dann die leise Frage: »Sie wohnen bei Behmers?«

»Nein – aber ich bin täglich dort.«

»Oh – heut nachmittag? Sicher?«

Onkel Hermann hatte ihn vielleicht schon aufgefordert, wie er denn, sobald er begeistert war, oft Sachen tat, die seinen eigentlichen Überzeu-gungen schnurstracks entgegenliefen.

Der Nachmittag kam. Meine Mutter und Tante Gustchen waren anwe-send. Ich trug das Federkasten-Gretchenkleid aus der Ripstischdecke. Und wartete. Bis zum Abend. Herr von S. kam nicht. Und beinahe war ich froh. Was hatte diese sonderbar exzentrische Kulturblüte in dem guten, bürgerlich frommen Familienheim getan? Zwischen den grünen Plüschmöbeln, unter all den Madonnenbildern und den Gipsaposteln auf dem Klavier und den ab und zu laufenden Kindern?

Nein, das war unmöglich.

Nun, er ist doch noch einmal gekommen. Kurze Zeit nach jener durchwarteten Stunde fand eine Gedächtnisausstellung für den tragisch hingerafften jungen Maler statt, auf der ich Herrn von S. wieder traf. Er entschuldigte sich lebhaft: der Tischler habe ihn warten lassen, das Bild habe durchaus an dem Tage noch für die große Berliner Kunstausstellung eingepackt werden müssen. Und er fragte, ob er an diesem Sonntag seinen Besuch nachholen dürfe.

Wir verstanden uns gut vor den Studien dieses feinsinnigen deutschen Gemütes, das ganz in der Stille ernst um Licht und Luft in der Malerei gerungen hatte. Wie hell spielte der Sonnenschein über dem Waldboden – strömte die kühle weimarische Frühlingsluft um die kleinen Gruppen von Anemonen am Fuße eines Buchenstammes, oder einer einzelnen, auf schlankem Stengel emporstrebenden Glockenblume. Trotz der Zartheit der gewählten Stoffe nirgend Kleinheit oder Weichlichkeit. Ein inniges keusches Versunkensein in die Natur.

So etwas wie Lieder von Eichendorff oder Mörike waren die Skizzen des jungen Toten. Es überraschte mich, daß Herr von S. sie so gut verstand. Eine Hoffnung tauchte in mir auf: Konnte er am Ende die Eigenart des Behmerschen Haushaltes auch begreifen? Hatte er ein Gefühl für mein eignes so scheu und anemonenzart aus dürren Blättern sich zum Lichte dehnendes Knospensein?

Am Nachmittag sank die Schüchternheit wieder über mich. Es war nicht dagegen anzukämpfen unter dem ängstlich beobachtenden Blick der guten Mutter, dem etwas pädagogischen Ausdruck des Onkels und dem leichten Spotte, den ich aus Elisabeths Wesen spürte.

Herr von S. war voller Liebenswürdigkeit. Er fand alles reizend – wahrscheinlich wie man auf Reisen die einfachen Sitten fremder Völkerschaften mit gerührtem Lächeln betrachtet. Er spielte ein wenig Klavier, seine langen Nägel klapperten dabei auf den Tasten – eine schlechte Angewohnheit, von der er nicht lassen könne, erklärte er. Man fühlte in seinem Spiel den durch und durch musikalischen Menschen, den Lisztschüler. Er verwickelte sich mit Elisabeth in ein Gespräch über Musik. Ich wußte von Minute zu Minute deutlicher, daß er mir entschwand.

Er hatte mich gesehen – einen Augenblick hatte sein Fuß gestockt – und er schritt vorüber, den eignen Weg. Er mag empfunden haben, daß ich keine Beute war für abenteuersüchtige, ruhelose Sinne und Nerven.

Zweite Jugend

Totengräberarbeit – Qual und Glück der Neugeburt – so ist im Wechsel unser menschliches Leben.

Ich hatte nicht nur eine Liebe – ich hatte mich selbst erst zu begraben, ehe ich auferstehen durfte. Und es wurde mir schwer genug.

Daß man sich einem Manne nähern könne, außerhalb des Rahmens der Familie, wäre mir im Traume nicht bewußt geworden. Keine erotische Lektüre, keine schwülen Romane hatten mir die Phantasie verdorben. Ich war im Grunde meines Herzens mit einundzwanzig Jahren noch ein Kind, das sich Märchen erzählt.

Doch unter dem frommen Getändel lebte, von mir selbst nicht begriffen, eine starke, fürchterliche Kraft. Ich hätte keinen Schritt einem Manne entgegen zu tun vermocht – aber ich konnte für ihn und an der Sehnsucht sterben.

Und beinahe wäre es soweit gekommen.

Die Weimarer Künstlerschaft feierte ein Rokokofest im Tiefurter Park. Hier hätte ich Herrn von S. wahrhaftig einmal ohne die beobachtenden und ach so sorgenvollen Blicke der Meinen sprechen können. Doch ich lag in meinem Bette ausgestreckt, von leisen Fiebern umfangen, durfte mich nicht rühren und kein Wort reden. Die ängstliche Pflege, die zahllosen Liebesbeweise, all die sanfte schonende Zärtlichkeit von Mama und Elisabeth, von den Freunden, die mich besuchten und mein Zimmer mit Blumen füllten, hatte mir beweisen können, wenn ich es nicht selbst gut genug gespürt hätte: es stand ernst um mich, und ich war nahe daran, aller nagenden Sehnsucht für immer enthoben zu sein. Meine Mutter erstarrte in Schweigen, wie in allen Zeiten, wenn sie Schweres durchkämpfen mußte.

Es kam ein Morgen, als es besonders schlimm mit mir zu stehen schien. Da brach ihre leidenschaftliche glühende Natur alle Dämme, die die Selbstbeherrschung um sie her gebaut hatte. Und ich begriff, daß die große, heiße, allgewaltige Liebe, nach der meine Seele in nebelhafte Fernen suchend umhergeschweift war, dicht an meiner Seite lebte, litt, hoffte und sich in Sehnsucht nach Erwiderung ihrer Liebe verzehrte – wie ich mich verzehrt hatte. Denn wir waren ja Blüten von einem Stamm, waren von gleichem Blut und gleicher Art. Seit ich dies erkannte, wollte ich leben.

Die Liebe des Kindes zur Mutter ist weit verschieden von der Liebe der Mutter zum Kinde. Sie ist wohl vorhanden, aber man fühlt sie so wenig, wie man die Gesundheit fühlt, so lange man nicht krank ist. Sie ist wie gute Luft, die man atmet, ohne sich bewußt zu werden, wie qualvoll die Existenz sein würde, wenn diese reine stille kühle Luft nicht mehr durch unsre Kehle rinnen dürfte. Und man wagte es daraufhin tausendmal, sie zu mißachten. Ja, es ist ein Gesetz des Werdens, daß wir sie zu Zeiten vergessen müssen, um mit allen Sinnen hinaus ins Unbekannte zu schweifen. Je stärker der junge Mensch, desto ungestümer der Drang, dahinten zu lassen, was uns als Kind in Gehorsam und Respekt gebannt hielt. Wer die Welt an sich zu reißen begehrt, der fragt nicht, ob er dabei die Gesundheit in Gefahr bringt – er fragt auch nicht, ob und wem er Schmerzen bereitet. Die welken Herbstblätter werden durchbohrt wie von spitzen Lanzen von den kräftig sprossenden Trieben des jungen Lenzes.

Auch in dem Augenblick, als sich mir die heftige Leidenschaft, mit der meine Mutter an mir hing, offenbarte, war es mir unmöglich, sie mit der gleichen Liebe wieder zu lieben. Ich war verzweifelt, aber dabei war nun nichts zu machen. Doch – ich wußte, wie ihr zumute war – und es ist schon viel, wenn man dem andern nachfühlen kann. Ich wußte doch so schmerzvoll deutlich, wie unerwiderte Liebe brennt und nagt und peinigt. Man macht so theoretische Unterschiede, die von der Wirklichkeit tausendmal Lügen gestraft werden. Die Mutterliebe soll still sein und gelassen, die Schwesterliebe kühl und freundlich, die Freundesliebe bestehe in einer klaren und etwas nüchternen Vereinigung zweier verwandter Geister, und nur der Liebe zwischen Mann und Weib wird Leidenschaft zugestanden. Doch so ist es nicht. Alle menschliche Liebe wächst aus derselben Wurzel, ihre Früchte sind mannigfalt, doch alle tragen den gleichen Kern. In ihnen allen züngeln die spitzen Feuerlichter der Eifersucht, in ihnen allen schwillt und drängt die Begierde zur Herrschaft, zum Alleinbesitz der Seele des Geliebten, und oft nicht nur der Seele, ach nein – auch der Leib, die Gedanken, alles Tun und Lassen soll in unserm Bannkreis bleiben. Und wenn wir sein unbedingtes Vertrauen fordern, ist es nicht, weil wir seine Gedanken, die ins Weite flüchten, zu den unsern machen wollen und durch seine seelischen Ergießungen auch das Fremde, das ihn bewegt, der eignen Seele einzuschmelzen streben? Ich konnte meiner Mutter mich nicht hingeben in vertraulicher Aussprache, wie es mir zu Zeiten – lange nicht immer –

Elisabeth gegenüber eine Wollust war. Hunderttausendmal bereute ich es, das Geheimnis meiner Liebe der Mutter gegenüber nicht besser gewahrt zu haben. Zwar war sie der Takt selbst, ein einziges Mal redete sie mit mir und auch nur, als ich ihr wirklich in Gefahr zu sein schien – und ich war es ja.

Aber dies eine Mal verzieh ich ihr nicht. Sie und ich wußten beide, daß diese Unterredung zum Ausbruch meiner, wohl schon lange vorbereiteten Krankheit beigetragen hatte.

Ich fühlte das Tragische zwischen uns, und die Zukunft hat es schmerzvoll vertieft. Zugleich erwachte das Mitleid, das sich mit den Jahren schlafen gelegt hatte, und wurde so allumfassend, breitete sich so heftig durch mein Herz aus, daß es die Liebe beinahe ersetzte und ihr jedenfalls mehr und mehr ähnlich wurde.

Die ganze große und schwere Verantwortung überfiel mich gleich einer unabwendlichen Pflicht, auch als eine heilige Bürde, der ich mich nicht entziehen durfte. So nahm ich sie denn mit klarem Bewußtsein auf meine schwachen Schultern, die stark unter ihr geworden sind, und die Last auch zu tragen vermochten, als sie schwerer und schwerer wurde.

Ein Neues begann. Mit der Herrschaft des Traumes war es zu Ende. Nicht als ob ich nicht noch viel geträumt hätte in der Zukunft. Aber es war nun ein mächtiges Gegengewicht vorhanden und hinderte das Zerfließen der Seele im Wesenlosen.

Mein inneres Leben wurde nüchterner, mehr vom Verstande geleitet. Ich ließ mich nicht mehr blindlings treiben, es entstand ein Formwille, der an der eignen Persönlichkeit zu modeln begann. Ich erschrak vor der Ode, die nun in den Gefilden meiner Seele eintreten mußte, und strebte, anfangs beinahe unbewußt, später mit größerer Klarheit, das Brachland mit neuen Pflanzungen zu füllen. Für die Weite der Welt, die Mannigfaltigkeit ihrer Bilder begannen allgemach die sehnsuchtsvollen traumbefangenen Augen sich zu öffnen.

Das ging nicht von heut zu morgen. Es brauchte Monate und Jahre. Germanische Frauen entwickeln sich langsam, schwerfällig, mit viel Stillständen der Dumpfheit.

Zunächst wurde ein Arzt befragt, was mit mir zu geschehen habe. Gottlob – und es war meine innere und äußere Rettung – ich kam an einen Mann von feinstem psychologischen Verständnis – den Professor Notnagel aus Jena. Mit ruhiger Sicherheit erkannte er sofort, daß die Krankheit seelischen Ursprungs sei, wehrte allem Drängen der näheren und weiterer Familie nach Sanatorien und Lungenheilstätten und riet zu Berg und Wald. Mir sagte er: Es liegt allein an Ihrem Willen, gesund zu sein – der Mutter sagte er: Machen Sie dem Kinde Freude. Gehen Sie dahin, wohin ihr Wunsch sie zieht.

Von den bayrischen Bergen, von Tirol hatte ich soviel gehört und gelesen – wenn irgend etwas auf dieser Erde mich noch reizen konnte, so war es eine Fahrt dorthin. Meine gute Mutter entfaltete nun die regste Tätigkeit, die nötigen Mittel zu beschaffen. Eine Familienstiftung, stammend von der Großtante Karoline Engelhard, der Schriftstellerin mit den tränentriefenden Romanen und dem Weinberg, mußte nun der Großnichte Schriftstellerin zur Gesundheit verhelfen. Zwar – Schriftstellerin mich zu nennen, wäre in jenen Tagen eine sonderbare Vermessenheit gewesen. Nichts lag mir ferner, als meine einstigen spärlichen Versuche.

Wir gingen nach Berchtesgaden, von dort zum Achensee. Mama war selig wie ein Kind zu Weihnachten, mich einmal allein für sich zu besitzen. Gott – wie mußte sie entbehrt haben, als ich so lange keine Gedanken mehr für sie hatte.

Wir waren einig in unserer Liebe zur Natur, die wir schweigsam genossen, uns nur zuweilen gegenseitig die Hand drückend oder auf eine Färbung der Wolken, einen Blick auf die gewaltigen Berge oder auf eine Ranke, im Wald, ein Alpenveilchen im feuchten Felsenschatten weisend. Hatte Mama ihr bescheidenes Gartenfleckchen mit der innigsten Zärtlichkeit gepflegt und ich die idyllische Landschaft von Weimar, jede aufbrechende Knospe des Frühlings mit Rührung beobachtet, so vereinten wir uns nun in Andacht und Glück vor der Erhabenheit dieser königlichen Gebirge, vor dem ernsten Zauber dieser Seen und ihrer tiefen, göttlichen Farben: Oh, die Welt war schön – und es war wert, darin zu leben.

Ein Abend am Hintersee, das Verglühen der Sonne über dem rosig schimmernden Wasser beobachtend, und wie die Schlänglein unter den Steinen hervorkrochen, leise zum Ufer hin, wo sie ihre Köpfchen in das hellgrüne Wasser tauchten … Und als Köstlichstes von allem Geschauten: der Obersee – das Kleinod mit dem unscheinbaren Namen am Ende der einsamen Matte, über der schwarze Schmetterlinge taumelten, zu der der dunkelgrüne Königsee nur die unerhört herrliche Straße bildet – jenes pfauenblaue, von Sonnenfunken überblitzte Gewässer, das wie in einer Felsenschale ruht, und in dem die silbergrauen himmelhohen Bergwände sich ernst und stille spiegeln. Nie hatte ich so stark das Gefühl, am Ende der Welt zu stehen, in geheiligten Bezirken, da der Geist der Gottheit allein noch zu dem Menschen redet, der gewürdigt wurde, seinen innersten Tempel zu betreten.

– – Am Achensee protzten wir einige Tage an der Table d'hote der Pertisau, dem primitiven, doch vielbesuchten Klosterwirtshaus. Neben mir saß ein junger Österreicher, den wir seiner Blondheit und seines hellen Sommeranzugs willen unter uns »den gelben Baron« nannten. Ein kluger und gebildeter Mann, mit dem ich in die amüsanteste Unterhaltung kam, so ein lustiges Spiel, ein Hin- und Herwerfen von goldenen Geistesbällen – das ich mir nie vorher zugetraut hätte. Seine Mutter und mehrere Tanten, die den feinen Spötter schützend umgaben, machten auf der andern Seite der Tafel ängstliche Gesichter, und das war eben der Spaß. Denn wir wußten beide recht gut voneinander, daß wir nicht verliebt waren und alles sich im Gebiet der Intelligenz abspielte. Indessen hob sich mein Selbstgefühl mächtig. Ein krankes Herz wird auf keine bessere Weise geheilt als durch solch einen leicht erregenden, eben die Oberfläche der Empfindung streifenden Flirt. Der gelbe Baron machte eine glänzende Karriere und stieg zu den höchsten Regierungsstellen empor, die sein Vaterland zu vergeben hatte. Las ich seinen Namen in der Zeitung, so machte es mir jedesmal Freude, seine geistige Bedeutung so richtig eingeschätzt zu haben.

Nach dieser Reise ging ich zur weiteren Erholung zu meinem ältesten Vetter Nathusius, der ein Gut des Grafen Gneisenau gepachtet hatte. Auf den Terrassen der wunderlich verbauten alten Burg, die hoch auf einem, mitten im Flachland sich erhebenden Bergkegel lag und einen weiten Blick über das fruchtbare, dem Harz vorgelagerte Gelände gewährte, spielte ich mit den Kindern und plauderte mit seiner Frau, eine jener schwarz trauernden Cousinen, die im Sommer 1872 in Althaldensleben auftauchten. Es war ein guter gesegneter Aufenthalt. Ich begann in der Stille energisch an meinem ägyptischen Roman zu formen.

Als ich gekräftigt und erfrischt nach Weimar zurückkehrte, nahm ich die Arbeit mit Eifer auf. Ich sollte viel spazieren gehen, wurde von den Hausarbeiten mehr befreit und begab mich nun endlich auch an ernstere Lektüre. Ohne jedes System suchte ich doch allmählich die erbarmungswürdigen Lücken meiner Bildung nach und nach auszufüllen.

Wir waren auf Rat des Arztes aus der niederen, luftlosen Wohnung an der alten Stadtmauer in eine neue Straße mit konventionellen Häusern übersiedelt. Diese Wohnung, in der wir nur zwei Jahre blieben, trug so wenig unser Gepräge, daß sie mir noch heut als ein fremdes Einschiebsel erscheint und ich mich der Zeit, die wir darin zubrachten, nur undeutlich erinnere.

Bei Behmers war ein neues Element eingekehrt. Das reizende Lieschen hatte sich mit einem Norweger verheiratet, der sich studienhalber in Dresden aufhielt. Eine Verwandte von ihm kam nach Weimar, um sich bei Frau von Milde im Gesange auszubilden, und wurde von Behmers gastfreundlich aufgenommen.

Die Norwegerin war ein merkwürdiges Geschöpf – sie interessierte mich zu lebhaft, als daß ich bis zur Eifersucht hätte gelangen können. Eigentlich häßlich, rachitisch, mit krummen Beinen und einem großen Mund voll schlecht plombierter Zähne, der sich beim Sprechen und Lachen weit öffnete, besaß ihre Erscheinung doch etwas ungemein Fesselndes. Das ging aus von der schönen, intelligenten Stirn, von der sie mit den ungestümen Bewegungen eines wilden Pferdchens das schwere, dunkle Haar zurückzuwerfen pflegte, vor allem aber von den unergründlichen, graugrünen Augen, wahren Nixenaugen, deren tiefer Blick geradezu bannend wirkte. Sie hatte die Gewohnheiten eines ganz unzivilisierten Naturkindes und auch die ungezügelte Spottlust eines solchen. Sobald sie sang, strömte ihre Stimme eine unbändige Leidenschaft aus. Nachdem das Mädchen längere Zeit studiert hatte, verlor ihr Gesang diesen wilden Naturzauber, ohne doch die reinen Höhen geläuterter Kunst je zu erreichen. Sie war ein weiblicher Peer Gynt – verschlagen und mystisch, voll Verstand und Lässigkeit, voll Sehnsucht und Sinnlichkeit.

Auf Männer machte sie einen unwiderstehlichen Eindruck. Eines Abends betörte sie einen ernsten, strengen Pfarrer mit einem einzigen Liede dermaßen, daß er am nächsten Morgen mit einem Heiratsantrag anrückte. Jeder meiner Brüder machte einen kürzeren oder längeren Verliebtheitsrausch durch. Mit einem von Behmers Freunden, einem Original, spielte sie wie die Katze mit der Maus, bis er sich ihrem Einfluß jäh entzog. Am Ende heiratete sie wirklich einen Theologen und ging mit ihm nach Amerika. Jetzt ist sie längst tot, und auch ihr Ende war von romantischen und seltsamen Begebnissen umleuchtet.

Während sie im Behmerschen Hause lebte, brachten ihre Unberechenbarkeiten in die idyllische Alltäglichkeit eine schärfere, aufreizende Temperatur. Elisabeth war abwechselnd begeistert und empört, trotzdem sehr vertraut mit ihr, ebenso wie ich selbst. Am Ende, ohne daß wir uns

Rechenschaft ablegten, hatte sie uns sachte, aber sicher einander entfremdet. Auch zwischen Elisabeth und ihren Dresdner Verwandten trat eine Abkühlung, ja beinahe ein Bruch ein. Erst eine bedeutende Spanne Zeit danach haben wir begriffen, daß es diesem scheinbar so offenherzigen Naturkinde eine diabolische Freude machte, Geschichten, Gespräche, Ereignisse zu erfinden, die nie stattgefunden hatten, deren Bericht sie hin- und hertrug, Mißtrauen, ja Erbitterung zu säen. Sie genoß auf diese Weise ihre Macht über Menschen. Auch Peer Gynt hat ja diesen phantastischen Hang zur Lüge. Als die Norwegerin nach mancher stürmischen Episode endlich unserem Lebenskreise entschwand, waren wir alle wie von einem bösen Zauber erlöst. Und doch hat mir das zwiespältige unglückliche Menschenkind viel gegeben aus dem Reichtum seines Wesens und ich kann mir die Jahre nicht vorstellen ohne sie.

Hier sei auch einer anderen absonderlichen Bekanntschaft gedacht, die meine Mutter und ich außerhalb des Behmerschen Kreises machten, ich weiß nicht mehr auf welche Weise. Mama zeigte zuweilen ein Bestreben, unabhängig von den Verwandten sich zu regen. Ich unterstützte jeden solchen Versuch, denn ich fühlte, sie war einsam, obschon ich mir Mühe gab, mich ihr mehr zu widmen als bisher. Die neue Bekanntschaft, Frau D., zog uns mit großer Energie an sich. Eine große, fette Frau von mittleren Jahren. Sie liebte es, sich ungewöhnlich zu kleiden, trug Sandalen und lose Gewänder. Mit großer Begeisterungskraft verband sie viel Gutherzigkeit. Sie erzählte gern von ihrer Jugend in der väterlichen Oberförsterei, von ihrem Schweifen durch das Harzgebirge und ihrem kühnen Verkehr mit den Tieren des Waldes, mit wilden Hirschen und scheuen Rehen, wobei sie den Farben der Wirklichkeit wohl auch etwas mit der Phantasie nachhalf.

Frau D. war eine entschiedene Freidenkerin, die erste dieser Art, die mir begegnete. Denn Tante Henne war im Grunde ein religiöses Gemüt, übrigens sehr diskret mit ihren Ansichten, während Frau D. ihren Atheismus kräftig zu betonen liebte. Christlichen Leuten mißtraute sie von vornherein, von Behmers hatte sie wohl durch der Leute Mund viel dummes Zeug gehört, und ich vermute, ihre Absicht war, mich energisch den Klauen dieser Mucker zu entreißen. Sie versammelte gern junge Leute, Maler, Musiker, Schauspieler, um sich. Bei ihr sah ich auch öfter den jungen Dichter Ernst von Wolzogen, der durch seinen ersten Novellenband ›Die Gloriahose‹, sowie durch den Roman »Die tolle Komteß« Aufsehen erregte. Ich hatte auch ihn an jenem unglückseligen Künstlerfest kennengelernt. Seine Vielseitigkeit, sein Humor und seine großzügige Weltbetrachtung imponierten mir und ich freute mich immer, wenn er anwesend war. In der Zukunft hat er mich in meinem Beruf auf die freundschaftlichste Weise zu fördern gesucht, wo es ihm nur möglich war.

Nachdem Frau D., eine ruhelose Seele, verschiedene Wohnungen probiert hatte, landete sie endlich in dem Cranachhause am Markt: Hier hatte einst der Meister Lucas seine Venusinnen mit den roten Samthüten und den koketten Hüftschleiern geträumt und gemalt, wie man sie im Museum bewundern konnte. In den treuerhaltenen Stuben des mittelalterlichen Bürgerhauses nahmen sich die alten Schränke, Truhen und Bänke, die Frau D. aus allen Teilen Deutschlands gesammelt hatte, prächtig aus. Es war ein ganz einziger Eindruck, die alte geschnitzte Treppe hinaufzusteigen und einzutreten in diese traulichen Räume, die den stillen Frieden versunkener Zeiten atmeten. Kam die Eigentümerin aus der Küche hereingeschossen, die mächtige Frau mit ihren nackten Füßen, mit flatternden Haaren und flatterndem, feuerrotem Hausgewande, so paßte sie freilich am wenigsten in dieses engumschlossene Behagen. Während sie philosophierte und diskutierte, daß es nur so eine Art hatte, schmorte auf ihrem Herdfeuer immer etwas Gutes für einen Kranken oder Armen, deren sie sich mit tyrannischer Güte annahm. Es war fast, als ob sie fortwährend dem liebem Gott im Himmel droben, dessen Existenz sie wortreich leugnete, beweisen wollte, daß sie auch ohne ihn sehr gut und vortrefflich handeln könne. Sie dichtete – hatte eine Leidenschaft für kleine Theateraufführungen und lebende Bilder. Dringend riet sie mir, trotz der Antipathie gegen alles Christliche, einen jungen, sehr strenggläubigen Pfarrer in Oberweimar zu heiraten, da man in dessen von einem Bächlein durchströmten Garten entzückende Nixentänze aufführen könne. Das Gesicht dieses jungen Asketen bei der Ausführung solcher Pläne mir vorzustellen, war für mich unbezahlbar komisch.

Frau D. besaß selbst einen heiratsfähigen Sohn in den Tropen, um den sich alle ihre Gedanken drehten. Offenherzig bekannte sie, die jungen Mädchen nur in ihr Haus zu ziehen, um unter ihnen eine für diesen Sohn geeignete Gattin zu wählen. Das ist ihr denn schließlich auch gelungen. Sie fand ein ebenso schönes wie vortreffliches junges Mädchen und hätte, als ihr Sohn endlich eintraf, sehr glücklich sein können. Aber das war ihrer Natur nicht gegeben, sie hatte zu viel, zu lange von diesem erfüllten Wunsch geträumt, als daß die Wirklichkeit sie nicht hätte enttäuschen müssen.

Meine Mutter verriet Frau D. leider, daß ich an einem Roman arbeitete. Da wollte sie voll Eifer gleich die erste Hälfte lesen, kam wie ein Sturmwind angefegt und erklärte mir, er tauge von Grund auf gar nichts und ich solle ihn nach ihren Ratschlägen und unter ihrer Anleitung noch einmal von vorne beginnen. Nun fand ich aber Frau D.'s eigene Dichtungen sehr schwach, von einer schleimigen Sentimentalität, die man dieser frischen, derben Frau niemals zugetraut hätte – wie denn oft bei Frauen die Persönlichkeit viel stärker ist, als das künstlerische Talent. Ich wehrte mich mit Händen und Füßen gegen ihre Hilfe bei meiner Arbeit. Wir wären fast auseinandergekommen, doch trug ihre Gutmütigkeit schließlich den Sieg über die Gekränktheit davon. Meine Gutmütigkeit aber nahm ein Ende, als sie mir zu Liebe und Eheglück verhelfen wollte und das nicht gerade in taktvoller Weise versuchte. Auf dem Gebiet ließ ich mir nicht dreinreden und meinen Stolz nicht anrühren. Bei einer solchen Gelegenheit trennten wir uns endgültig. Während eines Gewitters, vor dem sie immer nervöse Schrecken hatte, fiel sie tot zu Boden.

Zu den erträglichsten Dichtungen von Frau D. gehörte ein Weihnachtsstück für Kinder, das im Hoftheater aufgeführt wurde. Bei dieser Gelegenheit ereignete sich eine entsetzliche Episode, die leicht zu einem grauenhaften Unglück hätte werden können. Am Schluß der Vorstellung stand ein brennender Christbaum auf der Bühne, umtanzt von Schneemännchen und Elfen. Bis in die höchsten Hintergründe war alles angefüllt mit Darstellern in Watte und Tarlatan. Aus der Fremdenloge warf man Tüten mit Bonbons auf die Bühne, ein Balgen um die Süßigkeiten entstand zwischen den kleinen Bengeln, die die Schneemännchen spielten – und plötzlich standen drei, vier Kinder in hellen Flammen. Den Schrei, der durch das mit kleinen Jungen und Mädchen vollgestopfte Theater aufstieg, werde ich mein Leben lang nicht vergessen. Der König Winter riß seinen schweren Goldmantel von den Schultern und warf ihn über einen brennenden Kleinen – es war schauerlich zu sehen, wie das Kind sich in seiner Todesangst befreite und, ein brennender Ball, mehrmals hoch aufsprang, bis die rauschenden Güsse der Feuerwehr in zwei Sekunden die Flammen löschten. Ein wahnsinniges Gekreisch und Getrampel hatte währenddem Parkett und Ränge durchtobt – als man zur Besinnung kam, war das Theater bereits leer. Es erscheint mir noch jetzt als ein Wunder, daß bei dem Gedränge nach den Ausgängen nicht Dutzende von Kindern zerquetscht wurden, wie das bei solchen Gelegenheiten zu gehen pflegt. Die Logenschließer und die anwesenden Erwachsenen müssen große Kaltblütigkeit bewahrt haben. Wir waren auf unseren Plätzen in einer Loge sitzen geblieben, halb entschlossen, den grausigen Schrecken nicht noch zu vermehren, halb betäubt und gelähmt. Merkwürdigerweise hatten die wilden Jungen, die das Unglück verursacht hatten, kleine Statisten aus der »Seifengasse«, keinen großen Schaden erlitten, die Pension, die die Hofbühne dem Hauptverletzten für einen verkrüppelten Daumen zu zahlen hatte, nahmen seine Eltern mit Genugtuung entgegen.

Die Freunde vom Künstlerverein sahen wir seltener. Der Arzt hatte mir das Tanzen verboten. Auch war die Polizei eines Abends gekommen und hatte das Lokal hinter dem Russischen Hof geschlossen, da sie befürchtete, die tanzenden Künstler könnten plötzlich den Gäulen im Untergeschoß auf die Köpfe stürzen. Einige aus dem Kreis, die sich mit meinen Brüdern angefreundet hatten, kamen zuweilen auf einen Herings- oder Kartoffelsalat mit kaltem Braten zu uns ins Haus. Einer von ihnen hatte eine hübsche junge Frau geheiratet und lud mich zur Taufe. Ich sollte mit Wolzogen zusammen Gevatter stehen. Es wurde ein trübseliges Fest. Ich selbst fühlte mich miserabel elend und spürte einen Anfall der vorjährigen Krankheit nahen. Wolzogen, mein Tischherr, der eine militärische Übung mitmachte, war so müde, daß er fortwährend nahe am Einschlafen war. Schlimmer als dies war das unaufhörliche Schreien und Wimmern des Täuflings, das durch nichts zu stillen war und uns alle, besonders die Eltern, aufs äußerste beunruhigte. In derselben Nacht noch ist das kleine Geschöpf gestorben.

Wolzogen brachte mich früh nach Hause. Freilich fühlte ich mich recht schlecht, aber daß er mich zartes Wesen die Treppe hinaufgetragen habe, wie er später gern erzählte, muß ich denn doch energisch verneinen.

Wieder lag ich eine Weile im Bett. Während ich so gefesselt war, hörte ich eine wohlbekannte Stimme auf dem Flur.

Herr v. S. kam, ein Atelier zu besichtigen, das zu unserer Wohnung gehörte und das wir zu vermieten wünschten. Die Mutter aber lehnte diesen Mieter entschieden ab. Ich war ihrer Meinung. Das Herz klopfte mir doch noch einmal gewaltig.

Da die Leiter der Familienstiftung der Meinung waren, ich hätte an einmaliger Erholung für alle Zeiten genug, lud mich die gute Tante Guste zu einem Aufenthalt im Thüringer Walde ein. Ich vermute, sie hätte für sich nie daran gedacht. Während der Regen Tag für Tag die schwarzen Fichten peitschte und graue Vorhänge vor die Fenster zog, arbeitete ich meinen ersten Roman stilistisch durch in dem von allen Gästen verlassenen Manebach. Die liebe Tante aber schrieb, damit ich mich nicht zu sehr anstrengen sollte, mit ihrer feinen, festen Altdamenhandschrift Kapitel für Kapitel das ganze Buch ab. Wer darf sich solcher Tanten rühmen? –

Des ersten Buches Wanderungen

Die Magdeburgische Zeitung, zu der ich schon freundliche Beziehungen hatte, wäre die nächste gewesen, ihr meinen Roman anzubieten. Ein schwerwiegendes Hindernis stellte sich hier in den Weg. Dem gläubigen Christen ist es Pflicht und Glück, seinen Herrn und Heiland der Welt gegenüber zu bekennen, und auch mein erstes Buch sollte ein Bekenntnis meiner Liebe zum Herrn sein. Wie weit mir das gelang, vermag ich heute nicht mehr zu beurteilen, jedenfalls unterhielten sich die Menschen, vorzüglich gegen das Ende hin, ausgiebig über die Fragen der Bekehrung, wie ich das denn genugsam aus den Romanen von Marie Nathusius kennengelernt hatte. Und gerade diese Partien galten mir als die wertvollsten. Auf keinen Fall hätte ich sie opfern mögen. Das würde die Magdeburgische Zeitung auf jeden Fall verlangen. Ich entsagte heroisch dem Honorar von siebentausend Mark (vielleicht waren es auch nur siebenhundert) nebst dem Brillantmedaillon, das die Heimburg von diesem Blatte erhalten haben sollte! Ich gestehe offen – zuweilen hatten diese lockenden Aussichten in meinen Träumen gegaukelt –, es wäre so wundervoll gewesen, einmal das Schulgeld für die Brüder nicht von den Verwandten borgen zu müssen, – aber die Überzeugung war denn doch das Höhere, und Mammonslust durfte mir die Seele nicht beflecken. Ich versuchte zunächst einmal die Kreuzzeitung und den Reichsboten, deren Herausgeber, den Vetter Philipp von Nathusius, ich ja kannte. Erst sollte der Roman um ein Beträchtliches gekürzt werden. Nachdem ich mich dieser mühevollen Arbeit unterzogen hatte und über ein Vierteljahr bebend auf Antwort wartete, wurde er doch nicht genommen, weil sein Christentum nicht vertieft genug sei. Ich war verzweifelt, denn natürlich suchte ich den Fehler nur in mir. Bei Behmers verkehrte ein schriftstellernder Pfarrer, der von meinem Onkel gebeten wurde, das Buch zu lesen, damit man doch einmal von objektiver Seite höre, ob ich überhaupt Talent habe, ehe ich mich weiter auf dieser Bahn vorwärts taste.

Ich war so zart und hinfällig in jener Zeit, daß mein Herz wie ein wilder Vogel in der Brust flatterte, während ich mich mit dem Pfarrer am Tische niederließ und das dicke Manuskript zwischen uns lag.

Das schwere, melancholische, von inneren Kämpfen zerpflügte Gesicht des alten Mannes blickte mich tieftraurig und schweigend an. Ich kann nicht aussprechen, wie bange mir wurde. Plötzlich ergriff er meine beiden Hände, drückte sie heftig und sagte: »Mein liebes Kind, ich bitte Sie inständig, geben sie das Dichten auf!« Er schilderte mir mit einer seltsamen inneren Ergriffenheit, in wieviel Seelenkämpfe mich das Schreiben führen werde, und wie es doch unfehlbar früher oder später mich dem Herrn entfremden müsse, mich der Eitelkeit, der Ruhmsucht und tausend gefährlichen weltlichen Gefahren in die Arme treiben werde.

Ich wußte, daß der alte Mann selbst an derartigen Konflikten gescheitert war – er hatte ein Jahr in einer Anstalt zubringen müssen und sein Amt aufgegeben, doch seinen Gott wiedergefunden.

Aus den Abgründen des *sacrificio d'intelleto* holte er das Rüstzeug für seine eindringliche Bestürmung meiner Seele. Seine und meine Tränen tropften, ich hatte ein Gefühl, als werde mir die letzte rettende Planke im weiten kalten Weltenmeer aus den Händen gewunden. Nein – ich wollte nicht nachgeben, wollte nicht ertrinken!

Ich hatte das Versprechen geleistet, nie zur Bühne zu gehen und der Tod hatte sein Siegel darauf gedrückt – nun sollte ich auf jede andere Betätigung des bildenden Dranges in mir verzichten? –

Es war ein heftiges geistiges Ringen der stürmischen Jugend und des enttäuschten, angstvollen Alters, bis ich mich zusammenraffte und ihm energisch die Frage stellte: Ob er auf Ehre und Gewissen mir sagen könne, daß kein Talent in dem Buche vorhanden sei? Ich bekam die Antwort: Gerade weil er ein starkes, ungewöhnliches Talent in dem Buche sähe, müsse er mich warnen. Hätte ich keine Begabung, würde ich schon von selbst davon zurückkommen. Bei diesem Bescheid waren die Tränen gleich verschwunden, ich faßte Mut und antwortete: Wenn Gott mir diese Begabung gegeben, so verlange Er auch von mir, daß ich sie ausbilde, ich fühle seine befehlende Stimme in mir, der ich nicht widerstehen dürfe. Der Pfarrer meinte bedenklich, solche Stimmen seien zuweilen nur Verlockungen des Satans, und von welcher Seite diese Begabung den Menschen verliehen wurde, könne man auch nicht wissen. Doch mußte er am Ende schweigen.

– Der gute alte Mann hat ja recht behalten. Auf dem Wege, den ich entschlossen weiterging, verlor ich meinen Herrn und Heiland für lange Jahre. Und als ich Gott wiederfand, trug er ein anderes Gesicht, der Ewig-Wechselnde, ewig sich und die Welt neu Gebärende, in dem der arme alte gequälte Pfarrer seinen strengen geistigen Tyrannen nicht wieder erkannt haben würde.

Nachdem mein Manuskript eine lange Weile geruht hatte, legte ich es mit einem gewissen Trotz Tante Henne vor. Sie beanstandete nun wieder die langen geistlichen Gespräche und erklärte mir rundheraus, kein Blatt werde den Roman in dieser Form nehmen. Von Philosophie verstehe ich schon einmal gar nichts und das sei auch nicht nötig, ich verstehe sehr viel anderes außerordentlich gut. Als ich mich auf Marie Nathusius berufen wollte, erklärte sie: das sei etwas anderes, bei ihr quölle das Christliche aus naivem Leben und Fühlen heraus, bei mir stehe es hölzern und nüchtern zwischen dem bunten Weltlichen. Und überdies wäre Mariechen auch eine viel bessere Schriftstellerin geworden, wenn sie sich darin mehr in Zucht genommen hätte.

Wie der Teufel hinter meiner armen Seele war die kluge Tante Henne hinter jedem falschen Bilde, hinter jedem nachlässig gefügten Satz oder unzutreffendem Adjektiv her. Was den klaren Stil betrifft, habe ich ihr unendlich viel zu danken. Sie betrachtete mich als das, was ich war, als Anfängerin, die vorsichtig und gütig schriftstellerisch erzogen werden mußte.

Noch manche Wanderung hat mein armes geistiges Kind angetreten, um immer wieder zu seiner enttäuschten Mama zurückzukehren. Inzwischen hatte ich mich mit einer kleinen ägyptischen Novelle an die Redaktion der damals in jugendlicher Geistesblüte stehenden Täglichen Rundschau gewandt. Ich bekam eine höchst liebenswürdige Antwort von dem Leiter Friedrich Lange, der hat denn auch bald darauf den ägyptischen Roman die »Oktavia« für seine Unterhaltungsbeilage angenommen.

Das Honorar verwandte ich (wie die meisten Anfänger), um die Druckkosten für den Buchverlag bei Wilhelm Friedrich in Leipzig zu decken. Die erste Besprechung über meinen Bekenntnisroman schrieb kein Pfarrer, kein Gläubiger, sondern der wilde Naturalist Karl Bleibtreu und er lobte ihn sogar. Natürlich sah ich von dem hineingesteckten Gelde nicht einen Pfennig wieder. Der Verleger gab meiner armen Oktavia den trivialen Titel: »Glück und Geld«. Als er später Bankerott machte, wurde das Buch mit andern Beständen seines Lagers verramscht, und seine weiteren Wanderungen konnte ich nicht mehr verfolgen. Jetzt ist es längst nicht mehr im Handel zu haben. Und das ist gut. Der junge Mensch, der sich selbst geben will, gibt meist nur die Konvention seiner Umgebung. Es ist nicht so leicht, sich selbst zu entdecken – noch schwerer, die Entdeckung des eignen Selbst künstlerisch zu formen. –Ich wußte recht gut – wenn ich es auch vielleicht nicht wissen wollte – weshalb Elisabeth für dieses neue Werk meiner Feder nur ein paar halb mitleidige, halb duldsame Worte der Anerkennung fand: das Dichterische fehlte ihr – die eigne Melodie. Sie hatte für solche Unterschiede ein feines Ohr.

Helene Böhlau, die in derselben Zeit ihre ersten Novellen veröffentlichte, hatte beides: das Dichterische und die eigne Melodie. Sie wurde darum auch in Weimar heftig angegriffen, während man sich um meine Schreiberei wenig kümmerte. Ach Gott, wie ich sie beneidete! Ein Wort, das ich aus dem Munde eines sonst gebildeten und verständigen Mannes über Helene Böhlau hörte, möchte ich noch zitieren, um die damalige Stellung des guten Publikums zur Literatur zu charakterisieren: »Eine Dame, in deren Schriften das Wort ›Kerl‹ vorkommt, ist für mich gerichtet!« Und der Leiter einer der größten illustrierten Blätter schrieb mir: »Senden Sie uns etwas Leichtes, Heiteres, Liebenswürdiges, denn Ernstes, Düsteres, Trübes wollen wir unsern Lesern nicht naheführen.« – Und doch bereitete sich schon der Naturalismus vor, der auch dem simpelsten Familienblatt einen etwas ernsteren Ton hinterlassen sollte.

Von Dichtern und Amerikanern

Es war in den ersten Junitagen – ein schwüler Frühsommerabend, da Weimar von sterbendem Flieder und erwachenden Akazien- und Lindenblüten duftete, da in allen schattigen Parkwegen Liebesleute engumschlungen wandelten, auf allen Sträßchen Gymnasiasten und blondzöpfige Mägdlein umherschwärmten und sich gegenseitig verstohlen zulachten, da in den blütenvollen Gärten vor den Toren die Familien in den Lauben saßen und saure Milch aßen, da die traulichen Wirtschaften der Dörfer umher, in Belvedere und Tiefurt, angefüllt waren von heißen, staubigen Spaziergängern, die sich zu Apfelwein und Lagerbier drängten.

Ich weiß heute nicht mehr, aus welchem Grunde wir gerade an diesem glühheißen Abend im Theater saßen. Der adlige Balkon war leer, der bürgerliche kaum halb gefüllt, das Parkett wies ganze unbesetzte Stuhlreihen auf – die Sommermüdigkeit begann zu gähnen, noch ehe der Vorhang sich hob. Das unbekannte Stück eines unbekannten Autors sollte gegeben werden. Immer wieder lockten uns nach Sensationen Hungrige diese unbekannten Stücke unbekannter Autoren, die der wagemutige Intendant, der Herr v. Loën, von Zeit zu Zeit aufführte, und die immer wieder eine Enttäuschung brachten durch die traurige Unzulänglichkeit ihrer, dichterischen Kräfte oder durch die Gewandtheit ihrer technischen Kunststücke, die unserer naiven, jungschwärmerischen Welt so ferne lagen, die nur hohnvolle Verachtung bei uns zwei hochgemuten Freundinnen weckten. Aber wir hofften dennoch gläubig weiter auf die große Erhebung durch die Poesie, die uns herausreißen sollte aus den lauen Alltäglichkeiten des beschränkten Lebens. Und an dem Junitage, an dem wir uns verschlafen auf den heißen Samtpolstern reckten und die zwei Mark und fünfzig Pfennig beklagten, die wir ausgegeben hatten, da kam in Glut und Feuer der tönenden Verse, im Rausche der fortreißenden Handlung die Erfüllung …

»Harold« von Ernst v. Wildenbruch – dein erster Akt mit der reich gegliederten Exposition, mit dem kraftvollen Einsetzen der romantischen Geschehnisse – mit dem Schwung und Glanz der brausenden Sprache – du wirst mir ewig unvergeßlich bleiben! Welche Götterlust der Hingebung an die wildeste Begeisterung! Welch ein Sturm von Glück, sich auf den Fittichen dieser jungen, feurigen Poesie emportragen zu lassen in ätherblaue Höhen, wo die nüchterne Vernunft gänzlich vergessen wurde unter dem Donner des Pathos, unter dem Blitzgefunkel überreich geschmückter Bilder, unter den Gefühlsausbrüchen eines sinnlich erglühenden deutschen Dichterherzens. Vergessen alle Gebundenheit kleinstädtischen Frauentums. Wir lachten und weinten vor Wonne – wir schluchzten und klatschten uns die Hände wund und schwenkten die Taschentücher gegen die Schauspieler, die, fortgerissen von der ungewohnten poetischen Kraft, mit Begeisterung und Hingebung die Zuschauer auch über die bedenklichen Stellen, da die Logik ein wenig versagen wollte, hinwegführten zu siegreichem stürmischem Erfolge. Wie prachtvoll tapfer, deutsch und ehrlich war der Harold des Herrn Brock, wie hinreißend die Adele des Fräulein Jenicke. Niemand fühlte Hitze, Schläfrigkeit und Leere des Theaterraumes. Angefeuert durch unser Beispiel, die wir in der vordersten Reihe des Parketts saßen, ging auch das Überlegsame Weimarer Publikum aus seiner Reserve heraus. Jeder einzelne tobte in Beifall und Jubelklatschen. Die Erscheinung des Dichters in der leeren Intendantenloge und dann auf der Bühne brachte eine leichte Enttäuschung. Ernst v. Wildenbruch hatte für unseren Geschmack etwas zu viel Ähnlichkeit mit einem preußischen Assessor. Aber diese Feststellung und die Enttäuschung wurde zugleich schon fast wie ein Sakrilegium empfunden.

Später standen wir im Mondenschein am Goethe-Schiller-Denkmal und konnten uns noch nicht von der Stätte trennen, wo uns so Herrliches begegnet war, da kam, als die Menge sich längst verlaufen hatte, aus einem Seitenpförtchen des Theaters ein kleiner Mann und ging allein, in Träume versunken, über den hellen, leeren, nächtlichen Platz. Uns trieb es unwiderstehlich, daß wir alle Schüchternheit überwanden, ihn anredeten, ihm dankten. Er hatte wohl unsere Begeisterung während der Vorstellung gesehen, er las den Eindruck seiner Dichtung auf unseren bewegten Gesichtern, fühlte ihn im Druck unserer Hände. Und so wanderten wir mit ihm im Mondenscheine in der warmen duftenden Juninacht den einsamen Platz auf und nieder, durch das Wielandgäßchen und die Schillerstraße hinab und wieder zurück – ganz planlos und entrückt im Bann des lebendigen, atmenden, glühenden, sich freuenden, hoffenden, von tausend neuen Plänen schwellenden Dichterherzens, das sich uns zwei unbekannten, aus dem Dunkel im Mondenglanz vor ihm auftauchenden Frauen in schrankenloser Fülle öffnete. Wie der Mensch sich in Augenblicken tiefster Bewegung auch dem Unbekannten hingibt und die Ströme verwandten Fühlens von Brust zu Brust rauschen hört, so redete Wildenbruch an jenem Abend von seinem Schaffen und der langen Zeit stummen, erstickenden Wartens auf den Erfolg – den Erfolg, den er hauptsächlich im Lebendigwerden seiner Gestalten im Licht der Bühne sah – im Widerklang, der ihm aus menschlichen Herzen entgegenschlug. Zumeist war es wohl die ältere und gewandtere Freundin, welche das Gespräch führte, mit den starken Impulsen ihrer starken Natur ihren Empfindungen Ausdruck gebend. Das stillere und scheue junge Mädchen, das ich damals war, lauschte mit Auge, Ohr und allen weitgeöffneten Sinnen, wenn Wildenbruch sprach. Die Worte sind vergessen, der Geist jenes Abends ist ewig lebendig, er führte mich, ahnend und erschauernd vor den Gewalten, die dort hausten, in das Land, das auch meine Zukunft werden sollte.

Am folgenden Tage um zehn Uhr wollte der Dichter abreisen. Er wurde zu einer Probe in Berlin erwartet.

Oh – der tauige, strahlende Morgen, als ich früh um fünf Uhr den Berg hinauf an den Waldrand lief, wo ich eine Hecke wußte, die im jungen Trieb ihrer blutroten Blättersprossen stand – wo ich dunkelbraune krause Eichensprößlinge kannte … Und von da in die kleinen Gärtnereien, die oben auf dem Kasernenberge über dem Parke lagen, um alle Blüten zusammenzuholen, die ein deutsches Herz von je erfreuten: weiße Nachtviolen und leuchtend gelben duftenden Goldlack, fliegende Herzen und die blasse Braut in Haaren – dunkelsamtene Stiefmütterchen, die stolze Schwertlilie und das zarte Vergißmeinnicht, wie auch die letzten Fliedertrauben … Es wurde ein Kranz, wie wir sie damals wanden, wenn unsere Herzen in Schönheit brannten und keinen anderen Ausdruck dafür fanden als die zu phantasievollen Farbensinfonien vereinte Blumensprache. Kein Kranz, wie er irgendwo bei Schmidt in Erfurt oder in den Bindereien in Berlin damals oder jetzt zu kaufen war … Und mein kleiner Bruder mußte mit dem Kranz in den Russischen Hof gehen, ihn dem erwachenden Dichter als erste Morgengabe des jungen Tages zu überreichen. Bei Leib und Leben sollte er den Namen seiner Schwester nicht verraten. Aber er genierte sich und gab den Kranz nur dem Kellner und lief spornstreichs wieder davon. Nun – so hatte es ja sein sollen – nur hatte ich wohlgehofft, der Dichter würde den Namen der Spenderin eben doch in Erfahrung bringen wollen. Er reiste indessen zur Probe nach Berlin.

Am Nachmittag sahen meine Freundin und ich die stolze und üppige Gestalt der »Adele« auf der Schillerstraße wandeln. Wir kannten sie flüchtig, hatten aber niemals gewagt, uns ihr zu nähern. Nun aber kam sie leuchtenden Auges auf uns zu, streckte uns die Hände entgegen: »War das ein Abend gestern! War das ein Erlebnis! Endlich ein Dichter! Endlich ein wahrhaftiger Dichter!«

Und nun schwärmten wir gemeinsam, und sie rief in ihrer Begeisterung:

»Welch ein Mensch ist dieser Dichter – er hat mir heute früh einen Kranz geschickt – Kinder, das ist ja kein Kranz, wie man ihn in irgendeiner Gärtnerei kaufen kann! Ihr müßt zu mir heraufkommen und ihn sehen! Ich glaube – ich glaube wahrhaftig, Wildenbruch hat diesen Kranz selbst für seine Adele gewunden!«

Ein schneller Blick ging zwischen der Freundin und mir hin und wider. Ich glaube, ich wurde sehr rot – aber die Schauspielerin war es ja gewöhnt, junge Mädchen in ihrer Gegenwart erröten und erbleichen zu sehen. Sie führte uns aufs freundlichste in ihre Wohnung, wo viele Lorbeerkränze mit großen Schleifen an den Wänden hingen, und dort sah ich meinen Kranz in einer Schale mit Wasser auf dem Tische stehen. Die liebe Jenicke nahm in ihrer strahlenden Freude das Blumengewinde empor und zeigte uns alle seine einzelnen Schönheiten. Und wir haben ihr zugestimmt: der Kranz war in keiner Gärtnerei gewunden, den hatten begeisterte Hände in Liebe zusammengefügt. Und wer konnte dies anders gewesen sein als der Dichter selbst? Warum sollte ein deutscher Dichter nicht einmal um fünf Uhr sein Lager verlassen, um der Künstlerin, welche die Kinder seiner Phantasie zu holdestem Leben erweckte, das Schönste, das er auf Weimars Fluren fand, zu Füßen zu legen? – Wir haben ihr den Glauben nicht geraubt. Erst Jahre später, nachdem diese Stunde eine Freundschaft geknüpft hatte, die viel Anregung und Genuß brachte, hat die Jenicke in einer heiter-vertraulichen Stunde die Entstehungsgeschichte dieser Huldigung des Dichters erfahren.

Ich habe Wildenbruch nur einmal noch flüchtig begrüßt, niemals wieder mit ihm gesprochen. Er war nun ein berühmter Mann, und ich habe mich immer vor Berühmtheiten ein bißchen gefürchtet. Wollte mir auch die Erinnerung jenes unvergeßlichen Abends nicht trüben.

Die Ausländer haben schon zu Goethes Zeiten eine bedeutende Rolle in Weimar gespielt. Immer waren es wissensdurstige, begeisterungsfähige junge Leute, vorzüglich Briten, die es aus dem Bereich ihrer nüchternen Heimat in den Bannkreis der Poesie von Weimar zog. Auch noch in meiner Jugend wurde manche erlesene Persönlichkeit vom Glanze der Tradition gelockt, um fromm der geistigen Größe zu opfern und erhoben, bereichert wieder von bannen zu ziehen. Andere hielt es fest in der idyllischen, von einem idealen Gehalt erfüllten Luft Weimars – sie fanden hier eine neue Heimat und trugen nun ihrerseits wieder den Atemzug der großen Welt in die beschauliche Stille der kleinen Residenz.

Mein Bruder Martin verkehrte als Schüler viel bei der Frau eines hohen indischen Beamten der englischen Regierung, die ihre Kinder in Weimar erzog, wie wir in Dessau vor den Gefahren südlichen Klimas geborgen wurden. Doch auch diese Vorsicht der Eltern konnte das Leben der reizenden, strahlend fröhlichen Tochter Mabel nicht erhalten. Es bewegte uns alle tief, als sie, fünfzehn- oder sechzehnjährig, einem furchtbaren Leiden erliegen mußte.

Ungemein interessierte uns die Erscheinung einer wunderschönen Frau, die man regelmäßig im Theater in der ersten Reihe des rechten Balkons, auf der adligen Seite, nahe der Hofloge sitzen sehen konnte, das stolze rosige Antlitz von einer Krone blendend weißen Haares überwölbt, immer in kostbare Pelze und indische Schals gehüllt, und von einem ebenso schönen frohen Knaben begleitet, der seiner Mutter anmutig diente. Sie wohnte in der Nähe des Behmerschen Hauses, nur der Grasgarten eines alten Professors trennte die Grundstücke. Der Garten, der die Villa der schönen fremden Frau umgab, zeichnete sich von allen sonstigen Villengärten am Horn durch eine beinahe tropisch anmutende Blütenpracht aus. Die Rasenflächen waren so von Schnee-glöckchen, Narzissen, Tulpen durchstickt, daß sie märchenhaften Alpen-wiesen glichen und wir zur Zeit ihrer schönsten Blüte regelmäßig am Gitter stehenblieben, um uns daran zu freuen. Es mußte eine Frau von einem hervorragenden und durchaus unkonventionellen Schönheitsemp-finden sein, die sich diesen Garten schuf! Ich hätte sie gar zu gerne kennengelernt, doch dazu schien keine Aussicht. Sie lebte zurückgezogen nur der Erziehung ihrer beiden Söhne. Hin und wieder fuhr der Groß-herzog vor und nahm bei ihr den Tee, oder die Prinzessin kam zu einem Plauderstündchen, denn sie sollte einer vornehmen schottischen Adelsfa-milie entstammen, obwohl sie jetzt einen einfachen bürgerlichen Namen führte.

Neuerdings sandte auch die aufblühende Nation der Vereinigten Staaten diesen und jenen geistig gerichteten ihrer jungen Sprößlinge zum alten Mutterland Europa hinüber, an den Quellen seiner Wissenschaft tiefe Züge zu tun. Bei Behmers wurde einem jungen Theologen vom berühmten Harward College in Boston, der Stadt der Bildung, ein Zim-mer überlassen und er nebst seinem Freunde, einem ebenso jungen Philosophiestudenten, waren nach wenigen Tagen schon Mitglieder der Familie. Sie wurden es durch die freimütige, frische und doch diskrete Art, durch dies gewisse Selbstverständliche, Ritterliche, das den Umgang mit der gut erzogenen männlichen Jugend Amerikas so angenehm macht. Ich sage absichtlich »der gut erzogenen«, denn in den vielen Parvenükrei-sen dort gibt es natürlich sehr viel schlecht oder gar nicht erzogene Ju-gend, und ich habe auch diese mit Schaudern kennengelernt. Aber durch die beiden Freunde Mr. R. und Mr. C. bekam ich während einiger fröhlicher Sommerwochen Einblicke in die Ideale der gebildeten amerikanischen Jugend, die dem gewöhnlichen Amerikafahrer meist nicht zugänglich sind. Der günstige Eindruck wurde später noch durch manchen andern Harward-Studenten, der nach Weimar kam, aufs glücklichste ergänzt. Freund R. und Freund C. waren beides Idealisten von reinstem Wasser. Obschon durchaus verschieden in ihrer Weltanschauung – der eine war Hochkirchler mit stark katholischer Färbung, der Philosoph hingegen ethischer Agnostiker – vereinte sie doch ein starkes Amerikanertum über den Parteistandpunkt hinaus. Beide waren aparte, man darf wohl sagen: merkwürdige Persönlichkeiten.

Das war nun ein geistiger Leckerbissen für Elisabeth, diese beiden Fremdlinge zu beobachten, zu ergründen, über sie mit mir zu diskutieren. Ihr Mann war für Wochen durch einen künstlerischen Auftrag ferngehalten, meine Mutter zur Pflege eines erkrankten Bruders abwesend – und wenn ich mich recht entsinne, gab es einen warmen, prächtigen August. Wir beiden Weiberchen ließen uns – durch die Abwesenheit unserer älteren Herrschaften ein wenig befreit – unbefangener gehen als sonst wohl. Es war ein unaufhörliches Scherzen, Lachen, Schwatzen, immer im Freien, im Garten, auf Spaziergängen, Ausflügen und Mondscheinpromenaden, an denen alle Kinder nebst meinem Bruder Martin Anteil nahmen. Die ernsthaftesten philosophischen und religiösen Debatten konnten im Nu in die übermütigsten Neckereien umschlagen. Aber ich hatte keinen Sinn für den bedenklichen Ausspruch des jungen Philosophen, als er im Hinblick auf Elisabeth einmal kopfschüttelnd meinte: »*With twenty five years wit must change for wisdom.*»Ach nein – ich hätte gewollt, Elisabeth wäre immer so schrankenlos witzig und übermütig und gänzlich unweise geblieben, wie sie es mit ihren dreißig Jahren noch war. Freund C.s Bemühungen, mich für Agnostizismus, Ethik und Emerson zu gewinnen, schlugen vorläufig fehl. Mich fesselte Freund R., der Hochkirchler mit der Schwärmerei für das Zölibat des Priesters mehr, weil er mit seiner strengen Gläubigkeit viel Sarkasmus und einen grotesken Marc-Twain-Humor verband. Übrigens heiratete er sehr bald nach seiner Rückkehr nach Amerika. Mit Freund C. bin ich in einer gewissen Verbindung geblieben. Er siedelte nach England über und wurde dort als Sozialreformer und Ethiker eine bekannte Persönlichkeit. Seine deutsche Frau, eine kluge, aufopfernde Mitarbeiterin an seinem Werke, hat mich später zuweilen aufgesucht und mir von ihrer interessanten und segensreichen Arbeit erzählt. Während des Krieges hat sie unendlich viel Gutes an unsern Gefangenen drüben getan.

In der Folge haben wir, Mama und ich, noch häufig, für länger oder kürzer junge Amerikaner und Engländer aufgenommen. Einer empfahl den andern. Und war auch keiner von ihnen so interessant wie Freund R. und Freund C., so fügten sie sich doch alle liebenswürdig unserm Familienleben ein. Der letzte war ein Neffe von Charles Darwin, der manches Fesselnde von seinem großen Verwandten zu erzählen wußte. Er selbst war ein harmloser, guter Junge. Durch den Verkehr mit den verschiedenartigen jungen Leuten erfuhr ich mehr von den Verhältnissen in England und Amerika, als ich durch eine Reise dorthin hätte lernen können.

Das Haus am Kasernenberg

Im Herbst 1882 bezogen wir die von Tante Gustchen aufgegebene Parterrewohnung bei Behmers. Bis zum Jahre 1890 haben wir Verwandten friedvoll fröhlich oder von Sorgen und Leid beschwert, die wechselvollen Lebenstage an uns vorüberziehen sehen und treu zusammengehalten. Wir Reuters hatten unsre kleine Wirtschaft, auch unsern eignen Verkehr. Trotzdem brachte meine Mutter kein geringes Opfer, indem sie durch das Zusammenwohnen doch ein gutes Teil ihrer Selbständigkeit aufgab. Sie wußte, es beglückte mich, das genügte ihr.

Zunächst mußten wir uns arg zusammenschachteln. Eine junge malende Pensionärin sollte unsern spärlichen Einnahmen etwas aufhelfen. In einem andern Zimmer siechte der arme Onkel Alfred, der einst so stattliche Blondin, nach einem recht zerfahrenen Leben, müde und verdrießlich an der Wassersucht dahin. In dem dritten nahm ich selbst, auch meistens leidend und pflegebedürftig, das Sofa ein, und in der kleinen Kammer unter der Treppe hauste das blühende Leben, mein Bruder Martin, der sich zum Abiturium vorbereitete. Das war kein leichter Anfang. Als im Mai der arme Onkel erlöst wurde, fühlten auch wir uns von schwerer Last befreit. Ein geistig nicht gerade begabter, doch freundlicher, anständiger Mensch war gegangen nach einem Dasein, das niemand zur Freude, niemand zum Leide gereichte – nur eben gleichgültig und in Kleinlichkeiten versponnen war. Ich ließ es Phase für Phase an meinem Innern an mir vorübergehen und mir grauste vor der Ungerechtigkeit der rätselvollen Wege Gottes. In einem Jahre mit den Zwillingen von der fruchtbaren Mutter geboren, unter den gleichen Einflüssen, in der gleichen Kinderstube aufgewachsen, von der gleichen rechtlichen Gesinnungsart, auch an Körperkraft und mächtigem Wuchs ihnen nicht nachstehend, war es ihm ohne nachweisbare Schuld nirgend geglückt, nicht im Beruf, nicht in der Ehe, er starb ohne Freunde, und die gute Schwester, die ihn treu gepflegt hatte, atmete auf. Während die Zwillinge, zu denen er gewissermaßen ein um elf Monate verspätetes Anhängsel bildete, der Maler wie der Schafzüchter, jeder als Haupt geachteter Familien, angesehen in ihrem Wirkungskreise, beliebt bei ihren Freunden und vielen Armen hilfreich, ein durchaus erfreuliches Bild des Erfolges boten. Was hatten sie vor dem armen Toten voraus? Nicht gar viel: ein wenig mehr Tüchtigkeit – ein wenig mehr Willenskraft. Das veränderte alles!

Man sollte sich nach keinem Todesfall von dem traurigen Eindruck zu befreien suchen – man sollte in sich selbst eine Weile stille werden und den Toten reden lassen: gewiß, mancher hat uns mehr Weisheit zu geben, als die Lebenden. Der heimlich schleichende Fluch in unsrer Familie war die Energielosigkeit, ein unheilvolles Erbe alter Kulturfamilien, von dem zumeist die Männer eher betroffen werden als die Frauen. Wir besaßen eine Anzahl von weiblichen Familiengliedern, die sich durch eine geradezu hervorragende Energie, gepaart mit großem Verstande, auszeichneten. Ich fühlte nichts von ihrer Art in mir. Über meiner matten Seele, meinen müden Gliedern fühlte ich den Fluch des Geschlechtes sich dichter und verhängnisvoll zusammenziehen. Der Wille, mit dem ich mich nach der Krankheit zusammengerafft, war allmählich versickert. Eine grenzenlose Unlust zu jeder Arbeit, zu jeder Freude hielt mich im trüben Bann. Was das junge Weib »Glück« nennt, verweigerte mir Gott. Ich fühlte es genau: keine Zukunft würde es mir bescheren. Durch Armut und Kränklichkeit war ich nach allen Seiten gehemmt – an Ruhm oder schriftstellerische Erfolge dachte meine Seele im entferntesten nicht mehr. Mein schönes Haar fiel aus, das vollendete Oval meines Gesichtes, die blütenzarten Farben waren verschwunden, und mager war ich zum Gotteserbarmen. Es schien wirklich nach keiner Seite eine erfreuliche Aussicht sich aufzutun.

Warum machte der Tod des unbedeutenden armen, alten Onkels einen so großen Eindruck?

Mir graute einfach. Ich entsetzte mich vor der Leere meiner Zukunft. Ich möchte sagen, ich sah dem eignen Feind plötzlich ganz nahe in die Augen, entdeckte seine Art und sein Wesen. Und begann mit ihm zu ringen. Ein innerer Kampf entstand, mich nicht sinken zu lassen. Ich bemühte mich zu lachen, auch wenn ich keine Lust dazu verspürte, freundlich zu plaudern, obgleich die Leute mich anwiderten, heiter und lebensfroh zu scheinen, während ich mich todestraurig fühlte. Ich nahm, um es mit einem Worte zu sagen, die Formung meiner Persönlichkeit wieder einmal mit Bewußtsein in die Hand und suchte mit Energie gegen die Energielosigkeit anzugehen. Kein Werk gelingt im ersten Anlauf, und noch manches Mal habe ich verzweifelnd und müde die Flügel der Seele schlapp an der Erde streifen lassen. Immer puffte mich das Schicksal wieder derb in die Rippen und feuerte mich zu neuen Anstrengungen heraus.

Vielleicht kaum bemerkbar nach außen hin, wirkte ich so in dem Garten meines Innern, pflegte, pflanzte, beschnitt und begoß, mit dem Erfolge, daß ich nach und nach gesundheitlich kräftiger wurde, das Gute, was die Gegenwart mir bot, froh zu genießen fähig war und nach und nach zu einer zweiten umgänglicheren Jugend wieder aufblühte.

Mein Mutterchen schaffte sich ihre kleine selbständige Freudenwelt in dem Teil von Behmers Grundstück, das ihr von dem Bruder überlassen wurde, dorthin waren ihre geliebten Rosenstöcke, die mit ihr von Wohnung zu Wohnung gewandert waren, sorgfältig überpflanzt. Zwar – der Weimarer Kalkboden war der Blumenzucht nicht entfernt so günstig wie die fette braune Moorerde Neuhaldenslebens, in der jeder Schößling, jedes Samenkörnlein zu wunderbarer Üppigkeit sich entfaltete. Doch die Liebe wußte auch hier Rat. Wie ich sie vor mir sehe in ihrem Arbeitshabit, die schon recht stark und unbehilflich gewordene Mutter, einen alten braunen Strohhut meist schief auf den grauen Scheiteln, in der großen Leinenschürze mit riesigen Taschen, aus denen immer Bündel von Bast hervorhingen, an den Händen wildlederne Handschuhe von Onkel Hermann, die ihre schön geformten Fingerspitzen sehen ließen.

Der Vater der jungen Norwegerin, von der in einem früheren Kapitel die Rede war, hatte, um sich Behmers dankbar zu erweisen, ein Faß Heringe gesandt, die in vollkommen verdorbenem Zustande anlangten. Nun riet irgendein Kundiger einmal meiner Mutter, gegen die Maulwürfe einen Hering in den Boden zu graben. Sie glaubte zu bemerken, daß der Rosenstock, in dessen Nähe der Hering geraten, besonders kräftig blühte.

Kurz, sie erbat sich einen Teil der norwegischen Heringe. Und mit mütterlichem Lächeln, zärtlichen liebkosenden Bewegungen verabfolgte sie jedem ihrer Rosenkinder an die Wurzel einen faulen Hering. Die herrlichen Sorten: Souvenir d'un ami, Duchesse Mathilde, Capitain Christi, Maréchal Niel – und wie sie alle hießen, die zauberhaften Gebilde voll Duft, Zartheit und Farbenschmelz, blühten in reicher Fülle. Wie gerne verschenkte sie davon oder stellte sie sorgfältig in ein Glas, wie konnte sie, in ihren Anblick versunken, zufrieden in ihrem grünumrankten, mit Topfgewächsen angefüllten Gartenzimmerchen sitzen und, wenn man eintrat, aufblicken mit dem lieblichen, unschuldigen Lächeln eines jungen Mädchens in den goldbraunen Augen.

Die ersten Jahre unseres Zusammenlebens mit den Verwandten fielen in eine Zeit, in der ihr Familienleben am freundlichsten, ungetrübtesten blühte. Ein behaglicher Wohlstand gestattete ihnen das einfache, doch sorglose freigebige Leben zu führen, das sie liebten. Der Onkel mußte viel im Lande herumreisen. Er porträtierte bei Gutsbesitzern und Großindustriellen Urahne, Großmutter, Mutter und Kinder. Ein guter Erzähler, brachte er von seinen Malerfahrten viele anschauliche heitere Schilderungen heim, so daß mir manche dieser Familien in ihrem ganzen häuslichen Tun und Wesen noch heute völlig vertraut sind. – Besuche kamen und gingen – Weltdamen aus Berlin und vom Rhein, die dekolletiert in Spitzen und Seiden im Atelier saßen, oder fromme Handwerker, gottselige Missionare. Unter diesen war ein vertrauter Freund meines Onkels, der lange in China gewirkt hatte, und häufig, in einen alten Soldatenmantel gehüllt, mit seinem langen Bart und seinen stillen, in sich gekehrten Augen, triefend von Regen oder schneebedeckt, unerwartet auftauchte und schweigend wieder verschwand. Der Gute quälte sich mit der Vorstellung, daß er am Jüngsten Tage von jedem Worte, das durch seinen Mund ging, werde Rechenschaft abgeben müssen. Er, dem das Reden schon von Natur aus nicht leicht fiel, hielt zuweilen plötzlich mitten im Satze inne, wir saßen wartend um ihn herum, doch war er nicht zu einer Fortsetzung zu bewegen. So war es auch, wenn er bei der Hausandacht das Gebet hielt, zu dem er die Hände erhob, wie man auf alten Bildern sieht. Und er glich dann auch in seiner versunkenen Andacht einem der Heiligenköpfe aus Dürers Zeit. Das Gebet war lang, es verging schließlich in ein undeutliches Murmeln, wie ein Bächlein, das versickert, oder hörte auch plötzlich auf. Er war, uns wohl kaum noch sehend, ganz in die Betrachtung Gottes versunken. Niemand wagte ihn zu stören – Elisabeth suchte durch strafende Blicke das allzu sichtbare Gähnen der schläfrigen Kinder, das anstößige Gekicher der Mädchen zu dämpfen, die taube Großmutter Douglas blickte von ihrem Gesangbuch auf und flüsterte hörbar mit ihrer tiefen Stimme: »Warum geht's denn nicht weiter?« Bis zuletzt Onkel mit einem aufmunternden: »Na, lieber Doktor, ich dächte, wir kämen zu Ende«, die peinlich werdende Situation mit dem gesungenen Segen schloß.

Die kleinen Behmerchen waren in dem reizenden Alter, in dem eine Kinderstube einem Nest voll zwitschernder junger Vögel gleicht und die Mutter sich den stolzesten Träumen über ihre Entwicklung hingeben darf. Und welche Mutter sähe nicht ihre kleine Brut als junge Adler zur Sonne steigen oder als leichtbeschwingte Lerchen über sonnigen Feldern wirbeln oder als Nachtigallen in dunklen Büschen den Menschen die Offenbarung der Sehnsucht und der Schönheit in die aufgetanen Herzen schluchzen? Wieviele Witzworte steigen auf, wieviel untrügliche Zeichen von Geist und Begabung zeigen sich im kleinen Kreise – man will ja nicht übermütig werden, nicht durch Stolz und Eitelkeit das Schicksal herausfordern – Gott behüte einen nur davor – es lauert ja sowieso schon immer an der Türspalte in Gestalt von Krupp, Masern und Diphtherie … Aber manche Beobachtungen, die wir an unsern Kindern machten, gaben eben doch zum Nachdenken Anlaß, z. B. wenn der kleine blonde Marcus bäuchlings ausgestreckt auf der Erde über dem alten Folianten mit den Kupferstichen aus der Sixtinischen Kapelle lag und sich kein schöneres Bilderbuch wußte als diese grandiosen Gebilde Michelangelos. – Oder wenn er, vierjährig, auf einem lebenden Bild als kleiner Jesus figurierend, nachher weise sagte: »Ich war doch der Oberste von euch allen.« – »Wieso?« – »Ich war der liebe Gott!« – »Du warst das Christkind!« – »Ja – das Christkind ist der Sohn vom lieben Gott – der Sohn ist dasselbe wie der Vater – also war ich der liebe Gott!«

Nun – der kleine Marcus ist ein origineller Künstler und ein feiner scharfer Denker geworden. Das hat Elisabeth nicht mehr erleben dürfen.

Die Hoffnungen einer Mutter gehen wohl niemals so in Erfüllung, wie ihr Herz sie sich träumt, und es ist vielleicht gut, wenn die Schuljahre schon sachte die verstiegenen Phantasien zu korrigieren beginnen.

Elisabeth befand sich leidlich gut mit ihrer Gesundheit. Sie war lebensfroh und zu jedem Spaß bereit. Zuweilen kam sie schon des Morgens mit dem Staubtuch und dem Wedel in der Hand auf einen Sprung herunter und überschüttete uns mit einer Flut komischer Betrachtungen und sprühender Einfälle, und ich dachte oft, wenn wir uns vor Lachen krümmten: welch ein Jammer, daß dergleichen nicht festgehalten werden kann.

Wer vermöchte das Lippenzucken, das Kräuseln der Nase, den Seitenblick zu schildern, mit dem ein begnadeter Komiker ein Haus voller trübseliger Menschen in Krämpfe der Lust versetzt?

Die Dämonen in der Brust der jungen Frau schliefen – eingesungen von den süßen Liedern ihrer Mutterschaft. Lastete das Leiden der Welt auf ihren zarten Schultern, ließ sie sich von der Qual eines fremden Kindes im Tiefsten zerreißen, trug sie auch die Freude wie ein Diadem auf triumphierendem Haupt. Zwei Kleinodien hat mir Elisabeth geschenkt, die mich als Talisman durchs Leben begleitet haben: den Sinn für die Poesie des Alltags und den Humor für seine Unzulänglichkeiten.

Unsere Jahreszeiten rechneten wir nach den Blumen, die sie brachten, die wir festlich suchten. Da klingelte im März die Schneeglöckchenwiese in Oberweimar den Frühling ein – durch ein Scheunentor führte der Eingang, es war im Grunde nur ein sumpfiger Bauerngarten, wo die Tausende von Märzbechern wuchsen – und wie achtsam waren wir, die rechte Zeit nicht zu versäumen! Und dann kamen die wilden gelben Tulpen aus den Weinbergen bei Jena auf den Markt – zu Mutterchens Geburtstag im April die Schlüsselblumen und die blauen Leberblümchen des Webicht. Aber wer auf den Kalkbergen Buchfarts die großen weißen Anemonen fand, der galt als besonders begnadet! Im Juni erfreuten wir die Bekannten mit den Gewinden der vollen Sommerüppigkeit, alle Stuben waren geschmückt mit den bunten Sträußen der Blumen und Gräser von den Parkwiesen. Aber Elisabeths Hände, die blassen, schön geformten, sehe ich vor mir, wie sie bei Spaziergängen so liebevoll intime kleine Sträuße zusammenfügten: die roten Johannistriebe der Hagebuche, ein wenig Wiesenschaumkraut, ein paar Heckenrosen.

Im Herbst wurden große Ausflüge veranstaltet, mit Woltzes Töchtern und ein paar jungen Malern nach dem Ettersberg, um dort die glänzenden Sterne der Silberdisteln zu holen, die, mit einiger Sorgfalt behandelt, den ganzen Winter eine Stubenzier gaben, vermischt mit dem braunen Laub und den Kiefernzweigen des Webicht.

Den grauen November und Dezember durchduftete die aus Tannenzweigen gewundene Adventspforte hoffnungsvoll den Saal, und welches Glück für die Kinder, wenn sie bei der Andacht jeden Abend ein neues

Lichtlein anzünden, ein neues Fähnlein mit einer Prophetenverheißung auf das Kommen des Heilandes dazustecken durften.

Weihnacht machte den Beschluß mit seinen Christrosen, mit dem unter dem Schnee so frisch grün erhaltenen Moos und den blühenden Kirsch- und Fliederzweigen, die am Andreastage geschnitten, sorgsam gehegt und gepflegt mit ihren zarten, ein wenig kränklichen Blüten schon wieder auf den Frühling hinwiesen und so des Jahres Kreis lieblich abrundeten.

Der Pelzemärtel oder Nikolaus hatte mit Rute, Nüssen und Äpfeln die Kleinen vorbereitet auf die ihrer harrenden Genüsse, und die Erwachsenen hatten schon am Martinstag die ersten Lebkuchen vor den erleuchteten Buden auf dem hübschen kleinen Marktplatz geknabbert. Dann führte die Christmette in der alten dunklen Stadtkirche, von deren Kanzel Martin Luther schon das reine Wort verkündet, tiefer in das holde Wunder der Weihnacht. Von hundert Wachskerzlein, die Kinder und Erwachsene trugen und vor sich auf die Pulte klebten, flimmerten Schiff und Emporen. Ich sehe noch ein paar Blondköpfchen sich unter die Höhlung unter der Kanzel eng aneinanderdrücken und dort ihr kindlich Wesen treiben mit Auslöschen und Wiederanzünden der Lichtlein, während die unsterblich schönen Weihnachtsgesänge zum Himmel stiegen.

Und zuletzt – ein wenig abgehetzt und eigentlich todmüde von der Armenbescherung und aller Hausfrauenarbeit und ein wenig nervös, weil der Onkel die Angewohnheit hatte, seine Geschenke erst nach der Christmette einzukaufen, während die Kinder nicht mehr zu bändigen waren – zuletzt läutete Elisabeth die silberne Klingel zur Familienchristfeier oben im Atelier. Dort schauten die Gliedermänner und angefangenen Studien und Skizzen und all die genialische Unordnung einer Künstlerwerkstatt sonderbar genug aus, rings um den strahlenden Christbaum und die so liebevoll und künstlich erbaute Krippe mit Hirten und Engeln und den Weisen aus dem Morgenlande an seinem Fuße und dem vielen Kinderspielzeug. Später gab es dann noch eine kleine stillere Feier bei »Tante Reuter unten« mit viel Verschen und Überraschungen für alt und jung.

Wie die Blumen die Zeiten umkränzten, verstand Elisabeth mit ihren Kindern und Freunden die Feste zu feiern, die sie schmückte mit ihrer eignen Seelenpoesie und ihrem frischlachenden Humor. Die sonntäglichen Gänge durch die schneeglitzernde Winterpracht, oder durch die buntwogenden Sommerwiesen des Parkes, vorüber an dem lieben Goethehäuschen zu der kleinen uralten Dorfkirche von Oberweimar, die wir so gern besuchten. Und in der Mitternacht des ersten Maien – heidnischer gesonnen – der Abstieg von einer kleinen Gesellschaft übermütiger Jugend vom Horn herab zum Stern, zu der in ihrer finsteren Grotte ruhenden Sphinx, um dort aus der »Dichterquelle« zu trinken, und sich mit dem von besonderen Kräften erfüllten Maiwasser die Gesichter zu waschen und alle geheimnisvolle Schönheit seliger Frühlingsnächte zu gewinnen! Das war ein heimliches Lachen und Quicken, denn ein Wort machte den Zauber zunicht – bis man bespritzt und durchnäßt die steile Höhe, ohne auf Weg und Steg zu achten, im Finstern wieder hinaufgeklettert war und Knaben und Mägdelein sich gegenseitig im hellen Zimmer die Lampen über die Köpfe hielten, um zu sehen, ob's schon gewirkt habe?

Oder auch – wir liefen in dunklen Sturmnächten, grotesk in Tücher und Plaids vermummt, über die Brücke, einsame Wanderer und Liebespaare zu erschrecken, jagten gespenstisch an der Schildwache des Schlosses vorüber und steckten ihr im Vorüberhuschen heiße Pfannkuchen zu.

Die Freunde wurden zu Kartoffelpufferschmaus in die Küche geladen – wo die glühheißen, fettknusprigen Kuchen vom Flackerfeuer gleich in die Mäuler wanderten. Auch gab es Picknicks im Webicht – Kirschenessen auf Marienhöh – eine grandiose Laubenweihe mit Lampions, Girlanden und phantastischen Umzügen und Kostümen, mit gelösten Haaren und Gesang, so daß die etwas steifen »Gönner und Freunde«, die aus Erfurt geladen waren, reiche Kaufherren mit ihren Damen, nicht recht wußten, was für Gesichter sie machen sollten – ob das alles peinlicher Unfug oder eigentlich entzückend war?

Und selbstverständlich fehlten wir nicht beim Zwiebelmarkt am Frauenplan und in der Schillerstraße, wo ganz Weimar so würzig nach den künstlich aufgetürmten Bergen von Zwiebelzöpfen duftete und nach Majoran und Sellerie, wo alle Hausfrauen ihren Wintervorrat kauften und die Primaner derweilen diese Angelegenheit als höchstgeeignet zum Poussieren mit den vielen hübschen Pensionsbackfischen hielten. Und in allen Häusern wurde Zwiebelkuchen gebacken.

Nenne ich nun noch die vielen Geburtstagsfeste, deren keines ohne Gedichte, Gesänge, kleine Aufführungen und feierliches Schokoladetrinken vorüberging, so kann man ungefähr verstehen, daß uns die Wochentage nie langweilig wurden – ja ihre Flauheit uns überhaupt nicht zum Bewußtsein kam. Denn da waren ja auch noch die vielen Logierbesuche der Douglasschen und Behmerschen Verwandtschaft.

Immer wieder fällt es mir auf, wie in einer ausgebreiteten Familie alle Formen und Möglichkeiten bürgerlichen Lebens sich, wie in einem Kaleidoskop die Glassteinchen, im engen Rahmen unaufhörlich wechselnd, zu den mannigfachsten Bildern zusammenschließen. Von den Geschwistern der Mutter lebte ein jedes in äußeren Zuständen, die kaum irgendein Gemeinsames aufwiesen. Der Onkel August und die kleine Tante Minna kamen mit ihrem Pflegekind bisweilen aus Kairo zum Besuch, dann erzählte die kleine Tante tolle, unglaubliche Geschichten von Europäern und Türken. Tante Pauline, die strenge, altlutherische Pastorenfrau, hörte kopfschüttelnd zu und dachte bei sich: was die gute Minna doch für eine wilde Phantasie entwickelt – denn daß solche Dinge wirklich und wahrhaftig geschehen konnten, hielt sie kaum für möglich. Tante Minna sprach jetzt beinahe lieber arabisch wie deutsch. Nach wie vor auf allerlei Zufallsverdienste angewiesen, war sie mit ihrem Manne völlig in jene Kreise abenteuernder Europäer und Levantiner geraten, deren Heimat der bunte Orient geworden ist, und die sich kaum noch der Begriffe des deutschen Vaterlandes über Moral und Recht erinnern. Daß der Onkel August niemals zu nennenswertem Vermögen gelangte, zeugte übrigens für seine persönliche Rechtschaffenheit. Und die große blinde Liebe der kleinen Frau zu ihrem blonden Riesen erhielt ihr eignes Herz rein. Nur duldsam wurde sie – sehr duldsam gegen fremde Übertretungen. Der ungetreue W. war, als er während einer Pferdeseuche die kostbaren Araberhengste eines ägyptischen Würdenträgers kurierte, durch den dankbaren Gönner zum Bei erhoben und am Ende wurde er auch noch Pascha. Die gute Tante verkehrte ganz freundschaftlich mit ihm und erzählte offenherzig, wie er sie bei Gelegenheit immer wieder belog und betrog – aber: er sei doch so liebenswürdig und gutherzig, daß man ihm nicht böse sein könne.

Tante Pauline, die Pastorin, ahnte damals noch nicht, daß auch sie noch einmal in das unsichere und abenteuerliche Leben einer »Überseeerin« hinausgestoßen werden sollte. Vorläufig wurde sie nur des Morgens um fünf Uhr von den Posaunenstößen geweckt, in denen sich die Missionsschüler ihres Mannes übten, weil man bemerkt hatte, daß Posaunenklänge auf die schwarzen Naturkinder Afrikas eine besonders erhebende, christliche Wirkung taten. Nach einiger Zeit aber entschloß sich ihr Gatte, der ja nun einmal in seinem Vaterlande mit der Kirche zerfallen war, eine altlutherische Pfarrstelle in einer deutschen Siedelung im Norden Australiens anzutreten. Vergebens warnte meine Mutter die alternde, kränkelnde Schwester vor den Mühsalen des Kolonistenlebens, denen sie ja auf keinen Fall gewachsen sein würde. Im Vertrauen auf Gottes Hilfe und in schöner Ahnungslosigkeit der Verhältnisse, die ihrer drüben warteten, zog die Familie übers Meer. Der Pastor erklärte Koffer für einen unnötigen Luxus und so führten sie das notwendigste Hab und Gut in vierundzwanzig riemenumgürteten Paketen mit sich. Das Schiff, auf dem die Missionsgesellschaft sie befördern ließ, blieb ein Vierteljahr unterwegs. Sie hatten es niemals für nötig befunden, eine Weltkarte zu Rate zu ziehen, und so wußten sie auch nicht, daß der Norden Australiens so ziemlich unter dem Äquator gelegen ist. Bittere Armut, schwere Arbeit, tausend Entbehrungen empfingen sie. Das Brot, welches am Morgen gebacken wurde, wies am Abend schon lange rosa Pilzstreifen und Würmer auf … Vor Heuschrecken konnte man sich nicht retten, sie fielen von der Zimmerdecke in die Speisen und beschmutzten sie. Schlangen gab es in allen Ecken und der einzige Badeplatz für die Kinder wimmelte von Blutegeln und kleinen Alligatoren. Nach wenigen Monaten war die arme Tante Pauline in einer geistigen Verfassung, daß man für ihren Verstand fürchtete. Der Arzt erklärte eine schleunige Rückkehr nach Europa für ihre einzige Rettung. Und so kam sie denn wieder, in der Hoffnung, die Ihren würden ihr bald folgen. Doch der robusten Bauernart ihres Mannes behagte das rauhe kulturlose Leben, die Kinder verheirateten sich drüben – sie sah keinen von ihnen allen jemals wieder. Hochbetagt starb sie als letzte der zehn Geschwister Behmer in Dessau, wo sie als Mädchen mit der Großmama ein behagliches Dasein geführt hatte.

Recht als ein Gegensatz zu diesen ungeordneten und waghalsigen Existenzen wirkte der Haushalt von Onkel Rudolf, dem Zwillingsbruder Onkel Hermanns. Er war Schäfereidirektor, doch sah man von diesem Beruf in seiner äußerst sauberen, soliden Wohnung in Berlin nichts als einige Bronze-Schafböcke auf dem Kamin, die er selbst modelliert hatte. Seine Frau, eine Süddeutsche, war das Muster einer tadellosen Hausfrau, akkurat bis zur Peinlichkeit, dabei von größter Redlichkeit und einer seltenen Noblesse des Charakters. Der Onkel Rudolf war ein Prachtmensch. Kam er, was häufig geschah, nach Weimar, so war das jedesmal ein Freudentag für uns alle. Die Zwillinge liebten sich noch immer zärtlich, obschon sie durchaus verschiedene Naturen waren und auch in ihren Ansichten, besonders über religiöse Fragen, weit auseinandergingen. Obwohl man ihnen die verschiedenen Berufe ansah, der Tierzüchter durchaus etwas Derberes, von Luft und Sonne Gebräunteres hatte als der Maler, war die Ähnlichkeit der alternden Männer noch so groß – zumal wenn man sie nicht nebeneinander sah, daß es beständig die lustigsten Verwechslungen gab. Auch der Onkel Rudolf hatte einen künstlerischen Tropfen im Blut und vererbte ihn seinem Sohn, der als ein geschätzter Maler früh starb. Onkel Rudolf selbst machte reizende Gelegenheitsgedichte auf seine Lammböckchen und konnte köstliche Geschichten von den Tieren erzählen, die er in verschiedenen Schäfereien Deutschlands züchtete. Mit dem Mut eines Kohlhaas kämpfte er für seine Überzeugung, wo er meinte, daß die Regierung und die herrschende Partei in der landwirtschaftlichen Gesellschaft Wege in der Schafzucht einschlugen, die er vom Übel für Deutschland hielt. Er war ein gerader, aufrechter Mann, dabei gütig und verständnisvoll. Auch als viele, ich darf wohl sagen, die meisten meiner Verwandten mich als völlig aus der Art geschlagen verfemten, blieb er mir ein treuer Freund. Ja – er wurde es da erst recht, denn es lag in seiner Natur, die zu lieben, die ihrer Überzeugung lebten, unbekümmert um die Folgen. Und so sei seiner hier in dankbarer Erinnerung herzlich gedacht.

Meine Cousine und Spielgefährtin, die schöne Bärbel in Althaldensleben, hatte sich schon im ersten Jahre unsres Aufenthaltes in Weimar mit dem Hauptmann im Generalstab Georg von Kleist vermählt. Sie feierte ihre Hochzeit, gemeinsam mit ihrem Bruder Paul, der eine Freiin von Roeder-Diersburg aus Baden ehelichte. Das gab nun wieder ein prachtvolles großartiges Familienfest im alten Kloster. Die Gesellschaft wurde bereichert durch eine Reihe junger Offiziere, Kameraden des Bräutigams aus dem Generalstab, die in der Folge zu bedeutenden Sternen unter unsern ersten Heerführern aufstiegen und durch die süddeutschen Verwandten der Braut, die Töchter der Schriftstellerin Wilhelmine von Hillern. Ganz fremdartig wirkte ihr lebendigeres, naiveres Wesen zwischen den steiferen, würdevollen Norddeutschen! Es war, als ob zwei verschiedene Rassen sich träfen, nicht Glieder aus verschiedenen Teilen eines Vaterlandes!

Wieder gab es Aufführungen in der riesigen Bibliothek mit dem blauen Sternenhimmel und den Bücherschränken mit den uralten Scharteken, in denen niemand jemals las. Ich brachte als graue Nonne den Brautpaaren Stickereien, die ich in einsamer, verzauberter Klause gefertigt zu haben vorgab – dorthin gebannt mit dem Fluche: erlöst zu werden erst dann, wenn zwei Paare an einem Tage im Kloster den Bund der Ehe schließen würden.

Und wieder gab es ein Hochzeitsdiner im grünen Saale, bei dem der spätere Generalstabschef Graf Moltke mein Tischnachbar war. Er teilte mir gleich mit, daß die Moltkes alle schweigsame Naturen seien, und er besonders seinem berühmten Oheim in diesem Punkte nicht nachstehe. Das hat er mir denn auch während des langen Hochzeitsmahles genügend bewiesen.

Diese Doppelhochzeit war das letzte große Fest, das die Familie Nathusius in Althaldensleben feierte.

Noch einige Male waren wir im Sommer dort zu Gast und ich habe an diesen Wochen die angenehmsten Erinnerungen. Besonders bei dem letzten Besuche gab mir der Onkel Heinrich aus seinen Sammlungen wertvolle Aufschlüsse über Südamerika und wir unterhielten uns länger und eingehender als je zuvor. Ich entdeckte ihn gewissermaßen nun erst, diese feine, etwas sensitive Natur, die eigentlich für den Beruf eines Landwirts viel zu geistig gerichtet war. Jedenfalls bot er durchaus nicht das typische Bild eines Landrats, wenn seine zarte Gestalt mit dem graugelockten Patriarchenkopf an der langen Tafel präsidierte und sein Blick mit milder und immer etwas wehmütiger Freundlichkeit über all die jungen Ehepaare wanderte, die stets lebhaft die beste Art der Aufziehung von Säuglingen und der Behandlung durch Güte oder Strenge, kaltes oder warmes Wasser, Muttermilch oder Soxhlet durchsprachen. Dreizehn Enkelchen zwischen einem halben und vier Jahren spielten mit Bonnen und Wärterinnen in jenem Sommer im weißen Gartensaal und auf dem Sandhaufen unter den Kastanien, wo das beinahe hundertjährige Müllerchen herrschte, als wir aus Alexandrien ankamen. Auch Matthäus und seine hübsche, kluge Frau waren unter den glücklichen Eltern, und er war sogar ein hervorragend guter Papa geworden. Sonderbar traurig schien es mir, so gar nichts mehr für ihn zu empfinden. Aber – mein Gott! Für eins nur von diesen entzückenden Babys hätte ich alle Romane der Welt hingegeben und meine gegenwärtigen und zukünftigen Werke nun schon ganz gewiß. Reichlich wurde mir in diesen Sommertagen Gelegenheit, mich am Elternglück andrer freuen zu lernen, ohne zu begehren.

Onkel Heinrich Nathusius, der Landrat, ist früh gestorben. Er war nach dem Verlust seiner so tiefgeliebten Frau nie wieder der Mann, der er vorher gewesen. Er litt das Leben – er lebte es nicht mehr.

Althaldensleben wurde verkauft, die Geschwister Nathusius, alle die großen und kleinen Apostel und ihre Schwestern gründeten eigne Familien und zerstreuten sich in die verschiedenen Länder des deutschen Reiches. Das in der Jugend so strahlend blühende Geschlecht besaß keine starke innere Widerstandskraft gegen die Stürme, die niemand von uns erspart bleiben. Nur wenige von den Zwölfen leben noch – unter ihrem Nachwuchs hat der Weltkrieg furchtbar gewütet.

Von den Brüdern und ihren Freunden

Wo blieben inzwischen meine vier Brüder? Sie waren doch kräftige Farbenflecke im Kaleidoskop meiner Lebensbilder.

Aus den feinen, zarten Südenspflanzen waren prächtige Kerls geworden, strahlend in Gesundheit und Tatendurst, mit heißen Sinnen und leicht entflammten Herzens. Aber – sie hatten kein Bedürfnis zum Lernen. Jede Theorie war ihnen verhaßt. Das war schlimm für eine Mutter mit einer Rente von zweitausend Mark im Jahr. Das »Einjährige« stand als ein dräuender, unübersteiglicher Berg vor jedem. Nur Martin erledigte ruhig die oberen Klassen des Gymnasiums und wollte studieren. Für die drei Brüder blieb kein andrer Weg zu Beruf und Verdienst als übers Meer – und dort gehörten sie ja auch hin mit ihrer Sehnsucht nach Abenteuern. Der Älteste, der lange Thom, machte den Anfang. Er ging als Zuckersieder nach Tucuman in Argentinien. Nach einem Jahr kam er, von einer Herzenshoffnung getrieben, die sich leider nicht erfüllte, noch einmal ins Vaterland zurück. Seine Erzählungen vom argentinischen Leben gaben mir den Stoff für den Roman: »Kolonistenvolk.« In jenen Weihnachtstagen durfte meine Mutter zum letztenmal ihre fünf Kinder um sich sammeln. Ging sie mit ihren Jungens durch die Schillerstraße, so rief man ihr zu: »Die Mutter mit den schönen Söhnen« und mancher Mädchenblick umschwirrte sie.

Die Jungen hatten guten Geschmack – ihre Flammen gehörten immer zu den hübschesten Weimaranerinnen.

Das Haus duftete von oben bis unten tropisch nach den safttriefenden Ananas, die Thom uns mitbrachte. Der zweite, mein Liebling Atti, goldbraun gebrannt, die Begeisterung aller Maler entfachend, kam aus Siam mit Elfenbeinschnitzereien, Sandelholzfächern und Südseeinsulaner-Webereien. Lola – nun zum Carlo herangewachsen, mit der Mutter wundervollen Augen, hatte England hinter sich und wollte nun Nordamerika versuchen. Martin stand vor der Matura, die drei andern Brüder erklärten ihn als den Würdigsten, des Vaters goldene Uhr zu tragen. Sie waren so rührend stolz auf seine Gelehrsamkeit.

Dann gingen sie auseinander, in die wilde Welt. Ohne Geld, ohne Empfehlungen, ohne sichere Kenntnisse. Jeder nur angewiesen auf die eigne Kraft, auf den Trotz und eisernen Willen, etwas aus sich zu machen. Thomas kam bald in die günstige Lage, den Jüngern, der des Vaters Uhr trug, Medizin studieren zu lassen. Er vermählte sich früh mit einer dänisch-englischen Frau, Familien- und Berufssorgen hinderten ihn, das alte Vaterland jemals wiederzusehen. Sein jüngstes Töchterchen sandte er mir zur Erziehung. Atti – oder Albert gab den aussichtslosen Seemannsberuf auf und ging in die Urwälder von Brasilien. Nach Jahren härtester Entbehrungen war er Besitzer gut tragender Kakaoplantagen und ein vermöglicher Mann. Er heiratete eine liebenswürdige, gescheite Schweizerin. Die Tropen erschöpften früh seine Kräfte. Ich habe noch die wehmütige Freude gehabt, seine letzten Lebensmonate mit ihm, seiner Frau und seinen reizenden kleinen Töchterchen in den Schweizer Bergen zu verleben. Merkwürdig war es mir immer, zu sehen, wie er noch derselbe, ein wenig phantastische und so unendlich feinfühlige Mensch geblieben war, wie in der Kindheit, als wir gemeinsam das warme Land hinter dem Nordpol suchten oder in unserm kleinen Beduinenzelte hausten. Das wilde, harte, stürmische Leben hatte nichts an dieser zarten und liebevollen Seele zu ändern vermocht.

Carlo versuchte sich im Norden wie im Süden der Vereinigten Staaten. Nachdem eine Ansiedlung in Florida durch den Ausbruch einer furchtbaren Gelbfieberepidemie fehlschlug, gab er die Gärtnerei auf und wurde Kaufmann. Auch er zwang sich das Glück zum Dienst. Es geht ihm gut und er kann sich alle zwei Jahre mit seiner lieben Frau eine Erholungsreise nach Deutschland gestatten. Sein Herz hängt noch warm an der alten Heimat. Der Mutter Augen hat er einem schönen Töchterlein vermacht – doch ihr Mund spricht nur englische Worte.

Aus Martin, dem Vorjüngsten, wurde ein in weiten Kreisen bekannter und geschätzter Arzt.

Schnell genug zeichnen sich die Umrisse dieser vier Lebensläufe aufs Papier – doch von wieviel Entbehrung, Kampf, Selbstüberwindung, von wie hartem Unterliegen, trotzigem Wiederaufraffen sind sie ausgefüllt. Hunger, Einsamkeit, wilde Tollheit, Leichtsinn und hartnäckigen Fleiß, zähe Sparsamkeit, alles bergen sie und ihre Abenteuer würden ein spannenderes Buch anfüllen, als das, welches hier geschrieben wird. Keiner von den Jungen behelligte jemals die Mutter um Geld – Gott mag wissen, wie sie sich in Augenblicken der Verzweiflung immer wieder halfen. Aber es kamen Monate, – Jahre, in denen wir keine Nachricht von ihnen erhielten, in denen die arme Mutter sich in Sehnsucht und Unruhe verzehrte und ich fühlte: hier sind alle Trostworte umsonst. Endlich – nach dem schmerzlichsten Warten ein paar gleichgültige Worte! Was sollten sie auch berichten? Die unbarmherzige Wahrheit konnten und durften sie der alten Frau nicht sagen und freundliche Phantasien auszuspinnen, danach steht einem der Sinn nicht, wenn man sich mit des Lebens unbarmherzigen Dämonen herumschlägt.

Mein eignes inneres Sein konnte sich nicht im kleinen Philistertum verspinnen unter dem Atem dieser wilden und gefährlichen Welt, in der ich die Kindheitsgefährten wußte, in die ich ihnen mit meinen Gedanken zu folgen suchte. Und immer, wenn es mir zumut war, als müsse ich doch am Ende ersticken, drang es mir von außen wie ein Salzhauch des Meeres, wie ein ferner Ruf aus endlosen Weiten in die Seele: Was du um dich siehst, ist nicht die Welt – ist nur ein winziger Ausschnitt, der durchbrochen werden kann – und draußen winkt das Unermeßliche mit unausdenkbaren Möglichkeiten!

* *
*

Als mein Bruder Martin noch die obersten Klassen des Gymnasiums besuchte, pflegte ihn ein Freund jeden Morgen zum Schulgang abzuholen. Er sprang dazu über sein Gartengitter, durchquerte mit ein paar Sätzen die Wiese des alten Professors, überkletterte unsern Zaun und kam durch den früh geöffneten Kücheneingang ohne jemand zu stören. Dann hörten wir nebenan das Jungengeplauder, während Martin sich fertig machte. Sein Freund war der älteste Sohn der schönen Engländerin, die unser Interesse schon so lange rege hielt. Er zeichnete sich vor andern Schuljungen durch einen früh gesprossenen Bart aus, war ungeniert und natürlich, eine mehr originelle als elegante Erscheinung. Er fand so viel

Gefallen an Martin, daß man die beiden nur noch miteinander erblickte und er bei uns, auch bei Behmers, aus und ein ging, wie einer der Brüder. Er war schon als Schuljunge von einer unglaublichen Belesenheit, sprach gern und klug über alle Dinge im Himmel und auf Erden und geriet oft mit mir in heftige Disputationen. Ob seine Mutter durch ihn von mir erfahren haben mochte, oder ob es eine liebenswürdige Höflichkeit war, die Madame O. – so nannte sie ein jeder – veranlaßte, den Bruder nicht ohne die Schwester aufzufordern – kurz: ich erhielt eine Einladung, »um den Christbaum brennen zu sehen«. Auch Hildegard Jenicke, die Schauspielerin, und einige andre junge Mädchen waren anwesend. Der Christbaum, ein wahres Wunderwerk von Aufputz, erinnerte an einen indischen Tempel, in Silber und Rot erschimmernd. Und Madame O. selbst – in wallender, schneeweißer indischer Seide, einen weißen Schleier durch das silberne Haar gewunden, mit ihrem feinen rosa Gemmengesicht, erschien mehr als eine unirdische Märchenerscheinung denn als die Mutter dieses struppigen, originellen Sohnes.

Feingewählte Geschenke, von rosa Seidenpapier umhüllt und mit Tannengrün geschmückt, erfreuten jeden Gast, ein erlesenes Mahl krönte die Festlichkeit.

In der Folge wurde mir die merkwürdige Frau eine liebevolle, mütterliche Freundin. Ich ging bei ihr aus und ein – nicht ganz so ungeniert wie ihr Sohn bei uns, denn sie hielt auf gesellschaftliche Formen, doch verging keine Woche, daß ich nicht ein- bis zweimal den Abend mit ihr verbrachte. Wundervoll konnte sie erzählen aus ihrem reichen Leben, das viele seltsame Gegensätze in sich barg, von ihrer Kindheit auf dem alten Schlosse in Schottland, von den Kämpfen ihrer Jugend gegen die starre Konvention der englischen Aristokratie. Und nicht nur von sich selbredete sie. Viel menschliche Geschicke wurden mir durch sie kund. In ihrem rötlich schimmernden Salon mit den venezianischen Gläsern saß sie dann im tiefen Sessel, bei dem Licht von zwei hohen Wachskerzen. Dort las ich ihr alles vor, was ich nun schrieb und fand gütiges Verstehen, Begeisterung, wenn etwas gelungen war, und Kritik am Unzulänglichen und Schwachen. Doch fühlte diese Frau, was mir vor allem not tat: Hebung meines Selbstgefühls. Darauf wirkte ihr ganzer Verkehr mit mir. Zuweilen sagte sie lächelnd: Das schenke ich Ihnen, wenn Sie es brauchen können für Ihre Arbeit. Doch ich mußte verneinen. Ihre Erzählungen waren fein abgeschliffene, vollendet stilisierte Kunstwerke, ich hätte sie nur verwässern und verderben können. Hatte sie interessante Gäste, so ließ sie mich teilnehmen. Überhaupt machte es ihr Freude, mich – ebenso wie Fräulein Jenicke – in jeder Weise künstlerisch zu fördern und leise zu erziehen. Sie liebte Deutschland mit einer glühenden, wahrhaft fanatischen Liebe und ebenso stark liebte sie die Kunst. Es war zum erstenmal, daß ich wieder in ein Haus geriet, seit jenem flüchtigen Besuch im Atelier des Herrn v. S., wo das Ästhetische, die Begeisterung für die Schönheit in jeglicher Gestalt alle Lebensäußerungen durchdrang und nicht nur Herz und Geist, auch die gesamte Umgebung unter ihrem Gesetz formte. Madame O. erwartete für alle die Liebenswürdigkeiten, mit denen sie uns überschüttete, daß man sie wieder gut unterhielt, und ich muß sagen, es war nicht schwer. Sie war ein dankbares Publikum für jede lustig erzählte Geschichte, für jede gut pointierte Bemerkung. Sie war so vollkommen der deutschen Sprache mächtig, daß sie jede kleinste humoristische Wendung verstand. Ich habe kaum jemals wieder einen Menschen getroffen, der so intensiv zuzuhören verstand, sich so ganz in die Situation und die Interessen ihrer Freunde zu versetzen vermochte. Natürlich nur, wenn es eben die von ihr erwählten Freunde waren. Wo ihr Unsympathisches entgegentrat, konnte sie mit dem ganzen Hochmut der großen Dame ablehnen.

Mehrere Sommer hindurch war ich zu Gast auf dem Landhaus von Madame O. in Tabarz. Stundenweite Spazierfahrten führten uns durch die schönsten Teile des Thüringer Waldes. Meist traf ich mit Hildegard Jenicke und einigen fröhlichen jungen Mädchen zusammen, aus Heidelberg kamen die beiden Studenten, der älteste Sohn Hermann und mein Bruder Martin. Der jüngere Sohn, der schöne knabenhafte Musiker und ein junger Schauspieler vervollständigten die »Bande«, alle mit moosumkränzten Binsenhüten auf den Köpfen. Die Mädchen mit bunten Bulgarenblusen, die Jungen in Leinenkitteln, so schweifte die »Bande« durch die Wälder und über die Höhen, sang Studentenlieder und trieb alle nur möglichen harmlosen Späße. Und Massen an köstlichen Speisen wurden vertilgt, welche die dicke Wirtschafterin und die dürre Köchin nicht müde wurden herzurichten. Dabei wurde etwas Ehrliches zusammengelacht! Es lag ein Schimmer von Jugend und Frohsinn über dem grünen Hause im Thüringer Wald – einige Sommer lang. Dann verlöschte er, wie alles Licht auf Erden nur eine kurze Weile leuchtet.

Bei Madame O. lernte ich einst einen der großen englischen Staatsmänner kennen, einer dieser sachlichen, kühlen, überlegenen Männer, denen keine Aufwallung, keine Gefühlserregung den klaren Blick für das

Ziel: die englische Weltherrschaft, jemals trüben könnte. Ich wußte von Madame O., daß dieser Herr jeden Morgen mit seiner Familie und den Hausangestellten kniend die Morgenandacht verrichtete, daß er keinen Gottesdienst versäumte – obschon er selbst nicht das mindeste glaubte. Die Kirche und das Prayerbook waren eben starke Klammern des englischen Lebens. Ich wußte, daß er, ein berühmter Erzähler politischer Anekdoten, Buch führte über die Leute, denen er zu bestimmten Zwecken diese fein ausgefeilten und diskret gewürzten Geschichten erzählte, damit es ihm nie passieren konnte, in demselben Kreise sich zu wiederholen. Und wie es mit diesen Anekdoten ging, so würde er wohl auch nie ein falsches Wort an falscher Stelle gesprochen haben. Dabei ein liebenswürdiger Plauderer. Nur einmal wurde sein Gesicht ernst, sein Ton scharf, als ich ihn nach dem Ergehen von Tulip Sing fragte, dem indischen Prinzen, der in Alexandrien die Schwester meiner Kindheitsgespielinnen geehelicht hatte.

»Ein sehr schlechter Charakter«, sagte er mit einer Handbewegung, die den Prinzen gleichsam fortwischte. »Die englische Regierung hat ihn – gerade ihn unter allen indischen Fürsten – mit Wohltaten überhäuft, ihm ungewöhnliche Freiheiten gewährt und er hat sich ihrer nicht würdig gezeigt. Er war undankbar genug, Verschwörungen in Lahore anzuzetteln – er hat uns viele Unbequemlichkeiten bereitet!«

Wenn ich in diesen Tagen die Äußerungen englischer Staatsmänner in den Zeitungen lese, höre ich immer jene ruhige, weise Stimme, die aus einer unantastbaren moralischen Höhe herab verurteilt:

Deutschland hat einen schlechten Charakter – trotzdem England es im Frieden von Versailles mit Barmherzigkeit behandelte, und es nicht zu einer seiner Kolonien machte, ist es noch immer undankbar und bereitet der englischen Regierung Unbequemlichkeiten.

Berlin

Am Februar des Jahres 1888 ging ich für einige Wochen nach Berlin. Dieses Mal nicht als Logierbesuch zu der lieben Tante Lottchen in die feine stille Matthäikirchstraße – ganz selbständig mit eigen verdienten Mitteln, begab ich mich in eine Pension in der Königgrätzer Straße, um das großstädtische Treiben und seinen Geist ohne familienhafte Hemmungen auf mich wirken zu lassen. Ich muß gestehen, ich hegte keine kleinen Erwartungen von all den Erlebnissen, die mir, so ganz allein auf mich gestellt, begegnen würden. Daß ich's nur gleich sage, diese Erwartungen erfüllten sich in keiner Weise. Schüchtern und hochmütig war ich noch immer, die erste Jugendfrische war von den Wangen gewischt, auch hatte meine Erscheinung niemals etwas Aufforderndes für kecke Männergelüste. Es begegnete mir in den zwei Monaten nicht ein einziges männliches Wesen, das mich zu einer Tollheit hätte verlocken können. Meine Ansprüche standen eben doch ziemlich hoch und waren schließlich noch ebenso phantastisch-unrealisierbar wie zehn Jahre zuvor.

Abgesehen von dieser persönlichen Enttäuschung, die ich nicht allzu tragisch nahm, bot mir die Zeit manchen Einblick in mir unbekannte menschliche Verhältnisse. Wie man weiß, spielten sich große geschichtliche Ereignisse im März 1888 in Berlin ab.

Mit dem mir stets eignen Talent, das Ungeschickte zu wählen, bei dem auch die Knappheit meiner Mittel in Betracht kam, geriet ich in eine Pension in der dritten. Etage, deren Insassen gesellschaftlich kaum zählten, während in dem Fremdenheim eine Treppe tiefer ein elegantes und lebensfrohes Publikum ab- und zuströmte und die Gelegenheit zu den schönsten Episoden sich zweifellos von selbst ergeben hätte. Eine verarmte Gutsbesitzersfamilie führte meine Pension. Man aß sehr gut und jedenfalls kamen die Leute dabei nicht auf ihre Kosten, aber sie waren es einmal gewohnt, mit Butter, Eiern und Sahne nicht zu sparen. Wie oft brachte mir die Pensionsmutter zum zweiten Frühstück ein Glas Südwein und belegte Butterbrote, weil sie fand, ich sähe zart aus und müsse gepäppelt werden. Die Vorderzimmer bewohnte eine amerikanische Familie von unbeschreiblicher Ordinärheit. Der greise, ein wenig schwachsinnige Vater wurde von seinen erwachsenen Kindern nie anders als »der alte Affe« tituliert. Während die jungen Damen Sonntags nachmittags und auch zuweilen in der Woche im Salon ihre Freunde empfingen, mußten die beiden Alten im ungeheizten Schlafzimmer kauern und wehe ihnen, gaben sie durch irgendeine Bewegung oder ein Flüstern ihre Anwesenheit zu erkennen. Da lernte ich denn den äußersten Gegensatz zu der feinen ritterlichen Bildung des jungen Amerika kennen, wie sie Freund R. und Freund C. und sonst noch manche amerikanische Bekannte in Weimar darstellten.

Ein Bruder der Wirtin tauchte plötzlich auf, wurde mein Nachbar bei Tisch und erklärte mir gleich am ersten Tage zum Entsetzen seiner Schwester, er käme frisch aus dem Gefängnis. Er war Redakteur an einem sozialistischen Blatte und hatte wegen Bismarckbeleidigung sechs Wochen aufgebrummt bekommen. Nun – das war unter den Ausnahmegesetzen nichts Ungewöhnliches und konnte dem vornehmsten Leiter einer konservativen Zeitung in gleicher Weise passieren. Vetter Philipp Nathusius hatte ja auch vor einiger Zeit in Magdeburg auf Festung gesessen. Er durfte dabei freilich immer zu den Jagden nach Althaldensleben herauskommen.

Unheimlicher war es mir, mit einem ausgesprochenen Sozialdemokraten täglich Seite an Seite zu sitzen. Die Attentate auf den geliebten alten Kaiser hatte man diesen Leuten denn doch nie verziehen.

Eines Nachts wurden wir durch ein unheimliches Geschrei aus dem Schlafe geweckt. Seit dem Gebrüll des gepeitschten Mannes auf der Straße zu Alexandrien hatte ich solche entsetzlichen Töne aus menschlicher Kehle nicht wieder vernommen. Dies war eine Frauenstimme. Die Wirtin, die für einen Verwandten das Haus verwaltete, lief, nur notdürftig bekleidet, hinunter, um zu sehen, was es gebe und kam nicht wieder. Alles versammelte sich, zitternd, in den wunderlichsten Bekleidungen und wir versuchten aus den Fenstern der Amerikaner Passanten anzurufen, um die Polizei zu benachrichtigen. Bald rückten sieben stämmige Schutzleute an. Das Geheul dauerte indessen noch geraume Zeit, bis sich die Haustüre öffnete, die Schutzleute ein großes Bündel in eine herbeigeholte Droschke hoben und davonfuhren. Was war geschehen? Hatten sie eine Leiche geborgen? Denn weniger als einen Mord konnte es doch nicht gegeben haben. Die Pensionsmutter kehrte zurück und wir erfuhren die keineswegs schauerliche, sondern vielmehr lächerliche und peinliche Ursache des nächtlichen Getümmels. Ein im Parterre wohnender Herr hatte ein Mädel zu sich genommen und sich bewogen gefühlt, sie mitten in der Nacht im Hemd vor die Türe zu setzen. Das eine rabiate Frauenzimmer hatte diesen ganzen grauenhaften Lärm vollführt und war weder durch das Zureden der Wirtin noch durch die vereinten Bemühungen der sieben Schutzleute zu bewegen gewesen, sich zu bekleiden, so daß man sie schließlich in eine Decke schlagen und so mit Gewalt nach dem Polizeirevier befördern mußte.

Ich kann nicht beschreiben, welchen tiefen, entsetzensvollen Eindruck mir diese nächtliche Szene hinterließ. Als habe sich jäh ein Vorhang gehoben, der mir bisher die schmutzigen Untergründe unsres Lebens verbarg. Ich begriff, daß Elisabeth in einer Stadt, wo solche gemeinen Dinge geschahen, nicht leben konnte – daß sie krank geworden war vor

Ekel und Angst, bis ihr Mann sie nach dem stilleren Weimar verpflanzte. Es gab ja auch in Weimar ein öffentliches Frauenzimmer – sie hatte den Beinamen »der Fuchs« und wohnte in der Nähe der Kaserne, ich sah sie oft mit ihren dicken, roten Zöpfen vor unserm Hause vorübergehen und einmal hatte sie sich aus Lebensüberdruß in die Ilm gestürzt, war aber noch rechtzeitig wieder herausgezogen worden. Auch raunte man von tollen Geschichten, die sich in dem Liszt-Kreise abspielten. – Doch dies war immer noch mit einem Hauch von Romantik umgeben, war nicht der bare Schmutz, hervorgegangen aus fürchterlichstem sozialen Elend. Der Redakteur versäumte nicht, den Vorfall auf solche Gründe zurückzuführen und die Gesellschaft – ja gerade die feinen Bürgertöchter wie mich – verantwortlich zu machen. Ein höchst unbehaglicher Gedanke. Er fand Nahrung in dem Geist meiner damaligen Lektüre. Ich verkehrte viel mit einem Freunde meines Bruders Thomas, einem jungen Juden, einem stillen, zarten Menschen, der mein Begleiter in den Museen war und mit dem ich auch lange politische Debatten pflegte. Denn die Zeit war aufgewühlt – die Krankheit des unglücklichen Thronfolgers ließ keine Hoffnung auf eine liberalere Regierung zu, des alten Kaisers Lebensuhr war im Ablaufen, Neues bereitete sich vor, von dem niemand wußte, welches Gesicht es tragen würde. Jede Partei rüstete sich, um in dieser ungewissen Zukunft eigne Macht aufs äußerste zur Geltung zu bringen. Die Sozialdemokratie, in der durch die vielen Verhaftungen, Verbannungen und die durch das Ausnahmegesetz verursachten Schikanen die Erbitterung aufs höchste gestiegen war, verkündete den baldigen Zusammenbruch der bürgerlichen Gesellschaft und betrieb eine wütende Propaganda mit verbotenen Druckschriften, die, gerade weil ihr Besitz mit Gefahren verbunden war, desto eifriger von Hand zu Hand weitergegeben und verschlungen wurden. Unser junger Freund, der wohl nie in konservative Kreise hineingeschaut hatte, war völlig bestürzt, daß ein sonst intelligentes Menschenkind, wie ich, so rückständige, beschränkte Anschauungen haben konnte. Wir stritten heftig, er nahm seinen Geist und sein starkes Gefühl für Gerechtigkeit zusammen, um das meine zu wecken und mich durch Logik und den Hinweis auf Menschenwürde von der Notwendigkeit gewaltiger staatlicher und gesellschaftlicher Reformen zu überzeugen. Vor allem brachte er mir Bücher, viele Bücher – alles verbotene Bücher mit roten Einbänden und schwarzen Totenköpfen, mit schwarzen Einbänden und roten Flammen darauf, mit zerborstenen Kronen und Dolchen in geballten Fäusten. Meine Kommodenschublade in der Pension, zu der kein Schlüssel schloß, war mit diesen gefährlichen Schriften angefüllt. Es hatte einen eigentümlichen schauerlichen Reiz, abends, wenn ich nicht ins Theater oder ins Konzert ging – und das vermied ich, damit mein Geld länger reichen sollte –, mit diesen wilden, aufrührerischen Geistern zu verkehren. Die Leiden der politischen Gefangenen in Rußland waren mit entsetzlichen Einzelheiten beschrieben. Waren sie doch weit eindrucksvollere Propagandamittel als alles, was die deutschen Genossen zu erdulden hatten.

Ein fühlendes Mädchenherz mußte in Entrüstung beben – in Empörung glühen! Für Rußland schien mir eine Revolution das Natürlichste und das Notwendigste! Aber ich konnte nicht zugeben, daß die Verhältnisse in Deutschland so verzweifelt lagen. Handel und Industrie blühten – die Arbeiter verdienten gut, zahlreiche soziale und humanitäre Vereinigungen wetteiferten, ihr Wohl zu fördern – und die verbotenen Schriften konnte man ja auch lesen – wenn man Lust zu ihnen verspürte.

Eines Abends kam meine Pensionsmutter zu mir und sagte mit etwas besorgter Miene: ein Schutzmann sei dagewesen und habe mich für den nächsten Morgen um zehn Uhr aufs Polizeibureau befohlen.

Ei ei – es wurde mir doch etwas schwül. Was wollte man von mir? Wie leicht konnte ein Dienstmädchen den verbotenen Schatz in meiner Schublade entdeckt und mich angezeigt haben? Oder auch der sozialistische Redakteur, mit dem ich über die Bücher gesprochen, hatte mich aus Rache gegen die bürgerliche Gesellschaft denunziert? Die tollsten Vermutungen gingen mir durchs Hirn. Und es war nicht einmal mehr Zeit, die bedenkliche Literatur ihrem Eigentümer zurückzustellen.

Ich nahm also meinen Mut zusammen und wanderte aufs Polizeibureau. Dort fragte man mich barsch nach meinen Legitimationspapieren. Ich besaß keine. Welches junge Mädchen reiste in jenen friedlichen Zeiten mit Legitimationspapieren in der Welt umher? Auch keinen Paß? – Nein, ich besaß auch keinen Paß. Der Beamte machte ein immer strengeres Gesicht.

Ja – dann müsse ich sofort ausgewiesen werden. In diesen erregten Tagen, in denen das Ableben des Kaisers stündlich erwartet werde, seien so viele unzuverlässige Ausländer in Berlin, daß man aufs strengste gegen sie vorgehen müsse.

Ich machte ein bestürztes Gesicht denn es paßte mir durchaus nicht, grade jetzt von Polizei wegen – also gewissermaßen mit Schimpf und Schande nach Weimar zurückbefördert zu werden. Den Beamten schien ein menschliches Mitleid anzukommen, und er fragte, ob ich nicht eine in Berlin bekannte Persönlichkeit wisse, die für mich bürgen könne? Mir kam ein glücklicher Gedanke. Ich war zu Mittag zu meiner Kindheitsfreundin Emma von Wilmowsky eingeladen und hatte, um die Hausnummer nicht zu vergessen, das Briefchen eingesteckt. Ich reichte es dem Beamten, der es durchlas und dessen Gesicht sich sofort holdselig verklärte. »Herr von Wilmowsky wird sicher für mich bürgen«, sagte ich schüchtern. Der Sohn des Kabinettschefs vom alten Kaiser! Mein Gott, wie wurde man plötzlich höflich, wie dienerte man und entließ mich in höchsten Gnaden!

Nachdenklich – sehr nachdenklich zog ich meine Straße. Hätte ich nun keine wohlangesehenen Freunde besessen – wäre ich eine arme unbekannte russische Flüchtlingin gewesen? Was dann?

Es war wohl doch nicht alles ganz heil und gesund im Staate Preußen.

Berlin harrte in trüber Spannung. Der alte Kaiser lag im Sterben. Sein Sohn und Nachfolger war vom Tode berührt. Man hatte die Empfindung, eine Zeitepoche gehe zu Ende, der natürliche Übergang zu einer neuen war jäh abgebrochen. Ist es gut, wenn ein Monarch zu alt wird? Wohl ist Friede um die verehrte Sagengestalt, doch so vieles, das organisch wachsen, langsam zur Frucht reifen sollte, ist künstlich zurückgedrängt, fault im Kern oder schießt in wildes Kraut empor, wird ihm zu spät und zu jäh die Freiheit. Was wird werden? Diese sorgenvolle Frage beherrschte alle Parteien, und im Hinblick auf den jungen Thronerben konnte man nur Vermutungen aussprechen.

Am achten März gegen Abend verbreitete sich ein Gerücht, das Ende Seiner Majestät sei eingetreten. Dann wurde es widerrufen. Am neunten morgens ging ich auf die Straße, um etwas zu hören. Als ich die Pferdebahn bestieg, wußte ich plötzlich: es war geschehen. Verweinte Augen, grenzenlos bestürzte Gesichter – leises trauriges Flüstern zwischen Unbekannten – schwarze Kleider bei den Frauen, schwarze Schleier um die Hüte gelegt, schwarze Binden um die Arme der Männer. Ich stieg aus, auch mir ein solches Zeichen der Trauer zu kaufen, es wäre unmöglich gewesen, im hellen Mantel durch diese Menge der Leidtragenden zu gehen. Wer wird den grauen Frühlingstag vergessen, der ihn in Berlin erlebte? Alles Planen, Sorgen, Fragen nach der Zukunft war untergegangen in dem einen großen Schmerz um den geliebten alten Mann – das teuere, unersetzliche Symbol von Deutschlands Erhebung, Sieg und Einigung. Eine Millionenstadt trauerte um ihren Kaiser. Fühlten wir, daß wir um etwas Glorreich-Herrliches trauerten, das unwiederbringlich dahinschwand und das uns alle sehr nahe anging?

Unter den Linden bewegte sich eine dichte Menge schweigend, in ernster, ehrfurchtsvoller Ruhe auf den Bürgersteigen aneinander vorüber. Vom Palais, wo das Volk den alten Herrn so oft erwartet und gegrüßt hatte, wehte halbmast die Fahne, auch vom Schlosse. Jemand erzählte, er habe gesehen, wie sie plötzlich niedergegangen sei und welchen Eindruck das auf ihn gemacht habe. Die Gegend um das Palais und um das Schloß war abgesperrt.

Die Wilhelmstraße war menschenleer. Ich ging dort hinunter, in dem Gedanken, vielleicht den Reichskanzler zu sehen. Obgleich dies ja ganz unwahrscheinlich war. Vor dem Gitter seines Palais fuhr ein geschlossenes Coupe vor. Die Wagentür wurde geöffnet, es war Bismarck selbst, der sich hinausbeugte und dem Lakaien auf dem Bock etwas zurief. Ich stand dicht vor ihm, erzitternd in dem Gefühl, den gewaltigen Mann zum erstenmal – und auch zum letzten in diesem erschütternden Augenblick sehen zu dürfen. Sein Antlitz, dieses mächtige, jedem Deutschen so wohlbekannte Antlitz, war sehr bleich, schlaff und welk – die Augen verschleiert, ohne Blick.

Schnell hatte sich der Wagen wieder entfernt.

Mein Onkel Behmer war in den Tagen beschäftigt, im Schloß die Kinder des Prinzen Wilhelm zu zeichnen. Ich überlegte, ob ich nicht durch ihn Plätze zu den Trauerfeierlichkeiten erhalten könne. Doch wußte ich leider nicht, wo er wohnte – Telephone gab es noch nicht und ich war auch keineswegs energisch in Verfolgung solcher Ziele.

So stellte ich mich denn frühmorgens um acht Uhr bei Tante Lottchen ein, um mit ihr und ihrem Sohn, meinem Freunde Karl, die Aufbahrung des Kaisers im Dom anzuschauen. Das Wetter, bisher ungewöhnlich milde, so daß die Berliner Kinder schon auf den Bürgersteigen mit Murmeln und Kreisel spielten, war umgeschlagen, es schneite in großen Flocken. Mein Freund Karl, der Theoretiker, bewies uns mit hundert logischen Gründen, es sei unpraktisch, allzufrüh am Platze zu sein, und so wurde es, trotzdem ich pünktlich bei den Freunden eingetroffen war, halb zehn Uhr, als wir uns, einige Schritte hinter dem großen Kandelaber im Lustgarten, einem schon ziemlich zahlreichen Publikum anschlossen. Karl rechnete sofort aus, daß wir kaum ein bis zwei Stunden zu warten haben würden. Er irrte sich, wie so oft in seinen logischen Beweisführungen. Nachmittags um drei Uhr waren wir dem Kandelaber noch nicht um einen Fuß breit näher gekommen. Nur hatte sich inzwischen hinter uns eine unübersehbare Menge versammelt, bis zur großen Brücke stand sie Kopf an Kopf und drängte ungestüm nach vorn. Am Eingang des Domes mußte es Hindernisse geben, die wir nicht zu übersehen vermochten, jedenfalls preßte die Menschheit vor uns wieder nach rückwärts, und der Atem verging uns beinahe. Neben mir stieß ein weibliches Wesen von Zeit zu Zeit hysterische Erstickungsschreie aus. Bewies ich ihr dann, daß zwischen ihrem und meinem Gesicht noch eine Spanne Zwischenraum bestehe, der genügend sei zum Atmen, wurde sie furchtbar grob. Ich ragte durch meine hohe Gestalt ja so ziemlich über alle Umstehenden hinaus – viel schwieriger war die Lage für das kleine schmächtige Tantchen, die wirklich zuweilen in Gefahr stand, erdrückt zu werden. Ihr Sohn hatte es sich in den Kopf gesetzt, trotz des fürchterlichen Gedränges den Regenschirm offen zu halten, und befand sich infolge dieses Eigensinnes fortwährend in anregenden Kämpfen mit seinen Nachbarn.

Ringsumher schneite es immer dichter. Durch den warmen Hauch der Tausende löste sich der Schnee über unsern Köpfen in Regen auf, der uns sachte, aber intensiv durchnäßte. Ein eigenartiges Schauspiel, das zu verfolgen mir eine Weile die Zeit vertrieb. Bis plötzlich ganz vorn ein entsetzliches Geschrei entstand. Weiberstimmen kreischten: Sie kommen mit den Bajonetten! Ein wilder Sturm nach rückwärts, ein Kampf Mann gegen Mann – Frau gegen Mann – Gebrüll, Gezeter, man riß sich die Hüte vom Kopf, die Kleider vom Leibe. Unsinnigerweise hatte man, ohne auf die gewaltige, seit der Nacht geduldig wartende Volksmenge Rücksicht zu nehmen, von rechts und links das Militär, ganze Regimenter, in den Dom geführt, und als die Massen mit Gewalt sich Bahn brechen wollten, mochten die Soldaten wohl zum Schutz gegen eine Panik die Bajonette vorgehalten haben. Jedenfalls verursachten sie dadurch gerade den Schrecken, den sie hatten verhindern wollen. Die Lage wurde höchst unangenehm, ja bedrohlich. Auch sahen wir die Aussichtslosigkeit ein, unser Ziel an diesem Tage noch zu erreichen – ebenso erfolglos aber schien ein Versuch, sich aus der dicht zusammengekeilten Masse zu befreien. Nachdem die Gefahr des Bajonettangriffs sich als grundlos erwiesen hatte und etwas Beruhigung eingetreten war, begann das Angstgeschrei von neuem und zugleich entstand eine Bewegung in der Masse. Was war jetzt der Grund? Eine dicke Köchin, die sich das Schauspiel des toten Kaisers unter Blumen und zwischen brennenden Kerzen hatte anschauen wollen, fühlte das Bedürfnis, nach

Hause zurückzukehren, um ihrer Herrschaft das Essen zu kochen. Was jedem von uns unmöglich erschienen wäre, sich einen Weg zu bahnen, ihr Galan, ein gewaltiger Fleischergeselle mit Ballonmütze und großen roten Fäusten, setzte es durch. Mit brutalen Ellbogenstößen und Fausthieben schaffte er Bahn für seine Schöne. Ich sehe ihn noch gerade auf mich lossegeln – am hellen Tage ein furchtbarer Nachtmahr – ich sehe seine kornblumenblaue Krawatte, sein rundes rotes Bulldoggengesicht, die Ballonmütze schief auf dem Kopf, die Ringerfäuste in Boxerstellung vorgestreckt – jetzt – jetzt würden seine Hiebe meinen Brustkasten treffen und dann Gnade Gott meinen Rippen! Meine hysterische Nachbarin kreischte, was sie konnte, das Tantchen duckte sich beinahe zur Erde – ich preßte mich zur Seite, gegen einen milderen Mann, ohne seines Schimpfens zu achten – der Unhold tapste durch die entstandene Öffnung, hinter ihm seine Köchin .... In jäher Geistesgegenwart ergriff ich mein Tantchen, drehte sie und mich blitzschnell herum und wir folgten im Kielwasser des energischen Paares – viele, viele andere taten desgleichen. Die Masse schloß sich wieder zusammen, ich wurde in die Luft gehoben und meine Füße fanden erst auf der Kurfürstenbrücke den Erdboden wieder – der Keil der Rückflutenden hatte sich hinter dem Fleischergesellen (oder war er Preisboxer?) einen Ausweg gebahnt. Als ich, aus einer Art von Schwindel erwachend, zurückblickte, sah ich in der Ferne einen Regenschirm in Fetzen durch die Lüfte wirbeln. Freund Karl war doch nicht Sieger über die Masse geblieben. Aber wie war ich froh, als ich das liebe Tantchen glücklich an meinem Arm aus der fürchterlichen Menschenbrandung gerettet hatte. Ein zweites Mal wagte ich mich nicht hinein, um Abschied von dem geliebten alten Herrn zu feiern.

Ich wanderte in Berlin umher und erfreute mich an den verschiedenen, oft rührend komischen Zeichen der Trauer, die das Volk an den Tag legte. Ich habe immer viel für den sogenannten »kleinen Mann« übrig gehabt. In ihm, in den ehrbaren Handwerkern, Ladenbesitzern, Budikern, Droschkenkutschern usw. offenbart sich altes, gutes Deutschtum in seiner Pflichttreue, seinem Philistertum, seiner kindlichen Geschmacklosigkeit und seinem sinnigen Gemüt am unverfälschtesten. Es gab in jenen Trauertagen auch keinen Droschken- oder Pferdebahnlenker, der seinem Gaul und sich selbst nicht eine schwarze Florschleife angeheftet hätte. In den Markthallen trugen die Frauen schwarze Schürzen, breiteten sie schwarze Musseline über Butter- und Äpfelfässer, und selbst die geschlachteten Puten und Hähne trugen noch in ihrem Tode schwarze Schleifen oder Kornblumen am Halse. Waren die Trauerdekorationen der großen Magazine geschmackvoll und pompös mit vergoldeten Lorbeerkränzen und künstlerischen Kaiserbüsten, so konnte man hier vielleicht geschäftliche Hintergründe vermuten. Welchen Nutzen aber hatten die kleinen Lädchen, in denen Witwen oder alte Fräuleins bescheiden-fleißiges Dasein fristeten, und die so rührend ein »W« mit der Krone aus schwarzen Pralinés und weißen Zuckerperlen bildeten, oder ein Trauergehänge von schwarzen und weißen Handschuhen herstellten, in dessen Mitte eine etwas lädierte Kaiserbüste prangte, ihr zu Häupten, an einer Gummischnur befestigt, ein kleiner Amor, der mit einer schwarzen Florschärpe bekleidet war und einer Kornblume, die ihm gerade auf dem Papiermachébauche schaukelte?

Mit dem Freunde meines Bruders und seinen Geschwistern ging ich abends gegen zehn Uhr Unter die Linden, um die Vorbereitungen zur Ausschmückung der Trauerstraße, durch die der Leichenzug des Kaisers sich bewegen sollte, in Augenschein zu nehmen. Es war eine grauenhafte, im März geradezu unheimlich wirkende Kälte eingetreten. Überall mußte man die Erde durch Feuerbrände auftauen, um die Masten, die die schwarzen Fahnen tragen sollten, einrammen zu können. Die Leute schafften beim Schein von Pechfackeln, die ihr rotes Geleucht und ihre Rauchfahnen über die hin und her wogenden Menschen und die fieberhaft schaffenden Arbeiter wehten. Ungeheuerlich wirkte das massige Brandenburger Tor, von schwarzen Stoffen seine Säulen umhüllt, an denen hoch in der Luft auf dünnen Leitern Menschen wie Insekten hingen. Auf der Spree, rechts und links von der Schloßbrücke, lagen Schiffe mit riesenhaften schwarzen, weißumsäumten Segeln. Ich kann noch heute nicht ohne Schaudern an diese Trauerschiffe auf dem kohlschwarzen Wasser in der finsteren, eisig kalten Nacht gedenken. Es war, als lägen sie dort, bereit, alles Glück aus deutschen Landen mitzunehmen und davonzusegeln in eine grauenhafte, hoffnungslose Ferne.

Ich hütete mich, die Trauerdekoration noch einmal bei hellem Tageslicht anzuschauen, nachdem ich in jener Nacht einen so unvergänglich starken Eindruck von dem Bilde empfangen hatte.

Zur Besichtigung des Leichenzuges mieteten meine Freunde ein Fenster in einem Café am Knie in Charlottenburg. Bis er dorthin gelangte, war freilich die Hauptfeierlichkeit des Konduktes bedeutend abgeschwächt. Die dem Sarge zu Fuß folgenden Fürsten hatten ihre Wagen bereits beim

Brandenburger Tor wieder besteigen. Nur das schwarzumhangene Leibpferd des Kaisers schritt treu und würdig hinter dem Sarge her, den unsre Herzen wehmutsvoll grüßten.

Ein sonderbarer und peinlicher Zwischenfall ist mir eng mit diesem Augenblick verknüpft und hat durch die Erlebnisse der letzten Zeiten eine unheimliche und beinahe prophetische Bedeutung erhalten.

Trotz des eisigen Wintertages harrte eine unabsehbare schwarze Menge an den Rändern der Trauerstraße geduldig auf den Zug. Ein riesiges Aufgebot von Schutzleuten sorgte dafür, daß die breite Charlottenburger Chaussee völlig menschenleer lag – des feierlichen Augenblicks gewärtig, da der Leichenwagen die sterblichen Reste des Monarchen auf dem letzten Wege zur Gruft seiner Väter hier vorübertragen werde. Schon hörte man die Trauermusik näher und näher schallen, schon sah man die ungeheure schwarze Schlange sich langsam näher bewegen, da – niemand wußte, wie es möglich gewesen die Kette der Schutzleute zu passieren – plötzlich stand auf der breiten wartenden Trauerstraße ein Betrunkener, ein armer, abgerissener Stromer und Lump, der widerwärtig hin und her taumelte, die Faust dem nahenden Zuge entgegenballte, laut lachend höhnende Rufe, Flüche und Drohungen ausstieß. Wenige Sekunden nur, dann war der Unglückskerl von Dutzenden von Behelmten ergriffen, wehrte sich verzweifelt, wurde schneller, als dies niedergeschrieben ist, beiseite gewirbelt, verschwand wie ein Staubkorn unter der Menge. Nur seine Mütze blieb auf dem breiten, sonnenbeschienenen Wege liegen. Und die Musikkorps – die prachtvollen Regimenter, der gewaltige Leichenwagen – eine sich hinter den schwarzbehangenen Pferden majestätisch vorwärts bewegende Burg von Schwarz und Silber, von nickenden Federn und Bergen von Blumen, innerhalb deren der Katafalk mit dem mächtigen Monarchen ruhte – das Leibpferd und die gesamte Geistlichkeit in ihren Talaren und Baretten, der kommende deutsche Kaiser und alle die deutschen Fürsten, die Abgesandten sämtlicher Staaten der Welt, die Vertreter von deutscher Kunst und Wissenschaft, und wieder Generale und Militärs – eine endlose Fülle von Glanz und Macht und Ruhm dieser Erde – alles schritt über die armselige Proletariermütze hin. Und als es vorüber war – die ganze große, gewaltige und vornehme Tragik dieses Zuges – da lag noch immer die armselige Mütze auf der Erde. Und der Lump, der Stromer, zerrissen, blutend, ein zitternder Klumpen Elend, kroch hervor zwischen den Schutzleuten, stand wieder allein auf der Trauerstraße, bückte sich und setzte die Mütze auf seinen Kopf. Und dann reckte er sich und blickte triumphierend um sich und ging seines Weges.

Schriftstellertage

Ach hatte ein Buch und eine ganze Reihe kleiner Novellen geschrieben, die in guten Blättern abgedruckt waren. Stärker wurde das Bedürfnis, mich nun auch mit Kollegen bekannt zu machen und Anschluß an literarische Kreise zu suchen. Der in Eisenach tagende Allgemeine deutsche Schriftstellerbund bot dazu die nächstliegende Gelegenheit. Freiherr von Loën, der liebenswürdige, künstlerisch tief gebildete Theaterintendant, war der Bruder von Mamas alter Jugendfreundin, der Hofdame von Loën. Wir verkehrten nicht eigentlich, doch hatte ich ihn häufig bei der Jenicke, mit der er befreundet war, getroffen. Er war ein ständiger Gast ihrer Sonntagnachmittagsempfänge, zu denen auch ich mich gern einstellte. Freundlich erbot sich Herr von Loën, mich unter seiner väterlichen Fürsorge bei den Dichtern einzuführen. Hildegard Jenicke war in der Festvorstellung beschäftigt, und so fuhren wir zu dreien in vorzüglicher Stimmung nach Eisenach. Niemals wieder hat ein Schriftstellerfest mich so begeistert, wie jene Tage. Gleich der Auftakt war so poesievoll – noch ehe wir jemand von den Schreibergesellen gesehen, gab es einen Gang auf die Wartburg – nicht als fremde Besichtiger, sondern als Gäste des lieben alten Kommandanten Arnswald.

Von den geschäftlichen Verhandlungen drückten wir uns weise, doch der Empfang im Hotel am Abend, noch mehr der Kommers auf der Wartburg am andern Tage brachte mich gleich in Berührung mit einer Fülle von bekannten Namen und berühmten oder unberühmten Persönlichkeiten. Und ich wurde gefeiert, als sei ich die Verfasserin unsterblicher Werke – Gott, was machte man mir die Cour! Wieviel feurige Männerblicke folgten mir an jenem Abend und die nächsten Tage, wieviel feine und gröbere Schmeicheleien und Huldigungen wurden mir gespendet – nicht nur von jungen Adepten der Federkunst, nein, ebensosehr von weißbärtigen Meistern, die sich die allergrößte Mühe gaben, mir Eindruck zu machen, sich geistreich, tief und witzig vor mir zu zeigen. Das war ja nun sehr hübsch, und ich kann nicht leugnen, daß es mich auch in eine Art von erregtem Vergnügungstaumel versetzte. Aber es verwunderte mich doch auch etwas. Im allgemeinen wirkte ich doch nicht so entflammend auf Männerherzen! Und dies mußten doch recht bedeutende Leute sein, denn alle hatten sie Dramen geschrieben – Trilogien – Tragödien – Komödien – ich ahnte gar nicht, daß es so viele dramatische Dichter in Deutschland gab, von denen ich nie gehört hatte! Und bald entdeckte ich des Rätsels Lösung: Man hielt mich für des Intendanten, für Herrn von Loëns Tochter – ich sollte für diese zahllosen jungen und älteren Dichter die Vermittlerin bei dem Herrscher über die Weimarer Bühne spielen!

Das gab mir nun einen köstlichen Spaß, alle die Herren zu den verwegensten Bemühungen anzuspornen – und sie am Ende ganz kühl zu enttäuschen. Sowie der Mann ihr Gelegenheit bietet, blinzelt auch in der solidesten Frau die grausame und kokette Evastochter ein wenig aus erwachenden Augen.

Wenn ich mich recht erinnere, spielte die Jenicke das Käthchen in der »Widerspenstigen Zähmung« – eine originelle, sehr persönlich gefärbte Leistung, die sie zum gefeierten Mittelpunkte machte. Doch zog sie sich zurück und widmete sich vorzüglich unserm kleinen Kreise, zu dem sich der Berliner Kritiker Karl Frenzel und der Redakteur von »Westermanns Monatsheften«, Adolf Glaser, sowie der damals viel gefeierte Romanschriftsteller Heiberg gesellten, der letzte, ein fröhlicher, strahlender Mann in der Vollkraft seiner Jahre, der seinen frischen Ruhm so heiter genoß wie eine Flasche Wein und den Anblick jeder schönen Frau. So recht ein pikanter Gegensatz zu dem kleinen, blassen, spitzigen Frenzel mit seinem geistreichen Witz und seinen ironischen Bemerkungen, hinter denen ich so viel Wissen und eine so tiefe Menschenkenntnis spürte, daß sie mich ganz und gar bezauberten, obschon ja die Persönlichkeit des alten Herrn sonst nichts besonders Berückendes aufwies.

Ich genoß in diesen Wartburgtagen etwas mir völlig Fremdes: das Gespräch mit reifen Männern von ungewöhnlicher Bildung und ungewöhnlichem Geist, die mitten im großen wogenden Strom des modernen Kulturlebens standen und tätig in ihm mitarbeiteten. Denn wirkte Herr von Loën auch im stilleren Weimar, so verbanden ihn doch tausend Fäden mit allen bedeutenden Künstlern und Gelehrten des In- und Auslandes, durch diesen starken, von ihm ausstrahlenden Einfluß vermochte er ohne gewaltige Mittel die weimarische Bühne in Schauspiel und Oper auf eine Höhe zu heben, die sie seither nicht wieder erreichte. – Ich selbst war plötzlich nicht mehr das junge Mädchen, das in einer konservativen Familie sich und seine Meinung bescheiden zurückzuhalten hat, sondern ein selbständiger Mensch, der sich äußern konnte, wie es ihm gefiel und dem diese bedeutenden Männer denn auch noch bei jeder Gelegenheit liebenswürdig huldigten. Der Kommers auf der Wartburg mit den vielen Reden und dem Blick aus den hohen Fenstern auf das blühende Thüringer Land, das Bankett mit seiner Sektfröhlichkeit, oder der gemütliche Teeabend zu fünfen in Frenzels Hotelzimmer – ich weiß nicht, was ich am meisten genossen habe. Herrlich war alles! Als ich heimkam, war ich wie ausgetauscht, so daß mein Bruder Martin ganz bestürzt sagte: Man kennt die Ella ja nicht wieder – was muß sie doch bisher entbehrt haben!

Ein Gespräch mit Frenzel aber ging mir, nachdem der Rausch der festlichen Tage verflogen war, noch lange im Geiste nach. Er fragte mich interessiert nach meinen Arbeiten, und als ich ihm von all den ägyptischen Novellen erzählte und gar noch von den Plänen zu einem argentinischen Roman, schüttelte er mit seinem ironischen Lächeln den Kopf und sagte: »Liebes Kind, Sie schreiben ja da lauter Zeug, von dem Sie gar nichts wissen – Sie schildern Verhältnisse und Menschen, von denen Sie höchstens die Außenseite kennen. Dabei kann nichts Gescheites herauskommen. Schildern Sie einmal ganz bescheiden und schlicht ein Stückchen Wirklichkeit, das Ihnen durch und durch vertraut ist – und wäre es Ihr Schreibtisch mit allem, was drum und drauf steht. Daran lernen Sie Respekt vor der Natur und vergessen die fade konventionelle Romantik. Schicken Sie mir einmal Sachen von sich, und ich will sie Ihnen gern beurteilen.«

Das ließ ich mir nicht zweimal sagen! Doch spürte ich an seiner Antwort schon, alles, was ich zur Prüfung gesandt hatte, fesselte ihn nicht sonderlich.

Sein Rat ließ mir keine Ruhe. Und wenn ich auch nicht meinen Schreibtisch beschrieb mit all den kindischen Nippsachen und Jungmädchenandenken, so versuchte ich doch zum erstenmal, meine engere Umgebung und die Menschen, mit denen ich täglich umging, in einer kleinen novellistischen Studie, in die ich die Anwesenheit der beiden Amerikaner bei Behmers verflocht, zu charakterisieren. Sie brachte mir überraschenden Erfolg: Friedrich Lange schrieb mir, ich sei ja ein höchst merkwürdiges Persönchen, plötzlich schicke ich ihm da eine Arbeit, die turmhoch über allem Früheren stehe und aus einem andern Geist stamme. Elisabeth begeisterte sich zum erstenmal warm für eine Arbeit von mir, obgleich sie selbst im Mittelpunkt stand, und als das kleine

Kinderfräulein empfindlich werden wollte, weil ich ihre Stirnhärchen mit den Fühlern eines verregneten Kohlweißlings verglichen hatte, wurde ihr von allen Seiten energisch klargemacht, daß es eine große Ehre für sie sei, in einer so ausgezeichneten Novelle geschildert zu sein, und sie war am Ende ganz stolz auf den Kohlweißling.

Eine sonderbare Geschichte war es doch eigentlich, daß mich grade Karl Frenzel in den Realismus hineinbrachte, er, der die neue realistisch-naturalistische Richtung in seinen Schriften so unbarmherzig verrissen hat! Der Zufall verhinderte es, daß ich ihm jemals danken konnte, ich bin ihm nach dem Wartburgfest nicht wieder begegnet.

In der Zukunft wurde es mir immer klarer, daß nur die Menschen und die Verhältnisse, die man genau kennt und innerlich selbst durchlebt hat, in der dichterischen Wiedergabe von warmem Lebensblut durchpulst sein werden. Zugleich aber bilden sie doch nur den Ton, der unter den Händen und beseelt vom Geiste des Bildners eine völlig neue Form annimmt. Darum kann von einem sogenannten Photographieren, wie der Laie es gerne ausdrückt, niemals die Rede sein. Je mehr man sich aber in menschliche Entwicklungen versenkt, desto mehr geht es einem auf, wie da tausend Fäden sich sinnvoll verknüpfen, damit sie zum Gobelin werden, der das lückenlose Bild darbietet. Jene Forderung, die dem Künstler meist vom empörten Publikum gestellt wird: er solle, wenn er denn nach dem lebenden Modell arbeite, die Verhältnisse, das Äußere usw. so verändern, daß man es nicht wiedererkenne, wird zum baren Unsinn, zur Unmöglichkeit gegenüber den Forderungen einer wahrhaftigen und ehrlichen Kunst. Zweifellos gibt es reiche, dichterische Geister, in denen ein Erlebnis von der bildnerischen Phantasie in wundervollster Weise bis zur Unkenntlichkeit umgeformt wird – doch ist es mißlich, dem talentierten Künstler den dichterischen Genius zum strengen Vorbild zu stellen. Für den ersteren wird es allemal das beste sein, fromm und ehrlich von der Natur zu lernen. Da hat es nun freilich der Maler, der Bildhauer leichter als der Schriftsteller. Der wird immer wieder in peinliche Konflikte zwischen den Forderungen seiner Kunst und den Rücksichten auf das Menschliche, auf Freunde und Familienangehörige geraten. Und solche Konflikte können geradezu tragisch werden. Wie dieser Gegensatz zu lösen, ist mir noch heute, nach einer vierzigjährigen, literarischen Praxis, nicht aufgegangen. Die Menschen – auch die Vorurteilsfreiesten – sind unglaublich leicht beleidigt, wenn sie sich in einem gedruckten Buche zu erkennen glauben, selbst wenn sie sich hundertmal irren.

Für solche Entdeckungen ist die Welt nur allzu klein. Ich habe empörte Briefe aus dem indischen Archipel bekommen, weil dort eine Dame sich in einer Novelle von zehn Seiten zu erkennen glaubte! Und ich hatte sie selbstverständlich niemals gesehen.

*　*
*

Nach dem Schriftstellertag in Eisenach habe ich noch zwei derartige Versammlungen besucht. In Dresden und in München. Beide reichten nicht entfernt an die eigentümlich reizvolle Stimmung hinan, die jenen ersten umschwebte, doch fand ich auf beiden merkwürdige Bekanntschaften. Die stundenlangen heftigen Debatten zwischen den rauchenden Männern, meist über völlig belanglose Kleinlichkeiten, die in einer Viertelstunde zu lösen gewesen wären, wenn nicht persönliche Eifersüchteleien und Feindschaften sich eingeschoben hätten – sie ödeten mich an und machten mich traurig. Auch entdeckte ich mehr und mehr, daß diese Tagungen hauptsächlich von Journalisten und blutigen Anfängern, von dem Trosse der Kunst besucht wurden. Wirklich bedeutende Dichter und Schriftsteller verirrten sich nur selten in die Gesellschaft. Darum ließ ich es mit dieser Dreizahl der Schriftstellertage ein für allemal genug sein.

In Dresden war es der gemütliche Rheinische Barde Emil Rittershaus, der sich meiner väterlich annahm. Er fand in mir eine dankbare Hörerin für seine ältesten Anekdoten, und er war in Wahrheit eine wandelnde Literaturgeschichte.

Viel plauderte ich auch mit der liebenswürdigen Lyrikerin Frida Schanz, die eben den ersten Preis für ein Trinklied erhalten hatte und doch einen so feinen, stillen, mädchenhaften Eindruck machte unter den mancherlei exzentrischen Frauenerscheinungen, die die literarischen Vereinigungen heimzusuchen pflegen. Unsre geistigen Wege führten später weit auseinander.

Trotzdem ich von den soliden Elementen älterer Schule hauptsächlich in Anspruch genommen wurde, schielte ich doch voll Interesse nach einer Gruppe der »Revolutionäre der Kunst«. Zu meinem höchsten Erstaunen entdeckte ich unter ihnen meinen Verleger Wilhelm Friedrich, den ich bis dahin nur schriftlich kannte. Und ich hatte den Herrn für einen brasilianischen Sklavenhalter angesehen und mich gewundert, wie der unter die Federleute geriet. In seiner Gruppe schien sich der finstere

Karl Bleibtreu als Haupt und Führer zu fühlen. Der Verfasser der Napoleondramen – wer weiß heute noch von ihnen? – geruhte eines Abends huldvolle Worte an mich zu richten, sah mich menschlich-freundlich an und schrieb sogar kurze Zeit nachher im Magazin für Literatur die schon früher erwähnte Besprechung über meinen ersten Roman. Ich kaufte mir sogleich seine Gedichte; ebenso wie die des guten alten Rittershaus haben sie mich herzlich enttäuscht. Ich wagte mich auch an seine naturalistischen Novellen – die Kellnerin, die sich auszeichnet, indem sie bei jeder Gelegenheit »Mehlsuppe« sagt, konnte mich gleichfalls nicht begeistern.

Bedeutendere Eindrücke brachte das Fest in München im Jahre 1889. Die alte fröhliche Kunststadt bewährte sich in den Veranstaltungen, die sie uns Schriftstellersleuten bot. Alles war in großen Umrissen gehalten, das Kellerfest am Starnberger See hatte etwas Gewaltiges und der Ausflug zum Chiemsee, die Dampferfahrt mit Musik über die blaue Wasserfläche waren Vergnügungen, wie sie so leicht keine andere Stadt den Dichtern zu bieten hat.

Am ersten Begrüßungsabend fand ich mich mit einigen Wiener Schriftstellerinnen zusammen; meine Aufmerksamkeit aber galt dem Nebentische. Dort saß Henrik Ibsen im Gespräch mit Wildenbruch. Ein seltsames Paar – der alte nordische Recke, hart und schroff wie die Felsen seiner Heimat, der sich nicht scheute, das Torpedo unter die Arche der modernen Gesellschaft zu schieben, und der preußische Idealist, dessen Dichtungen nur der Verherrlichung des Gewesenen galten, der berauscht war von dem Glanze seines Landes … Ich beobachtete sie scharf und sah unter der strengen Höflichkeit des Nordmannes ein wunderliches Lächeln zuweilen um den eingekniffenen Mund gleiten. Mich Wildenbruch zu nähern hatte ich keine innere Veranlassung; die Begeisterung des Harold-Abends hatte längst kritischen Empfindungen Platz gemacht.

Bei dem Ausflug nach dem Chiemsee schloß ich Freundschaft mit John Henry Mackay – dem Anarchisten und Sturmdichter, dem Apostel des Philosophen Max Stirner, der die Erlösung der Welt im schrankenlosen Individualismus sucht. Nichts Gegensätzlicheres hätte sich finden lassen als uns beide. Trotzdem spürten wir das Gemeinsame: das ehrliche Ringen um die Wahrheit – das Bedürfnis, den Dingen auf den Grund zu gehen, eine lückenlose Weltanschauung aufzubauen. Obwohl ich noch ganz im Bürgerlichen stand, faßte der Außenseiter, der Mißtrauische, Vertrauen zu mir. Ihm war die Freiheit ein Begriff von göttlicher Schöne und Erhabenheit, ihr zu leben, erfüllte sein ganzes inneres Sein mit Wollen und Sehnsucht. Dafür hatte ich ein starkes Verständnis. Mackay lehrte mich den Wert der Freiheit, ja eigentlich erst ihr inneres Wesen im Geiste zu erfassen.

Ich habe die Gabe, gut zuhören zu können – Menschen, die mich aus irgendeinem Grunde fesseln, beschäftigen mich intensiv, bis ich sie ganz durchgrübelt habe und zu kennen glaube, worin ich mich übrigens häufig irre. Denn ich schaffe an einem logischen Charakterbild, in dem eins vom andern bedingt wird, während die Natur häufig unlogischer und gegen alle Berechnungen des Verstandes ihre Kinder zusammenfügt. Oder vielmehr, sie handelt nach einer Logik, die über unser Begreifen geht. Dem Beobachter entgeht irgendein scheinbar nebensächlicher Zug, der oft erst die Erläuterung zu dem ganzen Bilde gibt. In den Jahren, da man als weibliches Wesen noch nicht ganz ohne Reiz und doch schon erfahren genug ist, um auch männliche Herzensergießungen, die sich nicht auf die eigene Person beziehen, mit Humor und Teilnahme zu empfangen, wurde ich manchem jungen Mann eine gute Vertraute und Freundin. Eine ganze Anzahl verschiedener Menschen stand in solchem kühlherzlichen Verhältnisse zu mir, denen sich in der Folge meines Lebens noch manche bedeutende Persönlichkeit zugesellte.

Wandlungen

Zwischen den drei Schriftstellerversammlungen lagen Perioden stärkster seelischer Entwicklung – ja, ich darf sagen, die vier Jahre von 1887 bis 1891 brachten die Entscheidung für mich, und alles Spätere dürfte als ihre Frucht gelten. Es waren auch die schwersten. Das mag verwunderlich erscheinen, wo ich doch so viel von Reisen, von Festen und interessanten fördernden Bekanntschaften berichte. Diese Dinge spielten sich nur in der Peripherie des Lebens ab. Man hat deshalb auch so oft bei Selbstbiographien oder Erinnerungen die Empfindung, von dem wirklichen Menschen nicht das mindeste zu erfahren. Denn das Wachsen und Werden jedes Menschen geschieht in den stillen, unscheinbaren Tagen, den leidensvollen Nächten, in denen er ganz allein ist. Und wie könnte man mit Worten darstellen, was in solchen Stunden in der Seele vorgeht?

* *
*

Meine literarischen Arbeiten befriedigten mich in keiner Weise; auch nach außen hin fehlte der Erfolg. Meine Beziehungen zur Täglichen Rundschau hatten durch die persönliche Bekanntschaft mit Doktor Friedrich Lange nicht gewonnen. Unbekannt mit der Art, wie man mit Leuten von der Feder zu verkehren hat, mußte ich die Empfindlichkeit dieses höchst selbstbewußten Mannes verletzen – die Folge war eine völlige Entfremdung.

Wer von dem beschwerlichen Ringen des Schriftstellers nur etwas weiß, wird begreifen, wie schmerzlich ich es empfand, wieder literarisch heimatlos zu sein, wieder mit jeder neuen Arbeit hin und her probieren zu müssen. Ich war verzagt und entmutigt.

Mackay schrieb mir: Meine Freundin – wann endlich werden Sie den Stier bei den Hörnern packen? Und ich mußte erwidern: Wenn Sie mich in solcher Situation sehen, so haben Sie wohl kaum noch eine Erinnerung an mein Wesen.

Häuslicher Kummer kam dazu, mich zu quälen und zu zermürben. Es ist keiner Familie, so wenig wie einem Volke, gegönnt, lange Zeiträume in stillem, prosperierendem Frieden zuzubringen. Leise vollzieht sich der Wandel, kaum bemerkt man ihn, glaubt alles noch beim alten, und schon sind die Verhältnisse von Grund auf verändert.

Durch einen Abbau und Neuerschließung in dem Bergwerk, das die Vermögensquelle der Douglas bildete, gerieten auch Onkel und Tante Behmer aus bequemem Wohlstand in pekuniäre Schwierigkeiten und Sorgen. Der Onkel war gezwungen, fortwährend unterwegs zu sein, um Porträte zu malen. Das bekam seiner Kunst besser als seinem Familienleben. Ein fünftes Kindchen war geboren und die immer zarte blutarme Konstitution von Elisabeth brach in einem schweren Schmerzensleiden zusammen. Durch Neuralgien unsinnig gepeinigt, konnte sie die Gegenwart der Kinder, die sie doch so leidenschaftlich liebte, kaum noch ertragen, jede Beschäftigung im Haushalt wurde zur Unmöglichkeit, und alle Kuren brachten keine dauernde Besserung. Sie war auch viel zu ungeduldig, um nur eine regelrecht durchzuführen. Oben im Atelier richtete sie sich ein Asyl ein, meist mußte man ihr auch das Essen hinaufbringen. Sie las viel und wahllos: Neues und Altes, sie beschränkte sich auch nicht mehr auf die ihr bis dahin einzig gewohnten christlichen Schriften und frommen Romane. Und sie hatte lange Zeit, um sich in Grübeleien zu vertiefen. Sie entsetzte sich vor jeder neuen Erkenntnis, die die Lektüre ihr brachte – vor jedem in ihr auftauchenden Wunsch und jeder Sehnsucht. Und kein Führer, kein vernünftiger, warmherziger und erfahrener Leiter war da, die Dämonen in ihrer Brust zu beschwören. Ihr Mann war in seinem kindlichen Glauben gefangen, er seufzte und betete und war rührend geduldig mit ihr. Aber was half ihr das? Alle die vielen Pastoren, die Freunde des Hauses – sie hätten nicht das geringste Verständnis gefunden für das leidenschaftliche, unbändige Verlangen nach Freiheit und Weite, nach Sturm und wildem Glück, das diese reiche Seele schüttelte. So viel Begabung, so viel Temperament und Geist war vom Leben in ihr zurückgedämmt und niedergehalten. Es war, als ob ihre Seele bereits ahnte, daß ihr nicht mehr viel Zeit bliebe, und in wilden Ausbrüchen der Verzweiflung bäumte sie sich auf gegen die frühe Zerstörung. Alter Teufelsaberglaube, Kinderangst vor Hölle und Gericht mischte sich in ihre Phantasien und peinigte sie bis zu Weinkrämpfen und Nervenkrisen.

Ich suchte sie zu trösten, zu beruhigen; bisweilen gelang es mir und sie weinte sich an meiner Schulter aus, um wieder in ihren alten grotesken Humor zu verfallen und sich über sich selbst und ihre Qualen lustig zu machen. Andern Tags lag sie starr wie eine Tote und konnte nichts als leiden. Lange, ernste Unterredungen über unsre religiösen Zweifel führten zu keinem Ziel. Ich las Haeckel, Darwin, Schopenhauer – tastete mich langsam, aber sicher vorwärts und sah schon in der Ferne das Land des freien Gedankens sich öffnen. Elisabeth wurde krank und kränker – ihr armer Kopf konnte schwere anhaltende Lektüre nicht mehr vertragen. Sie wollte ja auch nicht von ihrem Glauben lassen, den sie eben doch nicht mehr zu glauben vermochte. Und dieses »Nicht-mehr-glauben-können« trennte sie, wie sie recht gut wußte, von ihrer in seliger Zuversicht sterbenden Mutter, von ihren Schwestern, von Gatten und Kindern – von allem, allem, was sie liebte. Es ließ sie in einer furchtbaren, von bösen Geistern gespenstisch durchschwebten Einsamkeit.

Unsäglich habe ich mit ihr gelitten. Ich opferte meine Arbeit beinahe gänzlich und trug die Last von meiner Mutter Eifersucht, die das völlige Aufgehen in der Pflege der Nervenkranken für höchst schädlich hielt. Es war auch nur begreiflich, daß ich mehr und mehr verfiel, indem ich so intensiv mit der ärmsten Freundin fühlte. Ich sah – ich allein von allen denen, die sie liebten, von den vielen Ärzten, die konsultiert wurden – daß die Frau schwer, sehr schwer krank war, während man mit einem gewissen Achselzucken, einem gewissen mitleidigen Lächeln von Hysterie und Nerven sprach. Leider behielt ich, die sie so nahe beobachtete, recht; ihr Leiden entwickelte sich zu einer Blutentmischung gefährlichster Art.

Einst, während Elisabeth zu einer Badekur abwesend war, besuchte ich noch einmal das stille Pfarrhaus, in dem ich konfirmiert worden war. Über zehn Jahre hatte ich die Verwandten nicht gesehen, doch empfingen sie mich in unveränderter stiller Herzlichkeit. In dem Garten, in dem ich als Backfisch mit der Tante gemeinsam Unkraut gerupft hatte, konnte ich nun herrlich ungestört arbeiten – mit dem Onkel dichtete ich um die Wette Knittelverse und Sonette. Er freute sich, daß ich im Wirbel der Welt meinem Christengelübde treugeblieben war. Was ich von Weimar und Berlin erzählte, kam den ländlichen, abgeschiedenen Menschen schon wie Weltwirbel vor – und mir erschien ihr seenumgebenes Pfarrhaus wie eine Friedensinsel. Eine Friedensinsel mitten in den großen, brausenden Fluten des Lebensozeans. Sehr schön war es, hier eine geistige Erholungszeit zu verbringen. Aber auf der Friedensinsel wohnen? Nein und abermals nein!

Dieser Besuch wirkte wie ein Abschnitt. Ich hatte noch einmal ehrlich versucht, mich in die kirchliche Enge eines im altehrwürdigen Sinne gläubigen Christentums hineinzupressen. Umsonst. Zuviel von den Kämpfen des Geistes, die in der Gegenwart ausgefochten wurden, hatte an die Ufer meines eigenen geistigen Lebens geschlagen, hatte sie überspült und tausend Keime zurückgelassen. Kurze Zeit nachher fiel das Christentum von mir ab, wie die bräunlichen Hülsen, wenn im Frühling die grünen Blätter sprießen. Ganz schmerzlos, nach so viel Ringen und Qualen, nach so inbrünstigen Gebeten und so viel glühender junger Liebe zu Jesus Christus, die mir unerwidert geblieben war – wenigstens hatte ich nie, wie so viele andere gläubige Seelen, seine Gegenliebe im Herzen zu spüren vermocht.

Und ich machte gleich reine Bahn. Kein Heiland auf Erden – kein Gott im Himmel, und der Mensch souverän, aus sich selbst zu schaffen, was er vermochte! Wohl beladen mit Äonen von Entwicklungen – darum auch befähigt, sich in weiteren Äonen zu ungeahnten Höhen weiterzuentwickeln. Aber die Seele, die stürmische, schwer durchwühlte Seele kam zu ewiger Ruhe in die mütterliche Erde, in der der Leib zerfiel! Es war kein Schrecken, sich Vernichtung vorzustellen, es lag eine himmlische Ruhe, unsagbarer Friede in dem Begriff der Auflösung.

Alle Schranken fielen, die den Blick gehemmt hatten, alle Ketten glitten ab von Händen und Füßen und alle Wege lagen frei vor den erwachenden

Sinnen – die Augen schauten ohne die gefärbte Brille tapfer und unerschrocken der Wahrheit ins Gesicht!

Das war ein inneres Aufjauchzen – wie vom Schüler, wenn er nach durchquälten Jahren nun hinaus in die Freiheit des Lebens tritt! Das war ein glückseliges Armebreiten der ganzen ungeteilten, vielfarbigen, fürchterlichen, wunderschönen Welt entgegen! Nun gehörten sie alle mir, die edlen Geister, die den gleichen Weg gewandelt waren – nun durfte ich ihre hohen Werke genießen, ohne fortwährend von dem Zweifel gepeinigt zu werden, ob es auch Sünde sei gegen das Eine, was not tat. Nun durfte ich alle Gläubigen und Ungläubigen in gleicher Weise an mein Herz schließen, ohne die Angst, den Heiland damit zu kränken.

Unermeßliche Seligkeit, nun einzutauchen in alle frischen, brausenden und tiefen, geheimnisvollen Wunder der Erkenntnis! Nichts mehr zu scheuen, nichts mehr zu fürchten!

Ein geweihter Kämpfer für die unterdrückte Wahrheit!

Man glaube nicht, daß nur die Bekehrung zum Herrn ihre Entzückungen hat – nein – das Vom-Glauben-Loskommen, der Durchbruch zur Freiheit füllt die Seele mit den gleichen religiösen Erhebungen und Berauschungen. Das nahm mich wunder damals. Ich wußte noch nicht, daß es derselbe Gott ist, der beides, den Glauben und die Freiheit wirkt in ewig wechselnder Fülle.

Hätte damals ein guter Geist mich jäh hinausgeführt aus den Schranken meines engen Lebens in eine mir genehme Tätigkeit – ich wäre aufgeblüht wie eine Blume auf starkem Stengel. Ich wäre der freudige Mensch geworden, der ich nach all den Leidensstationen, die mir noch bevorstanden, niemals mehr werden konnte.

Die höchste Erfüllung wurde mir versagt, Elisabeth aus den Qualen ihrer geistigen Verstrickungen zu mir hinüber in die Freiheit zu reißen. Ihr blieben auch die dunkelsten Verzweiflungen an Gottes Liebe und Hilfe immer nur Anfechtungen dieses grausamen Gottes selbst – der Hohn, der Spott, die blasphemischen Gedanken, die sie ihm zuzeiten entgegenhielt, bedeuteten ein Aufschäumen teuflischer Geister, welche sie mit Entsetzen in ihrem Innern ihr Wesen treiben fühlte. Als sie mich ruhiger, sicherer werden sah und gelassener den religiösen Kämpfen gegenüber, war ihr diese Wendung unsympathisch und es begann die erste innere Entfremdung von mir. Ich aber fühlte mich über die so lange von unten Verehrte allmählich emporwachsen. Ich kann nicht beschreiben, wie weh mir das tat.

Gab es denn nichts mehr auf dieser weiten Welt, das man bedingungslos verehren, dem man sich glühend hinopfern durfte?

Vielleicht hätte ich mehr erreicht, wenn ich heftiger auf sie eingedrungen wäre? Aber wie durfte man eine schwer Leidende so fest angreifen und erregen?

Und ich war ja nicht fanatisch. Hatte nicht am wenigsten die Unduldsamkeit der Jünger Christi mich ihrem Herrn abwendig gemacht, so wollte ich ganz gewiß nicht in den flachen Fanatismus der Atheisten verfallen, der nun schon gar keine Berechtigung hatte. Nicht mehr »Toleranz« erschien als das Höchste, denn im Begriffe »tolerieren«, »dulden« liegt doch noch ein gutes Stück Verachtung – mir sollte die Freiheit von Himmel und Hölle das große Verstehen bringen für das arme Menschengewimmel, das auf dem Erdenstern durcheinanderwuselt und sich gegenseitig mit Lieblosigkeit wie mit beißenden, zehrenden Giften bekämpft.

Jetzt hätte ich mögen mit Tante Henne Gedankenaustausch pflegen – wie gut würden wir uns nun verstanden haben! Sie, die still und fein mein Werden leise gelenkt hatte und doch nie mit barscher Hand in seine Entwicklung eingriff, hätte mir so unendlich vieles deuten können, dessen Enträtselung ich auf eigne Hand ertasten mußte. Schwerer Kummer hatte sich über die unglückliche Frau gesenkt. Ihr Sohn, für den sie gedarbt, gearbeitet, entbehrt hatte, der mit seiner reichen Begabung Freude und Hoffnung ihres Daseins war, starb an den Folgen einer Erkrankung, die ihm eine Studienreise in Italien eintrug. Heroisch, wie die Grundrichtung ihrer Natur war, trug sie ihren Schmerz. Im Jahre 1886 hatte sie den Plan gefaßt, zu ihrer Schwester Gustchen nach Weimar zu übersiedeln. – Heftig war meine Freude und Erwartung gewesen – sie kehrte nach Althaldensleben zurück, ihr Häuschen zu verkaufen – und wenige Tage später traf die Nachricht von ihrem Tode bei uns ein. Sie war einer Lungenentzündung erlegen. In strahlender Seligkeit hatte sie – für die Unsterblichkeit ein leeres Wort geworden – dem Vergehen und der ewigen Ruhe entgegengeschaut. Nach ihrem Hinscheiden fand die Schwester in ihrem Schreibtisch Verse, die tiefer und schöner waren als alles, was wir von ihren schriftstellerischen Arbeiten kannten. Hier hatte sie ihr wahres, heißes Fühlen, ihren hohen, leidenschaftlichen Geist ausgeströmt. Das Bändchen Gedichte, das für ihre Freunde gedruckt wurde, lehrte sie mich erst ganz kennen, und durch diese Enthüllung ihres Seins blieb ich auch nach ihrem Tode aufs innigste mit ihr vereint.

Zu meiner Mutter wie zu der guten Tante Gustchen sprach ich niemals über meine Sinnes- und Geistesänderung. Warum sollte ich diese beiden lieben Seelen kränken? Sie sahen, daß ich mein Amt als Sonntagsschullehrerin aufgab, nicht mehr zur Kirche und zum Abendmahl ging, und vielleicht grämten sie sich darüber, keine sagte je ein Wort zu mir. Meine Mutter hatte überdies ein neues Interesse, das sie mit einem jugendlichen Vergnügen erfüllte und sie in der Tat auch körperlich zu verjüngen schien. Eine Jugendbekannte von ihr war nach Weimar gezogen. Die Glückliche besaß Wagen und Pferde, damit holte sie die Mutter jeden Nachmittag zu weiten Fahrten über Land. Im Winter wurde ein Schlitten benutzt, in dem die beiden alten Damen, bis zur Unkenntlichkeit in Pelze, Tücher und Schals vermummt, der Winterkälte Trotz boten und über die weiten Schneeflächen des weimarischen Ländchens sausten. Hier war meine Mutter die geistig Schenkende, hier war ein Umgang, den sie ohne jede verwandtschaftlichen Rücksichten ganz aus eigner Initiative pflegen konnte. Es war wundervoll, wie gut ihr das tat. Leider währte die Freude nur etwa ein Jahr, dann wurde ihr die neue Freundin durch einen plötzlichen schrecklichen Tod wieder entrissen, die freundliche Absicht, der Mutter und mir das Geld zu einer weiten, schönen Erholungsreise nach der Schweiz und Italien zu vermachen, mit dem die Gute sich noch in ihren letzten Phantasien beschäftigte, war nicht mehr auszuführen.

Ibsen in Weimar

Hätte Herr von Loën noch gelebt, wäre Weimar sicher eher mit den Werken des großen Norwegers bekannt gemacht worden. Sein Nachfolger, Herr von Vigneau war weniger geneigt, neue fremdartige Erscheinungen in seinen Kreis zu ziehen. Schon war in Berlin die literarische Welt in heftigster Erregung im Kampfe für und wider Ibsen. Die »Gespenster« und »Nora« bildeten den Stoff zu den wildesten Weltanschauungsdebatten–und wir in Weimar hatten zu Beginn des Jahres 1889 immer noch nichts von Henrik Ibsens Dramen gesehen. Das war ein armseliger Zustand. Frau von Meyendorf, die geistvolle Russin und Freundin Liszts, sprach dem Großherzog zuerst von der Notwendigkeit, nicht allzusehr in Kulturfragen hinter Berlin zurückzubleiben, und regte eine Aufführung der »Frau vom Meere« an. Der Befehl von oben erging, ihm mußte sich auch Herr von Vigneau beugen, und er erwarb für Deutschland das Recht der Erstaufführung der »Frau vom Meere«. Wie er geäußert haben soll, mit der Absicht, dem weimarischen Publikum ein für allemal den unheimlichen Neuling und geistigen Revolutionär zu verleiden. Wir hatten eine recht gute Aufführung, Hildegard Jenicke war vorzüglich, denn sie legte in die Darstellung der sehnsuchtsvollen Frau ihr ganzes reiches Menschentum und alle Wünsche in die Freiheit und Weite hinaus, die auch ihr ungestümes Herz durchrauschen mochten. Der Erfolg war stark und ehrlich. Man war gefangen von dem Menschenfischer – gerade dieses Drama konnte man verstehen in einer Stadt, wo viel Geistiges sich nach Befreiung sehnte, und doch von Liebespflichten gehalten in ernster Selbstverantwortung freiwillig in der Enge aushielt. In mir rührte es alle tiefsten und geheimsten Kämpfe auf.

Trotz des Publikumerfolges hatte ich das Gefühl, bei der Animosität der Intendanz gegen Ibsen, werde er kaum von dem schönen Erfolg erfahren. Und so war es auch in der Tat. Ich sah den Dichter vor mir, wie er ein Jahr zuvor, beim Münchener Schriftstellertage, am Nebentisch gesessen und ich mich in die Beobachtung seines merkwürdigen Kopfes hatte vertiefen dürfen. Und ich wagte es und schrieb ihm, der zu derselben Zeit der Erstaufführung seines Werkes in Christiania beigewohnt hatte. Ich sagte ihm gleich zu Anfang meines Briefes, daß ich bisher weder ein Stück von ihm gesehen noch etwas von ihm gelesen habe; danach möge er mein Urteil bewerten. Möglichst sachlich schilderte ich die Leistungen der Schauspieler, meinen eigenen Eindruck und den Erfolg beim Publikum. Ich erhielt in der eigenartig abgezirkelten, wie gedruckt anmutenden Handschrift Ibsens sehr schnell einen freundlichen, doch konventionellen Dank.

Das Stück wurde wiederholt und fiel dann in die Versenkung.

Einige Wochen später kam meine gute Freundin Jenicke in vollster Aufregung zu mir gestürzt.

»Stellen Sie sich vor, Ibsen hat die Absicht, von Berlin aus nach Weimar zu kommen. Und der Intendant will ihm zu Ehren ›Die Maus‹ von Pailleron geben, weil er nicht geneigt ist, das Repertoir zu ändern! Weimar ist ewiger Lächerlichkeit verfallen, wenn man an dem Tage, an dem Ibsen in Weimar weilt, ›Die Maus‹ von Pailleron gibt!«

Ich mußte jetzt schon bei dieser Vorstellung lachen.

»Nein, das geht wirklich nicht!« – »Wir müssen uns an den Großherzog wenden«, sagte die Jenicke. »Aber Sie begreifen, ich kann nichts tun hinter dem Rücken des Intendanten!«

»Und ich kenne weder Frau von Meyendorf noch sonst jemand, der das Ohr des Großherzogs besitzt ... Halt – mir füllt etwas ein! Es gibt eine alte Dame – die ist in ihrer Jugend Blütentagen vom Großherzog Karl Alexander geliebt worden – in allen Ehren natürlich, sie hat ihm ein paarmal Briefe an Fädchen aus ihrem Fenster gelassen und er hat sie aufgefangen – außerdem haben sie beide als Kinder bei Goethe zusammen Ostereier gesucht! Sie wissen, wie treu unser alter Herr an seinen Jugenderinnerungen hängt. Er besucht die alte Dame noch immer und hat ihr oft versichert, wenn sie ihm je einen Wunsch aussprechen würde, könne sie einer Erfüllung sicher sein! Die alte Dame muß heran und ihren Wunsch aussprechen! Es ist wie im Märchen!«

Ich stülpte meinen Hut auf und rannte voller Eifer in die Schillerstraße, wo die Gymnasiasten mit den kleinen Pensionsbackfischen zu poussieren pflegen, wo auch die grauhaarige Dame sicher einmal auf und ab gewandelt war und den schüchtern-vornehmen Gruß des jungen Fürstensohnes in Empfang genommen hatte.

Ja – sie versicherte mir nochmals, den Wunsch habe sie niemals ausgesprochen, denn die Freundschaft des alten Herrn sei ihr lieber gewesen als alle erfüllten Wünsche. Als ich ihr aber die schreckliche Sachlage mit der »Maus« und »Ibsen« schilderte, war sie gleich bereit, sich für Weimars Ehre einzusetzen. Wir verfaßten gemeinsam den Brief an den Großherzog, sie unterschrieb und sandte ihn ins Schloß.

Ibsen kam – und auf dem Theaterzettel stand: die »Frau vom Meere«. – Wir triumphierten. Übrigens wird man wohl auch von anderer Seite das Unziemliche dieser »Maus« eingesehen haben.

Am Abend nach der Vorstellung sollte bei einem norwegischen Ehepaar, Jugendbekannten des Dichters, ein Empfang stattfinden. Ich kannte die Leute persönlich nicht, doch da sie möglichst viele Verehrer ihres großen Landsmannes versammeln wollten, wurde ich durch Vermittlung der Jenicke aufgefordert, zu erscheinen – selbstverständlich durfte die alte Dame nicht fehlen.

Die Aufführung war nicht so gut gewesen wie die erste. In dem Wunsche, ihr Bestes für den Dichter zu geben, hatten die Schauspieler alle ein wenig im Spiel übertrieben, wodurch die verschleierte, verträumte, abseitige Stimmung, die über der ersten Aufführung ruhte, empfindlich gestört wurde. Doch als ich kam, die Jenicke abzuholen und sie so strahlend vor Glück sah, dem Verehrten persönlich gegenüberzutreten zu dürfen, wagte ich nicht, ihr das zu sagen. Sie trug einen großen Strauß rosa und weißer Hyazinthen, den sie mit einem breiten rosa Band umschlungen hatte, auf das ihr eine junge Verehrerin kleine Landschaften vom Meeresufer gemalt hatte. Daß sie sich dieses Bandes entäußerte, war eine mädchenhafte Huldigung, deren Wert Ibsen wohl kaum zu schätzen wußte.

Ich war durch Freunde in der Garderobe etwas langer zurückgehalten worden und betrat den Empfangsraum bei den Norwegern erst, als Darstellerin und Dichter sich schon begrüßt hatten.

Inmitten eines Halbkreises der hohen würdigen, weimarischen Geistesspitzen, dem schönen Sänger Herrn von Milde, dem Dichter Olschläger mit dem prachtvollen Vollbart, dem schlanken, ein wenig nach vorn geneigten geistreichen Bibliothekar Herrn von Bojanowsky und einigen eleganten Herren vom Hofe stand die stämmige Gestalt Henrik Ibsens, im schwarzen Rock, mit der strengen, gewaltigen Stirne, dem gesträubten Haar, dem fein-verkniffenen Munde und dem Schifferbart, im Arme, verlegen und ungeschickt, als trüge er ein Taufkind, den weiß und rosa Hyazinthenstrauß haltend, dessen rosenrote Schärpe samt ihren Meerlandschaften lang an ihm herunterwallte. Die alte Dame, die sich harmlos als eine der wichtigsten Personen des Abends fühlte, befand sich neben dem Dichter. Sie trug ein altmodisches Seidenkleid, eine Spitzenbarbe über den falschen, immer zerzausten Scheiteln und sprach, da sie ziemlich taub war, mit lauter Stimme auf Ibsen ein, der ihren Wortschwall geduldig und ohne etwas zu erwidern über sich ergehen ließ.

Und nun kam ich auch noch dazu und stellte mich ihm als die Briefschreiberin vor. Sein Gesicht erhellte sich freundlich.

»O –« sagte er mit seiner hohen, feinen Stimme, die so seltsam überraschend wirkte, »Sie haben mir diesen Brief geschrieben? Ich danke Ihnen. Es war ein sehr merkwürdiger Brief! Sehr merkwürdig für eine Frau – man hatte den Eindruck: es muß sich alles so verhalten haben!«

Die alte Dame äußerte ihre Zweifel, ob ein junger Mensch wie ich wohl die Tiefe dieser Dichtung erfassen könnte?

Da lächelte mir Ibsen recht vertraulich zu – und es war, als ob ein Sonnenstrahl über eine Granitwand glitte – und antwortete leise, zu mir hin:

»Sie hat mich schon verstanden. Sie hat mich gut verstanden!«

Und dann lebhafter:

»Ich habe Sie schon einmal gesehen? In München?«

»Ja – in München, auf dem Schriftstellertag – aber es ist schon über ein Jahr her – daß Sie das noch wissen, Herr Doktor?«

Er lächelte wieder und sagte: »Ich habe mich damals nach Ihnen erkundigt und hörte, Sie seien eine Wiener Schauspielerin – und Sie sind doch augenscheinlich etwas ganz anderes!«

»Ach ja – etwas ganz anderes«, wiederholte ich mit einem innerlichen Seufzer, der ein kleines Lachen wurde, und bemerkte: an meinem Tische habe eine Wiener Schauspielerin gesessen, dadurch erklärte sich das Mißverständnis. Meine eigenen Versuche auf dem Felde der Literatur verschwieg ich klüglich und zog mich zurück, denn ich war ja ein ganz unbedeutendes, älteres junges Mädchen, und man schien es schon von seiten der würdigen Männer mit Verwunderung und Mißbilligung zu betrachten, daß der große Gast sich so lange mit mir unterhielt.

Im Verlaufe des Abends suchte ich mich soviel wie möglich in Ibsens Nähe aufzuhalten und lauschte auf all die Phrasen, die ihm zu Ehren, den man bis dahin so scharf verurteilte, heute geformt wurden. Einen Schauspieler hörte ich fragen, ob der Meister mit seiner Auffassung der Rolle einverstanden sei? Er bekam die Antwort: »Ich habe mir etwas ganz anderes gedacht – aber es war mir sehr interessant zu sehen, was Sie aus dem Charakter gemacht haben.«

Interessant war es auch, wie er einmal mit wenigen kurzen Worten das landläufige Rezitieren von Gedichten verurteilte. »Gedichte müssen gesprochen werden – nicht deklamiert.« Einen Rat, den ich unsern vielen jungen Rezitatorinnen weitergebe.

Während man sich an einem aufgestellten Büfett stärkte und nachdem Sekt gereicht worden war, begann der norwegische Gastgeber eine Rede zu halten, die vielleicht scherzhaft sein sollte, aber ein wenig entgleiste. Er begann: in Berlin werde jetzt ein großer Walfisch gezeigt, den der Volkswitz »den Mann vom Meere« genannt habe. Auch wir hätten heute einen großen Gast aus dem Norden unter uns – drum: Ein Hoch dem Mann vom Meere!

»Also als ein großer Walfisch soll ich leben!« antwortete der Dichter gutlaunig, und man stieß an, lachend, um über die wunderliche Wendung fortzukommen.

Ibsen hatte schon ein Diner beim Großherzog und die Theateraufführung hinter sich. Während sich die norwegische Sängerin, die früher eine

Zeitlang bei Behmers gewohnt hatte, im Nebenzimmer hören ließ, saß er auf einem Sofa, drehte die Daumen immer langsamer umeinander und – schlief ein. Es sollte ihm keine lange Ruhe gewährt werden, die alte Dame saß neben ihm und schrie ihm plötzlich in die Ohren: »Herr Doktor – ein Gedicht von Ihnen!« Er schrak auf, blickte mich hilflos an und sagte verwirrt: »Von mir? Das erinnere ich mich nicht!« – »Es ist ein altes norwegisches Volkslied«, bemerkte ich, die das Lied von der Sängerin oft gehört hatte. Als sie ein neues begann, fragte er scheinbar ernsthaft: »Ist das auch von mir?« Die Norwegerin kam herein, setzte sich dem Dichter gegenüber, wartete bescheiden und doch gespannt auf ein Wort der Anerkennung. Er drehte die Daumen weiter umeinander, peinliches Schweigen. Eine Dame in hellila Seide nahm sich der Sache an und überschüttete die Künstlerin mit Schmeicheleien, bat sie um Fortsetzung.

Da öffnete Ibsen plötzlich die Augen, reckte sich auf und rief laut: »Auch noch deklamieren? Bitte – nur nicht!«

Seine Landsmännin hatte den Humor, herzlich zu lachen. Er entschuldigte sich auch sofort: »Mein liebes Kind – Sie können ja singen, soviel Sie wollen – ich meine – nur nichts von mir!«

Er mochte genug haben! Wer in diesem ganzen Kreise wußte in Wahrheit etwas von seinem gigantischen Wollen – wer kannte auch nur seine Hauptwerke? Vielleicht die Norweger – sonst niemand.

Als er dann in den Wagen stieg, liefen wir, die Sängerin und ich, hinunter auf die Straße, ihn noch einmal zusehen – doch er schaute nicht rechts, nicht links.

»Der kleine, große Mann«, sagte sie bewegt, »wir wollen alle so viel von ihm – und er wollte so gar nichts von uns ...«

Ein bedeutungsvoller Abschnitt

Am Juni des Jahres 1890 hatte ich für den argentinischen Roman »Kolonistenvolk« und eine andere Novelle etwas Geld erhalten und beschloß, meine Mutter auf einige Wochen in die bayerischen Berge zu entführen.

Die letzte Reise nach Bayern und Tirol, die ich im Sommer 1883 mit Tante Guste, Tante Henne und einer Freundin von beiden gemacht hatte, stand mir noch in reizender Erinnerung. Zweihundert Mark hatte jedes von uns mitgenommen, und dafür hatten wir eine Fülle schönster

Natureindrücke gehabt und manches lustige Erlebnis dazu. Das munter-geistreiche Temperament von Tante Henne hatte immer neue Bekannt-schaften herangelockt – ich mochte auch zwischen den drei wunderlich gekleideten Frauen ein wenig an ein von alten Feen bewachtes Königs-töchterlein erinnern. In München machte mir ein junger Maler den Hof – aber als ich entzückt war von den Böcklinbildern der Schackgalerie, fand er das unweiblich und zog sich zurück. Ein lieber Siebzigjähriger wollte, mich heiraten, und ein Buckliger machte mir eine Liebeserklärung. Osterreichische Genieoffiziere brachten uns ein Ständchen, ein schwarz-bärtiger lebhafter und kluger Hauptmann mit braunen heißen Augen verbrannte für eine Zeitlang mein Herz. Er fuhr uns von Ort zu Ort nach, bis ihn von Salzburg aus des Dienstes Strenge zurückforderte. Kurz, es passierte viel Amüsantes und Vergnügliches.

Das war lange her – inzwischen war ich einunddreißig Jahre alt gewor-den. Für kein Weib eine erfreuliche Zeit – kaum wenn sie zufrieden mit Mann und Kindern lebt – und bitter, wenn sie der Einsamkeit des Alterns entgegensieht.

Die Parkwiesen, die ich auf meinen Morgenspaziergängen Tag für Tag umstrich, hatten jeden Reiz für mich verloren. Alle Wege waren erfüllt von meinen Träumen – die liebt man wieder, wenn man alt wird, aber in des Lebens Mitte schauderte einem vor ihnen wie vor Gespenstern. Wie manches Mal stieg ich das Felsentreppchen zum oberen Park empor – dann fiel mein Blick auf die Tafel mit der halb verlöschten Inschrift:

Ihr, die ihr Felsen und Bäume bewohnet, o heilsame Nymphen,
Gebet jeglichem gern, was er im stillen begehrt.
Schaffet dem Traurigen Mut, dem Zweifelhaften Belehrung
Und dem Liebenden gönnt, daß ihm begegne sein Glück.

Welche Flut süßer banger Hoffnungen hatte der Vers einst in der Brust der Siebzehnjährigen geweckt! Wie hatte noch die Zwanzigjährige ihn mit ahnungsvoller Glut gelesen, und wie oft hatte ihr Herz stürmisch geklopft, wenn sie oben angelangt war – ob er, den sie meinte, von der Hofgärtnerei, wo Liszt seine Getreuen versammelte, ihr entgegenkommen würde, auf dem Weg zu seiner Wohnung, die unten im Ilmtal gelegen war. Niemals geschah ihr die Erfüllung ihres Traumes – nie begegnete ihr das Glück. Nur einmal sah sie den buntbebänderten Euphorion, das anmutige Fragonard-Püppchen langsam niedersteigen, sich am Birkengeländer haltend, im welken Straßenkleid und mit verweinten Augen, ein müdes Mädchen, der der Geliebte entschwunden. Herr v. S. hatte Weimar längst verlassen – man sagte, er sei gestorben. Das war eine falsche Nachricht. Mochte es sein, wie es wollte – mir war er tot. Und doch, was er mir gegeben, konnte nicht sterben, war etwas Ganzes, Großes, Starkes. Seither strich wohl manches an mir vorüber – nannte sich Liebe, nannte sich Freundschaft – es war etwas und war doch nichts – hatte keine Gegenwart und keine Zukunft – auch nicht im Gefühl.

Ruhelos war ich, gequält – unzufrieden. Wußte draußen die große weite Welt und konnte nicht hinein. Irgendeine Veränderung, und wäre sie auch zum Schlimmeren, schien mir Erlösung. Weimars Gaben waren ausgeschöpft bis zum letzten Tropfen.

Auf nach den Bergen! Zweimal hatte ich hier Frische und Kraft getrunken. Warum sollte es mir nicht ein drittes Mal glücken?

Der Kochelsee war uns als eine billige Gegend empfohlen. Und hier vor allem ein ländliches Wirtshaus an der Straße zum Walchensee, zwischen Wald und Wasser einsam gelegen. Billig war der Aufenthalt. Jeden Tag gab es zu Mittag eine dünne Brühe, als zweiten Gang das harte Rindfleisch mit roten Rüben oder einer grünen Gurke.

Es regnete morgens, es regnete mittags – es regnete abends und die Nacht hindurch. Meine Mutter saß in Decken und Tücher gewickelt an einer durch das Dach geschützten Stelle des Balkons – in der Wolkenfabrik, wie sie sich ausdrückte – und beobachtete, wie die Nebel aus den Felsenritzen stiegen und sich zu weißen Klumpen ballten, wie sie wallten, wallten immer höher, bis sie als grauer Regen wieder niederstürzten. Daneben stickte sie Decken für den stilvollen Verein in Weimar – eine Arbeit, die ihr Vergnügen machte und mit der sie sich eine kleine Nebeneinnahme verschaffte. Ich rannte durch die in üppigster Blumenpracht strotzenden Wiesen, kam triefend heim, zog mich um, rannte am Nachmittag wieder – zog mich wieder um. Es war eine trübselige Geschichte.

Außer uns wohnte in dem Wirtshaus noch ein kleiner Münchener Privatier, der den ganzen Tag am Ufer stand und angelte. Hatte er ein paar spannenlange Weißfischchen gefangen, so wurden sie mit großer Feierlichkeit von ihm und seiner alten Frau zum Abendbrot verspeist. Beim Frühstück holte er ein kleines Etui von Wachstuch aus der Brusttasche hervor und fütterte seine Regenwürmer. Es war nicht appetitlich, aber komisch, und die völlige Zufriedenheit des alten Pärchens hatte etwas

Rührendes. Eines Tages erschien ein Schauspieler aus Dresden, ein auf-
geblasener junger Kerl, im Wirtshaus. Er wollte auch angeln und entfaltete ein elegantes Angelzeug. Als er die kleinen Weißfische des Münchener Privatiers erblickte, stieß er ein Hohngelächter aus und meinte, er
wolle ihm schon zeigen, was für andere Fische er mit seinem neuen
Angelgerät fangen würde. Der Alte schüttelte zweifelnd den grauen Kopf.
Ans Ufer kämen die großen Fische nicht und vom Boot aus sei's Angeln
verboten.

Am nächsten Tage kam der Dresdener Schauspieler heim und
schlenkerte einen großen Hecht an der Hand. Er verspeiste ihn munter
vor den Augen des alten Anglers, der den Fisch vorher um und um gewendet hatte und das Wunder nicht begriff.

»– Ja freili, dös neue Angelzeugs ...«

Ein paar Tage später sah ich das alte Männchen traurig auf einem
Stein sitzen und vor sich niederstarren.

»Ja, gehen Sie denn nicht angeln?« Er schüttelte den Kopf. »Jetzt freut's
mi nimmer, seit der Malefizipreuß den großen Hecht heimbracht hat
...«

Ein Verdacht kam mir. »Hören Sie, wie haben Sie das angestellt«,
fragte ich den Schauspieler. »Gekauft hab' ich das Vieh, selbstverständlich,
beim Fischhändler in Kochel« lachte der junge Herr.

Und hatte den alten Leuten die Lebensfreude verdorben.

Als das Wetter sich ein wenig aufklärte, ging ich gern zu einer Mühle,
die noch weiterhin in der Einsamkeit lag, mietete dort ein Boot und ließ
mich vom Seppel hinausrudern über die perlmutterschimmernde Wasserfläche. Das waren schöne Morgenstunden, und der Seppel lehrte mich
auch das Rudern. Nur war der Kahn zu schwer, als daß ich ihn allein
hätte wieder ans Ufer bringen können. Der Seppel war ein sechzehnjäh-
riger netter Bub. Eines Sonntagsmorgens ließ er mich lange warten, und
die Mägde, die vor der Mühle ihre Eimer wuschen, lachten und flüsterten
miteinander. Dann kam der Seppel, und wie fein hatte er sich gemacht
– mit einem blitzblank gewaschenen Hemde und gestickten Hosenträgern.
Unterwegs erzählte er mir, er sei schon um drei Uhr heut früh auf die
Berg gestiegen, um Alpenrosen zu brocken, die seien jetzt rar – und er
sei beinahe dabei abgestürzt – er zeigte mir auch seine zerschürften
Hände. »Ah – da wird aber der Schatz sich freuen«, rief ich ihm
freundlich zu. Der Bub wurde dunkelrot und stotterte: »Die sind für Sie
– i hab halt denkt, es freut Sie!« – und holte unter der Bootsbank einen

prächtigen Strauß Alpenrosen hervor, die es freilich jetzt im Juli unten nicht mehr gab.

Ich bedankte mich sehr herzlich und – ich weiß nicht, wie es kam, daß ich ihn fragte, ob er morgen wieder rudern könne, oder ob er anderes zu tun habe? Ein trotziger Zug trat in das Knabengesicht und er antwortete: Er sei nur für das Schiffel gemietet und brauche zu keiner andern Arbeit, soviel man es ihm auch mißgönne. Am nächsten Morgen – armer Seppel – hatte man ihn auf die Wiesen verschickt, zum Heuen. An seiner Statt stand der erste Müllerknecht bereit – ein fescher Kerl, die Militärmütze schief aufs Ohr gedrückt, das blonde Schnurrbärtchen unternehmend in die Höhe gewirbelt.

»Ich werd' Sie rudern, der Seppel ist doch nur ein Bub! Mir könnens schon vertrauen.« Und Blicke warf der fesche Müllerknecht nach mir aus, die nicht mißzuverstehen waren in ihrer Begehrlichkeit. Er war schon immer um den Weg gewesen, wenn ich kam, und hatte versucht, mit mir anzubändeln. Jetzt trat er geradezu als Herr auf – als Herr über alle Weiblichkeit. Nun war ich aber keine Engländerin und mich verlangte nicht nach Liebeleien mit Schiffer- und Müllerknechten. Ich dankte und ließ das Rudern – ja das Rudern sein!

Etwas später gingen wir nach Mittenwald. Dort erhielt ich einen Brief von meinem Freunde J. H. Mackay. Er sei in Altdorf in der Schweiz und ich solle mich nicht besinnen, gleich dorthin zu kommen, damit wir uns endlich einmal wiedersähen. Seit den Münchener Tagen waren wir in Korrespondenz geblieben, ich hatte seine Gedichte, sein »Standard-Work«, die Anarchisten, gründlich studiert. Die Lockung, mit ihm alle die aufgerührten Gedanken zu durchsprechen, war groß. Wen hatte ich sonst, mit dem ich über alles, was in mir gärte, reden durfte? An demselben Tage kam ein kleines Honorar, das den Ausflug eben ermöglichte. Wir machten uns auf nach Altdorf. Mackay hing selbst mit einer so heißen Liebe an seiner Mutter, er würde gut verstehen, daß ich die meine nicht in einer fremden Gegend allein lassen mochte.

Seine Freude, uns zu sehen, war groß und herzlich. Trotzdem gestalteten sich die Tage des Beisammenseins unerquicklich genug. Nach der Regenperiode war sengende Hitze eingetreten. Jeden Nachmittag, wenn wir uns gerade zu einem Ausflug entschlossen hatten, begann ein mörderisches Gewitter, das doch keine Abkühlung brachte.

Meine Stimmung war auf den äußersten Tiefpunkt gesunken. Die einsamen Wochen in dem traurigen Wirtshaus und die grauen, nicht endenden Regenfluten hatten eine Hoffnungslosigkeit in meiner Seele erzeugt, unter der ich litt wie unter einer schweren Krankheit. Diese Sommermelancholien, die mich noch oft heimgesucht haben – im Gebirge – an der See – sie sind viel schlimmer zu ertragen als die Wintermelancholie zu Haus, der man doch immer durch Arbeit und Verkehr mit Freunden entfliehen kann. John Henry war in einem viel tieferen Sinne als ich eine zur Schwermut neigende Natur. Die bedrückenden Nebel seiner schottländischen Heimat lagen über seinem Gemüt. Manche seiner Gedichte sind ein Verzweiflungsschrei über das Leben, und sie hatten auf mich einen starken Eindruck gemacht. Jeder erwartete vom andern eine Erhöhung zur Freudigkeit, und es klagte doch nur jeder dem andern sein Leid. Trotz der Freundschaft blieben wir uns fremd – im letzten Grunde gegeneinander verschlossen.

Aus diesem verfehlten Wiedersehen erwuchs mir ein Gewinn, den ich dem Freunde noch bis zum heutigen Tage danke!

Er redete energisch auf mich ein, mein Leben durchaus zu ändern, mich resolut dem Familienkreis, der jede Produktivität in mir ersticken würde, zu entreißen und endlich nur mir selbst und den Anforderungen meines Berufes zu leben. Ich wußte – er hatte tausendmal recht! All diese Liebe und Rücksicht auf die vielen Onkels, Tanten und Cousinen, das ganze weimarische stagnierende Dasein war für mich ein langsam lähmendes Gift – süß und doch fade – unentbehrlich, beunruhigend und einschläfernd zugleich. Selten werden wir uns zur rechten Zeit klar, daß Verhältnisse, die uns einst die schönste Erhöhung und Erfüllung bedeuteten, nachdem sie ihren Dienst getan, wie Überreste langsam gärender und faulender Stoffe auf uns wirken und uns zum geistigen oder seelischen Tode werden können.

Zwischen meiner Mutter und Elisabeth hatte sich eine Reizbarkeit herausgebildet, die trotz allen guten Willens das Zusammenleben unerquicklich machte und auch auf die Liebe zwischen Bruder und Schwester nicht ohne Einfluß blieb. Ich hatte tausend Beweise, daß meine Mutter von Eifersucht zerbrannt wurde, von Eifersucht auf die Frau, der ich das beste Teil meines Herzens geschenkt hatte. Sie teilte die Meinung der meisten Menschen, Elisabeths Krankheit bestehe nur aus einer Reihe von Einbildungen, sei mit dem Willen wohl zu heilen und werde von ihr ausgenützt, um mich völlig zu ihrer Sklavin zu machen.

Ich wußte es anders – und doch hatte ich in Elisabeths Augen einen Schimmer von Freude gesehen, als es hieß, ich würde verreisen. Zwischen

Menschen, die sich sehr nahestehen, kommt immer eine Zeit, in der ihnen das Beobachten der Liebe, das Bewußtsein, der andere durchschaut dich bis in deine geheimsten Verstecke, zur Qual wird. Vollends ist Nervenkranken die Angst und Sorge ihrer Nächsten oft unerträglich. Die Gesellschaft eines gutmütigen Dienstboten, einer braven Pflegerin ist ihnen tausendmal angenehmer, ja zuträglicher als die ihrer Angehörigen. Ich war nicht erbittert durch diese Wahrnehmung, aber der Stachel im Herzen blieb doch bestehen. Zahllose Menschen tragen eine durch solchen Stachel verursachte Wunde durchs Leben, nachdem ein Freund oder Verwandter für immer von ihnen geschieden ist und sie wissen: Fremde waren ihm in der letzten Zeit seiner Erdenqualen mehr als die Liebe, die sich selbst opferte und sich mit Wollust gänzlich hingegeben hätte. Und wieviel zarteste Selbstüberwindung wird von Sterbenden geübt, wenn sie die Sehnsucht nach Ferne und Alleinsein, die wie ein Vorläufer des letzten Hinübergleitens in die Einsamkeit des Todes ist, ihrer Umgebung sorgsam verbergen und alles Andringen der lauten Tagesgeräusche, der heftigen Gefühle geduldig leidend tragen.

Unser Schweizer Aufenthalt war kurz. Am Schluß eine Fahrt auf den Rigi im wilden Schneesturm, die Welt und die Weite von Nebeln verhangen, brüllender Donner und blaue Blitze, die durch das weiße Flockengeriesel zackten. Ich schrieb dem Freunde ein paar Verse, ein wenig höhnisch, die Anarchie zu preisen, die ihm Erlösung schien. Zu ihr ging mein Weg nicht. Meine Natur forderte Ordnung, Klarheit. Dort oben in der unwirtlichen Ode über der verschwundenen Erde faßte ich meinen Entschluß.

Er hieß: die liebe Wohnung auf dem Kasernenberge im Verwandtenhaus aufgeben. Für die nächsten Jahre ein Boheme- und Wanderleben. Bei unsern beschränkten Mitteln ohne jeden Komfort. Die alternde Mutter entschloß sich freudig, alles zu teilen. Das war eine Durchbrechung des Prinzips und nahm dem Plan die halbe Aussicht auf Erfolg. Mit einer Mutter, noch dazu einer, die leidenschaftlich und eifersüchtig liebt, ist man nicht frei. Doch war's nicht zu umgehen. Wir hatten einfach kein Geld, getrennt zu leben, und sie hätte es nicht ertragen. Mir kam's auch mehr auf die innere Befreiung an. Die konnte ich mir neben der stillen Mutter schon erringen. Ich war gewöhnt, alles in meinem Dasein mit besonderen Schwierigkeiten durchzusetzen – es hätte mich gewundert, wäre es in diesem Falle anders gewesen.

München ist immer das Ziel der »Befreiten«. Es war auch das unsere.

Ende September kehrte ich noch einmal nach Weimar zurück, die Wohnung auszuräumen. Ich wohnte bei Tante Gustchen. Elisabeth fand ich in leidlichem Wohlsein, beruhigteren Geistes als seit langer Zeit, so daß ich Hoffnung faßte, sie könne sich wieder erholen. Ihr Haar war kurz geschnitten und ergraut, das Gesicht von ungesunder gelbbrauner Farbe und mit den völlig blutlosen Lippen von herzzerreißender Häßlichkeit, während der Körper seine schönen edlen Bewegungen behalten hatte. Sie saß wieder unten bei den Kindern. Zuletzt sah ich sie in ihrem hübschen Zimmer mit dem großen Tiroler Kruzifix über dem Schreibtisch und dem breiten Fenster, aus dem der Blick über die im Tale ruhende Stadt und den Ettersberg ging – das hübsche Zimmer, in dem sie so viele Beichten von mir entgegengenommen hatte. Unser Zusammensein war von einer gelassenen Ruhe. Wir verstanden unsre Trennung, ohne daß Erklärungen abgegeben werden mußten. Als ich des Abends abfuhr, begleitete sie mich zum Bahnhof. Sie war voller Liebe und sagte mir, daß unsre Vereinigung nichts scheiden könne. Und dennoch schwebte eine feine Kühle zwischen uns. Sie war zufrieden, daß ich ging. Oder wollte sie mir den Abschied erleichtern? Ich habe Elisabeth nicht wiedergesehen.

Wie der Stier bei den Hörnern gepackt wird

Nach den furchtbaren Regengüssen des Sommers war ein sonniger klarer Oktober gekommen. Der Herbst ist die schönste Zeit für die bayerische Hauptstadt. Wir hatten unser gemütliches Heim gegen Zimmer in einer Fremdenpension eingetauscht, nährten uns mehr schlecht als recht von dem dort üblichen »Schlangenfraße«, wie man in München derartige kulinarische Genüsse zu bezeichnen pflegt, und amüsierten uns täglich aufs neue über die wunderliche Gesellschaft, die sich am Mittagstisch zu versammeln pflegte. Wir waren beide selig über die ungewohnte Freiheit von Haushaltsorgen und Hausarbeit. Mama besuchte mit mir alle Museen und das Oktoberfest. Sie sah den Ochsen am Spieße braten – ich glaube, wenn sie nicht die Seekrankheit zu genau gekannt, sie hätte selbst die Luftschaukel bestiegen. Auf der »Dult« kaufte sie alte Zinnkrüge und Stoffe. Sie lachte wie ein junges Mädel über die originellen Gestalten der Straße, an denen München so reich ist, über die Ziegelweiber, die Straßenkehrerin mit dem kecken grünen Hütel über dem lumpigen schwarzen Tuch, die Kunstjünger mit den wehenden Talentwindeln und die Malweibchen mit den bloßen Hälsen und den Reformkleidern.

Sie hatte mich nun endlich ganz für sich allein – das war's, was sie im Grunde so beglückte. Und sie suchte sich dieser Gunst des Geschickes würdig zu erweisen – schrieb Manuskripte ab, las dieselben Bücher wie ich – obgleich sie sie scheußlich fand –, um sich in mein Denken hineinzufühlen, das, wie sie ahnte, weiter und weiter von ihrem Anschauungskreise hinwegführte. Es war sehr behaglich mit der lieben alten Frau abends in unserm Stübchen, wenn wir uns Tee und Abendessen heraufkommen ließen, ein Feuer im Ofen prasselte und wir gemeinsam überschauten, was wir an Schönem und Fremdartigem genossen hatten, für den nächsten Tag neue Pläne schmiedend.

Umgang hatten wir wenig und suchten ihn auch nicht. Ich erinnere mich nicht mehr, wodurch ich an die Schriftstellerin Emma Merk geriet. Bei ihr gab es einen behaglichen »Jour«. Professor Max Haushofer, der Dichter eines umfangreichen Epos, war ständiger Gast, eine liebenswürdige harmonische Persönlichkeit, meistens schweigsam in der Sofaecke sitzend. Desto lebhafter war seine Tochter und ihre Freundin, die Romanschriftstellerin Carry Brachvogel. Ein paar junge Künstler kamen auch und der schöne Maler Stieler – der Bruder des Hochlanddichters, für dessen Verse Elisabeth und ich geschwärmt hatten. Ich kann nicht behaupten, daß dieser »Jour« etwas sehr Aufregendes gehabt hätte oder mir neue Eindrücke vermittelte – aber er war anheimelnd münchnerisch. Ich fühlte mich wohl bei der kernhaften ehrlichen Merk, die mit Humor von Zeiten alten Münchner Künstler- und Dichterglanzes zu berichten wußte. Später wurde sie Frau Professor Haushofer.

Emma Merk führte mich in die Isarlust, wo die Münchner Schriftstellerinnen bei Kaffee und Kuchen miteinander in Fühlung traten. Du lieber Gott, als welch ein blutjunges Küken kam ich mir vor neben diesen Versteinerungen aus vorsündflutlichen Zeiten. Einzig die kluge feine Amelie Godin bildete eine Ausnahme, sie wirkte frisch noch im Greisenalter. Hier sah ich auch den erfolgreichen Stern der »Gartenlaube«, der neben der »Marlin« erglänzte – die »Werner«, Verfasserin von »Gesprengte Fesseln« und anderen Romanen, von denen meine kleine Schneiderin in Neuhaldensleben zu sagen pflegte: »Das liest sich doch zu scheene!« Ich machte im Gespräch mit ihr die Bemerkung, daß unser Zimmer fußkalt sei, worauf sie herablassend erwiderte:

»O – dann lege man dicke Teppiche!«

Ja – dachte ich bei mir – du Stern der Gartenlaube hast gut von dicken Teppichen reden – wie sind die für mich armen Schlucker zu erwerben? Da laß nur alle Hoffnung fahren! – Auch zu Hermine von Hillern traten wir in Beziehung – nicht direkt, doch durch ihre Tochter. Für die Geyer Wally hatte ich geglüht und den jungen Pfarrer in Neuhaldensleben mit diesem verwilderten Geschmack entsetzt. Was war mir in München noch die Hillern? Ich las die Goncourts und den ganzen Zola, alle Bände der Rougeon-Maquart vom ersten bis zum letzten und Flauberts Madame Bovary und Maupassant, den ich am ernsthaftesten studierte, was Stil und Form seiner köstlichen kurzen Erzählungen betrifft, und sonst noch vieles, das ich vor meiner Mutter sorgsam verbarg. Und wenn ich mit der jungen Hermine zusammenkam, die eine so ausgesprochene Idealistin war, hatte ich ein bißchen ein Gefühl wie eine Hochstaplerin, die sich still und bürgerlich gibt und dabei denkt: Wenn ihr wüßtet … Die Hermine, eine gewaltige Gestalt, mit einem Gesicht, das zugleich wild und unendlich gutmütig war, hatte einen kleinen zierlichen Oberammergauer Maler geheiratet, und man wurde den Eindruck nicht los, sie könne Mann und Kindchen, wie einst das Riesenfräulein den Bauern und sein Fuhrwerk, in der hohlen Hand tragen. Ich hatte sie bei Bärbels Hochzeit in Althaldensleben kennengelernt, sie gehörte zu den neuen süddeutschen Verwandten. Verwandtschaftlich herzlich kam sie uns entgegen. Leider hat es der Zufall verhindert, daß ich ihre berühmte Mutter kennenlernte, die zweifelsohne eine merkwürdige und bedeutende Frau von starker Leidenschaft gewesen sein muß.

Da Paul Heyse mir einmal sehr Freundliches über eine Novelle hatte sagen lassen, wäre es angebracht gewesen, einen Besuch bei ihm zu wagen. Mackay hatte mir jedoch ein feierliches Versprechen abgenommen, mich nie zu diesem alten Götzen der bürgerlichen Gesellschaft zu bekennen. So hielt ich mich fern. Heyse war das Ziel des wildesten Hasses aller Revolutionäre der Literatur. Ich hatte ihn oft bei den Goethetagen in Weimar gesehen, dort erschien er mir freilich auch als ein Repräsentant des etwas aufgeschminkten, offiziellen idealistischen Geistes, zu dem ich kein inneres Verhältnis gewinnen konnte. Viel später war eine Begegnung am Gardasee nicht mehr zu vermeiden und ich lernte einen gebildeten, freien und gütigen Menschen kennen.

Wie ich denn an dieser Stelle aussprechen möchte, daß ich in den vielverhöhnten Dichtern und Schriftstellern der Epoche, die vor der unsern lag, oft ein reicheres und reineres Menschentum gefunden habe als unter meinen Zeitgenossen – und auch mehr Toleranz und Verstehen.

Es entwickelten sich schließlich eine Menge Beziehungen zur Literatur in jenem Winter. Doch eben zu einer Literatur, die das Gewesene vertrat. Immer schien das eigentliche Gegenwartsleben, in dem ich so gerne aufgegangen wäre, vor mir zurückzuweichen – wohin ich strebte, dort verschwand es, als sei es überhaupt nicht vorhanden. Ich konnte es nirgend fassen und greifen. Es blieben mir immer nur die Bücher, die ja wohl in mir lebendig wurden und eine Sehnsucht weckten, die nicht mehr krankhaft zehrend wie im stillen Weimar, sondern drängend, treibend, aufpeitschend wirkte.

Ein einziges Mal prallte ich mit der modernen literarisch-künstlerischen Welt Münchens zusammen. Da zeigte sie sich mir freilich mehr in grotesker als erhabener Gestalt.

Es war die Gründung der Gesellschaft für modernes Leben, die ich mitanschauen sollte. Endlich – endlich!

Unsere Pensionshalterin besaß ein paar sehr hübsche Töchter und infolgedessen auch Beziehungen zu allerlei jungen Leuten aus der Kunst. Sie hatte Einladungskarten erhalten und fragte, ob ich mich ihnen anschließen wollte. Ob ich wollte! Lieber wäre ich ja ein Stückchen näher bei der wirklichen Literatur gewesen – bei den Leuten, die vor dem Rednerpult an einer langen Tafel mit schäumenden Bierseideln saßen. Ich sah dort das Löwenhaupt M. G. Conrads – den prächtigen Kopf mit dem weißen Henriquatre des alten Obersten von Reeder, Scharffs Mulattengesicht, die geistreichen Züge und die feine kleine Gestalt von Anna Croissant-Rust, den Freiherrn von Gumppenberg und andre, die ich nicht kannte. An einem Nebentisch interessierten mich ein paar Frauengestalten in männlich geschnittener Kleidung mit schönen ausdrucksvollen Jünglingsköpfen: die Frauenrechtlerin Anita Augspurg und Sophia Goudstikker, die temperamentvolle Besitzerin des Ateliers Elvira für künstlerisches Lichtbild.

Wir besetzten einen großen Tisch, eine bunt zusammengewürfelte Gesellschaft junger Leute, von der Frau Ingenieur mütterlich betreut. Neben mir saß ein Apothekerstöchterlein aus Boblingen, die fortwährend unruhig umherschaute in dem Saal mit den künstlichen Weinlauben und Rosengirlanden an den Wänden, mit den vielen Tischen, besetzt von verwegen blickendem jungen Weibervolk in seltsamen Haartrachten und erregten Jünglingen.

»Ach«, flüsterte sie mir ängstlich zu, »mir ischt so angst, ob's meinen Eltern recht ist, daß ich mit hierhergegangen bin! Das ischt alles arg sonderbar!«

»Warum kamen Sie denn? Ich glaube auch – Sie gehören eigentlich nicht hierher!«

Darauf die kleine Boblingerin:

»Ja – Wissens – ich möcht' doch als 'en Doktor heiraten – weil meine Schwester einen Apotheker hat – Frau Inschenieur hat mir gesagt: ich soll nur mitkommen – hier gäb's viel Doktoren!«

»Ach so!«

M. G. Conrad bestieg das Podium. Man muß sagen, er stand dort mächtig, mit seinem goldenen Lockenhaupt und wehenden Bart, wie auf eroberter Barrikade. Er brüllte mit seiner gewaltigen Stimme ein Programm der neuen Gesellschaft, der aus wilden Geburtswehen frisch erstehenden Welt, über den gefüllten Saal, daß brausender Beifall ihm entgegendröhnte und die Wogen der Begeisterung mit einemmal hoch emporschlugen! Wie hatte er die Vergangenheit verrissen – man hörte ordentlich das Krachen der Throne – – das Bersten zerspringender Götterbilder. Ein kleiner, kohlschwarzer Jude mir gegenüber geriet in einen Paroxismus der Begeisterung, indem er wild mit seinem Bierseidel auf den Tisch haute und dazu schrie: »Das Germanische and er Sache begeistert mich so! Das Germanische soll leben!«

Das Apothekerstöchterlein faßte hilfesuchend nach meiner Hand. »Ich möcht' heim! Meinen Eltern wär's nit recht, wenn sie mich hier sehen täten!«

Ein Redner löste den andern ab – wer sie alle waren, weiß ich heut nach einunddreißig Jahren nicht mehr anzugeben. Die Stimmung wurde immer kampflustiger und hitziger. In das Klatschen mischte sich Zischen und Pfeifen. Es war sehr voll im Saal. Studenten und Kunstschüler standen Kopf an Kopf zwischen den Tischen, die Kellnerinnen – jene vielbesungenen Musen der Moderne – drängten sich schweißtriefend mit ihren Bierseideln durch die Menge und empfingen auf ihren mühseligen Wegen viele handgreifliche Huldigungen. Nun kam Gumppenberg und deklamierte vom Podium herunter eine Reihe von parodistischen Versen, höhnisch bittere Angriffe auf alle anerkannten Münchener Größen in Wissenschaft, Kunst und Literatur. Da brach der Sturm los. Ein Lärm ohnegleichen tobte durch den Saal. Die beiden schönen weiblichen Jünglingsköpfe hinter mir zischten wie die Klapperschlangen.

Bierseidel wurden durch die Lüfte geschwungen, Stuhlbeine dienten als Waffen im Kampf der Geister. Und die Apothekerstochter aus Boblingen krampfte sich an meinen Arm und jammerte weinend: »Wenn das meine Eltern wüßten! Ach, wenn mich nur kein Herr aus Boblingen hier sieht!«

In diesem wilden Aufruhr erklärte Conrad die Gründung der Gesellschaft für modernes Leben als vollendet.

* *
*

Ich war nun entschlossen, den Stier bei den Hörnern zu packen. Aber wie nahte ich mich dieser unheimlichen Bestie am sichersten? Das war die Frage. Nicht leicht zu beantworten. Ich wollte der unbarmherzigen Wahrheit ins Antlitz schauen – doch wo war sie zu finden? Aus literarischen Gründen ins Volk hinabsteigen und das Elend des Proletariats studieren, war mir ein greulicher Gedanke. Ich las in Mackays Büchern und in andern Schriften von dem furchtbaren Jammer, dem ewig hoffnungslosen, zu dem Millionen Menschen verdammt waren, – aber da ich diesen Jammer innerlich nicht miterlebte, so ließ er mich kühl. Wenn ich mir selbst gegenüber ehrlich sein wollte, mußte ich mir gestehen, ich war unfähig, in glühender Sprache und flammender Begeisterung für die arbeitenden Klassen einzutreten. Ich kannte sie zu wenig. Und ich wollte nicht lügen. Im Namen der Liebe wurde ja überall so viel gelogen, das hatte ich reichlich erfahren. Wer von allen denen, die christliche und Nächstenliebe predigten, liebte denn wahrhaftig? Wer brannte in heiligen Gottesgluten, verzehrte sich selbst in den Feuern der Liebe? Keiner – keiner, den ich kannte. Es war alles so mittelmäßig, trotz des guten Strebens.

Und plötzlich wußte ich, wozu ich auf der Welt war –: zu künden, was Mädchen und Frauen schweigend litten. Nicht die großen Schmerzen der Leidenschaften, die wie rote Flammen gen Himmel steigen, an deren Pracht die Dichter aller Zeiten und Zonen sich müd gesungen. Nein, – die stumme Tragik des Alltags wollte ich künden – sie, an der Tausende von blühenden Geschöpfen zugrunde gingen, ohne noch von irgendeinem Poeten verherrlicht worden zu sein. Die Tragik in dem Los des Weibes: geboren zu sein, erzogen zu werden für eine Berufung, die sie gelehrt ist, als ihr einziges Glück zu betrachten, und dieses Glück, diese Berufung wird ihr stets vor Augen gehalten und doch nie gewährt – niemals darf sie eintreten in den Tempel des Gottes, zu dessen Priesterin sie doch gebildet ist.

Diese Menschentragik verkörperte sich mir am reinsten und stärksten in dem Mädchen aus bürgerlichen Kreisen – in der Tochter aus guter Familie. Hier war ich zu Haus – hier kannte ich alle Gründe und Untergründe des Milieus und der Herzen. Hier konnte ich eigne Sehnsucht, eigne Bitterkeit strömen lassen – und wußte doch: ich gab nicht den Einzelfall, ich gab das Typische, an dem zahllose Mitschwestern sich erkennen – sich am Ende gar erlösen würden. Gott im Himmel – welche Aufgabe! Waren denn die Mädchen des Mittelstandes weniger als die Kellnerin, die Prostituierte, die fortwährend in ihrem leiblichen und seelischen Elend verherrlicht wurden? Gab es nicht große Herzen, brennende Geister, tapfere Charaktere auch unter ihnen, und war die Schimäre des guten Tons und des unantastbaren Rufes nicht ebenso grausam blutsaugerisch und mordend wie die graue Not?

Nicht mein Leben wollte ich schildern, das denn doch das Werden der Künstlerin blieb, trotz aller Hemmungen, und das durch meine Kindheit im Süden und alle weitverzweigten Beziehungen unendlich viel reicher an Farbe und Formen war, als das der meisten deutschen Mädchen. Nein, Agathe Heidling sollte die typische feine deutsche bürgerliche Tochter sein, in einem Kreise erwachsend, der in allen Einzelheiten das deutsche bürgerliche Leben der Gegenwart repräsentierte, das aus dem Beamten, dem Offizier, dem soliden Kaufmann bestand und von den Anschauungen dieser drei Stände seine Färbung empfing.

Ich glaube, das etwas farblose, enge, aber ehrenfeste Bürgertum Deutschlands ist im Rahmen dieser Mädchengeschichte gut eingefangen. Nun, da jene Gegenwart des vorigen Jahrhunderts für nimmer Vergangenheit geworden ist, wird ihr treu und streng umrissenes Bild den Wert einer kulturgeschichtlichen Zeichnung bekommen, die ursprünglich kaum beabsichtigt wurde.

Ich spürte in mir selbst genug von der Konvention, die ich darstellend überwinden wollte. Nicht nur in der Anschauung der Menschen, ich mußte auch im Stil gegen ihre Macht kämpfen, gegen das Schönfärberische, Süße, im hergebrachten Sinne Romaneske der Sprache. Jedes Sentiment vermeiden und doch im Leser das Gefühl für die Tiefe des Gegenstandes wecken! Auch gegen die unglückliche Liebe angehen, die zur farbigen Romantik drängte und doch wußte, daß dies Gebiet der Kunst für meine Naturanlage nicht zu erobern war. Überdies: hier nicht angebracht. Will man das graue Alltagssein schildern, darf man nicht Karmesin, leuchtendes Himmelsblau und dunkle Goldtöne auf die Palette nehmen. Stil und Inhalt mußten eins werden, sollten sie zur künstlerischen Form zusammenschmelzen. Eine harte, ernste Arbeit lag vor mir. Doch ich hatte den Glauben, sie bewältigen zu können und etwas zu leisten, das zwischen den andern Werken der Strebenden seinen Platz ausfüllen werde.

An irgendeine Tendenz dachte ich nicht – von der Frauenbewegung hatte ich wenig gehört, und das Wenige war mir nicht sonderlich sympathisch. Mich fesselte an dem Stoff rein das Menschliche. Wäre ich ein Genie gewesen statt eines beschränkten weiblichen Talents, so hätte ich wohl dies allgemein Menschliche noch stärker zum Ausdruck gebracht. Werden wir Menschen nicht alle geboren und erzogen zu einer Berufung, deren Erfüllung nur ganz wenigen Sterblichen zuteil wird? Und ist das ewige verzehrende Sehnen aus der allmählichen Erstarrung hinaus ins ganze, reiche, volle, tiefe Leben nicht unser aller Los – ob wir als Mann oder Weib gebildet sind?

Thomas Mann sagt in einem Essay über das Buch ungefähr: Den Agathenseelen nützt keine Eröffnung von Frauenberufen, keine Änderung von Schulen und Erziehung, sie werden sich immer wieder wundreiben an den Unzulänglichkeiten des Daseins. Es ist ganz einfach die Künstlerseele, die gefangen im Bürgerlichen sitzt und sich hinaus in die Freiheit sehnt, aber nicht die Kraft hat, sich die Freiheit selbsttätig zu erringen. Das ist auch meine Meinung. – Aber das fertige Buch wirkte anders, als es in die Öffentlichkeit hinaus trat – und wie es wirkte, so war es gut. Wir spitzen den Pfeil und schnellen ihn von unserm Bogen – wohin er trifft, ist Gottes Sache.

Es waren schöne, von heißem Wollen erfüllte Wochen, in denen ich mit Andacht und Ernst die ersten Kapitel meines Buches schrieb und ich hoffte, das Werk in wenigen Monaten fertig zu bringen.

Kummer und Kämpfe

Gegen Ende des Winters schlich die Influenza durch München in einer heimtückischen, bösartigen Form. Auch meine Mutter erkrankte. Oh, nicht gefährlich! Einige Tage Fieber, Kopfweh, Husten und Schnupfen. Aber – sie konnte sich nicht erholen. Trotzdem ich versuchte die jämmerliche Pensionskost durch kleine Leckerbissen, die ich auf Spiritus im Zimmer bereitete, zu ergänzen, siechte sie apatisch hin, und ihr Zustand erinnerte mich aufs schmerzlichste an den des guten Onkel Alfred – der auch ein halbes Jahr, ohne eigentliche Krankheit, so appetitlos und gleichgültig im Lehnstuhl gesessen hatte, bis der Tod ihm die Augen schloß. Der Arzt riet zu einem Aufenthalt in Meran; der Kranken fehle nichts als warme Luft und Sonne. Anfang April lag der Schnee noch fußhoch, und der Nordsturm fegte durch die breite Ludwigstraße.

Ein Griff in Muttchens kleines Vermögen schien mir zum Zweck ihrer Erholung nicht unerlaubt. Nach sorgfältigen Erkundigungen glaubte ich einen vierzehntägigen Aufenthalt in Meran wohl wagen zu können.

Jeder, der aus Winters Düsternis und Kälte über den Brenner nach Süden gefahren ist, weiß wie man das Glück der Sonne, der weichen seidnen Lüftchen genießt. Und mir sollte die Sonne das Liebste erhalten!

Wie hold grüßten uns die blaublühenden, herrlichen *Paulinia imperialis!* Ihre starken Düfte umwehten uns wie Grüße aus dem unvergessenen Chiccolanigarten! Meine Mutter war merkwürdig wenig angegriffen von der Reise, wir saßen befriedigt auf einer Bank der Kurpromenade, bis der rosige Widerschein der Abendwölkchen sich in der rauschenden grünen Passer spiegelte.

Am nächsten Morgen konnte die Mutter das Bett nicht mehr verlassen – Schmerzen stellten sich ein, die wir für rheumatisch hielten. In der folgenden Nacht mußte ich das Fremdenheim wachklingeln, weil die geliebte alte Frau in meinen Armen zu verscheiden schien. Mußte einem Zornausbruch der Wirtin standhalten, ehe man sich entschloß, nach einem Arzt zu senden. Kampherspritzen riefen die schon Bewußtlose, Erkaltende ins Leben zurück. Wir waren haarscharf an der zugreifenden Hand des Todes vorübergeglitten. Auf vierzehn Tage hatte ich vernünftigerweise unsern Aufenthalt in dem teuern Kurort berechnet … Zehn Wochen lang lag meine arme Kranke in halber oder ganzer Bewußtlosigkeit. Der Arzt besorgte mir eine Pflegerin für die Nacht, die ich bald in so tiefem Schlafe fand, daß ich vorzog, die Wache selbst zu übernehmen, und sie nur am Morgen für einige Stunden kommen zu lassen, während ich ein wenig ruhte oder die nötigsten Lebensmittel besorgte. Unglücklicherweise wohnten wir nicht in einer Pension, sondern in einem Hotel garni und mußten uns die Mahlzeiten aus einem nahen Restaurant holen lassen. Die Wirtin des Heims konnte nur durch strengen Befehl des Arztes und seine Drohung, sie bei der Kurverwaltung anzuzeigen, zu den nötigsten Extradiensten bewogen werden. Sie sah nur zu deutlich, daß wir arme Schlucker waren, bei denen es nicht viel zu verdienen gab. Und so steigerte sie denn ihre Rechnungen für das Geringfügigste ins Ungemessene. Es ist furchtbar, einen geliebten Kranken pflegen zu müssen, an einem fremden Ort, dessen Hilfsquellen man nicht kennt, in dem man keine menschliche Seele weiß, die uns mit einem freundlichen Zuspruch trösten könnte.

Aus Weimar kamen traurige Nachrichten. Was ich so lange in verschwiegener Sorge hatte nahen sehen, trat nun plötzlich ein. Elisabeth ging ihrer Auflösung entgegen. Sie litt unmenschlich. In ihren Fieberphantasien rief sie stundenlang meinen Namen – man konnte es ihr nicht begreiflich machen, warum ich nicht bei ihr sei. Öffnete jemand die Tür zum Atelier, wo sie lag, wo ich so viele dunkle Stunden mit ihr durchkämpft hatte, fragte sie: »Ella?« Und ich kam nicht.

So lebte ich mit meinem ganzen Sein an zwei Krankenbetten zugleich, wenn ich die langen Frühlingsnächte neben meiner Mutter saß, an der weit offnen Balkontür, durch die der Duft der Glyzinientrauben quoll, wenn ich leise den Fächer vor dem so eigentümlich silberweißen Gesicht der Herzkranken bewegte. Diese himmlischen Lüfte, die nächtlich ihr Lager umschwebten, haben sie mir erhalten gegen alle Voraussicht der Ärzte. Der junge Mediziner, mein Bruder Martin, eilte zu mir und erlebte die beinahe unglaubliche Rückkehr ins Leben. Zugleich wurden auch Onkel Hermanns Briefe hoffnungsvoller – der armen Elisabeth schien ebenfalls noch eine Frist gewährt.

Von einer wirklichen Genesung konnte in beiden Fällen nicht die Rede sein.

Als die Mutter aus ihrer Benommenheit allmählich erwachte und mit klaren Blicken mich dankbar an sich zog, sah sie erschrocken auf meinen Kopf, die Tränen liefen ihr aus den Augen.

»Kind – du bist ja grau geworden!«

So war es, mein Haar war ergraut, wie das einer alten Frau. Ich hatte es nicht einmal bemerkt.

Der Arzt hatte mir geraten, mich nach einer festen Wohnung umzusehen. Man habe Fälle erlebt, in denen Kranke von dem Zustande meiner Mutter noch drei bis vier Jahre gelebt hätten. Ich habe sie noch dreizehn Jahre behalten dürfen.

Vor mir lag eine ernste innere Umstellung. Jeder Anspruch auf Selbständigkeit, jedes Emporstreben zu irgendwelcher literarischen Geltung schien nun ausgeschlossen. Meine Mutter war geistig und körperlich so schwach, daß sie Tag und Nacht auf meine Pflege angewiesen sein mußte. Es wurde nichts andres als ein völliges Entsagen des eignen Willens von mir gefordert. Ich habe das Opfer ehrlich gebracht – aber leicht ist es mir nicht geworden. Die Freude, meine Kranke jeden Tag ein wenig mehr sich erholen zu sehen, die Rührung über ihre kindliche Dankbarkeit, vermischten sich in meinem Gemüt mit einer unendlichen Traurigkeit. Es ist schwer, die Mutter, die uns einst Autorität und etwas Ehrwürdiges war, so hilflos werden zu sehen – herabgesunken von dem hohen Stand der Persönlichkeit, auf dem sie in der Jugend strahlend geherrscht und später sich mit so wundervoller Charakterstärke gegen die andringende Not des Lebens verteidigt hatte. Aus ihrer Hilflosigkeit schöpfte ich am Ende die Erlösung. Verzweifelt hatte ich mich gegrämt, daß mir Mutterglück versagt sein sollte ... Hier war ein Wesen, mir durch Blutsbande nahe verknüpft – meiner Liebe, meiner Pflege bedürftig wie nur ein kleines Kindlein. Hätte ich denn um eines Kindes willen nicht auch auf jeden Ehrgeiz verzichtet? Konnte ich es nicht um dieses armen Geschöpfes willen, wenn ich sie liebte, wie nur eine Mutter das Kind? Freilich – ein Kind bedeutet Zukunft – bedeutet Heiterkeit und Erhöhung des Lebens und hier war nichts als Niedergang zu erwarten. Man sagt nicht umsonst, daß Mütter ihre kranken Kinder am meisten lieben, und so ist es auch mir ergangen mit meinem alten, kranken Kinde. Ich habe es nie stärker geliebt als in den Tagen großer innerer und äußerer Not.

Wie ich Elisabeth finden würde, wenn ich heimkehrte, ahnte ich nicht. Kein Wort von ihr, kein Gruß drang zu mir, mithin war sie noch schwer krank und auf Genesung schien kaum zu hoffen.

Müde zum Sterben – von hoffnungsloser Traurigkeit umfangen und mich doch innerlich fortwährend mit der Aufgabe beschäftigend, die vor mir lag, fuhr ich noch einmal mit Mama, die ich hatte in einen bequemen Wagen tragen lassen, durch die zauberische Naturherrlichkeit Merans. Der Juni war herangekommen, alle Fremden hatten den Kurort verlassen, die Hotels waren geschlossen – kaum war noch eine Mahlzeit aufzutreiben. In seine Einsamkeit zurückgesunken, begann Meran eine Blütenpracht zu entfalten, wie sie ein Dichter kaum in seinen ausschweifendsten Phantasien zu schauen vermag. Bis zu Türmen und Wetterfahnen hinauf waren die grauen Schlösser auf den Felsenhängen eingesponnen in weißes, gelbes Rosengerank, die lachsfarbenen Meranerrosen kletterten an den

Mauern zur Passer herab und schaukelten ihre Gewinde über dem graugrünen Gewässer, eine Farbenharmonie von unbeschreiblicher Noblesse. Und wieder kamen wir an alten Gärten vorüber, wo die Büsche der breiten weißen Holunderdolden durchflochten waren mit blutroten Girlanden, in denen ein Purpurkelch sich an den andern drängte, während das hohe Gras unter ihnen blau war von strotzenden Vergißmeinnicht. Diese Lieblichkeit der Nähe umrahmten die hohen weiten Formen der silbernen Berghäupter. Es gibt vielleicht nichts Traurigeres auf Erden, als mit einem schönheitsempfindlichen Auge und Herzen die Wunder um sich her zu sehen – und ihre Schönheit nicht mehr als Glück zu empfinden. So stumpf im Gemüt war ich geworden. Eins aber durfte ich an dem Nachmittag erleben: in meiner Mutter war die Fähigkeit zur Freude, die ihr Wesen so liebenswürdig machte, nicht erstorben. Ihre umschleierten Augen begannen wieder den alten goldenen Schimmer zu erhalten, ihr Mund lächelte, auch wenn sie zu schwach war, um die Worte für den Ausdruck ihrer Empfindungen zu formen. Und Gott sei Dank, diese Fähigkeit zur Freude ist ihr geblieben bis zu ihrem Tode. Je dichter die Schleier wurden, die ihren Geist umflorten, je hellfühliger, ahnungsvoller wurde ihre Seele.

Während Tante Gustchen, die stets Hilfreiche, sich in Weimar um ein neues Heim für uns bemühte, gingen wir zunächst nach Heidelberg, wo mein Bruder eine Stellung als Assistenzarzt bekommen hatte. In der Nähe seiner Wohnung mietete er zwei Zimmer und einen Gartenplatz für uns. Von den vielbesungenen Reizen Alt-Heidelbergs ist mir wenig aufgegangen. Wir wohnten in einer häßlichen Gegend, in der Nähe einer großen Ziegelei, die ihren weißen Mehlstaub über alle Gegenstände streute. Unsere Zimmerwirtin schwamm fortwährend in Tränen, weil sie genötigt gewesen war, das Zimmer ihres seligen Mannes an uns abzugeben. Glücklicherweise führte sie eine treffliche süddeutsche Küche, denn, wie sie mit Stolz erzählte, hatte sie als Mädchen für 95 geistliche Herren gekocht. Ich denke dieser Umstand hat mich vor dem völligen Zusammenbruch meiner Kräfte bewahrt. Im Herbst, als unsre Übersiedelung nach Weimar naher rückte, bekam mein Bruder das Angebot, als Leibarzt der Fürstin Milena, die sich in Heidelberg einer Kur unterzogen hatte, nach Montenegro zu gehen. Es war für ihn eine verlockende Sache, und wir freuten uns mit ihm. Wenige Tage nach seiner Abreise erkrankte meine Mutter aufs neue. Wieder waren wir allein am fremden Orte.

In diesen dunklen Tagen traf unser Freund Hermann O. in Heidelberg ein, um nach uns zu sehen. Hier erreichte ihn ein Telegramm, das ihm den nach schwerer Krankheit erfolgten Tod seiner Mutter meldete und ihn nach Weimar zurückrief. In Madame O. verlor ich eine wertvolle Gönnerin und der Schmerz, daß in letzter Zeit eine Entfremdung zwischen uns eingetreten, die nun nie mehr gut zu machen war, verbitterte noch die Trauer um ihren Verlust.

In derselben Woche, am dritten September, starb Elisabeth Behmer. Sie ist beerdigt worden, ohne daß ich ihr das letzte Geleit geben durfte, ohne daß ich ihr eine Rose in die schönen, schmerzgezeichneten Hände legen konnte. – Als ich nach Weimar zurückkehrte, war mir nur die kleine grüne Stelle geblieben, unter der sie Frieden gefunden hat.

Oft mußte ich das stille weiße Gesicht meiner Mutter betrachten und denken: Sie hat gesiegt ... sie besitzt mich nun ganz allein.

Mit großen Schwierigkeiten, ja Gefahren reiste ich mit der Halbgenesenen nach Weimar. Als Hermann und die liebe kleine Tante Guste mit ihrem weißen Häubchen und den Vergißmeinnichtaugen uns liebevoll empfingen, als im traulichen Heim der Tante, im alten Froriephause der wohlbekannte Teetisch uns begrüßte – da überwog das Behagen, in die Heimat zurückgekehrt zu sein, für die ersten Tage alle andern Schmerzen.

So endete mein Versuch, den Stier bei den Hörnern zu packen.

* *
*

Eine nüchterne Wohnung in einer gleichgültigen neuen Straße.

Weimar war leer geworden.

Jeder Besuch auf dem Kasernenberg erfüllte mir das Herz mit neuem Weh. Die Hausdamen, eine folgte in kurzem Abstand der andern, hatten es schnell fertig gebracht, den Räumen einen gewissen kleinbürgerlichen Stempel aufzudrücken. Onkel Hermann war wohl nach wie vor in seinem Gott vergnügt, aber er hatte oft etwas traurig Verstörtes, wie ein Kind, dem Unbegreifliches geschehen ist. Und diese arme verwaiste Kinderschar, die nach Art der Jugend, in Schulfreuden und -leiden hinlebte und nur unbestimmt ahnte, daß ihrem Dasein die lebendige Seele genommen war –, sie erbarmte mich so unsäglich und ich durfte ihr nichts sein! Von jedem Ausgang flog ich mit zitterndem Herzen nach Haus. Immer stand der Tod lauernd hinter der Tür.

Endlich raffte sich Onkel Hermann zu dem Entschlusse auf, mich zu fragen, ob ich wohl wieder zu ihm übersiedeln und sein Hauswesen, die Erziehung der Kinder leiten würde? Das war eine Aufgabe, die meiner ganzen Wesensart zur Erfüllung geworden wäre. Das unglückliche Buch, das nie fertig wurde – es wäre kein Hinderungsgrund gewesen! Wie gern hätte ich ein für allemal dem Schriftstellern Valet gesagt.

Ich mußte dem Onkel ein trauriges »Nein« geben. Die Mutter brauchte mich Tag und Nacht – es war ausgeschlossen, sie in einen unruhigen Kinderhaushalt zu verpflanzen. Und meine religiösen Anschauungen hatten sich zu weit von denen meins Onkels entfernt, als daß es mir möglich gewesen wäre, die Kinder in seinem streng gläubigen Sinne zu erziehen. So blieb ich notgedrungen der Feder getreu, schrieb um des Broterwerbs willen bunte orientalische Zeitungsgeschichten, Skizzen, Rezensionen und anderes. Alles auf der Ecke vom Stuhl, immer im Begriff aufzuspringen, wenn das silberne Glöckchen mich zur Mutter rief. Wie man sich eine Belohnung gibt, arbeitete ich zwischendurch an der Lebensgeschichte der Agathe Heidling. Die dunkle Hoffnungslosigkeit dieser Jahre gab ihr die Stimmung.

* *
*

Immer war es so in meinem Leben: wenn das Herz am Verzagen war, entzündete sich an unvorhergesehener Stelle ein neues Licht. So geschah es auch jetzt.

Ich ging zu meinen Bekannten, v. d. Hellens, dem jungen Goethearchivar und seiner Frau, denen ich vor etlichen Jahren den Polterabend mit einem Festspiel verschönt hatte, in dem Doktor Vulpius als Goethe und ein Vetter der Braut als Schiller in täuschender Lebensechtheit mitgespielt hatten. Heut wollte ich Hellens eine neue Novelle vorlesen. Das lag sonst nicht in meiner Art. Ich forderte von niemand mehr Teilnahme an meiner stillen Arbeit. Doch diese Novelle hielt ich für gelungen. Sie war persönlich im Stil, menschlich ergreifend im Motiv und erschöpfte es trotz des engen Rahmens in seiner Tiefe. Sie dünkte mir geradezu ein Vorläufer zu dem Buche, das ich herausgeben wollte, und zu dem ich niemals Zeit fand.

Ich war nicht wenig enttäuscht, als ich bei den Freunden ein Berliner Schriftstellerehepaar vorfand – eine graziöse kleine Frau mit krausem kastanienbraunem Haar und schelmischen Augen, und einen brünetten jugendlichen Mann, hübsch, elegant und eigentlich verführerisch. Auch ihm zuckte um die ein wenig spitze Nase viel Mokerie und Lust an Witz und Spott. Ich begreife noch heut nicht, woher ich den Mut nahm, nach dem Abendessen mich in einen Lehnstuhl zu setzen und aus meinem Manuskript mit dem Anfang zu beginnen:

»Eine alte Jungfer war gestorben. Höfliche Leute sagten: das alte Fräulein.«

»Fräulein?« fragte jemand. Nun ja – sie war doch nicht Frau. – Nein – Frau – das war sie freilich nicht ...«

Ich blickte auf. Der Berliner Schriftsteller, der mit der Miene ergebener Geduld in seinen Sessel zurückgelehnt lag, hatte sich aufgerichtet, vorgebeugt, sah mich mit einem Ausdruck von gespanntem Erstaunen an. Als ich geendet, sprang er auf, trat lebhaft zu mir: »Aber was ist das – in Weimar – allermodernste Technik – ich sage ja, in die Provinz muß man kommen, wenn man gute Literatur finden will! Sie sollten reisen auf diese Novelle – wie Sie das lesen, wie der Klang Ihrer Stimme, Ihr Gesicht – diese feine Sache – alles zusammen stimmt – wunderbar – höchst wunderbar!«

Auch v. d. Hellen und die Frauen waren begeistert –: das war der Ton, auf den ich solange gewartet – den ich noch nie gehört –! Man hatte mich gelobt – halb mit Erbarmen – was wars auch gewesen – von wem auch kam das Lob? – Hier waren Leute vom Metier, frisch aus dem Gebrause des Berliner literarischen Treibens! Und der kecke gescheite Witz des Mannes, die lächelnd-verstehende Ironie der jungen Frau weckte meine müde-verschlafenen Lebensgeister. Was ist es doch für ein Geheimnis um die Wirkung eines Menschen auf den andern? Vor zehn Jahren hätten mich diese beiden chokiert. Jetzt – gerade jetzt – wären Bedeutendere, Tiefere mir in den Weg getreten – sie hätten mir nicht gerade *das* zu geben vermocht, was ich hier empfing: Leichtigkeit, Beschwingtheit – meinetwegen ein Schuß von Frivolität, der aber doch mit herzlicher Wärme gemischt war. Und vor allem ein gespanntes Interesse an meiner Persönlichkeit und ihrer sonderbaren Entwicklung aus ägyptischen, neuhaldenslebener und weimarischen Elementen.

Die beiden hatten sich nach manchen Kämpfen gefunden, waren glücklich im Erbauen eines neuen Lebens in Weimar und paßten gut zusammen, schienen geradezu vom Schöpfer für einander ausgesucht. Daß auch diese Ehe den Einflüssen der Zeit und der Wankelmütigkeit des männlichen Herzens gegenüber nicht standgehalten hat, ist mir immer wieder eine schmerzliche Erfahrung von der Unzulänglichkeit menschlicher Liebe.

Damals bildete das junge Paar eine selten reizende Einheit. In der kleinen Villa an der Tiefurter Allee, wo sie die untere Etage bewohnten, und eine Anzahl Freunde um sich sammelten, ging mir eine gänzlich unbekannte, doch um so anziehendere geistige Welt auf. Ja – ich darf es wohl geradezu aussprechen: Hätte ich damals Hans und Grete Olden nicht gefunden, ich wäre in Dumpfheit und Entmutigung erstickt. Ihnen las ich die ersten Kapitel des neuen Romans vor, der in meinen Augen gar kein Roman war – ihre starke Zustimmung ermunterte mich zu kräftigerer Arbeit. Mit einer feinen menschlichen Liebenswürdigkeit verkehrten sie auch mit meiner kranken Mutter, so daß sie die Fremdlinge lieb gewann und mich gern zuweilen entbehrte, wenn ich den kleinen Pfad zwischen alten Gärten zu ihnen hinaufstieg, um mir den Geist mit frischem Leben zu füllen.

Begegnung mit Friedrich Nietzsche

Wir waren im Beginn der neunziger Jahre ein kleiner Kreis von Menschen, die leidenschaftlich der Wahrheit anhingen und alles höfische, wissenschaftliche und künstlerische Phrasenwerk, das uns unter die Finger kam, mit einer fröhlichen Lust zerzausten, bis es – in unseren Augen wenigstens – jeden Glanz und Anreiz verloren hatte. Und man muß sagen, wir fanden in Weimar Anlaß genug, unser geistiges Zerstörungswerk zu üben. Nur schade, daß die Betroffenen so wenig davon merkten – weil wir die Öffentlichkeit ja nicht damit behelligten, sondern uns nur unter den Eingeweihten an unsrer Schärfe, Unbeeinflußbarkeit, unserm hellen, lustigen Zynismus erfreuten. Wir standen alle in den Jahren, da die Illusionen der Jugend schon zerflossen sind und noch keine Resignation des Alters uns sagte, daß so wie Tag und Nacht auch Wahrheit und Lüge im ewigen Wechsel die Menschheit regieren und es kein Sein und keine Kultur ohne unaufhörliche Kompromisse gibt.

Wir waren feurig und noch sehr ungeduldig.

Mir selbst – der der Ausflug in die Welt hinaus so unglücklich geendet hatte, daß ich am Ende demütig und traurig wieder in das alte Nest zurückkriechen mußte – bedeutete das Wesen der neuen Freunde ein geistiges Stahlbad. Zuweilen war das Zusammensein mit ihnen wie eine

Stunde auf dem Fechtboden, wo die feinen Klingen gegeneinander blitzen und man nur mit Gewandtheit und Geistesgegenwart vor der Niederlage der Lächerlichkeit bewahrt bleibt.

Individualisten von reinstem Wasser waren wir sämtlich, Das Soziale hatten wir bereits überwunden, bis auf diejenigen unter uns, denen es überhaupt nicht lag, und die sich auch infolgedessen gar nicht erst damit befaßt hatten. Wir glaubten gewiß ehrlich an einer allerpersönlichsten Entwicklung in uns zu arbeiten, während wir doch nur das typische Entwicklungsleben unserer Zeit teilten. Sensitive Leute, wie wir es waren, spürten wir ihre Wellenbewegungen auch in dem abseitigen Weimar, ließen uns von ihnen auf glitzernde Höhen heben und freuten uns, diese Höhen aus eigener Kraft erstiegen zu haben.

Unsern Stirner hatten wir alle gelesen. Er hatte uns die Fundamente gelegt mit seiner theoretischen Logik, seiner erzenen, unerbittlich klaren Sprache und der nüchternen Kälte seiner Gedankenwege, die am Ende doch nur – ins aschgraue Nichts führten.

Nun war Friedrich Nietzsche unser Gott geworden, um den sich, wie Planeten um die Sonne, unsre Geister drehten.

Ich war mit Nietzsches Schriften in München auf eine wunderliche Weise bekannt gemacht worden. Ein Empfehlungsbrief führte mich zu einem älteren adligen Fräulein, die in einem katholischen Damenstift lebte. Ich fand in ihr eine jener merkwürdigen Frauen, an denen Deutschland so reich ist, die unter den allerbeschränktesten äußeren Umständen sich eine umfassende Bildung und schöne Freiheit des Geistes zu erkämpfen wußten – moderne Einsiedlerinnen, die in Dörfern, in kleinen Städten, in klösterlichen Stiften ihr unscheinbares, innerlich reich und schön ausgefülltes Wesen treiben. Auf dem Tisch des armen Fräuleins im katholischen Stift lag Zarathustra und die fröhliche Wissenschaft. Hier hätte der große Einsame eine glühende Jüngerin und verstehende Seele gefunden.

Auf mich wirkte er wie ein wundervoller Rausch. Zum erstenmal, seit ich die »Moderne« studierte, wurde ich von einer starken Dichterkraft durch und durch geschüttelt. Gegen die reiche Fülle seines Wesens schien mir der Max Stirner und sein Einziger in seinem Eigentum arg dürftig. Hier öffneten sich Königreiche voll gewaltiger Schätze – hier führten Tore zu Landschaften, deren Farbigkeit und Frische wie die Kühnheit ihrer Linien bezaubernd wirkten. Und die helle sonnenheiße Luft des

Südens! Die feinen blauen Nebel einer tiefen Mystik, die die Formen duftig verschleierten und hehre Göttersitze ahnen ließen.

Vor allem aber eines: Ich spürte Stirner als unfruchtbar und Nietzsche als zukunftsträchtig – ein Sämann hoher Erneuerungsgedanken und einer Ethik, die über den Individualismus doch wieder hinauswies zur Arbeit an der Menschheit.

Wir waren sehr verschiedene Naturen im Freundeszirkel, auf jeden wirkte der reiche, der vielseitige, hinterlistige, untergründige Zauberer wohl auch verschieden. Doch wie es an Phantasie keinem von uns fehlte, schaffte ein jeder sich seinen eigenen angebeteten und feierlich verehrten Friedrich Nietzsche.

Eine Fülle von Geist wurde ausgestreut bei endlosen Debatten in dem schönen großen Hause am Horn, wo der Goethearchivar Eduard v. d. Hellen mit seiner jungen Frau wohnte, oder auf der Veranda des kleinen weißen Hauses an der Tiefurter Allee, wo die kluge Grete Olden ihren Empfangstag hatte. Am Dienstag, »wenn das Ei geschlachtet wurde«, denn mehr als ein Ei wurde nicht spendiert, und die Eibrötchen waren doch so viel begehrter als die mit fein gewiegtem Schinken. Jeder von uns war Herr der Welt und Mittelpunkt ihres Seins, und die Souveränität des Einzigen wurde mit den groteskesten Gründen und den gewagtesten Schlußfolgerungen bestätigt. Vorzüglich Rudolf Steiner, der die naturwissenschaftlichen Schriften Goethes für die Sophienausgabe redigierte – nachmals priesterlicher Antroposophenführer – war groß darin, barocke, unerhörte Prämissen aufzustellen und sie dann mit einem erstaunlichen Aufwand von Logik, Wissen, kühnen Einfällen und Paradoxen zu verteidigen. Was konnte er amüsant sein, wenn er so in Eifer geriet, der damalige Freidenker, mit dem schmalen Mönchskopf, der hohen strahlenden Stirn, wie erregte er sich, wenn Hans Olden sein liebenswürdiges Faunslächeln aufsetzte und ihm seinen witzigen Zynismus entgegenhielt. Ganze schöne Sommernachmittage stritten wir über die Frage, ob es dem selbstherrlichen Individuum erlaubt sei, ein anderes Individuum aus dem Wege zu räumen, wenn die Antipathie gegen dieses andere Individuum uns z. B. hindere, unser Lebenswerk zu tun. Steiner nahm als Beispiel für diese These einen nebenan wohnenden Dichter, der ihm seines wohlgepflegten Vollbarts und seines öligen Wesens wegen höchst unangenehm war, und wenn es diesem Herrn gefallen hätte, hinter seiner Gartenhecke zu spazieren, hätte er sich beim Dufte des Jelängerjeliebers zu allen möglichen furchtbaren Todesarten verurteilt hören können.

Denn Steiner war radikal und scheute vor kräftigen Äußerungen seines Temperaments nicht zurück. Einmal erzählte er verwundert, ein Bekannter habe ihn nicht mehr gegrüßt. »Nun, was haben Sie denn da angestellt?« fragte ihn Frau Olden, worauf er harmlos in seiner österreichischen Klangfarbe antwortete: »Ich hab ihn nur einen Abschaum der Menschheit genannt – und das ist er doch wirklich!«

Wir genossen alle das Gefühl, das Bürgerliche hinter uns gelassen zu haben und in dem Lande »Jenseits von Gut und Böse« gelandet zu sein. Aber das Einrichten dort war gar nicht so leicht, als es aussah, wir Frauen kamen doch zuweilen in arge Konflikte. Am wenigsten vielleicht Grete Olden, die bereits mit allen Wässern der Literatur gewaschen war, als Lieblingsnichte von Paul Lindau und frühere Frau von Paul von Schönthan. Mit der Anmut eines liebenswürdigen Vögelchens flatterte sie leicht von Zweig zu Zweig bis hinauf in die äußersten Wipfel des Baumes der Erkenntnis, um sich dort oben munter zu wiegen. Frau von der Hellen war eine dumpfere und schwerere Natur, mit künstlerischem Einschlag, war krampfhafter in ihren Bemühungen, und ihr Mann rang mit der Grundehrlichkeit eines braven Norddeutschen, so amoralisch zu denken wie möglich. Ich war stiller und bei mir spielte sich der Kampf mehr im Innern und den anderen unsichtbar ab. Er war vielleicht desto intensiver. Dabei konnte ein jeder vorläufig seine Souveränität im Gebiet der Freiheit nur geistig genießen, denn das Leben spannte uns alle in harte Schranken. Oldens wollten sich mit unzureichenden Mitteln und eifriger Arbeit eine neue Existenz bauen, immerhin waren sie die Freiesten unter uns. Von der Hellen und Steiner rieben sich täglich an einem ihnen feindlichen Vorgesetzten, der ihnen denn doch Tun und Lassen, wenigstens im Beruf, vorzuschreiben hatte. Von der Hellen stand außerdem als junger Ehemann auch noch unter dem zarten Joche der Verliebtheit in seine von ihm das Ungewöhnliche fordernde Gemahlin. Steiner kämpfte mit Hunger und Not. Abends, oft war es spät in der Nacht, begleitete er mich den weiten Weg von Oldens heim, denn wir wohnten beide im Westen der Stadt. Dann wurde er ernsthaft, und ich verdanke diesem hervorragenden Geiste und seinem unglaublich ausgebreiteten Wissen eine Fülle von Gedanken und Anregungen auf philosophischem Gebiet. Besonders lehrte er mich Goethe in einer ganz neuen Weise kennen. Von dem naturwissenschaftlichen Propheten im Dichter hatte ich bisher noch nichts gewußt. Ein Gedanke Steiners ist mir viel nachgegangen: die Forderung von moralischer und religiöser Phantasie – an der es unserm heutigen Geschlecht so sehr mangele.

Rudolf Steiner hat diese moralische und religiöse Phantasie in seiner späteren Entwicklung reich betätigt. Man mag über die Anthroposophie denken, wie man will, und viele Einwände gegen sie erheben – ein Verdienst muß man Steiner zuerkennen: er hat Hunderten von Menschen aus hoffnungsloser Dürre zu einem Leben voll vertieften geistigen Inhalts verholfen – er hat ihnen durch die Geisteswissenschaft ihre Seele neu geschenkt. Und das ist wahrhaftig eine große Tat, die ihm nicht bestritten und verkümmert werden soll.

* *
*

Einmal luden uns Hellens zusammen, um den Doktor Kögel kennenzulernen, den Mann, den sich Friedrich Nietzsches Schwester Elisabeth erwählt hatte, um die ungedruckten Manuskripte des kranken Philosophen zu entziffern und zu einer eventuellen Herausgabe vorzubereiten. Ein kraftvoll blühender junger Mann mit einer weißen Sportmütze und schönen Singstimme, ein fröhlicher Geselle, der den Ruf des Meisters zur goldenen Heiterkeit in seinem ganzen frischen Wesen zum Ausdruck brachte. Durchaus kein zünftiger Philologe, er hatte sich auf mannigfach verschlungenen Wegen schon im Leben umgetrieben und faßte seine Aufgabe weit mehr menschlich als wissenschaftlich auf. Das sollte freilich der verantwortungsvollen Aufgabe wie ihm selber zum Unheil ausschlagen. – Von diesen Hintergründen ahnten wir noch nichts. Wir sahen nur den prächtigen Menschen, den begeisterten Jünger des Meisters, dessen Hymnen er in eigener Vertonung am Flügel sang.

Kögel hatte von der Hellen und Doktor Steiner wohl im Goethearchiv kennen gelernt, forderte nun aber auch Oldens und mich auf, an einem geplanten Besuch in Naumburg bei der Mutter, Frau Pfarrer Nietzsche, teilzunehmen. Er wollte uns dort aus dem Manuskript des Antichrist vorlesen. Das war ein großes Glück für uns alle und wir folgten bald der erneuten gütigen Einladung der beiden Damen.

Ein junger Dichter hatte sich uns angeschlossen, der in der Eisenbahn plötzlich von heftigen Gewissensbissen befallen wurde, was sein verstorbener Vater wohl zu diesem Besuch seines Sohnes bei dem Gottesleugner denken würde? Vergebens suchten wir dem jungen Mann klar zu machen, daß der Besuch ja durchaus ohne Konsequenz sei, wir den kranken

Nietzsche selbst schwerlich zu sehen bekommen würden und sein Gottesglauben wohl nicht sehr fest sein dürfte, wenn er durch einen Besuch in den Räumen, in denen der Dulder seine letzten Erdenqualen litt, aus den Fugen gerissen werden könne. Ich fürchte, wir nahmen die seelische Pein des jungen Mannes nicht sehr ernsthaft, zumal wir vermuteten, daß sie sich weniger um seinen im Grabe ruhenden seligen Vater, als um die Sorge drehte, was sein hoher Vorgesetzter zu dem Besuche sagen werde. Denn Nietzsche war, soweit man überhaupt von ihm wußte, die *bête noire* aller offiziellen Persönlichkeiten in der deutschen Wissenschaft. Der junge Dichter blieb denn auch gequält und beunruhigt während des ganzen Nachmittags und hat sich von späteren Zusammenkünften vorsichtig ferngehalten.

Wir wurden von Frau Pfarrer Nietzsche und Frau Förster, ihrer Tochter, freundlich, ja ich kann wohl sagen, herzlich empfangen. Das kleine Häuschen an der alten Stadtmauer in Naumburg machte in seiner Einrichtung durchaus den Eindruck des behaglich-altmodischen Pfarrwitwenheims, und die alte einfache Dienstmagd mit ihrem guten treuen Gesicht, die uns öffnete, gehörte zum Typus des Ganzen. Die Frau Pfarrer, eine Frau, der man die siebzig Jahre nicht ansah, mit braunen Scheiteln, durch die kein weißer Faden sich zog und einem kaum faltigen, etwas eigensinnigen Gesicht, zeigte mir über ihrem Nähtisch am Fenster den auf eine Holztafel gebrannten Bibelspruch: Es sollen wohl Berge weichen und Hügel hinfallen, doch meine Gnade soll nicht von Dir weichen, spricht der Herr, Dein Erlöser. Freunde hatten sie ihr geschenkt zum Trost für ihr Herz bei der Nachricht von der schweren Erkrankung ihres Sohnes. Und wie oft mögen die weinenden Augen der geängstigten Mutter auf den Worten geruht und ihre Hände sich davor zum Gebet gefaltet haben. Ihre Tochter Elisabeth klagte mir bald darauf, welch einen schweren Stand sie der Mutter gegenüber habe. Die fromme alte Frau hielt es für ihre Pflicht, ja vielleicht für eine Art von Sühne, die ihrem unglücklichen Sohn im Jenseits zugute kommen möge, wenn sie seine gottlosen Schriften verbrenne und vernichte. Als Frau Elisabeth aus Südamerika heimkehrte, wo sie die Kolonie ihres verstorbenen Gatten eine Zeitlang geleitet hatte, gab es harte Kämpfe, um die Mutter zu überzeugen, daß das Werk eines Genies nicht der Familie, sondern der Welt gehöre. Endlich errang sie die Oberaufsicht über das Erbe ihres geliebten Bruders. Nun ruhten seine Schriften in schönen Eichenschränken, die mit dem Symbol der Schlange und des Adlers gekrönt waren.

Und – so zwiespältig ist das Empfinden der Menschen – die alte Dame war doch auch wieder ersichtlich stolz, daß der Ruhm ihres großen Sohnes die Menschen – fremde Menschen anlockte, von weit her gereist zu kommen und ihr einfaches Haus zu besuchen, wie man zu einem Tempel wallfahrtet, in dem die Gottheit hinter einem Vorhang im Allerheiligsten verhüllt bleibt.

Frau Elisabeth Förster-Nietzsche, wie sie sich in Zukunft nannte, sprach viel und bewegt, oft mit Tränen von ihrem geliebten Bruder. Sie trug schwer an dem Leid, ihm in seinen letzten Kampfestagen, vor Ausbruch der schrecklichen Krankheit nicht nahe gewesen zu sein, um mit Liebe und Trost zu helfen. Niemand wagte ihr zu sagen, was wir doch wohl alle fühlten: daß hier keine schwesterliche Liebe ein tragisches Geschick aufhalten konnte.

Sie war eine höchst weibliche Frau, was die Franzosen mit dem Worte ausdrücken: *une femme très femme.* Klein, fein, lebendig und behend, dabei durch eine große Kurzsichtigkeit ein wenig hilflos in den Bewegungen und nicht ohne die Koketterie der Hilflosigkeit. Eine von den Frauen, denen jeder Mann sich zu Schutz und Unterstützung verpflichtet fühlt, der man eigentlich nicht zutraut, daß sie eine Türklinke allein öffnen, geschweige denn sich ein Billett lösen und in den richtigen Eisenbahnwagen steigen können. Und die doch unter ihrer scheinbar so gebrechlichen Hülle und ihrer Weltfremdheit eine Fülle von Energie und zäher Klugheit bergen. Frau Förster-Nietzsche hat das in reichem Maße bewiesen. Die Herausgabe des Gesamtwerkes ihres Bruders in mustergültiger Form ist eine Tat, für die die gesamte Kulturwelt ihr dankbar zu sein hat. Heute, wo Nietzsche eine anerkannte Größe der Philosophie und Dichtung ist, gegen oder für welche man Partei nehmen mag, deren ungeheure Bedeutung, deren Einfluß auf die junge Generation niemand mehr leugnet – heute kann man es kaum noch ermessen, mit welchen unendlichen Schwierigkeiten die tapfere Frau zu kämpfen hatte. Fand sie doch anfangs nicht einmal die wissenschaftlich geschulten Männer, die nötig waren, ein solches Werk, wie die Entzifferung der fast unleserlichen Manuskripte in einwandfreier Weise durchzuführen. Die Zünftigen hielten sich vorsichtig ferne – wer konnte wissen, ob eine Verquickung des eigenen Namens mit dem Friedrich Nietzsches nicht der akademischen Karriere schaden könne? Dann wieder fehlten die Mittel für das großzügige Unternehmen, und wie viel Mut und Ausdauer gehörten dazu, sie zu beschaffen. Heut – nun das Nietzsche-Archiv in Weimar ein Wallfahrtsort für Hunderte von begeisterten Jüngern aus allen Kulturländern geworden ist, und die greise Schwester wie eine Fürstin vom Geiste geehrt wird – heut mag sie manchmal mit Befriedigung und doch mit leiser Wehmut an das kleine Häuslein in Naumburg denken, von dem aus ihr Werk, wie aus bergender Keimhülle der Baum entsprang. Das kleine Haus, in dem uns an jenem unvergeßlichen Nachmittag Doktor Kögel mit seiner warmen bewegten jungen Männerstimme den Antichrist aus dem Manuskript vorlas.

Und wenn er eine Pause eintreten ließ, hörten wir – eine unheimliche Begleitung zu dem kühnen trotzigen Heldengesang, der blutigen Ironie, mit der ein gewaltiger Geist an den Altären rüttelte, die Jahrhunderte angebetet hatten – aus dem Nebenraum ein dumpfes Murren und Brummen wie die Laute eines gefangenen Tieres … Das war der kranke Nietzsche, der dort drinnen saß und nichts mehr wußte von seinem Werk, vor dem wir uns schauernd beugten. Und der dennoch lebte …

Nie ist diese Stunde und ihr Eindruck zu vergessen. Und dann kam das Menschliche – Allzumenschliche … Während die kleine Gemeinde atemlos, bestürzt und hingerissen lauschte, erschien die Frau Pastor, die sich zurückgezogen hatte, in Begleitung ihrer treuen Anna mit einem Tablett voll Weingläser und belegten Brötchen, und als ihre Tochter ihr bebend abwinkte, beharrte sie lebhaft auf ihrem Willen, die lieben Gäste doch nicht ohne einen kleinen Imbiß wieder abreisen zu lassen! Die Martha- und Marienseelen, die sich um den Leib und den Geist Jesu stritten, das uralte Symbol – in der ewigen Wiederkunft des Gleichen sich erneuend!

Wir waren damals, so unsäglich uns der Antichrist erschüttert hatte, alle derselben Meinung, daß zu einer Drucklegung des Werkes die Zeit noch nicht reif sei – daß das Buch verboten werden und auf diese Weise die Würde des Gesamtwerkes angetastet und in einen Skandal verknüpft werden könne, den man auf jeden Fall vermeiden müsse. Bekanntlich haben wir uns geirrt. Der Antichrist ist merkwürdigerweise nie verboten worden, obwohl es doch wenige Schriften auf Erden gibt, die dem Christentum so scharf und vernichtend zu Leibe gehen wollen, wie dieses, – wenige, die einen solchen Haß atmen! Daran ändert Friedrich Nietzsches hohe reine Ethik nichts. Hier befreite er sich mit der Raserei, die er in solche Kämpfe warf, von der heißen, sehnsuchtsvollen Liebe seiner Jugendjahre. Auch ich stand mit frischen Wunden von einem Schlachtfeld auf, da ich mit allen Geistern gerungen, an die ich so viele Jahre mein bestes Sein verschwendet hatte, jedes Wort zuckte durch das aufgerissene verödete Herz, dem sein Erlöser zum Spott geworden.

War hier ein neuer sicherer Führer zu finden?

Als wir uns verabschiedeten, hörte ich noch einmal das dumpfe Brummen und Murren …

Ich bin später noch öfter allein in dem kleinen Hause gewesen. Frau Förster-Nietzsche näherte sich mir freundschaftlich und bot mir sogar das »Du« an. Ich habe unvergeßlich schöne Tage mit ihr verlebt. Wäre meine kranke Mutter nicht gewesen, die mich brauchte, ich hätte ihr gern als Hilfe bei der von ihr begonnenen Biographie ihres Bruders gedient. So verbot sich das von selbst.

Auch den *Ecce homo* hörte ich aus dem Manuskript von Doktor Kögel vorlesen – dieses furchtbare Bekenntnis, durch welches schon der Wahnsinn zuckt und das doch die tiefsten Enthüllungen über künstlerische Empfängnis enthält – und die ewige Wahrheit, daß jeder Künstler und Schaffende im Augenblick der Empfängnis der Mittelpunkt und die Achse des Alls für sich selbst ist – sich so empfinden muß.

Ich weiß nicht mehr, ob ich es war, die den Maler Stöwing in das Nietzsche-Haus empfahl, als er den sehnsüchtigen Wunsch aussprach, Nietzsche malen zu dürfen. Jedenfalls gelangte Stöwing zu seinem Ziel, da es dem Kranken in jener Zeit verhältnismäßig gut ging und er viel auf der Veranda im Schatten des grünen Weinlaubes saß. So malte ihn auch der Künstler, die grünen Schatten überschwebten das in sich versunkene Gesicht, das dadurch freilich eine Art von Leichenfarbe erhielt. Ich sah das Bild in Stöwings Atelier in Berlin und war sehr ergriffen. Das Letzte, das Gewaltige, das hinter der Krankheit schlummerte, die Dämonie dieser Erscheinung zu erfassen und dazustellen, dazu war Stöwing freilich nicht der Mann.

Die Frauen Nietzsche, Mutter und Tochter, waren denn auch beide nicht befriedigt von dem Bilde. Die Mutter erklärte mir bei einem Besuche entrüstet, ihr Sohn sähe ja auf dem Bilde aus wie ein blasser, todkranker Mensch, und dabei habe er doch so eine blühende gesunde Farbe, und man sähe ihm sein Leiden in keiner Weise an. Ich solle selbst urteilen und sie werde mich zu ihrem Sohne führen. Ich erstarrte. Niemals wurde der Kranke einem Besucher gezeigt. Wäre Frau Elisabeth gegenwärtig gewesen, wäre es auch sicher nicht geschehen. Doch sie war abwesend und kam erst später. Ich stieg mit der alten Frau Nietzsche die Treppe empor ins obere Stockwerk – ich muß gestehen, mir zitterten die Knie. Die Mutter öffnete eine Tür und ging hinein, dabei rief sie: »Kommen Sie nur näher, er bemerkt Sie nicht!«

Mir gegenüber lag gerade ausgestreckt auf einer Chaiselongue, die der Türöffnung mit dem Fußende zugewendet stand, so daß ich ihm gerade ins Gesicht schauen konnte – Friedrich Nietzsche. Auf dieses seltsam feine und gewaltige sonnengebräunte Antlitz mit dem ungeheuerlichen Schnurrbart und der zarten schönen Nase schaute ich, sah die herrliche Stirn und die großen Augen, die nun einen furchtbar ernsten, erschütternden Blick auf mich richteten. Die bleichen, wundervoll geformten Hände lagen wie bei einer in Stein gehauenen alten Grabfigur gekreuzt über der Brust. Ich stand zitternd unter der Gewalt seines Blickes, der wie aus unergründlichen Tiefen des Schmerzes auftauchend, schon nach einer Sekunde wieder versank – die Pupillen verschwanden halb unter den Lidern, und rollten blicklos angstvoll unter den gesenkten Wimpern hin und her.

»Kommen Sie nur herein«, sagte die Mutter, die neben dem Lager stand. Ein Zug von Unruhe erschien auf dem todstarren Gesicht: »Ach nein, Mutter – laß doch, laß doch«, hörte ich eine Stimme wie aus einem Grabe murmeln – und keine Macht der Welt hätte mich in diesem Augenblick bewegen können, den abgeschiedenen Frieden dieses langsam sterbenden Kämpfers zu berühren. Ich zog mich zurück und es dauerte eine Weile, bis ich zu der Mutter nur wieder reden konnte. Frau Förster-Nietzsche meinte später, er habe mich so stark angeschaut, weil es die Stunde gewesen sei, in der sie ihn zu besuchen pflege und er habe sie wohl erwartet. Mir schien sein Geist in einer unendlichen Ferne von allen menschlichen Beziehungen, in grenzenloser Einsamkeit zu hausen. Wer kann ermessen, wieviel von der großen unglücklichen Seele in dem gebannten Körper noch lebte?

Es war zum letzten Male, daß ich das kleine Häuschen in Naumburg besuchte. Das Leben trennte mich und Frau Elisabeth Förster-Nietzsche für lange Zeiten.

Vor dem Ziel

Nahezu vier Jahre vergingen, in denen ich unter Hinderungen, die mich manchmal völlig verzweifeln ließen, an meinem Buche schrieb – stundenweise – immer auf der Ecke vom Stuhle, jeden Augenblick gewärtig, abgerufen zu werden. Wie ich schon erwähnte, lag die Frauenbewegung mir fern, doch jetzt, da ich um das innere Schicksal des unvermählten Mädchens rang, suchte ich mich mit den Kämpfen vertraut zu machen, die um ihre Befreiung aus dem Joche der Familie geführt wurden. In Weimar war der Sitz des Verbandes »Frauenbildung, Frauenstudium« – doch habe ich nie andere Mitglieder kennen gelernt, als seine erste Vorsitzende und Nathalie von Milde, die wohl auch zu den Gründerinnen gehörte. Mit diesen beiden Frauen kam ich nun regelmäßig zusammen, ohne daß sie mich zu heftigerer Begeisterung hätten entflammen können. Meine ganze Entwicklung ließ mich einigermaßen skeptisch auf das Glück der »Bildung« an sich – besonders für die Frau herabschauen. Den Männern, mit denen ich in dieser Zeit verkehrte, schien es selbstverständlich, daß die Frau studieren solle, wenn es sie freue, ohne daß man an die Folgen für die Allgemeinheit große Illusionen knüpfte. Die Frau, so wie sie war, mit ihren Sehnsüchten, Schwächen und Unberechenbarkeiten mir als umstürzenden Faktor im öffentlichen Leben vorzustellen, wollte mir selbst nicht gelingen. Aber sie war ein Mensch, so gut wie der Mann, darum sollte und mußte ihr jede menschliche Freiheit werden – darüber gab es keinen Zweifel – mochte sie sie dann verwerten, wie es ihr gut dünkte und soweit wie ihre eigenste Natur es zuließ.

Erst später, in München, wo ich den Kampf mit Glut und Feuer von hervorragenden Frauencharakteren geführt sah, nahm auch ich eine Zeitlang mit Leidenschaft an ihm teil. Als wir um einige krasse Ungerechtigkeiten und Schädlichkeiten des neuen bürgerlichen Gesetzbuches zu verhindern, eine großartige Propaganda entwickelten und binnen zwei Wochen eine Petition mit Tausenden von Unterschriften der besten Deutschen, Männer und Frauen für den Reichstag bereitstellten – das war eine schöne, fortreißende Sache. Der Erfolg war kaum nennenswert, was wir eigentlich wollten, die Beseitigung der gefährlichen Paragraphen erreichten wir nicht – doch viele Menschen waren aus ihrer Gleichgültigkeit aufgerüttelt und begannen zum erstenmal über diese Fragen nachzudenken. Das war schon etwas. In den Wochen angespanntester Arbeit und heißer Erregung wurde mir klar: dieser Kampf, mit ganzer Seele und aus allen Kräften geführt bedeutete Verzicht auf jede dichterische Tätigkeit, oder erniedrigte sie zur Propaganda-Magd. Die Kunst ist eine strenge Göttin – sie fordert den ganzen Menschen. Ein Beruf, um den ich eine lange Jugend hindurch gerungen, war nicht wieder aufzugeben. Um des notwendigsten Kampfes willen nicht. Auch waren Führerinnen genug vorhanden, die Feldherrnbegabung besaßen, deren Naturen durch strenge Einseitigkeit dazu bestimmt waren. Ich war im Grunde meines Wesens Betrachterin – nicht Kämpferin. Sich bescheiden ist in manchen Augenblicken nicht leicht und doch führt oft Verzicht allein zur Harmonie des reinen Lebens.

Zwei junge Damen der Weimarer Hofgesellschaft, die mit ungewöhnlichem Talent und ausgebildeter Kunst in ihrem Salon kleine Plaudereien in französischer Manier, meist auch in französischer Sprache aufzuführen liebten, baten mich, ihnen etwas Derartiges in deutscher Sprache zu schreiben. Die Aufgabe reizte mich, das war einmal etwas ganz Neues, etwas Leichtes, Fröhliches mitten in dem Ernst, mit dem ich rang. Es floß mir nur so aus der Feder – binnen wenigen Tagen war der Einakter »Ikas Bild« vollendet. Er hielt sich streng an die Absicht, im Salon gespielt zu werden, ging nirgends in die Tiefe und gab doch eine ganz feine psychologische Zeichnung eines liebenswürdigen weiblichen Wesens. Die Darstellung durch die beiden Schwestern, war mustergültig und bereitete mir große Freude. Den Liebhaber mimte mit viel guter Laune der jetzt als Staatsmann bekannte Doktor Willy Solf. Unter andern Gästen war der Regisseur des Hoftheaters geladen, der das harmlose Stückchen gleich für die Bühne erwarb. Man gab damals noch diese leichten kleinen Plaudereien, für die längst kein Platz mehr auf dem modernen Theater ist. Ja, es galt als eine besondere Kunstgattung bei den Schauspielern, sie recht fein auszuselieren, wie ein kleines Schmuckstück, herauszubringen. So geschah es auch in Weimar, durch die schon ins Fach der Charakterdarstellerinnen hinübergreifende Naive, Frau Lindner-Orban, und die Sentimentale, die junge reizende Frau Wieke. Der Regisseur Brock war famos im Fache der gemütvollen Naturburschen. Kurz, das Einakterchen wirkte, und ich hatte den Triumph, bei meinem ersten Erscheinen auf den Brettern einen lebhafteren Beifall zu erzielen, als der alte Theaterhabitué Sardou, der den übrigen Abend mit seinen raffinierten Künsten füllte.

Der Intendant, Herr von Vigneau, ermunterte mich in liebenswürdiger Weise, mein augenscheinliches Talent für das Lustspiel auszubilden – ich bekam Freikarten für das Theater, das mir seit Madame O.'s Tode durch die Magerkeit meiner Börse verschlossen war. Soweit sah alles sehr hoffnungsvoll aus. Für das verdiente Geld ließ ich das Dingelchen drucken und sandte es dem Verlag von Enterich zum Vertrieb. Er wird sich wohl nicht viel Mühe mit diesem kleinen Werk einer unbekannten

Autorin gegeben haben. Es ist an keiner andern Bühne zur Aufführung gelangt. Der Intendant eines kleinen Hoftheaters schrieb mir einen vier Seiten langen Brief mit vielen Lobeserhebungen über den Dialog – aber das Ende vom Liede war: ich sei mit der Wirklichkeit nicht vertraut genug, daß die Schwester eines aktiven Hauptmannes sich mit einem Künstler, einem Maler verlobe – das gehe nicht an ohne nähere Begründung – ich möge nun noch einen zweiten Akt schreiben, in dem ich ausführe, daß der Maler – Reserveoffizier sei!

Zu diesem zweiten Akt konnte ich mich nicht entschließen.

Mit meiner Karriere als erfolgreiche Lustspieldichterin ist es nichts geworden. Ich spürte auch hier wieder deutlich, was ich nicht konnte. Meine Anlage, mein Geschmack, mein künstlerisches Temperament waren nur aufs Epische gerichtet. Zu Seitensprüngen und Experimenten hatte ich weder Zeit noch überschüssige Kräfte.

Drollig ist es übrigens, daß ich trotz des völligen Verzichtes auf die dramatische Laufbahn später mit einem Märchenspiel »Das böse Prinzeßchen« – ebenfalls dem Ergebnis einer flüchtigen Laune – über sämtliche Bühnen Deutschlands – ja über viele des Auslandes gegangen bin, und daß das Stück nach zehn Jahren seines Bestehens noch immer mit Erfolg gespielt wird.

Ob ich dem einst meinem Vater gegebenen Versprechen, nie zur Bühne zu gehen, untreu geworden bin? Wenn ich an den Kinder-Jubel denke, der mich bei der Erstaufführung des Märchens begrüßte, so denke ich mit gutem Gewissen: Auch er würde an ihm seine Freude gehabt haben.

* *
*

Kam ich in dieser Zeit nach Berlin, so gab ich keine Empfehlungsbriefe des lieben alten Rittershaus an Julius Wolff, den Dichter des »wilden Jägers« und des »Rattenfängers« mehr ab. Ich fuhr nach Friedrichshagen, wo die Bölsche, Wille und die Gebrüder Hart hausten. Ich hörte Strindberg vorlesen – von dem ich freilich kein einziges Wort verstand – und nur in der Ferne die steil aufragende, gelbgraue Mähne über der starren Stirne sah. Ich nahm an der Erstaufführung der »Jugend« von Halbe teil und war erschüttert wie von wenig modernen Dichtungen, so daß ich meinem Kindheitsgespielen Karl H. fast eine Szene gemacht hätte, als er sich einige Einwendungen gestattete. Ernst von Wolzogen führte mich ein in den Kreis der Freien Bühne für modernes Leben. Hier lernte ich meinen späteren Verleger und lieben getreuen Freund S. Fischer kennen. Das war ein andrer Eindruck als bei Wilhelm Friedrich. An Sklavenhalter dachte man diesen klugen, gütigen Augen gegenüber wahrhaftig nicht. Man fühlte sofort die Zuverlässigkeit. Er hatte, obgleich noch jung, doch damals schon etwas Väterlich-Fürsorgliches, etwas Ruhig-Überschauendes im Verkehr mit all dem unruhigen, revolutionären Dichtervolk, das sich um ihn sammelte.

Wie wurde »Halbe« an jenem Abend als »Ganzer« gefeiert. Otto Erich Hartleben kannte ich schon von den Weimarer Goethetagungen her, bei denen wir gemeinsam an der Ecke der Spötter saßen. Der junge Hirschfeld, der Hauptmann so ähnlich sah wie ein jüngerer Bruder, galt als eine schöne Hoffnung. Der Hauptmann der Neuen »Gerhart« war nicht erschienen. Auch nicht die Frauen, die zu dem Kreise gehörten, und auf die ich recht neugierig war. Lou Salomé, die Freundin Nietzsches und Laura Marholm, die merkwürdige Skandinavierin, die so hart gegen die sich regende Frauenbewegung ankämpfte, trotzdem sie sich in der eignen Bewegungsfreiheit wahrhaftig weder von Gesetz noch Herkommen hätte kommandieren lassen. Ich saß allein unter all den Männern an dem langen Tisch, mit den vielen Biergläsern und Weinflaschen. Manche Namen, die aufglänzten, sind heute schon vergessen, andere gehören der Literaturgeschichte an, während ihre Träger längst dem wirren Erdentrubel Lebewohl gesagt haben.

An einem der nächsten Abende fragte mich Hartleben, ob es mich freuen würde. Gerhart Hauptmann kennenzulernen – er wolle sich mit ihm nach dem Theater in einem Restaurant treffen. Selbstverständlich freute es mich. Der Morgen stand mir hell vor der Seele, an dem ich, eingelegt in einem Bücherpaket ein abgerissenes Stück eines grünen Heftchens in die Hand bekam. Druckerschwärze hatte immer eine magische Anziehungskraft und so durchflog ich auf diesen abgerissenen Blättern das Stück eines Dramas, welches den Namen »Das Friedensfest« führte. Und ich sprang sofort mit dem Torso hinauf zu Elisabeth Behmer – las ihr die Seiten vor – ohne Anfang, ohne Ende – »Was sagst Du zu dieser Sprache, zu dieser Darstellung?« – »Das ist ja, was wir uns immer vorgestellt haben von einer Menschentragödie«, antwortete sie erstaunt und erregt.

So hatte ich Gerhart Hauptmann kennengelernt. »Vor Sonnenaufgang« erschütterte mich nicht ganz in der gleichen Weise, weil mir die Anhäufung von Gräßlichkeiten zu absichtlich vorkam. Und doch – in jedem Satze spürte ich die Kraft, die ich bei so vielen andern Modernen vermißte – die Kraft tiefster Menschlichkeit. Nun sollte ich den Dichter sehen! Und Gerhart Hauptmann hat noch niemand enttäuscht, der ihm gegenübertrat. Seine Persönlichkeit und sein Werk sind Eines nur. Mir ist später noch oft das Glück zuteil geworden, mit Gerhart Hauptmann zusammen sein zu dürfen – doch so aufgeschlossen lebhaft wie an jenem ersten Abend habe ich ihn kaum wieder gefunden. Hartleben verstand es gut, ihn zum Sprechen zu verlocken. Wie er von seiner Jugend, von seinen ersten dichterischen Versuchen, einem Epos in Versen erzählte und seinem Übergang zum Naturalismus – es waren köstliche Stunden, die wir so verplauderten. Mein Freund Karl H., der mich begleitete, drückte mir, als wir gegen Morgen nach Haus wanderten, begeistert und dankbar die Hand für diesen erlesenen Genuß.

Der Besuch in der stillen Matthäikirchstraße bei seiner Mutter, der guten hilfreichen Tante Lottchen, endete überaus traurig. Die Ärmste wurde plötzlich von jähen Schmerzanfällen ergriffen. Ihr Arzt, der das Leiden falsch beurteilte, sagte ein längeres Krankenlager noch ohne unmittelbare Gefahr voraus. Eine Pflegerin wurde besorgt, auch die Schwägerin war zur Stelle – die Kranke selbst bat mich, zu meiner Mutter zurückzukehren. Schon am Tage darauf schlief sie ein. Ihr Bruder, einst mein lebendiges Konversationslexikon war schon früher abgerufen. So wurde es immer einsamer um uns. Es war fast, als ob das Schicksal selbst mich gewaltsam hinausstieße auf unbetretene, unbekannte Wege.

Nur meine Mutter, die hinfälligste unter all den alten Freunden und Verwandten, die da heimgingen, bewährte eine erstaunliche Lebenskraft. Monatelang so schwach, daß sie nicht die Hand zur silbernen Glocke vor sich bewegen konnte, und man ihr alle Nahrung einflößen mußte, erholte sie sich immer wieder zu einem leidlichen Wohlbefinden. Ein Aufenthalt im Thüringer Wald stärkte sie – trotzdem er durch einen leichten Schlaganfall ängstlich unterbrochen wurde – in völlig unerwarteter Weise. Sie lernte wieder gehen, wurde auch geistig bedeutend reger, ja fast normal. Zu ihrer größten Freude konnte sie den Weg im Fahrstuhl zu ihrer Freundin und Cousine, dem kleinen Tante Gustchen zurücklegen. Dann saßen die beiden lieben Alten auf dem Sofa, in dem trauten Biedermeierzimmer, mit dem in *petit point* gestickten Möbeln, welche die vielen Nichten dem Onkel und der Tante Hillebrand in Magdeburg einst zur silbernen Hochzeit gearbeitet hatten. Um sie her blickten von den

Wänden die Bilder der Gestorbenen. In den Glasservanten die Andenken und Bücher der gemeinsam verlebten Jugendzeit. Meine Mutter stickte mit ihren immer noch schönen Händen an einer feinen Arbeit, Tante Guste las immer Briefe vor – von Gustel Grimm oder von vielen andern Freunden und früheren Pensionärinnen – sie führte eine ausgebreitete Correspondenz, und wir nahmen Teil an dem Erleben der verschiedensten alten und jungen Menschen. Vor den Fenstern rauschten die hohen Bäume des alten Froriepschen Parkes – man schaute auf den Teich, auf dem im Winter die gute Weimarische Gesellschaft Schlittschuh lief, ein reizendes Bild zwischen dem bereiften Geäste. Im Sommer lag der Weiher still schlummernd unter Entenflott und Seerosen. Viel bin ich dort am Ufer in den grünüberwölbten Wegen auf- und abgewandelt, habe in Tantchens Laube geschrieben. Ein gutes Teil von »Aus guter Familie« ist dort entstanden.

Endlich – endlich war das Buch vollendet. Mir erschien es fast als ein Wunder, daß ich es fertig gebracht hatte. Nun hieß es einen Verleger finden, denn Wilhelm Friedrich und Pierson, die man bezahlen mußte, damit sie so gnädig waren, die Bücher zu drucken – die waren für mich abgetan. Man mußte weiter kommen. Wieder ging ich nach Berlin, um selbst zu suchen. Das liebe Heim in der Matthäikirchstraße bestand nicht mehr, so nahm ich in der Dessauerstraße ein ziemlich proletarisches Logis. Mittags traf ich mich mit Oldens, Halbe und Wilhelm Hegeler in einem Restaurant, auch die Abende verbrachten wir unter endlosen Gesprächen miteinander. Einmal versammelten wir uns bei Halbe, der uns den reich bewegten ersten Akt eines neuen Dramas vorlas, das indessen, meines Wissens nach, nie vollendet wurde. Ich führte ein richtiges literarisches Bohemeleben, mit durchwachten Nächten und verschlafenen Morgenstunden. Aber mit meinen Geschäften kam ich nicht weiter. Für Familienblätter war »Aus guter Familie« unmöglich. Die scharfe Kritik des bürgerlichen Wesens hätte unter ihren Lesern heftigste Empörung hervorgerufen. Meine einzige Hoffnung war Neumann-Hofer und sein »Magazin für Literatur«. Ich saß ihm gegenüber an seinem Schreibtisch – zwischen uns lag auf der Platte eine Reihe von goldenen Zwanzigmarkstücken. Ich dachte: wenn er mir jetzt dieses Geld zuschöbe und das Manuskript behielte, wäre uns beiden geholfen. Und sagte: Es ist so sonderbar: ich weiß, daß dies Buch, was Sie da in der Hand halten, ein großer Erfolg sein wird – und kann es Ihnen doch nicht begreiflich machen. Er lächelte aber verlegen – und lehnte ab – ich sah an bestimmten Zeichen, daß das Manuskript nicht gelesen war. Kurze Zeit nachher ging das Magazin ein. – Hätte Neumann-Hofer »Aus guter Familie« abgedruckt, so würde der Erfolg ihm vermutlich über die Krisis fortgeholfen haben. An S. Fischer wagte ich nicht zu denken. Inzwischen gab ich den Anfang und einzelne Stücke den Freunden zur Prüfung. Mackay schrieb mir noch in der Nacht ein ergreifendes Gedicht. Steiner äußerte sich voll ehrlicher Bewunderung, Olden machte Witze, hinter denen er seine Freude verbarg.

Einen ganzen Abend hindurch war das Buch, oder vielmehr die Teile davon, die man kannte, der Gesprächsstoff zwischen einem großen Kreise von Männern. Ich war nun kein junges Mädchen mehr, keine Dame der Gesellschaft, vor der man Rücksichten nehmen mußte – ich war Schriftstellerin, Kollegin und freier Mensch. Man legte sich in seinen Äußerungen wahrhaftig keinen Zwang an.

Das Herz wurde mir schwerer und schwerer. Hier war die Mannschaft, die das Schiff der Zukunft durch Lüge und Verderbtheit ins weite Meer der Wahrheit und der Freiheit lenken sollte. Womit befrachteten sie es? Mit Zweideutigkeiten und Obszönitäten.

Was war ihnen die heilige reine Begeisterung für die Wahrheit, die mich getrieben nach den Untergründen alles menschlichen Seins zu graben? Die Enthüllung von Sexualitäten – nichts weiter. An dem Abend zerriß für mich der letzte Schleier, hinter dem ich die Wahrheit verhüllt gewähnt und hinter dem nichts als platte Wirklichkeit mit einer widerlichen Fratze verborgen hockte.

Ich ging hinaus und weinte bitterlich.

Nachts lag ich wachend und rang mit dem Entschluß, das Manuskript zu verbrennen. Wenn die Menschen es mit solchen Augen anschauen wollten wie diese, die doch meine wohlwollenden Freunde zu sein schienen, dann war mein Werk in den Flammen am besten aufgehoben.

Und ich stand in der kalten Winternacht, zitternd vor Frost und innerem Fieber, mit dem dicken Manuskript vor dem Ofen – und konnte mich doch nicht entschließen! Vernichten, was mir Befreiung gebracht von innerer Qual? Und ich hatte gehofft, es solle auch vielen andern Mädchen Befreiung bringen! Nein – ich konnte nicht. Auch dies mußte durchlitten werden –: zu begreifen, daß die Wahrheit, wie Gott selbst, für jeden Menschen etwas Verschiedenes bedeutet. Ich sollte zu dem Wissen reifen, daß man auch auf der Insel der Wahrheit ganz allein – ganz einsam wohnen mußte.

Als ich zur Klarheit in mir selbst gekommen war, wurde ich wieder froh und getrost. Ich legte das Manuskript zur Seite, es sollte leben und seinen Weg vollenden. Friedlich und sehr müde schlief ich ein.

John Henry Mackay konnte mehr als ein Gedicht über mein Buch schreiben. Er empfahl es dem eignen Verleger S. Fischer so warm, daß dieser sich entschloß, es zu drucken. Und Mackay war es auch, der mir zu dem Namen »Aus guter Familie« riet. Ich selbst hatte den Roman nur »Agathe Heidling« genannt. Der veränderte Name trug nicht unwesentlich zu seinem Erfolg bei.

Meine Freunde waren unruhige Seelen – sie suchten ja alle noch ihres Lebens Sinn und Ziel. Einige von ihnen fanden beides – andern gelang es nie. Aber aus diesem Grunde mußte eine geistige Gemeinschaft, die eigentlich nur vom Zufall gebildet wurde und so verschiedenartige Temperamente wie Ehrgeize in sich schloß, bald wieder auseinanderfließen. Nach kurzer Zeit war ich die einzige, die noch in Weimar übrig blieb. Oldens waren in München, ebenso Wolzogen, Halbe und der junge Bildhauer Hermann O., Führer in der neuen Bewegung im Kunstgewerbe. Mein Bruder Martin, der in Süddeutschland nach einer ärztlichen Tätigkeit Umschau hielt, war einen Abend mit den Freunden zusammen. Der Erfolg war eine Postkarte, von ihnen allen unterzeichnet: »Es ist beschlossne Sache, Du ziehst nach München!« Nur eine Ansichtskarte – doch entscheidend!

Ich wußte, mein Buch bedeutete einen scharfen Trennungsschnitt zwischen mir und Onkel Behmer, dem ich längst schon unheimlich geworden war. Auf die gute Tante Guste würde es zum mindesten bitter schmerzhaft wirken. Und meine Mutter würde von all diesem Entsetzen nicht unberührt bleiben. In München, dessen war ich sicher, würden andere Einflüsse auf sie wirken. Wenn mein Bruder, dieser sorgliche, vorsichtige Arzt, eine Übersiedelung und Verpflanzung in fremden Boden für sie noch für möglich hielt – warum sollte ichs nicht wagen? Jetzt wundere ich mich über meinen Mut. Wovon der Umzug und unser Leben dort zu bezahlen sei, ahnte ich nicht einmal. Ich ging blind und taub für alle eignen Vernunfteinwände dem Schicksal entgegen. Fuhr nach München, und mietete dort in Schwabing in der Seestraße, nahe dem englischen Garten, eine halb ländliche Parterrewohnung. Hier konnte die Mutter Rosen ziehen und im Garten sitzen. Dieser Garten, zwar nur ein Rasenfleck, aber auf einer kleinen Höhe stand mitten darin ein wunderschön gewachsener Ahornbaum, der mich veranlaßte, mich für das sonst nicht eben entzückende Logis zu entscheiden. Es war der letzte der vielen Gärten, die in meiner Jugend eine Rolle gespielt haben.

S. Fischer schrieb mir, seine Frau, die mein Werk gelesen, rate dringend zur Annahme. Weil aber der Erfolg sehr zweifelhaft sei, habe er, um mich doch etwas daran verdienen zu lassen, das Manuskript Neumann-Hofer für das Magazin angeboten. Das war nun freilich hoffnungslos und ich schrieb an Neumann-Hofer, mir das Manuskript umgehend nach München an die Adresse meiner Pension zurückzusenden. denn Fischer hatte mich noch um einige Änderungen gebeten. Vergebens wartete ich auf die Ankunft. Endlich mußte ich abreisen, bat meine Wirtin, mir das Wertpaket, wenn es käme, sofort nach Weimar zu schicken. Nun wartete ich wieder – Woche auf Woche. Nachforschungen der Postbehörde ergaben, daß das Wertpaket in der Pension, in der ich gewohnt, abgegeben und dort auch gegen Quittung in Empfang genommen sei. Die Inhaberin schwor Stein und Bein kein Wertpaket erhalten zu haben. Die Sache blieb rätselhaft. Die Zeit verging. »Aus guter Familie« war verschwunden.

Eine Art von Lähmung, ein Stumpfsinn des Schreckens hatte mich ergriffen. Sollte es doch nicht sein? Das ganze dicke Buch hatte ich mit der Hand abgeschrieben. Viel verändert, viel verbessert – das Konzept war kaum leserlich. Es schien mir unmöglich, die Arbeit noch einmal zu leisten. Damit fiel auch jede Aussicht auf eine Übersiedelung fort. Ich war ganz apathisch. Hätte ich noch an Gott geglaubt, so hätte ich seine Stimme vernehmlich zu hören gemeint. Doch ich glaubte ja nicht mehr an ihn.

*　*
*

Und plötzlich war es wieder da – der Briefträger übergab mir das schwere Paket, als sei es weiter gar nichts Besonderes: … Und ich konnte doch vor Zittern der Hand kaum meinen Namen unterschreiben.

Was war geschehen? Das Paket war direkt an die Pension adressiert worden. Der Sohn der Inhaberin hatte es in Empfang genommen, da seine Mutter für einen Tag verreist war. Er verschloß es, ohne die weitere Adresse: »zu Händen von Gabriele Reuter« zu beachten, in seinen Schreibtisch. Dann verreiste auch er, trat eine neue Stellung an und vergaß das Paket. Es ruhte in seinem Schreibtisch. Und würde dort vielleicht noch Monate geruht haben, wenn der junge Mann nicht ein für ihn wichtiges Papier gebraucht und seine Mutter gebeten hätte, den Schreibtisch zu öffnen, um es ihm zu senden. Bei dieser Gelegenheit fand sich mein Buch.

Seinem Druck stand nichts mehr im Wege.

Im Herbst 1895 übersiedelten die Mutter und ich nach München in die Seestraße. Wenige Wochen später erschien der Roman »Aus guter Familie«. Er hatte einen Erfolg, der meine Erwartungen weit übertraf.

*   *
*

Ich war am Ziel. Doch das Leben ging weiter. Die angesehensten Kritiker schrieben lange Besprechungen. An ihrer Spitze Ernst von Wolzogen, dessen impulsive Freude, als er mich in Begeisterung umarmte, noch heute in mir wiederklingt. Ganz Deutschland beschäftigte sich mit dem Buche. Es weckte einen Sturm in der Frauenwelt – die wildeste Erregung unter Vätern und Müttern. Ernste, reife Männer haben mir noch nach Jahren versichert, die Lektüre habe ihr Herzensverhältnis zu ihren Töchtern von Grund auf verändert. Die Verwandten erklärten das Buch für ein Teufelswerk. Auf einen literarischen Erfolg hatte ich gehofft – den kulturellen Einfluß, den mein Buch auf die Entwicklung des deutschen Mädchens, der deutschen Familie haben würde, konnte ich nicht voraussehen! Denn ich wußte ja nicht einmal, daß die Zeit erfüllt war und alle Vorbedingungen schon vorhanden, um der Frau zu helfen, ihr eignes Leben selbst in die Hand zu nehmen und die Verantwortung nur vor ihrem eignen Gewissen zu tragen. Mein Roman wirkte wie das Durchstechen eines Dammes, hinter dem die Fluten sich schon angestaut haben. Viele Übergriffe, Abenteuer und Torheiten junger wirrer Geschöpfe sind mir auf die Rechnung gesetzt und ich habe Mut, sie zu tragen. Denn keine Befreiung gelingt, ohne daß Opfer fallen. Sind die Frauen freier geworden seither?

Ich glaube, sie ahnen es nicht einmal, wie sehr groß der Unterschied ist zwischen jetzt und früher. Die Gesetze der Liebe, des Herzens und der Pflicht freilich werden ewig bestehen. Und je loser die äußeren Bindungen geworden sind, desto stärker wird die großdenkende, ja auch nur die anständig empfindende Frau die Verantwortung fühlen, gegenüber den zwei Menschen, die ihr das Leben gaben und ihre Kindheit sorgend umhüteten, gegen Vater und Mutter! Der Irrtum junger Begeisterung, daß Wissenschaft und Beruf dem Weibe das Glück geben könne, ist wohl längst überwunden. Wir Menschen sind nicht geschaffen, um glücklich zu sein – unsre Aufgabe ist: das ewige Werden zu fördern und mitzuwirken an der Gottheit lebendigem Kleid. Das volle Gefühl dieser Berufung, durch alle Adern, durch alle feinsten Geäste des Hirns strömend, wird für Momente zum Glück und läßt uns auch in den dunkelsten Stunden im Frieden Gottes ruhen.

Was der Mensch Ruhm und Ehre nennt, wurde mir in reichem Maße zu teil. Gelehrte, Künstler, Dichter und die Führerinnen der Frauen kamen, mich zu grüßen. Wertvolle Menschen wurden mir Freunde. Liebe und Leidenschaft kreuzten den Weg der Frau mit den weißen Haaren, und die Seligkeit der Mutterschaft wurde ihr geschenkt.

Soll ich es aussprechen, was kaum verstanden werden wird? In all diesem Schönen, dem Reichtum, den das reife Frauenleben mir brachte, lag im Grunde eine Nüchternheit, die meine sehnsüchtige Jugend nicht gekannt hatte.

Alles, was mir begegnete, rollte sich nach gewissen Normen ab, die für solche Entwicklungen typisch zu sein scheinen. Und bald fühlte ich: Ah – das ist immer so – und nun wird dies und jenes sich ereignen, und es ereignete sich auch genau so – denn es gehörte zum Bilde der berühmten Frau. Diese Spezies, die ich immerfort zu repräsentieren hatte, war meinem Wesen unbeschreiblich fremd. Um die Wahrheit zu sagen, die Rolle, die zu spielen ich gezwungen werden sollte, lag mir nicht – sie langweilte mich. Es gelüstete mich nicht nach der Herrschaft über Menschen, der man jede Seelenfreiheit zum Opfer bringen muß. In einem ruhigen Arbeits- und Familienleben war es mir behaglicher. Die Einsamkeit, vor der ich mich in der Jugend gefürchtet, war mir längst zu einem lieben Heim geworden. Das ließ sich gut ausschmücken – die Welt ist ja voller Köstlichkeiten: es gibt herrliche Bücher, Gemälde und Statuen – es gibt Berge, Wiesen voller Blumen, Wälder mit Riesentannen und Linden von Bienen durchsummt, von Sonnenstrahlen durchglänzt – Abendröte voll Gesang und Musik, rätselhafter Pracht und klare Mondnächte, in denen man ausruht, wie in kristallnem Bade. – Die Menschen liebe ich mehr aus der Ferne. Mit Ausnahme von Wenigen, an denen mein Herz hängt, die bilden einen freundlichen Ring um die Trauminsel, auf der mein bestes Lebensteil sich abspielt. Gestalten kommen und gehen hier, die nicht wirklich sind, und doch das Weh und die Lust der Welt draußen auf ihren Gesichtern und in ihren ausgestreckten Händen zu mir tragen, damit ich es künde, so gut oder schlecht ich vermag.

Langsam steigt aus der entgötterten Welt des ewig schaffenden, waltenden, führenden Gottes Majestät klarer und leuchtender empor, und Jesu Christo Menschenantlitz wird unvergängliches Symbol dessen, was einzig je und je die hin und her irrenden, suchenden, sehnenden Erdenkinder erlösen kann – die Liebe. Oft ist mir zu Mut, als hätte ich eben erst angefangen ein Christ zu sein und als läge noch ein weiter Weg der Erfahrung und der Entwicklung vor mir, ehe ich herangereift sein werde zu einem Streiter für das Reich Gottes auf Erden, das Reich der Liebe. Darum möchte ich wohl noch einige Jahre in dieser furchtbaren und schönen Welt leben. Was dann weiter mit mir geschieht, überlasse ich getrost dem Geiste, der mich geschaffen hat. Er wirds wohl machen.